UN ÁRBOL CRECE EN
BROOKLYN

BETTY SMITH

UN ÁRBOL CRECE EN
BROOKLYN

Traducción de Rojas Clavell

Lumen

narrativa

Un árbol crece en Brooklyn. Algunos lo llaman el árbol del Cielo. Caiga donde caiga su semilla, de ella surge un árbol que lucha por alcanzar el cielo. Crece en solares delimitados por tablas entre montones de basura abandonada. Es el único árbol que crece en el cemento. Crece exuberante... sobrevive sin sol, sin agua, hasta sin tierra, en apariencia. Podríamos decir que es bello, sino fuera porque hay tantos de su misma especie.

Libro primero

I

«Apacible» era la palabra que se habría empleado para describir Brooklyn, Nueva York. Especialmente en el verano de 1912. Como palabra, «sombrío» era mejor, pero no se adecuaba a Williamsburg, uno de sus suburbios. «Apacible» era la única palabra que le convenía, especialmente en el atardecer de un sábado de verano.

Ya entrada la tarde, el sol declinaba sobre el patio en penumbra de la casa de Francie Nolan y sus rayos calentaban la madera roída de la verja. El único árbol que había allí no era un pino, ni un abeto. Sus hojas lanceoladas se extendían por las varitas verdes que irradiaban del tronco como si fueran sombrillas abiertas. Algunos lo llamaban el árbol del cielo, pues allí donde caía su semilla crecía otro que luchaba por llegar arriba. Lo mismo florecía entre cercas que entre escombros; era el único árbol que podía brotar de las grietas del cemento. Se esparcía frondoso, pero únicamente en las barriadas populares.

Los habitantes de Brooklyn solían pasear los domingos por la tarde y, caminando plácidamente, llegaban a un bonito barrio, muy distinguido. Cuando vislumbraban uno de esos arbolitos a través de las rejas de una propiedad, sabían que pronto ese paraje se transformaría en una barriada obrera. El árbol lo sabía. Había llegado el primero. Después llegaban extranjeros pobres que invadían el lugar y las viejas y tranquilas moradas de piedra gris se convertían en pisos, en cuyas ventanas aparecían edredones de pluma puestos a airear; entonces el árbol del cielo florecía. Así era ese árbol: amigo de la gente pobre.

Ése era el tipo de árboles que habían arraigado en el patio de Francie. Sus ramas se asemejaban a sombrillas enredadas y envolvían por completo el tercer piso de la escalera de incendios. Una chiquilla de once años, sentada en esa escalera, podía creer que vivía en un árbol. Y era lo que Francie se imaginaba todos los sábados por la tarde durante el verano.

¡Oh, qué prodigioso era el sábado en Brooklyn! Bueno, maravilloso en cualquier parte, pues todo el mundo cobraba su semanada. El sábado era el verdadero día de fiesta, sin la rigidez del domingo. La gente tenía dinero para salir de compras. Ese día comían bien, se emborrachaban, concertaban citas, hacían el amor; pasaban el rato cantando, bailando, peleando y tocando música. Trasnochaban porque tenían libre el día siguiente y no necesitaban madrugar; podían dormir hasta la hora de la última misa.

Los domingos la mayoría de ellos se aglomeraban en la misa de once. Bien, algunos, los menos, iban a la de las seis. Se les reconocía el mérito, aunque no lo merecían, dado que eran los que más habían trasnochado y regresaban a casa ya de día. De modo que asistían a la primera misa y, absueltos de todo pecado, dormían luego a pierna suelta.

Para Francie el sábado empezaba con una visita al almacén del trapero. Ella y su hermano Neeley, como muchos chicos de Brooklyn, juntaban papeles plateados, gomas, trapos y otros desechos. Los atesoraban en cubos, y los guardaban bajo cerrojo en el sótano, o los escondían en cajas debajo de la cama. Durante toda la semana Francie volvía de la escuela con los ojos fijos en las alcantarillas, buscando paquetes de cigarrillos vacíos o envoltorios de chicle; después los fundía en la tapa de un tarro. El trapero se negaba a recibir el papel plateado si venía enrollado, sin fundir, puesto que dentro de los rollos muchos chicos ponían arandelas de hierro para aumentar su peso. A veces Neeley encontraba un sifón; Francie le ayudaba a romper el cuello y luego a fundir el metal; el trapero no lo compraba sin fundir porque podría tener problemas con el fabricante de soda. La parte superior de un sifón era un verdadero hallazgo; fundida, se vendía por un níquel.

Francie y Neeley bajaban al sótano todas las tardes para vaciar los desperdicios que durante el día se habían acumulado en los cubos. Gozaban de ese privilegio porque su madre era la portera de la escalera. Allí amontonaban hojas de papel, trapos, botellas vacías. El papel no se pagaba bien; por cuatro kilos y medio les daban sólo un centavo. Los trapos los vendían a dos centavos la libra, y el hierro, a cuatro. El cobre valía mucho, diez centavos la libra. De vez en cuando Francie tenía más suerte: ¡encontraba el fondo de un barreño! Tenían que separarlo con un abrelatas, luego doblarlo, machacarlo, doblarlo de nuevo y volverlo a machacar.

Los sábados por la mañana, apenas daban las nueve, iban asomando montones de chiquillos de las calles laterales adyacentes a Manhattan Avenue, la arteria principal, de camino hacia Scholes Street. Algunos de ellos llevaban sus trastos debajo del brazo, otros en cajones de jabón convertidos en carretillas con sólidas ruedas de madera; los menos, los embutían en cochecitos de bebé, repletos hasta los topes.

Francie y Neeley colocaban sus mercancías en un saco de arpillera y cada uno lo cogía por un extremo. Lo llevaban a rastras por Manhattan Avenue, cruzando Maujer, Ten Eyck y Stagg hasta Scholes Street. Nombres hermosos para calles feas. De cada esquina emergían niños desharrapados para engrosar la marea de la calle principal. De camino al almacén de Carney encontraban otros chicos que volvían con las manos vacías; habían vendido sus trastos e iban ya a gastar sus monedas; se burlaban de ellos gritándoles: «¡Traperos! ¡Traperos!».

Las mejillas de Francie ardían con el epíteto; no encontraba consuelo en pensar que los que se burlaban también eran traperos. No importaba que ya de vuelta, con las manos libres, Neeley y su pandilla se burlasen a su vez de los que iban llegando cargados. La vergüenza le invadía igual.

Carney hacía su negocio en un corralón. Al doblar la esquina, Francie vio el portón con sus acogedoras hojas abiertas de par en par, y se le antojó que el fiel de la balanza le daba la bienvenida con su suave vaivén. También veía a Carney, con su roñoso cabello, su roñoso bigote, sus roñosos ojos, imperando ante la balanza. Carney sentía cierta debilidad por las chiquillas; solía darles un centavo extra si no se zafaban cuando les pellizcaba las mejillas.

Contemplando esa posibilidad, Neeley permaneció fuera y dejó que Francie entrara sola al corralón. Carney dio un salto hacia delante, vació el contenido del saco en el suelo y le dio un primer pellizco preliminar en la mejilla. Mientras el trapero apilaba las mercancías en la balanza, Francie parpadeó para acostumbrar sus ojos a la oscuridad; la invadía la humedad del ambiente y el hedor de los trapos. Carney fijó sus ojos escudriñadores en el fiel de la balanza y pronunció sólo dos palabras, su oferta. Francie sabía que no había lugar a regateos. Asintió. Carney arrojó la mercancía a un lado y la hizo esperar mientras apilaba el papel en un rincón, tiraba los trapos a otro y separaba los metales. Entonces hundió la mano en el bolsillo de su pantalón y sacó una vieja cartera de cuero atada con una gruesa cuerda, de la cual extrajo centavos enmohecidos, inmundos como todo lo que había allí. Mientras Francie susurraba las gracias, Carney clavó en ella su roñosa mirada y le pellizcó con fuerza en la mejilla. Ella se quedó quieta, él sonrió y le regaló el centavo. Luego sus maneras cambiaron y se tornó brusco e impetuoso.

—Vamos —gritó al que seguía en la fila, un chico—, a ver el plomo que traes; digo plomo, no basura. —Y rió socarronamente.

Los chicos rieron obsequiosos como él esperaba. Sus risas se asemejaban al balido de pequeños corderos extraviados. Eso a él le satisfacía.

Francie salió al encuentro de Neeley y le dijo:

—Me ha pagado dieciséis y el del pellizco.

—Ése te pertenece —dijo él, respetando un antiguo trato.

Ella guardó el centavo en el bolsillo y entregó el resto a Neeley. Este tenía diez años, uno menos que su hermana, pero era chico: él guardaba el dinero. Dividió los centavos cuidadosamente.

—Ocho para la hucha.

Era lo estipulado. La mitad del dinero que recibían, fuera cual fuese su procedencia, se guardaba en una pequeña hucha atornillada en el rincón más profundo del armario.

—Cuatro para ti y cuatro para mí.

Francie anudó el dinero en su pañuelo. Contempló los cinco centavos calculando con alegría que podría cambiarlos por un níquel.

Neeley dobló el saco debajo del brazo y echó a andar hacia el Baratillo Charlie. Francie le siguió. El Baratillo Charlie era un puesto de golosinas cercano al almacén de Carney, esos pequeños comerciantes eran sus clientes. Al acabar la tarde del sábado, la caja se hallaba repleta de centavos verdosos. Según una ley no escrita, el negocio era únicamente para hombres, así que Francie se quedó esperando en la puerta.

Entre los ocho y los catorce años, los chicos no se diferenciaban unos de otros: todos vestían pantalón corto y gorra de visera raída, caminando con las manos en los bolsillos y los hombros estrechos inclinados hacia delante. Crecerían así, sin modificar su aspecto, ni siquiera cuando abandonaran los sitios de siempre. La única diferencia sería el cigarro, siempre entre los labios, moviéndose arriba y abajo al hablar. Los muchachos hablaban precipitada y nerviosamente y volvían la cabeza de un lado a otro, ya para mirar a Charlie, ya para cruzar miradas entre sí. Francie observó que algunos ya se habían rapado para el verano, y tan a fondo que tenían claros en el cuero cabelludo, donde la máquina había ido demasiado a ras. Estos afortunados apelotonaban sus gorras en los bolsillos o se las echaban en la nuca. Los no rapados, cuyo cabello aún se ensortijaba con aire infantil en la nuca, abochornados, se encajaban la gorra hasta las orejas de un modo que les daba un aspecto femenino, no obstante su jerga profana.

El Baratillo Charlie no era barato; tampoco su dueño se llamaba Charlie. Éste simplemente había adoptado el nombre que rezaba en el toldo del negocio, al que Francie daba crédito. Charlie daba a elegir un sobre de tómbola por un centavo. Detrás del mostrador había un tablero con cincuenta ganchos numerados de los que colgaban los premios. Sólo había algunos premios especiales, unos patines de ruedas, una muñeca con pelo de verdad y algún otro. Los demás números correspondían a gomas, lápices y otras menudencias que no valían nunca más de un centavo. Francie miró atentamente cómo Neeley tomaba uno de aquellos sobres y retiraba de él una tarjeta manoseada: tenía el número veintiséis. Ansiosa, miró el tablero y vio que le había tocado en suerte un limpiaplumas.

—¿El premio o caramelos? —preguntó Charlie.

—Caramelos, faltaría más.

Siempre sucedía lo mismo. Francie nunca había oído de nadie que hubiese ganado un premio de más de un centavo. Allí estaban, mudos testigos de ello, la herrumbre de las ruedas de los patines y el polvo que cubría el cabello de la muñeca, elocuente prueba del tiempo de su confinamiento. Francie había decidido que un día, cuando tuviese cincuenta centavos, apostaría a todos los ganchos del tablero. Pensó que sería un buen negocio: muñeca, patines y lo demás, todo por cincuenta centavos. ¡Los patines por sí solos valían ya cuatro veces ese premio! Ese gran día tendría que ir con Neeley, porque las niñas rara vez entraban al Baratillo. A decir verdad, aquel sábado había unas cuantas atrevidas, procaces, demasiado desarrolladas para su edad, chicas que hablaban a gritos y bromeaban con los chicos, chicas que no llegarían a nada bueno, según se profetizaba en el vecindario.

Francie cruzó a la confitería de Gimpy. Gimpy era un hombre agradable, amable con los niños. O por lo menos eso es lo que se creía hasta que una tarde soleada se llevó a una niña a su sombría trastienda.

Francie titubeaba entre gastar o no sus centavos en una de las bolsas sorpresa de Gimpy. Maudie Donovan, que había sido amiga suya durante un tiempo, estaba a punto de comprar algo. Francie avanzó hasta colocarse detrás de ella e hizo como que iba a gastar un centavo. Tuvo que contener la respiración cuando vio que Maudie, después de muchas vueltas y revueltas, señalaba con ademán teatral una magnífica bolsa que había en una de las vidrieras; Francie habría escogido una más pequeña. Espiando por encima del hombro de la muchacha la vio abrir la bolsa sorpresa, sacar unos caramelos pasados y examinar su premio: un pañuelo de batista ordinario. Un día a Francie le había tocado un frasco de penetrante perfume. Nuevamente se debatía consigo misma: gastar o no gastar el centavo en la codiciada bolsa. Era deliciosa la sensación de la sorpresa, aun cuando luego no pudiera comer el caramelo, pero se dio ya por satisfecha con la sorpresa que había experimentado al ver el resultado de la prueba de Maudie.

Francie reanudó su marcha por Manhattan Avenue leyendo en voz alta los nombres altisonantes de las arterias que cruzaba: Scholes, Meserole, Montrose y después Johnson Avenue. En estas dos últimas se habían instalado los italianos. El barrio llamado de los judíos nacía en Siegel Street, atravesaba Moore y McKibbon y seguía más allá de Broadway. Francie se dirigió hacia esta última.

¿Qué había en Broadway? Nada. Sólo el bazar de cinco y diez centavos más maravilloso y sugestivo del mundo. Enorme y deslumbrante. Todas las mercancías del universo se encontraban allí…, por lo menos así lo creía una chiquilla de once años. Francie poseía un níquel, era poderosa, tenía en su mano la posibilidad de comprar cualquier objeto de los que veía allí. Era el único lugar del mundo donde esto podía ocurrir.

Una vez en el interior, empezó a caminar de un lado a otro entre los estantes, levantando y observando cuanto se le antojaba. Tomar algo, retenerlo un momento en la mano, palpar su textura, pasar los dedos por sus contornos y luego volverlo a colocar cuidadosamente en su sitio era una estupenda sensación. Su níquel le otorgaba ese privilegio. Si uno de los vendedores llegaba a preguntarle si deseaba comprar algo ella podía contestar afirmativamente, comprarlo y hasta hacerle notar con quién se había topado. Llegó a la conclusión de que el dinero era una cosa maravillosa. Después de aquella fiesta de los sentidos, de aquella orgía del tacto, se decidió a adquirir lo que había elegido: cinco centavos de caramelos de menta de color rosa y blanco.

Emprendió el regreso a su casa por Graham Avenue, la calle del gueto. Le entusiasmaban los carritos de los vendedores ambulantes, cada uno en sí mismo una tiendecita. Le gustaban los judíos con su regateo sentimental y los olores tan peculiares de ese barrio, a pescado relleno, agrio pan de centeno recién sacado del horno y algo más que olía a miel hirviendo. Francie observaba con asombro a aquellos hombres barbudos con gorras de alpaca y levitones de seda, y se preguntaba por qué tendrían los ojos tan pequeños y la mirada tan dura. Luego se asomaba a sus tiendas, que parecían huecos en la pared, para oler las telas amontonadas sobre las mesas, la particular fragancia de los tejidos nuevos. Reconoció los edredones de pluma que se inflaban al viento en las ventanas; ropa de colores vivos puesta a secar en las escaleras de incendios y chiquillos semidesnudos jugando en las alcantarillas. Una mujer embarazada estaba plácidamente sentada en una rígida silla de madera mientras se dejaba envolver por el calor del mediodía y observaba el bullicio de la calle. Parecía custodiar el misterio de la vida.

Francie recordó la sorpresa que se había llevado el día en que su mamá le había dicho que Jesús era judío. Siempre había creído que era católico. Pero su mamá sabía mucho, le dijo que para los judíos había sido un quebradero de cabeza, un chico que nunca trabajaría de carpintero, que no se casaría, ni tendría casa ni familia propia. Y, además, los judíos pensaban que su Mesías aún no había llegado, eso decía su madre. Con estos pensamientos en la cabeza, Francie se detuvo delante de la judía embarazada.

«Me imagino que por eso los judíos tienen tantos niños —se dijo—. Ahora entiendo por qué se quedan sentadas tan quietas… están a la espera. Y por eso no les avergüenza engordar y tienen un porte tan digno cuando están embarazadas. En cambio, las mujeres irlandesas parecen siempre avergonzadas. Será porque ya saben que nunca darán a luz al niño Jesús, sino otro Mick. Cuando sea mayor y me entere de que estoy embarazada, me acordaré de caminar despacio y con orgullo, a pesar de que no soy judía.»

Cuando llegó a su casa eran ya las doce. Enseguida entró su madre con la pala y la escoba y las arrojó en un rincón con un ademán determinado que significaba que allí se quedarían hasta el lunes, sin que nadie las tocara. Mamá contaba apenas veintinueve años. Tenía cabellos negros, ojos castaños y buen porte. Poseía una gran habilidad manual. Trabajaba de portera y hacía la limpieza de tres viviendas. ¿Quién se habría creído que fregaba pisos para mantener a los cuatro de la familia? Era tan bonita, tan ágil y tan vivaz. Siempre rebosando alegría y gracia. Aunque tenía las manos ásperas y amoratadas por la lejía, eran bien formadas, y las uñas, alargadas como almendras. Todo el mundo lamentaba que una mujer tan esbelta y linda como Katie Nolan tuviese que pasar su vida restregando suelos. Pero con semejante marido no le quedaba otro remedio. Admitían, claro está, que Johnny Nolan era buen mozo y simpático, de lejos el mejor de todos los hombres del barrio. Pero era un borracho: eso era lo que decían y ésa era la verdad.

Francie pidió a su madre que se quedara allí mientras ella guardaba los ocho centavos en la hucha. Pasaron un rato agradable calculando cuánto habían ahorrado. Francie creía que serían unos cien dólares; su madre consideraba que no pasarían de ocho.

Luego la mujer la mandó a comprar algo para el almuerzo.

—Toma ocho centavos del jarrón roto y trae un pan de centeno de un cuarto. Fíjate que sea tierno. Después ve a la tienda de Sauerwein y pídele el final de la lengua por un níquel.

—Pero hay que tener influencias para conseguirlo.

—Le dices que te mando yo —insistió Katie, para añadir luego en tono dubitativo—: No sé si deberías poner el cambio en la hucha o comprar cinco centavos de tortitas.

—¡Pero, mamá! Hoy es sábado, y te has pasado la semana diciéndome que el sábado comeríamos postres.

—Bueno; compra también las tortitas.

Los católicos afluían a la panadería judía para surtirse de pan de centeno. Francie observó al vendedor mientras éste ponía el pedazo de pan en una bolsa de papel. Aquel pan tan exquisito, con su corteza tostada y recubierta de harina. «Sin duda alguna, es el pan más rico del mundo», pensó. Después entró de mala gana en la charcutería de Sauerwein, quien a veces era amable con lo del trozo de lengua y otras no. La lengua se vendía por tajadas a setenta y cinco centavos la libra; era para gente rica. Cuando ya la había vendido casi toda, entonces, quien tuviera influencia podía conseguir el trozo final por un níquel. Claro, no quedaba mucha lengua en ese extremo. Era en su mayor parte huesecillos y cartílagos, sólo le quedaba un recuerdo de carne.

El señor Sauerwein tenía un buen día.

—Ayer se vendió la lengua, pero te guardé el pedazo porque sé que a tu madre le gusta y a mí me gusta tu madre. Díselo, ¿oyes?

—Sí, señor —balbució Francie, y bajó la vista sintiendo que se ruborizaba. Le odiaba… y no pensaba dar el mensaje a su madre.

En la panadería eligió cuidadosamente cuatro tortitas bien azucaradas. Se encontró en la puerta con Neeley. Éste ojeó lo que había en el paquete e hizo una pirueta de alegría al ver las tortitas. Tenía mucho apetito a pesar de haber saboreado cuatro centavos de caramelos aquella mañana, por eso metió prisa a Francie para que echara a correr.

Papá no había llegado para el almuerzo. Era camarero y cantante suplente de café, lo que significaba que no trabajaba todos los días. Generalmente pasaba la mañana del sábado en el sindicato esperando a que le dieran un empleo.

Francie, Neeley y mamá disfrutaron de la sabrosa comida. Cada uno se sirvió una buena tajada de lengua, dos trozos del aromático pan de centeno —untado con mantequilla sin sal—, una tortita y una taza de café caliente bien cargado con una cucharadita de leche condensada.

Para los Nolan el café era un gran lujo y tenían un modo particular de prepararlo. Todas las mañanas Katie llenaba una gran cafetera con agua y un poco de café y le añadía una cucharada de achicoria para darle consistencia y también para que resultara más amargo, el que quedaba lo recalentaban, de modo que a medida que transcurría el día se iba poniendo más fuerte. Tres tazas de café con leche era la ración diaria; pero podían tomar una taza de café negro cuantas veces lo desearan. Si no había qué comer en casa, llovía y algún miembro de la familia se encontraba solo en el piso, era muy agradable saber que por lo menos había una taza de café amargo.

A Neeley y a Francie les gustaba el café, pero pocas veces bebían. Ese día Neeley, como de costumbre, no mezcló su cucharada de leche condensada con el café; la untó sobre el pan y sólo bebió un traguito de su café por mera formalidad. Su madre revolvió el de Francie y le agregó la cucharada de leche, por más que sabía que la chiquilla no lo tomaría. A Francie le encantaba el calor del café y su aroma. Mientras comía el pan y la carne, apoyaba las palmas de las manos contra la taza para gozar de su calorcito; prefería eso a bebérselo. Cuando terminó de comer, lo vertió en el fregadero.

Katie tenía dos hermanas, Sissy y Evy; a menudo iban a visitarla. Cada vez que veían a Francie tirar el café, la sermoneaban acusándola de derrochadora. Su madre les decía: «Francie tiene derecho a una taza de café en cada comida, como los demás; si prefiere tirarlo en vez de bebérselo, es asunto suyo. Creo que es bueno que la gente como nosotros derroche algo de vez en cuando para tener la sensación de poseer dinero y olvidar así las aflicciones de su continua falta de todo».

Esa extraña explicación satisfacía a Katie y agradaba a Francie. Establecía un vínculo entre la gente humilde y los ricos dilapidadores. La niña pensaba que si bien tenía menos que cualquiera de los habitantes de Williamsburg, en cierto modo tenía más; era rica porque podía derrochar algo. Comió muy despacio la tortita, intentando retener su dulce sabor, mientras el café se helaba. Luego, con ademán de reina, lo volcó en el fregadero, sintiéndose un poco extravagante.

Ahora estaba lista para salir a comprar la ración de pan duro que debía durar media semana. Su madre le dijo que gastara un níquel en un pastel del día anterior que no estuviese demasiado machucado. Losher elaboraba pan y lo servía a las panaderías del barrio, sin envoltorio, por lo que pronto se endurecía; después rescataba el pan sobrante de las panaderías y lo vendía a los pobres a mitad de precio. El local de venta estaba junto a los hornos. Unos mostradores largos y angostos ocupaban uno de los costados; contra las otras paredes, había bancos también largos y angostos, y una enorme puerta de dos hojas se abría detrás del mostrador. Los carros acarreaban y descargaban el pan directamente encima del mostrador. Vendía dos por un níquel. En cuanto se vaciaba un carro, el gentío se abalanzaba. Nunca había suficiente pan y algunos tenían que esperar tres o cuatro turnos para conseguirlo. Dado su precio no se vendía envuelto y había que llevar una bolsa. Los clientes eran en su mayoría chiquillos. Algunos regresaban a sus casas con el pan debajo del brazo sin que les importara que la gente viera que eran pobres; otros, como si pretendiesen ocultarlo, lo envolvían, ya fuera en diarios viejos o en bolsas usadas. Francie siempre llevaba una gran bolsa de papel.

No se apresuró a acercarse al mostrador; permaneció sentada mirando a su alrededor. Una decena de chiquillos se aglomeraba, bulliciosa. Cuatro ancianos dormitaban en un banco frente a ella. Viejos que dependían de sus familias hacían los recados y cuidaban de los niños, única ocupación para los hombres mayores de Williamsburg. Estos ancianos trataban de demorarse cuanto les era posible, porque les agradaba el olor a pan caliente de la panadería Losher y el sol que se filtraba por las ventanas entibiaba sus viejas espaldas. Allí sentados dormitaban; así pasaban el tiempo, con la sensación de ocupar las horas. Esperar allí era para ellos un fin y durante un rato tenían la ilusión de ser útiles en la vida.

Francie tenía una afición favorita: tejer conjeturas acerca de las personas que veía. Observó detenidamente al más anciano. Sus escasos cabellos estaban tan sucios como la barba que poblaba sus mejillas enjutas y la saliva reseca formaba una costra en la comisura de los labios. Ahora bostezaba. No tenía dientes. Atraída y asqueada a la vez, vio cómo cerraba la boca desdentada, apretando los labios y elevando la barbilla hasta casi tocarse la nariz. Contempló su vieja chaqueta, que iba perdiendo la entretela por las costuras deshilachadas. Tenía las piernas abiertas y estiradas, y los músculos relajados denunciaban su vejez. Al pantalón sucio y grasiento le faltaba un botón en la bragueta. Miró los zapatos rotos en las punteras: uno sujeto con un cordón desflecado, el otro con un trozo de cuerda. Dos gruesos dedos de uñas grises y arrugadas asomaban por los agujeros. Francie se entregó a sus fantasías.

«Ese viejo —se dijo— pasa de los setenta. Debió de nacer en la época en que Lincoln se preparaba para la presidencia; en aquel entonces Williamsburg sería una aldea y tal vez aún había indios en Flatbush...»

Siguió mirando los pies del viejo, imaginando que en su tiempo ese anciano también había sido un niño, un bebé limpio, suave, a quien su madre besaba los piececitos rosados. Tal vez cuando tronaba de noche su mamá se inclinaba sobre la cuna, tierna y solícita, le arrullaba para que no tuviese miedo, le decía que allí estaba ella, luego lo alzaba y colocando la mejilla contra su cabeza le decía que era su niño, su niño querido.

Y continuó pensando que podía haber sido un chico como su hermano, uno de esos que entran y salen de casa dando portazos, y que mientras las madres les reprochan su conducta sueñan con poder llegar a ser un día presidentes. Después habría sido un muchacho fuerte y feliz, y cuando pasara por la calle las mozas se volverían para mirarle y sonreírle, y él guiñaría el ojo a la más bonita. Seguramente se había casado, había tenido hijos que le considerarían el papá más prodigioso del mundo por ser buen trabajador y por los juguetes que les regalaba para Navidad. Ahora sus niños también se estarían haciendo viejos, tendrían hijos y nadie querría cargar con el anciano. Quién sabe si no estarían esperando que muriese de una vez. Pero él no deseaba morir; quería seguir viviendo, a pesar de la carga de sus años y la falta de motivos para ser feliz.

En la tienda reinaba la tranquilidad. El sol estival que se filtraba por las ventanas dibujaba en el aire su geometría polvorienta. Un moscardón, revoloteando, cruzaba los rayos oblicuos. Con excepción de ella y los ancianos que dormitaban, el local había quedado desierto. Los chicos que aún no habían conseguido su pan se habían ido a jugar fuera. El alboroto de sus voces parecía llegar desde lejos. De pronto Francie se estremeció; pensó en un acordeón que se abría en toda su extensión para dar una nota sonora y llena y que luego se contraía más y más y más. La fue invadiendo un pánico indefinido mientras se daba cuenta de que muchas de las criaturitas que venían al mundo llenas de dulzura nacían para convertirse algún día en algo semejante al viejo que tenía allí delante. Era necesario huir. En caso contrario a ella le sucedería lo mismo. De pronto se convertiría en una anciana con encías desdentadas y pies repugnantes.

En aquel momento se abrió la puerta detrás del mostrador y avanzó un carro repleto de pan. Enseguida el conductor empezó a tirar los panes al vendedor, que los recogía en el aire y los apilaba sobre el mostrador. Los chiquillos de la calle habían oído el ruido de las puertas y se amontonaron apretujados alrededor de Francie, que ya había llegado al mostrador.

—Quiero pan —dijo Francie en voz alta.

Una muchachota, dándole un empujón, la increpó:

—¿Qué te crees tú?

—¡Qué te importa! —le respondió, y gritó al vendedor—: Quiero seis panes y un pastel que no esté demasiado machucado.

El vendedor, impresionado por semejante vigor, le entregó en el acto los seis panes y el menos machucado de los pasteles del día anterior y cogió el dinero.

Francie se abrió paso entre el gentío; la apretujaban de tal modo que le costó pescar uno de los panes que se le había caído. Una vez fuera se sentó en el suelo y colocó el pan y el pastel dentro de la bolsa. Una mujer que llevaba un niño en un cochecito pasó junto a ella; la criatura agitaba un pie en el aire. Francie no vio el pie, sino una cosa enorme, repugnante, en un botín roto. El pánico resurgió en ella y salió corriendo hasta llegar a su casa.

En casa no había nadie. Su madre se había arreglado y se había ido con la tía Sissy a una sesión de cine de diez centavos la entrada. Francie guardó el pastel y el pan, luego dobló cuidadosamente la bolsa y entró en el mal ventilado y reducido cuarto que compartía con Neeley; allí, sentada en su cama, esperó a que se alejara aquella oleada de pánico que la había invadido.

Al poco rato llegó Neeley y se agachó para coger de debajo de su cama un guante de béisbol estropeado.

—¿Adónde vas? —le preguntó Francie.

—A jugar a la pelota en el descampado.

—¿Puedo ir contigo?

—No.

Ella le siguió hasta la calle. Tres chicos de su pandilla le esperaban.

Uno llevaba un bate; otro, una pelota, y el tercero nada, pero se había puesto pantalones de béisbol. Se dirigieron hacia un solar en las proximidades de Greenpoint. Neeley vio que Francie los seguía, pero no dijo nada. Uno de los muchachos le dio un codazo.

—¡Eh! Tu hermana nos viene siguiendo.

—Sí —asintió Neeley. Volvió la cabeza y gritó a Francie—: Lárgate de aquí.

—Vivimos en un país libre —replicó Francie.

—Sí, es un país libre —repitió Neeley.

Después dejaron de fijarse en ella. Francie continuó detrás de los chicos. Hasta las dos no tenía nada que hacer; a esa hora abrían la biblioteca del barrio.

Los muchachos andaban despacio, haciéndose bromas; de vez en cuando se detenían para recoger papel plateado y colillas de cigarrillos. Éstas las guardaban para fumar en el sótano el próximo día de lluvia. Luego se pararon para mortificar a un chiquillo judío que iba a la sinagoga. Le atajaron cuando aún no habían discurrido qué podían hacerle. El judío se quedó a la expectativa, sonriendo humildemente. Los cristianos le dieron instrucciones muy precisas sobre cómo comportarse durante toda la semana.

—No te asomes por Devoe Street.

—No lo haré.

Los de la pandilla se quedaron desconcertados. Esperaban otra reacción.

Uno de los chiquillos sacó del bolsillo un pedazo de tiza, hizo una raya en la acera y le ordenó:

—No se te ocurra pasar de esa raya.

El chiquillo comprendió que los había ofendido cediendo tan deprisa y decidió seguirles el juego:

—¿Tampoco puedo pisar la alcantarilla, camaradas?

—No, no puedes ni escupir en la alcantarilla.

—Bueno, está bien —suspiró, simulando resignarse.

Uno de los mayores tuvo una inspiración:

—Y, además, que no te veamos acercarte a las chicas cristianas, ¿me has oído?

Satisfechos, siguieron su marcha, y él, atónito, se quedó mirándolos.

—¡Caramba! —susurró, dibujando círculos con sus ojos castaños de judío.

Aquello de que le consideraran lo bastante hombre para ocuparse de alguna chica, cristiana o judía, le pasmaba, y se fue repitiendo:

—¡Caramba! ¡Caramba!

Los chicos caminaban lentamente mirando de reojo al muchachote que había hecho la observación referente a las chicas, preguntándose si los llevaría a una charla atrevida. Pero antes de que ésta se iniciara, Francie oyó que Neeley decía:

—Conozco a ese chico: es un judío blanco.

Neeley había oído a su padre afirmar eso de cierto cantinero a quien apreciaba.

—No hay judíos blancos —dijo el mayor.

—Bueno, si existieran los judíos blancos —replicó Neeley, con ese simpático don que tenía para llevarse bien con todos sin renunciar a sus ideas—, él sería uno de ellos.

—No pueden existir ni en la imaginación —insistió el otro.

—Nuestro Señor fue judío.

Neeley estaba plagiando a mamá.

—Y fueron otros judíos quienes le mataron —replicó el muchachote.

Antes de que pudieran seguir profundizando en teología, divisaron a otro chiquillo que doblaba la esquina. Entraba en Ainslee Street y venía de la Humboldt Avenue; llevaba una canasta colgada del brazo, cubierta con un trapo limpio; en un extremo asomaba un palo con seis roscas ensartadas. El mayor de la pandilla dio la señal de ataque y todos formaron un círculo alrededor del vendedor de roscas. Éste se detuvo y dio un chillido:

—¡Mamá!

Se entreabrió una ventana y apareció una mujer que se sujetaba sobre el pecho un quimono de crespón y les gritó:

—No os metáis con él y salid de esta calle. ¡Bastardos! ¡Piojosos!

Francie se tapó los oídos para no tener que confesar al cura que había escuchado malas palabras.

—No le hacemos nada, señora —dijo Neeley con la misma sonrisa conciliadora con que sabía conquistar a su madre.

—Ya sé que no, mientras yo esté por aquí. —Y sin cambiar de tono llamó a su hijo—: Sube enseguida, te voy a enseñar a molestarme mientras duermo la siesta.

El vendedor de roscas subió y la pandilla continuó su camino.

—Es brava, ésa —dijo el muchachote mirando la ventana.

—Sí —afirmaron los otros.

—Mi padre es bravo —comentó el menor de ellos.

—¡Qué diablos nos importa! —exclamó otro.

—Lo decía por decir.

—Mi padre no es así —dijo Neeley, y todos lanzaron una carcajada.

Siguieron andando, deteniéndose de vez en cuando para aspirar profundamente el olor del arroyo Newtown, cuyo angosto y tortuoso curso fluía unas manzanas por Grand Street.

—¡Caramba! ¡Cómo huele! —dijo el muchachote.

—Sí que huele —respondió Neeley con satisfacción.

—Apuesto a que es el olor más feo del mundo —se jactó un tercero.

—Sí —afirmó otro de ellos.

Y Francie asintió a su vez.

Se enorgullecía de ese olor. Para ella era el indicio de que cerca había un riachuelo que, aunque sucio, iba a un río que a su vez desembocaba en el mar. Ese olor nauseabundo le traía a la mente vapores que zarpaban hacia remotos mares y extrañas aventuras. Por eso le agradaba ese olor.

En cuanto llegaron al solar donde había las marcas de un campo de béisbol desdibujadas por el constante pisoteo, vieron una mariposa que revoloteaba entre las hierbas. Siguiendo ese instinto humano que lleva a capturar todo bicho que vuela, nada, corre o se arrastra, la persiguieron tirándole sus gorras zarrapastrosas. Fue Neeley quien la cazó. Los muchachos se aproximaron y, ya sin interés, le echaron apenas un vistazo antes de iniciar su partido de béisbol.

Corrían rabiosamente, vociferando imprecaciones, transpirando y dándose golpes. Cada vez que se detenía algún vagabundo hacían payasadas y demostraciones. Se decía que el club Brooklyn Dodgers tenía un centenar de buscadores rondando las calles los sábados por la tarde para observar los partidos que se improvisaban en los descampados y descubrir campeones en ciernes entre los muchachos del barrio. No había en todo Brooklyn un solo chiquillo que entre pertenecer al equipo Bum o ser presidente de Estados Unidos hubiera titubeado en escoger lo primero.

Al cabo de un rato Francie se cansó de contemplarlos; sabía que continuarían jugando y peleando hasta la hora de la cena. Eran ya las dos. La bibliotecaria habría vuelto del almuerzo. Saboreando de antemano el placer que le produciría la lectura, se dirigió a la biblioteca.

II

La biblioteca pública, aunque pequeña y pobre, era magnífica para Francie. Empujó la puerta y entró; dentro tenía la impresión de hallarse en una iglesia. Le gustaba la mezcla de olores que había allí. Prefería el aroma del cuero gastado, el pegamento y los libros recién impresos a ese olor a incienso típico de las misas solemnes.

Francie creía que en esa biblioteca estaban todos los libros del mundo y se había propuesto leerlos todos. Devoraba un libro al día siguiendo celosamente el orden alfabético, sin saltarse ninguno, ni siquiera los más áridos. Recordaba que el autor del primero era Abbott. Desde hacía mucho tiempo leía un libro al día, y, con todo, aún estaba en la B, ya había leído sobre bichos, búfalos, vacaciones en las Bermudas y arquitectura bizantina. A pesar de su gran entusiasmo, algunos de esos libros le resultaron realmente difíciles; pero Francie era una lectora de verdad y se había propuesto leer todo lo que estuviera a su alcance: clásicos, novelas, calendarios y hasta el catálogo del almacén. Algunas obras eran maravillosas, por ejemplo las de Louisa May Alcott. Tenía pensado leerlas todas de nuevo, una vez recorrida la lista hasta la letra Z.

Ahora bien, los sábados era diferente. Se daba el lujo de leer un libro sin seguir el orden alfabético, y pedía a la bibliotecaria que le recomendase uno.

Después de entrar y cerrar la puerta silenciosamente —como debe hacerse en una biblioteca pública—, Francie se apresuró a mirar el florero de cerámica que reposaba en una esquina del escritorio de la bibliotecaria. Por las flores que contenía podía determinar la época del año. En otoño tenía unas ramitas de dulcamara; en Navidad lucía ramas de acebo. Sabía que se aproximaba la primavera, aunque el suelo estuviese cubierto de nieve, por los brotes de sauce del jarrón; y hoy, en ese sábado del verano de 1912, ¿qué habría en él? Alzó la vista poco a poco y sobre los delgados tallos y hojitas verdes vio... ¡capuchinos! De color rojo, amarillo, dorado y marfil. La intensa emoción que le produjo esa belleza fue casi dolorosa. Lo recordaría toda la vida.

Pasó la mano por el borde del escritorio, le gustaba la sensación de la madera lustrada. Miraba la fila ordenada de lápices recién afilados, el cuadrado inmaculado de secante verde, el tarro del pegamento, la metódica pila de tarjetas y el montón de libros devueltos que esperaban ser colocados de nuevo en los anaqueles. Aquel lapicero tan extraño que tenía un dispositivo para mostrar la fecha del día reposaba contra el borde del secante.

«Sí, cuando sea mayor y tenga mi propia casa, no pondré sillas de felpa, ni cortinas de encaje, ni flores artificiales. Pero sí un escritorio como este en la sala de paredes blancas; un secante verde limpio cada sábado por la noche; una hilera de lápices amarillos, relucientes, siempre con la punta bien afilada, y un jarrón dorado con hojas de haya o alguna flor, y libros... libros... y más libros.»

Eligió un libro para el domingo, de un autor llamado Brown. Francie recordó que llevaba muchos meses leyendo libros escritos por algún Brown; cuando estaba a punto de terminar con ellos se enteró de que el estante siguiente comenzaba con Browne. Luego venía Browning. Suspiró con ansias de empezar la letra C, donde había un libro emocionante, que ya había hojeado, de Marie Corelli. ¿Llegaría a leerlo algún día? Tal vez debiera pedir dos libros por día...

Se quedó ante el mostrador un buen rato, antes de que la bibliotecaria se dignara atenderla.

—¿Qué deseas? —le preguntó con aspereza.

—Quiero este libro —dijo mostrándole el libro con las tapas abiertas y la tarjeta de registro fuera del sobre.

Las bibliotecarias habían enseñado a los niños cómo debían presentar su pedido para evitarse el trabajo de abrir centenares de libros y sacar otras tantas tarjetas todos los días.

Tomó la tarjeta, la selló y la introdujo en una ranura que había en el escritorio. Selló la tarjeta de Francie y se la entregó, pero ésta siguió esperando.

—¿Y bien? —preguntó la bibliotecaria, sin tomarse la molestia de mirarla.

—¿Podría usted recomendarme un libro adecuado para una niña?

—¿De qué edad?

—De once años.

Todas las semanas Francie hacía la misma solicitud y cada vez la señorita formulaba esa misma pregunta. Un nombre escrito en una tarjeta no significaba nada para ella, y como nunca había mirado la cara de la chiquilla, no conocía a la pequeña que solicitaba un libro al día y dos el sábado. Cómo le habría gustado a Francie una sonrisa, un comentario amistoso. ¡La habrían hecho tan feliz! Pero la bibliotecaria tenía otras preocupaciones, y además odiaba a los niños.

Francie tembló de curiosidad mientras la mujer estiraba el brazo debajo del escritorio. Fue leyendo el título a medida que el libro aparecía lentamente: *Si yo fuera rey*, de McCarthy. ¡Maravilloso! La semana anterior le había tocado *Beverly de Grautark*, y el mismo dos semanas atrás. El libro de McCarthy se lo había llevado sólo dos veces. La bibliotecaria recomendaba siempre esos dos libros; quizá eran los únicos que conocía, o figuraban en alguna lista de libros recomendables, o bien los consideraba apropiados para una niña de once años.

Francie cerró el libro y se apresuró a regresar a casa resistiendo la tentación de sentarse en el primer umbral para empezar la lectura.

Por fin llegó. Era el momento codiciado durante toda la semana, la hora de la escalera de incendios, su refugio; se instaló con una manta y una almohada, que sujetó contra los barrotes. Afortunadamente, encontró hielo en la nevera; rompió un pedazo y lo puso en un vaso de agua. Echó los caramelos comprados aquella mañana en un bol rajado, de un bonito color azul. Colocó el bol, el vaso de agua y el libro en el antepecho de la ventana y trepó por la escalera. Estar allí fuera era como vivir en un árbol; nadie de arriba, ni de abajo, ni de enfrente podía verla; en cambio, ella lo veía todo a través de las hojas.

Era una tarde radiante; corría una brisa templada que traía olor a mar. Las hojas del árbol proyectaban arabescos sobre la almohada blanca. Por suerte el patio estaba desierto. Por lo general lo ocupaba un chiquillo barullero. Era el hijo del tendero que alquilaba la tienda de la planta baja. El niño jugaba invariablemente al sepulturero. Cavaba tumbas minúsculas, luego enterraba en ellas orugas vivas que llevaba en cajas de fósforos. Sobre los montículos de tierra colocaba una lápida de guijarros, y lo acompañaba todo con sollozos y suspiros. Ese día el fúnebre niño había ido de visita a casa de una tía en Bensonhurst. Saber que no estaba era tan agradable como recibir un regalo de cumpleaños.

Mientras leía, Francie aspiraba el aire tibio, observaba las sombras movedizas de las hojas, se comía los caramelos y bebía sorbos de agua helada.

Si yo fuera rey, amor,
¡ah! si yo fuera rey…

La historia de François Villon le resultaba más asombrosa cada vez que la leía. A veces llegaba hasta a inquietarse pensando que si el libro se extraviara ya no podría leerlo nunca más. Deseaba tanto poseer un libro, que incluso se le ocurrió comprar una libreta de dos centavos y copiarlo. Pero las hojas escritas a lápiz no se parecían ni emanaban el olor de los libros de la biblioteca, y desistió de su propósito, se consoló proponiéndose que cuando fuera mayor trabajaría duramente para ahorrar y poder comprar todos los libros que quisiera.

Mientras leía en paz con el mundo, y tan feliz como sólo puede sentirse una niñita que tiene un buen libro y un bol lleno de caramelos y que además está sola en su casa, las hojas del árbol del cielo formaban sombras extrañas y la tarde declinaba. A eso de las cuatro empezó el bullicio en los pisos de enfrente. Escondida entre el follaje, veía a través de las ventanas sin visillos de los vecinos cómo algunos se precipitaban a la calle con jarras vacías y volvían con ellas rebosantes de espumosa y helada cerveza. Veía el tráfago de chicos que ora entraban, ora salían corriendo al almacén, a la carnicería, a la panadería. Veía mujeres que regresaban a sus casas cargando voluminosos paquetes con los trajes domingueros de sus maridos; el sábado reaparecían en casa y el lunes volvían a la casa de empeños por otra semana. El tío Timmy ganaba diez centavos de interés semanal y el traje se beneficiaba porque lo cepillaban y colgaban protegido contra la polilla. Empeñado el lunes y rescatado el sábado: de esta suerte deambulaba.

Desde allí veía también a las jovenzuelas atareadas en sus preparativos para salir con sus pretendientes. Como no había cuarto de baño en ningún piso, iban en enaguas y se aseaban en el fregadero de la cocina; para enjabonarse las axilas extendían el brazo sobre la cabeza formando una curva armoniosa. Eran tantas las chicas y tantas las ventanas, que aquello parecía un rito silencioso, un mudo canto a la esperanza.

Interrumpió su lectura cuando el caballo y el carro de Fraber entraron en el patio contiguo. Observar aquel hermoso animal era casi tan interesante como leer. El patio vecino estaba empedrado y tenía una elegante cuadra al fondo. Un gran portón de hierro forjado lo separaba de la calle. En un estrecho parterre que bordeaba el empedrado crecían un hermoso rosal y una hilera de llamativos geranios rojos. La cuadra era la construcción más linda del barrio y el patio el más bonito de Williamsburg.

Francie oyó el golpe seco del cerrojo. Primero apareció el caballo, un alazán de lustroso pelaje y cola y crines negras. Arrastraba un carrito rojo que lucía en ambos lados, en letras doradas, la leyenda: «Doctor Fraber, dentista» y su dirección. Este vehículo tan bien adornado no cargaba ni repartía nada; simplemente paseaba su anuncio por el barrio durante todo el día. Era un cartel rodante.

Frank, un simpático muchacho de mejillas rosadas —como los jóvenes encantadores de las canciones para niños—, sacaba el carro todas las mañanas y lo traía de vuelta todas las tardes. Llevaba una existencia placentera y todas las chicas coqueteaban con él. Su única tarea consistía en guiar el carro por las calles para que los transeúntes leyesen el nombre y la dirección del cartel. Quien necesitara curarse o quitarse una muela se acordaría del anuncio y acudiría a la consulta del doctor Fraber.

Frank se quitó con calma la chaqueta y se puso el delantal de cuero, mientras Bob, el caballo, piafaba pacientemente. Después de liberarlo de las guarniciones y guardarlas en la cuadra, lavó a Bob con una gran esponja amarilla; el caballo disfrutaba. Mientras los rayos de sol jugaban sobre sus ancas, hacía brotar con su piafar una y otra chispa del empedrado. Solícito, Frank echaba agua sobre el lomo del animal y después lo secaba, al tiempo que le decía palabras afectuosas.

—¡Quieto, Bob! Buen chico, ahora más atrás. ¡Vamos!

Bob no era el único caballo en la vida de Francie. Tío Willie Flittman, el marido de tía Evy, manejaba un carro de lechero y su caballo se llamaba Drummer. Willie y Drummer no eran amigos como Frank y Bob. Tanto Willie como Drummer acechaban mutuamente la oportunidad para hacerse daño. Willie no paraba de maldecir a Drummer. Oyendo al tío se hubiera creído que el animal se pasaba la noche despierto, inventando fechorías para molestar a su conductor.

A Francie le gustaba imaginar a las personas trocadas en los animales que poseían y viceversa. En Brooklyn la gente solía tener perritos falderos. Las mujeres que poseían un caniche generalmente eran bajas y rollizas, blancas, sucias y con ojos legañosos, exactamente como sus animalitos. La señorita Tynmore, la solterona menuda y chillona que daba lecciones de piano a mamá, se asemejaba al canario que tenía en una jaula colgada en la cocina. Si Frank se convirtiera en caballo, sería como Bob. Francie nunca había visto a Drummer, pero se lo imaginaba pequeño, flaco, con ojos inquietos, en los que resaltaría el blanco de la córnea; sería gruñón como el tío.

Dejó de pensar en el marido de tía Evy.

Afuera, en la calle, una decena de chicos observaba cómo lavaban al único caballo del barrio. Francie no podía verlos, pero los oía conversar; inventaban chismes terribles sobre el pobre animal.

—Parece tranquilo y quieto —dijo un chico—, pero no hay que confiar: está esperando a que Frank no lo mire para morderle y matarle de una coz.

—Sí —dijo otro—, ayer lo vi atropellar a un niñito.

—Yo lo vi mear encima de una señora que vendía manzanas sentada en el borde de la acera. También encima de las manzanas —agregó como si realmente lo recordase.

—Le ponen anteojeras para que no vea lo diminuta que es la gente; si lo supiera nos mataría a todos.

—¿Las anteojeras le hacen creer que las personas son grandes?

—Como elefantes.

—¡Caramba!

Cada uno sabía que estaba mintiendo, pero creía lo que los otros decían. Por fin se cansaron de mirar al bueno de Bob, que permanecía quieto. Uno cogió una piedra y se la arrojó. La piel del animal se crispó donde había recibido el golpe; los chicos esperaron temblando una reacción alocada del caballo. Frank los miró y les habló con su suave acento de Brooklyn:

—No hagáis eso, el caballo no os ha hecho nada.

—¿Ah, no? —gritó uno de los chicos, indignado.

—No.

—¡Oh, vete a…! —exclamó el menor de los chicos, como golpe de gracia.

Frank siguió hablándole con suavidad, mientras echaba un chorro de agua sobre las ancas del animal.

—Marchaos, muchachos… ¿O tendré que romper un par de crismas?

—¿Tú y quién más?

—Os lo voy a demostrar.

Frank se agachó, agarró una piedra del suelo e hizo amago de arrojársela. Los pilluelos se dispersaron profiriendo insultos a gritos.

—Este es un país libre.

—¡Ja, ja! La calle no es tuya.

—Le voy a contar esto a mi tío, el policía.

—¡Basta! Marchaos, muchachos —agregó Frank con indiferencia, y restituyó cuidadosamente la piedra a su sitio.

Los más mayores se retiraron aburridos de la jugarreta, pero los pequeños volvieron. Querían ver cómo Frank le daba avena a Bob.

Frank terminó de lavar el caballo, lo llevó debajo de un árbol para que le diese sombra en la cabeza y le colgó el morral lleno; luego empezó a limpiar el carro silbando la canción «Déjame llamarte amada», y como si eso fuese una señal asomó por una ventana la cabeza de Flossie Gaddis, que vivía debajo de los Nolan.

—Hola —llamó alegremente.

Frank sabía quién llamaba. Dejó pasar un buen rato y luego contestó, sin levantar la vista:

—Hola.

Entonces se fue a lavar el otro lado del carro, donde Flossie no podía verle, pero sí hacerle llegar su persistente voz.

—¿Has terminado ya tu tarea?

—Casi he terminado.

—Me imagino que al ser hoy sábado saldrás esta noche.

No hubo respuesta.

—No me irás a decir que un joven tan guapo como tú no sale con ninguna chica.

Nadie contestó.

—Esta noche hay juerga en el Shamrock Club.

—¡Ah! ¿Sí? —preguntó él, haciéndose el desentendido.

—Tengo entradas para dos.

—Lo siento, pero tengo un compromiso.

—¿Quedarte en casa acompañando a tu madre?

—Tal vez.

—Oh, vete al diablo —dijo ella, y dio un ventanazo.

Frank suspiró aliviado.

Francie lo sentía mucho por Flossie. La pobre no perdía la esperanza a pesar de que Frank seguía rechazándola. Siempre iba detrás de los chicos, pero ninguno se fijaba en ella. También la tía Sissy lo hacía, pero ellos a veces la alcanzaban a mitad del camino. Había una diferencia notable entre ellas: Flossie Gaddis se moría por tener un chico, mientras que para Sissy los hombres sólo eran un capricho saludable.

‖‖‖

Johnny llegó a las cinco. A esa hora el carro y el caballo estaban ya encerrados en la cuadra. Francie había terminado de leer el libro. Se había comido los caramelos. El sol iba desapareciendo. Se quedó un rato disfrutando del calorcito de la almohada sobre su mejilla. Papá entró cantando su canción favorita, «Molly Malone». Siempre la cantaba al subir la escalera, para que todos se enteraran de su regreso.

> *En Dublín, ciudad encantada,*
> *las muchachas son tan bellas…*
> *Allí fue donde conocí…*

Francie abrió la puerta sonriente y feliz, antes de que él pudiera entonar el verso siguiente.

—¿Dónde está tu madre? —preguntó él.

Todos los días decía lo mismo al entrar.

—Ha ido al cine con tía Sissy.

—¡Oh! —exclamó contrariado, como siempre que Katie no estaba en casa—. Esta noche trabajo en el restaurante de Klommer. Hay una gran boda.

Alisó el chambergo con la manga antes de colgarlo.

—¿Para servir o para cantar?

—Servir y cantar. ¿Tengo un delantal limpio, Francie?

—Hay uno limpio, pero sin planchar; te lo plancharé enseguida.

Instaló la tabla entre dos sillas y puso la plancha a calentar. Sacó un cuadrado de tela de hilo, todo arrugado, con cintas para atarlo, y lo roció con agua. Mientras esperaba la plancha, calentó el café y le sirvió una taza a su padre. Johnny se lo tomó con la tortita que le habían guardado. Estaba muy contento. Tenía trabajo para esa noche, y además era un día hermoso.

—Un día como el de hoy es un regalo —dijo.

—Sí, papá.

—¡Qué cosa más buena es el café! ¿Verdad? ¿Qué haría la gente antes de que se inventara?

—A mí me gusta el aroma.

—¿Dónde has comprado las tortitas?

—En la tienda de Winkler, ¿por qué?

—Cada día las hacen más ricas.

—También hay una rebanada de pan de centeno, si quieres.

—Espléndido. —Miró la rebanada de un lado y del otro hasta que encontró la etiqueta del Sindicato de Panaderos.

—Buen pan, bien elaborado por el Sindicato de Panaderos. —Quitó la etiqueta. Se le ocurrió una idea—: Ah, la etiqueta del sindicato en el delantal.

—Aquí está, cosida en la costura; la voy a planchar.

—Esta etiqueta es como un adorno —explicó—, como si se llevara una rosa. Mira mi botón del Sindicato de Camareros.

Tenía el botón verde y blanco prendido en la solapa. Lo limpió con la manga.

—Antes de pertenecer al sindicato, los patronos me pagaban lo que se les antojaba y a veces ni me pagaban; decían que con las propinas me bastaba. Hasta llegaron a cobrarme por el privilegio de trabajar. «Se sacan buenas propinas», decían. Por eso cobraban a los camareros por trabajar. Cuando me afilié al sindicato todo cambió. Por más que tu madre se queje de las cuotas, allí me consiguen trabajo con patronos que están obligados a pagar un sueldo fijo sin tener en cuenta las propinas. Todos los trabajadores deberían afiliarse.

—Sí, papá —dijo Francie, planchando ya.

Le gustaba oírle hablar.

Francie pensó en la oficina del sindicato. Una vez que su padre había conseguido trabajo, ella había ido a llevarle el delantal y monedas para el viaje. Le encontró sentado con otros hombres. Como no tenía otro traje, usaba su esmoquin todo el día; llevaba el chambergo negro con el ala ligeramente levantada. Estaba fumando. Cuando la vio llegar se quitó el sombrero y tiró el cigarro.

—Mi hija —presentó con orgullo.

Los camareros vieron una niña delgada con el vestido roto; se lanzaron miradas elocuentes. Eran diferentes a Johnny Nolan. Trabajaban toda la semana y los sábados iban a buscar algún turno extra. Johnny, en cambio, no trabajaba con regularidad: tenía aquí o allí alguna que otra ocupación.

—Sepan, camaradas, que en casa tengo dos hermosos hijos y una linda mujer; y sepan también que no me los merezco.

—No te aflijas —le contestó un amigo dándole palmadas en el hombro.

Francie oyó la conversación de dos hombres que estaban a poca distancia y que hablaban de su padre:

—Oigan a ese hombre hablar de su mujer y de sus hijos. Tiene gracia. ¡Qué tipo! Entrega el sueldo a su esposa, pero se queda con las propinas para emborracharse. Ha hecho un pacto con McGarrity. Él le da todas las propinas que recibe y el otro le surte de bebida. No se sabe quién debe dinero a quién. A pesar de todo, tiene que resultarle el sistema, porque siempre anda medio borracho.

Los hombres se alejaron.

Francie sintió como si le estrujaran el corazón. Luego vio que los que rodeaban a Johnny le sonreían y parecían simpatizar con él y que cuando él hablaba ellos reían; que le escuchaban con atención. Su dolor se hizo más leve, aquellos dos hombres tenían que ser una excepción, ella sabía que su padre era apreciado.

En verdad todos apreciaban a Johnny Nolan. Era un dulce cantante de bonitas canciones. Desde tiempos inmemoriales, todos, especialmente los irlandeses, querían y respetaban al cantor del barrio. Sus colegas y los hombres para quienes trabajaba le querían de verdad. Le querían su esposa y sus hijos. Todavía era joven, alegre y guapo. Su mujer no le reñía y sus hijos no veían que tuvieran motivos para avergonzarse de su conducta.

Francie ahuyentó los recuerdos de aquel día en la oficina del sindicato. Siguió escuchando a su padre, que continuaba evocando tiempos pasados.

—Mírame: no soy nadie —dijo encendiendo tranquilamente su cigarro de un níquel—. Mis padres llegaron de Irlanda el año en que las patatas escasearon. Un tipo que tenía una compañía de vapores le propuso a mi padre llevarle a América, le dijo que aquí le esperaba un empleo, que el precio del pasaje se lo descontaría del sueldo. Así emprendieron el viaje. Mi padre era como yo, nunca duraba mucho tiempo en el mismo trabajo.

Siguió fumando en silencio.

Francie planchaba y callaba. Comprendía que él estaba pensando en voz alta y que no esperaba que su hija le entendiera, solamente necesitaba alguien que le escuchase. Todos los sábados repetía las mismas cosas. Durante la semana, cuando bebía, entraba y salía, hablaba poco. Pero ese día era sábado, su día de charla.

—Mis padres nunca supieron leer ni escribir. Apenas llegué al sexto grado; cuando murió mi padre y tuve que dejar la escuela. Vosotros tenéis suerte. Yo me encargaré de que terminéis los estudios.

—Sí, papá.

—Entonces yo tenía doce años. Cantaba en los cafés para los borrachines, que me arrojaban monedas; después empecé a trabajar en los cafés y en los restaurantes… de camarero… —Guardó silencio un rato tratando de retomar el hilo de sus pensamientos—. Siempre soñé con ser un buen cantante, de esos que salen al escenario vestidos de frac. Pero carecía de instrucción. Tampoco supe cómo iniciarme. «Ocúpate de tu empleo», solía decirme mi madre, «no sabes la suerte que es tener empleo...», y así me convertí en cantante y camarero de café. Eso no era un trabajo fijo. Mejor sería que me hubiera dedicado simplemente al oficio de camarero. Por eso me emborracho —dijo con absoluta falta de lógica.

Su hija le miró como queriendo hacerle una pregunta, pero se abstuvo.

—Bebo porque soy un derrotado y porque tengo conciencia de ello. No podría conducir un camión como tantos otros; con mi físico, no pude entrar en la policía. Tengo que servir cerveza y cantar cuando me viene en gana. Bebo porque sé que no soy capaz de sobrellevar mis responsabilidades.

Siguió una larga pausa y luego murmuró:

—No soy un hombre feliz. Tengo mujer e hijos y no soy un buen trabajador. Nunca quise tener familia.

Otra vez sintió Francie ese apretujamiento del corazón. ¿No los quería a ella y a Neeley?

—¿De qué le sirve a un hombre como yo tener familia? Pero me enamoré de Katie Rommely. ¡Ah! No culpo a tu madre —se apresuró a agregar—. De no ser ella hubiera sido Hildy O'Dair. ¿Sabes? Creo que tu madre todavía le tiene celos. Cuando conocí a Katie, le dije a Hildy: «Tú sigue tu camino que yo seguiré el mío». Así que me casé con tu madre. Tuvimos hijos. Tu madre es una buena mujer, Francie, no lo olvides jamás.

Francie sabía que su madre era una mujer buena. Estaba segura de ello y su padre lo decía también. Entonces, ¿por qué quería más a su padre? ¿Por qué? Su padre no servía para nada. Hasta él mismo lo confesaba. No obstante, ella prefería a su padre.

—Sí, tu madre trabaja sin descanso; yo la amo y quiero a mis hijos.

Esta última frase hizo feliz a Francie.

—Pero ¿no debería yo llevar una vida mejor? Tal vez algún día el sindicato arregle la situación para que tengamos horas libres después del trabajo y poderlas dedicar a lo que nos guste; pero eso no llegaré a verlo. Ahora hay que trabajar sin parar o ser un vago... no hay término medio. Cuando muera nadie se acordará de mí, nadie dirá: «Fue un hombre que amaba a su familia y tenía fe en el sindicato». Lo que dirán será: «¡Qué

pena! Pero, lo mires por donde lo mires, no era más que un borracho».
Sí, eso es lo que dirán.

En el cuarto reinaba el silencio. Con gesto amargo, Johnny Nolan tiró por la ventana su cigarro a medio fumar. Tenía el presentimiento de
que estaba derrochando la vida con demasiada rapidez. Contempló a su
hijita, que planchaba con premura, la cabeza inclinada sobre la tabla, y le
conmovió la carita triste de la criatura.

—Oye. —Se le acercó y la rodeó con un brazo—. Si esta noche saco
mucha propina, lo jugaré todo a una fija que tengo para el lunes, apostaré un par de dólares y ganaré diez, después jugaré diez a otro caballo y
ganaré cien. Jugando con tino y contando con un poco de suerte, llegaré
hasta los quinientos...

«¡Sueños! —pensaba para sí mientras hablaba de sus ganancias—.
¡Qué maravilloso sería si se realizase todo lo que se desea!»

—Y luego, ¿sabes, Prima Donna, lo que haré?

Francie sonrió contenta de oírse llamar por el apodo que le había dado cuando era pequeña, por llorar, aseguraba, con tantos tonos como
una cantante de ópera.

—No. ¿Qué harás entonces?

—Te llevaré de viaje. Tú y yo solitos, Prima Donna. Iremos al
Sur, donde florecen los copos de algodón. —Le encantó la frase y repitió—: Donde florecen los copos de algodón.

Era una canción que él conocía. Con las manos en los bolsillos silbó
y ejecutó un paso de vals imitando a Pat Rooney:

Un campo blanco como la nieve,
escucha el suave canto de los negros.
Ansío estar allí,
porque alguien me espera,
donde florecen los copos de algodón.

Francie le besó con ternura en la mejilla y murmuró:
—Oh, papá. Te quiero tanto.

Él la estrechó contra su pecho. Sentía remordimiento. «¡Oh, Dios mío! —se repetía con una angustia casi intolerable—. ¡Menudo padre soy!» Se recobró, y cuando volvió a dirigirse a su hija habló con bastante calma:

—Con tanta charla no vas a terminar de planchar el delantal.

—Ya está, papá —dijo Francie doblando la prenda cuidadosamente.

—¿Hay dinero en casa, cariño?

Francie buscó dentro del jarrón rajado y sacó un níquel y algunos centavos.

—¿Quieres coger siete centavos e ir a por una pechera y un cuello de papel?

Francie fue a la tienda a comprar las prendas que su padre tenía que usar el sábado por la noche. La pechera era un delantero de camisa hecho de muselina almidonada, sujeto alrededor del cuello con un botón y sostenido por la camiseta. Reemplazaba a la camisa. Sólo se usaba una vez, luego había que tirarla. El cuello de papel no era exactamente de papel; se llamaba así para diferenciarlo del cuello de celuloide que llevaba la gente pobre y que tenía la ventaja de que se podía limpiar con un trapo húmedo. El cuello de papel era de un delgado cambray almidonado, y tampoco podía usarse más de una vez.

Cuando Francie regresó, su papá ya se había afeitado, se había mojado la cabeza para alisarse el cabello, se había lustrado los zapatos y se había cambiado la camiseta por otra sin planchar, con un tremendo agujero en la espalda, pero que olía a limpio. Johnny trepó a una silla para sacar del estante más alto de la alacena una cajita que contenía los botones de perla que Katie le había regalado el día de su boda y que le costaron el sueldo de todo un mes. Johnny estaba orgulloso de ellos. Por más aprietos que pasaron, los Nolan nunca los habían empeñado.

Francie le ayudó a colocar los botones en la pechera, él se abrochó el cuello palomita con un botón de oro, regalo de Hildy O'Dair antes de su compromiso con Katie. Tampoco consentía en desprenderse de él. La corbata era una gruesa cinta de seda negra, con la que sabía hacerse un lazo magistral. Algunos camareros usaban lazos ya hechos, sostenidos con un elástico; otros vestían camisas sucias o ajadas y cuellos de celuloide; pero Johnny Nolan no. Él llevaba el traje, aunque precario, siempre inmaculado.

Por fin estaba listo, su cabello brillaba, olía a limpio, recién lavado y afeitado. Se puso la chaqueta y se la abrochó con elegancia. Las solapas de raso estaban raídas, pero ¿quién repararía en eso si todo le quedaba tan bien y la raya del pantalón era impecable? Francie miró sus zapatos lustrados y se fijó en lo bien que caía el pantalón sin vueltas sobre ellos. Ningún otro padre llevaba un pantalón con ese corte. Francie estaba orgullosa de su padre. Envolvió el delantal en un papel limpio reservado para estas ocasiones y le acompañó hasta el tranvía. Las mujeres le sonreían hasta que descubrían que caminaba de la mano de su hija. Johnny parecía un hermoso donjuán irlandés, y no el marido de una fregona y padre de dos niños hambrientos.

Pasaron ante la ferretería de Gabriel y se detuvieron para mirar los patines en el escaparate. Katie nunca tenía tiempo para pararse. Johnny le hablaba de los patines como insinuando que algún día le compraría un par. Llegaron a la esquina, cuando se acercaba el tranvía que le llevaría a Graham Avenue, él se encaramó acompasando sus movimientos a los del vehículo, que iba disminuyendo la velocidad. Se quedó en la plataforma, y cuando el tranvía continuó su marcha se asomó para saludar a Francie.

«No existe un hombre más elegante que papá», pensó la chiquilla.

IV

Cuando su padre se hubo alejado, Francie se dirigió a casa de Flossie Gaddis para ver el vestido que se pondría aquella noche para ir al baile.

Flossie mantenía a su madre y a su hermano trabajando en una fábrica de guantes. Los guantes se cosían del revés y su tarea consistía en darles la vuelta. A menudo llevaba trabajo para terminarlo en casa. Necesitaban hasta el último centavo que ganaba porque su hermano no estaba en condiciones de trabajar: era tuberculoso.

A Francie le habían asegurado que Henny estaba moribundo, pero ella no lo creía porque no tenía mal aspecto. Parecía estar perfectamente bien. Tenía el cutis claro y las mejillas rosadas, y sus ojos grandes y oscuros ardían como la luz de una lámpara al amparo del viento. Pero él sabía que se moría. Tenía diecinueve años, ansiaba vivir y se resistía a aceptar su condena. La señora Gaddis se alegró al ver a Francie; Henny se distraía cuando alguien le hacía compañía.

—Henny, aquí está Francie —dijo alegremente.

—Hola, Francie.

—Hola, Henny.

—¿No te parece que Henny tiene buen aspecto? Díselo, Francie.

—Estás muy bien, Henny.

Como si hablase a un compañero invisible, Henny contestó:

—Le está diciendo a un moribundo que tiene buen aspecto.

—Pero yo lo digo de verdad.

—No, lo dices por decir.

—¿Por qué hablas así, Henny? Mira lo flaca que soy y nunca pienso en la muerte.

—Tú no morirás, Francie, has nacido para vencer en esta vida de perros.

—De cualquier manera, ya quisiera tener yo el color de tus mejillas.

—No, no. Y menos si supieras a qué se debe.

—Henny, deberías subir más a la azotea —dijo su madre.

—Le está diciendo a un moribundo que se siente en la azotea.

—Lo que necesitas es aire puro y sol.

—Déjame en paz, mamá.

—Es por tu bien…

—¡Mamá! ¡Mamá! ¡Déjame en paz!

De pronto dejó caer la cabeza pesadamente entre sus brazos; un terrible acceso de tos y llanto atormentaba todo su cuerpo. Flossie y su madre se miraron en silencio y le dejaron solo. Él se quedó sollozando y tosiendo en la cocina, ellas se fueron al salón para mostrar los trajes a Francie.

Flossie tenía tres ocupaciones semanales: se dedicaba a los guantes, a los trajes y a Frank. Todos los sábados asistía a un baile de disfraces y cada vez lucía un vestido distinto. Los trajes estaban especialmente diseñados para ocultar las quemaduras de su brazo derecho. De pequeña se había caído en un barreño de lavar ropa lleno de agua hirviendo que habían dejado en la cocina. Se hizo unas quemaduras tan espantosas en el brazo que la piel le quedó morada y arrugada. Por eso siempre llevaba manga larga.

Como un traje de disfraz tenía que ser *décolleté*, había ideado un tipo de vestido escotado por la espalda y lo suficiente en el pecho para lucir su amplio busto, con una sola manga larga para cubrir el brazo derecho. El jurado creía que la manga flotante simbolizaba algo, e invariablemente le adjudicaba el premio.

Flossie se puso el vestido de aquella noche; podría muy bien haber sido el atuendo de una *habitué* de un cabaret del Klondike. Era de raso violeta, armado sobre una falda de tarlatana color cereza. En el sitio en que el pecho izquierdo dibujaba una suave punta, tenía cosida una mariposa de lentejuelas negras. La única manga era de gasa verde claro. Francie admiró el traje. La madre de Flossie abrió el ropero de par en par, y la niña pudo contemplar una enorme cantidad de trajes lustrosos y bien alineados.

Flossie tenía seis túnicas de distintos colores y otras tantas faldas, y por lo menos veinte mangas de gasa de todos los tonos imaginables. Cada semana las combinaba para crear un traje diferente. No sería de extrañar que la semana siguiente la falda cereza asomara debajo de una túnica celeste con una manga de gasa negra, y así sucesivamente. En el ropero también tenía dos docenas de paraguas de seda cuidadosamente arrollados, sin estrenar. Eran los premios que había ganado; los coleccionaba como un atleta colecciona las copas. A Francie le divertía ver tantos paraguas. La gente pobre siente verdadera pasión por las grandes acumulaciones de objetos.

Mientras Francie admiraba los trajes empezó a inquietarse. Contemplando aquellos colores —naranja, cereza, azul eléctrico, encarnado y amarillo—, tuvo la sensación de que algo se escondía furtivamente allí dentro. Algo que, arropado en una larga capa negra, de cráneo contorsionado y afilados huesos por manos, acechaba a Henny detrás de aquella fiesta de colores.

V

Katie regresó a las seis con tía Sissy. Francie se alegró de ver a su tía predilecta, la quería mucho y se sentía fascinada por ella. Hasta entonces la vida de Sissy había sido muy accidentada. Tenía sólo treinta y cinco años, pero se había casado tres veces y había dado a luz diez hijos, todos muertos al poco tiempo de nacer. Sissy solía decir que Francie significaba para ella lo que sus diez hijos juntos.

Trabajaba en una fábrica de artículos de goma, y era muy desinhibida con los hombres. Tenía los ojos oscuros, grandes y alegres, el cabello negro y ondulado, la piel clara y limpia. Le gustaba atarse el pelo con un lazo rojo.

Katie llevaba su sombrero verde jade, que hacía resaltar la blancura de su tez, pálida como la leche. Los guantes de algodón blanco cubrían las asperezas de sus bonitas manos.

Sissy llevaba un regalo para Francie, una pipa de mazorca que al soplarla salía una gallinita de goma que se inflaba. Era de la fábrica donde ella trabajaba. Allí se producían unos cuantos juguetes de goma, pero sólo para ocultar el verdadero negocio. En realidad, los ingresos más generosos provenían de otros artículos de goma que se vendían furtivamente.

Francie contaba con que Sissy se quedara a cenar. Cuando estaba ella, todo era alegre y emocionante. «La tía —se decía Francie— comprende a las niñas. Otras personas, si bien creen que los niños son adorables, no ven en ellos sino una calamidad inevitable. En cambio, Sissy los trata como a seres humanos dignos de consideración.» Aunque Katie insistió, tía Sissy dijo que no podía cenar con ellos, tenía que ir a su casa para comprobar si su marido todavía la quería. Katie rió y Francie también, a pesar de no entender el significado de la frase. Tía Sissy se fue tras prometer que volvería el primer día del mes con las revistas. El actual marido de Sissy trabajaba en una editorial; todos los meses recibía un ejemplar de cada una de sus publicaciones. Eran historietas de amor, aventuras, espiritismo, policías y todo lo imaginable. Tenían cubiertas de colores vivos. Él las recibía directamente de la redacción atadas con hilo de cáñamo. Sissy las llevaba sin haberlas desatado siquiera. Francie las leía con avidez y luego las vendía a mitad de precio en el quiosco del barrio y guardaba el dinero en la hucha de mamá.

Cuando Sissy se fue, Francie le contó a su madre lo del viejo de horribles pies de la panadería Losher.

—¡Pamplinas! —dijo su madre—. La vejez no es una tragedia. Si fuese el único viejo del mundo… entonces tal vez, pero tiene la compañía de otros viejos. Los ancianos no son desgraciados, no ansían lo que nosotros tenemos, se contentan con estar abrigados, disponer de alimentos blandos para comer y recordar el pasado con otros ancianos. Déjate de tonterías, si hay algo inevitable es que todos seremos viejos algún día, ya puedes ir acostumbrándote.

Francie sabía que su madre estaba en lo cierto, sin embargo, sintió alivio cuando ella habló de otra cosa. Las dos empezaron a programar los platos que harían durante la semana con el pan duro.

A decir verdad los Nolan se alimentaban casi exclusivamente con pan duro. Sorprendía la cantidad de platos que Katie sabía hacer con él. Tomaba una hogaza, la rociaba con agua hirviendo, la machacaba y revolvía hasta convertirla en una pasta, la sazonaba con sal, pimienta y tomillo; le agregaba unas cuantas rodajas de cebolla y un huevo (cuando estaban baratos) y la metía en el horno. Cuando ya estaba lista y bien dorada la cubría con una salsa que hacía mezclando dos tazas de agua hirviendo y media taza de ketchup, le añadía un chorrito de café cargado y harina para espesarlo. Era un plato caliente, sabroso y nutritivo. Lo que sobraba se guardaba y al día siguiente se cortaba en rebanadas delgadas y se freía en grasa de tocino.

Katie también hacía un exquisito pudin con rebanadas de pan de días anteriores, azúcar, canela y una manzana de un centavo cortada en rodajas finas. Cuando ya estaba dorado, lo rociaba con almíbar. Otras veces preparaba lo que ella había bautizado como *Weckschnittens*. Literalmente significaba algo elaborado con los pedacitos de pan que por lo general se desechan, cocido con harina, agua, sal y un huevo, y luego frito en abundante manteca. Mientras se hacía la fritura Francie corría a la tienda de caramelos para comprar un caramelo de un centavo que machacaban con un rodillo de amasar. En el momento de comer la fritada, esparcían por encima los trocitos de caramelo, y como no se fundían del todo, aquello quedaba delicioso.

La cena del sábado era muy especial. ¡Los Nolan comían carne guisada! Se desmenuzaba un pan duro, se mojaba con agua caliente y se mezclaba con diez centavos de carne picada y una cebolla machacada, sal y un centavo de perejil picado para darle sabor. Con todo esto se hacía albondiguillas, que una vez fritas se servían con ketchup caliente. A estas albóndigas las llamaban *fricadellen*, lo que hacía mucha gracia a Neeley y a Francie.

Casi siempre comían esos alimentos elaborados con pan duro, leche condensada y café; cebollas y patatas y... la compra de último momento: un centavo de algo para dar sabor. De vez en cuando se comían un plátano. Francie se moría por las naranjas y sobre todo por las mandarinas, pero sólo las conseguía por Navidad.

A veces, cuando le sobraba un centavo, Francie compraba galletas rotas. El tendero hacía un cartucho de papel que llenaba con galletas que se habían roto en las cajas y no podía vender de otra manera. La recomendación de mamá era: «Si tenéis un centavo, no compréis caramelos ni pasteles: comprad una manzana». Pero ¿por qué una manzana? Para Francie una patata cruda tenía el mismo sabor y podía conseguirla gratis.

Sin embargo, había días, especialmente hacia el final de un largo y frío invierno, en que, a pesar del hambre, a Francie no le apetecía comer nada. Era el momento de los encurtidos. Entonces cogía un centavo y se iba a una tienda de Moore Street, donde sólo vendían encurtidos judíos, que flotaban en grandes tinajas llenas de salmuera con especias. Un patriarca de barba larga y blanca, boca desdentada y gorrito de alpaca negra dominaba la escena, armado de un enorme tenedor de madera. Una vez Francie hizo su pedido de la misma manera que los demás chiquillos:

—Oiga, Jacoibos, deme un centavo de encurtidos.

El hebreo la miró con sus ojillos sanguinolentos, feroces y encendidos.

—¡Maldita! ¡Maldita! —le gritó. Odiaba oírse llamar Jacoibos.

Francie no había querido herirle; desconocía el significado de aquel nombre. De hecho creía que se usaba con los desconocidos a quienes se apreciaba. El judío no lo sabía, por supuesto. A Francie le habían contado que el hombre tenía una tinaja únicamente para los cristianos. Se decía que, para vengarse, una vez al día escupía o hacía algo peor en ella. Pero nadie pudo probarlo nunca, y Francie no lo creía.

Mientras revolvía la tinaja con el tenedor, murmurando maldiciones a través de su descuidada barba blanca, se puso furibundo con Francie porque había elegido un encurtido de los del fondo. Le baileteaban los ojillos y se tiraba nerviosamente de la barba. Por fin alcanzó un encurtido grande y gordo, de un amarillo verdoso; lo puso en un pedacito de papel. Seguía maldiciendo mientras cogía el centavo con su mano descarnada. Luego se retiró al fondo del negocio, donde se fue aplacando su mal humor y empezó a recordar los viejos tiempos, en su tierra lejana.

El encurtido le duraba a Francie todo el día; lo chupaba y lo roía sin llegar a comérselo. Lo tenía y eso le bastaba. Cuando en casa se comía pan y patatas demasiado seguido, Francie buscaba en su memoria el sabor del encurtido húmedo y agrio. Ella no sabía por qué, pero después de un día de encurtidos, el pan y las patatas eran más sabrosos. Sí, Francie esperaba con toda su alma el día de los encurtidos.

VI

Cuando Neeley regresó, él y Francie fueron a comprar la carne para el domingo. Era un ritual muy importante, y requería precisas instrucciones de mamá.

—Comprad un hueso de cinco centavos para el puchero en la tienda de Hassler, pero no traigáis de allí la carne picada; id a buscarla a la carnicería Werner y pedid un trozo de carne de diez centavos. No permitáis que os dé la que tiene picada en el plato: que la pique delante de vosotros. ¡Ah! No os olvidéis de llevar la cebolla.

Francie y su hermano estuvieron largo rato ante el mostrador antes de que el carnicero los atendiera.

—¿Y para vosotros?

Francie inició la negociación.

—Diez centavos de carne —dijo.

—¿Picada?

—No.

—Acaba de salir una señora que ha comprado un cuarto de carne y esto es lo que ha sobrado, justo diez centavos, te aseguro que está recién picada.

Ésa era la trampa en la que Francie no tenía que caer. No debía comprar la del plato, dijera lo que dijese el carnicero.

—No, mi madre quiere un trozo de carne de diez centavos.

Furioso, el carnicero cortó el pedazo y lo colocó sobre un papel después de pesarlo. Estaba a punto de envolverlo cuando Francie exclamó con voz temblorosa:

—¡Ah! Me había olvidado: mamá la quería picada.

—¡Al diablo! —dijo, y arrojó malhumorado la carne en la picadora.

«Otra vez me he dejado engañar», pensó con amargura.

La carne salía en espirales frescas, coloradas. Él la recogió, y cuando estaba a punto de envolverla...

—¡Ah! Mamá también quería que picara esta cebolla.

Tímidamente puso sobre el mostrador la cebolla que había llevado de su casa.

Neeley esperaba sin decir nada; su papel consistía en acompañarla para apoyarla e infundirle coraje.

—¡Diablos! —estalló el carnicero, pero no obstante, con un par de cuchillas, picó la cebolla y la mezcló con la carne.

Francie miraba encantada, le gustaba el ruido rítmico de las cuchillas. El carnicero pasó todo el picado nuevamente por la máquina, lo puso en el papel y le dirigió una mirada fulminante. Ella tragó saliva; las últimas órdenes eran las más duras. El carnicero se imaginó lo que iba a suceder y esperó pronto a estallar, Francie dijo de un tirón:

—Y un pedazo de manteca para freír.

—Hija de puta, ¡bastarda! —masculló el carnicero.

Con ademanes bruscos cortó el trozo de manteca y lo dejó caer al suelo, para vengarse. Luego, tal como estaba, lo puso con la carne, empaquetó todo rabiosamente, arrebató la moneda que Francie le tendía y la entregó al jefe para que la guardara en la caja. Mientras, a todo esto, maldecía el ingrato destino que lo había hecho carnicero.

Después de comprar la carne, los chicos cruzaron a la tienda de Hassler a buscar el hueso para el caldo. Allí los huesos eran aceptables, pero no así la carne picada, que tenía que ser mala puesto que la picaba a puerta cerrada. Sólo Dios sabía lo que se llevaría uno.

Neeley esperaba fuera con el paquete. Si Hassler se hubiese enterado de que habían comprado la carne en otro lado, les habría dicho con tono orgulloso que fueran allí a buscar su hueso. Francie le pidió uno de cinco centavos, que tuviera un poco de carne para hacer el caldo del domingo. Hassler la tuvo esperando mientras le contaba el consabido chiste de «un hombre que había comprado dos centavos de carne para el perro y él le había preguntado si se la envolvía o prefería comérsela allí mismo». Francie sonrió tímidamente; el carnicero se dirigió a la nevera y volvió con un hueso blanco y lustroso que tenía tuétano y rastros de carne en un extremo. Se lo mostró a Francie, al tiempo que, haciendo gala de su buen humor, le decía:

—Cuando tu mamá lo haya cocido, dile que le extraiga el tuétano, que lo extienda en el pan con sal y pimienta y te haga un rico emparedado.

—Se lo diré.

—Si comes de esto te crecerán las carnes. ¡Ja, ja!

Una vez envuelto el hueso y recibido el dinero, cortó un pedazo de *lebe wurst* y se lo regaló. Francie lamentaba haber engañado a ese hombre comprando la carne en otra parte. Era una lástima que su madre no se fiara de su carne picada.

Aún era de día y todavía no habían encendido las farolas, pero la señora de los rabanitos ya estaba sentada frente a la tienda de Hassler. Francie le alargó la taza que había llevado de su casa. La mujer la llenó hasta la mitad por dos centavos. Contenta de haber terminado con el asunto de la carne, Francie compró dos centavos de verduritas para dar gusto a la sopa; consiguió una zanahoria, una rama marchita de apio, un tomate pasado y un ramito de perejil fresco. Esto se hervía con el hueso para hacer un rico caldo en el que flotaban algunas fibras de carne y al que se agregaban unos fideos hechos en casa. Todo esto, con el emparedado de tuétano, constituía una excelente comida dominguera.

Después de cenar *fricadellen*, patatas, pastel machacado y café, Neeley bajó a la calle a jugar con sus amigos. Sin necesidad de quedar, los chicos se reunían en la esquina todas las tardes después de cenar, y allí se entretenían un buen rato, con las manos en los bolsillos, los hombros caídos, charlando, riendo, empujándose y bailando al ritmo de canciones que ellos mismos silbaban.

Maudie Donavan fue a buscar a Francie para ir a confesarse juntas.

Maudie era huérfana; vivía con dos tías solteras que trabajaban en casa confeccionando sábanas fúnebres para mujeres: blancas para las vírgenes, violeta pálido para las recién casadas, rojo púrpura para las de mediana edad, negras para las viejas. Maudie le llevó a su amiga algunos retales de tela, pensando que podría aprovecharlos. Francie se puso contenta, pero mientras guardaba aquellos recortes lustrosos se estremeció.

En la iglesia flotaba una espesa nube de humo de incienso y velas derretidas. Las monjas habían adornado el altar con flores frescas, reservando las más hermosas para el de la Virgen. Las hermanas profesaban más devoción a María que a Jesús o José. La gente esperaba haciendo cola enfrente de los confesionarios; los chicos y las muchachas querían apresurarse para luego acudir a sus citas. La cola más larga era la que se había formado ante el confesionario del padre O'Flynn; éste era joven, amable y tolerante, y dispensaba penitencias leves.

Cuando llegó su turno, Francie apartó la pesada cortina y se puso de rodillas. El antiguo misterio de la confesión empezó cuando el cura abrió la minúscula puerta que le separaba del pecador e hizo el signo de la cruz delante de la rejilla. Comenzó a susurrar con voz rápida y monótona algunas palabras en latín, con los ojos cerrados. Ella respiraba la mezcla de aromas que emanaban del incienso, las velas encendidas, las flores, el traje y la loción para después del afeitado del cura.

—Bendecidme, padre, porque he pecado.

Confesó sus pecados deprisa y de la misma manera fue absuelta. Salió con la cabeza doblada sobre las manos apretadas. Se inclinó ante el altar y se arrodilló en un banco. Recitó las oraciones que le tocaban desgranando las cuentas de su rosario de madreperla. Maudie, que llevaba una vida no tan complicada, tenía menos pecados para confesar y había acabado antes. Cuando Francie salió, la estaba esperando sentada en los peldaños de la iglesia.

Las dos chicas dieron varias vueltas alrededor de su manzana, cogidas de las caderas, como hacían las amigas en Brooklyn. Maudie se compró un helado de un centavo y dejó que Francie lo probara, pero pronto tuvo que irse. No le permitían regresar a casa después de las ocho de la noche. Se separaron tras haberse prometido volver juntas a la iglesia el sábado siguiente.

—¡Que no se te olvide! —le gritó Maudie, mientras se alejaba de Francie caminando hacia atrás—. ¡Hoy he venido a buscarte yo, la próxima vez te toca a ti!

—No me olvidaré —prometió Francie.

Cuando Francie llegó a su casa, había visitas en el salón: la tía Evy y su marido Willie Flittman. A Francie le gustaba la tía Evy, se parecía mucho a su madre, era divertida, siempre decía cosas graciosas y uno se reía como si estuviera en el teatro, también tenía el don de imitar a cualquiera.

El tío Flittman había llevado su guitarra; él tocaba y todos cantaban. tío Flittman era moreno, tenía el pelo lacio y negro, y los bigotes sedosos. Tocaba bastante bien, teniendo en cuenta que le faltaba el dedo medio de la mano derecha. Al llegar al punto en que debía emplear ese dedo, golpeaba la guitarra para llenar el hueco de aquella nota. Esto daba un ritmo raro a sus canciones. Cuando entró Francie ya casi había llegado al final de su repertorio, así que apenas alcanzó a oír el último número.

Después de la música, él salió a comprar una jarra de cerveza. Tía Evy había llevado un pan negro y un trozo de queso de Limburgo, de modo que comieron bocadillos y bebieron cerveza. Después de beber, el tío Flittmann se soltó.

—Mírame, Katie; aquí tienes un hombre fracasado.

La tía Evy elevó los ojos al cielo y suspiró a la vez que se mordía el labio inferior.

—Mis hijos no me respetan —continuó—, mi mujer no me necesita, y Drummer, el caballo de mi carro, me tiene ojeriza, ¿A que no sabes lo que hizo el otro día? —Se echó hacia delante y los ojos se le humedecieron—. Lo estaba lavando en la caballeriza, y justo cuando le limpiaba la barriga ¡me meó!

Katie y Evy se miraron, sus ojos brillaban como si estuvieran a punto de reírse. Katie miró de repente a Francie, y aunque sus ojos no podían ocultar la risa, el gesto de la boca era severo. Francie bajó la vista y frunció el entrecejo, pero se rió para sus adentros.

—Eso fue lo que hizo, y todos mis compañeros se burlaron de mí. ¡Sí, todos!

Bebió otro vaso de cerveza.

—No hables así, Willie —le dijo su esposa.

—Evy no me quiere —agregó Willie dirigiéndose a Katie.

—Sí te quiero, Willie —aseguró Evy con voz tierna, que era en sí una caricia.

—Me querías cuando te casaste conmigo, pero ahora ya no, ¿no es así?

Esperó, pero Evy no le contestó.

—¿Ves? —le dijo a Katie—. Ya no me quiere.

—Es hora de regresar a casa —repuso Evy.

Antes de acostarse, Francie y Neeley tenían que leer una página de la Biblia y otra de Shakespeare. Era una regla. Katie había leído las dos páginas todas las noches hasta que ellos fueron capaces de hacerlo solos. Para ganar tiempo Neeley leía la Biblia y Francie leía Shakespeare. Hacía seis años que leían noche tras noche; habían llegado a la mitad de la Biblia y en las obras completas de Shakespeare estaban en *Macbeth*. Apuraron la lectura y a eso de las once todos los Nolan ya se habían acostado, excepto Johnny, que aún estaba trabajando.

El sábado por la noche a Francie se le permitía dormir en el salón. Improvisaba una cama juntando dos sillas delante de la ventana, desde donde podía observar a la gente en la calle. Allí acostada seguía los ruidos nocturnos de la casa; oía a los que entraban y salían de los pisos. Algunos entraban cansados arrastrando los pies, otros subían las escaleras corriendo, uno tropezó y maldijo el linóleo roto del vestíbulo, un bebé lloriqueaba a ratos, un hombre borracho de uno de los pisos de la planta baja resumía la vida malvada que, según él, había llevado su mujer.

A las dos de la mañana, Francie oyó a su padre cantar suavemente mientras subía la escalera:

*… dulce Molly Malone
que guiaba su carretilla
por un angosto callejón
gritando…*

Katie abrió la puerta al oír «gritando…». Era un juego que papá solía hacer. Si abrían la puerta antes de que terminara la estrofa, ganaban; si le daban tiempo de terminar en el vestíbulo, perdían.

Neeley y Francie se levantaron y se sentaron alrededor de la mesa para comer después de que papá dejara encima tres dólares y les diera un níquel a cada uno. Katie se los hizo guardar en la hucha, porque ese día ya habían recibido el dinero del trapero. Papá había llevado también un paquete repleto de comida que había sobrado de la boda. Habían faltado muchos invitados y la novia la había repartido entre los camareros: media langosta fría, cinco croquetas de ostras, una latita de caviar y un trozo de queso roquefort. A los pequeños no les gustaba la langosta y las ostras frías no sabían a nada. En cuanto al caviar, les resultaba demasiado salado; pero tenían tanta hambre que comieron todo lo que había sobre la mesa y lo digirieron durante la noche. Habrían sido capaces de digerir clavos si hubiesen podido masticarlos.

En su afán por comer, Francie olvidó que para comulgar al día siguiente tendría que haber estado en ayunas desde medianoche hasta después de la misa. No podría recibir la comunión. Era un verdadero pecado que no debía olvidar en su próxima confesión.

Neeley se acostó y reanudó su sueño profundo. Francie volvió al salón y, sin encender la luz, se sentó junto a la ventana; estaba desvelada. Sus padres se quedaron en la cocina, donde conversarían hasta el amanecer. Papá narraba su noche de trabajo; las personas que había visto, cómo iban vestidas y lo que habían dicho. Los Nolan no tenían suficiente con lo que la vida les ofrecía. Vivían intensamente, pero no se sentían satisfechos. Esto los llevaba a interesarse por la vida de todas las personas con quienes se cruzaban.

Katie y Johnny charlaron toda la noche; el sonido de sus voces en la oscuridad resultaba tranquilizador y protector. Eran las tres de la madrugada y la calle estaba sumida en el más completo silencio; Francie vio a una muchacha que vivía enfrente volver del baile con su compañero. Permanecieron en el zaguán silenciosos, abrazándose sin hablar hasta que ella se reclinó contra la pared y apretó accidentalmente el botón del timbre. El padre de ella bajó en calzoncillos y mandó a paseo al muchacho, imprecando en voz baja. La joven corrió escaleras arriba, poseída por una risita histérica; el chico se fue silbando «Cuando te tenga a solas esta noche...».

El señor Tomony, dueño de la casa de empeños, llegó a su casa en un coche de alquiler, después de pasar una noche de despilfarro en Nueva York. Nunca había puesto el pie en el negocio que había heredado junto a un administrador muy competente. Nadie comprendía por qué, siendo tan rico, vivía en el piso que había encima del negocio; llevaba la existencia de un aristócrata neoyorquino entre la mugre de Williamsburg. Un albañil que había trabajado en el piso contó que estaba repleto de cuadros al óleo, estatuas y alfombras de pieles blancas. El señor Tomony era solterón, nadie le veía durante la semana; tampoco cuando salía los sábados por la tarde. Sólo Francie y el vigilante le veían regresar. Francie le espiaba y se sentía como un espectador en el palco de un teatro.

Llevaba el sombrero de copa inclinado hacia un lado. La luz de la farola se reflejó en la empuñadura de plata de su bastón al ponérselo bajo el brazo. Se echó hacia atrás la capa de seda blanca para pagar al cochero. Éste cogió el billete, saludó tocando con el látigo el ala del sombrero y sacudió las riendas sobre las ancas del caballo. Tomony se quedó mirando el coche que se alejaba, como si ése fuera el último vínculo con la faz agradable de su vida. Luego subió a su fabuloso piso.

Se suponía que frecuentaba sitios fantásticos, como el Riesenweber y el Waldorf. Francie se prometió llegar a verlos alguna vez; algún día caminaría unas manzanas hasta el puente de Williamsburg y seguiría rumbo a Nueva York, donde se levantaban aquellos espléndidos edificios, y los observaría bien desde fuera. Luego podría clasificar con más exactitud al señor Tomony.

Una leve brisa marina soplaba sobre Brooklyn. Desde el distante barrio norte donde vivían los italianos, que criaban pollos en los patios, se oyó el canto de un gallo. Contestó el lejano ladrido de un perro y el relincho inquisitivo del caballo, Bob, cómodamente echado en su establo. Francie adoraba el sábado y detestaba que se acabara yéndose a dormir. La sola idea de empezar otra semana la inquietaba. Recordó detalladamente aquel día; había sido perfecto, si excluía lo del viejo de la panadería.

Las demás noches de la semana se acostaba en su cama y oía por el patio interior las voces confusas de una jovenzuela recién casada que vivía en uno de los pisos con el ogro de su marido, conductor de camión. La voz de la mujer era suave y quejosa; la del marido, imperativa y bronca. Callaban un rato y luego él empezaba a roncar y la mujer a sollozar con pena hasta la madrugada.

Francie se estremeció al recordar aquellos sollozos e instintivamente se tapó los oídos con las manos. Luego recordó que era sábado, que dormía en el salón y que las voces del patio interior no llegaban hasta allí. Sí, aún era sábado, y era maravilloso. Faltaba mucho para el lunes. El apacible domingo se interpondría y ella podría detenerse a pensar en los capuchinos del florero marrón; en el aspecto del caballo, estacionado al sol y a ratos a la sombra, mientras Frank lo lavaba. Se iba adormeciendo. Escuchó un momento la conversación entre Johnny y Katie; se dejaban llevar por los recuerdos.

—Yo tenía diecisiete años cuando te conocí y trabajaba en la fábrica de Castle Braid.

—Yo en aquel entonces tenía diecinueve —recordó Johnny— y andaba con tu íntima amiga Hildy O'Dair.

—Ah, ésa —dijo Katie con un respingo de desprecio.

El aire tibio y cargado de aromas rozó dulcemente el pelo de Francie. Apoyó los brazos en el antepecho de la ventana y, reclinando una mejilla sobre las manos, contempló el cielo estrellado sobre los tejados de los edificios. Al cabo de un rato se quedó dormida.

Libro segundo

VII

Fue otro verano en Brooklyn, doce años atrás, en 1900, cuando Johnny Nolan conoció a Katie Rommely. Él tenía diecinueve años y ella diecisiete. Ella trabajaba en la fábrica de trencillas Castle Braid junto con Hildy O'Dair, su mejor amiga. Se llevaban muy bien, a pesar de que Hildy era irlandesa y Katie descendía de austríacos. Katie era la más bonita; Hildy, la más audaz. Ésta tenía el cabello rubio, con reflejos rojizos. Llevaba una gasa granate alrededor del cuello, masticaba caramelos de menta, sabía todas las canciones en boga y bailaba muy bien.

Hildy tenía un compañero, un galán que la llevaba a bailar los sábados por la noche. Se llamaba Johnny Nolan. A menudo la esperaba en la puerta de la fábrica. Siempre iba uno de sus amigos. Apostados en la esquina, mataban el tiempo haciéndose bromas y riendo.

Un día Hildy le pidió que llevara a un joven para su amiga Katie la próxima vez que fuesen a bailar. Johnny accedió y un sábado subieron los cuatro al tranvía que conducía a Canarsie. Los jóvenes lucían sombreros de paja sujetos por el ala con un cordón atado a la solapa de la chaqueta. El fuerte viento que soplaba del océano hacía volar los sombreros y era graciosísimo ver cómo los mozos atraían hacia sí nuevamente los sombreros tirando del cordón.

Johnny bailó con su chica. Katie se negó a bailar con el compañero que le habían asignado, un muchacho vulgar y engreído, que había soltado unas observaciones groseras. Al regresar Katie del lavabo había llegado a decirle: «Pensé que se había caído usted dentro».

Sin embargo, le aceptó una copa de cerveza, y sentada a la mesa se quedó observando a Johnny e Hildy, que bailaban. Pensó que en el mundo no había nadie como Johnny; tenía los pies delgados y ágiles, y sus zapatos brillaban. Bailaba con las puntas de los pies y se balanceaba apoyándose ora en el talón, ora en la punta, siguiendo el ritmo a la perfección. Hacía calor. Johnny se quitó la americana y la colgó en el respaldo de su silla. Los pantalones le sentaban bien en las caderas y la camisa blanca le caía en un suave pliegue sobre el cinturón. Llevaba un cuello duro y una corbata de lunares del mismo color que la cinta del sombrero; en los brazos, unas ligas de elástico recubierto con cinta de raso celeste fruncida. Katie supuso que eran regalo de Hildy, y se volvió tan celosa que el resto de su vida aborreció ese color.

Katie no podía apartar la vista del muchacho. Era joven, delgado, tenía el cabello rubio y ondulado, ojos de un azul intenso, nariz aguileña, espaldas anchas y hombros bien formados. Oía a las muchachas de las otras mesas comentar su buen gusto en el vestir y a sus compañeros añadir que era un gran bailarín. Aunque no le perteneciera, Katie se sintió orgullosa de él.

Por cortesía, Johnny la sacó a bailar cuando la orquesta tocó «Dulce Rosie O'Grady». Cuando estuvo entre sus brazos, al notar cómo se acomodaba instintivamente a su ritmo, comprendió que ése era el hombre que deseaba. Lo único que pedía era que la dejasen contemplarle y escucharle durante el resto de su vida. En el acto resolvió que esos privilegios merecían la esclavitud de toda su existencia.

Probablemente ése fue su mayor error. Hubiese tenido que esperar a que llegase un hombre que sintiera eso mismo por ella. Así, sus hijos no habrían pasado hambre, ni habría tenido que fregar pisos para ganarse el pan, y habría conservado en ella el recuerdo de ese hombre como algo romántico, luminoso. Pero se empeñó en que había de ser Johnny Nolan y nadie más y se lanzó a su conquista.

La campaña empezó el lunes siguiente. Cuando oyó el silbido se apresuró a salir de la fábrica para llegar a la esquina antes que Hildy. Apareció Nolan y le saludó con la mano, diciendo:

—¡Hola, Johnny Nolan!

—¡Hola, Katie!

Desde ese momento se las ingenió para cruzar unas palabras con él cada día y Johnny Nolan tuvo que aceptar que esperaba en la esquina sólo para hablar con Katie.

Un día Katie recurrió a una excusa muy femenina —dijo a la encargada que estaba indispuesta y que no se sentía bien— y así consiguió salir de la fábrica unos quince minutos antes de la hora. Johnny esperaba en la esquina con sus amigos. Para pasar el rato silbaban «Annie Rooney». Johnny, con el sombrero inclinado hacia delante y las manos en los bolsillos, daba unos pasos de vals en la acera. Algunos transeúntes se detenían para contemplarle. El vigilante, que hacía su ronda, le gritó:

—Estás perdiendo el tiempo, muchacho: deberías estar en un escenario.

Cuando Johnny vio llegar a Katie, se interrumpió y la recibió con una sonrisa. Ella era irresistible, con un traje gris bien ajustado al cuerpo, adornado con una trencilla negra, producto de la misma fábrica. Había cosido la trencilla para perfilar su discreto busto, lo que ya hacían en parte dos volantes sujetos al corpiño. Llevaba un sombrero color cereza, graciosamente inclinado sobre un ojo, y botas de cabritilla con botones y tacones altos. Sus ojos negros centelleaban atrevidos y sus mejillas enrojecían al pensar en lo ingenua que debía de parecer, vista así, a la caza de un hombre como ése.

Johnny la saludó. Los otros jóvenes se apartaron. Ni Katie ni Johnny recordaban lo que se dijeron aquel día tan especial. Lo cierto fue que en esa conversación, con sus elocuentes silencios y sus corrientes de emoción, comprendieron que se amaban apasionadamente.

Sonó el silbido de la fábrica y las chicas empezaron a salir. Hildy se aproximaba vestida con un traje castaño plomizo y una gorra negra sujeta con un largo alfiler de aspecto maligno. Su pelo se erguía en un peinado al estilo Pompadour. Saludó a Johnny con una sonrisa posesiva que se trocó en una mueca de dolor, miedo y odio cuando vio a Katie junto a él. Se les abalanzó al tiempo que se armaba con el enorme alfiler de su gorro.

—Es mi novio, Katie Rommely —gritó—, y no me lo puedes quitar.

—¡Hildy! ¡Pero, Hildy! —dijo Johnny, con su voz pausada y suave.

—Creo que vivimos en un país libre —contestó Katie, levantando la cabeza.

—Libre sí, pero no para los ladrones —aulló Hildy amenazándola con el alfiler.

Johnny se interpuso entre las dos muchachas y recibió un rasguño en la mejilla. A su alrededor se había formado un corro de obreras que les contemplaban divertidas. Johnny asió a cada una de las muchachas de un brazo y doblando la esquina las metió en un zaguán. Allí, sujetándolas, les habló.

—Hildy, soy un pobre diablo. No debí cortejarte; ahora comprendo que no puedo casarme contigo.

—Es todo por culpa de ésa —sollozó Hildy.

—La culpa es mía —rectificó Johnny con altivez—. Yo nunca había comprendido lo que significa el amor hasta encontrarme con Katie.

—¡Pero es mi mejor amiga! —dijo Hildy con pena, como si Johnny estuviera cometiendo una especie de incesto.

—Ahora es mi novia y la cosa ya no tiene remedio.

Hildy sollozaba; se resistía. Finalmente Johnny consiguió apaciguarla y explicarle el sentimiento que le unía a Katie. Terminó diciéndole que ella tenía que seguir su camino, y él el suyo. Le gustó la frase y la repitió, saboreando el drama del momento:

—Así que tú ve por tu camino que yo iré por el mío.

—Dirás que yo me iré por el mío y tú por el de ella —repuso Hildy con amargura.

Luego se fue. Se alejaba caminando con los hombros caídos.

Johnny corrió hacia ella y, allí mismo, en plena calle, le dio un abrazo y un beso de despedida.

—Habría deseado que las cosas ocurriesen de otra manera entre nosotros —dijo con tristeza.

—No es cierto —replicó Hildy—. Si así fuera… —añadió entre sollozos—, la dejarías y volverías conmigo.

Katie también lloraba. Al fin y al cabo había sido su mejor amiga. Ella también besó a Hildy, pero cuando vio que sus ojos se contraían de odio apartó la mirada.

Hildy siguió su camino y Johnny siguió el de Katie.

Al poco tiempo se comprometieron y se casaron en la parroquia de Katie el día de Año Nuevo de 1901, cuando no hacía ni cuatro meses que se conocían.

Thomas Rommely nunca perdonó a su hija. En realidad nunca perdonó a ninguna de sus hijas por haberse casado. Su filosofía sobre los hijos era tan sencilla como mezquina: un hombre disfrutaba procreándolos, invertía lo indispensable en su educación y en sus estudios, y luego los ponía a trabajar para su provecho, conforme llegaban a los trece años.

Cuando Katie se casó hacía sólo cuatro años que trabajaba. Según la teoría de su padre, ella estaba en deuda con él.

Rommely odiaba a todo el mundo. Nadie llegó a saber nunca por qué. Era un hombre corpulento y bien parecido, y su cabello rizado de color gris acero perfilaba una cabeza leonina. Había escapado de Austria con su mujer para no tener que enrolarse en el ejército. Aunque aborrecía a su país, se resistía tenazmente a que le gustara el de adopción. Entendía el inglés, y si quería hasta podía hablarlo, pero se negaba a contestar cuando se dirigían a él en ese idioma, y además prohibía que lo hablaran en su casa. Sus hijas entendían un poco de alemán. (La madre insistió en que debían hablar sólo inglés en casa. Creía que cuanto menos conocieran el alemán, menos llegarían a saber de la crueldad del padre.) Por consiguiente, las cuatro hijas crecieron teniendo escaso contacto con su progenitor. Éste nunca les dirigía la palabra a no ser para insultarlas. Su *Gott verdammte* llegó a ser considerado saludo y despedida. Cuando estaba muy enojado apodaba al causante *du Russe*. Para él era el adjetivo más oprobioso. Odiaba Austria; odiaba América; y sobre todo odiaba Rusia. Nunca había estado en ese país, ni nunca había visto a un ruso. Nadie comprendía el porqué de semejante aborrecimiento hacia un país conocido de oídas y contra gente de la que poco sabía. Éste era el hombre que Francie tenía por abuelo materno. Le odiaba de la misma forma que le odiaban sus hijas.

Mary Rommely, su esposa y abuela de Francie, era una santa. No tenía educación alguna; no sabía leer ni escribir siquiera su propio nombre, pero guardaba en su memoria miles de cuentos y leyendas. Algunos los había inventado para entretener a sus hijos; otros eran cuentos folclóricos que le habían transmitido su madre y su abuela. Conocía la mayor parte de las canciones tradicionales de su tierra y poseía una rara habilidad para interpretar proverbios.

Profundamente religiosa, estaba al corriente de la vida de todos los santos de la religión católica. Creía en fantasmas, en hadas, en la vida sobrenatural. Sabía todo lo relativo a las hierbas y podía preparar tanto una medicina como un hechizo —siempre que éste no fuese para uso maléfico—. En su tierra se la apreciaba por su sabiduría, y sus consejos eran muy solicitados. Era una mujer sin culpa ni pecado; no obstante, era indulgente respecto a las faltas ajenas. De moral inflexible y rígida consigo misma, se apenaba por la flaqueza de sus semejantes. Reverenciaba a Dios y adoraba a Jesús, y comprendía por qué los humanos se apartaban de ellos con tanta frecuencia.

Cuando se casó era virgen y se sometió humildemente al amor brutal de su marido, quien pronto frustró todos sus deseos latentes. Comprendía las debilidades de la carne que, como decía la gente, arruinaban a las chicas. Según ella, un chico que había sido alejado del barrio por haber violado a una joven, todavía podía ser una buena persona. Veía como un fenómeno, si no justificable, por lo menos comprensible, que la gente se viera impelida a mentir, robar y dañarse entre sí. Conocía todas las debilidades humanas y muchas de las fuerzas que dominan al hombre.

Sin embargo, no sabía leer ni escribir.

Tenía los ojos castaños, límpidos e inocentes. Una raya partía en dos sus cabellos, que, recogidos atrás, le cubrían las orejas. Su piel era pálida y transparente y en su boca asomaba una expresión de ternura. Hablaba en tono bajo y suave, con una voz melancólica y vibrante que seducía a quien la escuchaba. Todas sus hijas y sus nietas habían heredado su timbre de voz.

Estaba convencida de que le había tocado casarse con el diablo en persona por culpa de algún pecado cometido sin querer. Creía sinceramente que su marido era el diablo porque así se lo había asegurado.

—Soy el diablo en persona —solía decirle.

A menudo le observaba, y al ver la forma en que el pelo se encrespaba a ambos lados de su cabeza, la forma en que los rabillos de sus ojos fríos y acerados se inclinaban hacia arriba, se repetía:

—Sí, es el diablo.

A veces él clavaba fijamente la mirada en el rostro de la santa mujer, y empezaba a acusar a Jesús de delitos innombrables. Esto la aterrorizaba hasta tal punto que ella cogía el chal, se lo echaba sobre la cabeza y comenzaba a correr calle adelante y caminaba y caminaba, hasta que el amor por sus hijas la llevaba de vuelta a su casa.

Un día se presentó en la escuela del Estado donde iban sus tres hijas menores y, en su inglés vacilante, rogó a la maestra que las obligara a hablar únicamente en inglés y que no les permitiera pronunciar una sola palabra en alemán. Así las protegió de su padre. Se afligió mucho cuando sus hijas terminaron la escuela primaria y salieron del colegio para ir a trabajar. Se apenó cuando se casaron con hombres que no valían nada. Lloraba cuando daban a luz niñas, porque entendía que nacer mujer significaba una vida de sacrificios y privaciones.

Cada vez que Francie recitaba el avemaría el rostro de su abuela se materializaba ante sus ojos.

Sissy era la hija mayor de Thomas y Mary Rommely. Había nacido tres meses después de que sus padres llegaran a América. Nunca había ido a la escuela. Cuando tuvo edad para hacerlo, su madre aún no se había enterado de que la gente humilde podía beneficiarse de la instrucción gratuita. La escuela primaria era obligatoria, así rezaba la ley, pero nadie hacía nada para que la gente pobre la respetara. Cuando las otras hijas alcanzaron la edad escolar, Mary supo lo de la instrucción gratuita; pero

Sissy era ya demasiado mayor para comenzar; así que se quedaba en casa y ayudaba a su madre en los quehaceres domésticos.

A los diez años Sissy estaba tan desarrollada como una mujer de treinta. Todos los muchachos iban detrás de ella y ella detrás de los muchachos. A los doce empezó a salir con un chico de veinte. El padre cortó el romance dando una paliza al chico. A los catorce andaba con un bombero de veinticinco quien, al contrario del otro, logró caerle bien al padre. Esta vez el romance acabó en boda.

Fueron al Registro Civil. Allí Sissy juró tener dieciocho años, y uno de los funcionarios los casó. Los vecinos se escandalizaron. Pero Mary vio en aquel casamiento la mejor solución para esa hija demasiado precoz.

Jim, el bombero, era un buen hombre. Se le consideraba educado por haber ido a la escuela primaria. Ganaba bastante dinero y no estaba casi nunca en casa. Un marido ideal. Eran muy felices. Sissy no le pedía mucho, sólo le exigía hacer mucho el amor, y esto a él le encantaba. A veces se avergonzaba de su mujer porque no sabía leer ni escribir; pero con su genio, inteligencia y buen corazón se las arreglaba para hacer que la vida fuera muy alegre. Poco a poco fue despreocupándose de la ignorancia de Sissy. Ella era muy buena con su madre y sus hermanas menores. Jim le daba mensualmente una cantidad razonable para los gastos de la casa; ella economizaba y por lo general hasta le quedaba algo con que ayudar a su madre.

Al mes de haberse casado se quedó embarazada. Era todavía una chiquilla inquieta de catorce años, a pesar de su aspecto de mujer. Los vecinos se miraban horrorizados cuando la veían en la calle saltando a la cuerda con los otros chicos, despreocupándose del niño que empezaba a deformar su abdomen.

En las horas libres tras hacer la comida, la limpieza, saltar a la comba o jugar al béisbol con los chicos, Sissy proyectaba el futuro del pequeño. Si era mujer, se llamaría Mary, como su abuela; si era un niño, se llamaría John. Por alguna razón que ignoraba tenía predilección por este nombre. Empezó a cambiar el nombre de Jim por John. Decía que le gustaba llamarlo como a su futuro hijo. John comenzó siendo un sobrenombre cariñoso, pero pronto todos le llamaban así y mucha gente creía que ése era su verdadero nombre.

La criatura nació. Era una niña y el parto fue muy fácil. Recurrieron a la partera que vivía en la esquina. Todo salió bien. Sissy sufrió sólo veinticinco minutos; fue un parto magnífico. Lo único malo del asunto fue que la niña nació muerta. Dio la coincidencia de que nació y murió el día en que Sissy cumplía quince años.

Se entristeció un tiempo y la pena modificó su carácter. Trabajó más en su casa, limpiando y puliendo con afán. Se preocupó aún más de su madre; dejó de ser un marimacho. Se convenció de que saltar a la comba había provocado la pérdida de su hija, y a medida que se iba tranquilizando parecía más joven, más niña.

A los veinte años había tenido cuatro hijos, y todos habían nacido muertos. Finalmente llegó a la conclusión de que el culpable era su marido, no ella. ¿Acaso no había dejado de saltar después del primer parto? Le dijo a Jim que no quería saber nada más de él, puesto que de esa vida matrimonial sólo resultaban hijos muertos, y le pidió que la dejara. Él discutió algún tiempo y acabó por irse. En los primeros tiempos él le enviaba dinero de vez en cuando. A veces, cuando se sentía sola sin un hombre, Sissy iba a pasear ante el puesto de los bomberos, donde encontraba a Jim sentado en una silla apoyada contra la pared del edificio. Caminaba despacio, sonriendo y moviendo las caderas provocativamente. Entonces Jim, sin pedir autorización, abandonaba el trabajo y corría al piso de Sissy, donde pasaban un rato agradable.

Poco después Sissy encontró a otro hombre que deseaba casarse con ella. La familia nunca supo cómo se llamaba, porque desde el principio Sissy optó por llamarle John. La segunda boda se arregló muy sencillamente. Divorciarse era complicado y costoso; además, como católica no podía hacerlo. A ella y a Jim los había casado un funcionario del Registro Civil, por lo que Sissy resolvió que el casamiento no era válido. Entonces, ¿por qué habría de ser un obstáculo? Usando el apellido de casada y sin mencionar su primera boda, consiguió casarse de nuevo en el Registro Civil. Mary, su madre, se desesperaba porque Sissy no se había casado por la Iglesia. Este segundo matrimonio dio a Thomas Rommely otro pretexto para atormentar a su mujer. La amenazaba a menudo con denunciar el hecho a la policía, para que arrestaran a Sissy por bígama, pero pasaron cuatro años sin que llegase a cumplir su amenaza. Sissy tuvo otros cuatro hijos, y como todos nacieron muertos llegó a la conclusión de que este segundo John tampoco era su hombre.

Disolvió el matrimonio, de forma muy sencilla, diciendo a su marido que como la Iglesia católica no reconocía su unión por ser él protestante, ella tampoco lo reconocía y se consideraba libre.

John II aceptó la resolución de Sissy con filosofía. La quería y había sido bastante feliz con ella; pero la encontraba variable como el mercurio. A pesar de la franqueza aterradora y la ingenuidad de Sissy, él no lograba comprenderla y estaba un poco cansado de vivir con un enigma. Así que no le disgustó la idea de irse.

A los veinticuatro años Sissy había tenido ocho hijos y ninguno había llegado a vivir. Dedujo que Dios se oponía a que se casara. Consiguió un empleo en una fábrica de artículos de caucho y aseguró a todos que era solterona —lo que nadie creyó—, y se fue a vivir a la casa materna. Entre un matrimonio y el otro tuvo una serie de amantes, y a todos los llamaba John.

Después de cada parto infructuoso, su amor por los niños aumentaba; tuvo temporadas de desesperación y creyó que iba a enloquecer por falta de una criatura a quien prodigar su amor maternal. Vertió su frustrada maternidad en sus dos hermanas Evy y Katie y en los hijos de éstas. Francie la adoraba; había oído murmurar que Sissy no era una muchacha decente, pero a pesar de ello la quería con locura. Evy y Katie habían intentado enfadarse con su descarriada hermana, pero era tan buena con ellas que no habían podido mantener el enojo.

Poco tiempo después de que Francie cumpliera once años, Sissy cayó por tercera vez en el Registro Civil. El tercer John era el que trabajaba en la editorial; gracias a él Francie recibía mensualmente aquellas revistas tan interesantes, y justamente por eso deseaba que este tercer casamiento perdurara.

Eliza, la segunda hija de Mary y Thomas Rommely, carecía de la belleza y fogosidad de sus hermanas; era simple, fría y apática. Mary, que deseaba consagrar una de sus hijas a la Iglesia, pensó que ésta era la indicada. Eliza entró en el convento a los dieciséis años. Eligió una congregación muy severa, tanto que a sus monjas sólo se les permitía salir de los muros del convento con ocasión de la muerte de sus padres. Tomó el hábito con el nombre de Ursula y se convirtió en una leyenda para Francie.

Francie la había visto una sola vez, cuando salió para asistir al funeral de Thomas Rommely. En aquel entonces Francie tenía nueve años, acababa de hacer la primera comunión. Se había entregado de lleno a la religión, y hasta llegó a desear hacerse monja algún día.

Había esperado con ansiedad la llegada de la hermana Ursula. ¡Tenía una tía monja! ¡Qué honor! Pero cuando la hermana Ursula la besó, vio que tenía una leve franja de pelos sobre el labio superior y en la barbilla. Esto la alarmó, y le hizo creer que a todas las religiosas que entraban jóvenes al convento les crecía bozo. Y desistió de ser monja.

Evy era la tercera hija de los Rommely. También se había casado joven. Se unió a Willie Flittman, un chico guapo, de cabello negro, bigote sedoso y ojos de italiano. A Francie le hacía gracia su nombre y no podía reprimir la risa cada vez que lo recordaba.

Flittman no valía gran cosa. No era un holgazán, pero no tenía carácter; se quejaba constantemente. Sin embargo, tocaba la guitarra. Las mujeres de la familia Rommely tenían cierta debilidad por los hombres con inclinaciones artísticas o creativas. Toda aptitud para la música, el teatro o la narración les resultaba maravillosa, y sentían el deber de proteger y alimentar estas cualidades.

Evy era la más refinada de la familia. Vivía en un entresuelo en las proximidades de un barrio elegante y trataba de imitar a sus encopetados vecinos.

Deseaba ser alguien; quería que sus hijos disfrutaran de lo que ella nunca había disfrutado. Tenía tres: un chico que llevaba el nombre de su padre, una niña llamada Blossom y otro muchacho, Paul Jones. Su primer paso hacia una vida más sofisticada fue quitar a sus hijos de la escuela dominical católica y apuntarlos a la escuela dominical episcopal. Nadie le podía quitar de la cabeza que los protestantes eran más refinados que los católicos.

Evy, que valoraba mucho las aptitudes para la música, aunque carecía absolutamente de ellas, las buscó con afán en sus hijos. Esperaba que Blossom se dedicaría al canto; Paul Jones, al violín, y Willie hijo, al piano. Pero los chicos no tenían inclinación por la música. Evy cogió el toro por los cuernos. Tenía que gustarles la música, quisieran o no. Si no habían nacido con esa virtud, se les podría inculcar a tanto la hora. Compró un violín de segunda mano para Paul Jones y se las apañó para que un tal profesor Allegretto le diera lecciones a cincuenta centavos la hora. El profesor enseñó al pequeño Paul Jones a rasguear el violín, y, al cabo de un año, le hizo aprender «Humoresque». A Evy le pareció maravilloso que el niño pudiera ejecutar una pieza; era mejor que tocar las escalas todo el tiempo… bueno, algo mejor. Luego se volvió más ambiciosa.

—Ya que tenemos el violín para Paul Jones, Blossom podría aprender también y ambos aprovecharían para practicar con un solo instrumento —le dijo a su marido.

—Espero que será a diferentes horas —replicó él agriamente.

—¿Y tú qué te crees? —contestó indignada.

Así que había que conseguir otros cincuenta centavos semanales, ponerlos en las reacias manos de Blossom y mandarla a ella también a tomar lecciones de violín.

Sucedía que el profesor Allegretto tenía una forma muy peculiar de tratar a sus alumnas. Las hacía descalzar, y tenían que ensayar así, de pie sobre la alfombra. En vez de marcar el compás y corregirlas mientras tocaban, se pasaba la lección embobado contemplándoles los pies.

Un día, mientras Blossom se preparaba para ir a su clase de violín, Evy se sorprendió al ver que se quitaba las medias y se lavaba los pies con toda prolijidad. Esto le pareció digno de admiración, pero no dejó de extrañarle.

—¿Por qué te lavas los pies a esta hora? —le preguntó.

—Para mi clase de violín.

—¿Tocas con las manos o con los pies?

—Con las manos, pero me da vergüenza encontrarme delante del profesor con los pies sucios.

—¿Acaso puede ver a través de los zapatos?

—No creo, pero siempre hace que me quite los zapatos y las medias.

Evy se sobresaltó. No sabía nada de las teorías de Freud y sus escasos conocimientos sexuales no incluían las perversiones. Pero su sentido común le decía que el profesor Allegretto no podía cobrar cincuenta centavos a la hora para no hacer nada. La educación musical de Blossom se terminó en ese mismo instante.

Cuando interrogaron a Paul Jones, contestó que a él lo único que le hacía quitar era la gorra. Se le permitió, pues, continuar. En cinco años sabía casi tanto de violín como su padre de guitarra sin haber recibido una lección en su vida.

Fuera de su afición por la música, Willie Flittman era un hombre torpe. En casa, su único tema de conversación era la forma en que le trataba Drummer, el caballo de su carro de lechero. Hacía cinco años que Flittman se peleaba con el caballo, y Evy ansiaba que uno de los dos venciera pronto.

Evy quería de verdad a su marido, pero no podía resistir la tentación de imitarlo. De pie en la cocina de los Nolan, simulaba ser el caballo Drummer y parodiaba de maravilla a Willie Flittman luchando por colocarle el morral.

—El caballo está parado así —demostraba Evy encorvándose hasta llegar con la cabeza a la altura de las rodillas—. Willie se acerca con el morral, y en el preciso momento en que está por engancharlo en el cogote del animal, éste levanta la cabeza.

Aquí tía Evy estiraba la suya, imitando un relincho.

—Willie espera. El caballo baja la cabeza de modo que se creería que no podría levantarla jamás, todo desgarbado como si no tuviera huesos. —Evy dejaba pender su cabeza con una flojedad alarmante—. Willie se acerca otra vez y Drummer levanta la cabeza.

—Entonces, ¿qué sucede? —preguntaba Francie.

—Bajo yo para colocarle la bolsa, eso es lo que sucede.

—¿Y a ti te lo permite?

—¿Si me lo permite? —Evy se dirigía a Katie, luego a Francie—. Cuando me ve, se precipita a mi encuentro y mete la cabeza en la bolsa sin darme tiempo a levantarla. ¡Si me lo permite! —murmuraba indignada, y de nuevo se dirigía a Katie—: ¿Sabes, Katie? A veces creo que mi marido tiene celos de lo bien que nos entendemos Drummer y yo.

Katie se quedaba mirándola boquiabierta. Luego se echaba a reír. Evy también. Las dos mujeres Rommely y Francie —que era mitad Rommely— se reían a carcajadas, felices de compartir un secreto sobre la debilidad de un hombre.

Así eran las mujeres Rommely: Mary, la madre; Evy, Sissy y Katie, sus tres hijas, y también Francie, que de mayor acabaría siendo como las Rommely, a pesar de llevar el apellido Nolan. Todas eran criaturas frágiles, con ojos grandes de asombro y voces suaves y armoniosas.

Pero forjadas en acero invisible.

VIII

Los Rommely generaban mujeres de fuerte personalidad. Los Nolan producían hombres débiles e ingeniosos. La familia de Johnny se iba extinguiendo. Sus hombres crecían más hermosos, más débiles y más seductores en cada generación. Se enamoraban con facilidad, pero evitaban el matrimonio. Ésa era la razón principal por la cual se iban extinguiendo.

Ruthie Nolan había llegado de Irlanda con su joven y guapo marido, recién casada. Tuvieron cuatro hijos con un año de diferencia entre cada uno. Mickey Nolan murió a los treinta años. Ruthie se las arregló para que Andy, Georgie, Frankie y Johnny pudieran terminar la educación primaria. A medida que cumplían los doce años tenían que abandonar la escuela para ganar unos cuantos centavos.

Los muchachos crecieron hermosos, con habilidad para tocar, cantar y bailar bien, y todas las muchachas se volvían locas por ellos. A pesar de que vivían en la casa más pobre del barrio irlandés, eran los muchachos que mejor vestían en toda la vecindad. La tabla de planchar permanecía siempre lista en la cocina. Uno u otro estaban continuamente alisando una corbata, estirando un pantalón o planchando una camisa. Aquellos chicos altos, rubios y bien parecidos eran el orgullo del barrio. La caída de sus pantalones era perfecta, llevaban el sombrero con elegancia, los botines bien lustrados brillaban, calzados en ágiles pies. Pero murieron todos antes de llegar a los treinta y cinco años, y, de los cuatro, el único que dejó descendencia fue Johnny.

Andy, el mayor, era el más apuesto. Tenía el cabello rubio oro ondulado y las facciones finas. Estaba enfermo de los pulmones. Su boda con una chica llamada Francie Melaney se vio largamente postergada esperando a que mejorara su salud. Pero nunca mejoró.

Los muchachos Nolan eran camareros y cantantes. Formaban el Cuarteto Nolan hasta que Andy empeoró y no pudo seguir cantando. Entonces constituyeron el Trío Nolan. No ganaban mucho y gastaban la mayor parte del dinero en bebida y apuestas a los caballos de carreras.

Cuando Andy cayó en cama para no levantarse más, sus hermanos le compraron una almohada de plumas que les costó siete dólares. Querían darle ese lujo antes de que se muriera. Para Andy la almohada resultó magnífica, pero tan sólo pudo disfrutarla dos días. Tuvo un gran vómito de sangre que la tiñó toda de color herrumbre, y murió. Su madre permaneció arrodillada junto al cuerpo de su hijo durante tres días. Francie Melaney juró que nunca se casaría. Los otros tres hermanos juraron no abandonar nunca a su madre.

Seis meses después Johnny se casó con Katie. Ruthie la detestaba. Pretendía retener a sus hijos junto a ella, hasta su muerte o la de ellos. Hasta entonces todos habían rehuido con éxito el matrimonio, pero aquella muchacha —¡aquella Katie Rommely!— lo había conseguido. Ruthie estaba segura de que se había valido de algún ardid para atrapar a Johnny.

A Georgie y a Frankie les gustaba Katie, pero consideraban que Johnny les jugaba una mala pasada al dejarlos solos para cuidar a su madre. A pesar de todo, acabaron por resignarse. Buscaron un buen regalo de bodas y convinieron en ofrecer a Katie la almohada que habían comprado para Andy y que éste no había tenido casi tiempo de disfrutar. La madre le cosió un nuevo forro para tapar la repugnante mancha que había sido lo último de la vida de Andy. Así que el almohadón pasó a ser propiedad de Katie y Johnny. Éstos lo consideraban demasiado valioso para usarlo a diario y lo guardaban para cuando uno de ellos enfermara. Francie lo llamaba la almohada del enfermo. Katie y Francie nunca supieron que aquélla había sido la almohada de un muerto.

Más o menos al año de la boda de Johnny, Frankie —a quien muchos consideraban más hermoso que Andy—, de regreso a su casa después de una fiesta donde había bebido mucho, tropezó con un alambre que un vecino cascarrabias había colocado alrededor de una parcela de césped frente a su casa, sujeto con estacas puntiagudas. Al caer, se clavó una de esas estacas en el estómago. Se levantó como pudo y llegó a su casa, pero murió durante la noche. Murió solo y sin el auxilio de un sacerdote que lo absolviera de sus pecados. Hasta el fin de sus días, la madre mandó decir una misa al mes por la paz de su alma, que ella imaginaba vagando por el purgatorio.

En poco más de un año Ruthie Nolan había perdido a tres hijos: dos por fallecimiento y uno por casamiento. Ella lloraba a los tres. Georgie, que nunca se apartó de ella, murió tres años después, cuando tenía apenas veintiocho años. Johnny, que en aquel entonces tenía veintitrés, era el único de los varones Nolan que aún vivía.

Éstos eran los chicos Nolan. Todos murieron jóvenes, de forma repentina o trágica, a causa de su pobreza de espíritu o su disipación. Johnny fue el único que sobrepasó los treinta años.

Y la niña, Francie Nolan, era una mezcla de los Nolan y los Rommely. Había heredado las excesivas debilidades y la pasión por la belleza que caracterizaba a los Nolan. Era un mosaico que contenía el misticismo, las creencias, la compasión y la habilidad narrativa de su abuela Rommely. En ella se manifestaba la voluntad tiránica de su abuelo Rommely. También parte de la bufonería de la tía Evy y el marcado carácter posesivo de Ruthie Nolan. Tenía el apego a la vida y el amor por los niños de la tía Sissy; el sentimentalismo de Johnny, si bien carecía de su buen porte; y la suavidad de Katie, aunque sólo una parte de su temple. Era el resultado de todas estas condiciones, buenas y malas.

Pero no sólo eso. Era todo lo que leía en los libros de la biblioteca; era la flor del florero marrón; era parte del árbol que crecía firmemente en el patio; era la amargura de las peleas con su hermano, a quien adoraba; era el llanto desesperado y sigiloso de Katie; era la vergüenza del padre que regresaba ebrio a casa.

En ella había todo aquello y algo más que no provenía de los Nolan ni de los Rommely, ni de su afán por la lectura, ni de su don de observar, ni de su vida cotidiana. Era algo innato en ella y sólo en ella, diferente de los componentes de las dos familias. Ese toque sobrenatural que Dios o su equivalente pone en todas las almas a quienes infunde vida. Es lo que no permite que haya dos huellas dactilares iguales sobre la faz de la tierra.

IX

Cuando se casaron, Johnny y Katie fueron a vivir a una tranquila calle de Williamsburg, llamada Bogart Street. Johnny la eligió porque su nombre tenía un sonido enigmático y oscuro. Vivieron allí muy felices su primer año de casados.

Katie se había casado con Johnny porque le gustaba cómo vestía, cómo bailaba y cómo cantaba. Pero, como mujer que era, una vez casada, se empeñó en cambiarle. Le persuadió de que abandonase su empleo de camarero y cantante. Él accedió; estaba enamorado y deseaba complacerla. Consiguieron para los dos juntos un empleo de cuidadores de una escuela y lo desempeñaban a gusto. Su tarea empezaba a la hora en que todo el mundo se acostaba. Después de cenar, Katie se ponía su abrigo negro, de mangas abultadas, copiosamente adornado con trencillas —las últimas que había sacado de la fábrica—, se envolvía la cabeza con un bonito turbante de lana y, cogidos del brazo, los dos iban a trabajar.

El edificio era viejo y pequeño, pero cálido. Les complacía el solo hecho de pensar que pasarían la noche allí. Caminaban del brazo; él con sus zapatos de charol y ella con sus botas de cabritilla. A veces, cuando la noche era fría y el cielo estaba estrellado, corrían un trecho, andaban otro saltando y se reían mucho. Se consideraban importantes porque tenían llave propia para abrir la puerta del colegio. La escuela era su mundo durante toda una noche.

Al tiempo que hacían la limpieza inventaban juegos. Johnny solía sentarse en el pupitre y Katie hacía de maestra; se escribían notitas en las pizarras. Desplegaban los mapas, enrollados como cortinas en la pared, y con la punta de goma del puntero señalaban los países extranjeros. Se quedaban extasiados ante la idea de lejanas tierras e idiomas desconocidos. Ella tenía diecisiete años y él diecinueve.

Su tarea preferida era la limpieza del salón de actos. Mientras Johnny limpiaba el piano, pasaba las manos por el teclado y hacía vibrar algunas cuerdas; Katie se instalaba en la primera fila y le rogaba que cantara, y él cantaba para ella las canciones sentimentales de moda: «Ella pudo conocer días mejores» o «Agoto mi corazón por ti». La gente que vivía en las cercanías, despertada por el canto, en vez de enfadarse pensaba: «Ese muchacho pierde el tiempo: debería dedicarse al teatro».

Otras veces Johnny bailaba sobre la tarima. Se imaginaba que estaba en un escenario. Era tan hermoso, tan amable, tan lleno de vida y de gracia que Katie se sentía morir de felicidad.

A las dos de la madrugada entraban en el comedor de las profesoras, donde había un calentador de gas, con el que hacían café. En el armario guardaban una taza de leche condensada. Saboreaban el café caliente, cuyo delicioso aroma inundaba la estancia. El pan de centeno y los sándwiches de mortadela eran muy sabrosos. A veces, después de comer, iban a la sala donde descansaban las profesoras y se recostaban abrazados.

Finalmente vaciaban las papeleras y Katie guardaba los pequeños trozos de tiza y de lápices que encontraba. Los llevaba a casa y los metía en una caja. Tiempo después, cuando Francie creció, se sintió opulenta con tanta tiza y tantos lápices.

Al amanecer dejaban la escuela limpia, lustrosa y caliente, lista para el portero diurno. Volvían a casa contemplando cómo las estrellas iban desapareciendo de la bóveda celeste. Pasaban por la panadería, que despedía un apetitoso olor a horno y a pan recién hecho. Johnny entraba a comprar un níquel de bollos calientes. Una vez en casa, preparaban café y desayunaban. Después Johnny iba a buscar el *American*; leía en voz alta las noticias y las comentaba mientras Katie limpiaba los cuartos. A mediodía comían un estofado de carne con fideos, o algo por el estilo. Después de comer se acostaban hasta la hora de ir al trabajo.

Ganaban cincuenta dólares al mes, que en aquella época era un buen salario para gente de su condición. Vivían bien; llevaban una existencia feliz, salpicada de pequeñas aventuras.

Y además eran tan jóvenes y se querían tanto…

A los pocos meses, con ingenuo asombro y consternación, Katie comprobó que estaba embarazada, y le dijo a Johnny que se encontraba en «estado interesante». De entrada, Johnny se quedó desconcertado y confundido. No quería que Katie siguiera con el empleo de la escuela. Ella argumentó que ya llevaba un tiempo en esas condiciones y que había estado trabajando sin sentir ninguna molestia. Lo convenció de que el ejercicio era saludable, y él accedió. Continuó trabajando hasta que se sintió demasiado pesada para inclinarse a limpiar debajo de los pupitres. Después iba sólo para acompañar a Johnny y se recostaba en el diván donde antes habían compartido momentos de intimidad. Él solo desempeñaba todas las tareas. A las dos preparaba los sándwiches y el café. Todavía eran felices, si bien Johnny se sentía cada vez más y más inquieto.

Hacia el final de una fría noche de diciembre, Katie comenzó a sentir dolores. Se recostó en el diván disimulando para no molestar a Johnny antes de que acabara el trabajo. Ya en el camino a casa le fue imposible disimular más. Se quejó, y Johnny supo que su hijo estaba a punto de nacer. La llevó a casa y la metió en la cama sin desvestirla, la tapó para que estuviese bien abrigada; corrió hasta la esquina en busca de la señora Gindler, la comadrona, y le rogó que se diese prisa. La buena mujer tardó tanto en prepararse que casi le sacó de quicio.

Antes de salir tenía que quitarse decenas de rizadores. No encontraba su dentadura postiza y se negaba a ejercer sus funciones sin ella; Johnny le ayudó a buscarla hasta que al final la encontraron dentro de un vaso de agua en el antepecho de la ventana. El agua se había helado alrededor de la dentadura y tuvieron que deshelarla. Tampoco podía salir sin preparar el hechizo, que consistía en un trozo de palma bendita, retirada del altar en Domingo de Ramos, al que agregó una medalla de la Santa Madre, una pluma de pájaro azul, la hoja rota de un cortaplumas y el tallo de una hierba cualquiera. Todo esto iba atado con un trozo de cordón sucio del corsé de una mujer que había tenido mellizos en un parto feliz que sólo había durado diez minutos. Roció todo aquello con agua bendita, que se suponía procedente de un pozo de Jerusalén donde Jesús había saciado su sed. La mujer le explicó que el hechizo aliviaría los dolores del parto, y les aseguraría un niño hermoso y sano.

Finalmente cogió un maletín de piel de cocodrilo —muy popular entre la vecindad y que los chiquillos creían que servía para llevarlos a sus mamás—, y por fin estuvo lista.

Cuando llegaron, Katie gritaba a más no poder. El piso se había llenado de mujeres que rezaban y comentaban sus propios partos.

—Cuando tuve a mi Wincent... —dijo una.

—Yo era incluso más joven que ella, y cuando... —añadió otra.

—No se imaginaban que sobreviviría, pero... —declaró con orgullo una tercera.

Saludaron a la comadrona y echaron a Johnny de la habitación. Éste fue a sentarse en el porche y temblaba cada vez que ella gritaba. Estaba aterrado. ¡Había sucedido todo con tanta rapidez! Eran ya las siete de la mañana. Los gritos de Katie llegaban a sus oídos a pesar de que las ventanas estaban cerradas. Los hombres que pasaban ante la casa rumbo a sus trabajos, levantaban la mirada al oír los gritos, y cuando veían a Johnny de pie en el porche se entristecían.

Katie llevaba así todo el día, y no había nada que Johnny pudiera hacer. Al anochecer, no podía aguantar más y se fue a casa de su madre en busca de consuelo. Cuando le explicó que Katie estaba de parto, la madre de Johnny armó un escándalo mayúsculo.

—¡Ahora sí que te tiene bien atado! ¡Nunca volverás a casa de tu madre! —dijo.

No había modo de consolarla.

Johnny fue en busca de su hermano, que bailaba en un bar. Se sentó a esperar a que Georgie terminara, olvidando que a esa hora debería estar trabajando en la escuela. Cuando Georgie quedó libre para el resto de la noche, empezaron a recorrer los bares, y en cada uno de ellos, entre copa y copa, Johnny contaba lo que le ocurría. Los hombres le escuchaban compasivos, le invitaban a más copas y le consolaban a la vez que le decían que ellos también habían pasado por lo mismo.

Al amanecer regresaron a casa de su madre y Johnny se sumió en un sueño turbulento. A las nueve se despertó con la sensación de que algo no encajaba; se acordó de Katie y, demasiado tarde ya, recordó su empleo en la escuela. Se lavó, se vistió y se dirigió a su casa. Al pasar por una frutería vio unos aguacates magníficos y compró dos para Katie.

Ignoraba que, durante la noche, después de casi veinticuatro horas de horribles dolores, su esposa había dado a luz una frágil niñita. Lo único notable de este nacimiento era que la criatura había nacido con una membrana que le cubría la cabeza, signo de que la chica estaba predestinada a hacer grandes cosas. La matrona confiscó secretamente la membrana y luego la vendió a un marinero de Brooklyn por dos dólares. Se decía que quien la usara no moriría ahogado. El marinero la envolvió en una bolsita de franela y se la colgó al cuello con una cinta.

Mientras dormía y bebía, Johnny no se había enterado de que por la noche la temperatura había bajado mucho y que en la escuela se había apagado el fuego que él debía haber alimentado. Las cañerías, heladas, habían reventado, y a raíz de eso, el entresuelo de la escuela y la misma planta baja se habían inundado.

Cuando entró en su casa encontró a Katie acostada en el dormitorio a oscuras; tenía el bebé a su lado sobre la almohada de Andy. El piso estaba escrupulosamente limpio; las vecinas se habían encargado de ello. Olía a ácido fénico mezclado con el aroma del talco Mennen. La matrona se había retirado diciendo:

—Son cinco dólares y su esposo sabe dónde vivo.

Cuando ésta se fue, Katie volvió la cabeza hacia la pared, esforzándose por no llorar. Durante toda la noche había deseado poder creer que Johnny estaba trabajando en la escuela, que haría una escapada para verla en el intervalo de la merienda, a las dos. Sin embargo, había pasado la mañana y debería haber regresado hacía mucho rato. Se obligó a confiar en que cualquier cosa que Johnny hubiera estado haciendo estaría bien y que la explicación que le daría luego la satisfaría.

Al rato de irse la matrona apareció Evy. La habían mandado llamar con un chico del barrio. Llevó un paquete de bizcochos y un pan de mantequilla y preparó té. Examinó la criatura, y aunque no le pareció gran cosa no se lo dijo a Katie.

Cuando llegó Johnny, Evy empezó a sermonearle; pero cuando lo vio tan pálido y asustado se enterneció y pensó en lo joven que era. Le dio un beso y le recomendó que no se afligiese. Le hizo una taza de café.

Johnny apenas miró a la criatura. Con los aguacates aún en las manos, se arrodilló junto a la cama contrito y avergonzado. Katie lloró con él. Hubiera querido que estuviera con ella durante la noche. En ese instante deseó haber alumbrado al bebé a escondidas, para, al volver él cuando todo hubiera pasado, contarle que tenía un hijo. Su sufrimiento habría sido igual si la hubiesen introducido viva en una tinaja de aceite hirviendo pero sin poder recurrir a la muerte para evitar tanta tortura. Había soportado el dolor. ¡Santo Dios! ¿No era ya suficiente? ¿Por qué tenía que sufrir él también? Él no estaba hecho para sufrir; pero ella sí. Hacía dos horas que había dado a luz. Se sentía tan débil que no podía levantar la cabeza dos dedos de la almohada. Con todo, era ella la que reconfortaba, consolaba y prometía que cuidaría de él.

Johnny empezó a sentirse mejor. Se levantó y dijo a Katie que después de todo no era nada; que se había enterado de que muchos maridos habían pasado por lo mismo. «Ahora yo también he pasado por esa experiencia, y me siento todo un hombre.»

De repente empezó a ocuparse de la niña. Cuando él se lo pidió, Katie consintió que la pequeña se llamara Francie, como Francie Melaney, que no había llegado a casarse con el difunto Andy. Pensaron devolver la paz a su maltrecho corazón nombrándola madrina. La chica llevaría el mismo nombre que habría adoptado ella si se hubiese casado con Andy: Francie Nolan…

Preparó los aguacates con vinagre de encurtidos y aceite y los presentó a Katie. Ella los encontró insípidos. Johnny dijo que era cuestión de acostumbrarse a ellos, como con las aceitunas. Katie comió un poco de ensalada, no porque le agradase, sino porque le emocionaba que él se hubiese acordado de llevarle algo. Le rogaron a Evy que la probara. Probó y declaró que prefería la de tomates.

Mientras Johnny tomaba café en la cocina, llegó un muchacho con una nota del director de la escuela en la que le informaba de que había sido despedido por negligencia, y que pasara a cobrar lo que todavía debían pagarle. La nota terminaba advirtiéndole que no contara con una recomendación. Johnny fue palideciendo a medida que leía; dio al chico un níquel de propina y con gesto ausente dijo que pasaría por allí. Rompió el papel y no le contó nada a Katie.

Más tarde se entrevistó con el director. Trató de justificarse. Éste dijo que precisamente porque sabía que estaba a punto de tener un hijo, habría debido cuidar más de su empleo. Luego, como gesto de condescendencia, agregó que no le cobrarían los desperfectos causados por la rotura de las tuberías. El consejo se encargaría de la reparación. Johnny tuvo que darle las gracias. El director le pagó con dinero de su propio bolsillo cuando Johnny hubo firmado el recibo que remitía la orden de pago a favor de aquél. A fin de cuentas, el director hizo lo que, según su criterio, le tocaba hacer.

Johnny pagó a la comadrona y abonó al propietario un mes de alquiler. Se asustó al recordar que ahora era padre de familia, que por algún tiempo Katie no se encontraría en condiciones de trabajar y que él carecía de empleo. Pero se tranquilizó al pensar que pagando el alquiler tenía por delante treinta días de seguridad. Seguramente encontraría algo que hacer.

Por la noche fue a casa de Mary Rommely para comunicarle que la niña había nacido. Al pasar por la fábrica de caucho entró y pidió hablar con el capataz de Sissy, para pedirle que le comunicara la noticia y le recomendara que los visitara a la salida del trabajo. El hombre le aseguró que pasaría el mensaje; le hizo un guiño elocuente y, a la vez que le golpeaba con el índice en las costillas, exclamó:

—¡Bravo, amigo!

Johnny sonrió y le dijo al mismo tiempo que le pasaba diez centavos:

—Cómprese un buen cigarro y fúmeselo a mi salud.

—Así lo haré —aseguró el otro, y, rubricando su gesto con un buen apretón de manos, le repitió que daría el mensaje a Sissy.

Mary Rommely estalló en sollozos al oír la novedad que llevaba Johnny.

—¡Pobre niña, pobrecita! —exclamó—. Venir a este mundo de penas, nacer sólo para sufrir y luchar. ¡Ay! ¡Quizá tendrá un poco de dicha, pero más serán sus penas!

Johnny quiso ver a Thomas Rommely, pero Mary le dijo que no era el momento. Thomas aborrecía a Johnny porque era irlandés. Odiaba a los alemanes, odiaba a los americanos, odiaba a los rusos y no aguantaba a los irlandeses. Defendía la raza hasta el fanatismo, a pesar de tener una aversión sorprendente por los de su propia raza. Además, sostenía la teoría de que una boda entre extranjeros daba hijos mestizos.

—¿Qué saldría si cruzara una canaria con un cuervo? —argumentaba.

Después de acompañar a su suegra hasta casa, Johnny salió a buscar trabajo.

Katie se alegró de ver a su madre. Todavía aturdida por los dolores del parto, pensó en los que su madre había soportado cuando ella misma nació. Pensó que su madre había parido siete hijos, los había criado, había visto morir a tres de ellos y a los restantes sufrir el hambre y la pobreza. Se estremeció al imaginar que ese mismo ciclo le tocaría en suerte a la pequeña que sólo contaba pocas horas de vida.

—¿Qué es lo que yo sé? —preguntó Katie a su madre—. Sólo podré enseñarle lo que sé, y es tan poco… Tú eres pobre, mamá, Johnny y yo somos pobres. La niña está destinada a ser pobre; no llegaremos a ser más de lo que somos ahora. A veces pienso que los días de este último año habrán sido los mejores de nuestra vida; a medida que pasen los años y que Johnny y yo vayamos envejeciendo, nada mejorará, todo irá peor. Lo único que poseemos ahora es juventud y fuerza para trabajar, y eso también lo perderemos con el tiempo.

Enseguida vislumbró la realidad. «Es decir, yo puedo trabajar, no puedo contar con Johnny; tendré que cuidar de él. ¡Oh, Dios! No me envíes más hijos, porque no podré ocuparme de Johnny y tengo que vigilarle, él no puede.» La voz de su madre la apartó de sus pensamientos:

—¿Qué teníamos en nuestro país? Nada. Éramos campesinos, nos moríamos de hambre. Vinimos aquí. Salvo que no se llevaron a tu padre al ejército como habrían hecho allá, no lo pasamos mucho mejor, por cierto. Si se quiere, ha sido una vida más dura. Añoro mi tierra natal, los árboles y las vastas campiñas; la vida afable, los viejos amigos…

—Y si no fue para mejorar, ¿por qué viniste a América?

—Por mis hijos. Yo quería que nacieran en un país libre.

—A tus hijos no les ha ido tan bien, que digamos —dijo Katie sonriendo con amargura.

—Aquí hay algo que falta en mi país. A pesar de los aspectos duros y desconocidos, de la vida, aquí hay esperanza. Allí un hombre no puede llegar a ser más de lo que fue su padre, y esto suponiendo que trabaje con empeño. Si su padre fue carpintero, carpintero será y nada más. No podrá hacerse maestro ni sacerdote. Podrá prosperar, pero únicamente hasta donde llegó su padre. En mi país el hombre pertenece al pasado. Aquí, en cambio, puede mirar al futuro. En esta tierra puede llegar a ser lo que él quiera si tiene el corazón y la voluntad para trabajar honestamente.

—Eso no es así. Tus hijos no lograron más que tú.

Mary Rommely suspiró.

—Tal vez sea por mi culpa. No supe enseñar a mis hijos porque no sabía nada, excepto que durante cientos de años mi familia había trabajado en el campo de algún amo. No mandé a mi hija mayor al colegio. Ignoraba muchas cosas en aquel entonces. Ignoraba que los hijos de la gente pobre podían disfrutar de la educación gratuita en este país. Por eso Sissy no tuvo mejor suerte que yo. Pero las otras tres…, habéis ido a la escuela.

—Yo terminé el sexto curso. Recibí instrucción, si a eso se le puede llamar así.

—Y tu Yohnny —no podía pronunciar la J— también. ¿No ves?

—Empezaba a conmoverse—. Ya empieza el progreso. —Cogió a la niña y la levantó entre sus brazos—. Esta criatura ha nacido de padres que saben leer y escribir. Para mí eso es maravilloso.

—Madre, soy joven. Tengo dieciocho años, soy fuerte. Voy a trabajar duro. Pero no quiero que esta criatura crezca para ser una simple bestia de carga. ¿Qué debo hacer, madre, qué es lo que debo hacer para construir un futuro mejor para ella? ¿Cómo puedo empezar?

—El secreto está en saber leer y escribir. Tú sabes leer. Todos los días debes leer a tu hija una página de algún libro; todos los días hasta que ella aprenda a leer. Entonces ella deberá leer todos los días. Ése es el secreto.

—Le voy a leer —prometió Katie—. ¿Qué libro debería escoger?

—Hay dos libros grandiosos. La de Shakespeare es una gran obra. He oído decir que todo lo prodigioso de la vida se encuentra en ella; todo lo que el hombre ha aprendido sobre la belleza; toda la sabiduría y el conocimiento de la vida que el hombre pueda tener está encerrado en esas páginas. Dicen que esos relatos son piezas que se representan en el teatro. Yo nunca he hablado con nadie que haya visto esa maravilla, pero oí decir al amo de nuestras tierras allá en Austria que algunas de esas páginas se parecen a hermosas canciones.

—¿Shakespeare es un libro alemán?

—No, es una obra inglesa. Eso le dijo nuestro amo a su hijo cuando partía para la gran Universidad de Heidelberg, hace mucho tiempo.

—¿Y cuál es el otro libro importante?

—La Biblia de los protestantes.

—Pero nosotros los católicos ya tenemos una Biblia.

—Ya sé que no es oportuno decirlo, pero creo que su Biblia expresa mejor las bellezas de nuestro mundo y del más allá. Una buena amiga mía que es protestante me leyó un día algunas páginas y yo misma pude comprobar lo que te estoy contando. Como te digo, ése y el de Shakespeare son los dos libros. Cada día leerás una página de cada uno a tu hija, aunque no entiendas lo que está escrito en ellos y aunque no sepas pronunciar bien las palabras. Eso es lo que harás para que tu hija crezca conociendo lo más bello y grandioso, que sepa que estas pocas casas de Williamsburg no son el mundo entero.

—La Biblia de los protestantes y Shakespeare.

—Y debes contar a tu hija las leyendas que yo te conté, que a su vez mi madre me contó a mí y su madre a ella. Debes contarle los cuentos de hadas de mi tierra. Hablarle de aquello que, sin ser de la tierra, perdura en el corazón de la gente: hadas, duendes, elfos y demás. Háblale de los fantasmas que se aparecían a los familiares de tu padre y del mal de ojo que una hechicera le echó a tu tía. Explícale a tu hija cómo las mujeres de nuestra familia presagian la desgracia o la muerte que se avecina. Y tu hija tiene que creer en Dios Nuestro Señor y Jesús su único Hijo. —Se persignó—. ¡Ah! Y no olvides a Santa Claus, en quien tu hija debe creer hasta que cumpla seis años, por lo menos.

—Pero, madre, sé que no existen los fantasmas ni las hadas. Enseñaría a mi hija mentiras, cosas descabelladas.

Mary replicó serenamente:

—Tú no sabes si no hay fantasmas en la tierra, como tampoco sabes si en el cielo hay ángeles.

—Yo sé que Santa Claus no existe.

—Con todo, tienes que hacer que tu hija crea que esas cosas son reales.

—¿Por qué, si no creo en ellas?

—Porque —explicó Mary Rommely con sencillez— la niña tiene que poseer algo muy valioso que se llama imaginación. Necesita crearse un mundo de fantasía todo suyo. Debe empezar por creer en las cosas que no son de este mundo; luego, cuando el mundo se haga demasiado duro para soportarlo, podrá refugiarse en su imaginación. Yo misma, aun a esta altura de la vida, tengo necesidad de recordar la vida de los santos, y los grandes milagros que han acaecido en la tierra. Gracias a estos pensamientos puedo tolerar lo que me toca vivir.

—Cuando la chica sea mayor y vea las cosas tal y como son, sabrá que le he mentido y sufrirá un desengaño.

—A eso se le llama descubrir la verdad —dijo sentenciosamente la madre—. Es una gran cosa descubrir la verdad por uno mismo. Creer en algo con toda el alma y después dejar de hacerlo es saludable. Alimenta las emociones y las fortalece. Cuando sea una mujer y la vida y las personas la desilusionen, ya estará acostumbrada a los desengaños y el golpe será menos duro. Al enseñar a tu hija no olvides que sufrir también es útil. Enriquece el carácter.

—En ese caso —dijo Katie con amargo sarcasmo—, nosotros, los Rommely, somos gente rica.

—No. Somos pobres, sufrimos, nuestro camino es muy arduo; pero somos mejores porque sabemos todo eso que te acabo de contar. Yo no sabía leer, pero te he enseñado todo lo que aprendí de la vida. Debes enseñárselo a tu hija, agregando lo que vayas aprendiendo a medida que te haces mayor.

—¿Y qué más debo enseñarle a mi hija? —preguntó Katie.

—Tu hija tiene que creer en el cielo, pero no sólo en un cielo lleno de angelitos y con Dios sentado en un trono —Mary iba revelando sus pensamientos con dificultad, mitad en inglés, mitad en alemán—, sino en un cielo que sea un lugar maravilloso, tanto que la gente sueñe con él, un sitio donde los deseos se realizan siempre. Esto tal vez sea una religión aparte. No lo sé.

—Sí, sí, ¿y qué más?

—Antes de morir debes conseguir un terreno en propiedad; si es posible con una casa, para que tus hijos tengan herencia.

Katie rió.

—¿Un terreno propio? ¿Una casa? Si con suerte pagamos el alquiler.

—A pesar de eso —dijo Mary con energía—, tienes que hacerlo. Durante miles de años nuestra gente ha trabajado las tierras de otros. Eso sucedía en mi país. Aquí lo hacemos mejor, trabajando en las fábricas. Hay una parte de cada día que no le pertenece al amo, sino al obrero. Eso está bien. Pero ser propietario de un terrenito es mejor. Un pedazo de tierra para dejarlo a nuestros hijos. Eso nos hará prosperar en este mundo.

—Pero ¿cómo conseguir un terreno propio? Mi marido y yo ganamos muy poco con nuestro trabajo. A menudo, cuando hemos pagado el alquiler y el seguro, apenas nos queda con qué comer. ¿Cómo ahorrar para el terreno?

Y Mary volvió a hablar:

—Deberías coger una lata de leche condensada y lavarla bien…

—¿Una lata? —interrumpió Katie.

—Sí. Le recortas la tapa. Luego le haces cortes verticales de un dedo de largo, dejando franjas de unos dos dedos, y las doblas hacia fuera. Se parecerá a una especie de estrella. Le das la vuelta y le haces una ranura en la base. Luego la pones en el lugar más oscuro de tu armario y la clavas al suelo, un clavo en cada punta de la estrella. Todos los días metes allí cinco centavos. En tres años tendrás una pequeña fortuna: cincuenta dólares. Sacas el dinero y compras una parcela en el campo. Consigue un papel en el que conste que el terreno es tuyo. Así te convertirás en propietaria. Cuando se es propietario nunca más se vuelve a ser esclavo.

—Cinco centavos al día. Parece poco. Pero ¿de dónde los saco? No tenemos lo suficiente y ahora hay otra boca que alimentar.

—Tienes que hacer lo siguiente: vas al verdulero y le preguntas: «¿Cuánto cuesta el manojo de zanahorias?». El hombre te contesta: «Tres centavos». Entonces buscas hasta que encuentras un manojo menos fresco y que no sea tan grande y le dices: «¿Podría llevarme este manojo que está estropeado por dos centavos?». Si le hablas con decisión te lo dará por dos centavos. Y un centavo para tus ahorros. Pongamos que es invierno. Compras una fanega de carbón por veinticinco centavos. Hace frío. Vas a encender el brasero. ¡Alto! Esperas una hora; te abrigas con un chal y te dices: «Tengo frío porque estoy ahorrando para comprar el terreno». Con eso habrás ahorrado tres centavos para la hucha. De noche, cuando estés sola, no enciendas la luz; siéntate a oscuras, soñando un rato. Después calcula cuánto petróleo has economizado y echas los centavos correspondientes en la hucha. El dinero irá creciendo, un día llegarás a tener cincuenta dólares, y en alguna parte de esta isla tan inmensa habrá algún solar que puedas comprar por esa suma.

—Pero ¿puede ahorrarse así tanto dinero?

—¡Por la Santa Madre! Te juro que sí.

—¿Y cómo se explica que tú no hayas conseguido ahorrar el dinero para adquirir un terreno?

—Lo ahorré. Cuando llegamos de Europa hice una hucha de lata; tardé diez años en ahorrar los primeros cincuenta dólares y, con el dinero en mano, fui a casa de un vecino que, según decían, era un honesto vendedor de tierras. Me mostró un solar magnífico y me dijo en mi propio idioma: «Esto es suyo». Le entregué el dinero y me dio un papel. Yo no sabía leer. Algún tiempo después vi unos hombres que estaban edificando la casa de otro en mi solar. Les mostré mi papel. Se rieron de mí con lástima. El terreno no era de aquel vecino y no tenía derecho a venderlo. Era... cómo se dice... esta...

—Un estafador.

—Eso. Las personas como nosotros, cándidas, recién llegadas de países lejanos, a menudo se dejan estafar por hombres de esa calaña porque no sabemos leer. Pero tú eres instruida; podrás leer el papel para saber si el terreno es tuyo, y sólo entonces entregarás el dinero.

—¿Y nunca más ahorraste dinero, madre?

—Sí, empecé de nuevo. La segunda vez me resultó más difícil porque teníamos varios hijos. Lo ahorré, pero cuando nos trasladamos de casa tu padre descubrió la hucha y se apropió del dinero. No quiso comprar terreno. A él le daba por las aves; así que compró un gallo y muchas gallinas. Convirtió el fondo del patio en un gallinero.

—Creo recordar esas gallinas —dijo Katie—, hace mucho, mucho tiempo.

—Aseguró que ganaríamos mucho dinero vendiendo los huevos al vecindario. ¡Ah! ¡Qué ilusiones se hacen los hombres! La primera noche aparecieron unos veinte gatos hambrientos, que mataron y se comieron a muchas de las gallinas; la segunda noche los italianos treparon el cerco y robaron otras; el tercer día vino el vigilante a decir que la ley prohibía tener gallinas en el patio; le tuvimos que dar cinco dólares para que no se llevara a tu padre a la comisaría. Tu padre vendió las pocas aves que quedaban y compró canarios, que podía tener sin ningún temor. Así perdí mis ahorros la segunda vez. Pero ahora estoy ahorrando de nuevo... Puede que algún día...

Permaneció un rato en silencio, luego se levantó y se cubrió con su chal.

—Está oscureciendo. Tu padre está a punto de llegar del trabajo. Que la Santísima Virgen os bendiga a ti y a tu hija.

Sissy llegó directamente de la fábrica. Ni siquiera se había detenido para cepillar el polvo de goma gris que le cubría el lazo del cabello. Se acercó a la cuna y, entre gritos histéricos, declaró que era la criatura más hermosa del mundo. Johnny la observaba con cierto escepticismo. Él la veía amoratada y arrugada, como si no fuera normal.

Sissy lavó a la niña; el primer día esta operación se realizó una decena de veces. Corrió a la charcutería y pidió al dueño que le abriese un crédito hasta el sábado, que era el día de pago. Compró dos dólares de manjares: tajadas de lengua, salmón ahumado, tostadas y pescado. También compró una bolsa de carbonilla y avivó el fuego. A Katie le sirvió la cena en una bandeja. Ella comió en la cocina con Johnny. En la casa se mezclaban los olores a fuego, buena comida, polvos y el aroma dulzón que emanaba de un disco de yeso oculto en un colgante de filigrana en forma de corazón que Sissy llevaba al cuello.

Mientras fumaba su cigarro Johnny observaba a Sissy y trataba de comprender el criterio de la gente cuando calificaba de «bueno» o «malo» a sus semejantes. Por ejemplo, Sissy. Era mala; pero era buena. Mala en cuanto a los hombres, pero buena porque allí donde aparecía había vida, alegría, bondad, ternura; se saboreaba la existencia. Deseó con agrado que su hija se pareciese algo a ella.

Cuando Sissy anunció que pasaría la noche allí, Katie la miró preocupada y le dijo que sólo tenían la cama de matrimonio. La hermana declaró que le habría encantado dormir con Johnny si le aseguraba una hija hermosa como Francie. Katie frunció el entrecejo; sabía que Sissy lo decía en broma, pero con todo y eso, había algo de verdad en sus palabras. Entonces empezó a echarle un sermón. Johnny cortó el asunto anunciando que debía ir a la escuela.

Aún no se había atrevido a decir a Katie que había perdido el empleo. Fue en busca de su hermano Georgie, que aquella noche estaba trabajando. Afortunadamente necesitaban otro camarero para atender las mesas y cantar. Johnny ocupó el puesto; le prometieron otra noche de trabajo para la semana siguiente. Volvió a ser camarero y cantante de café y desde entonces nunca más trabajó en otra cosa.

Sissy se acostó con Katie y pasaron casi toda la noche hablando. Ésta le contó su preocupación por Johnny y su temor por el futuro; comentaron lo buena madre que había sido siempre Mary Rommely. Hablaron de su padre; Sissy dijo que era un viejo bribón. Katie la reprendió, le dijo que debía ser más respetuosa.

—¡Pamplinas! —contestó Sissy.

Y Katie no pudo menos que reír.

Katie se refirió a la conversación que había tenido aquella tarde con su madre. La idea de la hucha entusiasmó tanto a Sissy que, a medianoche, se levantó, vació un tarro de leche condensada e hizo una. Intentó escurrirse dentro del armario estrecho y repleto para clavarla en el suelo, pero se enredó con los pliegues del camisón. Se lo quitó y volvió a intentarlo desnuda, aunque tampoco así logró meterse dentro. Su voluminoso trasero asomaba fuera del armario, mientras ella, de rodillas, se esforzaba para clavar la hucha en el suelo. Katie tuvo tal ataque de risa que temió que le viniera una hemorragia. Aquel barullo a las tres de la mañana despertó a los vecinos. Golpearon el suelo los que vivían arriba, y el techo los de abajo. Sissy provocó a Katie otro ataque de risa cuando murmuró desde el armario:

—Qué poca vergüenza tiene esa gente, armar semejante barullo cuando hay enfermos en casa —y agregó—: ¿Cómo se va a poder dormir? —al tiempo que martilleaba enérgicamente el último clavo.

Cuando hubo colocado la hucha, se vistió e inició el ahorro con un níquel; satisfecha, pues, se acostó de nuevo. Escuchó con mucho interés la teoría de su madre sobre los dos libros y prometió a Katie llevárselos como regalo de bautismo.

Así fue como Francie pasó la primera noche en este mundo, abrigada entre su madre y su tía.

Al día siguiente, Sissy se puso en marcha para buscar los libros. Se fue a la biblioteca y le preguntó al funcionario dónde podía conseguir un ejemplar de la Biblia y uno de las obras de Shakespeare; no para pedirlos en préstamo, sino para comprarlos. El bibliotecario no supo decirle nada en cuanto a la Biblia; pero le explicó que había una copia muy gastada de las obras de Shakespeare que iban a tirar, y que si quería se la podría dejar por muy poco. Sissy la compró sin más. Era un viejo libro semidestrozado que contenía todas las obras de teatro y los sonetos. Había notas que describían con todo detalle las intenciones del dramaturgo, un retrato del autor y unos grabados que ilustraban alguna escena de cada obra. Las páginas estaban divididas en dos columnas de letras minúsculas. Le cobraron veinticinco centavos.

Encontrar la Biblia le costó más trabajo, pero aún menos dinero. De hecho le salió gratis. El frontispicio rezaba: «Gideon».

Pocos días después de haber conseguido el libro de Shakespeare, Sissy se despertó y, dándole un codazo al amante con quien había pasado la noche en una respetable pensión, preguntó:

—John... —Así le llamaba aunque su nombre fuera Charlie—. ¿Qué es ese libro que hay encima del tocador?

—Una Biblia.

—¿Una Biblia protestante?

—Sí.

—Creo que me la llevaré.

—¡Pues adelante! Por eso la dejaron ahí.

—¿De verdad?

—¡Claro que sí!

—¿Me tomas el pelo?

—La gente la coge, la lee, se arrepiente y se redime. Luego la devuelve y se compra otra, para que otros puedan leerla y redimirse. De esa forma, la editorial que publica estos libros no pierde nada.

—Bueno, ésta no se devolverá —dijo Sissy mientras la envolvía en una toalla del hotel que también quería llevarse.

—Dime… —La angustia se apoderó de su John—. No vas a leerla y a redimirte, ¿verdad? No quisiera tener que volver con mi mujer… —Se estremeció y la abrazó—. Prométeme que no te redimirás.

—Lo prometo.

—¿Y cómo puedes estar tan segura?

—Nunca le he hecho caso a nadie y, además, no sé leer. La única forma que tengo para entender si algo está bien o mal es fiarme de mis sensaciones. Si son positivas, bien; si son negativas, mal. Aquí contigo me siento bien. Tendió los brazos hacia él y le dio un beso en la oreja.

—Me encantaría poder casarme contigo, Sissy.

—A mí también, John. Sé que funcionaría, o por lo menos durante un tiempo —añadió con sinceridad.

—Pero estoy casado y la religión católica no admite el divorcio.

—De todas manera yo tampoco creo en el divorcio —dijo ella, quien tenía la costumbre de volver a casarse sin la necesidad de ningún divorcio.

—¿Sabes qué, Sissy?

—¿Sí?

—Tienes un corazón de oro.

—Déjate de bromas.

—Lo digo en serio. —La contempló mientras se acomodaba la liga de seda roja sobre la media de algodón que se acababa de calzar. De repente le rogó—: ¡Besémonos!

—¿Tenemos tiempo? —preguntó ella con actitud práctica. Pero ya estaba quitándose las medias.

Así empezó la biblioteca de Francie.

X

La pequeña Francie no era gran cosa. Era delgada, amoratada y no crecía mucho. Katie se obstinaba en amamantarla, aunque las vecinas le decían que su leche era mala para la criatura.

Pronto hubo que darle el biberón porque a Katie se le retiró la leche, cuando la chiquilla tenía sólo tres meses. La joven, preocupada, se apresuró a consultar a su madre. Mary Rommely la miró y como única respuesta dio un prolongado suspiro. Katie fue a consultar a la matrona, que le hizo una pregunta estrambótica:

—¿Dónde compra usted el pescado los viernes?

—En la tienda de Paddy. ¿Por qué?

—¿No habrá visto allí, por casualidad, a una vieja comprando una cabeza de bacalao para su gato?

—Sí. La veo todos los viernes.

—¡Fue ella! ¡Fue ella quien le sacó la leche!

—¡Oh, no!

—Le ha echado el mal de ojo.

—Pero ¿por qué?

—Por celos. Porque usted es demasiado feliz con ese hermoso irlandés que tiene por marido.

—¿Celos? ¿Una vieja como ésa?

—Es bruja: la conocí en mi país. Hicimos la travesía en el mismo vapor. De joven se enamoró de un chico del condado de Kerry, que la dejó embarazada, y cuando el anciano padre de ella fue tras él, se negó a llevarla al altar. Él se escapó una noche en un barco que zarpaba hacia

América. La criatura nació muerta. Entonces ella vendió su alma al diablo y éste le dio el poder de secar la leche de las vacas, las cabras y las muchachas casadas con mozos jóvenes.

—Recuerdo que me miró de un modo extraño.

—Le estaba echando el mal de ojo.

—¿Y qué debo hacer para que vuelva a subirme la leche?

—Le voy a decir qué tiene que hacer. Espere a que haya luna llena. Haga una pequeña muñeca con una mecha de su pelo, un trocito de uña y un pedacito de trapo rociado con agua bendita. La bautiza con el nombre de la hechicera, que es Nelly Grogan, y le clava tres alfileres herrumbrados. Eso le quitará el poder que tiene sobre usted, y la leche de sus pechos correrá como el río Shannon. Son veinticinco centavos.

Katie le pagó y esperó a que hubiese luna llena. Entonces hizo la muñeca y le dio pinchazo tras pinchazo. Pero siguió sin leche. Francie iba enfermando con el biberón. Desesperada, Katie pidió a Sissy que la aconsejara. Ésta escuchó el cuento de la bruja.

—Me río de la bruja y de sus cuentos —dijo con desdén—. Quien lo hizo fue Johnny, pero no con el ojo.

Así fue como Katie supo que se había quedado embarazada otra vez. Se lo dijo a Johnny y éste empezó a preocuparse. Había sido más o menos feliz con su vuelta al trabajo de camarero y cantante; lo empleaban a menudo, se comportaba con prudencia, no bebía y llevaba a casa la mayor parte de lo que ganaba. La noticia de que pronto sería padre por segunda vez le hacía sentirse como atrapado. Él sólo tenía veinte años y Katie apenas dieciocho. Pensó que eran muy jóvenes y ya estaban derrotados. En cuanto escuchó la noticia salió para embriagarse.

Poco después, la comadrona fue a visitarlos para ver si su remedio había funcionado. Katie le dijo que había fallado, puesto que ella estaba embarazada, y que la hechicera no tenía la culpa. La vieja se arremangó la falda y extrajo de uno de sus enormes bolsillos una botella llena de un líquido marrón de aspecto amenazante.

—Tranquila, no hay de qué preocuparse —dijo—. Tómese una buena dosis por la mañana y otra por la tarde durante tres días y verá como todo se arregla.

Katie negó con la cabeza.

—¿Acaso le tiene miedo al cura?

—No, pero me siento incapaz de matar a nadie.

—Pero eso no sería matar. No lo es hasta que nota que se mueve; y usted no lo siente moverse, ¿verdad?

—No.

—¿Ve? —Dio un golpe en la mesa, triunfante—. Sólo le cobraré un centavo.

—Gracias, pero no quiero.

—No sea boba. Usted no es más que una niña y ya tiene bastantes problemas con la pequeña recién nacida. Y su marido es guapo, pero no es el más sensato de los hombres, que digamos.

—Mi marido es asunto mío, y mi niña no es ningún problema.

—Sólo estaba tratando de ayudarle.

—Pues muchas gracias, pero ¡adiós!

La comadrona se guardó la botella y mientras se levantaba, dijo:

—Cuando llegue el momento, sabe dónde vivo. —Ya en la puerta añadió su último consejo—: Si sube y baja las escaleras muchas veces, podría tener un aborto natural.

Aquel otoño, mientras duró el veranillo de San Martín, Katie a menudo iba a sentarse en el porche, con la débil criatura apoyada contra el vientre abultado por la otra criatura que pronto daría a luz. Las vecinas piadosas se detenían junto a Francie y se compadecían de la pobre niña.

—No conseguirá criarla —le dijeron a Katie—. No tiene buena pinta. Si el buen Señor se la llevara sería mejor. ¿Para qué sirve una criatura enferma en una familia pobre? Hay ya demasiados niños en el mundo y no queda lugar para los débiles.

—No diga eso —respondió Katie, estrechando a la niñita—, nunca es preferible la muerte. ¿Quién desea morir? Todo ser se esfuerza por subsistir. Miren ese árbol: crece a través de las rejas, no recibe sol y sólo tiene agua cuando llueve. Brota en tierra áspera y es fuerte porque su persistente lucha lo fortalece. Así serán mis hijos.

—Alguien debería echar abajo ese pobre árbol.

—Si sólo hubiera un árbol como éste en el mundo, usted lo consideraría hermoso —dijo Katie—. Pero como hay muchísimos otros iguales, su belleza se le escapa. Miren a esos niños —señaló una multitud de pequeños mugrientos que jugaban en la alcantarilla—: si eligieran a uno de ellos y, bien lavado y vestido, lo colocaran en una bella casa, les parecería hermoso.

—Usted tiene ideas bonitas, Katie, pero también tiene una hijita muy enferma —aseguró una.

—Esta criatura vivirá —contestó Katie—. Yo la haré vivir.

Francie vivió, y entre sofocos y lloriqueos cumplió su primer año.

El hermanito de Francie nació una semana después de su primer cumpleaños.

Esta vez Katie no estaba trabajando cuando sintió los primeros dolores. Esta vez se mordió los labios para no gritar de dolor. Sola con su pena, fue capaz de llevar a cabo su tarea con amargura y practicidad.

Cuando le acercaron a sus pechos aquel hijo sano y robusto, la invadió una oleada de profunda ternura. En la cuna, al lado de su cama, Francie empezó a lloriquear. De repente Katie sintió desprecio por esa débil criatura, tan frágil comparada con su nuevo y hermoso hijo. Pero pronto se avergonzó de ese sentimiento. La pobre niña no tenía la culpa.

«Tengo que vigilar mucho mis sentimientos —pensó—. Siento que voy a querer más al niño que a la mujercita; ella no deberá advertirlo nunca. No es justo querer a un hijo más que a otro, si bien hay veces que resulta difícil evitarlo.»

Sissy le pidió que le llamara Johnny. Katie se opuso diciendo que el niño tenía derecho a llevar un nombre todo suyo. Sissy se enojó y le cantó unas cuantas verdades a Katie. Ésta, en broma, acusó a Sissy de estar enamorada de Johnny.

—Tal vez —replicó Sissy.

Katie no respondió; temía que si la discusión iba a mayores acabaría descubriéndose que, sin darse cuenta, había dicho la verdad.

Finalmente Katie resolvió llamarlo Cornelius. Una vez había visto a un actor hermosísimo representar a ese valiente personaje. Cuando el niño creció, la jerga de Brooklyn terminó por convertir su nombre en Neeley.

Sin ningún razonamiento tortuoso ni intrincados procesos emotivos, el pequeño llegó a serlo todo para ella. Johnny pasó a un segundo plano y Francie ocupó sólo un lugarcito en el fondo del corazón de su madre. Katie amaba entrañablemente al niño, lo sentía más suyo que a Johnny y a Francie. Además, Neeley era idéntico a su padre y Katie soñaba en convertirlo en el hombre que Johnny debía haber sido. Tendría todo lo bueno que había en él, y ella lo fomentaría. Borraría los defectos del padre a medida que fuesen apareciendo en el niño. Su hijo crecería, ella se sentiría orgullosa de él, y él la cuidaría hasta el fin de sus días. Eso sí: tendría que dedicarse especialmente a él. Francie y Johnny ya se arreglarían de alguna forma, pero con el pequeño no correría riesgos. Ella se encargaría de convertirlo en el mejor.

Gradualmente, mientras los niños se iban haciendo mayores, Katie fue perdiendo esa ternura innata en ella y ganando lo que la gente llama carácter; se convirtió en una mujer capaz, firme y previsora. Amaba a su Johnny, pero aquella veneración de antes se había desvanecido. Amaba a su hija, sólo porque le inspiraba compasión. Más que amor, lo que sentía por ella era piedad y obligación.

Johnny y Francie percibían el cambio que se iba operando en Katie. A medida que el niño crecía en tamaño y hermosura, crecía en Johnny su debilidad e iba resbalando cada vez más cuesta abajo. Francie se dio cuenta de los sentimientos de su madre. Respondió con cierta aspereza hacia ella, y esa misma aspereza, paradójicamente, las acercó, hizo que se parecieran más.

Cuando Neeley cumplió un año, Katie había dejado por completo de depender de Johnny. Él bebía mucho. Sólo trabajaba cuando le ofrecían empleos de una noche. Entregaba el sueldo, pero se guardaba las propinas para comprar bebida. La vida transcurría demasiado veloz para

Johnny. Tenía esposa y dos hijos antes de haber alcanzado la edad para votar. Su vida había terminado antes de haber tenido ocasión de empezar. Estaba condenado, y nadie estaba más convencido de ello que el mismo Johnny Nolan.

Katie afrontaba las mismas dificultades que Johnny y sólo tenía diecinueve años —dos menos que él—; también podía decirse de ella que estaba condenada. Su vida también había concluido antes de empezar. Pero allí terminaba la similitud. Johnny se sentía condenado y lo aceptaba. Katie, no. Empezó una nueva vida allí donde la otra terminaba.

Su ternura se transformó en sentido práctico. Apartó sus sueños y abrazó la realidad.

XI

Johnny celebró el día en que adquirió el derecho a votar bebiendo como un energúmeno tres días seguidos. Cuando vio que se le estaba pasando la borrachera, Katie lo encerró en el dormitorio para que no pudiese conseguir ni una gota más de alcohol. Esto, en vez de curarle, le provocó un *delirium tremens*. Tan pronto lloraba como suplicaba que le diesen algo de beber. Decía que sufría. Ella le repetía que el sufrimiento le fortalecería y le serviría de lección para dejar de beber. Pero el pobre Johnny no conseguiría fortalecerse. No hacía sino anegarse en un lastimoso gimoteo.

Los vecinos llamaron a la puerta y le pidieron a Katie que hiciese algo por el desdichado. Ante esta demanda, contrajo los labios fieramente y los mandó a ocuparse de sus asuntos. Pero a pesar de haberse librado de los vecinos comprendió que tendrían que alejarse de allí en cuanto finalizara el mes. No podrían vivir en aquel vecindario después de la ignominia que les imponía la conducta de Johnny.

Por la tarde sus gritos torturados desquiciaron a la misma Katie. Apretujó a los dos niños en el cochecito, corrió a la fábrica y le pidió al paciente capataz que le permitiese hablar con su hermana unos minutos. Sissy dejó su máquina y Katie le contó deprisa lo que ocurría con Johnny. La mujer lo comprendió todo; prometió que en cuanto saliera del trabajo volaría a ocuparse de él.

Sissy consultó el caso con un amigo suyo. Éste le dio unas cuantas instrucciones que ella siguió al pie de la letra: compró un cuarto de litro de un buen whisky y lo ocultó entre las cintas del corsé y los broches de la blusa.

Llegó a casa de Katie y le aseguró que si podía quedarse a solas con Johnny ella le sacaría del estado en que se hallaba. Entonces Katie la encerró en el dormitorio junto a su marido y se retiró a la cocina, donde pasó toda la noche, con la cabeza entre las manos, esperando.

Cuando Johnny vio a Sissy, su aturdido cerebro tuvo un momento de lucidez y, apretujándole el brazo, exclamó:

—Tú eres mi amiga, Sissy. Eres mi hermana. Por el amor de Dios, dame una copa.

—Paciencia, Johnny, paciencia —decía ella con su voz suave y reconfortante—. Aquí traigo algo para beber.

Se desabrochó el vestido, liberando una cascada de encajes blancos y cintas rosas. El cuarto se llenó del perfume cálido e intenso de Sissy. Johnny se quedó mirándola mientras ella desataba nudos intrincados y se desabrochaba el corsé. El pobre chico se acordó de la reputación de la mujer, y tergiversó la situación.

—No, no, Sissy. Por favor.

—No seas idiota, Johnny. A cada cosa su tiempo y su lugar, y éste no es ni el momento ni el lugar adecuado.

Sacó la botella. Él se abalanzó sobre el frasco que todavía guardaba el calor de la mujer. Ella le dejó beber un buen trago y luego se lo arrebató. Johnny se tranquilizó cuando hubo bebido, y mientras se iba adormeciendo le susurraba que no lo dejara solo. Ella le prometió que no se iría; y sin preocuparse de atarse los lazos y abrocharse el corsé, se acostó a su lado. Luego lo cogió entre sus brazos y él apoyó la cabeza sobre los pechos de ella. De sus párpados cerrados se escurrían lágrimas más cálidas que la piel por donde rodaban.

Sissy permaneció despierta, cobijándole entre los brazos, con los ojos fijos en la oscuridad. Sentía por él lo mismo que habría sentido por sus hijos, si éstos hubieran vivido lo suficiente para conocer el calor de su amor. Sus dedos jugueteaban con los mechones rizados de Johnny, que acariciaban su mejilla. Cuando se quejaba entre sueños, ella le calmaba pronunciando las palabras cariñosas que habría tenido para sus hijos. Intentó cambiar de postura, le había dado un calambre en el brazo. Él se despertó un momento, la apresó con fuerza y le rogó que no lo abandonara. Al hablarle, la llamaba madre.

Cada vez que se sobresaltaba ella le daba un trago de whisky. Al amanecer se despertó, tenía la cabeza más despejada, aunque le dolía, se separó bruscamente de ella, gimiendo.

—Vuelve a tu madre —le decía Sissy con voz arrulladora.

Ella extendió los brazos y de nuevo él se acurrucó contra ella, apoyando la mejilla en el pecho generoso. Lloraba quedamente. Le contaba entre sollozos sus aflicciones, sus temores y vida extraviada. Ella le dejaba hablar, le dejaba llorar y le mecía como debería haber hecho su madre cuando era niño y nunca había hecho. A ratos lloraba ella también. Cuando se hubo desahogado, le dejó beber el resto del whisky. Finalmente quedó sumido en un profundo sueño.

No quería que él notara que se apartaba de su lado y permaneció inmóvil durante mucho rato. Hacia el amanecer, la mano que Johnny tenía apretada contra la de Sissy se relajó, y la expresión de su cara se volvió pacífica como la de un niño. Entonces ella le acomodó la cabeza sobre una almohada, le desvistió con seguridad y le tapó con las mantas. Cogió el frasco vacío y lo arrojó por la ventana, pensando que sería mejor escondérselo a Katie, para que no se preocupara. Se ató los lazos del corsé y salió del cuarto.

Sissy tenía dos debilidades: era una amante ardiente y una madre apasionada. Rebosaba ternura, y tenía muchas ganas de ofrecer a quien lo necesitara todo lo que poseía: su dinero, su tiempo, su compasión, su comprensión, su amistad, su compañía y su amor. Hacía de madre a todo lo que encontraba en su camino. Sin duda amaba a los hombres, pero quería también a las mujeres, a los ancianos y sobre todo a los niños. ¡Cómo los adoraba! También quería a los derrotados y a los infelices. Deseaba dar felicidad a todo el mundo. Había tratado de seducir al cura, a quien muy esporádicamente confesaba sus pecados, porque le daba pena: pensaba que estaba privándose de la más grande de las alegrías, destinado a una vida de castidad. Amaba a todos los perros piojosos que veía por la calle, y le conmovían los gatos delgados que vagaban por el barrio de Brooklyn en busca de un hueco donde dar a luz sus cachorros. Quería a los gorriones sucios de hollín, y consideraba hermosa hasta la hierba que crecía entre los edificios. Recogía manojos de trébol blanco porque le parecía la flor más bella que Dios hubiese creado nunca. Un día encontró una rata en su cuarto. La noche siguiente le dejó un poco de queso en una cajita. Sí, escuchaba los problemas de todos, pero no los suyos. Pero eso estaba bien, porque a ella le encantaba dar, y no recibir.

Cuando Sissy entró en la cocina, Katie contempló el desorden en que se hallaba su ropa con aire sospechoso.

—No olvido que eres mi hermana —dijo con extrema dignidad—. Y espero que tú hagas lo mismo.

—No seas tan idiota —le contestó Sissy, comprendiendo a qué se refería su hermana. Luego la miró a los ojos, le dirigió una sonrisa franca y Katie se tranquilizó.

—¿Cómo está Johnny?

—Se despertará bien, pero, por el amor de Dios, no le regañes cuando se levante. No le regañes, Katie.

—Pero tengo que decirle…

—¡Bueno, si llego a saber que le regañas, te lo quito! ¡Te lo juro! Aunque seas mi hermana.

Katie comprendió que no lo decía por decir y se asustó.

—No, no lo haré —murmuró—. Por lo menos esta vez.

—Ahora sí que empiezas a portarte como una mujer —aprobó Sissy, besándola en la mejilla.

Sissy sentía tanta compasión por Katie como por Johnny.

Katie se echó a llorar; odiaba hacerlo y por eso al intentar reprimir sus sollozos éstos se transformaban en sonidos horribles, ásperos. Sissy tuvo que escucharla, oír nuevamente los lamentos ya contados por Johnny, pero esta vez desde el punto de vista de Katie. Decidió adoptar un tono diferente con su hermana; con Johnny había sido suave y maternal porque era lo que él necesitaba. Conociendo el temple de su hermana, se puso a tono con ella y le habló con severidad en cuanto Katie terminó de contar su historia.

—Y ahora lo sabes todo, Sissy: Johnny es un borracho.

—Bueno, todos somos algo. Todo el mundo tiene una marca. Mírame: en mi vida he bebido una copa, y, sin embargo —aseguró con honesta y consumada ingenuidad—, hay quien comenta y opina que soy una mala mujer. ¿Te lo imaginas? Admito que fumo un cigarrillo de vez en cuando, pero mala…

—Es que, Sissy, tu modo de comportarte con los hombres hace que la gente…

—¡Katie! ¡No me atormentes! Todos somos lo que tenemos que ser y cada uno vive la vida que lleva dentro. Tienes un buen hombre, Katie.

—Pero bebe.

—Y beberá hasta el día que se muera. Él es así y no hay nada que hacer. ¿Bebe? Tienes que aceptarlo junto a todo lo demás.

—¿Lo demás? ¿Qué demás? ¿Te refieres a que no trabaja, que trasnocha y que tiene por amigos a unos vagos?

—Tú te casaste con él. Entonces hubo algo que te conquistó. Aférrate a eso y olvida el resto.

—A veces no se por qué me casé con él.

—No mientas. Sabes perfectamente por qué lo hiciste. Querías acostarte con él, pero eres demasiado católica para hacerlo sin casarte por la Iglesia.

—¿Qué manera de hablar es ésta? Lo único que yo quería era quitárselo a otra.

—No, querías acostarte con él. Siempre es así. Si eso funciona, el matrimonio también. Si no funciona, el matrimonio se pudre.

—No es verdad. Hay más cosas.

—¿Cuáles? Bueno, a lo mejor… —accedió Sissy—. Si hay algo más, es como vivir en el paraíso.

—Te equivocas. Puede que tenga mucha importancia para ti, pero…

—Es fundamental para todos, o por lo menos debería. Si así fuera, todos los matrimonios serían felices.

—Ah, tengo que admitir que me encantaba su manera de bailar, de cantar, su aspecto…

—Estás diciendo exactamente lo que te dije yo, pero usando tus propias palabras.

«¿Cómo es posible convencer a alguien como Sissy? —pensó Katie—. Ella sólo ve las cosas a su manera. Pero quizá la suya sea la mejor manera de verlas. No lo sé. Es mi hermana, pero la gente habla mal de ella. Es una mala chica, no cabe duda. Cuando se muera, su alma será condenada a vagar eternamente por el purgatorio. Se lo he repetido varias veces pero ella siempre me contesta que por lo menos no lo hará sola. Si Sissy muere antes que yo, haré decir misas para el consuelo de su alma. Puede que al cabo de un tiempo consiga salir del purgatorio, porque a pesar de que digan que es mala, es buena con todo el mundo que tenga la suerte de cruzarse en su camino. Estoy segura de que Dios lo tendrá en cuenta.»

De pronto Katie se estiró hacia ella y la besó en la mejilla. Sissy la miró asombrada, porque ignoraba los pensamientos de su hermana.

—Puede que estés en lo cierto, Sissy, pero también que estés equivocada. En cuanto a mí, aparte de su hábito de beber, todo me gusta en Johnny. Trataré de ser buena con él, y de hacer la vista gorda.

De repente se calló, porque en el fondo sabía que nunca lo lograría. Francie estaba despierta; acostada en la canasta de la ropa, se chupaba el pulgar y escuchaba la conversación. Pero no pudo aprender nada de esa lección, sólo tenía dos años.

XII

Katie se avergonzaba de seguir viviendo en el barrio después del escándalo que había armado Johnny. Los maridos de muchas de sus vecinas no eran mejores que su Johnny, eso estaba claro, pero la comparación no satisfacía a Katie. Pensaba que los Nolan debían ser más buenos, distintos de los demás. Se le presentaba también la cuestión del dinero. En realidad, no era ninguna cuestión: ganaban muy poco y ahora tenían dos niños. Katie buscó una casa donde pudiera pagar el alquiler con su trabajo. Por lo menos eso les aseguraría un techo.

Encontró una casa donde les alojarían gratis a cambio de hacer la limpieza. Johnny se opuso a que su mujer fuera portera. Katie, con su nuevo tono duro y cortante, le explicó que se trataba de ser portera o no tener donde vivir, porque las dificultades para reunir el dinero del alquiler aumentaban cada día más. Johnny por fin accedió, prometiendo que él se encargaría de hacer el trabajo de portero hasta conseguir un empleo permanente que les permitiera trasladarse de nuevo.

Katie embaló lo poco que poseían: una cama de matrimonio, la cuna de los pequeños, un desvencijado cochecito de niño, unas butacas de terciopelo verde, una alfombra con flores rosadas, un par de cortinas de encaje, una planta artificial, un geranio rosa, un canario amarillo en una jaula dorada, un álbum con tapas de felpa, una mesa de cocina y algunas sillas, un cajón con fuentes, ollas y cacerolas, un crucifijo dorado con una cajita de música a cuerda en la base que tocaba el «Ave María» —regalo de su madre—, un canasto lleno de ropa, colchas y colchones, una pila de partituras —las canciones de Johnny— y dos libros: la Biblia y las obras completas de William Shakespeare.

Tan pocas eran sus pertenencias que cupieron en el carro del hielero y su peludo caballito pudo arrastrarlas. Los cuatro Nolan subieron al mismo carro, rumbo a su nuevo domicilio.

Lo último que hizo Katie en su viejo piso, que desmantelado se asemejaba a un hombre miope sin sus gafas, fue arrancar la hucha. Contenía tres dólares y ochenta centavos. De allí, pensó con reluctancia, sacaría el dólar para pagar la mudanza.

Lo primero que hizo en la nueva casa, mientras Johnny ayudaba al hielero a descargar los muebles, fue clavar la hucha en el armario. Echó dentro los dos dólares con ochenta centavos y agregó diez de los pocos centavos que guardaba en su deteriorada cartera. Era la propina que había resuelto no dar al hielero.

En Williamsburg era costumbre ofrecer medio litro de cerveza a los que hacían la mudanza. Katie reflexionó: «No le volveré a ver. Con el dólar que le pago es suficiente. ¡Pensar en todo el hielo que tendría que vender para sacar un dólar!».

Cuando Katie estaba colgando las cortinas de encaje, llegó su madre y empezó a salpicar los cuartos con agua bendita para ahuyentar los demonios de cada rincón de la casa. ¿Quién sabe? Los antiguos inquilinos podrían haber sido protestantes, y hasta algún católico podría haber muerto allí sin la absolución del cura. El agua purificaría la casa y de esa forma, si se le antojara, Dios podría entrar.

La pequeña Francie gorjeaba encantada ante la maravilla que se ofrecía a su vista: los rayos solares penetraban a través del frasco de agua bendita que sostenía en alto su abuela y proyectaban en la pared de enfrente un pequeño arco iris. Mary reía con la pequeñuela y hacía bailar aquel arco de luz.

—Schöne! Schöne! —dijo la abuela.

—¡Chome! ¡Chome! —repitió Francie levantando los brazos.

Mary entregó el frasco medio lleno a la criatura y se fue a ayudar a Katie. Como se desvaneció el arco iris, Francie se desilusionó. Creyendo que se había escondido en el frasco, vació el agua bendita sobre sus ropitas esperando que el arco se deslizaría fuera. Cuando Katie levantó a la niña y vio su ropa húmeda, le dio unas suaves palmadas, a la vez que le reprochaba que ya era grande para mojarse las braguitas. Mary explicó lo del agua bendita.

—La pobre chica sólo se ha bendecido y lo único que le trae la bendición es una regañina.

Katie rió entonces, y Francie también rió porque a mamá se le había pasado el enojo. Neeley lució sus tres dientes en una carcajada. Mary los miró con íntima y cariñosa satisfacción y, sonriente, dijo que estrenar una casa con risas traía suerte.

A la hora de cenar ya estaban instalados. Johnny se quedó con los niños, mientras Katie iba a la tienda para conseguir crédito. Le explicó al tendero que aquella mañana se habían trasladado al barrio y le preguntó si les fiaría hasta el sábado, día de pago. El tendero accedió y les dio una libreta, donde previamente anotó lo que se llevaba a cuenta. Le puntualizó que tenía que presentar esa libreta cada vez que fuera a buscar productos fiados. Con esta breve ceremonia Katie aseguraba el sustento de la familia hasta que consiguieran dinero.

Después de la cena Katie leyó hasta que los niños se durmieron. Leyó una página del prólogo del libro de Shakespeare y una página del Génesis. Hasta allí habían llegado. Ni las criaturas ni Katie entendían una jota. La lectura le hacía entornar los ojos, le daba sueño, pero sobreponiéndose con tenacidad terminó las dos páginas. Arropó a los niños cuidadosamente, y ella y Johnny se acostaron también, a pesar de que sólo eran las ocho de la noche. Estaban cansados; el trajín de la mudanza los había agotado.

Los Nolan durmieron en su nuevo domicilio de Lorimer Street, también en Williamsburg, pero cerca de donde comenzaba Greenpoint.

XIII

Lorimer Street era más refinada que Bogart Street. Allí vivían carteros, bomberos y comerciantes lo bastante ricos para darse el lujo de no tener que vivir en sus trastiendas.

El piso tenía un cuarto de baño. La bañera era un cajón alargado forrado de cinc. Francie no volvía de su asombro cuando la veía llena. Era la mayor cantidad de agua que había contemplado hasta entonces, y a sus ojos de niña aquello le parecía el océano.

Les gustaba su nueva casa. Katie y Johnny mantenían impecables, a cambio del alquiler, el patio, los pasillos, la azotea y las aceras. En la casa no existían respiraderos. Había una ventana en cada dormitorio, tres en la cocina y tres en el salón. El primer otoño fue agradable, gozaban del sol el día entero. No pasaron frío en invierno. Johnny trabajaba con bastante regularidad, no bebía en exceso y el dinero les alcanzaba para comprar carbón.

Cuando llegó el verano, los pequeños pasaban gran parte del día en el porche. Como eran los únicos niños en la casa, siempre había sitio allí. Francie, que ya tenía cuatro años, cuidaba a Neeley, que tenía apenas tres. Pasaba las horas enteras sentada en el porche apretando sus enjutas rodillas con sus bracitos; su lacio cabello castaño flotaba en la brisa que llegaba impregnada de agua salada, de aquel mar que, a pesar de estar tan cerca, nunca había visto. No perdía de vista a Neeley cuando trepaba o bajaba los escalones. Allí quieta pasaba las horas Francie, mientras meditaba sobre infinidad de cosas. ¿Quién haría soplar el viento? ¿Qué era la hierba? ¿Por qué Neeley era un chico y ella una chica?

A veces los dos hermanitos permanecían sentados mirándose fijamente a los ojos. Los ojos de Neeley tenían la misma forma que los de Francie, pero eran celestes, y los de ella, grises. Había una tácita comprensión entre los dos niños: Neeley era más bien callado, en cambio Francie era muy parlanchina. A veces sucedía que ella hablaba sin parar, hasta que el cordial chiquillo se quedaba dormido, sentado en los escalones con la cabeza apoyada en la barandilla de hierro.

En verano Francie empezó a dar sus primeras puntadas. Katie le compró una labor de un centavo. Era del tamaño de un pañuelo de mujer, y el dibujo, un perro con la lengua fuera. Con otro centavo le compró una madeja de algodón rojo de bordar, y con dos centavos más adquirió un diminuto bastidor. Su abuela le enseñó a manejar la aguja y Francie se convirtió en una adepta del bordado. Las mujeres que pasaban ante la casa se detenían a cotorrear y expresaban su admiración por la flaca chiquilla, que acribillaba aquel tejido tenso metiendo y sacando pacientemente la aguja, mientras que a su lado Neeley estiraba el cuello para ver cómo, por arte de magia, desaparecía y reaparecía el centelleante acero a través de la tela. La tía Sissy le regaló un limpiagujas de tela. Cuando Neeley se ponía fastidioso, Francie le dejaba pinchar la aguja en el limpiador para que se entretuviera. Bordando un centenar de esos cuadrados se llegaba a formar un cubrecama. Francie había oído de algunas señoras que lo habían hecho, y eso era ahora su ambición; pero, a pesar de trabajar afanosamente todo el verano, cuando llegó el otoño sólo tenía realizada la mitad del cuadradito. Hubo que dejar el cubrecama para el futuro.

Volvió el otoño, y después llegó el invierno, la primavera y el verano. Francie y Neeley iban creciendo. Katie trabajaba con más ahínco y Johnny trabajaba menos y bebía más. La lectura seguía todas las noches. A veces Katie se sentía tan cansada que se saltaba una página, pero por lo general seguía el orden establecido. Habían llegado a *Julio César*. La palabra «alarma» confundía a Katie. Creyendo que tendría algo que ver con el autobomba de los bomberos exclamaba: «¡Talán, talán!», y esto a los niños les parecía maravilloso.

Los centavos se iban acumulando en la hucha. Una vez tuvieron que abrirla para pagar dos dólares al médico, cuando a Francie se le hincó un clavo oxidado en la rodilla. Una docena de veces hubo que aflojar una de las puntas de la estrella de la hucha y sacar con un cuchillo un níquel para los billetes de transporte de Johnny cuando iba en busca de trabajo. Pero se acordó que él retornaría a la hucha aquel dinero depositando diez centavos de sus propinas. Eso beneficiaba el ahorro.

Los días calurosos Francie jugaba sola en la calle o en el porche. Anhelaba la amistad de otras niñas, pero no sabía cómo conseguirla. La esquivaban porque hablaba de un modo extraño para ellas. Debido a las lecturas de Katie, Francie tenía expresiones muy peculiares. En cierta ocasión, cuando una chica se burló de ella, le replicó:

—Ay, no sabes lo que dices, el tuyo es: «Un cuento narrado por un idiota con gran aparato, y que nada significa».

Otra vez, tratando de trabar amistad con una niña, le dijo:

—Espérame aquí mientras entro para concebir la cuerda de saltar.

—Querrás decir para conseguir la cuerda —corrigió la otra.

—¡No! Yo voy a concebir la cuerda. Las cosas no se consiguen, se conciben.

—¿Qué es eso de concebir? —preguntó la chiquilla, que sólo tenía cinco años.

—Concebir, como Eva concibió a Caín.

—Estás mal de la cabeza.

—Eva concibió también a Abel.

—Lo concibe o no lo concibe. ¿Sabes lo que te pasa?

—¿Qué?

—Que hablas como un italiano.

—Yo no hablo como un italiano —gritó Francie—, hablo como… como… como Dios.

—Te partirá un rayo si dices esas cosas.

—No. No me ocurrirá nada —contestó Francie.

—Te falta un tornillo —le dijo la chiquilla, llevándose un dedo a la sien.

—No es cierto.

—Entonces, ¿por qué hablas así?

—Mi madre me lee esas cosas.

—También a tu madre debe de faltarle un tornillo —afirmó la chiquilla.

—Bueno, pero mi madre no es una arrastrada como la tuya —fue la única contestación que se le ocurrió a Francie.

La chiquilla había oído decir esto de su madre en muchas ocasiones y era lo bastante perspicaz para no discutir.

—Bueno, prefiero tener una madre que sea una arrastrada y no una loca de atar; y prefiero no tener padre a que sea un borracho como el tuyo.

—¡Arrastrada! ¡Arrastrada! ¡Arrastrada! —gritaba Francie con vehemencia.

—¡Loca! ¡Loca! ¡Loca! —chillaba la otra.

—¡Arrastrada! ¡Arrastrada inmunda! —vociferaba Francie en su impotencia.

La otra chiquilla se fue corriendo; sus bucles rubios relucían al sol y cantaba a voz en cuello:

—¡Maldición de burro nunca alcanza! Cuando me muera vas a llorar, pagarás por todo lo que me has insultado.

Y Francie se echó a llorar. No por los insultos que había recibido, sino porque se sentía sola y nadie quería jugar con ella. Los más groseros la encontraban demasiado sosegada, y los que se portaban mejor parecían apartarse de ella. Una imperceptible voz interior le decía que no era culpa suya. Aquello tenía algo que ver con tía Sissy, con las frecuentes visitas que les hacía, con su aspecto y la forma en que los hombres del barrio la seguían con la mirada. Aquello tenía algo que ver con la conducta de papá, que a menudo no podía caminar en línea recta y llegaba a su casa vacilante, andando de lado. Tenía que ver con la manera en que las vecinas la interrogaban acerca de su papá, su mamá y Sissy. Sus mañosas y extrañas preguntas no sorprendían a Francie. ¿Acaso no la había prevenido mamá? «Nunca te dejes sonsacar por los vecinos.»

A veces tocaban música en la calle. Eso era algo de lo que ella podía disfrutar sola. Una banda compuesta por tres músicos pasaba una vez a la semana. Sus trajes eran normales y corrientes, pero llevaban sombreros raros, parecidos a los de los conductores de tranvía. Cuando Francie oía que los chicos gritaban: «¡Allí vienen los músicos ambulantes!», salía corriendo a la calle. Algún día arrastraba con ella a Neeley.

La banda se componía de violín, tambor y corneta. Los músicos interpretaban antiguos aires vieneses, y si no tocaban a la perfección, por lo menos lo hacían con energía. Las chicas bailaban en las aceras recalentadas por el sol. Nunca faltaban los muchachos que, haciendo payasadas, imitaban el baile de las chicas y las atropellaban con grosería. Cuando éstas protestaban enojadas, ellos se inclinaban haciendo exageradas reverencias (teniendo buen cuidado de que sus traseros chocaran con alguna pareja) y se disculpaban con frases pomposas.

Francie hubiera querido ser una de las valientes que en vez de bailar se paraban cerca del corneta chupando ruidosamente un gran encurtido. Esto hacía que al que tocaba la corneta se le hiciese la boca agua y pasase la saliva al instrumento, lo que por supuesto enfurecía al músico. Si lo seguían provocando, dejaba escapar un rosario de improperios en alemán que terminaba en algo parecido a *Gott verdammte Ehrlandiger Jude*. La mayoría de los alemanes de Brooklyn tenían la costumbre de tratar de judío a quien deseaban insultar.

A Francie la fascinaba la cuestión del dinero. Después de ejecutar dos piezas, el violinista y el corneta seguían tocando solos, mientras el del tambor circulaba con el sombrero en la mano, recibiendo los centavos que la gente aflojaba con desgana. Tras solicitar el óbolo en la calle se paraban al borde de la acera mirando hacia las ventanas. Las mujeres se asomaban para tirarles un par de centavos envueltos en papel de periódico. Eso del papel tenía mucha importancia. Los pilluelos consideraban buena presa los centavos que caían sueltos. Se abalanzaban sobre las monedas y salían a la carrera, perseguidos por un músico furioso. Pero, en cambio, jamás intentaban apoderarse de los centavos envueltos. A veces los recogían y los entregaban a los músicos. Se había establecido tácitamente entre ellos cuáles eran los centavos que correspondían a unos y a otros.

Si la colecta resultaba suficiente tocaban otro tema; si era mezquina, partían con la esperanza de encontrar zonas más fructíferas. Francie los seguía de parada en parada, calle tras calle, llevando con ella a Neeley hasta que oscurecía y la banda se disolvía. Era una de las tantas chicas que escoltaban a la banda como si fuera un flautista hechicero. Algunas de las mayores llevaban a sus hermanitos en carritos de construcción casera, y otras en cochecitos desvencijados. La música las hechizaba hasta el punto de hacerles olvidar el hogar y la comida. Las criaturitas lloraban, se mojaban los pañales, se dormían, despertaban, lloraban otra vez, se mojaban y volvían a dormirse. Y «El Danubio azul» seguía y seguía y seguía.

Para Francie, la de los músicos era una gran vida. Tejía ensueños. Cuando Neeley fuese mayor, podrían recorrer las calles, él tocando el acordeón y ella la pandereta. La gente les tiraría muchos centavos y mamá no tendría que trabajar.

A pesar de su entusiasmo por la banda, Francie prefería la música del órgano. De vez en cuando pasaba un hombre arrastrando un organillo con un monito apostado encima. El animal vestía una chaqueta roja adornada con galón dorado y unos pantalones agujereados detrás para dar salida a la cola. Llevaba un bonete también rojo, con una cinta que lo sujetaba a su barbilla. Francie quería mucho al monito y le daba su centavo para caramelos con tal que la saludara a lo militar. Si mamá andaba por allí le entregaba al hombre uno de los centavos que deberían haber ido a la hucha, recomendándole que no maltratara al animalito y amenazándole con denunciarle si llegaba a descubrir lo contrario. El italiano nunca comprendió ni una palabra de lo que ella le decía y siempre le contestaba lo mismo. Se descubría, se inclinaba humildemente doblando una rodilla y decía con vehemencia: *Ma sì! Ma sì!*

El órgano grande era diferente. Cuando aparecía era como si fuera una fiesta. Lo conducía un hombre de cabello negro y rizado, con los dientes muy blancos; vestía pantalón de terciopelo verde y americana de pana oscura. De un bolsillo le colgaba un gran pañuelo carmesí. Llevaba un pendiente de aros. La mujer que lo ayudaba a empujar el órgano lucía una amplia falda granate con blusa amarilla y grandes aros dorados en las orejas.

El órgano cencerreaba una parte de *Carmen* o de *Il Trovatore*. La mujer atacaba una inmunda pandereta de la que pendían deshilachadas cintas, golpeándola desganadamente con el codo al compás de la música. Al terminar el canto daba unas vueltas vertiginosas mostrando un par de piernas robustas cubiertas de sucias medias blancas de algodón, que surgían de entre una llamarada de enaguas de todos los colores.

Francie no se fijaba en la mugre ni en la lasitud de movimientos. Oía la melodía, veía la multitud de colores y sentía la fascinación de esa gente pintoresca. Katie le recomendó que nunca fuera en pos del órgano grande, explicándole que aquella clase de gente, con aquella vestimenta, eran sicilianos, y todo el mundo sabía que los sicilianos pertenecían a la Mano Negra y que ésta se dedicaba a secuestrar niños para después cobrar el rescate; que se llevaban a la criatura y después mandaban una carta en la que indicaban que se dejaran cien dólares en el cementerio si querían recuperarla. Firmaban la carta con la impresión de una mano negra. Eso fue lo que dijo mamá acerca de los que andaban con el órgano grande.

Cuatro días después de que pasara la pareja con el órgano, Francie jugaba al organista, tarareando lo que podía recordar de Verdi. Un plato de hojalata viejo hacía de pandereta. Luego trazó el contorno de su mano con un lápiz y rellenó el dibujo para que quedara como una mano negra.

A veces Francie dudaba. No sabía si cuando creciera sería mejor pertenecer a una banda o ser organillera. Sería maravilloso si Neeley y ella pudieran conseguir un organillo y un precioso monito. Se divertirían todo el día sin que les costara nada tocando el organillo y viendo al monito saludar con el gorro. La gente les daría muchos centavos y el mono podría comer con ellos y quizá dormir con ella de noche. Esta profesión le pareció tan envidiable que comunicó sus proyectos a Katie, pero ésta la desilusionó cuando le dijo que no fuese boba, que los monos están llenos de pulgas y que ella jamás permitiría que alguno se metiera en sus limpias camas.

Francie coqueteó con la idea de ser la mujer de la pandereta; pero para eso tendría que ser siciliana y secuestrar criaturas, y ya no le gustó, por más divertido que fuera dibujar una mano negra.

Siempre había música. En aquellos lejanos veranos se bailaba y cantaba en las calles de Brooklyn. Aunque los días podían parecer alegres, había algo triste en aquellas tardes estivales, en aquellos chicos de cuerpo flaco, pero todavía con las curvas de la niñez en el rostro, que rondaban cantando con voz monótona y taciturna. Era triste ver a aquellas criaturas, de apenas cuatro o cinco años de edad, tan precozmente gobernándose solas. «El Danubio Azul» resultaba tan triste como mal tocado. Los ojos del mono aparecían tristes bajo su gorro colorado. El sonido del órgano escondía tristeza tras su aguda alegría; como los caricatos que entraban en los patios interiores y entonaban:

Si de mí dependiera
nunca envejecerías.

Eran vagabundos, tenían hambre y carecían de talento musical. Lo único que poseían era espíritu para apostarse en un patio gorra en mano y cantar a gritos. Era triste saber que ese espíritu no les serviría de nada y que estaban irremediablemente perdidos, como parecía estarlo todo el mundo en Brooklyn cuando atardecía y los rayos de sol, a pesar de brillar con firmeza, eran ya débiles y no daban calor.

XIV

La vida se deslizaba placentera en Lorimer Street y los Nolan hubieran continuado viviendo allí a no ser por la tía Sissy y su gran aunque descarriado corazón. Fue el asunto de Sissy y el triciclo lo que arruinó y cubrió de ignominia a los Nolan.

Un día que Sissy no había ido a la fábrica resolvió ir a entretener a Francie y a Neeley mientras Katie trabajaba. Una manzana antes de llegar a casa de los Nolan el brillo del manillar de latón de un hermoso triciclo encandiló sus ojos. Era una clase de vehículo que ya no se veía. Tenía un amplio asiento tapizado en cuero con capacidad para dos niños, respaldo y una barra de hierro para guiarlo que terminaba en la rueda delantera. Las dos ruedas traseras eran grandes. El manillar de latón macizo iba sobre la barra de guiar. Los pedales estaban colocados delante del asiento, donde podía sentarse cómodamente una criatura, pedalear apoyada contra el respaldo y guiarse con el manillar que le quedaba encima de las rodillas.

Sissy vio el triciclo abandonado ante un porche. No titubeó: cogió el triciclo, lo arrastró hasta la casa de los Nolan, llamó a los niños y los llevó a dar un paseo.

A Francie le pareció maravilloso. Instalados ambos en el asiento, Sissy les hizo dar una vuelta a la manzana empujando el vehículo por detrás. El sol había entibiado el asiento y se desprendía del cuero un olor delicioso y opulento. Los rayos de sol se reflejaban en el latón del manillar y le daban un aspecto de fuego vivo. Francie pensó que si lo tocaba le quemaría las manos. En ese momento aconteció algo.

Al frente de un pequeño grupo se acercaba una mujer con ademanes de histérica. Llevaba de la mano a un niño que berreaba. Se abalanzó sobre Sissy llamándola «ladrona», agarró el triciclo por el manillar y tiró de él violentamente. Sissy lo sujetaba con fuerza y Francie casi cayó al suelo. Intervino un guardia.

—¿Qué pasa? ¿Qué pasa aquí?

—Esta mujer es una ladrona —acusó la mujer—. Ha robado el triciclo de mi niño.

—Yo no lo he robado, agente —arguyó Sissy con su peculiar tono suave y conciliador—. Estaba allí, solo, abandonado, y lo cogí prestado para que estos niños dieran una vuelta. Nunca han montado en algo tan magnífico, y usted sabe qué significa para los chicos un paseo en semejante vehículo... Es el paraíso.

El guardia miró a los dos niños, que, mudos, permanecían quietos en el asiento. A pesar del miedo, Francie esbozó una sonrisa.

—Yo quería darles una vuelta y luego devolverlo, se lo aseguro, agente —dijo Sissy.

El guardia contempló el bien formado busto de Sissy, que la ceñida cintura no desmerecía para nada, y se dirigió a la desconsolada madre:

—¿Por qué es usted tan tacaña, señora? Deje que los niños den una vuelta a la manzana. Déjelos dar una vuelta y yo me encargaré de devolver el triciclo en perfecto estado.

Él era la ley. ¿Qué podía hacer la mujer? El guardia dio un níquel al niño y le ordenó que dejase de chillar. Dispersó el grupo diciendo que si no salían zumbando llamaría al vehículo celular, los metería a todos dentro y los llevaría a la comisaría.

Se dispersaron. El guardia, balanceando con garbo su porra, escoltó galantemente a Sissy. Ella le miró a los ojos sonriente, él guardó la porra e insistió en ayudarla a empujar el triciclo. Trotando junto a él sobre los altos tacones de sus pequeños zapatos, Sissy le engatusaba con su voz suave y melodiosa. Tres veces dieron la vuelta a la manzana. El guardia simulaba no ver las manos que ascendían para cubrir las sonrisas burlonas que provocaba un representante de la ley, con uniforme completo, en tales menesteres. Hablaba a Sissy con ardor, principalmente sobre su esposa:

—Una buena mujer, ¿comprende?, pero en cierto modo una inválida.

Sissy dijo que lo comprendía.

Después del episodio del triciclo, la gente chismorreeaba. Katie pensó en trasladarse. De nuevo se repetía lo sucedido en Bogart Street, donde los vecinos conocían demasiado a los Nolan.

Mientras Katie barajaba la idea de buscar otro lugar donde ir a vivir, ocurrió algo que los obligó a trasladarse rápidamente. La causa fue un asunto sexual, a fin de cuentas inocente si se mira bien. Un sábado por la tarde Katie había conseguido un trabajo en Gorling, unos grandes almacenes de Williamsburg. Su tarea era preparar el café y los sándwiches que el dueño de la tienda ofrecía a sus dependientes a cambio de que hicieran horas extras. Johnny estaba en el sindicato esperando conseguir algún empleo, y los niños se habían quedado solos. Sissy, que no tenía que ir a la fábrica, decidió ir a hacerles compañía.

Llegó a la casa y llamó a la puerta anunciando quién era. Francie entreabrió la puerta, para asegurarse de que fuera su tía. Los dos niños se abalanzaron sobre Sissy, a quien adoraban, y le llenaron la cara de besos. Para ellos era una mujer hermosa, que siempre olía y vestía muy bien, y que les llevaba regalos maravillosos.

Ese día Sissy les llevó una caja de puros vacía, unas hojas de papel de seda color blanco y rojo, y un bote de pegamento. Se sentaron alrededor de la mesa y empezaron a decorar la caja. Con una moneda de cinco centavos, Sissy dibujaba círculos en el papel y Francie se dedicaba a recortarlos. Luego le enseñó cómo hacer copitas de papel enrollando los círculos alrededor de la punta de un lápiz. Cuando ya habían hecho muchas, Sissy dibujó un corazón en la tapa de la caja. Lo rellenaron con las copitas rojas, pegándolas con una gota de pegamento. En el resto de la tapa pegaron las copitas blancas. El resultado recordaba a un lecho de claveles blancos con un corazón de claveles rojos en el centro. En los costados de la caja pegaron más copitas blancas y forraron el interior con papel rojo. No se parecía en nada a una vieja caja de puros. Era hermosísima. El trabajo les llevó casi toda la tarde.

A las cinco Sissy tenía una cita en un restaurante chino; se preparó para irse. Francie le rogó que no se fuera. A su tía no le apetecía irse, pero tampoco quería faltar a su cita. Hurgó en su bolso buscando algo que les entretuviese un rato. Ellos la contemplaban y la ayudaban a buscar. Francie entrevió algo que se parecía a una pitillera y lo cogió. En la tapa había un dibujo que representaba a un hombre echado en un sofá, con las piernas cruzadas y un pie suspendido en el aire, que fumaba un cigarro haciendo un gran anillo de humo. En el centro del anillo se veía una chica con el cabello sobre los ojos y los pechos desnudos. Un cartel rezaba: «El sueño americano». Era un producto de la fábrica donde trabajaba Sissy.

Los niños pidieron a gritos la cajita, la mujer tuvo que acceder, muy a su pesar. Les explicó que contenía cigarros y que, por eso, sólo podían tocarla y mirarla por fuera. Añadió que no se les ocurriera abrirla en ningún momento, ni tocar el sello que la cerraba.

Cuando salió, los niños se entretuvieron un buen rato observando el dibujo. Luego empezaron a sacudir la caja, que emitía un sonido misterioso.

—Aquí hay serpientes, no cigarros —decidió Neeley.

—No —le corrigió Francie—. Hay gusanos, y están vivos.

Empezaron a discutir: Francie sostenía que era demasiado pequeña para contener serpientes, mientras Neeley insistía que estaban enrolladas como las anchoas en un bote. Luego la curiosidad se hizo tan fuerte que olvidaron las recomendaciones de Sissy. Los sellos estaban poco encolados y les resultó fácil quitarlos. Francie abrió la caja. Había una hoja de papel de plata que ocultaba su contenido; la levantó con cuidado, mientras Neeley se preparaba para esconderse debajo de la mesa si salían las serpientes. Pero no había serpientes, gusanos, ni cigarros; la caja contenía objetos que carecían de interés. Después de intentar jugar con ellos, lo chicos se limitaron a atarlos a una cuerda, que luego colgaron fuera de la ventana. Más tarde se divirtieron a saltar por turnos sobre la cajita hasta hacerla pedazos y esta operación los absorbió tanto que se olvidaron de la cuerda.

Cuando Johnny volvió a buscar un cuello limpio para el turno de noche, había una gran sorpresa esperándole. Un simple vistazo a la cuerda que pendía de la ventana le bastó para volverse rojo de vergüenza. Se lo contó a su mujer cuando regresó.

Katie interrogó a Francie y lo descubrió todo. Sissy estaba condenada. Por la noche, cuando ya había acostado a los niños y Johnny se había ido al trabajo, se sentó a oscuras en la cocina. Las oleadas de rabia le encendían la cara. Mientras Johnny servía a los clientes pensando que el fin del mundo estaba a punto de llegar.

Evy visitó aquella noche a Katie y las dos comentaron la conducta de Sissy.

—Esto ya es el colmo —dijo Evy—. Lo que Sissy haga o deje de hacer no es asunto nuestro mientras no provoque sucesos como éste. Yo tengo una hija y tú también, y no debemos permitir que vuelva a poner los pies en nuestras casas. Es una mala mujer, no hay nada que hacer.

—Pero en otras cosas es tan buena —contemporizó Katie.

—¿Aún dices eso después de lo que ha hecho hoy?

—Bueno… quizá tengas razón. Pero no se lo cuentes a nuestra madre. Ella no sabe la vida que lleva Sissy y es la niña de sus ojos.

Cuando Johnny regresó, Katie le dijo que Sissy nunca más volvería a entrar en su casa. Éste suspiró contestando que en realidad no veía otra solución. Johnny y Katie conversaron toda la noche, y al amanecer tenían planeada la mudanza en cuanto llegase fin de mes.

Katie encontró empleo de portera en un edificio de Grand Street, en Williamsburg. Al trasladarse arrancó la hucha: contenía unos ocho dólares. Dos serían para la mudanza; el resto lo devolvería a la hucha cuando la colocara en el nuevo domicilio. Mary Rommely volvió a llevar agua bendita para rociar el piso. Se repitió el procedimiento para obtener crédito en los comercios de la vecindad.

Con pesar se amoldaron al piso, que no era tan cómodo como el de Lorimer Street. Era el último piso. No había porche porque la planta baja estaba ocupada por un negocio. No tenían cuarto de baño, el servicio estaba en el corredor y lo compartían con otras familias.

Lo único bueno era que la azotea les pertenecía. Por acuerdo tácito, el patio le tocaba al inquilino de la planta baja y la azotea al que ocupaba el último piso. Otra ventaja era que como no vivía nadie encima no había vibraciones que hicieran desprenderse el polvillo del techo.

Mientras Katie discutía con los encargados de la mudanza, Johnny llevó a Francie a la azotea. Ella vio desde allí un mundo completamente nuevo. A poca distancia estaba el hermoso arco del puente de Williamsburg. Al otro lado del East River se elevaban nítidamente los rascacielos, que parecían una ciudad mágica de cartón plateado. Más allá se divisaba el puente de Brooklyn, como si fuera un eco del que estaba más cerca.

—Es bonito —dijo Francie—. Tan lindo como un cuadro de paisajes.

—Algunas veces cruzo ese puente para ir al trabajo —comentó Johnny.

Francie lo miró con admiración. Él pasaba por aquel puente mágico. ¿Y aún seguía hablando y viviendo como si nada? No volvía de su asombro. Levantó la mano para tocarle el brazo. Estaba convencida de que esa maravillosa experiencia lo haría diferente. Se desilusionó al comprobar que el brazo era igual que siempre.

Al sentir la presión de la mano de su hija, Johnny la abrazó y, sonriendo cariñosamente, le preguntó:

—¿Cuántos años tienes, Prima Donna?

—Seis, voy para siete.

—En septiembre empezarás a ir a la escuela.

—No. Dice mamá que tengo que esperar un año para que Neeley pueda ir también. Así empezaremos juntos.

—¿Por qué?

—Para defendernos de los otros niños que podrían maltratarnos si fuésemos solos.

—Tu madre piensa en todo.

Francie se volvió para contemplar las azoteas. En una cercana había un palomar. Las palomas estaban encerradas. El dueño, un muchacho de unos diecisiete años, estaba de pie junto a la baranda. Blandía una gran caña de bambú con un trapo atado en la punta a modo de banderola y la hacía girar en círculos. Una multitud de palomas volaba alrededor. Una de ellas se separó de las demás para seguir la dirección de la banderola. El muchacho bajó la caña cautelosamente, y cuando la paloma estuvo a su alcance la apresó y la metió en el palomar. Esto afligió a Francie.

—El muchacho ha robado una paloma.

—Y mañana alguien le robará una de las suyas.

—¡Pero la pobre paloma, lejos de su familia…! Puede que tenga hijos.

Se le llenaron los ojos de lágrimas.

—Yo no lloraría. Tal vez la paloma deseaba separarse de los suyos. Si no le gusta el nuevo palomar volverá al otro en cuanto pueda escaparse.

El argumento de su padre la consoló.

Permanecieron largo rato sin hablar. Cogidos de la mano, de pie al borde de la azotea, contemplaban Nueva York en la otra margen del río. Finalmente Johnny, hablando para sí dijo:

—¡Siete años!

—¿Qué decías, papá?

—Hace siete años que tu madre y yo nos casamos.

—¿Estaba yo con vosotros cuando os casasteis?

—No.

—Pero cuando llegó Neeley yo estaba ya.

—Es verdad. —Johnny continuó pensando en voz alta—: Siete años casados y ya nos hemos trasladado tres veces. Éste será mi último hogar.

Francie no cayó en la cuenta de que había dicho «mi último» en vez de «nuestro último» hogar.

Libro tercero

XV

El nuevo piso se componía de cuatro habitaciones en hilera como vagones de ferrocarril. La cocina, alta y angosta, daba al patio. Éste era un camino enlosado con anchas piedras alrededor de un cuadrilátero de tierra árida como el cemento, donde no parecía posible que creciera cosa alguna.

Sin embargo, allí crecía ese árbol.

Cuando Francie lo vio por primera vez las ramas sólo llegaban al segundo piso. Mirando hacia abajo por la ventana veía la copa del árbol, que desde arriba parecía un grupo compacto de gente de distintos tamaños protegida de la lluvia por un paraguas.

En el fondo del patio había un delgado poste de donde arrancaban seis cuerdas para colgar la ropa, conectadas con poleas a las ventanas de seis cocinas. Los chiquillos del barrio ganaban monedas trepando al poste para poner en su sitio las cuerdas cuando se escurrían de las poleas; se decía que por la noche los chicos trepaban al poste para estropear las cuerdas y asegurarse la propina de la mañana siguiente.

En días de sol y viento era agradable ver las cuerdas cubiertas de sábanas infladas al viento como las velas de un barco de libro de cuentos, y las prendas coloradas, verdes y amarillas que tiraban de las pinzas de madera como si tuviesen vida.

El poste estaba junto a una pared de ladrillo; era la medianera sin ventanas de la escuela del barrio. Mirando de cerca, Francie descubrió que no había dos ladrillos iguales. Era sencilla y a la vez armoniosa la forma en que estaban ligados unos a otros con una delgada y blanca línea de argamasa; cuando les daba el sol se abrasaban. Al apoyar la mejilla contra ellos, Francie recogía de su porosa superficie una sensación cálida; eran los primeros en recibir la lluvia y exhalaban entonces un olor a greda húmeda que parecía la fragancia de la vida misma. En invierno, cuando caían las primeras nevadas, demasiado tenues para permanecer en las aceras, la escarcha se adhería a la superficie áspera de los ladrillos como encaje de hadas.

El patio de Francie estaba a un metro y medio del patio del colegio; los separaba una alambrada. Las pocas veces que Francie bajaba a su patio, del que se había adueñado el niño de la planta baja, que no permitía que nadie se acercara mientras él estaba allí, se las arreglaba para que coincidiese con la hora del recreo, y así poder observar la actividad de un tropel de niños. El recreo consistía en hacer entrar varios centenares de chicos, como manadas, en el reducido patio cercado, con suelo empedrado, y hacerlos salir de nuevo. No había sitio para que pudieran jugar. Los niños, apretujados y furiosos, levantaban sus voces en un clamor monótono y estridente que duraba cinco minutos. Éste se interrumpía bruscamente, como cortado por un cuchillo, al son del campanazo que anunciaba el fin del recreo, se producía luego un absoluto silencio y sus miembros se paralizaban, igual que si estuvieran congelados. Después reaccionaban atropellándose, parecían tener la misma ansiedad por volver al aula que la que demostraban por salir. El griterío se trocaba en un sordo lamento mientras se abrían paso para entrar.

Francie estaba en su patio una tarde cuando vio salir al patio de la escuela a una niña que, para quitarles la tiza, sacudía uno contra otro dos borradores para el encerado. Lo hacía con aire de importancia. Francie observaba a la niña, con la cara pegada a la alambrada, y le pareció que lo que hacía era la ocupación más fascinante que se hubiera inventado. Recordó que mamá le había explicado que las encargadas de hacer esta limpieza eran las mimadas de la maestra. A Francie lo de las mimadas le traía a la imaginación perros, gatos y pájaros domésticos. Decidió que cuando tuviera edad para asistir a la escuela se empeñaría en ladrar, maullar y piar lo mejor posible para que la maestra la mimara y le dejara limpiar los borradores.

Ese día Francie observaba llena de admiración. La otra, percatándose de ello, golpeaba los borradores con fuerza contra la pared, el parapeto y hasta en su espalda. Después, dirigiéndose a Francie dijo:

—¿Quieres verlos bien de cerca?

Francie asintió con timidez.

La chica acercó uno a la alambrada, Francie alargó un dedo para tocar las multicolores capas de fieltro trabadas con el polvo de tiza. Cuando ya alcanzaba a palpar esa belleza tan suave, la chiquilla lo retiró súbitamente y le escupió en la cara. Francie apretó con fuerza los ojos para impedir que se le saltaran las lágrimas. La otra se quedó mirándola con curiosidad, esperando las lágrimas, y le dijo con sorna:

—¿Por qué no te pones a llorar, tonta? ¿O quieres que te vuelva a escupir en la cara?

Francie corrió a esconderse en el sótano y permaneció en la oscuridad largo rato, hasta que la oleada de sufrimiento pasó. Fue la primera de las muchas desilusiones que recibió y que aumentarían a medida que creciera en ella su capacidad de sentir. Desde aquel día, ya no le gustaron más los borradores.

La cocina servía de salón y comedor. En una de las paredes había dos ventanas estrechas, empotrada en la otra, una cocina económica de hierro. La pared encima de la cocina estaba revestida de ladrillos color coral unidos con argamasa color crema, tenía una repisa de piedra y una chimenea de pizarra, donde Francie dibujaba figuritas con tiza. A un lado de la cocina económica se hallaba la caldera. A veces, cuando hacía mucho frío y Francie llegaba helada, la abrazaba y apoyaba sus congeladas mejillas contra su superficie cálida y reluciente.

Junto a ésta había dos fregaderos con una tapa de madera con bisagras. Si se quitaba la tapa se convertían en una bañera, pero no daba buen resultado. A veces, cuando Francie estaba sentada bañándose, la tapa caía y le golpeaba la cabeza. El fondo era áspero, y Francie salía de lo que debía haber sido un baño refrescante toda dolorida a causa de esa aspereza mojada. Además, había que luchar contra cuatro grifos. Por más que la chiquilla tratara de recordar que estaban allí y no cedían, emergía del agua jabonosa con un movimiento brusco y siempre se golpeaba la espalda. Tenía un perenne cardenal en el torso.

Seguían a la cocina dos dormitorios comunicados entre sí. Disponían de un respiradero de las dimensiones de un ataúd, con ventanitas opacas; tal vez se pudieran abrir empleando escoplo y martillo, para recibir como recompensa una ráfaga de aire húmedo y frío. El respiradero terminaba en un techado inclinado de vidrio grueso, opaco y arrugado, protegido con una fuerte malla de alambre. Los lados eran de chapas de cinc. Este artilugio se suponía hecho para dar aire y luz a los dormitorios, pero los vidrios toscos, la malla de alambre y la suciedad de muchos años impedían el paso a la luz. Las aberturas de los lados estaban atascadas de basura, hollín y telarañas. Aunque no dejaban entrar ni un soplo de aire, la lluvia y la nieve se escurrían por ellas con malvada obstinación. Los días de tormenta la base de madera se mojaba y despedía un olor sepulcral.

El respiradero era un invento horrible. Aun con las ventanas bien cerradas, dejaba pasar todos los ruidos del edificio. Las ratas se escabullían en su interior, y había constante peligro de incendios. Para incendiar toda la casa hubiese bastado que un vecino borracho tirase por distracción una cerilla encendida dentro. Allí se había acumulado una gran cantidad de basura. Como nadie podía alcanzar el fondo (era demasiado estrecho para que pasara el cuerpo de una persona), la gente lo utilizaba para deshacerse de las cosas que ya no quería. Las hojas de navajas de afeitar oxidadas y los paños sucios de sangre eran algunos de los objetos más inocentes que había dentro. Un día Francie, después de echar un vistazo al respiradero, pensó en lo que el cura le había contado acerca del purgatorio. Se imaginó algo muy parecido a aquel lugar tan sucio de su edificio, aunque mucho más grande. Mientras se dirigía hacia el comedor, Francie cruzó los dormitorios temblando y con los ojos cerrados.

El salón lo llamaban «el cuarto». Las dos ventanas altas y angostas daban a la calle llena de vida. El tercer piso estaba tan alto que el ruido de la calle llegaba convertido en un sonido reconfortante. «El cuarto» era un sitio importante, tenía entrada independiente al vestíbulo y se podía llevar a las visitas hasta allí sin pasar por los dormitorios ni la cocina, las elevadas paredes estaban sobriamente empapeladas de color castaño oscuro con franjas doradas. Las ventanas tenían postigos plegables que se embutían en un espacioso hueco de la pared. Francie se pasaba horas felices tirando de esos postigos y mirando cómo se plegaban respondiendo a la más leve presión de su mano. Era un continuo milagro que algo que podía tapar toda una ventana, y resguardarla del aire y la luz, se comprimiera modestamente en una ranura de la pared, dejando a la vista el hueco entero de la ventana.

Había una estufa empotrada en un hogar de mármol negro, sólo se veía el frente y parecía la mitad de un melón gigante con la corteza redonda hacia afuera. Tenía infinidad de ventanitas de mica en una armazón de hierro forjado. Navidad era la única ocasión en que Katie podía permitirse el lujo de encender la estufa de la sala. Todas las ventanitas brillaban, y Francie, encantada, se sentaba para reconfortarse con el calor y ver cómo las ventanitas cambiaban del rojo al ámbar a medida que avanzaba la noche. Cuando Katie encendía la luz de gas y hacía desvanecer las sombras y palidecer las llamas de las ventanitas, a la niña le parecía un sacrilegio.

Lo más sorprendente y maravilloso de aquel cuarto era el piano, parecía un milagro por el que se podía haber clamado toda la vida sin que hubiese llegado a realizarse. Pero allí estaba, en la sala de los Nolan, un verdadero prodigio sucedido sin haber rezado siquiera. Lo habían dejado allí los ex inquilinos por no tener con qué pagar su traslado.

La mudanza de un piano era en aquel entonces todo un problema. Por aquellas estrechas escaleras no se habría podido bajar ningún piano. Había que sacarlo por la ventana, envuelto y sujeto con cuerdas de una enorme polea que había en la azotea, y esto con gran acompañamiento de gritos y ademanes del capataz de la mudanza. Se ponía una barrera de sogas en la calle, un policía mientras tanto apartaba continuamente a la muchedumbre; los pilluelos faltaban a la escuela cuando se realizaba la mudanza de un piano. El momento en que el voluminoso fardo aparecía por la ventana era palpitante. Se balanceaba locamente en el aire un instante, hasta que se equilibraba. Entonces empezaba el lento y peligroso descenso, mientras los chicos jaleaban con ronco clamor.

Esta tarea costaba quince dólares, tres veces el costo del resto de la mudanza íntegra. Por ello su dueña le pidió a Katie permiso para dejarlo y la promesa de cuidarlo. Katie se lo prometió con gusto, y la mujer le recomendó con triste acento que lo protegiera contra el frío y la humedad, dejando en invierno las puertas de los dormitorios abiertas, para que le llegara un poco del calor de la cocina y evitar así que las maderas se arquearan.

—¿Usted sabe tocar el piano? —le preguntó Katie.

—No —contestó la señora, muy apenada—. Ninguno de la familia sabe tocar. ¡Ojalá supiera!

—¿Por qué lo compró?

—Era de una casa rica y lo vendían muy barato, ¡y yo deseaba tanto tenerlo! No, no sé tocar el piano. Pero ¡era tan lindo! Adorna todo el cuarto.

Katie le prometió cuidarlo mucho hasta que ella estuviera en condiciones de retirarlo, pero la mujer nunca lo mandó retirar y los Nolan disfrutaron de él para siempre.

Era pequeño, de madera negra y lustrosa. El panel del frente, con su delgado enchapado, estaba calado y por entre las bonitas molduras se veía el forro de seda rosa oscuro. La tapa no se abría doblándose hacia atrás como en otros pianos, sino que se levantaba y se apoyaba sobre la madera calada como un hermoso caparazón oscuro y lustroso. A cada lado había sendos candelabros donde se podía poner velas blancas para tocar con su luz, que dibujaba unas vagas sombras sobre el teclado de marfil y en la oscura tapa.

Cuando los Nolan entraron en la sala, en su primera visita como inquilinos del piso, lo único que vio Francie fue el piano. Intentó abrazarlo, pero era demasiado grande, y se tuvo que contentar con abrazar el taburete tapizado de brocado rosa.

Katie contemplaba el piano con ojos chispeantes. Había visto una tarjeta en la ventana de otro piso, donde se leía: «Lecciones de piano». Y tuvo una idea.

Johnny se sentó en el banco mágico, que girando, subía y bajaba para acomodarse. Había que admitirlo: no sabía tocar. En primer lugar no sabía leer música, pero sabía unos cuantos acordes. Podía cantar una canción intercalando un acorde de vez en cuando, de modo que parecía que cantaba con música. Tocó un acorde menor y miró a los ojos a la mayor de sus criaturas y sonrió. Francie sonrió a su vez, su corazón esperaba impaciente. Volvió a tocar el acorde menor y lo sostuvo. A su suave eco entonó con voz clara:

Las praderas de Maxwell son hermosas
cuando cae el rocío temprano...
(acorde, acorde).

Y fue allí que Annie Laurie
me dio su cierta promesa...
(acorde, acorde, acorde).

Francie entornó los ojos: no quería que su padre advirtiera sus lágrimas, temía que le preguntase por qué lloraba y no saber salir del paso. ¡Le quería tanto! Y le gustaba el piano. No encontraba una buena excusa para esas lágrimas.

Katie habló. Su voz tenía un poco de la suavidad y la ternura que Johnny había echado tanto de menos el último año.

—¿Es una canción irlandesa, Johnny?

—No, escocesa.

—Nunca te la había oído cantar.

—Creo que no. Es una canción que sé, pero nunca la canto porque no es lo que desea oír la gente que va a los sitios donde yo trabajo. Prefieren «Llámame en una tarde lluviosa», y cuando están ebrios lo único que les gusta es «Querida Adelina».

Instalarse en la nueva casa les llevó pocos días. Los muebles familiares parecían distintos. Francie se sentó en una silla y se asombró de que ésta le diera la misma sensación que en Lorimer Street; si ella se sentía diferente, ¿por qué la silla no había cambiado?

XVI

ara un niño de la ciudad, los comercios del barrio son parte fundamental de su existencia. Ellos surten todo lo necesario para que la vida siga su curso, contienen todos los tesoros ansiados por su joven alma, allí está lo inaccesible, aquello que sólo cabe en el deseo y el ensueño.

Uno de los preferidos de Francie era la casa de empeños, no por los tesoros prodigiosamente abarrotados en los escaparates, no por las misteriosas aventuras de mujeres envueltas en chales que se escurrían con sigilo por la puerta lateral, sino por las tres grandes bolas doradas que colgaban muy altas frente al negocio y que brillaban al sol o se mecían lánguidamente como tres pesadas manzanas amarillas cada vez que soplaba el viento.

La tienda contigua era una pastelería, que vendía riquísimas tartitas rusas, con guindas confitadas sobre una montaña de nata, a quien era lo bastante rico para comprarlas.

Del otro lado estaba la droguería Gollender. En la acera había un atril del que colgaba un plato con una raja aparatosamente reparada que lo cruzaba por la mitad, de un agujero perforado en la parte inferior pendía una cadena con una pesada piedra en el extremo. Así se comprobaba la poderosa resistencia del cemento marca Major. Algunos aseguraban que el plato era de hierro pintado y simulaba ser porcelana rota. Francie prefería creer que se trataba de un plato de porcelana recompuesto por obra y arte del cemento.

Pero la tienda más interesante era una pequeña barraca que databa de la época en que los indios vagabundeaban por Williamsburg. Resultaba muy curiosa entre los demás edificios. Sus pequeñas ventanas formadas por muchos cuadraditos de cristal eran originales, igual que el techo de tejas inclinado. Detrás de un gran ventanal, también de pequeños cristales, trabajaba un hombre de aspecto austero. Sentado ante una mesa, fabricaba cigarros largos y delgados color castaño oscuro. Se vendían a razón de cuatro por un níquel. De un manojo de tabaco elegía con esmero la hoja exterior, la llenaba con fibras de tabaco de distintos tonos de marrón y luego la arrollaba con pericia, formando cigarros apretados y delgados, de puntas cuadradas. Era un artífice de la vieja escuela, desdeñaba el progreso, rehusaba la luz de gas; cuando oscurecía temprano y todavía tenía muchos cigarros que preparar, trabajaba a la luz de una vela. Había instalado en la entrada un indio de madera, de pie sobre una plataforma también de madera, en actitud amenazadora. En una mano sostenía un hacha y en la otra un manojo de tabaco. Calzaba sandalias romanas atadas con cordeles que se enroscaban hasta la rodilla, vestía una corta falda de plumas y en la cabeza llevaba el plumaje de los guerreros. Toda esta indumentaria estaba pintada de colores chillones: rojo, azul y amarillo. El cigarrero renovaba la pintura cuatro veces al año. Cuando llovía metía al indio dentro de la tienda. Los chiquillos de la vecindad lo llamaban tía Maimie.

Otro de los negocios que más gustaban a Francie era la tienda de té, café y especias. La entusiasmaban los grandes tarros pintados de colores raros, fantásticos y exóticos. Había también una decena de tarros colorados que contenían café y llevaban escritos con tinta china nombres que sugerían aventuras: «Argentina», «Brasil», «Turquía», «Java», «Mezcla de aromas». Los tarros de té eran más pequeños, pero lindos, con tapas sesgadas y leyendas que decían: «Oolong», «Formosa», «Pekoe», «Negro», «Flor de almendro», «Jazmín», «Té irlandés». Las especias se guardaban en tarros minúsculos detrás del mostrador, los rótulos formaban fila en los estantes: clavo de color, especias surtidas, granos de pimienta, canela, jengibre, salvia, tomillo, mejorana. La pimienta la trituraban en un molinillo especial.

También había una gran máquina para moler café. El dependiente colocaba los granos en una caja de bronce reluciente y luego giraba la rueda con ambas manos. El café molido caía en un receptáculo que por detrás tenía forma de pala.

(Los Nolan molían el café en casa. A Francie le encantaba ver a su madre sentada en la cocina, con el molinillo entre las rodillas, moliendo con rápidos movimientos de su muñeca izquierda al tiempo que levantaba la vista para conversar alegremente con su marido, mientras la habitación se llenaba de la rica fragancia del café recién molido.)

El vendedor de té tenía una balanza maravillosa. La componían dos platos de latón, lustrados diariamente durante más de veinticinco años hasta quedar delgados y frágiles, que parecían de oro brillante. Cuando Francie compraba una libra de café o treinta gramos de pimienta, miraba con atención la pesa de color plata lustrada, con su graduación, que se colocaba en uno de los platillos, y cómo el vendedor depositaba el aromático producto en el otro con un cucharón de plata. Francie observaba todo eso y contenía la respiración mientras el cucharón dejaba caer unos cuantos gramos más o los retiraba delicadamente. El instante en que los dos platillos dorados quedaban quietos en perfecta igualdad de peso era hermoso y sereno. Parecía que nada malo pudiese pasar en un mundo donde las cosas pueden equilibrarse tan quietamente.

El misterio de los misterios era para Francie la lavandería del chino, que tenía un solo escaparate. El chino llevaba su trenza enroscada en la cabeza. Eso era para poder volver a China si quisiera, decía su madre. Si se la cortaba, no le dejarían volver. Arrastraba sus zapatillas de felpa negra mientras iba de un lado a otro, escuchando con paciencia las instrucciones que recibía relativas a las camisas. Cuando Francie le hablaba, cruzaba los brazos dentro de las anchas mangas de su jubón y fijaba la vista en el suelo. Ella lo creía sabio y contemplativo y se imaginaba que la escuchaba de todo corazón. Pero, en realidad, él no entendía nada de lo que ella decía, pues sabía poco inglés; lo único que entendía era «billete» y «camisa».

Cuando Francie le llevaba la camisa de su padre, él la deslizaba debajo del mostrador, cogía un cuadrado de papel de textura extraña, mojaba un delgado pincel en un frasco de tinta china, hacía unos cuantos trazos y le entregaba este mágico documento a cambio de la camisa sucia. A ella le parecía un trueque maravilloso.

En el interior del local se extendía un cálido y sutil perfume, como el de flores sin fragancia en una habitación calurosa. Hacía el lavado en algún misterioso lugar apartado, y seguramente en la oscuridad de la noche, porque todo el día, desde las siete de la mañana hasta las diez de la noche, permanecía en el negocio, de pie ante la mesa de planchar, manejando una pesada plancha de hierro. La plancha debía de tener en el interior algún dispositivo de gasolina para calentarla. Francie no lo sabía. Creía que era parte del misterio de su raza poder planchar con una plancha sin calentarla en un brasero. Mantenía la vaga teoría de que el calor provenía de algo que él usaba en lugar de almidón para los cuellos y camisas.

Cuando Francie iba a buscar la ropa ponía sobre el mostrador el papel y diez centavos y él le entregaba la camisa envuelta y un par de lichis. A Francie le gustaban mucho esos frutos. La cáscara se rompía fácilmente y la carne era dulce, y en el centro tenía un hueso tan duro que ningún chico lo había podido romper. Se decía que dentro de este hueso había otro más pequeño, y que a su vez contenía otro más pequeño aún, y así sucesivamente hasta que eran tan minúsculos que sólo se podían ver con una lupa, y que los que tenían dentro ya no se podían distinguir de ningún modo, pero ahí estaban y nunca se terminaban. Ésa fue la primera experiencia de Francie en cuanto al infinito.

Lo más divertido era cuando tenía que pedir cambio. Entonces el chino aparecía con un marco de madera con bolitas coloradas, verdes, azules y amarillas ensartadas en alambres. Las contemplaba con atención, corría algunas hacia un lado y decía:

—*Tleinta* y nueve centavos.

Las bolitas le indicaban lo que tenía que cobrar y el cambio que debía entregar.

«Oh, quién fuera china», pensaba Francie. Tener un juguete tan lindo para contar, comer cuantos lichis quisiera y conocer el misterio de la plancha que no necesitaba brasero... Qué prodigio. Poder hacer con un pincelito y de un solo trazo una marca negra, tan frágil como el ala de una mariposa. He aquí el misterio de Oriente en Brooklyn.

XVII

Lecciones de piano. Palabras mágicas. En cuanto los Nolan se hubieron instalado, Katie fue a ver a la señora que ofrecía lecciones de piano. Eran las señoritas Tynmore. La señorita Lizzie enseñaba piano y la señorita Maggie cultivaba el canto. Cobraban veinticinco centavos por lección. Katie propuso un arreglo. Ella, durante una hora, podía hacer la limpieza en casa de las Tynmore a cambio de una hora de lección por semana. La señorita Lizzie no se resolvía, consideraba que su tiempo valía más que el de Katie. Ésta arguyó que la hora de una o de otra eran el mismo tiempo. Finalmente consiguió convencerla y cerraron el trato.

Llegó el histórico día de la primera clase. A Francie y a Neeley se les ordenó que se sentaran en la salita durante la lección y escucharan y miraran atentamente. Colocaron una silla para la profesora. Los niños se sentaron juntos, al otro lado del piano. Katie, nerviosa, subía y bajaba el taburete. Instalados por fin los tres, esperaron.

La señorita Tynmore llegó a las cinco en punto. Aunque venía de la planta baja, iba ataviada como para salir a la calle. Un velo con motitas, bien estirado, le cubría la cara. El sombrero era el cuerpo y las alas de un pájaro rojo atormentadamente atravesado por dos grandes alfileres. Francie se quedó mirando azorada la crueldad de semejante sombrero. Su madre la llevó al dormitorio y en voz baja le explicó que no era un pájaro de verdad, sino unas cuantas plumas pegadas unas con otras, y que no debía mirarlo de ese modo. Creyó lo que le decía su madre, pero sus ojos volvían una y otra vez hacia la torturada imagen.

La señorita Tynmore llevó consigo todo menos el piano. Un ordinario reloj despertador y un metrónomo estropeado. El reloj marcaba las cinco. Fijó el despertador para las seis y lo colocó sobre el piano. Se tomó el privilegio de utilizar una parte de esa hora tan codiciada para sacarse los guantes de cabritilla gris perla, soplar dentro de cada dedo, alisarlos, doblarlos y ponerlos sobre el piano. Se aflojó el velo y lo echó hacia atrás encima del sombrero. Flexionó los dedos y miró el reloj, satisfecha de que hubieran transcurrido unos buenos minutos. Puso en movimiento el metrónomo, se sentó y empezó la clase.

Tan fascinada estaba Francie con el metrónomo que casi no podía escuchar a la señorita Tynmore ni observar cómo le colocaba a su madre las manos sobre el teclado. Hilaba sus sueños al compás del sedante y monótono golpeteo. En cuanto a Neeley, sus ojos azules y redondos iban y venían, siguiendo la rítmica varilla, hasta que, hipnotizado, quedó sumido en la inconsciencia. Los músculos de su boca se aflojaron y la rubia cabeza cayó sobre el hombro. Entre sus labios asomaba y desaparecía una burbujita provocada por su respiración húmeda. Katie no se atrevía a despertarle, temiendo que la señorita Tynmore cayera en la cuenta de que por el precio de una lección enseñaba a tres.

Se oía el golpeteo soporífero del metrónomo y el tictac quejumbroso del reloj. La señorita Tynmore, como si desconfiara del metrónomo, contaba: «Uno, dos, tres; uno, dos, tres». Los dedos de Katie, deformados por el trabajo, luchaban tenazmente para tocar su primera escala. Transcurría el tiempo y el cuarto empezó a oscurecerse. De pronto, sonó la estridente campanilla del despertador. Francie se sobresaltó y Neeley se cayó de la silla. La primera lección había terminado. Katie balbució confusa palabras de agradecimiento.

—Aunque no tomara otra lección, podría seguir adelante con lo aprendido hoy. Es usted una buena profesora.

Si bien complacida por el elogio, la señorita Tynmore precisó:

—No cobraré más por los niños. Sólo quiero que sepa usted que no me engaña.

Katie se ruborizó y los niños bajaron la vista, avergonzados al verse descubiertos.

—Permitiré que los niños se queden en el cuarto.

Katie dio las gracias. La señorita Tynmore se puso en pie y a la expectativa. Katie convino la hora en que iría a limpiar la casa de las señoritas Tynmore. Pero ésta siguió aguardando. Katie comprendió que esperaba algo de ella. Finalmente inquirió:

—¿Y bien?

La señorita Tynmore se sonrojó y habló con altivez:

—Las señoras... donde doy lecciones... Bueno... Me ofrecen una taza de té después de la clase. —Se puso la mano sobre el corazón y explicó vagamente—: Esas escaleras...

—¿No prefiere café? —preguntó Katie—. No tenemos té.

—Con mucho gusto —contestó la señorita Tynmore con alivio, volviendo a sentarse.

Katie se precipitó en la cocina. Siempre tenía café preparado. Mientras lo calentaba, puso en una bandeja redonda de metal una cuchara y un bizcocho azucarado.

Entretanto Neeley se había quedado dormido en el sofá. La señorita Tynmore y Francie se observaban mutuamente. Al fin la señorita Tynmore preguntó:

—¿En qué estás pensando, niñita?

—Estoy pensando, nada más —contestó Francie.

—Muchas veces te veo sentada en el borde de la alcantarilla durante horas enteras. ¿En qué piensas en esos momentos?

—En nada. Me cuento historias.

La señorita Tynmore la apuntó con el índice y dijo sentenciosamente:

—Niñita, cuando seas mayor serás escritora.

Más que una confirmación era una orden.

—Sí, señorita —asintió Francie por cortesía.

Katie entró con la bandeja.

—Tal vez no sea tan delicado como usted acostumbra —dijo a modo de disculpa—. Pero es lo que hay en casa.

—Está muy rico —aseguró gentilmente la señorita Tynmore, y se esforzó en no tomarlo de un trago.

A decir verdad, las Tynmore se alimentaban del té que les servían sus alumnas. Unas pocas clases al día a veinticinco centavos cada una no enriquecían a nadie. Una vez pagado el alquiler, poco les quedaba para la comida. Casi todas esas señoras les ofrecían una taza de té claro con deliciosos bizcochitos. Esas damas sabían ser corteses y salían del paso con la taza de té, pues no iban a proporcionarles una comida además de pagarles veinticinco centavos por lección. Por tanto la señorita Tynmore empezó a esperar con agrado la hora de los Nolan. El café era más reconfortante, y podía contar siempre con un sándwich de mortadela o un panecillo dulce.

Después de cada clase Katie transmitía a sus hijos lo que le habían enseñado. Los hacía practicar durante media hora diaria. Con el tiempo, los tres aprendieron a tocar el piano.

Cuando Johnny supo que Maggie Tynmore daba clases de canto no quiso ser menos que Katie. Se comprometió a arreglar la cuerda del contrapeso de una ventana de guillotina en casa de las Tynmore a cambio de dos clases de canto para Francie. Johnny, que en su vida había visto una cuerda de ésas, se armó de un martillo y un destornillador y sacó todo el marco. Contempló la cuerda rota, y… eso fue todo cuanto pudo hacer. Hizo algunos experimentos, sin resultado. Buena voluntad no le faltaba, pero su capacidad era nula. Cuando quiso colocar nuevamente la ventana para evitar que se filtrara en el cuarto el agua y el viento de un día lluvioso y frío de invierno, mientras se empeñaba en hacer funcionar la cuerda, rompió el cristal. El convenio fracasó. Las Tynmore recurrieron a un carpintero para la compostura. Como compensación, Katie tuvo que hacer dos limpiezas gratuitas, y las clases de canto de Francie quedaron descartadas para siempre.

XVIII

Francie esperaba con ansiedad el momento de ir al colegio. Deseaba todo lo que esa experiencia comportaría. Era una niña solitaria y anhelaba la compañía de otras chicas. Quería beber de las fuentes del patio de la escuela. Los grifos estaban invertidos y eso le hacía creer que lo que manaba de ellos era soda y no agua. Había oído a sus padres hablar de las aulas, quería ver el mapa que se desenrollaba como una cortina. Más que todo, anhelaba tener los útiles de colegio: una libreta, una pizarra, una caja de tapa corrediza llena de lápices nuevos, una goma de borrar, un pequeño sacapuntas en forma de cañón, un limpiaplumas y una regla de veinte centímetros de madera lustrada y de color amarillo.

Antes de asistir a la escuela había que pasar por la vacunación. Era obligatorio, y ¡cómo se la temía! Cuando las autoridades sanitarias trataban de explicar a los pobres y analfabetos que la vacuna era una forma benigna de la viruela que se inoculaba a los niños para inmunizarlos contra esa terrible enfermedad, los padres no lo creían; todo lo que sacaban en limpio de la explicación era que se introducía el germen en el cuerpo de los niños sanos. Algunos padres oriundos de lejanas tierras se negaban a que sus hijos fuesen vacunados. En esos casos no se permitía a los niños ir a la escuela. Después se perseguía a los padres por no acatar la ley. «¿País libre?», preguntaban. ¡Vivir para ver! «¿Dónde está la libertad? La ley obliga a educar a los niños y pone en peligro sus vidas cuando se intenta llevarlos a la escuela.» Las madres acompañaban llorosas a sus niños al dispensario. Se comportaban como si llevasen a los inocentes al sacrificio. Los niños daban gritos histéricos cuando veían asomar la aguja, y las madres, que esperaban en la antesala, se tapaban la cabeza con los chales y chillaban como si llorasen a un muerto.

Francie tenía siete años y Neeley seis. Katie había atrasado un año la entrada de Francie en la escuela para que los dos empezaran juntos y pudieran defenderse mutuamente de niños mayores. Un terrible sábado del mes de agosto se detuvo en el dormitorio para hablarles antes de salir a trabajar. Los despertó y les dijo:

—Ahora, cuando os levantéis, lavaos bien, y a las once id al dispensario que hay a la vuelta de la esquina para que os vacunen, porque vais a comenzar a ir a la escuela en septiembre.

Francie empezó a temblar. Neeley estalló en llanto.

—¿Vendrás con nosotros, mamá? —dijo Francie con un hilillo de voz.

—Tengo que ir a trabajar. ¿Quién haría mi trabajo si yo faltara? —contestó arrebatada, tratando de ocultar sus sentimientos.

Francie no dijo nada más. Katie sabía que en aquel momento les estaba fallando, mas no lo podía remediar, simplemente no podía hacerlo. Sí, debería ir con ellos para prestarles consuelo y la autoridad de su presencia, pero sabía que no podría resistir esa angustiosa prueba. Con todo, la vacuna era obligatoria y el hecho de que ella estuviese o no presente no cambiaría nada. Entonces, ¿por qué no librar a uno de los tres de ese suplicio? Para acallar su conciencia se decía: «¿Acaso la vida no está llena de amarguras? Si tienen que vivirla, mejor es que se vayan endureciendo para saber defenderse».

—¿Papá podrá acompañarnos? —preguntó Francie, esperanzada.

—Papá está en el sindicato esperando que le den algún trabajo, y no regresará en todo el día. Sois bastante mayores para ir solos, además, no hace daño.

Neeley lloró con más desesperación. Katie casi no pudo soportarlo. Quería tanto a su hijo. Parte de la razón por la cual no iba con ellos era porque no podía presenciar el sufrimiento de su niño…, aunque éste fuera producido por el pinchazo de un alfiler. Casi resolvió ir con ellos.

Pero no. Perdería media jornada de trabajo y tendría que recuperarla trabajando el domingo. Además, se enfermaría con la impresión. Ya se las arreglarían sin ella. Salió corriendo a trabajar.

Francie trató de consolar al atemorizado Neeley. Unos muchachos mayores que él le habían contado que cuando se los llevaban al dispensario era para cortarles el brazo. A fin de distraerle, Francie le llevó al patio e hicieron tortitas de barro. Olvidaron por completo que tenían que lavarse como su madre les había recomendado.

Casi se les pasó la hora, tan divertidos estaban jugando con barro; barro en las manos, en los pies y hasta en la cabeza. A las once menos diez, la señora Gaddis se asomó por la ventana y les dijo que por encargo de su madre les recordaba la hora. Neeley terminó su pastel mojándolo con sus lágrimas. Francie le cogió de la mano, y con pasos lentos y desganados se encaminaron hacia el dispensario.

Tomaron asiento en un banco, a su lado se sentó una judía que abrazaba a un muchacho (grande para tener seis años), al que de vez en cuando besaba en la frente. Las facciones de otras madres que esperaban se contraían de sufrimiento. Detrás del cristal esmerilado de la sala donde se practicaba la terrible operación se oían los continuos aullidos, acentuados por algún grito estridente, y luego salía una criatura pálida con una gasa blanca y limpia atada al brazo izquierdo. La madre se abalanzaba hacia ella, la apretujaba, con el puño cerrado apuntaba a la puerta de cristal esmerilado, pronunciaba una injuria en algún idioma extranjero y se alejaba del lugar de la tortura.

Francie entró temblando, en sus pocos años de vida nunca había visto un médico ni una enfermera. La blancura de sus uniformes, los crueles instrumentos que relucían sobre una bandeja, el olor de los antisépticos y, sobre todo, el esterilizador con su cruz roja, le paralizaban la lengua.

La enfermera le levantó la manga y limpió un redondel de su brazo izquierdo. Francie vio al blanco médico aproximarse con la cruel aguja en alto, se iba acercando más y más y a medida que se acercaba su figura se iba transmutando en una gran aguja. Cerró los ojos y esperó la muerte. Pero nada sucedió, no sintió nada. Abrió los ojos poco a poco, no se atrevía a creer que todo había pasado y, desesperada, vio que el médico permanecía en la misma actitud, contemplando el brazo con repugnancia. Francie miró su brazo y vio un círculo blanco en un brazo negro de suciedad. Oyó que el médico, dirigiéndose a la enfermera, le decía:

—Inmundicia, inmundicia y más inmundicia, de la mañana a la noche. Ya sé que son pobres, pero podrían lavarse. El jabón es barato y el agua no cuesta nada. ¡Mire este brazo, enfermera!

La enfermera miró y emitió una exclamación de horror. Francie sentía que la cara le ardía de vergüenza. El médico era de Harvard y hacía prácticas en el hospital del vecindario; una vez por semana tenía la obligación de atender en una clínica gratuita. Terminadas las prácticas, ejercería la medicina en una elegante clínica de Boston. Empleando la jerga de Brooklyn, escribiría a su distinguida novia de Boston diciéndole que atender allí era como pasar por el purgatorio.

La enfermera era de Williamsburg, se le notaba en el acento. Era hija de unos emigrantes polacos. Anteriormente trabajaba en una tienda durante todo el día, pero, ambiciosa, tras un curso en la escuela nocturna, había conseguido su diploma de enfermera. Tenía esperanzas de casarse con un médico, y se empeñaba en ocultar que se había criado en los barrios bajos.

Después de las exclamaciones del médico, Francie se quedó cavilando. Ella era una chica sucia, eso era lo que el médico había querido decir. Éste, calmado ya, preguntaba a la enfermera cómo podía sobrevivir esa gente. Decía que sería mejor esterilizarlos a todos para que no pudieran procrear. ¿Significaba eso que la querían matar? ¿Acaso harían algo para provocarle la muerte, porque se había ensuciado jugando con barro?

Miró a la enfermera, para Francie todas las mujeres eran madres igual que su mamá, como tía Sissy y como tía Evy. Creyó que la enfermera diría algo como: «Puede ser que la madre de esta niña trabaje y no tenga tiempo de lavarla bien por la mañana», o bien: «Usted sabe, doctor, cómo son los niños: se ponen a jugar con tierra y se ensucian», pero lo que dijo la enfermera fue:

—¡Ya sé, es espantoso! Estoy de acuerdo con usted, doctor, no hay ninguna excusa para que esta gente viva entre tanta inmundicia.

Una persona que supera su ambiente por la cuesta del esfuerzo y el dolor puede tomar dos caminos: olvidar su pasado, o recordarlo siempre y conservar en el alma comprensión y compasión por aquellos que dejó atrás en su doloroso ascenso. La enfermera había elegido el camino del olvido. Sin embargo, allí de pie, sabía que años después la perseguiría la memoria de la tristeza que mostraba el rostro de esa hambrienta criatura y que llegaría a desear amargamente haber pronunciado en aquel momento palabras reconfortantes y haber hecho algo por la salvación de su alma inmortal. Sabía que era mezquina, pero carecía del coraje para tomar partido.

Francie no sintió el pinchazo. Las oleadas de sufrimiento provocadas por las palabras del médico destrozaban todo su ser y no había cabida para otro sentimiento. Mientras la enfermera le vendaba el brazo y el doctor depositaba la jeringa en el esterilizador y preparaba otra aguja, Francie habló:

—Mi hermano es el que sigue, y está tan sucio como yo, así que no se sorprendan. No tienen por qué decírselo, me lo han dicho a mí y eso basta.

La miraron, sorprendidos ante aquel trozo de humanidad que de pronto se había articulado de forma tan extraña. Los sollozos entrecortaban la voz de Francie.

—No tienen por qué decírselo, y además no ganarían nada. Es un niño y no le importa que le traten de sucio.

Dio media vuelta, se tambaleó un poco y salió del cuarto. Al cerrar la puerta, oyó que el médico decía:

—No imaginé que comprendiera lo que yo decía.

Luego la voz sutil de la enfermera que contestaba:

—Ah, bueno…

Katie ya había regresado para almorzar cuando los niños volvieron, miró apenada los brazos vendados. Francie habló con vehemencia:

—¿Por qué, mamá, por qué tienen que decir... cosas... y pincharle a uno con una aguja en un brazo?

—La vacuna —dijo Katie con firmeza ya que había pasado todo— es algo muy bueno. Te ayudará a distinguir la mano derecha de la izquierda. Cuando vayas a la escuela tendrás que escribir con la mano derecha y esa marca estará allí para decirte: «Hum, hum, con esa mano no. Usa la otra».

Esta explicación agradó a Francie porque ella nunca atinaba a diferenciar la mano derecha de la izquierda. Cosía y dibujaba con la izquierda. Katie continuamente la corregía cambiándole la tiza o la aguja a la otra mano. Después de la explicación Francie empezó a creer que la vacuna quizá fuese algo maravilloso. Al fin y al cabo no le había resultado tan caro si resolvía el intrincado problema de cuál era la mano que debía usar. Francie empezó a usar la mano derecha después de que la vacunaran y nunca más tuvo dudas al respecto.

Aquella noche Francie tuvo fiebre, la inyección le producía picor. Se lo dijo a su madre, que se alarmó bastante y le hizo muchas recomendaciones.

—No te rasques por más que te pique.

—¿Por qué no puedo rascarme?

—Porque si te rascas se te hinchará todo el brazo, se volverá negro y se te caerá. De modo que no te lo rasques.

Katie no intentaba aterrorizar a la chica, ella misma estaba bastante asustada. Creía que podía infectársele la sangre si se tocaba el brazo, sólo quería asustarla lo suficiente para que no se rascara.

Francie tuvo que concentrarse para no rascarse. La mañana siguiente amaneció con pinchazos que le duraron el día entero. Al acostarse miró entre las vendas, con gran horror vio que la herida había empeorado, estaba verdosa y supuraba algo amarillento. ¡Y no se había rascado! «Sabía que no se había rascado.» Pero podría haber sucedido que dormida... Sí, eso debió de ser. No se atrevería a decírselo a su madre. Ella diría: «Te lo dije, te previne y no me escuchaste. Ahora mira lo que ha sucedido».

Era domingo por la noche. Papá estaba trabajando. Ella no podía dormir. Se levantó de su catre para ir a sentarse frente a la ventana, en el salón. Con la cabeza apoyada en los brazos, esperó a que le llegara la muerte.

A las tres de la madrugada oyó que se detenía un tranvía en Graham Avenue, lo que significaba que alguien se apeaba, se asomó a la ventana: sí, era su padre. Venía tranquilamente silbando «Mi amor es el hombre de la luna» y caminando con sus livianos pasos de bailarín. A Francie le pareció que la silueta de su padre con esmoquin y chambergo y el delantal doblado bajo el brazo era la vida misma. Ella le llamó cuando estaba a punto de entrar. Él levantó la cabeza y la saludó con el sombrero, con toda galantería. Cuando Francie le abrió la puerta de la cocina, él le preguntó:

—¿Qué estás haciendo levantada a estas horas, Prima Donna? ¿Te has olvidado de que hoy no es sábado?

—Estaba sentada frente a la ventana esperando a que se me cayera el brazo.

Él reprimió una carcajada. Ella le explicó lo del brazo. Johnny cerró la puerta del dormitorio y encendió la luz. Desató las vendas y al ver el estado de la herida se le revolvió el estómago. Pero no se lo dijo. Ella nunca lo supo.

—Pero, querida, eso no es nada. Absolutamente nada. Si hubieras visto cómo tenía yo el brazo cuando me vacunaron: dos veces más hinchado, más irritado y todo rojo, blanco y azul, en vez de verde como el tuyo. Y mira ahora qué fuerte y sano lo tengo —mintió con valentía, porque nunca lo habían vacunado.

Vertió agua tibia en un recipiente, agregó unas gotas de desinfectante y lavó la herida varias veces. Ella se crispó de dolor, pero Johnny le aseguró que si le ardía era porque se le estaba curando. Johnny canturreaba una canción sentimental mientras la curaba.

Nunca se aleja del hogar ni de su mujer.
No corre, no bebe, no sale...

Buscó un trapo limpio para que sirviera de venda, como no lo encontró se sacó la chaqueta y la pechera, se arrancó la camiseta y, con gesto dramático, desgarró una tira.

—¡Tu mejor camiseta!

—¡Bah! ¡Estaba llena de agujeros!

Vendó el brazo. El trapo cálido olía a Johnny y a cigarro, pero a la niña le resultaba reconfortante, le parecía que exhalaba protección y cariño.

—¡Estás lista, Prima Donna! ¿Por qué se te ocurrió que el brazo se te iba a caer?

—Mamá me dijo que si me lo rascaba se me iba a infectar. Procuré no tocármelo, pero debí de hacerlo cuando dormía.

—Tal vez. —La besó—. Ahora vete a la cama.

Ella obedeció y durmió profundamente toda la noche. Por la mañana amaneció sin dolores y a los pocos días tenía el brazo en condiciones normales.

Cuando Francie se acostó, Johnny fumó otro cigarro. Luego se desvistió poco a poco y fue a acostarse en la cama de Katie. Ésta advirtió, entre sueños, su presencia y en uno de sus raros impulsos de cariño reposó el brazo sobre su pecho. Él lo apartó suavemente y se alejó todo lo que pudo. Estaba contra la pared. Así permaneció toda la noche, con las manos cruzadas bajo la nuca y los ojos abiertos en la oscuridad.

XIX

Francie esperaba grandes cosas de la escuela. Desde que la vacuna le había enseñado instantáneamente la diferencia entre su izquierda y su derecha, creyó que la escuela realizaría milagros aún mayores. Creyó que el primer día volvería a su casa sabiendo leer y escribir, en cambio, lo único que llevó fue la nariz ensangrentada porque una chica mayor la empujó contra el borde de piedra de la fuente cuando intentaba beber en el grifo, del que, después de todo, no brotaba soda, sino agua.

Francie tuvo una decepción cuando le hicieron compartir el pupitre (que era de una plaza) con otra chica; ella hubiera querido tener uno para ella sola. Recibió con orgullo el lápiz que le entregó el conserje por la mañana, y no fue sino con desagrado que lo devolvió a las tres de la tarde.

A las pocas horas de entrar en la escuela comprendió que ella nunca sería la mimada de la maestra, ese privilegio estaba reservado para un grupo reducido de niñas... de rizos suaves, delantales limpios y bien planchados y lazos nuevos de seda en la cabeza. Eran las hijas de los prósperos comerciantes del barrio. Francie enseguida observó que la profesora, la señorita Briggs, las miraba indulgente y las hizo sentar en primera fila. La voz de la señorita Briggs era dulzona cuando se dirigía a estas pocas afortunadas y áspera cuando hablaba a la turba desaliñada.

Francie, apiñada con otras pequeñas de su condición, aprendió mucho más de lo que imaginaba. Aprendió que hay varias castas dentro del sistema de una gran democracia, se sintió amargada y ofendida por la actitud de la maestra. Ésta demostraba abiertamente que odiaba a Francie y a las demás como ella, sólo por ser lo que eran. La profesora procedía como si no tuvieran derecho a ir a la escuela, las aceptaba porque no tenía otra elección y lo hacía con la menor indulgencia posible. Era avara de las pocas migajas de conocimiento que les arrojaba. Igual que el médico del dispensario, ella también se comportaba como si aquellas criaturas no mereciesen vivir.

Lo normal es que todas aquellas niñas indeseadas se hubieran unido como una piña para luchar contra quienes no las aceptaban. Pero no: se odiaban tanto entre sí como las odiaba la maestra, e imitaban su tono gruñón para hablar entre ellas.

Siempre había una desgraciada que servía de blanco a la maestra. Esa pobre criatura era a quien regañaba y atormentaba, descargando en ella su malhumor de solterona. En cuanto alguna recibía esa mísera distinción, los demás niños se ensañaban con ella y duplicaban los tormentos de la profesora. Con igual criterio adulaban a las preferidas de la maestra, tal vez creían que con ese comportamiento estarían más cerca del trono.

Tres mil alumnos se aglomeraban en aquella espantosa y embrutecedora escuela, donde sólo había capacidad para mil. Entre los niños circulaban historias indecentes. Se decía que la señorita Pfieffer, una maestra que se teñía el pelo de rubio y siempre se reía en voz alta, bajaba al entresuelo para acostarse con el ayudante del conserje. Esto pasaba cada vez que le pedía al bedel que cuidara a los niños mientras ella acudía a la oficina de la directora. Se decía también que la directora, una mujer de mediana edad, cruel e inflexible, que lucía vestidos de lentejuelas y olía a ginebra, se llevaba a los niños malos a su oficina y, después de ordenarles que se quitaran los pantalones, les pegaba en el trasero con una varita de madera (a las niñas, en cambio, les pegaba a través del vestido).

Por supuesto que en la escuela estaban prohibidos los castigos corporales. Pero ¿quién lo sabía fuera de ella? ¿Quién iba a contarlo? Estaba claro que no serían los mismos castigados. Era tradición en el barrio que, si un niño contaba que la maestra le había pegado, los padres duplicaban la pena por haberse portado mal en la escuela. De ahí que el niño soportara su castigo y callara, dejando las cosas como estaban.

Lo más horroroso es que todo era repugnantemente cierto.

· Embrutecedoras era el único calificativo adecuado a las escuelas del Estado en aquel distrito alrededor de los años 1908 y 1909. En aquella época, en Williamsburg aún no se había oído hablar de psicología infantil. Los requisitos para tener el diploma de maestra eran muy sencillos. Escuela superior y dos años en la escuela de maestras. Las educadoras con verdadera vocación eran escasas. Enseñaban porque era una de las pocas profesiones accesibles a la mujer, porque eran mejor remuneradas que en las fábricas, porque tenían largas vacaciones durante el verano, porque les aseguraba la jubilación. Enseñaban porque nadie quería casarse con ellas. A una mujer casada no se le permitía ejercer la profesión en aquel entonces. Por eso la mayoría de ellas eran unas neuróticas sexualmente frustradas, que se desahogaban atormentando a los hijos de otras.

Las más crueles eran las que tenían orígenes humildes, igual que sus alumnos. Parecía como si, con su dureza contra aquellos pobres pequeños, exorcizaran de alguna forma el horror de su propia cuna miserable.

Por supuesto que no todas las maestras eran malas, las había que sufrían a la par de los pequeños y se empeñaban en ayudarlos, pero tales mujeres no duraban mucho tiempo, ya sea porque se casaran jóvenes y dejasen su empleo, o porque fuesen perseguidas por sus colegas hasta hacerles abandonar el cargo.

El problema que se llamaba eufemísticamente «necesidad de salir» era muy grave. Se recomendaba a los niños que fueran al baño antes de salir de sus casas y después aguardaran hasta la hora del almuerzo. Se suponía que podían aprovechar la oportunidad que les brindaba el recreo, pero eran pocos los que lograban hacer uso de ella. Generalmente la aglomeración impedía que los niños se aproximaran a los servicios. Si tenían la suerte de llegar (había diez por cada quinientos niños), los encontraban vigilados por los diez muchachos más crueles de la escuela. Se ponían ante las puertas y prohibían la entrada de todos. Hacían oídos sordos a las lastimeras súplicas de los atormentados niños. Algunos exigían una cuota de un centavo que muy pocos podían pagar. Aquellos soberbios señores no cejaban en su vigilancia de las puertas batientes hasta que sonaba la campana que anunciaba el fin del recreo. Nadie supo nunca qué placer obtenían de su inhumano entretenimiento. Nunca fueron castigados, puesto que jamás ninguna maestra se aproximó a los servicios, y nunca nadie los delató. Sabían que si alguien se atrevía a hacerlo, lo torturarían hasta la muerte. De modo que ese infame juego se prolongaba día tras día.

Teóricamente a un niño se le permitía salir de la clase si pedía permiso. Existía un sistema para esquivar el delicado asunto. Levantar un dedo para una salida de poco tiempo y dos para una más larga. Pero entre las fatigadas e insensibles maestras se había corrido la voz de que no eran más que subterfugios. Ellas sabían que la criatura tenía tiempo suficiente en los recreos y en la hora del almuerzo. Así lo tenían decidido.

Por supuesto, Francie vio que a las más favorecidas, aquellas niñas elegantes, limpias, bien cuidadas de los pupitres de la primera fila, se les permitía salir en cualquier momento. Pero, claro, eso era diferente.

Así que, del resto de los alumnos, la mitad aprendía a ajustar sus necesidades al criterio arbitrario de las maestras y la otra mitad terminaba con los pantalones perpetuamente mojados.

Fue tía Sissy quien solucionó a Francie el asunto del lavabo. No había vuelto a ver a los niños desde el día en que Katie y Johnny le rogaron que no visitara más su casa. Los echaba mucho de menos, supo que habían empezado a ir a la escuela y necesitaba saber cómo lo iban pasando.

Era el mes de noviembre. En la fábrica había poco trabajo y Sissy se quedó sin empleo durante un tiempo. Fue hacia la escuela a la hora de la salida. Pensó que si los niños comentaban aquel encuentro podía pasar por un suceso casual. Primero vio a Neeley, en el preciso momento en que un muchachote le arrancaba la gorra, la pisoteaba y echaba a correr.

A Neeley no se le ocurrió nada mejor que hacer que otro tanto con un niño menor que él. Sissy asió a Neeley por un brazo, profiriendo un mugido, él logró desasirse y corrió por la calle. Sissy pensó con dolor que Neeley había dejado de ser un chiquillo.

Francie corrió a su encuentro en cuanto la vio, se lanzó a sus brazos y la besó. Sissy le compró un dulce de chocolate de un centavo. Luego instaló a Francie en un banco y le pidió que le contara cómo le iba en el colegio. Francie le mostró la cartilla y el cuaderno de caligrafía con letras impresas que llevaba para trabajar en casa. Hubo un momento en que Sissy se impresionó. Miró con atención la flaca carita de la niña y notó que estaba tiritando.

Era un crudo día del mes de noviembre y llevaba puesto un vestido de algodón, un jersey gastado y medias finas de algodón. La estrechó contra su pecho para infundirle algo de su calor.

—Francie, querida, estás temblando como una hoja.

Francie nunca había oído esa expresión y se quedó pensativa. Miró el arbusto de la acera, que todavía tenía unas cuantas hojas, y observó cómo se movía una de ellas sacudida por el viento… «Temblando como una hoja.» Guardó en su mente esa frase: «Temblando…».

—¿Qué te pasa? —le preguntó Sissy—. ¡Estás helada!

Francie no quería decírselo al principio, pero después de algunos mimos escondió su cara ruborizada en el cuello de Sissy y murmuró algo.

—Pero —dijo Sissy— ¿por qué no lo dijiste para que te dejaran salir?

—La maestra nunca nos hace caso cuando levantamos la mano.

—¡Ah! Bueno. No te aflijas, eso puede sucederle a cualquiera. A la misma reina de Inglaterra le sucedió una vez cuando era una chiquilla.

Pero ¿sufrió tanto la reina de Inglaterra? Francie lloraba de vergüenza y temor. Tenía miedo de volver a casa, miedo de que su madre le hiciera bromas que la avergonzasen.

—Tu madre no va a reprenderte… Es un accidente que puede ocurrirle a cualquier chica. No digas que te lo he contado, pero siendo una niña tu madre alguna vez se mojó las braguitas, y tu abuela también. Eso no es nada nuevo en el mundo y tú no eres la primera a quien le sucede.

—Pero soy demasiado mayor. Eso sólo les sucede a los niños pequeños. Mamá se burlará de mi delante de Neeley.

—Díselo tú antes de que ella lo descubra y prométele que no sucederá más y no te avergonzará.

—No le puedo prometer eso, porque si la profesora no me deja salir puede sucederme otra vez.

—De ahora en adelante la maestra te dejará salir cuando tú se lo pidas. Crees lo que dice tía Sissy, ¿verdad?

—Sí... Pero ¿cómo puedes estar tan segura?

—Voy a encender una vela en la iglesia para conseguirlo.

Francie se consoló con la promesa. Cuando llegó a su casa, Katie la sermoneó un poco, pero a Francie la protegía ahora lo que Sissy le había dicho. Eso de mojarse era como una cadena: abuela, madre, hija.

Al día siguiente por la mañana, diez minutos antes de empezar la clase, Sissy estaba en la escuela interpelando a la maestra.

—A su clase acude una niñita llamada Francie Nolan —manifestó para empezar.

—Frances Nolan —corrigió la señorita Briggs.

—¿Es inteligente?

—Sí...

—¿Se porta bien?

—A la fuerza.

Sissy acercó su cara a la de la señorita Briggs. Bajó el tono de voz y le habló con más amabilidad, pero la señorita Briggs retrocedió.

—Yo sólo le he preguntado si es una buena chica.

—Sí —se apresuró a contestar la profesora.

—Sucede que soy su madre —mintió Sissy.

—¡No!

—¡Sí!

—Cualquier dato que usted quiera saber sobre los estudios de la niñita, señora Nolan...

—¿Nunca se le ha ocurrido pensar que Francie sufre de los riñones? —volvió a mentir.

—¿Sufre de qué?

—El médico dijo que cuando necesite ir al servicio, si alguien se lo impide, podría ocurrir que cayera muerta de repente a causa de sus riñones.

—Probablemente usted exagera.

—¿Qué diría usted si se cayera muerta en la clase?

—Por supuesto que no me gustaría, pero…

—Y ¿qué diría usted si la llevasen a la comisaría en el vehículo celular y la hiciesen comparecer ante el juez y el médico para confesar que no la dejó salir de la clase?

¿Mentiría Sissy? La señorita no lo sabía. Aquello era muy fantasioso. Sin embargo, la mujer decía aquellas cosas sensacionales en el tono más suave y calmado que jamás había oído. En aquel momento Sissy vio por una de las ventanas al policía, que andaba de ronda. Lo señaló y dijo:

—¿Ve a aquel agente? —La señorita Briggs asintió con la cabeza—. Pues es mi marido.

—¿El padre de Frances?

—¿Quién si no? —Sissy abrió la ventana—. ¡Hola! ¡Hola! ¡Johnny!

El agente, asombrado, miró hacia arriba. Ella le tiró un sonoro beso. Por un instante él creyó que se trataba de alguna maestra solterona que, deseosa de amoríos, había enloquecido. Pero su vanidad masculina le convenció de que sería alguna de las maestras más jóvenes, enamorada de él desde hacía tiempo, que por fin se había armado de coraje para insinuársele. Respondió al momento devolviéndole graciosamente el beso y se alejó camino de su ronda silbando «En el baile del diablo».

«Seguro que soy un diablo para las mujeres —pensó—, así soy yo… yo, con seis hijos en casa.»

Los ojos de la señorita Briggs saltaban de asombro. Era un policía bien parecido y fortachón. En aquel momento entró una de las niñas predilectas con una caja de caramelos liada con primorosas cintas, de regalo para la maestra. La señorita Briggs balbució las gracias y besó la satinada y rosada mejilla de la niña. La mente de Sissy se asemejaba al filo de una navaja recién afilada. Comprendió de súbito de qué lado soplaba el viento. Vio que soplaba contra las niñas como Francie.

—Mire —dijo—, me doy cuenta de que usted no cree que nosotros tengamos mucho dinero.

—Yo le aseguro que… nunca…

—No somos personas a las que les gusta ostentar. Se acerca la Navidad —deslizó Sissy con suspicacia.

—Quizá —confesó la señorita Briggs—, quizá no siempre haya visto a Frances cuando levanta la mano.

—¿Dónde se sienta Francie, que usted no puede verla bien?

La maestra indicó uno de los bancos en la oscuridad del fondo del aula.

—Si se sentara más adelante quizá la viese mejor.

—La colocación está toda dispuesta ya.

—Se aproxima Navidad —advirtió Sissy de nuevo.

—Veré lo que puedo hacer, veré.

—Vea entonces y procure ver bien.

Sissy se dirigió hacia la puerta, después, volviéndose, dijo:

—Porque no sólo se acerca Navidad, sino que mi marido es policía y se puede armar la de San Quintín si no trata bien a la niña.

Después de la conferencia entre «madre» y maestra, Francie no tuvo más dificultades, por más timorata que fuese al levantar la mano, la señorita Briggs siempre alcanzaba a verla y hasta llegó a permitirle que se sentase en la primera fila. Pero cuando llegó Navidad y no vino con ella ningún regalo costoso, Francie fue nuevamente relegada al rincón más oscuro del aula.

Francie y Katie nunca se enteraron de la visita que hizo Sissy a la escuela. Pero Francie no tuvo más ocasión de avergonzarse en aquel sentido, y si bien la señorita Briggs no le hablaba con cariño, por lo menos no la regañaba. La maestra sabía por supuesto que lo que había dicho aquella mujer era ridículo, pero ¿qué ganaba con aventurarse? A la señorita Briggs no le gustaban los niños, pero tampoco era un demonio. No le hubiera gustado ver que una alumna cayera muerta ante sus ojos.

Unas semanas después Sissy pidió a una compañera de trabajo que le escribiera un mensaje en una tarjeta postal que mandó a Katie, diciéndole que lo pasado, pasado estaba, y que le permitiera ir a su casa, por lo menos para ver a los niños de vez en cuando. Katie hizo caso omiso del mensaje.

Mary Rommely intercedió entonces por Sissy.

—¿Qué es lo que os está amargando a Sissy y a ti? —preguntó a Katie.

—No te lo puedo decir, madre —replicó Katie.

—Perdonar es una gracia de gran valor, además, no cuesta nada.

—Yo tengo mi punto de vista —dijo Katie.

—Bueno, sea entonces como tú quieras —convino su madre, y suspiró profundamente sin agregar más.

Aunque Katie no quisiera admitirlo, echaba mucho de menos a Sissy. Le faltaba su buen sentido y lucidez para resolver cualquier problema. Evy nunca nombraba a Sissy cuando iba de visita a casa de Katie, y Mary Rommely, después de su tentativa para reconciliarlas, nunca más habló del asunto.

Katie tenía noticias de su hermana por el acreditado reportero de la familia: el cobrador de seguros. Todas las Rommely estaban aseguradas en la misma compañía, era el mismo empleado el que se encargaba de cobrar semanalmente las monedas a cada una de las hermanas. Él llevaba y traía las novedades y los comentarios, era el mensajero de la familia. Un día le contó que Sissy había dado a luz otro niño que ni siquiera habían tenido tiempo de asegurar, había vivido tan sólo dos horas. Finalmente Katie tuvo vergüenza de ser tan dura con su hermana.

—La próxima vez que vea a mi hermana —dijo al cobrador— recomiéndele que se deje ver por aquí.

El cobrador llevó el mensaje de perdón, y Sissy volvió a frecuentar a la familia Nolan.

XX

La campaña de Katie contra los parásitos y las enfermedades comenzó el día en que sus hijos empezaron la escuela. La batalla fue breve, feroz y triunfal.

Apiñados unos contra otros, los niños alimentaban inocentemente las liendres y se transmitían los insectos unos a otros. Sin tener ellos culpa alguna, eran sometidos al más humillante tratamiento por que pudiera pasar una criatura.

Una vez a la semana la enfermera escolar se apostaba de espaldas a la ventana. Las chiquillas desfilaban, y cuando llegaban a ella se daban la vuelta, levantaban sus apretadas trenzas y se inclinaban hacia delante. Ella les escudriñaba los cabellos con una larga y fina varilla. Si aparecían liendres o piojos en la cabeza de una pequeña, se le decía que se mantuviese apartada. Al terminar el examen se hacía permanecer de pie a las desdichadas, que recibían delante de toda la clase una regañina en la que se les decía lo inmundas que eran y que había que huir de ellas. Mandaban a las intocables a sus casas con instrucciones de comprar ungüento antipiojos en la farmacia, para que sus padres les untaran la cabeza. Cuando regresaban a la escuela, sus compañeras las atormentaban formando una escolta que las seguía camino de sus casas gritándoles:

—¡Piojosa! ¡Eres una piojosa! La maestra lo dijo. ¡Te mandaron a casa! ¡Te mandaron a casa porque eres una piojosa!

Solía suceder que en el próximo examen de higiene la niña martirizada recibiera un certificado de limpieza. Entonces ella, a su vez, atormentaba a otras, como las otras la habían atormentado a ella. El bochorno sufrido en carne propia no las enseñaba a ser compasivas. Así de inútil era su sufrimiento.

La vida intensa de Katie no aceptaba ya más dificultades y pesares. El primer día que Francie llegó del colegio y le contó que se sentaba al lado de una compañera que tenía piojos, Katie entró en acción. Tomó un trozo del jabón amarillo con que lavaba los suelos y frotó la cabeza de Francie hasta dejársela casi en carne viva. Al día siguiente, con un cepillo que había sumergido en queroseno, le cepilló el cabello vigorosamente y le hizo las trenzas tan apretadas que parecía que le iban a estallar las venas de la sien. Después, tras recomendarle que no se acercara a ninguna llama de gas, la mandó a la escuela.

Francie apestó la clase. La compañera de pupitre se alejó todo lo posible de ella. La maestra mandó una nota a Katie prohibiéndole que echara queroseno en la cabeza de la niña. Katie dijo que vivía en un país libre y no hizo caso. Siguió lavándole la cabeza, una vez por semana, con su jabón amarillo. Todos los días le ponía queroseno.

Cuando en la escuela hubo epidemia de paperas, se puso en campaña contra las enfermedades infecciosas. Confeccionó dos bolsas de franela en las que cosió un diente de ajo, y obligó a sus dos hijos a que se la pusieran alrededor del cuello, debajo de la camisa.

Aquella vez Francie asistió a clase apestando a queroseno y ajo. Todos se apartaban en el patio, y a pesar de la aglomeración, alrededor de ella se formaba un círculo vacío. En los tranvías, los pasajeros se alejaban de los chicos Nolan.

¡Y surtió efecto! No se sabe si era porque el ajo estaba hechizado, o porque el olor tan fuerte mataba los microbios, o porque los infectados no se les acercaban, o porque Francie y Neeley tuvieran constitución fuerte. Lo cierto es que en todos los años de escuela los hijos de Katie no tuvieron enfermedad alguna. Ni siquiera estuvieron resfriados. Nunca se les vio un piojo.

Francie, claro está, se convirtió en una niña arisca, esquivada por todos debido a su hedor. Pero ya se había acostumbrado a su soledad. Estaba habituada a andar sola y a que la consideraran diferente. A decir verdad, no sufría gran cosa por ello.

XXI

A Francie le gustaba la escuela a pesar de todas las vilezas, crueldades y desdichas. La rutina que hacía que muchas niñas hicieran la misma cosa a un mismo tiempo le proporcionaba seguridad, se sentía una parte definida de algo, una fracción de una comunidad unida bajo el mismo jefe para un mismo y solo fin. Los Nolan eran individualistas. No se ataban a nada, excepto a lo indispensable para poder vivir en su mundo. Seguían su propia norma de vida. No formaban parte de ningún grupo social. Esto era muy loable para la formación de un individualista, pero algo desconcertante para una criatura. Por eso Francie se sentía segura en la escuela. A pesar de que era una cruel y horrible rutina, tenía un propósito y le permitía progresar.

La escuela no era siempre desagradable. Todas las semanas había media hora de gloriosa felicidad cuando el señor Morton daba clase de música al curso de Francie; era un profesor especializado que se ocupaba de la clase de música de todas las escuelas del distrito. Cuando llegaba era una fiesta. Usaba levita y un lazo bohemio. Era tan vibrante, alegre y gracioso, tan lleno de vida, que parecía un dios venido de las nubes. Era sencillo y a la vez galante y enérgico. Comprendía y amaba a los niños; ellos le adoraban. Las maestras le idolatraban. Cuando el señor Morton dictaba su clase imperaba una alegría carnavalesca. La maestra se ponía su mejor vestido y no era tan ruin. En esa ocasión solía perfumarse y rizarse el cabello. Éste era el efecto del profesor de música sobre las mujeres.

Entraba como un torbellino. Se abría la puerta y él se precipitaba en la clase con las colas de la levita revoloteando tras él, subía a la tarima, miraba a uno y otro lado sonriendo y decía:

—¡Bien! ¡Bien! ¡Bien!

Los alumnos, sentados en sus pupitres, reían a carcajadas, rebosantes de dicha, y la maestra sonreía y sonreía.

Dibujaba notas en el encerado. Sobre ellas trazaba pequeñas piernas para que pareciera que se escapaban del pentagrama. Dibujaba un bemol que se asemejaba a un gnomo y un sostenido como una nariz ganchuda asomándose detrás de aquél. Todo el tiempo cantaba alegremente con la espontaneidad de un pájaro. A veces su felicidad se desbordaba de tal manera que no podía contenerla y allá iban unos pasos de baile como desahogo.

Les enseñaba la buena música sin que los niños se percatasen. Bautizaba las obras de los grandes clásicos con nombres fáciles: «Arrullo», «Serenata», «El canto de la calle», «Canción de un día de sol». Las voces infantiles entonaban el «Largo» de Händel, al que llamaban simplemente «Himno». Los varoncitos silbaban una parte de la *Sinfonía del Nuevo Mundo*, de Dvorak, mientras jugaban a las canicas, y cuando se les preguntaba qué era lo que silbaban, contestaban: «Camino a casa». Tarareaban «El coro de los soldados», de *Fausto*, al que llamaban «Gloria».

La señorita Bernstone, la profesora de dibujo, daba su clase una vez a la semana. No era tan querida como el señor Morton, pero sí muy admirada por los alumnos. ¡Ah! Pertenecía a otro ambiente, a un mundo de hermosos trajes de suaves colores verde y granate. Tenía una expresión dulce y cariñosa y, al igual que el señor Morton, amaba la vasta horda de niños sucios e indeseables más que a los privilegiados. Las otras maestras no la querían. Frente a ella la adulaban, sí, pero cuando les daba la espalda sus rostros se endurecían. Tenían celos de sus encantos, su dulzura y la atracción que ejercía sobre los hombres. Era cálida y resplandeciente y muy femenina. Sabían que no se acostaba sola por las noches, como ellas se veían obligadas a hacer.

Su voz era melodiosa y hablaba con tono suave. Tenía hermosas manos y manejaba con agilidad la tiza o el carboncillo, cuando cogía un lápiz el movimiento de su muñeca parecía mágico; un golpe en redondo y aparecía una manzana, otros dos más y surgía una mano infantil sosteniendo la manzana. Los días de lluvia no les daba clase, tomaba un cuaderno y con un carboncillo bosquejaba a la más pobre, la más mísera de las alumnas. Y cuando terminaba el dibujo no se veían la mugre ni la miseria. Lo que saltaba a la vista era la gloria de la inocencia y la pena de una criatura que crece con demasiada rapidez. ¡La señorita Bernstone era magnífica!

Aquellos dos profesores externos eran los reflejos del oro y la plata en el río barroso de los días escolares, días de horas lúgubres en que la maestra mantenía a las alumnas en actitud rígida con los brazos cruzados en la espalda mientras ella leía alguna novela oculta en su regazo. Si todos los profesores hubiesen sido como el señor Morton y la señorita Bernstone, Francie habría sabido lo que era el cielo. Pero quizá fuese mejor que no ocurriera así. Debe haber aguas turbias y oscuras para que el sol tenga algo que enmarque su deslumbrante gloria.

XXII

S on mágicos los instantes en que un niño se entera de que puede leer las palabras impresas.

Durante un tiempo, Francie sólo sabía pronunciar las letras una a una, para luego juntar los sonidos y formar una palabra. Pero un día, mientras hojeaba un libro, la palabra «ratón» le apareció entera y de inmediato adquirió sentido. Miró la palabra y la imagen de un ratón gris se estampó en su cabeza. Siguió leyendo y cuando entrevió la palabra «caballo», oyó los golpes de sus cascos en el suelo y vio el sol resplandecer en sus crines. La palabra «corriendo» la golpeó de repente, y ella empezó a jadear, como si de verdad hubiese estado corriendo. La barrera entre el sonido de cada letra y el sentido de una palabra entera se había caído. Ahora, con un simple vistazo, la palabra impresa le revelaba su sentido. Leyó rápidamente unas páginas y estuvo a punto de desmayarse por la emoción. Quería gritarlo al mundo entero: ¡sabía leer! ¡Sabía leer!

A partir de entonces el mundo se hizo suyo a través de la lectura. Nunca más se sentiría sola, nunca más añoraría la compañía de un amigo querido. Los libros se volvieron sus únicos aliados. Había uno para cada momento: los de poesía eran compañeros tranquilos, los de aventura eran bienvenidos cuando se aburría, y las biografías cuando deseaba conocer a alguien. Ya adolescente, llegarían las historias de amor. La tarde que descubrió que podía leer, se prometió leer un libro al día durante el resto de su vida.

Le gustaban los números y las sumas. Se inventó un juego muy entretenido. Cada número era el miembro de una familia y el resultado, un grupo familiar con su historia. El cero era un bebé, no daba problemas. Si aparecía por ahí sólo debías llevarlo contigo. El uno era una niña bonita que estaba aprendiendo a caminar y que se podía llevar de la mano, el dos, un niño que podía andar y hablar un poco: cabía en la vida familiar (o sea, en la suma) sin demasiadas dificultades. El tres era un niño que iba a la guardería, había que vigilarle. El cuatro, una niña de la edad de Francie; tratar con ella era casi tan simple como tratar con el dos. El cinco era la madre, dulce y amable. En las sumas muy complicadas, llegaba ella y lo resolvía todo, como deben hacer las madres. El padre, el número seis, era más difícil que los otros, pero muy justo. En cambio, el siete era malo. Era un viejo abuelo jorobado y no muy de fiar, como indica su forma. La abuela, el ocho, también era difícil, pero menos complicada de comprender que el siete. El más duro era el nueve, sólo era un huésped costaba hacerlo encajar en la vida familiar.

Cuando Francie hacía una suma, se imaginaba una pequeña historia que tuviese algo que ver con el resultado. Si le salía 924, quería decir que el niño y la niña se quedarían solos con el huésped y que el resto de la familia se iría de paseo. Cuando aparecía un número como el 1.024, quería decir que los niños pequeños jugarían todos juntos en el patio. El número 62 indicaba que el padre llevaría al niño a dar una vuelta; el 50, que la mamá llevaría al bebé a tomar el aire en el carrito; y el 78, que los abuelos se quedarían delante de la chimenea, en una tarde de invierno. Cada combinación de números era una nueva situación familiar, y no había dos historias iguales.

Francie también aplicaba el juego al álgebra. La X era la novia del hijo, que al llegar a la familia complicaba las cosas. La Y era el novio de la hija, que siempre traía problemas. Gracias a este juego, la aritmética se hacía humana y cálida, y ocupaba muchas de sus horas solitarias.

XXIII

Un sábado del mes de octubre que Francie caminaba sin rumbo llegó a un barrio que no conocía. Allí no había bloques de viviendas ni negocios sombríos y míseros. Las construcciones eran unas casas vetustas de la época en que Washington cruzó Long Island con su regimiento. Eran antiguas, decrépitas, pero tenían cercos de empalizada y grandes portones, donde Francie hubiera querido columpiarse. Había flores otoñales en los patios, plátanos con hojas rojizas y amarillentas en el borde de las aceras. Aquel barrio secular permanecía tranquilo y apacible en aquel sábado soleado. Se respiraba un ambiente acogedor, una serena, profunda e infinita paz. Francie se sentía tan feliz como si estuviera mirando, al igual que *Alicia en el País de las Maravillas*, en un espejo mágico. Se hallaba en un país encantado.

Siguió andando y dio con una pequeña y vieja escuela. Sus ladrillos rojos y roídos brillaban con los últimos rayos de sol. No tenía cerco, los patios no eran de cemento, sino de césped. Frente al colegio se extendía una pradera llena de plantas y flores silvestres, donde crecía el trébol con profusión, como en campo abierto.

A Francie le dio un vuelco el corazón. ¡Allí estaba! Aquélla era la escuela a la que ella deseaba asistir. Pero ¿qué podía hacer? Existía una ordenanza inflexible que obligaba a ir a la escuela del barrio. Para realizar lo que deseaba, sus padres tendrían que trasladarse a aquel barrio, y eso… ¡ni pensarlo! No iban a mudarse porque a su hija se le ocurriera cambiar de escuela. Emprendió el regreso a casa caminando lentamente; mientras, meditaba el asunto.

Aquella noche se quedó levantada esperando a que su padre regresara del trabajo. Después de que Johnny llegara silbando su «Molly Malone», y todos hubieran comido el caviar, la pasta de hígado y la langosta que él había llevado, después de que su madre y Neeley se hubiesen acostado, Francie se quedó acompañando a su padre mientras fumaba su último cigarro; entonces Francie le contó en voz baja lo del colegio. Él la miró, movió la cabeza y dijo:

—Ya veremos mañana.

—¿Quieres decir que podríamos ir a vivir cerca de esa escuela?

—No, eso no, pero debe de haber otra solución. Mañana iré contigo y veremos qué se puede hacer.

Tan agitada estaba Francie que no pudo dormir en toda la noche. A las siete se levantó, pero Johnny seguía durmiendo profundamente. Ella esperaba y transpiraba impaciencia. Cada vez que le oía suspirar en sueños, corría para ver si ya estaba despierto.

Despertó al mediodía, justo a la hora del almuerzo. Francie no pudo tomar bocado; continuamente miraba a su padre, pero éste no le hacía ni una seña. ¿Se habría olvidado? No. Porque mientras Katie servía el café, él dijo como si nada:

—Me parece que saldré a dar una vuelta con la Prima Donna.

Francie se estremeció. ¡No se había olvidado! Esperó. Su madre tenía que contestar. Podía oponerse. Podía preguntar el porqué. Podía ocurrírsele acompañarlos. Pero lo único que dijo fue:

—Está bien.

Francie lavó la vajilla, luego tuvo que ir al quiosco a comprar el periódico de los domingos y al estanco a buscar un Corona de un níquel para su padre. Johnny tenía que leer el periódico. Tenía que leer todas las columnas, aun las de sucesos sociales que no le interesaban. Para colmo, tenía que comentar con su mujer todas las noticias que leía.

Cada vez que bajaba el periódico decía a Katie:

—Cosas raras las que publican hoy en día. Toma este caso…

Francie ardía de impaciencia, deseaba llorar.

Llegaron las cuatro de la tarde. Hacía un buen rato que Johnny había terminado de fumar el cigarro; el periódico yacía abandonado en el suelo. Katie, aburrida con el comentario de las noticias, se había marchado con Neeley a casa de Mary Rommely.

Francie y su padre salieron cogidos de la mano. Él llevaba puesto el esmoquin —el único traje que tenía—, y con su chambergo quedaba muy elegante. Era un magnífico día de octubre. El cálido sol y la fresca brisa se confundían y remolineaban en cada esquina en un hálito de mar. Caminaron unas cuantas manzanas, doblaron una esquina y se encontraron en aquel otro barrio. Solamente en un distrito tan extenso como Brooklyn puede existir una diferencia tan marcada entre un barrio y otro. Éste era de gente con cinco o seis generaciones de antepasados americanos, mientras que donde vivían los Nolan quien había nacido en América se consideraba todo un patricio.

En realidad, Francie era la única de su clase hija de padres nacidos en América. Al comenzar el curso, la maestra recorrió la lista de alumnas preguntando a cada una cuál era su linaje. Las contestaciones eran típicas.

—Soy polacoamericana, mi madre nació en Varsovia.

—Irlandesaamericana; papá y mamá vinieron de County Cork.

Cuando nombró Nolan, Francie contestó con orgullo:

—Yo soy americana.

—Ya sé que es americana —dijo la irascible maestra—. Pero ¿de qué nacionalidad?

—Soy americana —insistió Francie con orgullo.

—Me dice dónde nacieron sus padres o me veré en la obligación de mandarla a la dirección.

—Mis padres son americanos, nacidos en Brooklyn.

Todos los compañeros se volvieron para mirar a Francie, la niña cuyos padres no eran oriundos del Viejo Mundo. La maestra dijo:

—¡Ah! Brooklyn. En ese caso es realmente americana.

Su padre iba contándole la historia de aquel raro paraje. Le explicaba que las familias eran americanas desde hacía más de cien años, que en su mayoría eran de ascendencia escocesa, inglesa y galesa. Los hombres eran carpinteros especializados y ebanistas, también trabajaban el metal: plata, oro y cobre.

Le prometió llevarla un día al barrio español de Brooklyn. Allí eran cigarreros y contribuían con algunos centavos diarios para emplear a un hombre que les leyera mientras ellos trabajaban, y les leía buena literatura.

Siguieron caminando por aquella calle donde la soledad sabía a domingo. Francie vio caer revoloteando una hoja de árbol y dio un brinco para recogerla, era de un vivo color escarlata con bordes dorados. Se quedó mirándola, preguntándose si volvería a ver alguna vez algo tan hermoso. Apareció una mujer que acababa de doblar la esquina. Venía muy pintada y llevaba un boa de plumas. Sonrió a Johnny y le preguntó:

—¿El señor se siente solo?

Él la contempló un momento antes de contestarle con mucha amabilidad:

—No, hermana.

—¿Seguro? —insistió ella sutilmente.

—Seguro —replicó Johnny, muy tranquilo.

Ella siguió su camino. Francie volvió corriendo hacia su padre y le tomó la mano.

—¿Era una mala mujer, papá? —preguntó perturbada.

—No.

—Pero parecía mala.

—Hay poca gente mala, en cambio, hay mucha gente desafortunada.

—Pero iba toda pintada, papá, y...

—Es una mujer que debe de haber conocido días mejores. —Le gustó la frase—. Sí, debe de haber conocido días mejores.

Calló y permaneció pensativo. Francie continuó saltando y coleccionando hojas.

Llegaron a la escuela y Francie, orgullosa, la señaló a su padre. El sol poniente hacía que los ladrillos reflejaran una luz tenue; los pequeños cristales cuadrados de las ventanas brillaban bajo los rayos de sol. Johnny la contempló detenidamente.

—Sí, ésta es la escuela —dijo al fin—. Sí, ésta es.

Luego, como siempre que se sentía conmovido, se puso a cantar. Se descubrió y, con el sombrero sobre el corazón, de pie frente a la escuela, cantó:

> *Días de escuela, días de escuela,*
> *encantadores días de métrica,*
> *lectura, escritura, aritmética…*

A cualquier transeúnte le hubiera parecido una estupidez ver a Johnny con su esmoquin verdoso ya, pero con su camisa inmaculada, de la mano de una chiquilla andrajosa y cantando en la calle completamente ensimismado. Sin embargo, a Francie le parecía no sólo adecuado, sino hermoso.

Cruzaron a la pradera de enfrente, que la gente llamaba los solares. Francie recogió algunas florecillas silvestres para llevar a casa. Johnny le explicó que en tiempos remotos aquello había sido el camposanto de una tribu de indios y que cuando él era pequeño iba allí a buscar puntas de flecha. Se entretuvieron buscando durante una hora y media, pero no encontraron ninguna. Johnny recordó que de niño tampoco las había encontrado. Esto hizo mucha gracia a Francie y se rió con ganas. Su padre confesó que no estaba seguro. Tal vez no hubiese sido un cementerio de indios. A lo mejor alguien se lo había inventado. En esto tenía razón, porque Johnny mismo lo había inventado todo.

Cuando papá habló de regresar sin mencionar el cambio de escuela, a Francie se le llenaron los ojos de lágrimas. Johnny, al ver que lloraba, propuso un plan.

—Te voy a explicar lo que podemos hacer. Elegiremos el número de una de esas casas, luego escribiré una carta a tu directora, en la que le diré que te has trasladado y le pediré el traspaso a esta escuela.

Encontraron una casa de un piso, de techo inclinado, con crisantemos en el jardín. Johnny anotó cuidadosamente la dirección.

—¿Sabes que lo que vamos a hacer está mal?

—¿Está mal?

—Sí, pero es un mal para conseguir un bien mayor.

—¿Una mentirijilla blanca?

—Sí, una mentira que beneficia a alguien. De modo que para compensar ese engaño tienes que portarte doblemente bien. No debes faltar a clase, no debes hacer nunca nada que los obligue a mandarnos una carta por correo.

—Si puedo ir a esa escuela me portaré siempre bien.

—De acuerdo. Ahora te voy a mostrar un camino hasta la escuela que cruza un pequeño parque. Sé que está por aquí.

La llevó al parque y le indicó el camino diagonal que debía seguir para llegar a la escuela.

—Eso debería hacerte feliz. Podrás observar el cambio de las estaciones del año en tus idas y venidas. ¿Qué me dices?

Francie recordó una frase que su madre le había leído y contestó:

—Mi copa rebosa. —Realmente lo sentía.

Cuando le expusieron su plan, Katie declaró:

—Puedes hacer lo que te parezca, pero yo no me hago cómplice. Si se presenta la policía y te arrestan por dar una falsa dirección, diré honradamente que nada tengo que ver en el asunto. Todas las escuelas son tan buenas o tan malas como las demás. No comprendo por qué Francie quiere cambiar, tendrá que estudiar lo mismo en una que en otra.

—Bueno, queda decidido —contestó Johnny—. Francie, aquí tienes un centavo, ve a comprar una hoja de papel de carta y un sobre.

Francie fue y volvió corriendo. Johnny escribió una nota que indicaba que Francie se iba a vivir con unos parientes en tal calle y número y pedía que se hiciera el traspaso. Agregó que Neeley continuaría viviendo con ellos y por consiguiente seguiría asistiendo a la misma escuela. Terminó la carta y firmó subrayando su nombre con un gesto solemne. A la mañana siguiente, Francie entregó la carta a la directora temblando. Ésta la leyó y con un gruñido marcó la transferencia, dio la tarjeta a la niña y le dijo que podía retirarse, que de todos modos la escuela estaba repleta.

Francie se presentó con todos sus documentos al director de la otra escuela. Éste le dio un apretón de manos a la vez que le decía que esperaba que se hallara a gusto en la nueva escuela. Una celadora la llevó a la clase. La maestra interrumpió su clase y presentó a Francie. Ella observó las filas de niñas, todas de clase humilde, pero la mayoría bien limpias; le asignaron un pupitre para ella sola, y, feliz y contenta, se sumió en la rutina de su nueva vida. Las maestras y los alumnos de aquella escuela no estaban tan brutalizados como en la anterior. Algunos niños eran malos, por supuesto, aunque eso parecía obedecer al egoísmo infantil y no a la maldad innata. Muchas veces las maestras perdían la paciencia o se enojaban; no obstante, nunca llegaban a dar regañinas crueles. Tampoco infligían castigos corporales. Los padres eran demasiado americanos, demasiado conocedores de los derechos que les daba la Constitución para aceptar impunemente las injusticias. No se los podía intimidar con amenazas, ni explotarlos como se hacía con los inmigrantes y sus hijos.

Francie descubrió que la gran diferencia que existía entre uno y otro colegio se debía en gran parte al conserje. Éste era un hombre canoso, de rostro encendido. Hasta el mismo director, cuando se dirigía a él, le llamaba «señor Jenson». Tenía hijos y nietos a quienes amaba mucho. Era paternal con todos los niños. Cuando llovía y llegaban empapados insistía en hacerlos sentar frente a la caldera de la calefacción para que se les secara la ropa. Los hacía descalzar y colgar las medias delante del fuego, mientras los zapatos formaban una hilera en el suelo.

El cuarto de la caldera era agradable; tenía las paredes blanqueadas con cal, y la misma gran caldera pintada de rojo era reconfortante. Las ventanas estaban en lo alto de las paredes. A Francie le encantaba sentarse y contemplar las llamas de colores anaranjado y azul que parecían bailar sobre un lecho de carbón. (Él dejaba la puerta de la caldera abierta cuando había criaturas secándose la ropa.) Los días de lluvia Francie salía de casa más temprano, andaba despacio y pisaba cuanto charco encontraba para llegar bien mojada y ganarse el privilegio de sentarse delante de la hoguera.

No era muy ortodoxo que el señor Jenson retuviera a los niños fuera de clase en el cuarto de la calefacción, pero todos le respetaban demasiado para protestar. Francie había oído comentarios sobre Jenson. Decían que había ido a la universidad y que sabía más que el director. Que se había casado y que cuando llegaron los hijos había pensado que desde el punto de vista económico resultaba más conveniente ser el encargado de la calefacción de un colegio que ser maestro. Fuera lo que fuese, lo cierto es que se le respetaba y se le quería. Una vez Francie lo vio en la dirección, vestía su uniforme rayado de trabajo, bien limpio, sentado con las piernas cruzadas, discutía de política. Francie oyó decir que a veces el director bajaba al cuarto de la calefacción, donde conversaba con el señor Jenson mientras fumaba su pipa.

Cuando algún niño se portaba mal, no lo enviaban al despacho del director, sino al cuarto de Jenson para que él le diera un sermón. Él nunca regañaba a los niños. Les hablaba de su hijo menor, que era el pitcher del equipo de béisbol de los Dodgers; les hablaba de la democracia y de la mejor manera de ser un buen ciudadano, y de un mundo mejor donde cada uno trataba de hacer todo lo posible en beneficio de todos. Después de una charla con el señor Jenson, se podía contar con que aquel niño no seguiría dando problemas.

Al finalizar la escuela, los alumnos pedían al director que les firmase la primera página de su álbum de autógrafos por respeto a su posición, pero apreciaban más el autógrafo de Jenson, y le reservaban siempre la segunda página. El director firmaba con rapidez, con letra grande y aparatosa. En cambio, Jenson hacía de ello una ceremonia. Se instalaba en su escritorio de persiana, encendía la lámpara, se colocaba las gafas, elegía una pluma, la mojaba en la tinta, la limpiaba, la volvía a mojar y por fin escribía su nombre con una letra que parecía un grabado y lo secaba frotando el secante cuidadosamente. Este autógrafo era siempre el más hermoso del álbum. Si se tenía el valor de solicitárselo, se llevaba el libro a su casa para que lo firmase el hijo que jugaba con los Dodgers. Esto era maravilloso para los niños. A las niñas les daba igual. El señor Jenson tenía una letra tan excelente que, por solicitud especial, era él quien escribía los diplomas.

La señorita Bernstone y el señor Morton también daban clase en aquella escuela. En esas ocasiones el señor Jenson solía deslizarse silenciosamente en el último banco para gozar también de la clase. Los días fríos, los invitaba a bajar a su hoguera y los convidaba a una taza de café antes de que siguieran a otra escuela. Tenía siempre dispuesta sobre una mesita la bandeja con todo lo necesario para preparar el café; lo hacía bien cargado y lo servía en grandes tazas. Sus visitantes saboreaban el rico brebaje bendiciendo a aquella alma tan generosa.

Francie era feliz en la escuela y se empeñaba en portarse bien. A diario, cuando pasaba frente a la casa que figuraba como su domicilio, la contemplaba con agradecimiento. Los días ventosos, cuando revoloteaban papeles por la calle, se detenía para recogerlos y amontonarlos en la alcantarilla. Por las mañanas, si después de vaciar el cubo, el basurero lo arrojaba descuidadamente sobre la acera, Francie lo recogía y lo colgaba en la empalizada. Los que vivían allí llegaron a pensar que tal vez la pequeña tuviese algún raro complejo de limpieza.

Llegar a la escuela implicaba dar un paseo de cuarenta y ocho manzanas diarias, pero las caminaba con placer. Tenía que salir de su casa más temprano que Neeley y regresaba bastante más tarde. Aquello la traía sin cuidado, excepto para el almuerzo. Caminaba las doce manzanas de ida y de vuelta y almorzaba, todo en una hora. Esto no le dejaba mucho tiempo para comer. Su madre no le permitía llevarse el almuerzo. Su argumento era el siguiente:

—Cuando le llegue el momento se emancipará, pero mientras sea niña tendrá que comportarse como tal, viniendo a casa para comer como todos los niños. ¿Acaso tengo yo la culpa de que deba andar tanta distancia? ¿No fue ella misma quien eligió esa escuela?

—Pero, Katie —decía Johnny—. ¡Es una escuela tan buena!

—Entonces que aguante lo malo y lo bueno.

XXIV

Francie no llevaba la cuenta de cómo pasaban los años por los días ni por los meses, sino por las vacaciones. Para ella el año empezaba el 4 de Julio porque era la primera fiesta después de terminar el curso escolar. Una semana antes juntaba petardos. Con cada centavo que tenía compraba uno. Los amontonaba debajo de su cama y por lo menos diez veces al día sacaba la caja para acomodarlos y contemplar el papel rosa pálido que los recubría, tratando de imaginar cómo estarían fabricados. Olía el trozo de mecha que le regalaban con cada compra y que, una vez prendida, duraba horas y servía para encender los petardos.

Cuando llegaba el gran día los tiraba de mala gana porque era más satisfactorio tenerlos que encenderlos. Un año de mayor escasez que de costumbre, en que Francie y Neeley no consiguieron los centavos necesarios, se contentaron con llenar de agua unas bolsas de papel y lanzarlas a la calle desde la azotea. Al caer en la calzada producían un estallido casi como el de un petardo. Los transeúntes, fastidiados, levantaban la cabeza para protestar, pero desistían pensando que sería costumbre entre los niños pobres celebrar así el 4 de Julio.

El siguiente día festivo era la víspera de Halloween. Neeley se embadurnaba la cara con hollín y se ponía la chaqueta al revés. Rellenaba con ceniza una de las medias negras y largas de mamá y salía con su pandilla a recorrer las calles, blandiéndola a modo de porra al tiempo que emitía gritos roncos.

Francie, junto con otras chicas, recorría las calles y con un trozo de tiza blanca hacían una cruz en la espalda de los que pasaban. Las chiquillas iban cumpliendo un rito sin sentido. Recordaban el símbolo, pero la razón del rito había caído en el olvido. Quizá esa costumbre se remontase a la Edad Media, cuando el distintivo se empleaba para marcar las casas e incluso los individuos atacados por las epidemias. Los rufianes de aquel entonces probablemente se divertían marcando a los inocentes, haciéndolos objeto de una broma cruel, y la práctica persistió a través de los siglos hasta convertirse en una travesura inofensiva en aquel día del año.

Para Francie la fiesta de las fiestas era el día de las elecciones. Más que cualquier otra, aquella pertenecía al barrio entero. Quizá se votara en otras partes del país también, pero en ningún sitio podía ser igual que en Brooklyn, pensaba Francie.

Johnny mostró a Francie un restaurante cuya especialidad eran las ostras, en Scholes Street. Era una casa de la época en que el gran jefe indio Tammany andaba ocultándose con sus guerreros, más de cien años atrás. Las ostras fritas del restaurante eran conocidas en todo el estado. Pero había otra razón que daba fama a aquel sitio: era el lugar donde se reunían en secreto los políticos locales. Los dirigentes del partido se reunían en un salón privado y, mientras consumían suculentas ostras, decidían quién sería elegido y quién derribado.

Francie pasaba a menudo por delante del local y lo miraba muy intrigada. No tenía ningún letrero en la fachada, el escaparate estaba vacío, sólo había una maceta con helechos y, detrás, una cortina de arpillera parda, colgada de una varilla de bronce. Una vez la puerta se abrió para dar paso a alguien. Francie alcanzó a ver un salón de techo bajo, lleno de humo, iluminado a media luz con lámparas cubiertas por pantallas rojas.

Con otros chicos del barrio Francie seguía las etapas de las elecciones sin saber por qué y para qué hacía todo aquello. El día de las elecciones recorrían las calles en compacta fila, cada uno con las manos apoyadas en los hombros del que iba delante, cantando:

Tammany, Tammany,
el gran jefe sentado bajo su tipi
alienta a sus guerreros al triunfo,
Tamma-niii, Tamma-niii...

Ella escuchaba con interés a sus padres cuando discutían los méritos y defectos del partido. Johnny era un entusiasta demócrata, pero a Katie no le interesaba la política. Ella criticaba al partido y le decía a Johnny que estaba desperdiciando su voto.

—No digas eso, Katie —protestaba Johnny—. De una forma u otra el partido hace mucho bien al pueblo.

—Sí, ya me lo imagino —replicaba Katie con ironía.

—Lo único que buscan es el voto del cabeza de familia, y mira tú lo que dan a cambio.

—Dime algo de lo que dan.

—Bueno, si necesitas un consejo legal no tendrás que recurrir a un abogado, basta que vayas al representante de este distrito.

—Un ciego guiando a otro ciego.

—No lo creas. Puede que sean burros para muchas cosas, pero conocen las ordenanzas municipales de cabo a rabo.

—Entabla una demanda contra el ayuntamiento y luego me dirás si Tammany te ayuda.

—Piensa en los empleados públicos —decía Johnny, enfocando el asunto bajo otro aspecto—. Saben cuándo se convocarán exámenes para cubrir plazas de carteros, bomberos y vigilantes, y siempre avisan a los votantes que estén interesados.

—El marido de la señora Lavey pasó el examen para cartero hace más de tres años y aún sigue conduciendo un camión.

—¡Ah! Eso es porque es republicano. De haber sido demócrata su nombre hubiera figurado a la cabeza de la lista. Conozco el caso de una maestra que solicitaba un traspaso y enseguida Tammany se lo consiguió.

—¿Por qué? ¿O quizá era una chica bonita?

—Eso no viene al caso. Fue una treta hábil. Las maestras van formando a los futuros votantes. Por ejemplo, esa maestra tendrá siempre un elogio para Tammany al hablar con sus alumnos, y, como sabes, el niño de hoy crecerá y será el votante de mañana.

—¿Por qué?

—Porque es un privilegio.

—Privilegio. Ah, claro —decía Katie con sorna.

—Por ejemplo, si tienes un caniche y se te muere, ¿qué harás?

—En primer lugar, ¿para qué quiero yo un caniche?

—¿No puedes imaginarte dueña de un caniche muerto como mero motivo de conversación?

—Bien. Se me murió el caniche, ¿y qué?

—Avisas al comité y los muchachos se lo llevan. Pongamos que Francie desea sacar su permiso de trabajo siendo aún menor de edad.

—Se lo conseguirían, me imagino.

—Claro está.

—¿Y a ti te parece bien que hagan estos arreglos para que los chiquillos puedan trabajar en las fábricas?

—Ahora supongamos que tienes un hijo que hace campana y vagabundea por las calles en vez de asistir a clase, y que la ley no le permite trabajar. ¿No sería mejor conseguirle el permiso de trabajo aunque fuese falsificado?

—En ese caso, creo que sí —convenía Katie.

—Fíjate la cantidad de empleos que consiguen para sus votantes.

—Pero sabes cómo se las arreglan, ¿no es cierto? Cuando inspeccionan, hacen la vista gorda en las fábricas que violan la ley. Naturalmente, el patrón recurre a ellos cuando necesita obreros y Tammany tiene fama de conseguir empleos.

—Pongamos otro caso. Un hombre tiene parientes en su país. Desea traerlos, pero no puede, porque carece de medios para pagar las cuotas de inmigración. Tammany le soluciona esa dificultad.

—Claro. Hacen embarcar extranjeros, se encargan de conseguirles la carta de ciudadanía y después les dicen que deben votar por los demócratas o regresar al país de origen —decía Katie.

—Digas lo que digas, Tammany es bueno para los pobres. Pongamos que un hombre cae enfermo y no puede pagar el alquiler. ¿Crees que la organización permitiría que lo desalojasen? No, señor, ¡nunca!, si se trata de un demócrata, por supuesto.

—Entonces, supongo que todos los propietarios han de ser republicanos —apuntaba Katie.

—No. El sistema tira para los dos lados. Supongamos ahora que el propietario tiene de inquilino a un bellaco y éste, en vez de pagarle el alquiler, le da un trompazo en la nariz. ¿Qué pasa? El partido arregla enseguida el desalojo.

—Por lo que Tammany da al pueblo, le saca el doble. Espera a que voten las mujeres… —Johnny la interrumpió con una estrepitosa carcajada—. ¿No crees que votaremos? Ese día llegará, y recuerda lo que estoy diciendo, ese día meteremos a todos los politiquillos de mala fe donde les corresponde estar: ¡entre rejas!

—Si llega el día en que voten las mujeres, irás a la urna conmigo, cogida de mi brazo, y votarás por quien yo diga —advertía Johnny, dándole un breve abrazo.

Katie le sonreía, y a Francie no le pasaba inadvertido que lo hacía de lado, con la misma sonrisa que la señora del cuadro del salón de actos de la escuela, aquella a quien llamaban Mona Lisa.

Tammany debía gran parte de su poder a que se interesaba por los niños desde temprana edad y los familiarizaba con el partido. El más burro de los secuaces del comité sabía que el tiempo, aparte de lo que puede o no hacer, pasa, y que el muchacho de hoy será el votante del mañana. Atraían a los muchachos, y a las niñas también. En aquella época la mujer no podía votar, pero los políticos sabían que las mujeres de Brooklyn ejercían una gran influencia en sus maridos. Interesar a la niña en el partido significaba que, después de casada, conseguiría que su marido votase a los demócratas. Para ganarse la voluntad de los chiquillos la Asociación Demócrata Mattie Mahony organizaba para ellos y sus padres una excursión cada verano. Aunque Katie no sentía otra cosa que desdén por la asociación, no veía razón alguna para no aprovechar el paseo que le brindaban. Cuando Francie supo que irían, se puso tan contenta como sólo una chiquilla de diez años que nunca ha viajado en un vaporcito puede estarlo.

Johnny rehusaba ir al paseo y no comprendía por qué Katie se empeñaba en ir.

—Quiero ir porque me gusta vivir —fue la extraña razón.

—Si eso es vivir, no lo aceptaría ni con bonificación.

Sin embargo, Johnny fue. Pensó que la excursión en barco podría ser instructiva y él deseaba estar presente para educar a sus hijos. Aquel día hizo un calor abrumador. Las cubiertas del barco se hallaban abarrotadas de chicos, excitados y salvajes, que corrían alborotados de una parte a otra, continuamente en peligro de caerse al río Hudson. Francie no apartaba la vista del agua, hasta que sintió el primer dolor de cabeza de su vida. Johnny explicó a sus hijos que muchos años atrás Hendrick Hudson había navegado ese río por primera vez. Francie se preguntaba si el señor Hudson se habría mareado tanto como ella. Sentada en la cubierta, Katie estaba muy guapa con su sombrero de paja verde claro y un vestido de lunares amarillos que le había prestado Evy. Las personas que estaban con ella se reían. Mamá era de conversación muy amena y la gente la escuchaba complacida.

Poco después de mediodía el vapor ancló frente a una cañada boscosa y los demócratas desembarcaron y se hicieron cargo de las cosas. Los chiquillos corrían y gastaban sus vales. La semana anterior se les había repartido tiras de diez vales por cabeza. En los vales se leía: «Salchichas calientes», «Soda», «Tiovivo» y cosas así. Francie y Neeley habían recibido los suyos, pero ella se había dejado tentar por unos chicos astutos y apostó sus vales en una partida de canicas. Le habían asegurado que podía ganar hasta cincuenta vales y darse un gran festín. Francie era poco hábil con las canicas y pronto perdió sus vales. Neeley, por su parte, tuvo más suerte y terminó con tres tiras de diez vales cada una. Francie rogó a Katie que interviniese para que Neeley le cediera una de las tiras. Su madre se valió de esta oportunidad para sermonearla contra el juego.

—Tenías tus vales y quisiste hacerte la lista y obtener lo que no te correspondía. Los que juegan piensan únicamente en ganar. Nunca piensan que pueden perder. Ten en cuenta esto: alguien tiene que perder y ese alguien tanto puedes ser tú como el otro. Si aprovechas la lección, el aprendizaje te habrá costado barato.

Su madre tenía razón, Francie sabía que tenía razón, pero eso no la hacía feliz. Deseaba ir a los tiovivos como los demás, quería beber un vaso de soda. Se quedó desconsolada frente al mostrador de las salchichas, viendo cómo los otros engullían, hasta que un hombre se le acercó y se detuvo para hablarle. Vestía uniforme de policía, sólo que iba cargado de galones.

—¿No tienes vales, niña? —le preguntó.

—Me he olvidado de traerlos —mintió Francie.

—Claro. Yo tampoco era buen jugador de canicas cuando era pequeño. —Metió la mano en el bolsillo y extrajo tres vales—. Ya contamos con tener que reemplazar algunas pérdidas todos los años, pero generalmente no son las niñas las que pierden. Por lo general se aferran a lo que tienen, por poco que sea.

Francie aceptó los vales, le dio las gracias, y ya se retiraba cuando él le preguntó:

—¿Es por casualidad tu mamá esa señora que está allí sentada, con un sombrero verde claro?

—Sí —contestó Francie, y esperó. Él no dijo nada. Finalmente ella le preguntó—: ¿Por qué?

—En adelante reza todas las noches a la Virgencita y ruégale que te haga crecer tan linda como tu madre. No lo olvides.

—Y mi papá es el que está sentado a su lado.

Aguardó a que le dijera que su padre también era muy guapo. Él se contentó con mirar a Johnny, sin opinar. Ella se retiró corriendo.

Francie tenía orden de acercarse a su madre cada media hora durante todo el día. Cuando le tocó ir a verla Johnny estaba tomando cerveza junto a un barril de donde se servía gratis. Katie le dijo en tono de burla:

—Estás haciendo como tía Sissy, siempre conversando con hombres uniformados.

—Me dio unos vales.

—Ya lo he visto. —Y agregó como de pasada—: ¿Qué te ha preguntado?

—Si tú eras mi mamá.

Francie no le dijo que había ponderado lo bonita que la encontraba.

—Sí, ya me he imaginado que te estaba preguntando eso.

Katie se miró las manos. Las tenía ásperas, amoratadas y estropeadas por los ácidos que usaba para restregar. Sacó de su cartera un par de guantes de algodón —zurcidos— y, a pesar del calor que hacía, se los puso. Suspirando, dijo:

—Trabajo tanto que a veces me olvido de que soy mujer.

Francie se sorprendió. Por primera vez oía a su madre pronunciar una frase que se parecía a una queja. Se preguntó intrigada por qué de pronto su madre se avergonzaba de sus manos. Cuando se iba alejando, la oyó preguntar a la señora que tenía al lado:

—¿Quién es ese hombre de uniforme, ese que está mirando hacia aquí?

—Es el sargento Michael McShane. Es raro que no le conozca, es de la comisaría de su barrio.

Continuaba el día de diversión. Habían colocado un barril de cerveza en la punta de cada una de las largas mesas y era gratis para todos los buenos demócratas. Francie se había dejado contagiar por la excitación de los otros chicos y corría alborotada de un lado a otro, gritando y peleando como los demás. La cerveza fluía como el agua en las alcantarillas de Brooklyn después de una copiosa lluvia. La banda tocaba sin parar, entre otras canciones, interpretaron: «Los bailarines de Kerry», «Cuando sonríen los ojos irlandeses» y «Harrigan, ése soy yo»; también tocaron «El río Shannon» y el canto de los neoyorquinos: «Las aceras de Nueva York».

El director anunciaba cada interpretación: «La banda de Mattie Mahony ahora va a tocar...»; y al final de cada pieza los componentes de la banda gritaban a coro: «¡Hurra por Mattie Mahony!». Los mozos acompañaban cada vaso de cerveza que servían con un: «A la salud de Mattie Mahony». Todas las actividades tenían nombres como: «Carrera llana Mattie Mahony», «Carreras de patatas Mattie Mahony», y así sucesivamente. Antes de que terminase la excursión, Francie estaba convencida de que Mattie Mahony era realmente un gran hombre.

Al atardecer, a Francie se le ocurrió que debía buscar al señor Mattie Mahony para darle personalmente las gracias por las maravillas que les había proporcionado. Buscó y buscó y preguntó y preguntó. Nadie le había visto jamás. Seguramente no había ido al picnic. Su presencia se sentía en todos lados, pero era invisible. Un hombre le dijo que tal vez no existía. Que quizá era el nombre que daban a quienquiera que fuese el jefe de la organización.

Hace cuarenta años que les doy mi voto —dijo el desconocido— y el candidato siempre ha sido el mismo: Mattie Mahony. Quizá sea otra persona pero con el mismo nombre. No sé decirte quién es, niña. Sólo puedo decirte que siempre he votado a los demócratas.

El regreso por el Hudson bañado por la luz de la luna fue notable únicamente por las muchas peleas en que se enzarzaron los hombres. En su mayoría, los niños estaban descompuestos, quemados por el sol y malhumorados. Neeley se quedó dormido en el regazo de su madre. Francie, sentada en la cubierta, escuchaba la conversación de sus padres.

—¿Conoces por casualidad al sargento McShane? —preguntó Katie.

—Sé quien es. Le llaman el Honesto. El partido le ha echado el ojo, no me extrañaría que le eligiesen candidato a concejal.

—Diga más bien jefe de policía —dijo un hombre que estaba cerca de Johnny, tocándole el brazo.

—¿Qué sabes de su vida? —preguntó Katie.

—Se parece a uno de los cuentos de Alger. Llegó de Irlanda hace veinticinco años llevando como único equipaje un baúl tan pequeño que él mismo lo cargaba al hombro. Trabajaba como estibador en el puerto y de noche estudiaba. Luego entró en la policía, continuó estudiando y pasando exámenes hasta llegar a sargento —relató Johnny.

—Supongo que se casó con una mujer instruida que le ayudase.

—A decir verdad, no. Cuando llegó aquí, una familia irlandesa le alojó y le mantuvo hasta que salió a flote. La hija de la casa se casó con un vago, que la abandonó poco después de la luna de miel y que luego se suicidó. La muchacha estaba embarazada y era difícil hacer creer al vecindario que estaba casada. Todo indicaba que la familia padecería vergüenza, pero McShane se casó con ella, dio su nombre a la criatura y saldó así su deuda con la familia. No fue exactamente una boda por amor, pero, según he oído decir, él siempre fue muy bueno con ella.

—¿Tuvieron hijos?

—Catorce, según dicen.

—¡Catorce!

—Pero sólo crió cuatro. Los demás murieron cuando eran pequeños. Habían nacido con tuberculosis, enfermedad heredada de la madre, que a su vez se había contagiado de una amiga. Ha sufrido más que otros —susurró Johnny—, y es un buen hombre.

—Supongo que ella vive todavía.

—Sí, pero está muy enferma. Dicen que tiene los días contados.

—¡Oh! Ésas nunca mueren.

—¡Katie! —Johnny se asombró de la reflexión de su mujer.

—No me importa. No le reprocho haberse casado con un vago y que haya tenido un hijo con él. Estaba en su derecho. Pero sí le reprocho la falta de voluntad de atenerse a las consecuencias. ¿Por qué tuvo que abrumar con sus angustias a ese pobre hombre?

—Eso no es modo de expresarse.

—Espero que se muera, y bien pronto.

—Calla, Katie.

—Sí, así lo espero, para que él pueda casarse otra vez, casarse con una mujer alegre, atractiva y sana, que le dé hijos que no se mueran. Es un derecho de todo hombre bueno.

Johnny calló. A Francie la invadió un temor indefinido al oír a su madre hablar de aquella forma. Se levantó para acercarse a su padre, le tomó la mano y se la apretó con fuerza. Al resplandor de la luna, los ojos de Johnny se agrandaron desmesuradamente por la sorpresa. Apretó a la niña contra su pecho y la mantuvo así abrazada. Pero todo lo que dijo fue:

—Mira cómo camina la luna sobre el agua.

Poco después del picnic, el partido empezó a prepararse para el día de las elecciones. Repartió distintivos con la fotografía de Mattie a los chicos del barrio. Francie llevó algunas a su casa y observó detenidamente aquella fisonomía. Mattie se había convertido para ella en algo tan misterioso que llegaba a parecerle algo así como el Espíritu Santo. Jamás se le veía, pero se sentía su presencia. En la fotografía aparecía un hombre bonachón, de cabellos rubios y grandes bigotes alargados. Podría ser la cara de cualquier político. Francie anhelaba verle en persona, aunque no fuera más que una sola vez.

Hubo bastante animación con aquellos distintivos. Los muchachos los usaban para trueques, para sus juegos y hasta como dinero contante y sonante. Neeley vendió su trompo a un amigo por diez distintivos. Gimpy, el confitero, le canjeó a Francie quince distintivos por un centavo de caramelos. (Tenía un convenio con el comité según el cual se le devolvía el importe de los caramelos entregados por los distintivos.) Francie pasó el tiempo buscando al tal Mattie, y lo encontró por todos lados. Algunos chicos jugaban a cara o cruz con su rostro. Le vio aplastado sobre el riel del tranvía convertido en un diminuto tejo. Estaba entre los tesoros que guardaba Neeley en su bolsillo. Miró en un sumidero y allí lo vio, flotando cara arriba. También estaba en la tierra viscosa del fondo de las rejillas. Un chiquillo del barrio, llamado Punky Perkins, puso dos de aquellos distintivos en el plato de la colecta de la iglesia, en lugar de los dos centavos que su madre le había entregado con aquel fin. Después de la misa le encontré comprando cuatro cigarrillos Caporal con los dos centavos. En resumidas cuentas, veía la cara de Mattie Mahony por todas partes, pero jamás vio a Mattie.

Una semana antes de las elecciones, Francie anduvo con Neeley y los muchachos juntando «fogueo», como llamaban a las maderas para las grandes hogueras que encenderían la noche de las elecciones. Los ayudó a almacenarlo en el sótano.

El día de las elecciones se había levantado temprano y vio al hombre que vino y llamó a la puerta. Cuando Johnny abrió, aquél preguntó:

—¿Nolan?

—Sí —contestó Johnny.

—A la urna a las once.

Marcó el nombre de Johnny en la lista que llevaba, le ofreció un cigarro «con los saludos de Mattie Mahony» y siguió su camino para visitar al próximo demócrata.

—¿No irías lo mismo sin que nadie te lo indicara? —preguntó Francie.

—Sí, pero nos citan a una hora determinada para escalonar las llegadas..., ¿comprendes?, para que no lleguen todos a la misma vez.

—Pero ¿por qué? —insistió Francie.

—Porque sí —dijo Johnny, rehuyéndola.

—Yo te voy a explicar el porqué —interrumpió su madre—. Quieren llevar la cuenta de los votos y quieren saber si uno ha votado y para quién. Saben la hora a que debe llegar cada uno, y Dios ampare al que no se presente para votar por Mattie.

—Las mujeres no saben nada de política —afirmó Johnny, encendiendo el cigarro regalo de Mattie.

La noche de las elecciones Francie ayudó a Neeley a acarrear la leña, contribuyendo así a que la fogata fuera la más grande de la manzana. Francie formó fila con los otros chicos y empezaron a bailar alrededor del fuego al estilo indio, cantando «Tammany». Cuando la fogata quedó reducida a brasas, los pilluelos se abalanzaron sobre los carritos de los vendedores judíos, robaron patatas y las asaron al rescoldo. A las patatas asadas así las llamaban *mickies*. No alcanzaron para todos y a Francie no le tocó ni una.

Después ella permaneció en la calzada para ver los resultados de las elecciones proyectados sobre una sábana blanca extendida a través de la calle, de ventana a ventana. Cada vez que cambiaban las cifras, Francie gritaba junto con los demás niños:

—Noticias de otra jurisdicción.

Entre proyección y proyección aparecía de vez en cuando la cara de Mattie y la muchedumbre vociferaba con entusiasmo. Aquel año eligieron a un presidente demócrata y el gobernador demócrata del estado fue reelegido, pero todo lo que Francie sabía era que Mattie Mahony había ganado otra vez.

Terminadas las elecciones, los políticos olvidaron sus promesas y gozaron del merecido descanso hasta el año nuevo, cuando renovaron sus tareas para la próxima elección.

El 2 de enero era el día dedicado a las señoras en el Comité Central Demócrata. Aquel día y no otro se admitía la visita de las damas en aquel recinto, reservado estrictamente a los hombres, y se las invitaba a jerez y bizcochos de anís. Durante todo el día iban llegando las visitas y eran recibidas galantemente por los hombres de Mattie, pero él jamás aparecía. Al salir, las señoras depositaban su decorada tarjeta, con su nombre manuscrito, en una bandeja de cristal tallado que había sobre la mesa del vestíbulo.

Su desdén por los políticos no impedía a Katie hacer su visita anual. Se puso su traje gris, bien cepillado y planchado, con toda su trencilla, y se colocó el sombrero de terciopelo verde echado sobre el ojo derecho. Hasta llegó a pagar diez centavos al calígrafo que para las circunstancias instalaba un peregrino negocio enfrente del comité, para que le hiciera su tarjeta. El hombre escribió «Sra. de John Nolan», adornando las mayúsculas con flores y ángeles. Eran diez centavos que debían haber ido a engrosar sus ahorros, pero a Katie se le antojó que podía ser pródiga una vez al año.

La familia esperaba su regreso a casa. Deseaban conocer los detalles de su visita.

—¿Cómo ha ido este año? —preguntó Johnny.

—Como siempre, el mismo asalto de otras veces. Una cantidad de mujeres con trajes nuevos, que apostaría a que son pagados a plazos. Como siempre, las prostitutas eran las que iban mejor vestidas —dijo Katie sin cortarse ni un pelo— y como siempre, había por lo menos dos prostitutas por cada mujer decente.

XXV

J ohnny era de esos que se obsesionan. Solía obsesionarle la idea de que la vida era imposible y entonces bebía más que nunca para olvidar. Francie ya se daba cuenta de si bebía más que de costumbre. Entonces llegaba a casa caminando tieso, con cuidado y avanzando un poco de lado. Cuando estaba borracho era un hombre pacífico, no armaba alborotos, ni cantaba, ni se ponía sentimental. Se ponía pensativo. Las personas que no le conocían le creían ebrio cuando no lo estaba, porque sobrio se deshacía en canciones y alegrías. En cambio, borracho le consideraban un hombre tranquilo, meditabundo y que no se metía en asuntos ajenos.

A Francie le aterraban las temporadas en que su padre se dedicaba a la bebida. No desde el punto de vista moral, sino porque se transformaba en un desconocido. No hablaba, ni con ella ni con nadie. La miraba con los ojos de un extraño. Cuando Katie le dirigía la palabra, él volvía la cara.

Al salir de un período de borrachera le dominaba la obsesión de que debía ser mejor padre de familia. Pensaba que debía enseñar a sus hijos lo que sabía. Dejaba de beber por un tiempo, durante el cual se le ocurría que tenía que trabajar con ahínco y dedicar todas sus horas libres a Francie y a Neeley. Pensaba lo mismo que Mary Rommely en cuanto a la educación. Quería enseñar a sus hijos lo que él sabía, de modo que a los catorce y a los quince supiesen tanto como él a los treinta. Calculaba que a partir de entonces irían aumentando su saber, hasta que, cuando llegaran a los treinta, serían el doble de listos que él a esa edad.

Sentía que necesitaban lecciones de lo que —según él— era geografía, instrucción cívica y sociología. Así que los llevó a Bushwick Avenue.

Bushwick Avenue era la arteria elegante de Brooklyn. Era una avenida ancha, flanqueada de árboles y casas costosas e impresionantes, construidas con grandes bloques de piedra y amplios porches. Allí vivían los políticos de importancia, las familias de los cerveceros enriquecidos, los inmigrantes adinerados que habían hecho la travesía en primera clase y no como pasajeros de proa. Habían cogido su dinero, sus estatuas y sus sombríos cuadros al óleo y habían partido hacia América, donde se habían instalado en Brooklyn.

Ya en aquel tiempo circulaban automóviles, pero la mayoría de aquellas familias se aferraba a sus magníficos coches arrastrados por soberbios caballos. Johnny señalaba a Francie los distintos vehículos. Ella los miraba pasar con asombro y respeto.

Unos eran pequeños, lacados, tapizados de raso blanco y con parasoles de flecos; los ocupaban señoras elegantes y delicadas. Otros eran preciosos cochecitos de mimbre con un asiento en cada lado, donde iban sentados niños afortunados, arrastrados por un pequeño shetland. Francie miraba a las expertas institutrices que acompañaban a aquellos niños —mujeres de otro ambiente—, vestidas con capas y gorros almidonados, sentadas de costado para manejar el poni.

También los había más prácticos: cabriolés pintados de negro, con dos asientos y un solo caballo braceador, manejados por petimetres que llevaban los guantes de cabritilla con los bordes vueltos como puños invertidos.

Circulaban victorias arrastradas por un par de mansos caballos. Estos coches no llamaban la atención de Francie porque en Williamsburg las empresas de pompas fúnebres tenían hileras enteras de ellos.

Los que más le gustaban a Francie eran los cabriolés, mágicamente sostenidos sobre dos ruedas y con una puerta que se cerraba sola cuando subía un pasajero. (En su ignorancia, Francie creía que las puertas eran para proteger a sus ocupantes de las salpicaduras de excrementos.) «Si fuera un hombre —pensó—, me gustaría tener un empleo así: guiar uno de esos coches.» ¡Oh! Qué lindo llevar un capote con esos grandes botones y cuello de terciopelo. Y sombrero de copa, arrugado como un acordeón, con una cucarda en la cinta. O llevar en las rodillas una manta tan valiosa. En su interior trató de imitar el grito del cochero: «Cooche, señor, cooche».

—Cualquiera —dijo Johnny, llevado por sus sueños democráticos— puede ir en uno de esos carruajes, pero —aclaró— siempre que tenga dinero para pagar el viaje. ¿Te das cuenta de lo libre que es este país?

—Puesto que hay que pagar no veo en qué consiste la libertad.

—Es libre en esto. Teniendo dinero no importa quiénes somos, cualquiera puede ir en ellos. En los países del Viejo Mundo, no todos tendrían la libertad de usarlos aunque tuviesen dinero.

—¿No sería un país más libre si se pudiera ir en ellos sin pagar? —insistió Francie.

—No.

—¿Por qué?

—Porque eso sería socialismo y aquí no queremos saber nada de eso —concluyó triunfalmente Johnny.

—¿Por qué?

—Porque no somos rusos y no deseamos serlo jamás —remató Johnny.

La ciudad de Nueva York tenía un alcalde de Brooklyn que vivía en Bushwick Avenue.

—Fíjate en esta manzana, Francie, y muéstrame dónde vive el alcalde —dijo Johnny.

Francie miró, pero tuvo que darse por vencida.

—No lo sé, papá.

—Allí —le indicó Johnny con tanto énfasis como un toque de corneta—. Allí, ¿ves aquella casa? Aquélla, con los faroles al pie del porche. Por cualquier lado que andes vagando en esta ciudad inmensa, cuando veas una casa con dos faroles colocados así, ten en cuenta que es la residencia del alcalde del municipio más grande del mundo.

—¿Para qué necesita los dos faroles? —deseó saber Francie.

—Porque esto es América, y en un país como éste —aseguró Johnny con vaguedad, pero con patriotismo—, el gobierno es del pueblo, por el pueblo y para el pueblo, y perdurará sobre la faz de la tierra, y no perecerá, como sucede en los países del Viejo Continente.

Empezó a cantar para sus adentros y, llevado por el entusiasmo, fue levantando la voz. Francie siguió el ejemplo y juntos cantaron:

Eres una hermosa y sublime bandera
levantada en alto con orgullo,
que por siempre jamás ondees en la paz...

Los transeúntes los miraban con curiosidad y una buena dama le arrojó una moneda a Johnny.

Otro recuerdo de Bushwick Avenue perduraba en Francie: estaba envuelta en fragancia de rosas. Había rosas, rosas, muchas rosas... Bushwick Avenue. Calles que carecían de tránsito de vehículos. Multitudes agolpadas en las aceras, policías que mantenían el orden, y siempre la fragancia de rosas. Luego la procesión: la policía montada, seguida de un gran automóvil abierto donde iba sentado el hombre genial y simpático, con una guirnalda de rosas alrededor del cuello. Algunos lloraban de alegría al verle. Francie cogía la mano de su padre. Oía los comentarios a su alrededor.

—Dese cuenta, era un muchacho de Brooklyn.

—¿Era? Está usted tonto. Aún vive en Brooklyn.

—No me diga.

—Sí que lo digo, y vive aquí mismo, en Bushwick Avenue.

—Mírelo. Pero mírelo. —gritaba una mujer—. Ha hecho algo grande y sigue siendo un hombre igual a los demás, igual a mi marido... Eso sí: es más apuesto.

—Qué frío habrá tenido que aguantar allí —dijo un hombre.

Otro, de aspecto cadavérico, le golpeó el hombro a Johnny y le preguntó:

—Dígame, amigo: ¿usted cree que el polo sobresale de la superficie de la tierra?

—Claro que sí —contestó Johnny—. ¿Acaso no llegó hasta allí, dio la vuelta al polo y plantó la bandera americana?

En aquel momento un chiquillo gritó:

—¡Ahí viene! ¡Ahí viene!

—¡Vivaaaa!

A Francie la estremeció la magnitud de la admiración que agitaba a aquella muchedumbre cuando el automóvil pasó delante de ellos. Contagiada por el entusiasmo reinante, vociferaba con su voz chillona:

—¡Viva el capitán Cook! ¡Hurraaa! ¡Hurra Brooklyn!

XXVI

La mayoría de los niños que vivían en Brooklyn antes de la Gran Guerra recuerdan la fiesta de Acción de Gracias con particular entusiasmo. Aquel día recorrían las calles en alegre algarabía llamando a las puertas —dando portazos, como ellos decían—, disfrazados y con los rostros cubiertos por una careta de un centavo.

Francie se esmeró en la elección de su máscara. Compró una de chino con largos bigotes de mandarín hechos de cáñamo desflecado. La de Neeley era una cara blanca, macabra, por sonrisa, una mueca que dejaba entrever dientes negros. En el último momento llegó Johnny con dos cornetas de un centavo: una colorada, para Francie, y otra verde, para Neeley.

El trabajo que le costó a Francie disfrazar a Neeley. Usó uno de los vestidos que ya no usaba su madre y lo cortó por delante, a la altura de los tobillos, para que pudiese caminar. La parte de atrás, más larga, venía a formar una cola que arrastraba por el suelo, ensuciándose. Con periódicos arrugados rellenó el vestido simulando un enorme busto. Por debajo de las vestiduras asomaban las punteras de sus zapatos. Para no helarse, llevaba sobre el disfraz un jersey viejo y completaba su atavío un estropeado sombrero de su padre, inclinado hacia un costado, pero que le iba tan suelto que no se le quedaba inclinado, sino que descansaba sobre las orejas.

Francie se puso una blusa amarilla de Katie, una falda celeste y un cinturón rojo. Para sostener su careta de chino se ató en la cabeza un pañuelo colorado, anudado debajo de la barbilla. Su madre la obligó a ponerse, además, un gorro de punto porque era un riguroso día de invierno.

En la mano llevaban la canastilla de la última fiesta de Pascuas, con dos nueces a modo de señuelo. Y los niños salieron a la calle.

Estaba atestada de chiquillos que armaban un tremendo escándalo con sus cornetines. Algunos, demasiado pobres para gastar un centavo en una careta, se contentaban con ensuciarse la cara con un corcho quemado. Otros, hijos de padres pudientes, tenían disfraces confeccionados en tiendas, trajes de indio, de gaucho o de holandesita. Y otros, menos entusiastas, simplemente se envolvían en una sábana sucia y se daban por disfrazados.

A Francie la empujaron hacia un grupo de niños y con ellos anduvo recorriendo las calles. Ciertos negocios cerraban las puertas para protegerse de la invasión de enmascarados, pero la mayoría tenían preparado algo para darles. Desde semanas atrás, el confitero juntaba caramelos rotos y pedazos de dulces que acondicionaba en bolsitas de papel para obsequiar a los niños que iban a pedir. No le quedaba otro remedio, porque vivía de los centavos de aquellos mismos niños y no podía exponerse a un boicot. Los pasteleros quedaban bien regalando unos bizcochos mal hechos. Aquellos chiquillos eran los compradores del barrio y sólo se surtían en las casas donde se los trataba bien; los pasteleros tenían eso muy en cuenta. Los verduleros salían del paso regalando plátanos chafados y las manzanas picadas. Los comerciantes que ningún provecho sacaban de los niños no cerraban las puertas ni regalaban nada, pero sí los sermoneaban impíamente sobre los males de la mendicidad. Su recompensa era una serie de portazos.

A mediodía todo había terminado. Francie regresó cansada de aquella indumentaria tan pesada. Llevaba la careta toda arrugada (era de gasa almidonada y endurecida sobre un molde). Un niño le había quitado su cornetín para tener el gusto de romperlo contra sus rodillas. En el camino de vuelta se había encontrado con Neeley, que regresaba con la nariz ensangrentada porque se había liado a puñetazos con un muchacho que pretendió quitarle su cesto. No quiso decir quién había resultado ganador, pero por lo menos iba con su cesto… y el de su contrincante. Celebraron la fiesta comiendo carne estofada y macarrones caseros.

Luego pasaron la tarde escuchando los recuerdos de Johnny de cómo celebraba aquella fecha de niño.

En aquella época Francie dijo su primera mentira deliberada. Fue descubierta y decidió convertirse en escritora.

La víspera del día de Acción de Gracias hubo un examen en la clase de Francie. Seleccionaron a cuatro niñas para que cada una de ellas recitara un poema alusivo a la fiesta. Y cada una de ellas llevaba en la mano un símbolo. La primera tenía una mazorca; otra, una pata de pavo que pasaba por el pavo entero; la tercera, un cesto con manzanas, y la cuarta, un pastel de calabaza del tamaño de un plato pequeño.

Después del recital se arrojaron al canasto de papeles la mazorca y la pata de pavo. La maestra apartó las manzanas para llevárselas a su casa y preguntó si alguna de las alumnas quería el pastel. A treinta niñitas se les hacía la boca agua, treinta manos ardían por levantarse en alto, pero ninguna se movía. Algunas eran pobres y la mayoría padecían hambre, pero todas tenían demasiado orgullo para aceptar comida de caridad. Como ninguna respondía, la maestra ordenó que se tirase también el pastel. Esto era más de lo que podía resistir Francie. ¡Tirar aquel hermoso pastel, y ella que jamás había probado pastel de calabaza! Con la rapidez de un relámpago inventó una mentira y levantó la mano.

—Me alegro de que alguien se lo lleve —dijo la maestra.

—No lo quiero para mí —mintió Francie con orgullo—, conozco una familia muy pobre y me gustaría llevárselo.

—Eso está muy bien. Ése es el verdadero espíritu de la fiesta que estamos celebrando.

Francie se comió el pastel en el trayecto a su casa. Ya fuera porque no estaba acostumbrada a su sabor, o por remordimiento de conciencia, éste no le procuró ningún placer: sabía a jabón. El lunes siguiente, cuando se disponía a entrar en la clase, se encontró con la maestra en el vestíbulo y ésta le preguntó si a la familia pobre le había gustado el pastel.

—Les gustó muchísimo —contestó Francie, y viendo que la maestra la escuchaba con interés, embelleció el cuento—: En esa familia hay dos criaturas de cabellos rubios y grandes ojos azules.

—Y... ¿qué más? —sugirió la maestra.

—Y... y... son mellizas.

—¡Qué interesante!

Francie siguió inspirándose.

—Una se llama Pamela y la otra Camilla. —Dos nombres elegidos por Francie para las muñecas que no tenía.

—Y seguramente han de ser muy, muy pobres —insinuó la maestra.

—Oh, pobrísimos. Hacía tres días que no tenían nada para comer y el médico aseguró que se hubieran muerto de hambre a no ser por el pastel que les llevé.

—Era un pastel tan pequeño —comentó bondadosamente la maestra—, tan poco alimento para salvar dos vidas...

Entonces Francie comprendió que se había excedido. Odiaba aquella necesidad que la empujaba a inventar semejantes embustes. La maestra se le acercó y la estrechó entre sus brazos, y Francie vio que tenía los ojos llenos de lágrimas. Francie se desmoralizó, el remordimiento surgió de su alma en un amargo raudal.

—Fue todo una mentira. Yo me comí el pastel —confesó.

—Ya lo sabía.

—Por favor, señorita, no mande usted la queja a casa —suplicó Francie recordando su falsa dirección—. Me quedaré castigada todos los días después de clase hasta...

—No pienso castigarla por tener imaginación.

Bondadosamente, la maestra le explicó la diferencia que existe entre una mentira y un cuento. Una mentira es lo que se dice por maldad o cobardía, un cuento es lo que uno inventa respecto de algo que pudo haber sucedido; en el cuento uno no relata las cosas como han sucedido, sino tal como uno cree que debiera haber ocurrido.

Mientras la maestra hablaba, en Francie se iba desvaneciendo una gran preocupación. Últimamente le había dado por exagerar las cosas. No se atenía a la realidad y deformaba los acontecimientos para darles colorido, para hacerlos palpitantes y dramáticos. Esa tendencia de Francie enfurecía a Katie, que reprendía continuamente a la niña recomendándole que dijera la verdad tal cual era y que suprimiera la fantasía. Pero Francie no podía decir la verdad simple y escueta: tenía que engalanarla con algo de su cosecha.

Aunque Katie tenía esa misma propensión a mejorar los hechos y el mismo Johnny vivía en un mundo de ensueños, los dos trataban de combatir esa tendencia en su hija. Tal vez tuviesen un buen motivo para hacerlo. Tal vez su propio don imaginativo teñía de rosa la realidad de sus vidas cargadas de miseria y pobreza y eso fuese la causa de su conformidad. Quizá Katie pensaba que sin aquella facultad tendrían una visión más clara y precisa de las cosas, las verían tal como eran realmente y ante su vista podrían detestarlas y encontrar la forma de mejorarlas.

Francie siempre recordó lo que aquella bondadosa maestra le había dicho:

—Ya sabe, Francie, que mucha gente puede pensar que esos cuentos que inventa continuamente son mentiras, porque no es la realidad tal como ellos la ven. En adelante, cuando suceda algo, cuente lo sucedido exactamente, pero escriba para usted lo que crea que debería haber sucedido. Diga la verdad y escriba el cuento. Así no tendrá problemas.

Fue el mejor consejo que jamás recibió Francie. La verdad y la fantasía se mezclaban tanto en su mente —tal como ocurre en la mente de toda niña que lleve una vida solitaria— que no distinguía lo uno de lo otro. Fue aquella buena maestra quien le aclaró estos dos puntos. Desde aquel día escribió pequeñas historietas sobre las cosas que veía, sentía y hacía. Con el tiempo pudo decir la verdad, aunque con el leve colorido que le agregaba por instinto.

Francie sólo tenía diez años cuando descubrió su vocación por las letras. Lo que ella escribía tenía muy poca importancia. Lo importante era que los intentos de escribir historietas la mantenían en la línea divisoria entre verdad y ficción. Si no hubiera descubierto el desahogo de escribir, puede que hubiera llegado a adulta convertida en una gran embustera.

XXVII

L a Navidad y los días que la precedían eran encantadores en Brooklyn. Mucho antes de la fecha se sentía la fiesta en el aire. La primera señal la daba el señor Morton, enseñando en las escuelas los villancicos. Pero el indicio más seguro era la decoración de los escaparates de los comercios.

Hay que ser niño para comprender lo maravilloso que resultan los escaparates atestados de muñecas y trineos y otros juguetes. Y esa maravilla Francie la gozaba gratis. Ver los juguetes expuestos y contemplarlos largamente a través del cristal era casi tan agradable como tenerlos.

Qué emocionante era para Francie, al doblar una esquina, encontrarse con otro comercio más, preparado para Navidad. ¡Ah! Aquellos escaparates limpios y relucientes, alfombrados de algodón salpicado de polvo de estrellas. Había muñecas con cabellera rubia, y otras, que Francie prefería, con cabello color café del bueno con abundante leche.

Tenían las caras perfectamente coloreadas y vestían unos trajes que Francie nunca había visto en toda su vida. Las muñecas estaban de pie en cajas de cartón sujetas con una cinta que, pasando por el cuello y los tobillos, atravesaba la caja por dos agujeros y se anudaba detrás.

¡Y los trineos! Eran un sueño convertido en realidad. Un trineo nuevo con una flor que algún soñador había dibujado —una flor azul con grandes y brillantes hojas verdes—, los deslizadores pintados de negro, el pulido timón de madera dura, y todo recubierto por una reluciente capa de barniz. Y para colmo, cada uno con su nombre pintado: «Pimpollo de Rosa», «Magnolia», «Rey de la Nieve», «El Volador»… Francie pensó: «Si yo pudiera tener siquiera uno solo de ésos, jamás volvería a pedirle nada a Dios el resto de mi vida».

También había patines de ruedas, de reluciente níquel, con correas de cuero castaño y ruedas impacientes, deseosas de rodar, necesitaban sólo un soplo para girar allí mismo donde estaban, apilados unos sobre otros, salpicados de nieve artificial de mica, sobre una alfombra de nubes de algodón.

Había otras cosas también magníficas. Francie no alcanzaba a contemplarlas todas. Sentía que se mareaba con el impacto de todo lo que estaba viendo y el de los cuentos que su mente iba forjando sobre aquellos juguetes.

Los arbolitos empezaban a llegar al barrio una semana antes de Navidad, con las ramas atadas para sujetar su frondosidad y tal vez para facilitar su transporte. Los vendedores alquilaban un espacio de la acera delante de algún comercio y ataban una cuerda de un poste a otro, contra la que apoyaban los arbolitos. Durante todo el día recorrían esa avenida bordeada a un lado por los arbolitos aromáticos, soplando sus entumecidos dedos sin guantes y mirando con una gélida esperanza a la gente que se detenía a contemplarlos. Algunos reservaban su árbol, otros se detenían para verlos y averiguar los precios, pero la mayoría se acercaba sólo para apretujar con superchería un manojo de hojas, que exhalaban su fragancia. El aire era frío y sereno, impregnado de olor a abetos y a mandarinas, que sólo aparecían en épocas de Navidad, y aquella mísera calle parecía bella durante un corto tiempo.

En el barrio existía una cruel costumbre relacionada con los arbolitos que quedaban sin vender hacia el final del día 24. Se decía que si uno esperaba hasta entonces, no había necesidad de comprarlos, porque se los tiraban a uno por la cabeza, lo que era literalmente verdad.

El día de Nochebuena, a medianoche, los niños buscaban a los vendedores que aún tenían árboles por vender. El vendedor arrojaba árbol por árbol, empezando por el más grande. Los muchachos se ofrecían a hacer de blanco. Si el peso del árbol no los derribaba, éste les pertenecía. Si no resistían el golpe, perdían la oportunidad de ganarse el árbol. Solamente los más groseros y algún que otro adolescente corrían el riesgo. Los demás esperaban astutamente a que llegasen los árboles menos pesados para poderlos resistir. Los pequeñuelos aguardaban a que apareciese un arbolito que no midiera más de treinta centímetros de altura y chillaban de alegría cuando ganaban uno.

Cuando Francie tenía diez años y Neeley nueve, su madre les permitió por primera vez ir a tentar la suerte. Francie, desde temprano, había elegido su árbol y se había pasado la tarde junto a su abeto rezando para que nadie lo comprase. Con gran regocijo comprobó que a medianoche el árbol estaba todavía allí. Era el más grande del barrio y tan caro que nadie podía darse el lujo de pagar su precio. Medía tres metros de altura y sus ramas estaban atadas con una cuerda blanca y nueva, terminaba en una copa afilada.

El vendedor empezó precisamente con ese árbol. Antes de que Francie tuviese tiempo de ofrecerse, un bravucón del vecindario que tenía unos dieciocho años, llamado Punky Perkins, dio un paso adelante y se ofreció de blanco. Al hombre le fastidió la confianza que se tenía el tunante y, mirando a su alrededor, preguntó:

—¿Hay algún otro que se atreva a probar suerte?

Francie se adelantó, diciendo:

—Yo, señor.

El hombre se rió burlonamente, los chicos chillaron, unas cuantas personas mayores que se habían detenido para presenciar la prueba estallaron en risotadas.

—Vamos, niña, eres demasiado pequeña —objetó el vendedor.

—Mi hermano y yo juntos no seremos demasiado pequeños.

Francie atrajo a Neeley hacia ella. Él los miró. Una chiquilla flaca de diez años, con las mejillas demacradas por el hambre, pero aún con la infantil barbilla redondeada. Observó al muchachito de cabellos rubios, ojos redondos y azules: Neeley Nolan, todo inocencia y confianza.

—Dos juntos no vale —aulló Punky.

—¡Calla, grosero, maleducado! —le ordenó el hombre, que en aquel momento era todopoderoso—. Estos chiquillos son unos valientes. Despejad el camino, que les voy a brindar la oportunidad de ganarse el árbol.

Los demás se apartaron formando un callejón ondulante. Francie y Neeley permanecieron de pie en un extremo y el hombre con el árbol en el otro. Parecía un embudo humano del que Francie y Neeley formaban el extremo angosto. El hombre levantó los brazos para arrojar el enorme árbol. Reparó en lo pequeñas que se veían aquellas dos criaturas que cerraban el callejón. El hombre se sintió durante medio segundo camino del calvario.

«¡Oh, Cristo Jesús! —decía su alma torturada—. ¿Por qué no se lo regalo deseándoles feliz Navidad y les dejo que se vayan? ¿Qué me importa un árbol más o menos? Este año ya no lo puedo vender y tampoco podré conservarlo para el año próximo.»

Los pequeñuelos le observaron solemnemente durante ese segundo de reflexión.

«Pero si cedo —razonó—, los demás pretenderán que se los regale a todos y el año que viene nadie me comprará un árbol. Esperarán a que se los sirva en bandeja de plata, y no soy lo bastante rico para hacer una cosa así. Tengo que pensar en mí y en mis hijos.»

Al fin se decidió.

«¡Qué diablos! Estos chicos tienen que vivir en el mundo, entonces, que se acostumbren a luchar, que aprendan a dar y recibir golpes en esta condenada existencia. ¡Por Dios! La verdad es que, en vez de dar, se reciben, reciben y reciben golpes en este mundo...»

Arrojó el árbol con toda su fuerza mientras su corazón gemía: «Mundo miserable y perverso».

Francie vio el árbol iniciar su carrera por el aire. Durante una fracción de segundo, el espacio y el tiempo no existieron. El mundo entero quedó estático mientras una mole oscura y monstruosa se abalanzaba por el aire. El árbol iba hacia ella borrando cualquier recuerdo de vida. Todo quedó sumido en la nada. Sólo la punzante oscuridad y esa cosa que crecía más y más mientras se acercaba. La tambaleó el golpe. Neeley dobló las rodillas, pero ella le levantó con energía antes de que cayese del todo. Se oyó el gran ruido del árbol al chocar contra el suelo. Todo se volvió oscuro, verde y punzante. Sintió un agudo dolor en un lado de la cabeza, donde el tronco la había golpeado con fuerza.

Cuando los muchachos mayores retiraron el árbol, vieron que Francie y su hermano permanecían erguidos y asidos de la mano. A Neeley le brotaba sangre de los arañazos de la cara. Parecía un bebé más que nunca, con sus ojos azules confundidos y la tez blanca que resaltaba bajo el rojo de la sangre. Pero allí estaban, sonrientes. ¿Acaso no habían ganado el árbol más grande del barrio? Algunos chiquillos gritaron: «¡Hurraaa!», y alguna que otra persona mayor aplaudió. A modo de elogio, el vendedor les gritó:

—Y ahora largaos de aquí con el árbol. ¡Bastardos, piojosos!

Francie había oído palabrotas desde el primer día que escuchó palabras. Las obscenidades y juramentos profanos no tenían significado entre aquella gente, eran expresiones emotivas de gente de vocabulario reducidísimo, eran como una especie de dialecto. Las frases podían tener distintos significados según la expresión empleada al decirlas. Por eso, cuando Francie oyó que los trataba de bastardos y piojosos, sólo sonrió temblorosa por la bondad del buen hombre. Era como si les hubiera dicho: «Hasta la vista. Que Dios os bendiga».

Llevar el árbol no resultó tarea fácil. Tuvieron que arrastrarlo palmo a palmo. Sufrieron la desventaja de verse acompañados por un muchacho que gritaba:

—Viaje gratis, suban, suban.

Se encaramaba en el árbol y hacía que lo arrastraran. Afortunadamente, al rato se cansó y se fue.

En cierto modo era bueno tardar mucho en llegar a casa. Su triunfo era así de mayor duración. Francie se llenó de orgullo cuando oyó decir a una señora:

—Jamás he visto un árbol tan grande.

Y un hombre, al pasar, dijo:

—Habrán asaltado algún banco para poder comprar un árbol de ese tamaño.

El guardia de la esquina de su casa los detuvo para observar de cerca el hermoso abeto y les ofreció comprárselo por diez centavos; quince si se lo llevaban a su casa. Francie, henchida de satisfacción a pesar de saber que sólo se trataba de una broma, contestó que no lo vendería ni por un dólar. Él movió la cabeza y declaró que era una locura desperdiciar su oferta. Llegó hasta los veinticinco centavos, pero Francie seguía sonriendo y moviendo negativamente la cabeza.

Era como si estuviese actuando en una obra de teatro de Navidad, donde el escenario fuera la esquina de una calle y los personajes un policía simpático, su hermano y ella. Francie sabía todos los diálogos. El policía decía bien su papel y le proporcionaba los apuntes que ella recogía con facilidad, y las sonrisas entre diálogos eran las indicaciones escénicas.

Tuvieron que llamar a su padre para que los ayudara a subir el árbol por la estrecha escalera. Johnny bajó corriendo. Francie vio con alivio que bajaba la escalera derecho y no de lado: eso significaba que aún no había bebido.

El asombro de Johnny por el tamaño del árbol fue muy halagador. Simuló creer que no era suyo. A Francie le divirtió mucho tratar de convencerle, aunque sabía que todo lo que decía era pura simulación. Su padre tiraba desde arriba mientras que los niños empujaban por atrás para subir los tres pisos por la angosta escalera. Contento, Johnny empezó a cantar sin importarle lo tarde que era. Cantó «Noche de paz». En el hueco de la escalera su voz repercutía con redoblada dulzura. Las puertas se abrieron y los vecinos se asomaron a la barandilla de la escalera, asombrados y divertidos por aquello que inesperadamente se añadía a sus vidas en aquel momento.

Francie vio a las dos hermanas Tynmore ante su puerta, con sus cabezas llenas de rizadores, luciendo amplias batas que dejaban entrever sus camisones almidonados. Con sus voces aflautadas se unieron al canto. Flossie Gaddis, con su madre y su hermano Henny, a quien la tuberculosis iba robándole la vida, salieron también a la puerta. Henny lloraba, y cuando Johnny le vio atenuó la voz, pensando que tal vez su canto le entristecía demasiado.

Flossie vestía el disfraz que debía llevar aquella noche en el baile, esperaba que su compañero fuese a buscarla para la fiesta, que empezaba después de medianoche. Allí estaba, ataviada con su vestido de bailarina de café concierto de Klondike, con medias negras de seda, zapatos con tacón Luis XV, una liga colorada debajo de la rodilla y, colgado de la mano, su antifaz negro. Miró a Johnny a los ojos, sonrió y, con la mano en la cadera, se reclinó contra el marco de la puerta con gesto insinuante, por lo menos así lo creyó ella. Más para hacer sonreír a Henny que por otro motivo, Johnny le dijo:

—Flossie, no tenemos ningún ángel para poner en la copa de este árbol, ¿no quieres sacarnos de apuros?

Flossie iba a contestar que si se subía al árbol, el viento le iba a dejar algo al descubierto. Pero no se atrevió. Había algo en aquel árbol orgulloso, a pesar de que en ese momento lo arrastraban humildemente, algo en aquellos chiquillos anhelantes, algo en la insólita benevolencia de los vecinos, algo en la media luz de las lámparas del vestíbulo, que la avergonzaron de la contestación que pensaba dar. Y lo único que dijo fue:

—¡Qué ocurrente es usted, Johnny Nolan!

Katie esperaba sola en el último escalón, con las manos entrelazadas, escuchando la canción. Miraba hacia abajo, contemplando el lento progreso escaleras arriba. Meditaba profundamente:

«Están encantados con todo esto. Están contentos con el árbol que han ganado sin tener que pagarlo, y con su padre jugando y cantando, y los vecinos llenos de alegría. Están convencidos de que es una suerte estar vivos y de que es Navidad otra vez. No ven que viven en una calle inmunda, en una mísera casa, entre gentuza. Johnny y los niños no comprenden lo lastimoso que resulta que los vecinos tengan que sacar felicidad de tanta mugre y porquería. Quiero que mis hijos salgan de aquí, que sean más de lo que Johnny y yo hemos sido, quiero que dejen atrás toda esta miseria. Pero ¿cómo? Leyendo una página de aquellos libros y juntando centavos en la hucha no basta. ¡Dinero! ¿Mejoraría el dinero la situación? Sí, la vida sería fácil. Mas no: el dinero no bastaría. McGarrity es dueño del bar de la esquina y es muy rico, su esposa lleva aros de brillantes. Pero sus hijos no son tan buenos ni tan despiertos como los míos. Son malos y avaros con sus semejantes porque tienen con qué injuriar a los niños pobres. He visto a la chica McGarrity comiendo caramelos de una bolsa delante de unos chiquillos hambrientos. Vi que a los niños, al mirarla, se les rompía el corazón de pena. Y cuando se hartó de comer, ella prefirió tirar los caramelos que quedaban en la alcantarilla antes que dárselos. ¡Ah, no!, no sólo cuenta el dinero. La niña McGarrity lleva todos los días un lazo distinto en la cabeza y cada uno cuesta cincuenta centavos, lo que alcanzaría para alimentarnos un día entero a nosotros cuatro. Pero tiene el cabello ralo y de color pálido. Mi Neeley lleva una gorra deshilachada, pero tiene el cabello abundante, rizado y dorado. Mi Francie no lleva lazo, pero su cabellera es larga, sedosa y brillante. ¿Acaso el dinero proporciona esas cosas? No. Eso quiere decir que hay algo más que el dinero. La señorita Jackson enseña en el colegio gratuito y no es rica. Trabaja por hacer caridad. Vive en un modesto cuartito en el último piso, tiene un solo vestido, pero siempre lo lleva limpio y bien planchado. Cuando habla, mira a las personas a los ojos, y escuchar su voz es como si se estuviese enferma y con sólo oírla se mejorase. La señorita Jackson sabe muchas cosas, es comprensiva también. Puede vivir en medio de un barrio inmundo y seguir siendo limpia y fina como una actriz en el escenario, como algo tan delicado que se puede mirar pero no tocar. No se parece en nada a la señora McGarrity, que tiene tanto dinero y es demasiado obesa y trata tan mal a los que llevan mercancías al negocio de su marido. ¿Y cuál es la diferencia entre ella y la señorita Jackson que no tiene dinero?».

En el cerebro de Katie surgió súbitamente la respuesta, tan sencilla que fue como si un relámpago de asombro cruzara su mente. ¡Educación! Eso era. Era la educación lo que diferenciaba a las dos mujeres. La educación los colocaría por encima de la miseria y la inmundicia. ¿La prueba? La señorita Jackson era educada y la señora McGarrity no lo era. ¡Ah! Eso era lo que Mary Rommely, su madre, le venía pregonando año tras año, pero su madre no había encontrado la palabra clara y precisa: educación.

Observando a sus hijos que se esforzaban por subir las escaleras con el árbol a cuestas y escuchando sus voces infantiles, a Katie le rondaban estas ideas sobre la educación.

«Francie es inteligente —pensó—. Tiene que ir a la escuela superior y aun seguir otros estudios, quizá. Es estudiosa y algún día llegará a ser alguien. Pero cuando se vea instruida se alejará de mí. Ya está empezando a hacerlo. No me quiere como el niño. La siento alejarse de mí. No me entiende. Lo único que entiende es que no la comprendo. Tal vez cuando reciba esa educación se avergonzará de mí, de cómo me expreso. Aunque tendrá demasiada voluntad para demostrármelo. En cambio, tratará de cambiarme. Vendrá a verme e intentará mejorar mi existencia, y yo le corresponderé mostrándome mezquina con ella porque sabré que ella está por encima de mí. Se dará cuenta de muchas cosas a medida que vaya creciendo. Llegará a saber demasiado para su propia felicidad. Comprenderá que no la quiero tanto como a su hermano. No puedo evitar que sea así. Pero ella no lo comprenderá. A veces creo que lo sabe. Ya se está alejando de mí y tratará de irse muy pronto. El cambio a esa escuela distante fue el primer paso de alejamiento. Pero Neeley nunca se irá, por eso le amo más. Se apegará a mí y me comprenderá. Quiero que sea médico. Tiene que ser médico. Tal vez aprenda también a tocar el violín, tiene buen oído. Eso lo ha heredado de su padre. En el piano está más adelantado que Francie y que yo. Sí, su padre lleva la música en el alma, aunque de nada le sirve. Le está arruinando. Si no cantase, los amigos que le hacen beber no buscarían su compañía. ¿De qué le vale cantar tan bien si ni él ni nosotros hemos mejorado? Con el niño, este hijo mío, será distinto, tendrá educación. Tengo que ingeniarme cómo conseguirlo. Johnny no estará con nosotros mucho tiempo. ¡Dios mío! Tanto que le quise. Y a veces le quiero aún. Pero es indigno… es indigno, y que Dios me perdone por haberlo descubierto.»

Estas reflexiones de Katie duraron unos instantes, mientras los otros subían la escalera. Los que en aquel momento, mirando hacia arriba, vieron aquella cara tan bonita, sonriente y alegre, no podían sospechar las dolorosas resoluciones que iban enraizando en su mente.

Instalaron el árbol en el salón después de extender una sábana para proteger la alfombra de flores rosadas de las hojas que caían del abeto. Lo plantaron en un gran cubo repleto de cascotes. Cuando cortaron la cuerda, las ramas se esparcieron y llenaron la habitación. Éstas se extendían hasta sobre el piano, y algunas sillas quedaron entre las ramas. No tenían dinero para comprar decoraciones y luces. Pero aquel hermoso árbol instalado allí bastaba. El cuarto estaba frío. Había sido un año de estrecheces, de demasiada pobreza para comprar el carbón para la chimenea del salón. Éste olía a frío, limpio y aromático. Durante la semana que el árbol estuvo allí, todos los días Francie se ponía un jersey y su gorro de tejido para ir a sentarse debajo del árbol. Allí gozaba de la fragancia que desprendía y de su oscuro verdor.

¡Oh! El misterio de un gran árbol aprisionado en un cubo, en el cuarto de una casa de pisos.

Pobres como estaban aquel año, celebraron la Navidad gratamente y a los niños no les faltaron regalos. Katie regaló a cada uno un par de calzones largos de lana, de último modelo, y una camiseta también de lana, con mangas largas y que picaba. Tía Evy les dio otro regalo: una caja de dominó para los dos. Johnny les enseñó cómo se jugaba. A Neeley no le gustó el juego, así que su padre terminó jugando con Francie. Él se hacía el enojado cuando perdía.

La abuela les llevó algo muy bonito: dos colgantes que había hecho ella. Había cortado dos pequeños óvalos de lana roja. En uno había bordado una cruz azul, y en el otro, un corazón dorado, coronado por espinas de color castaño. Un puñal negro atravesaba el corazón y dos gotas de sangre se deslizaban por la punta del puñal. La cruz y el corazón eran muy pequeñitos, bordados con puntadas microscópicas. Los dos óvalos estaban cosidos uno al otro y sujetos a un trozo de cordón para corsé. Mary Rommely había llevado los dos colgantes al sacerdote para que los bendijera antes de entregárselos a los niños. Cuando le colgó a Francie el suyo dijo:

—*Hieliges Weihnachten* —y enseguida agregó—: Que los ángeles te acompañen siempre.

Tía Sissy llevó un paquetito para Francie. Ésta lo abrió y encontró una cajita para fósforos. Era frágil, estaba recubierta de papel crepé con un minúsculo racimo de glicinas púrpura pintado encima. Francie abrió la cajita y descubrió diez discos envueltos uno por uno en papel de seda rosa. Resultaron ser relucientes centavos de color oro. Sissy explicó que había comprado un poco de polvo dorado, lo había mezclado con unas gotas de aceite de banana y había pintado las monedas. El regalo de Sissy fue el que más gustó a Francie. A la hora de haberlo recibido ya lo había abierto una docena de veces, poco a poco, disfrutando intensamente con sólo ver aparecer el papel cobalto y la delgadísima madera de la cajita corrediza del interior. Los dorados centavos, en su envoltura de papel de seda rosa, eran para ella algo maravilloso Todos dijeron que aquellas monedas eran demasiado lindas para gastarlas. Durante el día Francie perdió, sin saber cómo, dos de los centavos, y su madre sugirió que estarían más seguros en la hucha. Prometió a Francie que cuando se abriera los podría sacar. Francie estaba convencida de que su madre tenía razón, que los centavos estarían más seguros en la hucha, pero era penoso desprenderse de aquellas monedas doradas para esconderlas en la oscuridad de la hucha.

Johnny tenía un regalo especial para Francie. Era una tarjeta postal en la que había una iglesia pintada. El techo tenía pegado polvo de colapez, que brillaba más que la nieve de verdad. Las ventanas estaban hechas de cuadraditos de un brillante papel anaranjado. La magia de la tarjeta residía en que, cuando Francie la levantaba, la luz que se filtraba por las ventanitas daba una sombra dorada en la nieve. Era algo precioso. Katie dijo que, como no tenía nada escrito, podía guardarla para mandársela a alguien por correo el año siguiente.

—¡Oh, no! —exclamó Francie, y cubriendo la tarjeta con ambas manos la apretó contra su pecho.

Su madre se rió.

—Tienes que aprender a aceptar una broma, Francie, de otro modo la vida te resultará penosa.

—Navidad no es un día apropiado para dar consejos —dijo Johnny.

—Pero para emborracharse sí, ¿eh? —replicó ella encolerizada.

—Sólo he bebido dos vasos. Dos vasos que me ofrecieron por ser Navidad.

Francie se fue a su cuarto y cerró la puerta. No podía soportar que su madre regañara a su padre.

Poco antes de la cena Francie distribuyó los regalos que había comprado para cada uno. Un portaalfiler de sombrero para su madre. Lo había hecho con un tubo que compró por un centavo en la perfumería de Knipe. Lo había forrado con un trozo de cinta de raso celeste, fruncida por los lados. Arriba le había cosido otro pedacito de cinta. Así se podía colgar y guardar dentro los alfileres de sombrero.

Para su padre tenía un portarreloj. Lo había confeccionado con un carrete al que había fijado cuatro clavos en un extremo, con dos cordones que iban trenzados alrededor de los clavos y que pasaban por el interior del carrete, iba formándose en el extremo inferior de éste el portarreloj de cordón trenzado. Johnny no tenía reloj, pero le colocó una arandela y lo usó todo el día fingiendo que era su reloj. Para Neeley, Francie tenía un regalo muy bonito: una «puntera», que más que una canica parecía un gran ópalo. Neeley tenía una caja llena de canicas de arcilla que costaban un centavo la veintena, pero no tenía «puntera», y no podía competir en partidas importantes. Francie observó cómo acomodaba la bolita en el doblez del dedo índice y la recostaba contra el pulgar. Parecía tan natural y quedaba tan bien allí, que se alegró de haberla comprado en vez de la pistola de un níquel que había pensado regalarle.

Neeley se guardó el regalo en el bolsillo y anunció que él también tenía algo preparado. Corrió a su cuarto, buscó debajo del catre y regresó con una bolsa pegajosa. Se la arrojó a su madre diciendo:

—Tú lo repartes. —Neeley esperó en un rincón. Su madre abrió la bolsa y sacó un caramelo para cada uno.

Ella, extasiada, dijo que era el regalo más lindo que había recibido en su vida, y besó tres veces al niño.

En aquella misma semana Francie dijo otra gran mentira. Tía Evy llevó dos entradas. Un centro protestante celebraba una fiesta para los pobres de todas las religiones. Había un árbol decorado, se haría una representación alusiva a la Navidad, se cantarían villancicos y darían un regalo para cada niño. Katie objetó: «Niños católicos en una fiesta protestante». Evy aconsejó tolerancia. Katie cedió por fin, y Francie y Neeley fueron a la fiesta.

Era una gran sala. Los muchachos debían sentarse a un lado y las niñas al otro. La fiesta fue excelente, excepto que la obra representada, de carácter religioso, era aburrida. Terminada la representación, las damas organizadoras se pasearon por el corredor entregando a cada niño un obsequio. A las niñas les dieron juegos de damas, y a los chicos, de lotería. Después de cantar algunos himnos, una señora subió al escenario y anunció una sorpresa especial.

La sorpresa era una preciosa niñita, exquisitamente ataviada, que llevaba una hermosa muñeca. La muñeca medía treinta centímetros de altura, tenía cabello dorado auténtico y ojos azules que se abrían y cerraban, con pestañas de verdad.

La señora guió a la pequeña e hizo un corto discurso.

—Esta pequeña se llama Mary. —Mary sonrió y se inclinó. Las niñas del auditorio le sonrieron y algunos de los muchachos que iban ya acercándose a la adolescencia silbaron con fuerza—. La mamá de Mary compró esta muñeca y la hizo vestir con un traje exactamente igual al de Mary.

La pequeña Mary se adelantó unos pasos y levantó la muñeca. Después la entregó a la señora para desplegar su falda y hacer una reverencia.

Francie vio que era verdad. El vestido de seda azul, con adornos de encaje, el lazo rosa en el cabello, los zapatos charolados y las medias de seda blanca eran una copia exacta de los que llevaba la hermosa Mary.

—Bien —dijo la señora—, esta muñeca se llama Mary, como la pequeña niña que desea regalarla. —Nuevamente sonrió la niñita—. Mary desea regalar la muñeca a una niña pobre de este auditorio que se llame Mary. —Como el viento que pasa sobre un maizal, un escarceo de murmullos vagó entre las niñas—. ¿Hay alguna niñita pobre que se llame Mary?

Se produjo un gran silencio. Había, por lo menos, cien Marys en aquel auditorio. Era el adjetivo pobre lo que las enmudecía. Ninguna Mary se pondría en pie, por más que anhelara la muñeca, para convertirse en una especie de símbolo de todas las niñas pobres allí presentes. Empezaron a cuchichear entre ellas que no eran pobres y que tenían en casa mejores muñecas y mejores trajes que los de aquella niña, sólo que no deseaban usarlos. Francie permanecía muda, ansiaba con toda el alma poseer la muñeca.

—¿Cómo, ninguna Mary? —preguntó la señora. Esperó un instante y repitió el anuncio, nuevamente, sin resultado. Habló con pesar—: Es una lástima que no haya ninguna Mary. La pequeña Mary tendrá que llevarse la muñeca de vuelta.

La niñita sonrió, hizo una reverencia y se volvió para abandonar el escenario con la muñeca.

Francie no pudo aguantarse. Le fue imposible evitarlo. Ocurrió lo mismo que aquel día que la maestra estaba a punto de tirar el pastel de calabaza a la papelera. Se puso en pie y levantó la mano bien alta. La señora la vio y detuvo a la niñita para que no se fuese del escenario.

—¡Ah! Sí tenemos una Mary, una Mary muy tímida, pero Mary al fin. Ven al escenario, Mary.

Excitada por el aturdimiento, Francie hizo el largo trayecto por el corredor y subió al escenario. Tropezó en el último peldaño y las chicas rieron disimuladamente y los muchachos lanzaron risotadas.

—¿Cómo te llamas? —le preguntó la señora.

—Mary Frances Nolan —articuló Francie con un hilo de voz.

—En voz alta y de cara al auditorio.

Desesperada, Francie se encaró al público y dijo en voz alta:

—Mary Frances Nolan.

Las caras le parecían globos inflados sujetos con gruesas cuerdas. Pensó que si las seguía mirando las vería ascender hacia el techo.

La niñita se acercó y puso la muñeca en manos de Francie. Los brazos de Francie formaron una cuna con toda naturalidad alrededor de la muñeca. Era como si sus brazos hubieran esperado y crecido así justamente para aquella muñeca. La hermosa Mary extendió su mano para estrechar la de Francie. A pesar de su confusión Francie notó la delicadeza de la mano blanca con su leve trazado de venas azules y los óvalos de las uñas que relucían como conchas rosadas.

La señora siguió hablando mientras Francie regresaba a su asiento.

—Han presenciado un ejemplo del verdadero espíritu de la Navidad. La pequeña Mary es una niñita adinerada a quien han regalado muchas muñecas en Navidad. Pero no fue mezquina. Quiso alegrar el corazón de alguna Mary pobre, que no es afortunada como ella. Así que le dio la muñeca a esa niñita que también se llama Mary.

Las lágrimas escaldaron los ojos de Francie.

«¿Por qué? —pensó con amargura—. ¿Por qué no la ha podido regalar sin decir que soy pobre y ella rica? ¿Por qué no la ha podido regalar sin que se hablara de ello?»

No era ésa toda la vergüenza de Francie. A medida que avanzaba, oía los sibilantes susurros de las demás:

—Mendiga, mendiga, mendiga.

Así era: mendiga, mendiga, mendiga, todo el camino. Las otras se sentían más ricas que Francie. Eran tan pobres como ella, pero tenían algo que ella le faltaba: orgullo. Y Francie lo sabía. No tenía escrúpulos por la mentira y por haber conseguido la muñeca con una argucia. Estaba pagando la mentira y la muñeca con su orgullo.

Recordó a la maestra que le dijo que escribiese sus mentiras en vez de decirlas. Quizá no debería haber subido a buscar la muñeca, sino que debería haber escrito el cuento. Pero no, ¡no! Tener la muñeca era mejor que poseerla en un cuento. Cuando se pusieron en pie para cantar el himno nacional al final del espectáculo, Francie inclinó la cara y la apoyó contra la de la muñeca. Sentía el olor delicado y fresco de la porcelana pintada, el maravilloso, e inolvidable olor a cabello de muñeca, el tacto celestial de las telas del vestido. Las auténticas pestañas de la muñeca rozaron sus mejillas y se estremeció de placer. Los demás cantaban:

> *Sobre la tierra de los libres*
> *y el hogar de los valientes...*

Francie apretujaba una de las minúsculas manos de la muñeca. La pulsación en una vena de su pulgar le hizo creer que la mano de la muñeca se encogía. Casi llegó a creer que la muñeca tenía vida.

Le dijo a su madre que había recibido la muñeca como premio. No se atrevió a decirle la verdad, porque Katie odiaba todo aquello que supiera a caridad y, de saberlo, le tiraría la muñeca. Neeley no la delató. Ahora Francie tenía una muñeca, pero en el alma llevaba otra mentira. Por la tarde escribió un cuento sobre una niña que deseaba una muñeca hasta el punto de ceder su alma inmortal al purgatorio para toda la eternidad con tal de conseguirla. Era un cuento muy bien escrito y, cuando lo releyó, Francie pensó: «Muy bien para la chica del cuento, pero a mí no me alivia nada».

Pensó en la confesión del sábado siguiente y resolvió que triplicaría cualquier penitencia que le diera el confesor. Ni siquiera así se sintió aliviada.

De pronto se le ocurrió una idea. ¡Tal vez pudiese convertir la mentira en verdad! Sabía que cuando los católicos celebraban la ceremonia de confirmación les ponían el nombre de algún santo. Qué solución más sencilla. Ella elegiría Mary como nombre de confirmación.

Aquella noche, después de leer la página de la Biblia y la página de Shakespeare, Francie le preguntó a su madre:

—Mamá, cuando haga la confirmación, ¿podré elegir el nombre de Mary?

—No.

A Francie se le paralizó el corazón.

—¿Por qué no, mamá?

—Porque cuando te bautizaron te pusieron el nombre de la novia de Andy: Frances.

—Eso ya lo sé.

—Pero también te pusieron Mary como mi madre. Te llamas Mary Frances Nolan.

Francie se acostó con la muñeca a su lado. Trató de permanecer muy quieta para no molestarla. Se despertó varias veces durante la noche y murmuró:

—Mary.

Le tocaba los diminutos zapatos con la punta del dedo. Temblaba al sentir la suavidad del cuero.

Aquella había de ser su primera y última muñeca.

XXVIII

El futuro era algo cercano para Katie, que solía decir:

—Cuando menos lo pienses, estaremos otra vez en Navidad.

O cuando empezaban las vacaciones:

—Las clases volverán a comenzar antes de que te des cuenta.

En primavera, cuando Francie dejaba de usar los calzones largos de lana y feliz los tiraba lejos, su madre la obligaba a recogerlos diciendo:

—Los necesitarás muy pronto. Antes de que te des cuenta tendrás el invierno encima.

¿Qué necedades decía su madre? Si la primavera apenas empezaba. El invierno nunca más volvería.

Una criatura no tiene noción de lo que es el futuro. La semana próxima está tan lejos como el fin de su futuro, y el año entre una Navidad y otra es una eternidad. Aquélla era la impresión que albergaba Francie hasta llegar a los once años.

Entre los once y los doce las cosas cambiaron. Los días parecían más cortos y las semanas le parecían tener menos días. El futuro se acercaba con más rapidez. Henny Gaddis falleció y el suceso influyó en algo. Siempre había oído anunciar que Henny estaba a punto de morirse. Tanto lo oyó decir que terminó por creerlo. Aunque eso sucedería en un mañana lejano, muy lejano. Ahora había llegado aquel mañana. Lo que había sido el futuro se había convertido en el presente y pasaría a pertenecer al pasado. Francie cavilaba preguntándose si tenía que fallecer alguien para esclarecer la noción del tiempo en la mente de un niño. Pero no, no era eso, porque cuando el abuelo Rommely murió, ella tenía nueve años. Una semana después hizo la primera comunión y recordaba que desde aquella fecha hasta Navidad le había parecido muchísimo tiempo. Las cosas estaban cambiando con tanta velocidad que Francie estaba confundida. Neeley, que tenía un año menos, creció repentinamente hasta sacarles una cabeza. Maudie Donavan se trasladó. Cuando fue de visita tres meses después, Francie la encontró muy cambiada. Durante aquellas doce semanas Maudie se había convertido en una muchacha.

Francie, que sabía que su madre siempre tenía razón, comprobaba que a veces se equivocaba. Descubrió que algunas de las cosas que tanto amaba en su padre eran risibles para los demás. La balanza del almacén donde compraba el té y las especias ya no tenía el mismo brillo y los platillos se veían averiados y rotos.

Dejó de observar cómo regresaba el señor Tomony de sus andanzas los sábados por la noche. De pronto se le ocurrió que era una estupidez que el hombre viviera como lo hacía, yendo a Nueva York y luego volviendo para echar de menos el lugar donde había estado. Si tenía dinero, ¿por qué no se instalaba definitivamente en Nueva York, puesto que tanto le gustaba?

Todo iba cambiando y Francie se aterrorizaba. Su mundo se le escurría, ¿y qué lo reemplazaría? Pero ¿en qué consistía esa diferencia? Como de costumbre, noche tras noche seguía leyendo una página de la Biblia y otra de Shakespeare. Estudiaba piano una hora todos los días. Seguía juntando centavos en la hucha. Aún existía el negocio del trapero. Los comercios no habían variado. Todo continuaba igual.

Era ella la que se estaba transformando.

Comunicó sus impresiones a su padre. Él le hizo sacar la lengua y le tomó el pulso. Moviendo la cabeza dijo con gravedad:

—Tu caso es grave, muy grave.

—¿Qué pasa?

—Pasa que estás creciendo.

Crecer echaba a perder muchas cosas. Arruinó el juego que inventaban cuando no tenían en casa comida para alimentarse. Los días que se terminaba el dinero y faltaban los alimentos, Katie y sus dos hijos simulaban ser exploradores en busca del Polo Norte y decían que los había sorprendido un huracán en una cueva, con pocos víveres. Tenían que hacerlos durar hasta que llegase ayuda. Katie dividía lo que encontraba en el aparador en raciones, y cuando, después de comer, los niños se quedaban con hambre, decía:

—Valor, compañeros, pronto nos llegará auxilio.

Cuando llegaba dinero y Katie compraba comida, les llevaba una torta a la que plantaba una bandera de un centavo, y les decía:

—Hemos triunfado, compañeros. Estamos en el Polo Norte.

Después de uno de aquellos días de auxilio, Francie preguntó a su madre:

—Cuando los exploradores pasan hambre y sufren penurias es por alguna razón. Algo grandioso resulta de sus sacrificios. ¡Descubren el Polo Norte! Pero ¿qué hazaña resulta del hambre que nosotros sufrimos?

Katie la miró con súbita expresión de lasitud. Musitó algo que en aquel momento Francie no alcanzó a comprender. Lo que dijo fue:

—Has dado en el clavo.

Crecer arruinó el teatro para Francie. Es decir, no exactamente el teatro, sino las obras teatrales. Se dio cuenta de que le comenzaba a fastidiar que los sucesos tuviesen siempre su desenlace en un momento preciso.

Tenía pasión por el teatro. Primero había querido ser la mujer que acompañaba al organillero, luego quiso ser maestra, después de la primera comunión deseaba ser monja, a los once años aspiraba a ser actriz.

Aunque los niños de Williamsburg no conocieran nada más, conocían su teatro. En aquella época había muchos teatros en el barrio, entre ellos el Blaney, el Corse Payton y el Phillip's Lyceum. Éste estaba allí mismo, a la vuelta. Los vecinos lo llamaban The Lyce, y ese nombre degeneró en The Louse (El Piojo). Francie asistía todos los sábados por la tarde (menos cuando cerraba en verano), siempre que podía conseguir los diez centavos necesarios. Iba al paraíso, y a veces tenía que hacer cola durante una hora, antes de que el teatro abriera las puertas, para conseguir un asiento en primera fila.

Estaba enamorada de Harold Clarence, el primer actor. Después de la sesión del sábado, le esperó en la puerta de salida y le siguió hasta la insignificante casa donde él alquilaba un modesto cuarto amueblado. Aun en la calle andaba tieso a la manera de los actores de otras épocas. Tenía la cara rosada como la de una criatura, como si aún llevase maquillaje. Caminaba lentamente, con paso rítmico y las piernas rectas, sin mirar a derecha ni a izquierda. Iba fumando un gran cigarro, que tiró antes de entrar en la casa, porque la dueña no le permitía al gran hombre fumar dentro. Francie se detuvo al borde de la acera mirando con reverencia la colilla del cigarro que había recogido. Le quitó el anillo de papel y lo usó toda una semana, pensando para sí que era el aro de compromiso que él le había regalado.

Un sábado Harold y su compañía pusieron en escena *La novia del pastor*, obra en la que el apuesto sacerdote protestante del villorrio se enamoraba de Gerry Morehouse, la primera actriz. En un momento dado la heroína tuvo que buscar empleo en una tienda de comestibles. Había una villana, también enamorada del joven y apuesto pastor y muy decidida a hundir a la heroína. Irrumpió en el negocio, majestuosa, cubierta de pieles y diamantes, impropios de un villorrio, y, con gesto imperial, pidió una libra de café. Hubo un instante terrible, cuando la villana pronunció la fatal palabra: «Muélalo». El público gimió. Sabía que la heroína, frágil y delicada, carecía de la fuerza necesaria para hacer girar la gran rueda. Sabía también que su empleo dependía de su habilidad para moler el café. Se esforzó tenazmente, pero ni siquiera consiguió que la rueda diera una sola vuelta. Imploró a la villana, le dijo cuánto necesitaba aquel empleo. Pero ¡nada! La villana repetía: «Muélalo». Cuando todo parecía perdido, entró el apuesto Harold, con su rosada tez y su indumentaria sacerdotal. Haciéndose inmediatamente cargo de la situación, arrojó el ancho sombrero de pastor a través del escenario con ademán teatral aunque indecoroso, fue hacia la rueda y molió el café. Así salvó a la heroína. Se produjo un profundo silencio cuando el aroma del café molido se esparció por el teatro. Enseguida, un desconcierto. ¡Café auténtico! Realismo en el teatro. Todo el mundo había visto moler café miles de veces, pero en escena resultaba algo revolucionario. La villana, rechinándole los dientes, dijo: «Engañada otra vez». Harold abrazó a Gerry, haciéndola volverse hacia el público mientras caía el telón.

Durante el entreacto, Francie no se reunió con los otros chicos, según acostumbraba, para escupir sobre los plutócratas de las butacas de treinta centavos. Se quedó apoyada en la barandilla pensando en la obra. Todo aquello estaba muy bien, admitiendo que el héroe apareciese en el momento preciso para moler café. Y si no hubiera llegado, ¿qué habría sucedido? Habrían despedido a la heroína. Bien, ¿y qué hay en eso? Después de pasar hambre un tiempo, habría encontrado otro empleo. Se habría dedicado a fregar suelos como su madre o a vivir a costa de sus amigos, como Flossie Gaddis. El empleo en la tienda sólo era importante porque así se decía en la obra.

Francie no quedó satisfecha con la obra que vio el sábado siguiente. Es cierto que el amado, tanto tiempo ausente, llegó a tiempo para pagar la hipoteca. ¿Y si algo le hubiese impedido llegar? El propietario habría tenido que darle treinta días de aviso para que desalojase, por lo menos así era en Brooklyn. En ese mes algo podía ocurrir, y si no ocurría se habrían visto obligados a dejar la casa. ¿Y bien? Se las tendrían que arreglar lo mejor posible. La heroína tendría que resignarse a trabajar en una fábrica, y el señorito de su hermano vendería periódicos. La madre iría a limpiar casas a tanto por día. Pero vivirían. «Claro que vivirían —pensó Francie, ásperamente—. No se muere uno de buenas a primeras.»

Francie no llegaba a comprender por qué la heroína no se casaba con el villano. Probablemente eso resolvería el problema del alquiler y, además, tratándose de un hombre tan enamorado de ella que habría soportado toda clase de sufrimientos, no era para desdeñarlo. Por de pronto, él andaba por allí cerca mientras que el otro siempre estaba lejos en sus andanzas.

Francie escribió un tercer acto a su gusto, lo que habría sucedido en el supuesto… Le dio forma de diálogo y encontró que aquélla era una manera muy fácil de escribir. En los cuentos era necesario explicar por qué las personas eran así o asá. Cuando uno escribía en diálogo no era necesario hacerlo, porque las cosas que los personajes decían explicaban cómo eran. No le costó trabajo convencerse de que el diálogo era mejor. Una vez más cambió de opinión respecto a su futura profesión. Decidió, pues, al cabo, que no sería actriz. Sería dramaturga.

XXIX

E n el verano de aquel mismo año, a Johnny se le ocurrió la idea de que sus hijos iban creciendo y desconocían el gran océano que bañaba las playas de Brooklyn. Creyó que ya era hora de que recorriesen los mares en barco. Así, pues, los llevaría a dar un paseo en bote. Fue madurando la idea y resolvió que visitarían Canarsie, donde saldrían a remar y pescarían un poco. Johnny nunca había salido en un bote de remos y jamás había ido de pesca. Pero ésa fue la idea que tuvo.

Se unía, extrañamente, a ese proyecto, y por un motivo que sólo sabía él, el empeño de llevar con ellos a la pequeña Tilly. Tilly era una niñita de cuatro años, hija de unos vecinos que no conocía, a decir verdad, no había visto nunca a la pequeña, pero deseaba hacer algo por ella, debido a su hermano Gussie. Todo esto se enlazaba con la idea de ir a Canarsie.

Gussie, un niño de seis años, era objeto de una oscura leyenda en el barrio. Era una robusta fiera de abultado labio inferior, había nacido como cualquier otra criatura y mamado de los enormes pechos de su madre. Pero allí terminaba su semejanza con todos los demás niños, vivos o muertos. Cuando cumplió nueve meses su madre quiso destetarlo, pero no hubo manera. Al quitarle el pecho, se negó a comer y beber, con biberón o sin él. Se pasaba el día quejándose en la cuna. La madre, temiendo que muriese de hambre, volvió a darle el pecho. Mamó encantado, rehusó cualquier otro alimento y se nutrió de la leche materna hasta casi los dos años. A la madre se le retiró la leche porque venía otro hijo en camino. Gussie se puso ceñudo y aguardó durante nueve largos meses. Rechazaba la leche de vaca, aunque se la diesen de formas diferentes, y se avino a tomar únicamente café negro.

Nació Tilly y de nuevo su madre estuvo en condiciones de amamantar. A Gussie le dio un ataque de histeria la primera vez que vio a su madre dando el pecho a la otra criatura. Se arrojó al suelo gritando y dándose golpes en la cabeza contra el piso. Pasó cuatro días sin comer y sin mover el vientre. Se puso tan macilento que su madre se alarmó. Pensó que si le daba una vez el pecho no pasaría nada. Craso error. Fue como si un morfinómano tomase drogas después de un largo período de abstinencia. No se desprendía.

Agotó aquella vez y siempre en adelante toda la leche de su madre, y la pobre Tilly creció débil y flaca, alimentándose sólo con biberón.

Gussie tenía entonces tres años y era muy alto para su edad. Le vestían igual que a los demás niños, con pantalones cortos y zapatos de punta reforzada con bronce. En cuanto veía a su madre desprenderse la blusa se abalanzaba sobre ella. Mamaba de pie, apoyando un codo en la rodilla de su madre, con los pies cruzados descaradamente, y paseaba la mirada por todo el cuarto. No era una gran hazaña mamar en tal postura, puesto que los pechos de su madre eran voluminosos y casi descansaban sobre su regazo cuando los soltaba. Mamando de esa forma, Gussie ofrecía un espectáculo grotesco. Podía comparársele a un hombre que, con el pie apoyado en la baranda de un bar, fumara un pálido cigarro.

Los vecinos se enteraron del asunto de Gussie y comentaban cuchicheando aquel caso patológico. El padre se enfureció de tal forma que hasta se negaba a compartir el lecho con su esposa, decía que ella criaba monstruos. La pobre buscaba y rebuscaba cómo destetar a su hijo. Llegó a la conclusión de que realmente era demasiado mayor para seguir mamando. Estaba a punto de cumplir cuatro años. Temió que la segunda dentición no le creciera derecha.

Un buen día cogió un tarro de betún y un cepillo, se encerró en su dormitorio y se tiznó todo el pecho. Dibujó con un lápiz una gran boca con dientes aterradores cerca del pezón. Se abotonó la blusa y se sentó en la silla de tijera de la cocina, frente a la ventana. En cuanto vio a su madre allí sentada, Gussie tiró los dados con los que estaba jugando debajo del fregadero y se acercó al trote a mamar. Cruzó los pies, apoyó el codo en la rodilla de la madre, y esperó.

—¿Gussie quiere teta? —preguntó la madre con tono lisonjero.

—Sí.

—Bueno. Linda teta para Gussie.

Bruscamente se desprendió de la blusa y le arrimó a la cara aquel pecho horriblemente disfrazado. El susto paralizó a Gussie por un momento, luego empezó a chillar y corrió a esconderse debajo de la cama, donde permaneció veinticuatro horas. Al cabo de ese tiempo salió de allí temblando. Volvió a alimentarse con café negro y se estremecía de pies a cabeza cada vez que sus ojos encontraban el busto de su madre. Gussie quedó destetado.

La madre contó su victoria a todas las vecinas y desde entonces se puso de moda describir el destete con la frase: «Dar el Gussie al bebé».

Johnny se enteró del cuento y con desdén desterró de su pensamiento a Gussie. Sentía compasión por la pequeña Tilly. Pensaba que había sido defraudada en algo esencial y que corría el peligro de crecer atrofiada. Por eso tuvo la idea de llevarla al mar a remar, pensando que aquel paseo le compensaría un poco el daño que le había ocasionado su monstruoso hermano. Mandó a Francie para que solicitara permiso para llevar a Tilly. La extenuada madre aceptó con mucho gusto.

El domingo siguiente salió con los tres niños, rumbo a Canarsie. Francie tenía once años, Neeley diez y Tilly no había cumplido los cuatro. Johnny llevaba puesto su esmoquin, su chambergo y una pechera y cuello limpios. Francie y Neeley llevaban sus trajes de todos los días. La madre de Tilly vistió a la niña para la ocasión con un trajecito de encaje ordinario adornado con cintas de color rosa.

En el tranvía ocuparon el asiento delantero. Johnny entabló conversación con el conductor y hablaron de política. Descendieron en la parada terminal, Canarsie, y se dirigieron a un pequeño muelle donde, junto a una choza, había un par de botes de remos que filtraban agua, meciéndose en la superficie sujetos al muelle con cuerdas deshilachadas. Sobre la choza había un letrero que anunciaba: «Se alquilan botes y aparejos de pesca». Más abajo, otro cartel con letras más grandes rezaba: «Se vende pescado fresco para llevar a casa».

Johnny convino el precio con el botero y, como era su costumbre, entabló amistad. Éste le convidó a un trago para aguzarle la vista, tras aclarar que él sólo lo tomaba como soporífero.

Mientras Johnny estaba con el botero, Neeley y Francie se preguntaban cómo podía aguzar la vista algo que sirviera de soporífero. La pequeña permanecía de pie dentro de su vestido de encajes, sin decir palabra.

Johnny regresó con una caña de pescar y una lata oxidada llena de lombrices y barro. El amistoso botero desamarró el bote menos deteriorado y, poniendo la cuerda en manos de Johnny, les deseó buena suerte y volvió a entrar en su choza.

Johnny colocó el aparejo en el fondo del bote y ayudó a los chicos a embarcarse. Luego, con la cuerda en la mano y acurrucado sobre el muelle, les dio una breve conferencia sobre el manejo de un bote.

—Hay un modo correcto y uno incorrecto de embarcarse —les dijo Johnny, quien nunca en su vida había estado en un bote si se exceptuaba el vaporcito de la excursión—. El modo correcto es dar un empujón al bote y después saltar dentro antes de que se aleje del muelle. Así.

Se enderezó, empujó el bote, saltó… y cayó al agua. Los chicos, petrificados, miraban azorados al padre, que minutos antes estaba de pie en el muelle, más alto que ellos, y ahora se encontraba debajo, en el agua. El agua le llegaba hasta el cuello, dejando a la vista su bigote encerado y el chambergo, que ni siquiera se le había inclinado. Johnny, tan asombrado como los niños, los miró un instante antes de decir:

—Pobre del que se atreva a reír.

Trepó al bote y casi lo hizo hundirse. Ellos no se atrevieron a reír abiertamente, pero a Francie le dolían las costillas por el esfuerzo de contener la risa. Neeley no se atrevía a mirar a su hermana, sabiendo que, de hacerlo, soltarían ambos la carcajada. Tilly no decía nada. El cuello y la pechera de Johnny se habían convertido en una masa informe de papel mojado. Se los arrancó y los arrojó al agua. Vacilante, pero en silencio y con dignidad, empezó a remar. Cuando llegaron a un sitio que él consideró apropiado, dijo que iban a echar el ancla. Los chicos se sintieron decepcionados cuando descubrieron que aquella frase tan romántica implicaba arrojar al agua un trozo de hierro atado al extremo de una soga.

Horrorizados, le observaron ensartar una lombriz en el anzuelo. Empezó la pesca. Ésta consistía en cebar el anzuelo, lanzarlo aparatosamente, esperar, recogerlo sin carnada y sin pez y repetir la operación desde el principio.

Los rayos de sol eran cada vez más intensos. El esmoquin de Johnny se endureció al secarse y quedó verdoso y arrugado. Los niños empezaron a quemarse con el sol. Después de un tiempo que a ellos les pareció una eternidad, para su gran alegría y regocijo, su padre les anunció que había llegado la hora de comer algo. Guardó la caña, recogió el ancla y se dirigió al muelle. El bote giraba y el muelle parecía alejarse en vez de acercarse. Finalmente abordaron unos cientos de metros aguas abajo. Johnny amarró el bote y les dijo que esperasen sentados dentro mientras él iba a tierra. Les prometió un buen almuerzo.

Al cabo de un rato volvió, caminando de lado. Llevaba salchichas calientes, tortas de grosella y refrescos de fresa. Meciéndose en el bote atado al carcomido muelle, contemplaban la verdosa agua, que olía a pescado podrido, y comieron. Johnny, que había tomado algunas copas se arrepintió de haber amonestado a los niños. Por eso ahora les dio permiso para que se rieran de su caída al agua si les venía en gana. Pero ya no tenían ánimos. Había pasado el momento. Francie pensó que su padre estaba muy jovial.

—Esto es vida —dijo él—. Lejos de las turbas exasperantes. ¡Ah! No hay nada como navegar en un barco por el mar. Nos estamos alejando de todo aquello —agregó con oscuro significado.

Después del asombroso almuerzo, Johnny volvió a remar mar adentro. La transpiración le chorreaba por debajo del sombrero, y se derretía el cosmético de sus bigotes, haciendo que el gallardo adorno se trocase en desorganizadas hebras sobre su labio superior. Pero estaba contento. Mientras remaba cantaba vigorosamente:

Navegar, navegar sobre las burbujeantes olas…

Remaba y remaba, pero, a pesar de sus esfuerzos, el bote sólo describía círculos, sin avanzar aguas afuera. Le salieron tales ampollas en las manos que ya no deseaba seguir remando y anunció teatralmente que se dirigían a la orilla. El bote seguía describiendo círculos, de modo que se arrimaba un poco y volvía a alejarse. Por fin, optando por reducir el tamaño de los círculos, llegaron al muelle. Johnny no se fijó en que los niños iban poniéndose verdosos donde no estaban enrojecidos por los rayos del sol. No sospechaba el mal que les había causado la combinación de salchichas calientes, pastel de grosellas, refresco de fresas y el espectáculo de la lombriz ensartada en el anzuelo.

En el muelle saltó a la dársena y los niños le imitaron, salvo Tilly, que se cayó al agua. Estirándose en el suelo, Johnny consiguió pescarla. La niña se quedó de pie, con el vestido arruinado, pero no dijo nada. A pesar de que la tarde era calurosa, Johnny se sacó la chaqueta para arroparla. Las mangas se arrastraban en la arena. La tomó en brazos, la columpió de un lado a otro, le cantó arrullos y le dio palmadas en la espalda. La pequeña Tilly no comprendía nada de lo que pasaba aquel día. No entendía por qué la habían metido en un bote, por qué se había caído al agua ni por qué aquel hombre le hacía todos aquellos mimos. No decía una palabra.

Satisfecho de haberla consolado, Johnny la sentó en el muelle y entró en la choza, donde tomó un «aguzavista», o un soporífero.

Compró dos pescados por veinticinco centavos. Regresó con los peces mojados envueltos en un papel de periódico. Les dijo que había prometido a Katie llevarle pescado fresco.

—Lo principal —dijo Johnny— es que hayan sido pescados en Canarsie, no viene al caso quién los pescó, la cuestión es que fuimos a pescar y llevamos pescado.

Sus hijos comprendieron que el deseo de su padre era que Katie creyese que él los había pescado. No les pedía que mintiesen, les insinuaba que no fuesen minuciosos con la verdad. Los niños comprendieron.

Subidos a uno de los tranvías que tenían dos largos bancos, uno frente al otro, formaban una extraña hilera: primero Johnny con los pantalones verdosos, acartonados por el agua salada, la camiseta toda agujereada y el bigote enmarañado, le seguía Tilly, hundida en la chaqueta de Johnny, chorreando agua salada que formaba un charco en el suelo, luego Francie y Neeley con las caras enrojecidas por el sol, sentados con rigidez y tratando de no vomitar.

La gente que ocupaba el tranvía se sentaba enfrente y los miraba con curiosidad. Johnny se mantenía tieso, con el envoltorio de pescado en las rodillas, tratando de olvidar los agujeros de su camiseta, con la vista fija en un anuncio.

Continuaba subiendo gente y el tranvía se llenó, pero nadie quería sentarse junto a ellos. Para completar el cuadro, uno de los pescados se había escurrido del envoltorio y yacía, resbaladizo, en el polvo del suelo. Esto fue el colmo para Tilly. Miró el ojo vidrioso del pez y empezó a vomitar en silencio y con abundancia, sobre la chaqueta de Johnny. Como si Francie y Neeley hubiesen estado esperando esta señal, vomitaron también. Inmóvil, con un pescado en las rodillas y otro en el suelo, Johnny continuó con la vista fija en el letrero. No sabía qué hacer.

Cuando terminó el espantoso viaje, Johnny llevó a Tilly a su casa. Tenía la responsabilidad de explicar lo ocurrido. La madre no le dio oportunidad de hablar. Al ver a su hija en semejante estado empezó a gritar. Le arrebató la chaqueta a la niña y, tirándosela a la cara, lo trató de asesino. En vano Johnny trató de disculparse, ella se negaba a escucharle. Tilly no decía nada. Finalmente, él consiguió intercalar unas palabras.

—Señora, creo que su hija ha perdido el habla.

Esto, a la madre, casi le produjo un ataque de histeria.

—¡Culpa suya, culpa suya! —le gritó.

—¿No podría usted hacer que diga algo?

La madre zamarreó a la pequeña gritándole:

—¡Habla! ¡Pero habla, di algo!

Por fin Tilly abrió la boca y con una feliz sonrisa se dirigió a Johnny:

—Gracias.

XXX

«Ahora ya soy una mujer», escribió Francie en su diario el verano que cumplió trece años. Se quedó mirando la frase mientras se rascaba distraídamente una picadura de mosquito que tenía en la pierna. Luego contempló sus piernas largas y delgadas, y todavía no muy formadas. Borró la frase y volvió a empezar. «Pronto seré una mujer.» Se miró el pecho, plano como una plancha, y arrancó la hoja del cuaderno. Empezó una página nueva.

«La intolerancia —escribió, presionando el lápiz con todas sus fuerzas— provoca guerras, pogromos, matanzas y crucifixiones, e induce a los hombres a cometer maldades contra los demás e incluso contra los niños. Es la causa de muchos de los vicios, las violencias, los horrores y los dolores que atormentan al mundo.»

Leyó en voz alta. Le parecían palabras enlatadas, como si las hubiese hervido y hubiesen perdido la frescura. Cerró el diario y lo guardó.

Aquel sábado de verano habría tenido que registrarlo en su diario como uno de los días más felices de su vida. Francie vio por primera vez su nombre impreso. A fin de año, la escuela publicaba una revista con las mejores redacciones de los alumnos de cada curso. La de Francie, titulada «Invierno», había sido elegida como la mejor del séptimo curso. La revista valía diez centavos y Francie había tenido que esperar hasta el sábado para poderla comprar. La escuela cerraba para las vacaciones justo el día antes, y Francie se había preocupado porque pensaba que no llegaría a conseguir una. Pero el señor Jenson le había dicho que hasta el sábado trabajaría, y que si le llevaba los diez centavos, le daría una copia.

Ahora, ya por la tarde, estaba delante del portal de su edificio, con la revista abierta en la página de su cuento. Esperaba encontrarse con alguien para poder enseñar su trabajo.

Al mediodía se lo había mostrado a su madre, pero ella había vuelto a trabajar y no le había dado tiempo a leérselo. Durante la comida, Francie había mencionado el asunto de la redacción por lo menos cinco veces. Su madre le había dicho:

—Sí, sí. Lo sé. Ya me imaginaba que pasaría eso. Te publicarán más cuentos y te acostumbrarás. Ahora no te metas ideas raras en la cabeza. Hay muchos platos para lavar.

Johnny estaba en el sindicato. No leería el cuento hasta el domingo, pero Francie sabía que se alegraría. Así que se quedó un buen rato en la calle, con su tesoro bajo el brazo, sin poder separarse de él, siquiera por un momento. De vez en cuando volvía a mirar su nombre impreso y su excitación no disminuía nunca.

Vio a una chica que se llamaba Joanna salir de su casa unas puertas más allá. Joanna iba a llevar a su niño a dar un paseo en el carrito. Algunas amas de casa, que estaban charlando en la acera, al verla aguantaron la respiración. Joanna no estaba casada, se había metido en líos. Su bebé era ilegítimo —en el barrio decían bastardo— y estas buenas vecinas opinaban que Joanna no tenía derecho a portarse como una madre orgullosa cualquiera, ni a sacar a su hijo a la luz del sol. Pensaban que tenía que ocultarlo en algún oscuro rincón.

Francie sentía curiosidad por Joanna y su hijo. Había oído a sus padres hablar del asunto. Se detuvo a mirar el niño cuando pasaron delante de ella. Era un hermoso bebé, estaba sentado plácidamente en el carrito. Quizá Joanna fuera una mala mujer, pero era mucho más cariñosa con su bebé que las demás vecinas con sus hijos. El pequeño llevaba un gorrito de rayas, un vestido muy limpio y un babero blanco. La manta del carrito estaba inmaculada y bordada con amor.

Joanna trabajaba en una fábrica y su madre cuidaba al niño, pero, como le daba vergüenza sacarlo de paseo, el pequeño sólo salía a tomar el aire los fines de semana.

«Sí, es un niño muy hermoso», pensó Francie. Se parecía mucho a Joanna, y ella aún recordaba las palabras con que su padre la había descrito.

—Tiene la piel suave como un pétalo de magnolia, el pelo negro como el ala de un cuervo, y los ojos oscuros como un estanque en medio de un bosque —dijo Johnny, que jamás había visto magnolias, ni un cuervo, y jamás había estado en un bosque. Pero había descrito perfectamente a la joven, que era de verdad muy hermosa.

—Puede ser... —añadió Katie—. Pero ¿de qué le sirve tanta hermosura? Ha sido la causa de su perdición. He oído que su madre tampoco se ha casado nunca y ha tenido dos hijos de la misma manera, ahora el chico está en la prisión de Sing Sing y la chica ha tenido ese niño. Esta familia tiene mala sangre y de nada sirve ponerse sentimentales. Por cierto... —dijo con una frialdad que a veces resultaba increíble—, no es asunto mío, y no necesito ponerme en contra ni defenderla, ni tampoco escupirle en la cara sólo porque ha tenido un hijo ilegítimo, o invitarla a mi casa y alabarla porque se ha equivocado. Aunque estuviese casada, habría sufrido lo mismo dando a luz el niño. Si es una buena chica, la vergüenza le servirá de lección y no volverá a hacerlo. En cambio, si es de naturaleza malvada, le dará igual cómo la trate la gente. Por eso, yo de ti, Johnny, no lo sentiría tanto por ella. —De repente se volvió hacia Francie y le dijo—: Espero que el ejemplo de Joanna te sirva de lección.

Aquel sábado por la tarde, Francie contemplaba a Joanna pasear a su hijo por la calle, y se preguntaba de qué manera su ejemplo le serviría de lección. Joanna estaba orgullosa de su bebé. ¿Sería ésta la lección? Joanna sólo tenía diecisiete años y era amable, y habría querido que la gente fuese amable con ella. Sonrió a las vecinas, pero su sonrisa desapareció cuando vio que éstas le contestaban frunciendo el entrecejo. Sonrió a los niños que jugaban y algunos le respondieron. Luego, cuando pasó delante de Francie, también sonrió. Francie quiso hacerlo a su vez, sin embargo, no lo hizo. ¿Acaso era ésta la lección? ¿Dejar de ser amables con las chicas como Joanna?

Parecía que las amas de casa del vecindario no tuviesen nada que hacer aquella tarde, charlaban en pequeños grupos, cargadas con bolsas repletas de verdura y paquetes de papel marrón de la carnicería. Cada vez que Joanna se les acercaba ellas callaban, y cuando volvía a alejarse las murmuraciones empezaban otra vez.

A cada vuelta, las mejillas de Joanna se ponían más rosadas, su cabeza se enderezaba y su falda oscilaba con más atrevimiento. Mientras paseaba parecía volverse más hermosa. Se detenía muy a menudo para arreglar la mantita, y las volvía locas sonriendo y acariciando tiernamente a su pequeño. ¿Cómo se atrevía? Osaba actuar como si tuviese los mismo derechos que las otras madres.

La mayoría de esas mujeres criaban a sus niños a base de reproches y bofetadas. Muchas odiaban a los maridos con quienes se acostaban por la noche. Hacer el amor no les proporcionaba felicidad alguna, se limitaban a soportarlo, rígidas, rezando para no quedarse embarazadas de nuevo. Esa amarga sumisión volvía al hombre cruel y brutal. En la mayoría de los casos, el acto de amor era para ambos un acto de violencia, cuanto más rápido, mejor. Detestaban a la joven porque presentían que entre ella y el padre de su hijo no había sido lo mismo.

Joanna era consciente del odio de esas mujeres, pero no se dejaría abatir por ellas. No tenía la menor intención de desistir y de llevarse a su hijo a casa. Alguien tenía que ceder. Las vecinas atacaron, no podían aguantarse más, tenían que hacer algo. Cuando Joanna volvió a acercarse, una de ellas gritó:

—¿No tienes vergüenza?

—¿Por qué?

La respuesta sacó de quicio a la mujer.

—Pregunta que por qué —dijo dirigiéndose a las otras—. Te lo voy a explicar. Porque eres una sinvergüenza y una vaga asquerosa. No tienes derecho a desfilar con ese bastardo delante de niños inocentes.

—Creía que vivíamos en un país libre —dijo Joanna.

—No para la gente como tú. ¡Vete! ¡Vete de nuestra calle!

—Atrévete a echarme.

—Vete de aquí, puta.

Joanna le contestó temblando:

—Cuidado con lo que dices.

—A ver si ahora hay que tener cuidado cuando se habla con las prostitutas —chilló otra mujer.

Un transeúnte se detuvo y cogió del brazo a Joanna:

—Oye, hermana, ¿por qué no vuelves a tu casa hasta que se les pase? No podrás con ellas.

Joanna se separó con fuerza de él.

—Ocúpate de tus asuntos.

—Lo decía por tu bien, hermana. Perdona. —Y se alejó.

—¿Por qué no lo sigues? —dijo una de las mujeres—. Te daría por lo menos veinticinco centavos.

Las otras se rieron.

—Sois unas envidiosas —estalló Joanna.

—Dice que somos envidiosas. Pero ¿por qué?

—Envidiosas porque le gusto a los hombres. Por eso. Tienes suerte de estar casada, si no nadie te querría. Apuesto a que después tu marido te escupe encima. Apuesto a que lo hace —le dijo a la más amenazadora.

—¡Puta! ¡Puta! ¡Puta! —gritó la otra, enfurecida.

Luego, obedeciendo a un instinto ya vigente en la época de Cristo, recogió una piedra del suelo y se la arrojó a Joanna.

Como si estuviesen esperando una señal, las otras mujeres empezaron a tirar piedras. Una de ellas, más atrevida que las otras, le lanzó excrementos de caballo. Joanna recibió algunas pedradas, pero la piedra más afilada le dio al niño en la frente. Un hilillo de sangre brotó de la herida y manchó su babero inmaculado. El pequeño comenzó a sollozar y tendió los bracitos hacia su mamá.

Unas cuantas mujeres, a punto de arrojar más piedras, las dejaron caer al suelo. La batalla se había acabado, y ahora se avergonzaban. No querían hacerle daño al niño, sólo querían echar a Joanna de la calle. Se dispersaron y regresaron en silencio a sus casas. Unos niños que se habían acercado volvieron a sus juegos.

Joanna, llorando, levantó al niño. La criatura sollozaba bajito, como si no tuviese derecho a hacer ruido. Joanna apretó su mejilla contra la cara del bebé, y sus lágrimas se mezclaron con la sangre del niño. Habían ganado ellas. Joanna se llevó a su hijo a casa y dejó el carrito en medio de la calle.

Francie lo había visto todo. Había oído cada palabra. Se acordó de cómo le había sonreído Joanna, y de cómo ella no le había contestado. ¿Por qué lo había hecho? Ahora sufriría toda la vida cada vez que se acordara de que no le había devuelto la sonrisa.

Algunos niños empezaron a jugar alrededor del carrito vacío, empujándolo hacia delante y atrás. Francie los echó, dejó el carrito en el patio de Joanna y bajó el freno. Había una ley no escrita que prohibía tocar algo que estuviera frente a la casa de su propietario.

Todavía apretaba la revista entre las manos. Le echó un vistazo: «Invierno», por Francie Nolan. Quería hacer algo, sacrificar algo por no haber respondido a la sonrisa de Joanna. Pensó en su historia: estaba orgullosa de ella. Anhelaba enseñársela a su padre y a sus tías. Quería conservarla para siempre, contemplarla y sentir aquella sensación de calor que le provocaba un simple vistazo. Si se la daba a alguien, no habría manera de conseguir otra copia. La puso debajo de la almohada del niño, abierta en la página de su redacción.

Vio que unas pequeñas gotas de sangre manchaban aquel blanco inmaculado. Volvió a ver al niño, el pequeño hilo de sangre que atravesaba su cara, el modo en que tendía los brazos para que su madre lo cogiera. La invadió una oleada de pena que la dejó trastornada. Llegó otra oleada, estalló y finalmente se fue. Bajó al sótano de su casa y se sentó en el rincón más oscuro, encima de unos sacos. Esperó a que el dolor desapareciera. Temblaba cada vez que una oleada se disipaba y arremetía otra. Se quedó allí, sentada y tiesa, a la espera. Si la pena no se aplacaba, moriría.

Al cabo de un rato, la pena empezó a desvanecerse: el intervalo entre una oleada y otra se hacía más largo. Se puso a pensar. Había entendido la lección, pero no era la que había querido decir su mamá.

Se acordaba muy bien de Joanna. A menudo, por las noches, cuando volvía de la biblioteca, pasaba por delante de su casa y la había visto en compañía de su chico. Se abrazaban en el patio. El chico jugueteaba con el pelo de ella, mientras Joanna le acariciaba las mejillas. Su rostro, sumergido en la luz de la farola, era tranquilo y soñador. Después había llegado la vergüenza, y aquel niño. Pero ¿por qué? El principio parecía tan dulce, tan justo.

Francie sabía que una de las mujeres que habían insultado a Joanna tuvo un hijo sólo tres meses después de casarse. Ella estaba en la acera con otros chicos cuando la novia había salido para ir a la iglesia. Mientras la mujer subía al coche, Francie vio su vientre abultado asomarse debajo del velo virginal. También había visto cómo el padre de ella apretaba muy fuerte el brazo del novio. El joven tenía ojeras y parecía muy triste.

Joanna no tenía padre, y no había ningún hombre en su familia. Nadie podía llevar al novio al altar cogido del brazo. Ésta era la culpa de Joanna, decidió Francie, no por haberse portado mal, sino por no haber sido lo bastante lista para conducir a su a chico al altar.

Francie no podía conocer toda la historia. En realidad, su novio estaba enamorado de ella y quería casarse con ella, después de aquello. Pero él tenía familia: una madre y tres hermanas. Les dijo que quería casarse con Joanna y ellas le hicieron cambiar de idea.

«No seas bobo —le dijeron—. No es una buena chica y su familia tampoco. Y además… ¿cómo sabes que el hijo es tuyo? Si ha estado contigo, habrá tenido a otros. Las mujeres son muy listas. Nosotras lo sabemos… También somos mujeres. Tú eres demasiado generoso y tienes buen corazón. Si ella te dice que el niño es tuyo, te lo crees, pero miente. No te dejes engañar, hijo.» «No te dejes engañar, hermano.» «Si quieres casarte, hazlo con una chica limpia, una que no se acueste contigo sin la bendición del cura. Si te casas con ésa, dejarás de ser mi hijo, dejarás de ser nuestro hermano.» «Nunca estarás seguro de que el hijo es tuyo. En el trabajo te preguntarás si no habrá alguien en tu cama con ella. Nunca te quedarás tranquilo.» «Oh, sí, hijo, hermano, eso es lo que hacen las mujeres. Nosotras lo sabemos, también somos mujeres.»

El joven se había dejado convencer. La familia le había dado algo de dinero, él había alquilado una habitación en Jersey, y allí había encontrado un nuevo trabajo. Nunca quisieron decirle a Joanna dónde había ido. Ella nunca volvió a verle.

Joanna no estaba casada y tuvo el niño.

Las oleadas casi se habían acabado cuando descubrió con gran asombro que algo no iba bien. Se puso una mano en el corazón, para ver si el problema estaba allí. Su padre cantaba muchas canciones que hablaban de corazones, el corazón que se quebraba, dolía, bailaba, latía de felicidad, se desesperaba, se detenía. Ella creía de verdad que el corazón podía hacer todas esas cosas. Se espantó al pensar que quizá su corazón se había partido al ver lo que le había pasado al bebé de Joanna, y ahora la sangre estaba invadiendo todo su cuerpo.

Subió a su piso y se miró en el espejo. Tenía ojeras, y le dolía la cabeza. Se estiró en el sofá de piel de la cocina y esperó que su madre volviese a casa.

Le contó lo que le había pasado en el sótano, pero no mencionó el asunto de Joanna. Katie suspiró y dijo:

—¿Tan temprano? Sólo tienes trece años. Pensaba que aún te faltaría un año. Yo tenía quince…

—Entonces… entonces… ¿es normal lo que me pasa?

—Es una cosa natural, les pasa a toda las mujeres.

—Yo no soy una mujer…

—Pero te estás volviendo una mujer.

—¿Crees que se irá?

—En unos días. Pero volverá el mes que viene.

—¿Y cuánto va a durar?

—Mucho tiempo. Hasta que tengas cuarenta o cincuenta años. —Se quedó pensativa y añadió—: Mi madre tenía cincuenta cuando me tuvo a mí.

—Oh, tiene algo que ver con los niños…

—Sí. Acuérdate siempre de portarte bien, ahora ya puedes tener niños.

La imagen de Joanna y su hijo atravesó su mente en un instante.

—No dejes que los chicos te besen.

—¿Es así como se hacen los niños?

—No, pero a menudo todo empieza por ahí. —Y añadió—: Acuérdate de Joanna.

Katie ignoraba lo que había ocurrido en la calle aquel día, el nombre de Joanna le había salido de casualidad. Pero Francie pensó que su madre poseía poderes de adivinación y la miró con mucho respeto.

Acuérdate de Joanna. Acuérdate de Joanna. Francie nunca podría olvidarla. A partir de ese día, recordando a las vecinas de las piedras, empezó a odiar a las mujeres. Ya las temía por sus maneras aviesas, y desconfiaba de sus instintos, pero comenzó a odiar su falta de lealtad y la crueldad que se demostraban entre ellas. Ninguna de esas mujeres había dicho una palabra para defender a la pobre Joanna, y sólo por miedo a que le hicieran lo mismo. Ese transeúnte, un hombre, era el único que le había hablado con ternura.

La mayoría de las mujeres tenía algo en común: los dolores del parto. Esto debería unirlas a todas, debería empujarlas a amarse y defenderse de los hombres. Pero no era así. Parecía que los enormes dolores del parto les habían endurecido el alma. Sólo se unían para hacerle daño a otra mujer, con las palabras o con las piedras. Ésta era la única forma de lealtad que conocían.

Los hombres eran distintos. Podían odiarse, sin embargo, formaban un bloque compacto contra el mundo entero y contra cualquier mujer que intentase enredar a uno de ellos.

Francie abrió la libreta que usaba como diario. Trazó una línea debajo del párrafo acerca de la intolerancia, y escribió: «Jamás en la vida tendré una amiga. Nunca más confiaré en ninguna mujer, excluyendo a mamá y a veces a la tía Sissy y a la tía Evy».

XXXI

Dos acontecimientos importantes ocurrieron el año en que Francie cumplió trece abriles. En Europa estalló la guerra y un caballo se enamoró de la tía Evy.

El marido de Evy y el caballo Drummer habían sido acérrimos enemigos durante ocho años. Él trataba muy mal al caballo, lo pateaba y lo abofeteaba, lo maldecía y tiraba demasiado fuerte del bocado del freno. El caballo era mezquino con el tío Willie. Conocía el recorrido y se detenía automáticamente frente a la puerta de cada cliente, y se había acostumbrado a reanudar su camino en cuanto Flittman subía al carro. Pero últimamente le había dado por salir al trote apenas bajaba Flittman, de modo que éste tenía que correr más de media manzana para alcanzarlo.

Flittman repartía leche hasta mediodía. Iba a almorzar y luego llevaba el carro y el caballo a la cuadra para desenganchar, limpiar, guardar el carro y lavar el caballo. El animal había adquirido una maña feísima. Cuando Flittman le lavaba la panza, le meaba. Los peones de la cuadra solían acercarse esperando que esto sucediera para lanzar una carcajada. Flittman no podía soportarlo y resolvió lavar el caballo frente a su casa. Eso estaba bien en verano, pero en invierno era una crueldad. En los días muy fríos Evy bajaba para recriminar a su marido por lavarlo a la intemperie y con agua helada. El caballo parecía comprender que Evy lo defendía. Mientras Evy discutía con su marido, Drummer relinchaba y apoyaba la cabeza en el hombro de su protectora.

Un día de frío intenso, Drummer decidió meterle mano al asunto, como decía Evy, meterle patas. Francie escuchaba encantada el relato de su tía. Nadie contaba las cosas mejor que la tía Evy. Representaba todos los personajes —incluso al caballo— y, con mucha gracia, agregaba lo que ella se figuraba que cada uno estaba secretamente pensando. La cosa fue así, según Evy:

Willie estaba en la calle, lavando con agua fría y jabón amarillo al tembloroso caballo. Evy, de pie ante la ventana, lo observaba. Willie se agachó para lavarle la panza, el caballo se puso tieso. Willie, creyendo que el animal se disponía a jugarle la mala pasada de costumbre, que ya tenía harto al cansado e insignificante hombrecillo, le dio un puñetazo en la panza. Drummer levantó la pata y le dio una fuerte coz en la cabeza. Flittman rodó debajo del animal, donde quedó desmayado.

Evy bajó corriendo. Al verla, el caballo relinchó contento, pero ella no le hizo caso. Drummer levantó la cabeza y torció el pescuezo para mirar atrás, y cuando vio a Evy que trataba de levantar a Willie empezó a andar. Tal vez su intención era ayudar a Evy, o tal vez completar su obra haciendo pasar las ruedas del carro por encima del cuerpo de Willie. Evy le gritó:

—¡Quieto, muchacho!

Drummer se detuvo justo a tiempo.

Un chiquillo corrió a buscar un policía y éste a su vez llamó para pedir una ambulancia. El médico no pudo determinar si Flittman tenía una fractura o una conmoción. Le llevaron al hospital de Greenpoint.

Pues bien: allí quedaba el caballo con el carro lleno de botellas vacías y había que devolverlos a la cuadra. Evy nunca había manejado un caballo, pero ésa no era razón para que no pudiese hacerlo. Se puso el capote viejo de su marido y se envolvió la cabeza en un chal. Trepó al pescante, tomó las riendas y dijo:

—A casa, Drummer.

El caballo volvió la cabeza para echarle una amistosa mirada y salió al trote.

Por suerte conocía el camino. Ella no tenía idea de dónde estaba la cuadra. Era un caballo muy listo. Se detenía en cada esquina y esperaba a que Evy mirase a una y otra calle. Cuando estaba libre el paso ella decía:

—Vamos, muchacho. —Si veía venir algún otro vehículo decía—: Un momento, amigo.

Así llegaron sin ningún percance a la cuadra, donde el caballo entró triunfante y ocupó su sitio en la hilera de carros.

Otros carreteros que estaban lavando sus carros se sorprendieron al ver una mujer con las riendas. Armaron tal alboroto que hasta el patrón acudió para enterarse de lo que pasaba. Ella le relató el incidente.

—Ya lo veía venir —comentó el patrón—. Flittman no podía tragar al caballo y el caballo no le podía tragar a él. Bien, bien, tendré que buscar a otro carretero.

Evy, temiendo que Willie perdiese su empleo, le propuso reemplazarle mientras él estuviera en el hospital. Dijo que como se repartía la leche antes de que amaneciera, nadie se enteraría. El patrón lanzó una carcajada. Ella le explicó lo que significaban para ellos los veintidós dólares semanales, y se empeñó tanto que él, viéndola tan bonita, menuda y valiente, se dejó convencer. Le dio una lista de la clientela y le dijo que los demás repartidores le cargarían el carro. Como el animal conocía el camino, la tarea no sería difícil. Uno de los repartidores sugirió que podría llevar el perro del establo para acompañarla y protegerla contra los rateros de leche. El patrón asintió y le recomendó que se presentara en la cuadra todos los días a las dos de la mañana. Evy fue la primera mujer que repartió leche en aquel distrito.

Lo hizo perfectamente. Los compañeros simpatizaban con ella y creían que rendía más que Flittman. A pesar de ser tan práctica, era suave y femenina y a sus compañeros les agradaba su forma dulce y queda de hablar. Y el caballo era feliz y cooperaba en todo lo que estaba a su alcance. Se detenía automáticamente delante de cada casa y no reanudaba la marcha hasta que su conductora se había instalado en el pescante.

Siguiendo la costumbre de Flittman, Evy dejaba el carro en la puerta de su casa mientras almorzaba, pero bajaba una manta vieja para proteger al caballo del frío. Subía la avena y la metía unos minutos en el horno para calentarla antes de atarle el morral. El caballo comía con gusto su ración templada. Después le daba media manzana o un terrón de azúcar.

Suponía que hacía demasiado frío para lavarlo a la intemperie, por eso lo llevaba a la cuadra. Cambió el jabón amarillo por uno perfumado y lo secaba con una vieja toalla de baño. Los peones se ofrecían para lavar el caballo, pero Evy insistió en hacerlo ella misma. Dos de esos hombres se pelearon por quién lavaría el carro. Evy puso punto final a la riña resolviendo que lo podían lavar por turnos.

Calentaba el agua del baño de Drummer en un calentador de gas que el patrón tenía en sus dependencias. ¡Ni pensar en lavarlo con agua fría! Lo lavaba con agua tibia y jabón perfumado y lo secaba cuidadosamente con la toalla. A ella nunca le jugó la mala pasada que había inventado para fastidiar a Flittman y relinchaba contento mientras le hacían la limpieza. No cabía duda ninguna, el caballo estaba perdidamente enamorado de Evy.

Cuando Flittman, restablecido ya, volvió al trabajo, el caballo se plantó y no hubo forma de hacerlo salir de la cuadra con Flittman en el pescante. Tuvieron que reemplazar a Drummer por otro animal. Pero Drummer no se dejaba llevar por otro conductor. El jefe estaba a punto de venderlo cuando se le ocurrió una idea genial. Uno de sus dependientes era un poco afeminado y tenía un tono de voz muy suave. Decidió asignarle el coche de Flittmann. Drummer parecía satisfecho y se dejó conducir por aquel joven que tanto se parecía a una mujer.

Así Drummer volvió a su rutina, pero cada día, al pasar por la calle donde vivía Evy, se detenía ante su puerta. No volvía a la cuadra sin que ella bajara, le diera un poco de azúcar y un trocito de manzana, y le dijera: «Buen chico».

—Qué caballo más extraordinario —dijo Francie, después de oír el relato.

—Puede muy bien que sea extraordinario —contestó la tía Evy—, pero no hay duda de que sabe lo que quiere.

XXXII

Francie había decidido empezar su diario porque todas las heroínas de las novelas tenían uno, y lo llenaban de pensamientos y suspiros. Pensó que así sería el suyo, pero exceptuando alguna que otra observación romántica con respecto a Harold Clarence, el actor, sus comentarios eran prosaicos. Hacia el final del año recorrió las páginas leyendo un párrafo aquí y otro allá.

8 de enero. La abuela Rommely tiene un baúl tallado que fabricó su abuelo en Austria hace más de cien años. Allí guarda un vestido negro y una enagua blanca, zapatos y medias. Es el traje para su entierro, porque no quiere que la entierren con una mortaja. El tío Willie Flittman dijo que él deberá ser incinerado y sus cenizas esparcidas al viento desde la estatua de la Libertad. Cree que en su próxima reencarnación será un pájaro y quiere asegurarse un buen comienzo. La tía Evy opina que ya es un pájaro: uno muy bobo. Mamá me reprendió porque me reí. ¿Es preferible la incineración a que le pongan a uno bajo tierra? Quién sabe.

10 de enero. Hoy papá está enfermo.

21 de marzo. Neeley robó ramitas de sauce del parque McCarren para regalárselas a Gretchen Hahn. Mamá dijo que era demasiado joven para pensar en muchachas. «Para eso hay tiempo», dijo.

2 de abril. Papá ha pasado tres semanas sin trabajar. Tiene algo raro en las manos. Le tiemblan tanto que no puede sujetar nada.

20 de abril. Tía Sissy dice que tendrá otro hijo. Yo no me lo creo

porque está completamente plana por delante. He oído que le decía a mamá que lo lleva a la espalda. Me pregunto cómo.

8 de mayo. Papá está enfermo hoy.

9 de mayo. Papá ha ido a trabajar esta noche, pero ha tenido que regresar. Dijo que no le necesitaban.

10 de mayo. Papá está enfermo. En pleno día tiene pesadillas y grita. Tuve que llamar a la tía Sissy.

12 de mayo. Papá ha pasado un mes sin trabajar. Neeley quiere que le den un permiso para trabajar y dejar el colegio. Mamá le dijo que no.

15 de mayo. Papá ha trabajado esta noche. Dijo que se iba a hacer cargo de las cosas de ahora en adelante. Reprendió a Neeley por pretender sacarse un permiso de trabajo.

17 de mayo. Papá volvió a casa enfermo. Algunos chicos le siguieron por la calle mofándose de él. Odio a los chicos.

20 de mayo. Neeley está de repartidor de periódicos. No me deja que le ayude.

28 de mayo. Carney no me ha pellizcado la mejilla hoy, sino en otra parte. Me parece que ya soy demasiado crecidita para vender trapos.

30 de mayo. La señorita Garnder dijo que van a publicar mi redacción sobre el invierno en la revista.

2 de junio. Hoy papá ha vuelto a casa enfermo. Neeley y yo tuvimos que ayudar a mamá a subirle por la escalera. Papá lloró.

4 de junio. Hoy he sacado una A por mi redacción. El tema era «Mi ambición». Tuve sólo una falta: escribí «autor de dramas» y la señorita Garnder me dijo que lo correcto era «dramaturgo».

7 de junio. Dos hombres trajeron a papá a casa; venía enfermo. Mamá había salido. Le acosté y le di café negro. Cuando volvió mamá, dijo que lo había hecho bien.

12 de junio. La señorita Tynmore me hizo tocar la «Serenata» de Schubert. Mamá está más adelantada que yo. A ella le hizo tocar «La estrella vespertina» de Tannhäuser. Neeley dice que nos ha superado a las dos. Puede tocar «La banda sincopada de Alejandro» sin mirar la partitura.

20 de junio. Fui al teatro. Vi *La muchacha del dorado Oeste*. Nunca había visto nada mejor. ¡Cómo se filtraba la sangre por el techo!

21 de junio. Papá faltó a casa dos noches. No sabíamos dónde estaba. Volvió enfermo.

22 de junio. Mamá dio la vuelta a mi colchón, encontró mi diario y lo leyó. Me obligó a tachar todas las veces que había escrito «borracho» y a poner en su lugar «enfermo». Fue una suerte que no hubiese escrito nada contra ella. Si alguna vez tengo hijos nunca leeré sus diarios, porque creo que también los niños tienen derecho a su privacidad. Si mamá lo vuelve a encontrar y a leer, espero que entienda la indirecta.

23 de junio. Neeley dice que tiene una novia. Mamá cree que es demasiado joven. No lo sé.

25 de junio. El tío Willie, la tía Evy, Sissy y su John vinieron esta noche. Tío Willie bebió mucha cerveza y lloró. Dijo que el nuevo caballo que tiene ahora, Bessie, hizo algo más que mojarle. Mamá me reprendió por reírme.

27 de junio. Hoy hemos terminado la Biblia. Ahora tenemos que volver a empezar por la primera página. Hemos leído cuatro veces las obras de Shakespeare.

1 de julio. La intolerancia…

Francie tapó con la mano aquel párrafo, no quería volver a leerlo. Por un instante, pensó que las oleadas de dolor volverían a atormentarla. Pero aquella sensación se desvaneció pronto, pasó la página y siguió leyendo.

4 de julio. El sargento McShane trajo a papá a casa. No lo habían arrestado como creímos al principio. Estaba enfermo. El señor McShane, antes de despedirse, nos regaló, a Neeley y a mí, un cuarto de dólar. Mamá nos obligó a devolvérselo.

5 de julio. Papá todavía está enfermo. ¿Volverá a trabajar alguna vez? No lo sé.

6 de julio. Otra vez tuvimos que empezar con el juego del Polo Norte.

7 de julio. Polo Norte.

8 de julio. Polo Norte.

9 de julio. Polo Norte. El auxilio que esperábamos no llegó.

10 de julio. Hoy abrimos la hucha. Había ocho dólares y veinte centavos. Mis centavos dorados se han puesto negros.

20 de julio. Todo el dinero de la hucha se terminó. Mamá fue a lavar ropa a casa de McGarrity. Yo le ayudé a planchar, pero quemé un calzón y le hice un agujero. Mamá no me deja planchar más.

23 de julio. Conseguí un empleo en el restaurante Hendler, para el verano. Lavo platos de la comida y de la cena. Uso un jabón blando que saco a montones de un barril. El lunes viene un hombre para llevarse tres barriles de desperdicios de grasa y el miércoles vuelve con un barril de jabón semilíquido. Nada se desperdicia en este mundo. Gano dos dólares a la semana y las comidas. No es un trabajo pesado, pero no me gusta ese jabón.

24 de julio. Mamá dice que cuando menos me lo espere seré mujer. No lo sé.

28 de julio. Floss Gaddis y Frank se casarán en cuanto él consiga un aumento de sueldo. Frank opina que el presidente Wilson está llevando las cosas de tal forma que cuando menos lo pensemos nos encontraremos metidos en la guerra. Dice que se casa porque teniendo mujer e hijos no lo mandarán a pelear. Flossie dice que eso no es cierto, que es un caso de amor verdadero. Me da que pensar. Recuerdo cómo se esforzaba Flossie por atraparle hace unos años, cuando él lavaba el caballo.

29 de julio. Hoy papá no está enfermo. Irá a buscar trabajo. Dice que mamá tiene que dejar de lavar para la señora McGarrity y que yo tengo que abandonar mi empleo. Que pronto seremos ricos y nos iremos a vivir al campo. No lo sé.

10 de agosto. Sissy dice que en breve dará a luz. Me pregunto cómo: está plana como una tabla.

17 de agosto. Papá ha trabajado durante tres semanas. Tenemos suculentas cenas.

18 de agosto. Papá está enfermo.

19 de agosto. Papá ha enfermado porque perdió el empleo. El señor Hendler no quiere volver a emplearme en su restaurante. Dice que no puede confiar en mí.

1 de septiembre. La tía Evy y el tío Willie vinieron de visita esta noche. Willie cantó «Frankie and Johnny» intercalando palabras obscenas. La tía Evy se subió a una silla y le pegó en la nariz. Mamá me reprendió porque me reí.

10 de septiembre. Empecé el último curso en el colegio. Mi profesora dice que si sigo sacando A en las redacciones, puede que me permita escribir una obra de teatro para la fiesta de clausura. Tengo una idea hermosa. Una niña vestida de blanco y con la cabellera en cascada sobre la espalda representará el destino. Otras niñas aparecerán en el escenario para decirle lo que desean de la vida y el destino les contestará lo que obtendrán. Al final aparecerá una niña vestida de azul celeste y extendiendo los brazos preguntará: «¿Vale la pena vivir entonces?». Un coro le contestará: «Sí». Pero eso será todo en verso. Se lo conté a papá, aunque estaba demasiado enfermo para entenderlo. ¡Pobre papá!

18 de septiembre. Le pregunté a mamá si me podía cortar el cabello y me contestó que no, porque el cabello largo es la belleza de la mujer. ¿Acaso significa eso que pronto seré una mujer? Así lo espero, porque estoy deseando ser mi propia dueña y cortarme el cabello cuando me venga en gana.

24 de septiembre. Esta noche, al bañarme, he descubierto que estoy haciéndome mujer. ¡Ya era hora!

25 de octubre. Estaré contenta cuando se llene este cuaderno. Ya me estoy cansando de escribir mi diario. Nunca sucede nada importante.

Cuando llegó al último párrafo, no quedaba más que una página en blanco. Tanto mejor. Cuanto antes la llenara, antes terminaría y no tendría que preocuparse de escribir. Humedeció la punta de su lápiz y anotó:

2 de noviembre. El sexo es algo que tarde o temprano entra en la vida de cualquiera de nosotros. Hay quien ha escrito obras de teatro en

contra del sexo, los curas lo maldicen desde sus púlpitos, hay incluso leyes que van en contra de él. Pero de nada sirve todo esto. Las chicas en la escuela sólo hablan de hombres y sexo. Sienten mucha curiosidad… ¿Yo también la siento?

Estudió su última frase. Frunció el entrecejo. La borró y volvió a escribir: «Yo también siento curiosidad».

XXXIII

Los chicos de Williamsburg sentían gran curiosidad por todo lo referente al sexo. Se hablaba mucho de ello. Los más jóvenes practicaban cierto exhibicionismo, del tipo: «Yo te muestro el mío y tú me muestras el tuyo». Unos cuantos hipócritas decían evasivamente que jugaban a papás y mamás, o a los médicos. Los más desinhibidos decían que se dedicaban a los «juegos sucios».

En ese barrio se hablaba del sexo cuchicheando. Cuando los niños hacían preguntas, sus padres no sabían qué contestar, simplemente porque no encontraban las palabras adecuadas para el caso. Cada matrimonio tenía sus propias palabras secretas para decirlas en la cama, en la tranquilidad de la noche. Pero sólo unas pocas madres tenían el coraje de repetirlas a la luz del día delante de sus hijos. Cuando los niños crecían, inventaban a su vez palabras que jamás repetían delante de sus propios hijos.

Katie Nolan no se cortaba con las cuestiones físicas ni con las morales. Enfrentaba cada problema con extrema habilidad. No tocaba espontáneamente el tema, pero cuando Francie le hacía preguntas, ella procuraba contestarle de la mejor manera posible. Una vez, cuando eran muy pequeños, Francie y Neeley se pusieron de acuerdo para exponerle a su madre algunas de sus dudas. Se plantaron ante ella, y a Francie le tocó hablar.

—Mamá… ¿De dónde hemos venido nosotros?

—Dios os ha traído.

Los niños católicos solían aceptar de buena gana esta clase de respuestas. Pero la segunda pregunta fue más peliaguda.

—¿Y cómo nos ha traído?

—No os lo puedo explicar sin usar palabras muy complicadas que no llegaríais a entender.

—Di esas palabras complicadas y ya veremos si las entendemos.

—Si las comprendierais no necesitaría decíroslas.

—Explícate en otras palabras. Dinos cómo nacen los niños.

—No, sois demasiado pequeños. Si os lo contara, iríais a decírselo a los demás niños y sus madres vendrían aquí, me insultarían y se armaría un lío.

—Vale, entonces dinos por qué los chicos son distintos de las chicas.

Katie se quedó pensando.

—Bueno, la diferencia principal es que las niñas se sientan cuando van al baño y los niños se quedan de pie.

—Pero, mamá… Yo también me quedo de pie cuando está oscuro y tengo miedo…

—Y yo… —añadió Neeley— me siento cuando…

Katie le interrumpió.

—Bien, todas las mujeres tienen algo masculino, y los hombres algo femenino.

Esta afirmación era tan complicada que los chicos decidieron no ir más allá, y dieron por concluida la discusión.

Cuando Francie, como había anotado en su diario, empezó a hacerse mujer, le hizo a su madre algunas preguntas sobre el sexo. Katie le explicó sencillamente todo lo que sabía. Hubo momentos en que tuvo que usar palabras consideradas obscenas, pero lo hizo con mucho valor y determinación, porque no conocía otras. Nadie le había contado lo que ahora ella le estaba contando a su hija. En aquella época no había libros donde la gente como Katie pudiese aprender cuestiones relativas al sexo. A pesar de las palabras crudas y las frases vulgares, no había nada de repugnante en la explicación de Katie.

Francie era mucho más afortunada que la mayoría de los chicos del barrio. Descubrió todo lo que hacía falta saber en el momento en que tenía que descubrirlo. Nunca necesitó apartarse con otras chiquillas de su edad para intercambiarse detalles pecaminosos. Nunca tuvo que aprender las cosas de manera distorsionada.

Pero, si un gran misterio envolvía los asuntos comunes de sexo, los delitos sexuales, en cambio, eran un libro abierto al alcance de todo el barrio. En los barrios más pobres y atestados de las grandes ciudades, los pervertidos son la gran pesadilla de los padres. Parece que haya uno en cada barrio. El año en que Francie cumplió catorce años, por Williamsburg también circulaba uno. Había estado molestando a las niñas durante mucho tiempo, y aunque la policía lo vigilara, no lograba atraparle. Unos de los motivos era que los padres de las víctimas no hablaban por miedo a que los padres de las otras niñas discriminaran a sus hijas y les impidieran que se relacionasen con sus amigas como hacían normalmente.

Sin embargo, un día mataron a una niña vecina de Francie, y nadie pudo ocultarlo. Tenía siete años, era una chiquilla tranquila, educada y obediente. Cuando vio que no regresaba de la escuela, su madre no se alarmó, pensó que se había entretenido en el camino a jugar con sus amigas. Después de la cena empezaron a buscarla, preguntaron a sus compañeras, pero nadie había vuelto a verla después de las clases.

Una oleada de pánico invadió el barrio entero. Las madres llamaron a sus hijos, que jugaban por la calle, y las puertas se cerraron. Llegó McShane, acompañado por una decena de hombres, y empezaron a registrar las azoteas y los sótanos.

Finalmente, su hermano de diecisiete años la encontró, su cuerpo sin vida se hallaba en el sótano de una casa vecina, tendido sobre un carrito de muñeca. Habían arrojado el vestido, la ropa interior, los zapatos y los calcetines rojos a un montoncito de ceniza. Interrogaron al hermano, confundido, empezó a balbucear y lo detuvieron. Pero McShane sabía muy bien lo que estaba haciendo. El arresto conseguiría tranquilizar al verdadero asesino y lo empujaría a actuar de nuevo, aunque esta vez la policía le estaría esperando.

Los padres entraron en acción, hablaron con sus hijos y, sin darle muchas vueltas al asunto, les contaron las cosas horribles que hacía el pervertido. A las niñas se les recomendó que no aceptaran caramelos de los desconocidos, y que no hablaran con extraños. Las madres adquirieron la costumbre de esperar en las puertas de sus casas a los niños que volvían de la escuela. Las calles estaban desiertas, como si el flautista de Hamelín hubiese hechizado a todos los niños para llevárselos a unas montañas muy lejanas. Todo el barrio estaba sumido en el terror. Johnny se preocupó tanto por Francie que se procuró una pistola.

Johnny tenía un amigo llamado Burt, que era vigilante nocturno en el banco de la esquina. Burt tenía cuarenta años y estaba casado con una mujer de veinte, se volvía loco de los celos. Sospechaba que su esposa se entretenía con un amante mientras él trabajaba en el banco. Estaba tan obsesionado que decidió que se quedaría más tranquilo si descubría que no se equivocaba. Prefería la evidencia de la traición al tormento de la sospecha. A medianoche pasaba por su casa, mientras Johnny se quedaba en el banco. Habían organizado un sistema de señas. Cuando el pobre Burt sufría un ataque de celos y quería volver a su casa, le decía al policía de turno que tocara tres veces al timbre de los Nolan. Si Johnny estaba en casa, saltaba de la cama como un bombero, se vestía a toda prisa y se precipitaba hacia el banco, como si se tratara de una cuestión de vida o muerte.

Mientras Burt se alejaba, Johnny se estiraba en el catre de su amigo y sentía la dura silueta de la pistola debajo de la fina almohada. Esperaba que alguien intentase atracar el banco, así él salvaría el dinero y se convertiría en un héroe. Pero las horas pasaban tranquilas. Y, además, resultó que la mujer de Burt era una santa: cada vez que él volvía a su casa la encontraba profundamente dormida y sola.

Cuando Johnny supo lo de la violación y el asesinato, fue a visitar a su amigo Burt. Le preguntó si tenía otra pistola.

—Claro, ¿por qué?

—Quiero que me la prestes.

—¿Y a qué viene eso?

—A lo de ese pervertido que ha matado a aquella vecinita nuestra.

—Ojalá lo pillen, Johnny. Ojalá pillen a ese hijo de puta.

—Yo también tengo una hija.

—Sí, sí, te entiendo, Johnny.

—Te ruego que me prestes tu pistola.

—Está prohibido por la Ley Sullivan.

—También hay una ley que te prohíbe alejarte del banco y dejarme a mí en tu sitio. ¿Cómo puedes estar tan seguro? Podría ser un ladrón.

—Oh, no, Johnny.

—Creo que si hemos violado una ley, también podemos violar otra, ¿no crees?

—Vale, vale. Te la presto. —Abrió un cajón y cogió un revólver—. Ahora te enseño cómo funciona, cuando quieres matar a un hombre, tienes que apuntar así —apuntó a Johnny— y luego apretar el gatillo.

—Entiendo. Déjame probar. —Johnny apuntó a su vez el arma contra Burt.

—Por supuesto —puntualizó Burt—, nunca le he disparado a nadie.

—Es la primera vez que cojo un arma —le dijo Johnny.

—Ten cuidado, pues está cargada —dijo tranquilamente el hombre.

Johnny se estremeció y dejó con cuidado el arma en la mesa.

—No lo sabía, Burt. Podríamos habernos matado.

—¡Dios! Tienes razón.

El vigilante sintió un escalofrío.

—Aprietas un poco con el dedo, y un hombre se muere.

—¿No estarás pensando en matarte, Johnny?

—No, dejaré que lo haga el alcohol.

Johnny lanzó una carcajada, pero se detuvo de golpe. Cuando le dio la pistola, Burt le dijo:

—Avísame si coges a ese bastardo

—Lo haré sin falta —prometió Johnny.

—De acuerdo. Hasta pronto.

—Hasta pronto, Burt.

Johnny reunió a su familia y les explicó lo de la pistola, recomendó a Francie y a Neeley que no la tocaran.

—Este pequeño cilindro encierra la muerte de cinco personas —dijo dramáticamente.

Francie pensó que la pistola se parecía a un dedo grotesco que hacía señas a la muerte para que se acercara corriendo. Se alegró cuando su padre la escondió debajo de su almohada.

Durante un mes nadie tocó la pistola, el barrio había vuelto a la normalidad, el pervertido parecía haberse marchado. Las madres empezaron a relajarse, pero unas pocas, entre ellas Katie, seguían vigilando desde las puertas de sus casas el regreso de sus hijos. Era costumbre del asesino esperar a sus víctimas en los umbrales oscuros, y Katie pensó que tener cuidado no le costaba nada.

Cuando la mayoría de los vecinos volvió a sentirse segura, el pervertido actuó de nuevo.

Una tarde, mientras estaba limpiando el patio de una casa al lado de la suya, Katie empezó a oír ruido de niños por las calles y supo que las clases habían terminado. Contempló la posibilidad de volver a casa y esperar a Francie en la puerta, como acostumbraba hacer desde el homicidio. Su hija había cumplido catorce años y ya era bastante mayor para cuidarse sola. Además, el asesino atacaba a niñas de seis o siete años, e incluso podían haberle arrestado en otro barrio. Pero... dudó y decidió volver a casa. Igualmente necesitaba coger una nueva pastilla de jabón.

Salió a la calle y cuando no vio a Francie entre el grupo de chicos que se acercaban, empezó a preocuparse. Luego recordó que su hija regresaba más tarde que los otros niños. Cuando llegó al piso, Katie decidió calentarse una buena taza de café, mientras tanto Francie volvería a casa y ella se quedaría tranquila. Entró en su dormitorio y comprobó que la pistola estuviese en su sitio. Allí estaba, y se sintió estúpida por haber dudado. Se tomó el café, cogió un nuevo trozo de jabón y se preparó para volver a su trabajo.

Francie regresó a la hora habitual. Abrió el portal, vio que en el vestíbulo no había nadie y cerró. Estaba muy oscuro. Fue hacia la escalera. Cuando apoyó el pie en el primer escalón, lo vio.

Lo vio asomarse por el pequeño hueco que conducía al sótano. El hombre se acercó silenciosa y rápidamente. Era delgado y bajito, llevaba un traje oscuro, sin cuello ni corbata. El pelo largo le caía sobre la frente, hasta la altura de las cejas. La nariz recordaba el pico de un pájaro y la boca parecía una fisura sutil. Aun en la oscuridad, Francie veía sus ojos húmedos. Ella dio otro paso, pero cuando volvió a mirarle, las piernas se le convirtieron en cemento. Le era imposible moverse para subir las escaleras. Buscó la barandilla a tientas con las manos, y se agarró con fuerza a ella. Lo que la había hipnotizado hasta impedirle moverse era la imagen del hombre que avanzaba con la bragueta desabrochada. Petrificada por el horror, Francie no podía dejar de mirar aquella parte de su cuerpo que asomaba por ahí: una especie de gusano blanco que contrastaba con la oscuridad de su cara y sus manos. Francie sintió la misma sensación de náusea que había tenido al ver unos gusanos que carcomían las carnes de una rata en descomposición. Intentó gritar, llamar a su madre, pero tenía la garganta cerrada, no emitía ningún sonido. Le parecía estar viviendo una pesadilla. No conseguía moverse, las manos le dolían de tanto aferrarse a la barandilla. Llegó a preguntarse por qué no se rompían. Mientras tanto, el hombre se había acercado aún más y ella no podía echar a correr, no podía. «Dios —empezó a rezar—, haz que llegue un vecino.»

En ese momento, Katie iba bajando tranquilamente la escalera con el trozo de jabón en la mano. Cuando llegó al último tramo, vio al hombre que se acercaba a Francie y se percató de que su hija estaba inmovilizada. No hizo ni un ruido, ninguno de los dos la vio. Echó a correr escaleras arriba, abrió la puerta de su casa sin dudar, dejó el jabón en el lavabo, cogió el arma, quitó el seguro y la escondió debajo de su delantal. Estaba temblando. Apretó la pistola con las manos, siempre debajo del delantal, y corrió hacia abajo.

Mientras tanto, el asesino, ágil como un gato, había alcanzado a Francie, la había cogido por el cuello y le había tapado la boca con una mano para impedir que gritara. Con la otra mano la empujaba hacia sí. Luego resbaló y la parte desnuda de su cuerpo tocó la pierna de Francie, que se agitó como si la hubiesen quemado. La chica, que ya había salido de su parálisis, se debatía como una obsesa, y el hombre reaccionó apretándola aún más e intentando despegarle los dedos de la barandilla uno a uno. Consiguió liberar una mano, se la torció y la mantuvo bien apretada, luego empezó con la otra.

Se oyó un ruido. Francie miró hacia arriba y vio a su madre. Katie corría a más no poder, con ambas manos debajo del delantal. El hombre también la vio, pero no podía saber que iba armada. Soltó de golpe a Francie, retrocedió hacia el sótano y clavó sus ojos húmedos en Katie. Francie se quedó quieta, aferrada a la barandilla, sin poder abrir la mano. El hombre bajó los dos escalones, se apoyó en la pared y empezó a deslizarse hacia la puerta del sótano. Katie se detuvo, se arrodilló, introdujo la parte abultada de su delantal entre dos barrotes de la barandilla, apuntó a lo que asoma por la bragueta y apretó el gatillo.

Hubo una gran explosión y un fuerte olor a tela quemada, mientras se abría un agujero en el delantal de Katie. Los labios del hombre se entreabrieron, enseñando una hilera de dientes podridos y rotos. Se llevó las dos manos al vientre y cayó al suelo. Al caer abrió los brazos, y esa parte tan blanca de su cuerpo se cubrió de sangre. El vestíbulo estaba lleno de humo, se oyeron gritos de mujeres, ruido de puertas que se abrían de golpe, pasos de vecinos que corrían por los pasillos. Los transeúntes que habían oído la detonación se agolparon fuera del portal. En pocos instantes el vestíbulo se llenó tanto que no se podía ni entrar ni salir.

Katie trató de llevarse a su hija a casa, pero la mano de la niña parecía haberse congelado. No podía abrir los dedos. Desesperada, Katie le dio un golpecito en la mano con la pistola, y por fin logró despegarla de la barandilla. La empujó escaleras arriba, mientras los vecinos abrían las puertas y preguntaban:

—¿Qué ha ocurrido? ¿Qué ha ocurrido?

—Ya ha pasado todo. Ya ha pasado —respondía Katie.

Francie tropezaba, se caía de rodillas, se tambaleaba, y su madre se vio obligada a llevarla en brazos hasta la puerta de casa. Luego hizo que se estirara en el sofá, cerró la puerta con llave y apoyó la pistola junto al jabón. Percibió el calor del cañón y se asustó. En su vida había usado un arma, temió que la pistola pudiese disparar sola. Abrió la tapa del fregadero y tiró la pistola y el jabón dentro. Luego volvió al lado de su hija.

—¿Te ha hecho daño, Francie?

—No, mamá —susurró ella—, él sólo... o sea, su... me ha tocado una pierna.

—¿Dónde?

Francie le indicó un punto de la pierna, justo encima de los calcetines. La piel era blanca e intacta, y Francie la miró sorprendida. Creía que su piel habría desaparecido en aquel punto.

—No tienes nada —le dijo su madre.

—Pero todavía noto dónde me ha tocado —murmuró Francie, y luego gritó—: ¡Quiero que me corten la pierna!

Los vecinos se agolparon delante de su puerta y preguntaron qué había pasado. Katie les ignoró y mantuvo la puerta bien cerrada. Le hizo tomar a su hija una buena taza de café hirviendo, luego empezó a caminar inquieta por la habitación. Estaba temblando, no sabía qué hacer.

Neeley estaba jugando por la calle cuando se oyó el disparo, viendo a toda aquella gente ante el portal de su casa también se acercó. Subió las escaleras y, al mirar hacia abajo, vio al hombre, retorcido en el suelo. Algunas mujeres le daban patadas, otras le arrancaban la ropa a pedazos y le escupían encima. Todos lo insultaban. Neeley oyó que alguien pronunciaba el nombre de su hermana.

—¿Francie Nolan?

—Sí, Francie Nolan.

—¿Está usted segura?

—Sí, la he visto.

—Su madre ha llegado y...

—¡Francie Nolan!

Oyó la sirena de una ambulancia. Pensó que habían matado a su hermana, subió las escaleras corriendo y sollozando. Empezó a golpear la puerta, gritando:

—¡Mamá, déjame entrar! ¡Déjame entrar, mamá!

Cuando Katie le abrió la puerta y el chico vio a su hermana tendida en el sofá, sollozó aún más fuerte. Francie también empezó a llorar.

—¡Basta! ¡Basta! —gritó Katie.

Luego cogió a Neeley por un brazo y le dio una buena sacudida, hasta que el chico se calló. Entonces le dijo:

—Ve a buscar a tu padre y tráelo a casa.

Neeley lo encontró en el bar de McGarrity, Johnny acababa de empezar una de sus tranquilas tardes en compañía de la bebida. Cuando escuchó las palabras de Neeley, dejó caer el vaso y salió corriendo con él. Pero una vez en la puerta, era tanta la confusión que no lograron entrar. Había una ambulancia en la calle y en el vestíbulo cuatro policías intentaban abrir paso al médico.

Johnny y Neeley, pasando por el sótano, se colaron en el patio de la casa de al lado y subieron por la escalera de incendios. Cuando vio aparecer el sombrero de su marido delante de la ventana, Katie se espantó y corrió a buscar el revólver. Pero, afortunadamente, no recordaba dónde lo había guardado.

Johnny se precipitó sobre su hija y la cogió en brazos como si fuera un bebé, meciéndola y susurrándole que se durmiera. Francie lloriqueaba e insistía en que tenían que cortarle la pierna.

—¿Lo ha conseguido? —preguntó Johnny.

—Él no, pero yo sí —respondió sombría Katie.

—¿Le has disparado con la pistola?

—Claro. ¿Con qué crees que iba a dispararle? —le dijo mostrándole el agujero del delantal.

—¿Y le has dado bien?

—Lo mejor que he podido… pero Francie sigue hablando de su pierna… Su… —Katie miró de reojo a su hijo—, bueno… ya me entiendes… le ha tocado la pierna.

Katie le indicó el punto que Francie le había mostrado. Johnny no vio nada.

—Es una lástima que haya tenido que pasarle a una niña tan sensible como Francie, no lo olvidará en toda la vida. Podría decidir no casarse...

—Lo arreglaremos enseguida —dijo Johnny.

Tendió a Francie en el sofá, cogió un poco de ácido fénico y le restregó la pierna. La niña se alegró del dolor que le provocaba el desinfectante, la terrible sensación que aquel contacto le había provocado iba desapareciendo.

Alguien llamó a la puerta, pero los Nolan se quedaron quietos, no querían extraños en su casa en un momento tan delicado. Una voz fuerte gritó:

—¡Abrid la puerta, es la policía!

Katie abrió la puerta. Entró un policía, seguido por un médico de la ambulancia cargado con un maletín. El agente señaló a Francie y dijo:

—¿Es ésta la niña que...?

—Sí.

—El médico tiene que visitarla.

—¡No lo permitiré! —protestó Katie.

—Es la ley, señora —contestó tranquilamente él.

Katie y el médico llevaron a Francie al dormitorio y la niña, horrorizada, tuvo que someterse a la indigna y minuciosa visita. Mientras guardaba sus instrumentos, el médico dijo:

—Está todo en orden. No la ha tocado. —Luego le miró la muñeca, que estaba roja e hinchada, y preguntó—: ¿Y esto cómo ha pasado?

—He tenido que golpearla con el cañón de la pistola para que soltara la barandilla —dijo Katie.

Luego el médico vio un arañazo en la rodilla de la chica.

—¿Y qué es esto?

—He tenido que arrastrarla por el pasillo.

El hombre descubrió la piel inflamada junto al tobillo de Francie.

—¿Qué diablos es esto?

—Su padre le ha restregado la pierna con ácido fénico, en el sitio donde la tocó el hombre.

—¡Qué locura! —estalló el médico—. ¿Querían hacerle una quemadura de tercer grado? —Volvió a abrir su maletín, untó la herida con una crema y la vendó—. Dios mío, entre los dos le han hecho más daño que el mismo criminal. —Luego, tras haberle ajustado el vestidito, le acarició las mejillas y le dijo—: Todo irá bien, pequeña. Te daré una cosa para que te duermas, y cuando te despiertes sólo recordarás haber tenido un sueño horrible. Porque no ha sido nada más que eso. ¿De acuerdo?

—Sí, señor —dijo Francie. Luego vio una jeringa, y se acordó de algo que había pasado mucho tiempo atrás. Se preocupó. ¿Tendría el brazo limpio, o le diría él que…?

—¡Qué chica más valiente! —exclamó él al sacar la aguja.

«Qué médico más amable…», pensó Francie justo antes de caer dormida.

Katie y el médico volvieron a la cocina. Johnny estaba sentado al lado del policía. Éste tomaba notas en una libreta muy pequeña con un lápiz también muy pequeño.

—¿Está bien la niña? —preguntó el policía.

—Muy bien, simplemente está un poco afectada y sufre una «papitis crónica» —contestó el médico guiñando el ojo, luego se dirigió a Katie y dijo—: Cuando se despierte acuérdese de repetirle que sólo ha sido un sueño horrible, y nada más. Dejen de hablar del asunto.

—¿Cuánto le debo, doctor? —preguntó Johnny.

—Nada, señor. Eso lo paga el ayuntamiento.

—Gracias —susurró Johnny.

El médico advirtió que a Johnny le temblaban las manos. Sacó un frasquito de su chaqueta y se lo tendió.

—Adelante.

Johnny le miró titubeante, el otro insistió. Por fin dio un buen trago. El médico le pasó el frasco a Katie.

—Usted también, señora. Parece necesitarlo.

Katie tomó un sorbo y luego el policía reclamó:

—¿Y a mí? ¿Cree que soy abstemio?

Cuando le devolvieron su frasco y vio que quedaba muy poco, el médico suspiró y se bebió el último trago. El policía también suspiró y se volvió hacia Johnny.

—Bien… ¿Dónde guarda usted su arma?

—Debajo de la almohada.

—Tráigala. Tengo que llevarla a la comisaría.

Katie, que no recordaba dónde había metido el arma, entró en el cuarto y miró debajo de la almohada. Volvió a la cocina, con aire preocupado.

—No está.

El policía se puso a reír.

—Claro. La cogió usted para disparar a ese delincuente.

Katie tardó un buen rato en acordarse que la había echado en lel fregadero. La sacó de allí, el policía la cogió, vació el cargador y le preguntó a Johnny:

—¿Tiene usted licencia de armas?

—No.

—Pues se ha metido en un buen lío.

—No es mía.

—¿Quién se la dio?

—Na… nadie. —Johnny no quería crearle problemas a su amigo Burt.

—Y entonces, ¿cómo la consiguió?

—Me la encontré. Sí, me la encontré por la calle.

—Vaya. ¿Se la encontró bien engrasada y cargada?

—Le doy mi palabra.

—¿Está seguro?

—Sí, claro.

—Vale… Mire, a mí me da igual, pero procure no contradecirse.

El conductor de la ambulancia gritó desde el patio que había llevado al herido al hospital y que había vuelto para recoger al médico, si estaba listo.

—¿Hospital? —preguntó Katie—. Entonces, ¿no le he matado?

—No... —dijo el médico—. Ahora le curaremos para que pueda llegar a la silla eléctrica con sus propias piernas.

—Qué lástima —añadió Katie—, habría querido matarle.

—Ha confesado antes de perder el sentido —explicó el agente—. Aquella niña vecina de ustedes, la mató él, y también cometió otras dos agresiones. Aquí tengo su declaración, y hay testigos. —Y golpeándose el pecho con una mano concluyó—: No me extrañaría que me promovieran cuando vean cómo he llevado el caso.

—Esperemos —dijo Katie—, me gustaría que alguien sacara algo bueno de toda esta historia.

La mañana siguiente, cuando Francie se despertó, su padre estaba a su lado para decirle que todo había sido un sueño. A medida que pasaba el tiempo, Francie asumió que realmente lo había soñado. Aquel suceso no dejó rastro alguno en su memoria: el miedo había sido tan grande que había difuminado las otras emociones. El terror que había sentido en las escaleras había sido breve, unos tres minutos, y había servido de anestésico. Lo que había pasado después se había borrado, gracias al efecto del calmante. Incluso cuando tuvo que declarar durante el juicio, su historia le parecía una obra de teatro en la cual ella representaba un papel secundario.

Harían un juicio, pero a Katie le dijeron que se trataría de una pura formalidad. Los jueces interrogaron a Francie y a su madre. No había mucho que decir.

—Volvía del colegio —contó Francie—, y cuando entré en el vestíbulo de mi casa, ese hombre vino hacia mí y me aferró, antes de que pudiese ponerme a gritar. Mientras él estaba intentando arrastrarme escaleras abajo, llegó mi madre.

Katie dijo:

—Estaba bajando las escaleras, cuando vi a ese hombre que sujetaba a mi hija. Entonces eché a correr hacia arriba, cogí la pistola (no tardé mucho), volví a bajar y le disparé mientras él trataba de escaparse al sótano.

Francie pensó preocupada si arrestarían a su madre. Pero no, todo acabó con un apretón de manos entre Katie y el juez.

Algo curioso y afortunado ocurrió con los periódicos. Un reportero en busca de noticias había hecho su ronda de llamadas nocturnas a las comisarías de la zona, y se había enterado del suceso, pero confundió el apellido de los Nolan con el del agente de policía. Por eso, en un diario de Brooklyn se leyó que la señora O'Leary de Williamsburg había disparado a un malintencionado en el vestíbulo de su casa. Al día siguiente, dos periódicos de Nueva York retomaron la noticia y escribieron que un malintencionado había matado a la señora O'Leary en el patio de su casa.

Naturalmente, el episodio fue rápidamente olvidado. Katie disfrutó de su momento de gloria como heroína del barrio, pero pronto los vecinos olvidaron al delincuente y lo único que recordaban era que le había disparado a un hombre. Hablando de ella, decían que era mejor no pelearse con esa mujer, porque era capaz de matar con sólo una mirada.

La marca del ácido fénico jamás desapareció de la pierna de Francie, pero se redujo hasta adquirir la dimensión de un centavo. Francie se acostumbró a ella y cuando se hizo mayor tampoco la notaba.

Johnny fue condenado a pagar cinco dólares por haber violado la Ley Sullivan. Más tarde ocurrió que la mujer de Burt se escapó con un italiano más o menos de su misma edad.

Poco tiempo después el sargento McShane fue a visitar a Katie. La encontró acarreando un gran cubo de ceniza y se compadeció de ella. La ayudó a llevar el cubo. Katie se lo agradeció y se quedó mirándole. Le había visto una sola vez desde la excursión de Mattie Mahoney, en la que él le preguntó a Francie si ella era su madre. Fue un día que acompañó a Johnny a casa porque éste no estaba en condiciones de llegar por sus propios medios. Katie había oído decir que la señora McShane estaba internada en un sanatorio para enfermos de tuberculosis incurables. Nadie creía que viviese mucho tiempo. «¿Se volverá a casar? —se preguntó Katie—. ¡Oh! Seguro que sí, es guapo y decente, y tiene un buen empleo. Ya se encargará alguna mujer de atraparle.» McShane se descubrió y le habló:

—Todos mis hombres y yo quisiéramos darle las gracias por habernos ayudado a capturar a ese delincuente.

—No hay de qué —se limitó a contestar ella.

—Y, para mostrarle nuestro agradecimiento, hemos decidido hacer una pequeña colecta en su favor.

—¿Dinero?

—Sí, eso es.

—Pues ya puede llevárselo.

—Seguro que le vendría bien... su marido no tiene un trabajo estable y los niños siempre necesitan algo.

—Eso es asunto mío, señor McShane. Como puede ver, trabajo duro y no necesito la ayuda de nadie.

—Como usted prefiera.

Guardó el sobre y mirándola fijamente a los ojos, pensó:

«Es una gran mujer, esbelta, de una piel hermosa y pelo ondulado. Ella sola tiene más valor y orgullo que seis personas juntas. Yo soy un hombre de mediana edad, tengo cuarenta y cinco años, y ella no es más que una jovenzuela. —Katie tenía treinta y uno, pero aparentaba muchos menos—. Los dos hemos tenido mala suerte en el matrimonio. Así es».

McShane estaba al tanto de la conducta de Johnny y sabía que no duraría mucho con la vida que llevaba. Le daba pena, igual que le daba pena Molly, su esposa. No deseaba nada malo a ninguno de los dos. Ni siquiera se le había ocurrido ser infiel a su mujer enferma. Pero se preguntaba: «¿Puede acaso hacerles algún daño que yo albergue esperanzas? Claro que habrá que esperar. ¿Cuántos años? ¿Dos? ¿Cinco? En fin, he pasado tantos sin esperanza ni felicidad que, sin duda, bien podré esperar un tiempo más».

Se despidió con formalidad. Al estrechar la mano de Katie en la suya pensó: «Algún día será mi esposa, si Dios y ella lo permiten».

Katie no podía saber lo que él estaba pensando. ¿O sí podía? Tal vez. Porque algo la indujo a decirle cuando él se retiraba:

—Espero, sargento McShane, que algún día será usted tan feliz como merece.

XXXIV

Cuando Sissy anunció a Katie que pronto conseguiría una criatura, Francie se preguntó por qué emplearía la expresión «conseguir» en vez de «tener una criatura», como decían todas las mujeres. Luego supo que había un motivo para que se expresara así.

Sissy había tenido tres maridos. En el cementerio Saint John, en Cypress Hills, había un terreno reducido, con diez pequeñas lápidas, que le pertenecía. En cada una de ellas las fechas de nacimiento y defunción eran iguales. A los treinta y cinco años, a Sissy la desesperaba la ausencia de hijos. Katie y Johnny a menudo lo comentaban y temían que algún día raptase un niño, ella deseaba adoptar un hijo, pero su John no quería saber nada de eso.

—No quiero alimentar a un bastardo, el hijo de otro hombre, ¿me comprendes? —Así se expresaba el marido.

—¿No te gustan los niños, cariño? —preguntaba ella, lisonjera.

—Claro que me gustan, pero quiero que sean míos y no de otro zángano —contestaba él, insultándose inconscientemente a sí mismo.

Por lo general, el John de Sissy era muy dócil, pero respecto a este tema no se dejaba convencer. Insistía en que, de tener hijos, deberían ser suyos y no de otro cualquiera. Sissy sabía que hablaba en serio. Aquella actitud tan decidida le inspiraba cierto respeto. Pero necesitaba tener una criatura con vida.

Por casualidad, descubrió en Maspeth una hermosa joven de dieciséis años que había dado un traspié con un hombre casado y se había quedado embarazada. Sus padres, italianos, oriundos de Sicilia, habían llegado recientemente del Viejo Mundo. Encerraron a la muchacha en un cuarto oscuro para evitar que los vecinos vieran el desarrollo de su vergüenza. El padre la sometió a una dieta rigurosa de pan y agua. Abrigaba la teoría de que esto la debilitaría de tal manera que madre e hijo morirían en el momento del parto. Cuando salía por la mañana para su trabajo, no dejaba dinero en casa para que la buena y cariñosa madre no pudiese alimentar a la muchacha durante su ausencia. Por la noche regresaba con una bolsa de provisiones y cuidaba de que no se apartase a escondidas nada para la joven. Después de cenar con la familia, él le llevaba personalmente la ración diaria, que se componía de un mendrugo y una jarra de agua.

Sissy se indignó cuando se enteró de semejante ayuno y crueldad. Tramó un plan. Dadas las circunstancias, se imaginó que aquella familia entregaría con gusto el recién nacido. Resolvió hacer una visita de inspección a aquella gente. En caso de tener aspecto sano y normal, les pediría el niño.

Cuando Sissy se presentó en la casa, la madre no la dejó entrar. Volvió al día siguiente luciendo un distintivo en la solapa del abrigo. Golpeó la puerta. Cuando la entreabrieron, señaló su distintivo y, con tono severo, ordenó que la dejasen pasar.

La mujer, atemorizada, creyendo que pertenecía al Departamento de Inmigración, abrió la puerta. Si hubiera sabido leer se habría enterado de que la leyenda del distintivo rezaba: «Inspector de gallineros».

Sissy se hizo cargo de la situación. La futura madre se hallaba aterrada y desafiante, tenía el rostro demacrado por la dieta. Sissy amenazó con arrestar a la madre si no mejoraba el tratamiento. Con muchas lágrimas y en un inglés titubeante, la madre contó la deshonra de la familia y el plan del padre para dejar morir de hambre a la muchacha y a la criatura que iba a nacer. Sissy conversó todo el día con la madre y con Lucia, la hija. Fue casi todo una pantomima. Por fin Sissy les hizo entender que no tendría inconveniente en hacerse cargo de la criatura cuando viniera al mundo. La madre le cubrió las manos de besos de agradecimiento. Desde aquel día Sissy se convirtió en la adorada amiga de confianza de la familia.

Todas las mañanas, después de que su John se fuera al trabajo, Sissy hacía la limpieza del piso y preparaba una olla de comida para Lucia, que luego llevaba a casa de los italianos. Nutría bien a la futura madre, siguiendo un régimen medio alemán medio irlandés. Creía que si la criatura absorbía aquella clase de comida no sería tan italiano.

Se ocupó mucho de Lucia. Los días agradables la llevaba al parque y la hacía sentar al sol. Mientras duró tan inusitada amistad, Sissy fue una amiga solícita y una compañera alegre para la joven. Lucia adoraba a Sissy, la única en este mundo que la había tratado con cariño. Toda la familia quería a Sissy, excepto el padre, que ignoraba su existencia. La madre y los hermanos de Lucia cooperaban para que el padre no se enterase. Cuando le oían subir las escaleras, encerraban a Lucia en el cuarto oscuro.

La familia apenas sabía hablar inglés y Sissy no entendía el italiano, pero, a medida que transcurrieron los meses, ella les enseñó un poco de inglés y ellos un poco de italiano, hasta que pudieron conversar. Nunca les dijo cómo se llamaba, así que la apodaron «Statua Libertà», por la dama de la antorcha, lo primero que vieron sus ojos en América.

Sissy se hizo cargo de Lucia, de su embarazo y de toda la familia. Cuando estuvieron de acuerdo y tomaron una decisión, Sissy anunció a su familia y a sus amistades que esperaba un hijo. Nadie le hizo caso, porque siempre estaba esperando hijos.

Encontró una partera desconocida y le pagó el parto por adelantado. Le entregó un papel en el que había rogado a Katie que escribiese su nombre, el de su John y su apellido de soltera. Dijo a la partera que debería entregar aquel papel al Registro Civil en cuanto naciera la criatura. La ignorante mujer, que no sabía hablar italiano (Sissy se aseguró de ello antes de contratarla), supuso que aquellos nombres serían los del padre y la madre. Sissy quería tener la partida de nacimiento en perfectas condiciones.

Simulaba su embarazo «por poderes» con tanto realismo que fingía náuseas matutinas durante las primeras semanas. Cuando Lucia le dijo que notaba que la criatura se movía, ella le anunció a su marido que sentía vivir en ella al ser que llevaba en sus entrañas.

La misma tarde que Lucia empezó a sufrir los primeros dolores, Sissy regresó a su casa y se metió en la cama. Cuando John regresó del trabajo, le dijo que el bebé estaba a punto de nacer. Él la miró. Estaba tan delgada como una bailarina. John discutió, pero ella insistió tanto que se fue a buscar a su suegra. Cuando Mary Rommely vio a Sissy, le dijo que era imposible que estuviese en vísperas de dar a luz. Por toda respuesta, Sissy emitió un quejido capaz de helar la sangre a cualquiera y dijo que se estaba muriendo de dolor. Mary la miró pensativa. No sabía qué pasaba por la mente de Sissy, pero sí sabía que era inútil discutir con ella. Si decía que iba a tener un hijo, un hijo tendría, y no había nada que hacer. John protestó:

—Pero ¡mire lo flaca que está! Este vientre no encierra una criatura, ¿lo ve?

—Puede ser que esté en la cabeza. Es lo suficientemente grande, como puedes ver —dijo Mary Rommely.

—Vamos. Eso es imposible.

–¿Quién eres tú para decirlo? —preguntó Sissy—. ¿Acaso la Virgen María no ha dado a luz sin acercarse siquiera a un hombre? Si ella lo ha logrado, pues más fácil me resultará a mí que estoy casada y tengo un hombre.

—¿Quién sabe? —dijo Mary Rommely, y volviéndose al acosado marido le habló dulcemente—: Hay muchas cosas que los hombres no entienden.

Instó al confundido marido a que lo olvidara todo, que disfrutara la exquisita comida que le iba a preparar y que luego se acostase y durmiese tranquilo.

El perplejo John pasó la noche acostado al lado de su mujer. No pudo dormir tranquilo. De vez en cuando se apoyaba en el codo para contemplarla. Le pasó la mano por el plano vientre varias veces. Ella durmió profundamente toda la noche. Cuando John salió por la mañana, Sissy le anunció que al regresar aquella tarde se encontraría con que ya era padre.

—Me doy por vencido —gritó el atribulado marido, y se fue a trabajar a la editorial.

Sissy fue a la carrera a casa de Lucia. La criatura había nacido una hora después de salir el padre de Lucia. Era una hermosa y sana niñita. Sissy estaba encantada. Dijo que Lucia tenía que amamantarla durante diez días para fortalecerla y que entonces se la llevaría. Salió a comprar un pastel y un pollo desplumado, la madre lo cocinó al estilo italiano. Sissy aceptó el riesgo de la legitimidad de una botella de chianti que compró al tendero italiano de la esquina. Fue una buena comida. La casa parecía estar de fiesta. Todo el mundo era feliz. El vientre de Lucia casi había vuelto a la normalidad. Ya no existía el monumento a su deshonra. Ahora todo quedaba como antes... o quedaría, cuando Sissy se llevase a la niñita.

Sissy lavaba a la criatura cada hora. Le cambiaba la camisita y la faja tres veces al día. Cada cinco minutos la mudaba aunque los pañales estuviesen secos. También se preocupó de embellecer a Lucia, lavándola y cepillándole el cabello hasta darle el lustre de la seda. Le parecía que todo cuanto hiciera por Lucia y su hijita era poco. A la hora que debía regresar el padre, era cuestión de largarse del lugar.

Como de costumbre, el padre se dirigió al cuarto de Lucia para llevarle la ración diaria. Encendió el gas y se encontró con una Lucia radiante y una criatura regordeta y sana, profundamente dormida a su lado. No volvía de su asombro. ¡Éste era el resultado de una dieta a pan y agua! Se asustó. ¡Era un milagro! Evidentemente, la Virgen María había intercedido por la joven madre. Él había oído de asombrosos milagros sucedidos en Italia. Quizá sería castigado por haber tratado de una forma tan despiadada a alguien de su propia sangre. Contrito, fue a buscarle un plato lleno de tallarines. Lucia los rechazó, diciendo que se había acostumbrado al pan y el agua. La madre apoyó a Lucia diciendo que el pan y el agua habían formado una criatura perfecta. El padre se convenció cada vez más de que se trataba de un milagro. Se volvió sumamente cariñoso con su hija, pero la familia se propuso castigarle. No le permitían ninguna demostración de afecto por su hija.

Cuando John llegó al anochecer, encontró a Sissy plácidamente en cama. En tono de chanza le preguntó:

—¿Has tenido hoy a tu hijo?

—Sí —contestó ella, con voz débil.

—Vamos. No bromees.

—Ha nacido esta mañana, una hora después de que te fueras.

—No puede ser.

—Te lo juro.

Miró alrededor del cuarto.

—¿Dónde está, entonces?

—En Coney Island, en una incubadora.

—¿En qué?

—Era sietemesina. Pesaba sólo kilo y medio. Por eso no se me notaba nada.

—¡Mientes!

—En cuanto me sienta con fuerzas te llevaré a Coney Island para que la veas a través de los cristales.

—¿Qué te propones? ¿Quieres que me vuelva loco?

—La traeré a casa dentro de diez días. En cuanto le hayan crecido las uñas de las manos. —Ésta fue una ocurrencia de último momento.

—¿Qué te pasa, Sissy? Maldición. Sabes perfectamente que esta mañana no has tenido un hijo.

—He tenido una hija. Pesaba kilo y medio. La llevaron a la incubadora para que no se muriese y dentro de diez días la tendré de vuelta.

—¡No lo entiendo! ¡Me doy por vencido! —gritó, y se fue a pillar una borrachera.

Sissy llevó la criatura a casa diez días después. Era grande y pesaba cuatro kilos y medio. John se resistió por última vez.

—Parece demasiado grande para tener diez días.

—Tú también eres muy grande, querido —murmuró ella. Vio la expresión de contento que se reflejó en su semblante. Le abrazó—. Ahora ya estoy bien… —le susurró al oído— si quieres dormir conmigo.

—Fíjate —comentó él luego—, se parece un poco a mí.

—Especialmente alrededor de las orejas —dijo Sissy, soñolienta.

Pocos meses después la familia italiana regresó a su patria. Estaban contentos de irse porque el Nuevo Mundo no les había dado más que tristeza, pobreza y vergüenza. Sissy jamás tuvo noticias de ellos.

Todo el mundo sabía que la criatura no era de Sissy —no podía ser suya—, pero ésta se aferró a la ficción y, como no había otra explicación, terminaron por aceptarla. Al fin y al cabo pasaban tantas cosas raras en el mundo… La bautizó con el nombre de Sarah, pero todos la llamaban la pequeña Sissy.

Katie fue la única a quien Sissy le contó el verdadero origen de la criatura. Tuvo que confesárselo al pedirle que escribiese los nombres para la partida de nacimiento. ¡Ah! Pero Francie también lo sabía. Algunas noches la despertaban las voces de Sissy y Katie, que hablaban sobre la niña en la cocina. Francie se prometió guardar siempre el secreto de Sissy.

Johnny era la persona que estaba al tanto (si se exceptúa la familia italiana). Katie se lo había contado. Francie los había oído hablar de ello por la noche cuando la creían dormida. Johnny se ponía de parte del marido de Sissy.

—Es una mala jugada, para él y para cualquier hombre. Alguien debería decírselo. Yo se lo diré.

—¡No! Es un hombre feliz. Deja que siga siéndolo.

—¿Feliz? ¿Habiéndole endosado el hijo de otro? Yo no lo veo así.

—Está loco por Sissy. Siempre teme que ella le deje, y si le dejase se moriría. Ya conoces a Sissy. Anduvo de un hombre a otro, de un marido a otro, tratando de tener una criatura. Se asentará y será mucho mejor esposa de lo que él se merece. ¿Quién es ese John, al fin y al cabo? —Calló un momento—. Ella será una buena madre. Esa criatura será todo su mundo y ya no necesitará correr detrás de los hombres. Así que es mejor que no te metas, Johnny.

—Vosotras, las Rommely, sois demasiado profundas para nosotros, los hombres —dijo fríamente Johnny. Se le ocurrió una idea—. Dime, tú no me has hecho eso, ¿verdad?

Como respuesta, Katie hizo levantar a los niños de la cama. En camisón, como estaban, los plantó frente a su marido.

—¡Míralos! —ordenó.

Johnny miró a su hijo. Era como si se mirase en un espejo donde se veía perfectamente, pero en miniatura. Miró a Francie. Allí estaba reproducida la cara de Katie (aunque más solemne), excepto los ojos, que eran los de Johnny. Siguiendo un súbito impulso, Francie cogió un plato y lo apretó contra su corazón como hacía Johnny con su sombrero cuando cantaba. Entonó una de sus canciones:

La llamaban la frívola Marí,
un poco rara, eso sí...

Tenía las mismas expresiones y hacía los mismos ademanes que Johnny.

—Vale, vale —susurró Johnny.

Besó a sus hijos y, diciéndoles que volvieran a la cama, les dio una suave palmada en el trasero. Cuando los niños se hubieron ido, Katie tomó a Johnny por la cabeza y le susurró algo al oído.

—No puede ser —contestó él, sorprendido.

—Sí, Johnny —dijo ella quietamente.

Johnny se puso el sombrero.

—¿Adónde vas, Johnny?

—Voy a salir.

—Por favor, Johnny, no vuelvas... —Se calló mirando hacia el dormitorio.

—No, Katie —le prometió, besándola con ternura, y salió.

Francie se despertó durante la noche, preguntándose qué la había despertado. ¡Ah! Su padre no había vuelto aún. Eso era. No podía conciliar el sueño tranquilo y profundo mientras su padre no regresara. Una vez despierta, empezó a pensar. Pensó en la criatura de Sissy. Pensó en el nacimiento. Sus pensamientos siguieron hasta el corolario del nacimiento:

la muerte. No deseaba pensar en la muerte, en que todos nacían para morir. Mientras luchaba para ahuyentar esas ideas, se oyeron los pasos de Johnny que subía la escalera cantando a media voz. Se estremeció cuando oyó que venía cantando la última estrofa de «Molly Malone». Nunca cantaba esa estrofa. ¡Nunca! ¿Por qué…?

Murió de una fiebre;
nadie pudo salvarla,
y así es como perdí
a mi dulce Molly Malone…

Francie no se movió. Habían establecido que, cuando Johnny llegaba tarde, era Katie quien le abría la puerta. No quería que sus hijos interrumpiesen su sueño. Katie no le había oído, no se estaba levantando. Francie saltó de la cama. La canción había terminado antes de que ella llegase a la puerta. Cuando le abrió, Johnny esperaba tranquilamente con el sombrero en la mano. Tenía la mirada fija por encima de la cabeza de Francie.

—Has ganado, papá —dijo ella.

—¿Sí? —preguntó, y entró en el cuarto sin mirarla.

—Has terminado la canción.

—Sí, supongo que la he terminado.

Se sentó junto a la ventana.

—Papá…

—Apaga la luz y ve a acostarte.

Dejaban la luz encendida hasta que él regresaba. Ella apagó la luz.

—Papá, ¿estás…, enfermo?

—No. No estoy borracho —dijo claramente, desde las tinieblas.

Y Francie comprendió que decía la verdad. Se fue a su cama y hundió la cara en la almohada. Sin saber por qué, se puso a sollozar.

XXXV

Otra vez faltaba una semana para Navidad. Hacía poco que Francie había cumplido los catorce años. Neeley, según decía él, esperaba cumplir los trece en cualquier momento. Todo hacía creer que no sería una Navidad tan buena. Algo le pasaba a Johnny, no bebía últimamente. En otras ocasiones había dejado de beber, pero esto sólo ocurría cuando tenía trabajo. Ahora ni bebía ni trabajaba, y lo peor era que actuaba como si estuviera bebiendo.

Hacía más de dos semanas que no hablaba con su familia. Francie recordaba que la última vez que le había hablado fue aquella noche que había llegado sobrio, cantando la última estrofa de «Molly Malone». Recordándolo bien, tampoco había cantado desde aquella noche. Entraba y salía sin hablar. Regresaba sobrio, pero tarde, y nadie sabía dónde había estado. Le temblaban mucho las manos. Apenas si podía sostener el tenedor para comer. Y, de pronto, se le veía viejo.

El día anterior había llegado mientras estaban cenando. Los miró como si fuese a decirles algo. Luego, en vez de hablar, cerró los ojos durante un instante y entró en el dormitorio. No tenía horario fijo para nada. Entraba y salía a horas inusitadas del día o de la noche. Cuando estaba en casa se pasaba el tiempo recostado en su cama, vestido y con los ojos cerrados.

Katie andaba pálida y silenciosa. La rondaba un presentimiento, como si llevase la tragedia misma dentro de sí. Tenía el rostro flaco y demacrado, las mejillas hundidas, pero, en cambio, su cuerpo se redondeaba poco a poco.

Aquella semana antes de Navidad había doblado sus tareas aceptando un empleo extra. Se levantaba más temprano, trabajaba con más prisa en la limpieza de los pisos y terminaba antes que de costumbre. Luego corría a los grandes almacenes Gorling, en el extremo polaco de Grand Street, donde trabajaba de cuatro a siete de la tarde sirviendo café y emparedados a las vendedoras, a quienes no se les permitía salir a cenar a causa del exceso de trabajo motivado por las fiestas de Navidad. Su familia necesitaba con desesperación los setenta y cinco centavos diarios que ganaba en los almacenes.

Eran ya cerca de las siete. Neeley acababa de llegar de su reparto de periódicos y Francie regresaba de la biblioteca. En el piso no había fuego. Tenían que esperar a que llegase Katie con algún dinero para comprar un haz de leña. Los niños no se quitaron los abrigos ni las gorras de lana, porque el piso estaba helado. Francie, viendo la ropa que su madre había lavado y colgado afuera, la recogió. Las prendas, que al congelarse habían adquirido formas grotescas, no querían entrar por la ventana.

—Déjame a mí —dijo Neeley, tomando un calzoncillo escarchado.

Las largas piernas de la prenda se habían congelado extendidas, y a pesar de los esfuerzos de Neeley no pasaban por la ventana.

—Le voy a romper las piernas —dijo Francie—. Maldita sea.

Le dio un violento golpe, la prenda crujió y se desgarró. En esos momentos se parecía mucho a su madre.

—Francie…

—¿Qué?

—Has dicho una blasfemia.

—Ya lo sé.

—Dios te oye.

—¡Oh, déjalo!

—Es verdad. Él lo oye y lo ve todo.

—Neeley, ¿tú crees que se fija justamente en ese viejo cuartito nuestro?

—Claro que sí.

—No te lo creas, Neeley. Dios está demasiado ocupado, tiene que fijarse en los gorriones y en los árboles en flor. No tiene tiempo para controlarnos a nosotros.

—No deberías hablar así, Francie.

—Seguiré haciéndolo. Si de verdad estuviese observando a través de nuestra ventana, se enteraría de lo que sucede, vería que hace frío, que no hay comida, que mamá no es bastante fuerte para trabajar tanto. Ah, y vería cómo se porta papá y haría algo. Sí, haría algo.

—Francie...

El chico miraba inquieto a su alrededor. Francie notó su inquietud.

«Soy demasiado mayor para seguir peleándome con él», pensó, y luego dijo en voz alta:

—Está bien, Neeley.

Cambiaron de tema y siguieron hablando hasta que su madre regresó.

Katie entró como una furia. Traía un hato de leña que había comprado por dos centavos, una lata de leche condensada y tres plátanos en una bolsa de papel. Puso papel y la leña en la cocina económica y en un santiamén tuvo el fuego encendido.

—Bueno, hijos míos, me parece que esta noche vamos a cenar con avena.

—¿Otra vez? —suspiró Francie.

—No resultará tan mal —dijo Katie—. Tenemos leche condensada y plátanos para acompañar.

—Mamá, no mezcles mi leche condensada con la avena, espárcela de modo que quede encima —pidió Neeley.

—Se podrían rebanar los plátanos y cocinarlos con la avena —sugirió Francie.

—Yo quiero comer el plátano entero —protestó Neeley.

Katie puso fin a la discusión.

—Os daré un plátano a cada uno para que os lo comáis a vuestro gusto.

Cuando la avena estuvo cocida, Katie llenó dos platos soperos y los puso sobre la mesa, agujereó la lata de leche y colocó un plátano delante de cada plato.

—¿Tú no vas a comer, mamá?

—Comeré después, ahora no tengo apetito —suspiró Katie.

—Mamá, si no te apetece comer, ¿por qué no tocas el piano para que parezca que estamos comiendo en un restaurante? —sugirió Francie.

—El salón está muy frío.

—Enciende la estufa de petróleo —propusieron los niños.

—Bueno, pero ya sabéis que no toco muy bien —contestó Katie llevándose la estufa portátil.

—Tocas magníficamente, mamá —dijo Francie con sinceridad.

A Katie le agradó el elogio. Se arrodilló para encender la estufa.

—¿Qué queréis que toque? —preguntó.

—«Vengan hojitas» —pidió Francie.

—«Bienvenida, dulce primavera» —rogó Neeley.

—Tocaré primero «Vengan hojitas», porque no le regalé nada a Francie para su cumpleaños.

Katie entró en el salón.

—Me parece que voy a rebanar el plátano sobre la avena. En rebanadas bien delgaditas, para que haya muchas —dijo Francie.

—Yo lo voy a comer aparte y bien despacito, para que dure mucho —manifestó Neeley.

Katie estaba tocando la canción para Francie. El señor Morton se la había enseñado a los niños en el colegio. Francie cantó al compás de la música:

Vengan hojitas, dijo el viento un día,
vengan y jueguen conmigo en la campiña,
vistan sus trajes de oro y carmín…

—¡Bah! Es una canción para críos —interrumpió Neeley.

Francie dejó de cantar. Cuando Katie hubo terminado la pieza, la emprendió con la «Melodía en fa» de Rubinstein. El señor Morton la había enseñado también a los niños, con el título de «Bienvenida, dulce primavera», y Neeley cantó:

Bienvenida, dulce primavera,
te recibieron con canciones...

La voz de Neeley cambió bruscamente de tenor a bajo en la última nota de «canciones». Francie rió y contagió tal risa a Neeley que no pudo seguir cantando.

—¿Sabes lo que diría mamá si estuviese sentada aquí ahora? —preguntó Francie.

—¿Qué diría?

—Antes de que os deis cuenta estaremos otra vez en primavera.

Los dos rieron alegremente.

—Pronto llegará la Navidad —comentó Neeley.

—¿Recuerdas —preguntó Francie, que acababa de cumplir catorce años— cómo olfateábamos la llegada de la Navidad cuando éramos niños?

—Veamos si aún podemos oler su proximidad —dijo Neeley impulsivamente. Entreabrió la ventana y sacó la nariz—. Sí.

—¿A qué huele?

—Huelo la nieve. ¿Recuerdas que siendo niños mirábamos el cielo y gritábamos: «Plumista, plumista, sacúdete y deja caer algunas plumas del cielo»?

—Y cuando nevaba creíamos que allí arriba había un plumista. Déjame oler —dijo Francie sacando la nariz por la abertura—. Sí, lo huelo. Huele a naranja y árboles de Navidad.

Cerraron la ventana.

—Yo nunca te traicioné por lo de aquel día que dijiste llamarte Mary para que te diesen la muñeca.

—Es verdad —contestó Francie, agradecida—, y yo tampoco lo hice cuando hiciste un cigarrillo de café molido y el papel se incendió y cayó en tu camisa, que se quemó y se hizo un agujero bien grande. Te ayudé a esconderla.

—¿Sabes que mamá encontró la camisa y le cosió un parche y nunca me preguntó cómo había hecho aquel agujero?

—Mamá es rara —concluyó Francie.

Hablaron un buen rato sobre lo incomprensible que era su madre. El fuego se iba apagando, pero la habitación se mantenía templada. Neeley se sentó en un extremo de la cocina económica, donde estaba menos caliente. Su madre le había advertido que le saldrían almorranas si se sentaba sobre la cocina caliente. Pero a él no le importaba. Le gustaba tener el trasero caliente.

Se sentían casi felices. La cocina estaba cálida, habían comido, y la música de Katie les daba sensación de seguridad y bienestar. Siguieron tejiendo recuerdos de las pasadas navidades, o, como dijo Francie, hablaron de antaño.

Aún estaban charlando cuando alguien llamó a la puerta.

—Es papá —dijo Francie.

—No. Papá siempre sube cantando para que sepamos que llega.

—Neeley, papá no ha cantado desde aquella noche...

—¡Dejadme entrar! —gritó Johnny golpeando la puerta como si deseara derribarla.

Katie llegó corriendo desde el salón. Sus ojos parecían más oscuros en su pálido semblante. Abrió la puerta, y Johnny casi cayó de bruces. Le miraron asombrados. Nunca habían visto así a su padre. Siempre andaba muy atildado, y ahora traía la chaqueta sucia como si se hubiera revolcado en el albañal y el chambergo abollado. No tenía abrigo ni guantes. Las manos amoratadas le temblaban. Se apoyó en la mesa.

—No, no estoy borracho —dijo.

—Nadie lo insinúa... —repuso Katie.

—¡Por fin he terminado con la bebida, la odio, la odio, la odio! —gritó dando puñetazos en la mesa. Ellos sabían que estaba diciendo la verdad.

—No he bebido una gota desde aquella noche... —Calló súbitamente—. Pero ahora ya nadie me cree. Nadie...

—Bueno, bueno, Johnny —dijo Katie aplacándole.

—¿Qué te pasa, papá? —preguntó Francie.

—Calla. No molestes a tu padre —ordenó Katie. Luego se volvió hacia Johnny—. Aún queda café, está rico y caliente y hoy tenemos leche. Te he esperado para que cenáramos juntos. —Le sirvió el café.

—Nosotros ya hemos cenado —dijo Neeley.

—Calla —repitió Katie. Agregó leche al café y se sentó frente a Johnny, diciéndole—: Bébetelo, Johnny, ahora que está caliente.

Johnny miró la taza fijamente. De pronto la empujó con ademán brusco. Katie se sobresaltó al oír el golpe contra el suelo. Johnny ocultó la cabeza entre sus brazos y sollozó estremeciéndose. Katie se le acercó.

—¿Qué te pasa, Johnny? Pero ¿qué te pasa? —preguntó con dulzura.

Por fin respondió entre sollozos:

—Me han echado del sindicato. Me dijeron que era un borracho y un holgazán. Dijeron que nunca más en la vida me darían trabajo. —Reprimió los sollozos un momento, su voz sonaba asustada cuando repitió—: Nunca más en la vida. Pretendían que les devolviese mi distintivo. —Tapó con la mano el botón verde y blanco que llevaba en la solapa. A Francie se le hizo un nudo en la garganta recordando cuán a menudo decía que lo lucía como un adorno, una rosa. Estaba orgulloso de pertenecer al sindicato—. Pero no quise entregarlo —gimió sollozando.

—Eso no tiene importancia, Johnny. Tómate un buen descanso, y cuando te hayas repuesto, estarán contentos de recibirte de nuevo. Eres un buen camarero y el mejor cantante que tienen.

—Ya no sirvo… Ya no sirvo para cantar, Katie. Se ríen de mí cuando canto. Los últimos empleos que me dieron fueron para que hiciera reír. A eso hemos llegado ahora. Estoy acabado.

Sollozó desesperadamente. Sollozó como si su llanto no fuese a terminar nunca.

Francie quiso correr a su cuarto y esconder la cabeza bajo la almohada. Se deslizó hacia la puerta. Katie la vio.

—Quédate aquí —dijo agriamente. Y siguió hablando con su padre—. Ven, Johnny. Descansa un rato y te sentirás mejor. La estufa de petróleo está encendida, la pondré en el dormitorio para que esté bien templado. Me sentaré a tu lado hasta que te duermas.

Le pasó el brazo por la cintura para ayudarle a caminar. Lo abrazó. Él se separó de ella con suavidad y se fue solo al dormitorio, sollozando más sosegadamente. Katie les dijo a sus hijos:

—Me voy a quedar un rato con papá, vosotros seguid hablando o continuad con lo que estabais haciendo.

Ellos la miraron enmudecidos.

—¿Por qué me miráis con esa cara? No pasa nada —añadió con voz quebrada, y se fue al cuarto principal para llevar la estufa.

Francie y Neeley no se miraron durante un buen rato. Finalmente, Neeley preguntó:

—¿Quieres hablar de los tiempos de antaño?

—No —dijo Francie.

XXXVI

Johnny falleció tres días después. Aquella noche se había acostado y Katie se había sentado a su lado para acompañarle hasta que se durmiese. Después, para no molestarle, se acostó en la cama de Francie. Por la noche, Johnny se levantó, se vistió sin hacer ruido y salió a la calle. La noche siguiente no regresó. El segundo día empezaron a buscarle. Lo buscaron por todas partes, pero Johnny no aparecía desde hacía más de una semana por los lugares que acostumbraba frecuentar.

La segunda noche, McShane fue a buscar a Katie para llevarla a un hospital católico que había cerca. En el trayecto le dijo, con toda la ternura de que era capaz, que aquella madrugada le habían encontrado en el umbral de una puerta. Cuando el guardia dio con él, estaba inconsciente. Llevaba puesta la chaqueta sobre la camiseta. Colgada del cuello tenía la medalla de san Antonio, por eso el agente requirió los servicios del hospital católico. No tenían cómo identificarle. Más tarde el policía hizo su informe, en el que incluyó una descripción del hombre encontrado sin conocimiento. Al revisar los informes, McShane leyó la descripción. Por intuición presintió quién era. Fue al hospital y se encontró con Johnny Nolan.

Johnny vivía aún cuando llegó Katie. El médico le dijo que tenía pulmonía y que no había ninguna esperanza. Era sólo cuestión de horas. Había entrado en el estado de coma que precede a la muerte. La llevaron hasta él. Su cama estaba en una sala larga que parecía un corredor. Había unas cincuenta camas en la sala. Katie dio las gracias a McShane y se despidió. Él se fue, sabía que ella deseaba estar a solas con Johnny.

Un biombo, presagio de muerte, rodeaba la cama de Johnny. Llevaron una silla para Katie y ella se quedó allí sentada el día entero, observándole. Johnny respiraba con dificultad y tenía lágrimas secas en las mejillas. Katie se quedó hasta que murió. En ningún momento abrió los ojos. No dijo una sola palabra a su esposa.

Era ya de noche cuando Katie regresó a su casa. Decidió no contárselo a los niños hasta la mañana siguiente. «Mejor que descansen tranquilos —pensó—. Una noche más de reposo, sin penas.» Sólo les dijo que su padre estaba en el hospital, gravemente enfermo. Nada más. Había algo en su aspecto que impidió a los niños hacerle preguntas.

Francie se despertó al amanecer. Vio a su madre que, sentada junto a la cama de Neeley, contemplaba el rostro de su hijo. Estaba muy ojerosa y de su aspecto se deducía que había pasado la noche sentada allí. Cuando vio que Francie estaba despierta, le ordenó que se levantase y vistiese enseguida. Sacudió suavemente a Neeley para despertarle y le dio la misma orden. Ella fue a la cocina.

El dormitorio estaba semioscuro y helado, y Francie tiritaba mientras se vestía. Para no encontrarse a solas con su madre, esperó a que Neeley estuviese listo, y entraron juntos en la cocina. Katie estaba sentada al lado de la ventana. Se detuvieron delante de ella y esperaron.

—Vuestro padre ha muerto —les dijo.

Francie permaneció muda. No la asaltó la sorpresa ni el dolor. No sentía nada. Lo que su madre había dicho no tenía sentido.

—No tenéis que llorarle —les ordenó. Tampoco tenían sentido las palabras que vertieron después sus labios—. Se ha ido de esta vida y quizá sea más afortunado que nosotros.

En el hospital había un ordenanza que, por una propina, se encargaba de avisar al propietario de una empresa de pompas fúnebres en cuanto ocurría un fallecimiento. Este vivo negociante aventajaba a sus competidores, pues se adelantaba en busca del negocio, mientras que los otros esperaban a que éste fuera a buscarlos. El activo individuo visitó a Katie por la mañana, temprano.

—Señora Nolan —dijo, mirando solapadamente el papel donde había anotado el nombre y la dirección—, la acompaño en su sentimiento. Si me lo permite..., lo que le ha ocurrido a usted nos ocurrirá a todos.

—¿Qué es lo que quiere? —preguntó Katie con aspereza.

—Ser amigo suyo —y continuó rápidamente, antes de que ella pudiese interpretarlo mal—: Hay detalles relacionados con..., con los restos. Quiero decir... —otra vez consultó el papelito—, quiero decir, señora Nolan, espero que me considere un amigo que le trae alivio y consuelo en un momento en que... que será... En fin: quiero que deje todo a mi cuidado.

Katie comprendió.

—¿Cuánto me cobraría usted por un funeral sencillo?

—Vamos, no se preocupe por los gastos —dijo eludiendo la respuesta—. Le haré un buen funeral. No he apreciado a nadie tanto como al señor Nolan (no lo conocía). Me ocuparé personalmente para asegurarme que se le cobre el mejor precio que hay. No se aflija por ello.

—No puedo afligirme, puesto que no tengo un centavo.

Él se humedeció los labios.

—Aparte el dinero del seguro, por supuesto —era más una pregunta que una afirmación.

—Hay seguro, sí, pequeño.

—¡Ah! —contestó; se restregó las manos—. Ahí es donde puedo serle útil. Se requieren muchos trámites para cobrar un seguro. Se tarda mucho en cobrar. Ahora supongamos que usted, y créame que no le cobro por esto, deja que yo me encargue de ello. Me firma esto —sacó un papel del bolsillo— cediéndome la póliza. Yo le adelanto el dinero y después cobro la póliza.

Todos los propietarios de las pompas fúnebres prestaban este servicio. Era una treta para cerciorarse del monto del seguro. Conocido el monto, el entierro costaba el ochenta por ciento del total. Tenían que reservar unos dólares para la ropa de luto, a fin de que la gente quedase satisfecha.

Katie le llevó la póliza. La colocó sobre la mesa, y los avezados ojos del hombre leyeron la cantidad: doscientos dólares. Simuló no haber mirado la póliza. Cuando Katie hubo firmado el papel, él habló de otros temas durante un momento. Finalmente, como si acabara de decidirlo, le dijo:

—Le diré lo que voy a hacer, señora Nolan. Daré al difunto un funeral de primera clase, con coche de duelo y un ataúd con manijas de níquel, por ciento setenta y cinco dólares. Por ese servicio acostumbro cobrar doscientos cincuenta dólares, y no ganaré ni un centavo.

—Entonces, ¿por qué lo hace? —preguntó Katie.

Él no se inmutó.

—Lo hago sólo porque apreciaba al señor Nolan. Un verdadero hombre, y trabajador.

Le extrañó la mirada de sorpresa que le echó Katie.

—No sé…, ciento setenta y cinco dólares…

—Pero en esa suma va incluida la misa.

—Está bien —dijo Katie con voz apagada. La abrumaba hablar de ello.

El propietario de la funeraria cogió la póliza y fingió enterarse en aquel instante del importe.

—¡Ah! Vea usted. Es por doscientos dólares —dijo con falsa sorpresa—. Eso significa que recibirá veinticinco dólares después de haber pagado el funeral. —Adelantó una pierna para meter la mano en el bolsillo—. ¡Ah! Yo siempre sostengo que algún dinero viene bien en momentos como éste… en cualquier momento, a decir verdad. —Se rió entre dientes—. Así que le adelanto la diferencia. —Y colocó sobre la mesa veinticinco dólares en flamantes billetes.

Katie le dio las gracias. No era que se hubiera dejado embaucar, pero no tenía ánimo para protestar. Sabía que aquél era el procedimiento en semejantes circunstancias. El hombre sólo intentaba que prosperase su negocio. Éste le rogó que consiguiese el certificado médico de defunción y agregó:

—Y le agradecería que notificara que yo…, que yo retiraré los…, el dif… Que yo iré a buscar al señor Nolan.

Cuando Katie volvió al hospital, la hicieron pasar al despacho del médico. Allí estaba el cura. Éste estaba tratando de completar los datos para la partida de defunción. Cuando entró Katie la bendijo y, con un apretón de manos, dijo:

—Aquí está la señora Nolan, que podrá informarle mejor que yo.

El médico formuló las preguntas habituales: fecha y lugar de nacimiento y demás. Katie, a su vez, le preguntó:

—¿Qué ha escrito usted? Quiero decir, ¿de qué ha muerto?

—Pronunciado alcoholismo y pulmonía.

—Dijeron que murió de pulmonía solamente.

—Ésa fue la causa directa, pero si quiere saber la verdad, el alcoholismo fue un factor relevante y probablemente el principal motivo de su muerte.

—No quiero que escriba que murió por beber demasiado. Escriba simplemente que murió de pulmonía —dijo Katie despacio pero con firmeza.

—Señora, tengo que consignar la estricta verdad.

—Ya está muerto. ¿Qué puede significar para usted la causa de su fallecimiento?

—La ley exige que…

—Verá —explicó Katie—, tengo dos hijos. Van a crecer para ser algo. Ellos no tienen la culpa de que su padre… haya muerto de lo que usted dice. Significaría mucho para mí poderles decir que falleció de pulmonía solamente.

El sacerdote tomó parte en la discusión.

—Usted puede hacerlo, doctor —dijo—, sin perjuicio propio y beneficiando a otros. No manche el nombre de un pobre muchacho que ya pasó al otro mundo. Ponga pulmonía, que no es mentira, y esta señora le tendrá siempre presente en sus oraciones. En fin, a usted ni le va ni le viene.

De pronto el médico recordó dos cosas: que el sacerdote era miembro del consejo del hospital y que él estaba muy cómodo como director médico del mismo.

—Muy bien —dijo—. Lo haré, pero que no se divulgue. Es un favor personal que le hago a usted, padre.

Y a continuación de las palabras «Causas del fallecimiento» escribió «Pulmonía».

Y en ninguna parte quedó antecedente alguno de que Johnny Nolan hubiera muerto de adicción al alcohol.

Katie gastó los veinticinco dólares en comprar ropa para el luto. A Neeley, un traje negro de pantalones largos; era su primer traje largo, y el orgullo, el placer y la pena se debatían en el pecho del joven. Para ella, un sombrero negro y un velo de un metro, de acuerdo con el estilo de las viudas de Brooklyn. Para Francie, zapatos nuevos, que en todo caso hacía mucho que los necesitaba. Resolvió no comprarle abrigo negro porque estaba creciendo con rapidez y no le serviría para el próximo año. Katie dijo que podría usar el abrigo verde que tenía, con un brazal negro. Francie se alegró, porque detestaba la ropa negra y le afligía la idea de que su madre la obligase a vestir de riguroso luto. El poco dinero que sobró después de hacer estas compras lo guardaron en la hucha.

El propietario de la funeraria volvió para notificarle que el difunto ya había sido trasladado a la sala mortuoria de la empresa, donde lo estaban preparando adecuadamente, y que lo llevarían aquella tarde a casa. Katie le dijo con tono áspero que se abstuviese de entrar en detalles. Entonces cayó la bomba.

—Señora Nolan, necesito los títulos de su terreno.

—¿Qué terreno?

—El del cementerio. Lo necesito para que puedan abrir la sepultura.

—Yo creía que en los ciento setenta y cinco dólares estaba todo incluido.

—¡No! ¡No! ¡No! Yo le hago un favor, sólo el ataúd me cuesta...

—Usted me desagrada —dijo Katie con su tono áspero—. No me gusta la clase de negocio que tiene. Pero —agregó con asombrosa indiferencia— supongo que alguien tiene que enterrar a los muertos. ¿Cuánto cuesta un terreno?

—Veinte dólares.

—¿De dónde quiere usted que los saque? —Se interrumpió súbitamente—. Francie, trae el destornillador.

Apalancaron la hucha. Contenía dieciocho dólares con sesenta y dos centavos.

—No alcanza, yo puedo poner el resto.

El hombre estiró la mano para recibir el dinero.

—Juntaré todo el dinero —le dijo Katie—, pero no lo entregaré hasta que tenga el título de propiedad en mis manos.

Él discutió y chilló hasta que finalmente se retiró diciendo que regresaría con el documento. Katie mandó a Francie a casa de la tía Sissy para que le pidiese dos dólares prestados. Cuando el propietario de la funeraria regresó, Katie, recordando lo que su madre le recomendara catorce años atrás, leyó el papel con detenimiento y se lo hizo leer también a Francie y luego a Neeley. El hombre descansaba sobre un pie, luego sobre el otro. Cuando los tres Nolan estuvieron convencidos de que el documento estaba en orden, Katie le entregó el dinero.

—¿Por qué habría de querer estafarla, señora Nolan? —preguntó plañidero, mientras guardaba cuidadosamente el dinero.

—¿Por qué habría de querer cualquiera estafar a otro? —preguntó ella a su vez—. Sin embargo, lo hacen.

La hucha quedó sobre la mesa. Llevaba catorce años de uso y estaba muy gastada.

—¿Quieres que vuelva a clavarla, mamá? —preguntó Francie.

—No —respondió su madre lentamente—. Ya no la necesitamos. Ahora tenemos un terreno, somos propietarios.

Colocó el documento sobre la maltrecha hucha de lata.

Francie y Neeley permanecieron en la cocina mientras el ataúd estuvo en el salón. Hasta durmieron en la cocina.

No querían ver a su padre en el féretro. Katie parecía comprenderlo y no insistió en que lo hiciesen. La casa estaba llena de flores. El Sindicato de Camareros, del que pocos días atrás habían expulsado a Johnny, mandó una enorme corona de claveles blancos, atravesada por una cinta púrpura que llevaba escrito en letras doradas: «A nuestro hermano». Los policías del distrito enviaron una cruz de rosas rojas. El sargento McShane, un ramo de lirios. La madre de Johnny, las Rommely y algunos vecinos también mandaron flores. Otras las habían enviado muchos amigos de Johnny que Katie no conocía. McGarrity, dueño del bar, mandó un ramo de hojas artificiales de laurel.

—Yo lo tiraría a la basura —dijo Evy, indignada, cuando vio la tarjeta.

—No —contestó Katie suavemente—, no puedo culpar a McGarrity. Johnny no tenía obligación de ir allí.

(Al morir, Johnny adeudaba al propietario del bar unos treinta y ocho dólares. Quién sabe por qué razón, McGarrity ni mencionó a Katie aquella deuda. Silenciosamente la dio por cancelada.)

El ambiente del piso estaba impregnado del perfume de rosas, lirios y claveles. A partir de aquel momento y para siempre, Francie detestó esas flores, pero a Katie le agradaba comprobar el afecto que la gente había sentido por Johnny.

Un rato antes de que cerrasen el ataúd, Katie se acercó a sus hijos en la cocina. Apoyó las manos en los hombros de Francie y le dijo en voz baja:

—Ha llegado a mis oídos algo que dicen por ahí, dicen que no queréis mirar a vuestro padre porque no fue un buen padre para vosotros.

—Sí que fue un buen padre —respondió Francie con fiereza.

—Sí, lo fue —asintió Katie.

Esperó a que los niños decidieran por sí mismos.

—Vamos, Neeley —dijo Francie.

Cogidos de la mano se acercaron al cadáver de su padre. Neeley echó una rápida mirada y, temiendo prorrumpir en llanto, salió corriendo. Francie estaba de pie, con la vista fija en el suelo, le daba miedo mirar. Por fin alzó la vista. ¡No podía creer que su padre yaciera sin vida!

Llevaba puesto el esmoquin, limpio y planchado, pechera y cuello nuevos y lazo cuidadosamente hecho. Tenía un clavel en el ojal de la solapa y, más arriba, el botón del sindicato. Su cabello estaba tan reluciente, rubio y ondeado como siempre. Un mechón le caía por un lado de la frente. Tenía los ojos cerrados como en dulce sueño. Se le veía joven y buen mozo, y bien cuidado. Advirtió por primera vez lo delicado de los arcos de sus cejas. Su pequeño bigote había sido recortado y aparecía elegante como de costumbre. El dolor, el sufrimiento y el tormento habían desaparecido de su rostro. Las facciones eran suaves y juveniles. Johnny tenía treinta y cuatro años cuando falleció. Pero ahora parecía mucho más joven, un muchacho de poco más de veinte, se diría. Francie le miró las manos, cruzadas con negligencia sobre un crucifijo. Había un aro de piel más blanca en el tercer dedo, donde había llevado el anillo con iniciales, regalo de boda de Katie. (Katie se lo había quitado para dárselo a Neeley cuando éste fuera mayor.) Era raro ver las manos de Johnny tan quietas cuando las recordaba siempre temblorosas. Francie observó cuán estrechas y delicadas parecían con sus dedos alargados. Miró con fijeza aquellas manos y de pronto le pareció que se movían. Presa del pánico, quiso salir corriendo. Pero el cuarto estaba lleno de gente que la observaba. Dirían que escapaba porque... Había sido buen padre. ¡Sí lo había sido! ¡Sí! Apoyó su mano sobre el cabello y enderezó el mechón caído. La tía Sissy se le acercó, le rodeó los hombros con un brazo y murmuró:

—Es la hora.

Francie dio un paso atrás y se detuvo junto a su madre mientras ajustaban la tapa del ataúd.

Durante la misa, Francie estuvo arrodillada al lado de Katie, al otro lado estaba Neeley. Francie miraba el suelo para no ver el féretro cubierto de flores, delante del altar. Dirigió la vista hacia su madre. Katie estaba arrodillada, con los ojos fijos mirando al frente de ella, la cara pálida y apacible debajo del velo negro de viuda.

Cuando el sacerdote bajó las gradas del altar y circundó el féretro, rociando con agua bendita las cuatro esquinas, una mujer sentada en la otra nave sollozó con amargura. Katie, celosa y ferozmente posesiva aun ante la muerte, se volvió con gesto brusco para mirar a la mujer que se atrevía a llorar por su Johnny. Se fijó bien en ella y luego volvió la cabeza hacia otro lado. Los pensamientos de Katie se asemejaban a recortes de papel que revoloteaban al viento.

«Hildy O'Dair se ve vieja —pensó—. Su cabello claro parece rociado de polvo. Pero no es mucho mayor que yo: treinta y dos o treinta y tres. Tenía dieciocho años cuando yo contaba diecisiete. Tú sigues tu camino y yo el mío. Con eso quieres decir el camino de ella. Hildy, ¡Hildy! Es mi enamorado, Katie Rommely… Hildy, ¡Hildy!, pero si es mi mejor amiga… Yo no sirvo, Hildy… No debí seguir contigo… Ahora toma tu camino… Hildy, ¡Hildy! Déjala llorar, déjala llorar… Alguien que amó a Johnny debe llorar por él, y yo no puedo llorar. Déjala…»

Katie, la madre de Johnny, Francie y Neeley fueron al cementerio en el primero de los coches que seguían a la carroza funeraria, los dos chicos iban sentados de espaldas al cochero. Francie se alegró de ello, porque así no veía el coche fúnebre. Veía el coche que los seguía, la tía Evy y la tía Sissy iban solas en él. Sus maridos no habían podido asistir porque estaban trabajando, y su abuela, Mary Rommely, se había quedado en casa cuidando a la hija de Sissy. Francie hubiera deseado ir en el segundo coche. Ruthie Nolan lloró y se lamentó durante todo el viaje. Katie iba sentada con quietud inexorable. Era un cupé cerrado que olía a hierba húmeda y a estiércol de caballo. El olor, la falta de ventilación, el ir de espaldas y la tensión daban a Francie una extraña sensación de malestar.

En el cementerio había un cajón de una madera cualquiera ante una profunda fosa. Colocaron el ataúd cubierto con un manto y con sus relucientes manijas dentro de ese cajón. Francie apartó la vista cuando lo bajaron a la fosa.

Era un día gris y ventoso. Un torbellino de polvo helado revoloteaba alrededor de los pies de Francie. A poca distancia de una tumba que hacía una semana había sido ocupada, unos hombres estaban separando las flores marchitas de las armazones de alambre de las coronas y los ramos amontonados sobre la sepultura. Trabajaban metódicamente, amontonando las flores marchitas y apilando las armazones de alambre. La suya era una ocupación legítima. Habían adquirido esa concesión de las autoridades del cementerio y vendían las armazones de alambre a los floristas, que volvían a emplearlas una y otra vez. Nadie se quejaba, porque aquellos hombres tenían buen cuidado de arrancar sólo las flores completamente marchitas.

Alguien puso en la mano de Francie un puñado de tierra húmeda. Vio que Katie y Neeley estaban en el borde de la fosa y dejaban caer en ella su puñado de tierra. Francie dio unos pasos, cerró los ojos y abrió la mano poco a poco. Oyó un golpe sordo y otra vez la invadió una profunda sensación de malestar.

Después del entierro, los coches se fueron en varias direcciones. Llevarían a todos los asistentes a sus casas. Ruthie Nolan se fue con unos vecinos suyos. Ni siquiera se despidió. Durante toda la ceremonia había rehusado hablar con Katie y sus nietos. Las tías Sissy y Evy subieron al coche de Katie y los niños. Como no cabían cinco, Francie se sentó en la falda de Evy. Todos guardaban silencio. Tía Evy trató de animarlos contando una nueva aventura de Willie con su caballo. Pero nadie la celebró, porque nadie la escuchaba.

Katie hizo detener el coche frente a la barbería en la esquina de su casa.

—Bájate y pide el tazón de tu padre.

Francie no entendía lo que su madre le ordenaba.

—¿Qué tazón?

—Simplemente pide el tazón.

Francie entró en la barbería. Había dos barberos, pero ningún cliente. Uno de ellos estaba sentado en una de las sillas que formaban hilera contra la pared. Su tobillo izquierdo descansaba sobre la rodilla derecha y acunaba una mandolina. Estaba tocando «O sole mio». Francie conocía la canción. El señor Morton se la había enseñado con el título de «Ra-

yos de sol». El otro barbero estaba sentado en uno de los sillones de trabajo, mirándose al espejo. Se puso en pie cuando vio entrar a Francie.

—¿Qué desea?

—Quiero el tazón de mi padre.

—¿Cómo se llama?

—John Nolan.

—¡Ah, sí, qué pena!

Suspiró al retirar el tazón de una hilera que había sobre una repisa.
Era blanco y grueso. Tenía escrito el nombre de «John Nolan» en adornadas letras doradas. Dentro había una gastada barrita de jabón blanco
y una brocha de aspecto raído. El barbero despegó el jabón y lo colocó
con la brocha en otro tazón sin nombre. Lavó el de Johnny.

Mientras esperaba, Francie observó a su alrededor. Nunca había entrado en una barbería. Olía a jabón, toallas limpias y perfumes. Había
una estufa de gas que emitía un amistoso sonido. El barbero había terminado la canción y la había empezado de nuevo. El agudo retintín de la
mandolina producía un sonido triste en el tibio ambiente del negocio.
Francie siguió mentalmente las palabras que le había enseñado el señor
Morton:

> *¡Oh! Qué hay mejor, mi amada,*
> *que un día de radiante sol.*
> *Pasó ya, por fin, la tormenta*
> *y el cielo está azul y despejado.*

«Todo el mundo tiene secretos —meditó—. Papá nunca habló de la
barbería, a pesar de que iba a afeitarse tres veces a la semana.»

El escrupuloso Johnny había comprado su tazón, emulando a otros
en mejores circunstancias. Él no había permitido que le afeitasen con espuma de un tazón común. Eso nunca, para Johnny. Iba tres veces a la semana —cuando disponía de dinero—, se sentaba en uno de esos sillones, mirándose al espejo y charlando con el peluquero —tal vez— del
equipo de Brooklyn de aquella temporada o de si los demócratas gana-

rían las elecciones como de costumbre. Tal vez cantase cuando aquel otro barbero tocaba la mandolina. Sí, estaba segura de que había cantado. Cantar había sido para él más fácil que respirar. Se preguntaba si, cuando tenía que esperar turno, leía una *Gaceta de Policía* como aquella que estaba tirada sobre el banco. El peluquero, al darle el tazón ya limpio, le dijo:

—Johnny Nolan era un buen tipo. Diga a su mamá que yo, su barbero, lo he dicho.

—Gracias, muchas gracias —murmuró Francie, agradecida, y salió cerrando la puerta al triste son de la mandolina.

Una vez sentada en el coche entregó el tazón a Katie.

—Es para ti. A Neeley le guardo el anillo con iniciales de tu padre.

Francie leyó el nombre de su padre escrito con letras doradas y, por segunda vez en cinco minutos, dijo agradecida:

—Muchas gracias.

Johnny había vivido en este mundo treinta y cuatro años. No hacía una semana que había andado por aquellas calles. Y ahora el tazón, el anillo y dos delantales de camarero, sin planchar, eran los únicos objetos relacionados con el paso de aquel hombre por la vida. No quedaba otro recuerdo material de Johnny, puesto que había sido sepultado con toda la ropa que poseía, con sus gemelos y su botón de oro de catorce quilates para el cuello.

Cuando llegaron a casa se encontraron con el piso limpio y ordenado. Las vecinas se habían encargado de poner cada mueble en su sitio, de retirar las hojas y pétalos marchitos desprendidos de las coronas. Habían abierto las ventanas para airear el piso. Habían comprado carbón y encendido un gran fuego en la cocina y puesto un mantel limpio sobre la mesa. Las hermanas Tynmore habían llevado un bizcochuelo casero y lo habían colocado en una fuente, cortado en porciones. Floss Gaddis y su madre llevaron tal cantidad de lonchas de mortadela que ocuparon dos fuentes. Además, había una canasta con rebanadas de pan de centeno fresco. Sobre la mesa estaban colocadas las tazas para el café, mientras que en la cocina se mantenía caliente una cafetera llena de este aromático brebaje recién preparado. Alguien había colocado en medio de la mesa una jarra con leche de la buena. Habían hecho todo esto durante la ausencia de los Nolan. Una vez terminado, las vecinas se retiraron y dejaron la llave debajo del felpudo.

Lía Sissy, la tía Evy, Katie, Francie y Neeley se sentaron alrededor de la mesa. La tía Evy sirvió el café. Katie pasó largo rato pensativa mirando su taza. Recordaba la última vez que Johnny se había sentado delante de aquella mesa. Hizo lo que él había hecho en aquel momento: empujó la taza con el brazo y, apoyando la cabeza sobre sus brazos, lloró con sollozos que desgarraban el alma. Sissy la abrazó y le dijo con su voz cálida y acariciadora:

—Katie, Katie querida, no llores así. No llores así, o el hijo que llevas en las entrañas será un niño triste.

XXXVII

Katie se quedó en cama el día siguiente al funeral y Francie y Neeley anduvieron dando vueltas por el piso, aturdidos y perturbados. Al final de la tarde se levantó y les preparó algo de comer. Después de cenar insistió en que fueran a caminar, porque necesitaban respirar aire puro.

Francie y Neeley caminaron por Graham Avenue hacia Broadway. Era una noche de frío recio, sin viento y sin nieve. Las calles estaban desiertas. Habían pasado tres días desde Navidad y los chicos estaban dentro de las casas entretenidos con sus nuevos juguetes. Las luces de las calles brillaban en la fría y severa atmósfera. Una helada brisa marina corría por calles y aceras remolineando desperdicios de papel a lo largo de las alcantarillas.

En esos pocos días habían saltado de la niñez a la adolescencia. La fiesta de Navidad había pasado inadvertida porque su padre murió en ese día. El cumpleaños de Neeley —trece años— quedó perdido entre las angustias de aquellos días.

Cruzaron por delante de un teatro de variedades iluminado con profusión de luces. Como eran ávidos lectores que leían todo lo que encontrase su vista, se detuvieron y leyeron el programa de espectáculos para aquella semana. Debajo del texto, un anuncio en grandes letras rezaba: «La próxima semana, aquí, Chauncy Osborne, dulce cantante de dulces canciones. No falte».

Dulce cantante... Dulce cantante...

Francie no había derramado una lágrima desde la muerte de su padre. Neeley tampoco. Ahora Francie sentía como si todas las lágrimas que había en ella se le hubiesen helado en la garganta formando un nudo y el nudo fuese creciendo… creciendo… Le pareció que si el nudo no se fundía nuevamente en lágrimas, ella también moriría. Miró a Neeley: las lágrimas corrían por sus mejillas. Entonces ella también pudo llorar.

Tomaron una calle oscura y se sentaron en el borde de la acera con los pies en la alcantarilla. Entre sollozos, Neeley se acordó de colocar el pañuelo debajo de su trasero para que no se le ensuciaran los pantalones largos nuevos. Se apretujaron bien porque tenían frío y se sentían solos. Lloraron mucho, tristemente, sentados en la calle fría. Por fin, cuando no tuvieron más lágrimas que derramar, hablaron.

—Neeley, ¿por qué tuvo que morir papá?

—Me imagino que porque Dios lo quiso.

—¿Por qué?

—Tal vez para castigarle.

—¿Castigarle? ¿Por qué?

—No lo sé —dijo Neeley, lastimosamente.

—¿Tú crees que Dios colocó a papá en este mundo?

—Sí.

—Entonces Él quería que viviese, ¿no es así?

—Eso creo.

—Entonces, ¿por qué hizo que muriese tan pronto?

—Tal vez para castigarle —repitió Neeley, sin saber qué decir.

—Y si es así, ¿qué resolvió con eso? Papá está muerto y no sabe que ha sido castigado. Dios creó a papá tal como era y luego se dijo: «A ver qué saca de bueno». Apuesto a que lo hizo exactamente así.

—Creo que deberías dejar de hablar de ese modo —exclamó Neeley con aprensión.

—Dicen que Dios es grande —siguió Francie desafiante—, que es todopoderoso y omnisciente. Si tan fuerte es, ¿por qué no le ayudó, en vez de castigarlo como dices tú?

—Yo he dicho «tal vez».

—Si Dios gobierna el universo, el sol, la luna, las estrellas, los pájaros, los árboles, las flores, los hombres y los animales, estaría demasiado ocupado para castigar a un hombre como papá.

—No deberías hablar así de Dios —repitió Neeley, cada vez más inquieto—, podría hacer que murieras ahora mismo.

—Pues, que lo haga. Que me haga morir ahora, aquí en la alcantarilla —gritó con orgullo Francie.

Se quedaron inmóviles, como si esperaran que pasase algo, pero no ocurrió nada. Cuando Francie volvió a hablar, su voz era mucho más tranquila.

—Yo creo en el Señor, en Jesucristo, y en la Virgen María. Jesús de niño corría descalzo como nosotros en verano; vi en un cuadro que Jesús no llevaba zapatos. De mayor iba a pescar, como papá, que fue alguna vez. Se le podía hacer daño, mientras que a Dios no se le puede hacer nada. Jesús no se pasaba el día castigando a los hombres. Los conocía. He ahí por qué siempre creeré en Jesús.

Se santiguaron, como hace todo buen católico cuando se pronuncia el nombre de Jesús. Luego ella apoyó una mano en la rodilla de su hermano y le dijo:

—Neeley, sólo te lo digo a ti, pero no volveré a creer en Dios nunca más.

—Quiero volver a casa —dijo Neeley, tiritando.

Cuando Katie abrió la puerta para que entrasen observó que tenían cara de cansados, pero que estaban tranquilos.

«Bueno —pensó—, por fin han llorado.»

Francie miró a su madre y súbitamente volvió la vista.

«Mientras hemos estado fuera —pensó—, ha llorado hasta más no poder.»

Ninguno de los tres mencionó el llanto.

—Me imaginé que regresaríais a casa con frío —dijo Katie—, así que os he preparado una sorpresa.

—¿Qué? —preguntó Neeley.

—Ya lo verás.

La sorpresa era chocolate caliente, es decir, una pasta de cacao y leche condensada a la que agregaba agua caliente. Katie les sirvió la espesa y rica delicia, diciéndoles:

—Y esto no es todo.

Sacó un paquetito que tenía en el bolsillo del delantal y echó en cada taza un dulce de merengue.

—¡Mamá! —exclamaron simultáneamente los chicos, extasiados.

El chocolate caliente era algo muy especial que se reservaba para celebrar cumpleaños.

«Mamá es realmente una maravilla —pensó Francie, mientras sumergía el dulce con la cuchara y observaba las espirales blanquecinas que formaba al fundirse en el chocolate—. Sabe que hemos estado llorando, sin embargo no nos hace ninguna pregunta. Mamá nunca... —De pronto le cruzó por la mente el calificativo exacto para describir a mamá—. Mamá nunca hace el ridículo.»

No, Katie nunca era ridícula. Siempre movía sus bien formadas aunque maltrechas manos con seguridad, ya fuera para colocar en un vaso de agua una flor tras quebrar el tallo con un certero movimiento, o para escurrir un trapo de una sola retorcida, la mano derecha para un lado, la izquierda para el otro, simultáneamente. Cuando hablaba, decía la verdad directa y sin rodeos. Y sus pensamientos transitaban por una senda recta, inflexible.

Katie dijo:

—Neeley es demasiado grande ya para dormir en el mismo cuarto que su hermana. De modo que he arrelado el cuarto que... —apenas si alcanzó a titubear— vuestro padre y yo usábamos. Ahora es el dormitorio de Neeley.

Los ojos de Neeley parecieron saltar en busca de los de su madre. ¡Un cuarto para él solo! Dos sueños se realizaban, pantalones largos y un cuarto... Pero de pronto se le ensombreció la mirada al recordar por qué estos sueños se hacían realidad.

—Y yo compartiré tu cuarto, Francie.

El tacto instintivo de Katie la llevó a expresarse así en vez de decir: «Tú dormirás en mi cuarto».

«Hubiese deseado tener un cuarto para mí sola —pensó Francie con un acceso de celos—, pero está bien, puesto que se lo dan a Neeley. No hay más que dos dormitorios, y él no podría dormir con mamá.»

Adivinando los pensamientos de Francie, Katie le dijo:

—Y cuando haga más calor, Francie podrá dormir en el salón. Pondremos allí tu cama plegable con un lindo cubrecama durante el día y quedará como una salita privada. ¿Qué te parece, Francie?

—Perfecto, mamá.

Al cabo de un rato mamá agregó:

—Hemos olvidado la lectura estas últimas noches, pero ahora la reanudaremos.

«De modo que las cosas seguirán como si nada», pensó Francie, algo sorprendida, mientras alcanzaba la Biblia que estaba sobre la chimenea.

—Como no celebramos la Navidad este año, podríamos saltar las páginas que corresponde leer y pasar al nacimiento del Niño Jesús. Leeremos por turno. Empieza tú, Francie.

Francie leyó:

—«Y aconteció que estando ellos allí, se cumplieron los días en que Ella había de parir.

»Y parió a su Hijo primogénito, y le envolvió en pañales, y le acostó en un pesebre, porque no había lugar para ellos en la posada».

Katie suspiró repentinamente. Francie interrumpió su lectura y la miró con inquietud.

—No pasa nada, continúa leyendo —dijo Katie, y pensó: «No, no pasa nada, ya es hora de que lo note».

El feto hizo otro movimiento en sus entrañas. ¿Sería porque sabía que esta criatura estaba en camino que dejó de beber en sus últimos días? Ella le había susurrado el secreto al oído. ¿Acaso había tratado de reformarse al enterarse? ¿Había fallecido a causa del esfuerzo por ser más digno?

—Johnny… Johnny… —suspiró otra vez.

Y leyeron, por turnos, la historia del nacimiento de Jesús, y mientras pensaban en la muerte de Johnny. Pero todos ocultaban sus pensamientos.

Cuando llegó la hora de que los niños se fueran a dormir, Katie hizo algo inusitado en ella. Inusitado porque no era una mujer de carácter comunicativo. Juntó a sus dos hijos en un solo abrazo y los besó al darles las buenas noches.

—A partir de hoy —dijo— seré madre y padre para vosotros.

XXXVIII

Poco antes que terminaran las vacaciones de Navidad, Francie anunció a su madre que no tenía intención de volver al colegio.

—¿Ya no te gusta la escuela?

—Sí, me gusta, pero ya tengo catorce años y puedo conseguir el permiso de trabajo fácilmente.

—¿Por qué quieres ir a trabajar?

—Para ayudarte.

—No, Francie. Quiero que vuelvas a la escuela para que te gradúes. Sólo faltan pocos meses. Junio llegará antes de que te des cuenta. En verano puedes conseguir el permiso, y quizá Neeley también. Pero los dos ingresaréis en el instituto en otoño. De modo que olvídate del permiso de trabajo y vuelve a la escuela.

—Pero, mamá, ¿cómo nos arreglaremos hasta el verano?

—Ya saldremos a flote.

Katie no estaba tan segura como parecía. Echaba de menos a Johnny por más de una razón. Johnny nunca había trabajado con regularidad, pero sus empleos ocasionales de los sábados o domingos por la noche llevaban tres dólares a casa. Además, en los peores momentos, Johnny sabía sobreponerse y sacarlos del apuro. ¡Pero ahora ya no estaba!

Katie pasó revista a la situación. Podía pagar el alquiler mientras contase con lo que ganaba limpiando los tres pisos. Neeley llevaba un dólar y medio a la semana, resultado del reparto de periódicos. Esto alcanzaba para el carbón siempre que se limitase a encender la estufa únicamente de noche. Un momento. Había que deducir veinte centavos semanales para el seguro. (Katie estaba asegurada por diez centavos semanales y cada uno de los niños por cinco centavos.) Bueno, eso se solucionaría acostándose un poco más temprano para ahorrar carbón. ¿Y ropa? Ni pensar en ella. Afortunadamente, Francie tenía zapatos nuevos y Neeley su traje. El problema más arduo era la comida. Tal vez la señora McGarrity quisiera emplearla como lavandera. Un dólar más por semana. Buscaría también otros trabajos de limpieza. Sí, de algún modo se arreglarían.

Ya estaban a finales de marzo. Katie tenía el vientre abultado (esperaba el bebé para mayo). Las señoras para quienes trabajaba hacían muecas y apartaban la vista cuando la veían así, con su abultado abdomen contra la tabla de planchar, en las cocinas, o de rodillas fregando suelos. Por piedad empezaron a ayudarla. Pronto se convencieron de que estaban pagando a una mujer para trabajar, pero que ellas eran las que hacían la mayor parte de las tareas. De modo que una tras otra le dijeron que no la necesitaban más.

Llegó el día en que Katie no tuvo con qué pagar al cobrador del seguro. Era un viejo amigo de la familia Rommely y sabía por lo que estaba pasando Katie.

—No puedo permitir que usted deje vencer sus pólizas, señora Nolan, sobre todo habiendo usted cumplido con puntualidad durante tantos años.

—No me diga que me las quitarán por atrasarme un poco en el pago.

—Yo no, pero la compañía sí lo haría. ¿Por qué no rescata las pólizas de sus hijos?

—No sabía que eso era factible.

—Poca gente lo sabe. Dejan de pagar sus cuotas y la compañía no te dice ni pío. Pasa el tiempo y la compañía se queda con el dinero de las cuotas pagadas. Perdería mi empleo si supiesen que le estoy dando esta información. Sin embargo, yo lo veo así: aseguré a su padre, a su madre, a todas las muchachas Rommely y a sus maridos e hijos, y no sé, pero he llevado y traído tantos mensajes sobre nacimientos, enfermedades y defunciones, que hasta me considero de la familia.

—No sé lo que haríamos sin usted.

—Esto es lo que debe hacer, señora Nolan: rescate las pólizas de sus hijos, pero guarde la suya. En el caso de que algo le sucediera a alguno de ellos, que Dios no lo permita, ya encontraría usted cómo enterrarlo. En cambio, si le pasara algo a usted, que Dios tampoco lo permita, no podrían enterrarla sin el dinero del seguro, ¿no es así?

—No, no podrían. Tengo que conservar mi seguro. No quisiera que me enterraran como a un pordiosero en el cementerio comunal. Eso sería una lacra que no podrían quitarse jamás ni ellos, ni sus hijos, ni los hijos de sus hijos. De modo que seguiré su consejo: conservaré mi seguro y rescataré los de mis hijos. Indíqueme qué debo hacer.

Los veinticinco dólares que Katie rescató de las pólizas de sus hijos le duraron hasta terminar el mes de abril. Faltaban cinco semanas para el parto, y ocho para que Francie y Neeley se graduaran. De un modo u otro se veía en la obligación de tener que ingeniárselas para pasar aquellas ocho semanas.

Las tres hermanas Rommely estaban sentadas alrededor de la mesa de la cocina de Katie, de conferencia.

—Yo te ayudaría si pudiera —dijo Evy—, pero sabes que Willie no ha quedado bien desde que el caballo le coceó. Es impertinente con el jefe, no se lleva bien con los peones y ningún caballo quiere dejarse manejar por él. Ahora le han puesto a trabajar en la cuadra limpiando estiércol y amontonando las botellas rotas, le han rebajado la paga a dieciocho dólares a la semana, y eso no alcanza para mucho con tres hijos. Yo estoy buscando algún trabajo de una o dos horas diarias.

—Si a mí se me ocurriese algo… —empezó Sissy.

—No —dijo Katie con firmeza—, bastante haces con haberte llevado a nuestra madre a vivir contigo.

—Tienes razón —dijo Evy—. A Katie y a mí nos afligía mucho que viviera sola en un cuarto y tuviera que hacer trabajos de limpieza para ganar unos cuantos centavos.

—Mamá no supone un gasto y no me incomoda en lo más mínimo, y a mi John no le molesta que viva en casa. Claro está que él no gana más de veinte dólares a la semana. Y ahora tengo la criatura. Yo quería volver a trabajar en la fábrica, pero mamá está demasiado vieja para encargarse de la casa y de la niña. Ya tiene ochenta y tres años. Si fuera a trabajar tendría que emplear a alguien para que cuidase de mamá y de la niña. Aunque con un empleo podría ayudarte, Katie.

—No puedes hacerlo, Sissy. No hay modo de hacerlo —dijo Katie.

—Sólo se puede hacer una cosa —terció Evy—. Que Francie deje la escuela y consiga su permiso de trabajo.

—No, quiero que sigan estudiando a toda costa. Mis hijos serán los primeros de la familia Nolan en tener diplomas.

—Pero los diplomas no se comen —contestó Evy.

—¿No tienes algún amigo que pueda sacarte de apuros? Eres una mujer muy bonita —preguntó Sissy.

—O lo serás, cuando recuperes tu esbeltez —puntualizó Evy.

Katie pensó en el sargento McShane.

—No, no tengo amigos, para mí sólo existió Johnny.

—Creo que Evy tiene razón, entonces —dijo Sissy—. No me gusta decirlo, pero no hay más remedio que poner a Francie a trabajar.

—Si no termina la escuela, no podrá entrar nunca en el instituto —protestó Katie.

—En fin —concluyó Evy—, siempre está la Sociedad Católica de Beneficencia.

—Si tengo que aceptar caridad, cerraré las puertas y ventanas y, cuando los niños estén dormidos, abriré todas las válvulas de gas del piso.

—No hables así —dijo Evy severamente—. ¿Acaso no deseas vivir?

—Sí, deseo vivir, pero para algo, no quiero vivir para obtener alimento por caridad que me dé fuerzas suficientes para poder volver a conseguir más alimentos por caridad.

—Entonces volvemos a lo mismo —afirmó Evy—. Francie tiene que salir a trabajar. Digo Francie, porque Neeley sólo tiene trece años y no podrá conseguir el permiso de trabajo.

Sissy apoyó una mano en el brazo de Katie y le dijo:

—No será tan duro. Francie es inteligente, lee mucho y ella misma se instruirá, quieras que no.

Evy se puso en pie.

—Debo irme.

Puso una moneda de cincuenta centavos sobre la mesa. Anticipándose a la negativa de Katie, dijo en tono sentencioso:

—No creas que es un regalo. Espero que me lo devuelvas cuando estés en condiciones.

Katie sonrió.

—No tienes por qué hablar de esa forma. No me importa aceptar dinero de mis hermanas.

Sissy tomó un camino más corto. Al inclinarse para dar a Katie un beso de despedida, le deslizó un dólar en el bolsillo del delantal, y le dijo:

—Si me necesitas, me mandas llamar y vendré enseguida, aunque sea de noche. Pero manda a Neeley. No es muy seguro para una chica andar por las calles oscuras frente a los corralones de carbón.

Katie se quedó sola, sentada a la mesa de la cocina, hasta muy avanzada la noche.

«Necesito dos meses... sólo dos meses. ¡Dios mío! Dame dos meses, es tan poco tiempo. Mientras habrá nacido mi hijo y podré trabajar otra vez. Los niños habrán pasado los exámenes y se habrán graduado. Cuando soy dueña de mi inteligencia y de mi cuerpo no necesito pedirte nada, Dios mío. Pero ahora mi cuerpo es el que manda y por eso tengo que implorar tu ayuda. Dos meses..., nada más que dos meses.»

Esperaba sentir la llama de la comunión con Dios. Pero esa llama no se hizo sentir. Probó otra vez.

«María Santísima, Madre de Jesús, tú sabes lo que es. Fuiste madre, María Santísima...»

Esperó, pero nada.

Colocó sobre la mesa el dólar de Sissy junto con los cincuenta centavos de Evy.

«Esto alcanzará para tres días —pensó—. ¿Y después?»

Y sin darse cuenta siquiera murmuró:

—Johnny, donde sea que estés, anímate una vez más. Una vez más…

Esperó, y esta vez la llama se hizo sentir.

Y sucedió que Johnny los ayudó.

McGarrity, propietario del bar, no podía alejar de sus pensamientos la memoria de Johnny. No por remordimiento de conciencia. Nada de eso. Él no presionaba a nadie para que acudiera al bar. Aparte, claro está, de mantener las bisagras de las puertas batientes bien lubricadas, de modo que se abrieran a la más leve presión, no se valía de más artimañas que sus competidores. Los bocadillos que se servían gratis con las bebidas no superaban los de los otros establecimientos, y no había ningún halagador entretenimiento, salvo los que espontáneamente proporcionaban los mismos parroquianos. No era un caso de conciencia.

Echaba de menos a Johnny. He aquí la razón. Le había gustado que Johnny frecuentase su bar, porque le imprimía cierto carácter y valía la pena ver la esbelta y joven silueta recostada contra el mostrador, entre los camioneros y obreros de pico y pala.

Seguramente —llegó a la conclusión McGarrity— Johnny Nolan bebía más de la cuenta. Pero de no haberlo hecho allí habría sido en otro lugar. Sin embargo, no era pendenciero. Cuando tomaba unas cuantas copas de más no gritaba ni armaba escándalo.

Sí, Johnny había sido un buen tipo.

Lo que McGarrity añoraba era la conversación de Johnny.

«¡Qué bien hablaba! —pensó—. Por ejemplo, recuerdo sus descripciones de los sembrados algodoneros allá en el Sur, o de las costas de Arabia, o las praderas bajo el brillante sol de Francia, como si hubiera estado allí en vez de repetir lo que decían las canciones que sabía. ¡Cómo me gustaba oírle hablar de esas tierras lejanas! Pero lo que más me agradaba era cuando tocaba temas referentes a su familia.»

McGarrity soñaba con que tenía una familia. Esta familia de sus sueños vivía lejos del bar. Tan lejos que tenía que tomar un tranvía para llegar allí de madrugada, después de cerrar el bar. La suave esposa que soñaba le esperaba levantada, con café bien caliente y algo apetitoso para comer. Después de comer hablaban... hablaban de cosas ajenas al bar. Tenía hijos de ensueño: limpios, bonitos, inteligentes, que iban creciendo avergonzados de que su padre tuviese un bar. Le enorgullecía esa vergüenza, porque demostraba que él tenía la habilidad de engendrar hijos de gustos refinados.

Sí, ése era el matrimonio que había soñado. Pero se había casado con Mae. Ella había sido una muchacha sensual, con sus buenas curvas, pelirroja y boca grande. Pero después de un tiempo se había convertido en una mujer obesa y descuidada, en una de las que en Brooklyn llamaban «chicas de bar». La vida de casado había sido agradable durante un año o dos, hasta que un día McGarrity comprendió que era inútil: Mae no deseaba ser la esposa de sus sueños. Le gustaba el bar. No quería una casa en un barrio apartado, no quería tareas domésticas. Le gustaba sentarse en la sala detrás del bar, día y noche, y beber y reír con los parroquianos. Y los hijos que Mae le dio vagaban por las calles como vagabundos y alardeaban de que su padre era dueño de un bar. Para colmo de su desilusión se enorgullecían de ello.

Sabía que Mae le era infiel. Le tenía sin cuidado mientras no llegase al punto de convertirle en el hazmerreír de la gente. Hacía ya años que no sentía celos. Ansiaba una mujer con quien pudiera hablar, contarle lo que pasaba por su mente, y ansiaba que ella le hablase con calidez, sabiduría e intimidad. Si encontrase una mujer así, pensaba, retornaría su virilidad. En su modo torpe y titubeante, ansiaba la unión de cuerpo y alma. A medida que pasaban los años, su necesidad de conversación íntima con una mujer iba tornándose en obsesión.

En su negocio aprovechaba el trato continuo de sus semejantes para observar la humanidad, y llegaba a ciertas conclusiones. Sus conclusiones carecían de originalidad y de sabiduría; en resumidas cuentas, eran aburridas. Aunque para McGarrity tenían mucha importancia por ser concepciones propias. En los primeros años de matrimonio intentó comunicar a Mae lo que pensaba, pero todo lo que ella le había respondido era: «Sí, entiendo». Algunas veces variaba, diciendo: «Qué cosa. ¿No?».

Poco a poco, porque no podía compartir su vida interior con ella, fue perdiendo el poder de ser marido y ella comenzó a serle infiel.

McGarrity llevaba en su alma un gran pecado: aborrecía a sus hijos. Su hija Irene era de la edad de Francie, tenía ojos caoba claro, y la melena pelirroja tan desteñida que también podía decirse que era caoba clara. Era estúpida y mezquina. Repitió tantas veces los cursos que a los catorce años todavía estaba en sexto. Su hijo Jim, de diez años, no destacaba en nada, su única peculiaridad era que sus nalgas resultaban siempre demasiado voluminosas para sus pantalones.

McGarrity tenía una ilusión: que Mae algún día le confesaría que los niños eran hijos de otro padre. Ese sueño le hacía feliz. Le parecía que si fuesen de otro padre podría quererlos. Entonces podría analizar su maldad y su estupidez objetivamente, y aconsejarles y compadecerlos. Mientras los sabía suyos, los odiaba porque veía sus propios defectos y los de Mae reproducidos en ellos.

Durante los ocho años que Johnny frecuentó el bar conversó diariamente con él, de Katie y los niños. McGarrity se ilusionaba imaginando que él, McGarrity, era Johnny; y él, McGarrity, quien hablaba de su mujer y sus hijos.

—Quiero mostrarte algo —le dijo en cierta ocasión Johnny, rebosante de orgullo, y sacó un papel de su bolsillo—. Mi hija escribió esta redacción para el colegio y sacó un sobresaliente. Date cuenta de que no tiene más que diez años. Te la leeré, escucha.

Mientras Johnny leía, McGarrity se imaginaba que el cuento era de su hijita. Otro día Johnny instaló sobre el mostrador unos toscos portalibros de madera y exclamó:

—Mira. Los hizo Neeley en la escuela.

—Amigo, los hizo mi hijo Jimmy en el colegio —dijo McGarrity con orgullo mientras los examinaba.

En otra ocasión, para iniciar la conversación, McGarrity le había preguntado:

—Dime, Johnny, ¿tú crees que entraremos en guerra?

—Qué casualidad. Katie y yo nos hemos quedado discutiendo este tema hasta la madrugada y finalmente conseguí convencerla de que Wilson lo evitaría.

«¿Qué tal sería —pensó McGarrity— si Mae y yo pasáramos la noche conversando? ¿Y qué tal si al final ella dijera: "Tienes razón, Jim"?» Pero él no podría saber qué tal sería, porque eso nunca sucedería.

De modo que con la muerte de Johnny se desvanecieron los ensueños de McGarrity. Intentó continuar solo la semblanza, pero fue inútil. Necesitaba alguien como Johnny para iniciarla.

Casi al mismo tiempo que las tres hermanas deliberaban en la cocina de Katie, a él se le ocurría una feliz idea. Tenía más dinero del que podía gastar, pero fuera de eso nada tenía. Tal vez por medio de los hijos de Johnny podría comprar otra vez su vida imaginaria. Sospechaba que Katie estaría pasando penurias. Quizá pudiera ofrecer algún trabajo liviano a los hijos de Johnny para después del colegio. Sería un modo de sacarlos de apuros… ¡Vaya si podía! Y tal vez resultase beneficiado. Tal vez quisieran conversar con él como, de seguro, lo hacían antes con su padre.

Comunicó a Mae su intención de entrevistarse con Katie para proponerle emplear a los chicos. Con toda jovialidad, ella le contestó que le echarían con malos modos. McGarrity no creyó ser mal recibido. Mientras se afeitaba para la visita recordó el día que Katie fue para agradecerle la corona que él había enviado al entierro.

Después del funeral de Johnny, Katie hizo visitas para dar las gracias personalmente a todos aquellos que habían enviado flores. Entró con decisión por la entrada principal del bar de McGarrity desdeñando el rodeo hacia la puerta lateral que lucía el letrero «Entrada para señoras».

Indiferente a las miradas de los parroquianos apostados contra el mostrador, se dirigió hacia donde estaba McGarrity. Al verla, éste metió una punta del delantal por detrás del cinturón, lo que significaba que por el momento estaba fuera de servicio, y salió a su encuentro.

—Vengo para darle las gracias por la corona.

—¡Oh! ¿Solamente para eso? —dijo dando un suspiro de alivio. Había creído que iba a recriminarle.

—Fue una amable atención de su parte.

—Yo estimaba mucho a Johnny.

—Lo sé —respondió Katie ofreciéndole su mano.

Embobado, McGarrity miró un momento la mano antes de comprender que deseaba darle un apretón. Al estrecharle la mano preguntó:

—¿No me guarda rencor?

—¿Por qué había de guardarle rencor? Johnny era libre, blanco y mayor de veintiuno —dijo. Se volvió y se fue por donde había entrado.

No, pensó McGarrity, esa mujer no le echaría con malos modos, siempre que él demostrase buenas intenciones.

Se sentía incómodo, sentado en la cocina frente a Katie, conversando con ella. Aparentemente, los chicos estaban ocupados con sus estudios. Pero Francie, con la cabeza inclinada sobre el libro simulando leer, escuchaba lo que decía McGarrity.

—He consultado con mi esposa y está de acuerdo en emplear a su hija. No se trata de ningún trabajo pesado, tendrá que hacer las camas y lavar unos cuantos platos. Al muchacho podría ocuparle abajo para descascarar huevos y cortar el queso en trozos para los bocadillos del copeo vespertino. No tendrá que arrimarse siquiera al bar. Trabajará en la antecocina. Le llevará una hora más o menos después de la escuela y medio día del sábado. Les pagaré dos dólares semanales a cada uno.

El corazón de Katie dio un vuelco. «Cuatro dólares por semana —pensó— y otro dólar y medio del reparto de periódicos.» Ambos podrían continuar en la escuela. Habría suficiente para alimentarse. Saldrían del paso.

—¿Y qué me dice, señora Nolan?

—Son ellos quienes deben decidir —contestó Katie.

—Bueno, ¿y qué decís vosotros? —les preguntó McGarrity.

Francie simuló interrumpir el estudio.

—¿Me ha dicho usted algo?

—¿Quieres venir a trabajar a mi casa, ayudando a mi esposa en sus quehaceres domésticos?

—Sí, señor.

—¿Y tú, niño?

—Sí, señor —respondió Neeley haciendo eco.

—Entonces, todo arreglado —y dirigiéndose a Katie añadió—: Claro que esto es provisional hasta que consiga una mujer que se ocupe permanentemente de toda la casa y la cocina.

—Yo prefiero que sea provisional —respondió Katie.

—Tal vez esté usted pasando apuros en este momento —dijo él metiendo la mano en el bolsillo—, les pagaré la primera semana por adelantado.

—No, señor McGarrity. Si ellos ganan el dinero, de ellos será el privilegio de cobrarlo y traerlo a casa al final de la semana.

—Como a usted le parezca.

Pero en vez de sacar la mano del bolsillo, la cerró sobre el grueso fajo de billetes. Pensó: «Tengo tanto dinero, y no me proporciona ninguna satisfacción. Ellos, en cambio, nada tienen». Se le ocurrió una idea.

—Señora Nolan, usted está enterada del trato que Johnny tenía conmigo. Yo le daba crédito y él me entregaba sus propinas. Bien, cuando murió yo le debía a él…

El hombre sacó del bolsillo el grueso fajo de billetes. A Francie se le saltaban los ojos de las órbitas al ver tanto dinero junto. McGarrity pensaba decir que le debía a Johnny doce dólares y entregar esa suma a Katie.

Quitó la banda de goma que sujetaba el fajo, pero cuando miró a Katie y vio cómo fruncía el entrecejo, comprendió que no le creería y optó por decir como de pasada:

—Después de todo, no es gran cosa, sólo dos dólares. Pero considero que le pertenecen a usted. —Y apartando dos billetes se los ofreció.

Katie negó con la cabeza.

—Sé que no nos los debía. Si usted dijese la verdad, diría que Johnny era deudor suyo.

Avergonzado al verse descubierto, el hombre volvió a guardar el dinero en el bolsillo, donde notaba que le apretaba la nalga.

—De todos modos, señor McGarrity —dijo Katie—, le estoy muy agradecida por sus bondadosas intenciones.

Estas palabras de Katie le destrabaron la lengua y empezó a conversar con locuacidad. Contó lo que había sido su infancia en Irlanda, habló de sus padres, sus hermanas y hermanos. Le habló de sus sueños sobre el matrimonio. Le contó todo lo que había en su alma desde hacía años, pero sin llegar a criticar a su mujer ni a sus hijos. Se contentó con omitirlos de su relato. Finalmente, narró sus charlas diarias con Johnny, en las que él le hablaba de su mujer y sus hijos.

—Ahí tienen estas cortinas —dijo tocando con sus toscas manos el percal amarillo salpicado de flores rojas—. Johnny me contó que usted había utilizado un vestido viejo para hacer estas cortinas tan bonitas. Me dijo que la cocina quedaba espléndida, como el interior de un carreta de gitanos.

Francie, que ya no simulaba estudiar, oyó la comparación.

«Carreta de gitanos —pensó mirando la cocina con renovado interés—. Así que papá había dicho eso. Y pensar que yo creía que ni se había fijado en ellas... Nunca comentó nada, y sin embargo le gustaron hasta el punto de explicárselo a ese hombre.»

Oír hablar así de Johnny casi le hacía olvidar que su padre había muerto.

«Así que papá contaba este tipo de cosas a ese hombre.»

Observó más detenidamente a McGarrity. Era un hombre bajo, rechoncho, de manos gruesas, cuello corto y enrojecido y cabello ralo.

«¿Quién diría —pensó Francie— al ver su aspecto que en su fuero interno sea tan diferente?»

McGarrity habló dos horas sin parar. Katie escuchaba atentamente. No escuchaba porque hablara McGarrity. Escuchaba porque hablaba de Johnny. A cada pausa le hacía preguntas: «¿Sí?», «¿Y qué más?», «¿Y después?». Si titubeaba buscando una palabra, ella le sugería alguna que él aceptaba agradecido.

Y mientras McGarrity hablaba, le sucedía algo sorprendente. Sintió que su perdida virilidad empezaba a revivir en él. No era el factor físico de la presencia de Katie en la habitación. Ella tenía el cuerpo abultado y deforme y no podía mirarlo sin un estremecimiento interior. No era la mujer. Era la conversación con ella lo que estaba produciendo aquel fenómeno.

Oscurecía en la habitación. McGarrity dejó de hablar. Estaba ronco y cansado. Pero era una lasitud pacífica. Pensó con pena que tendría que retirarse. A aquella hora el bar estaba repleto de parroquianos que, al salir de sus empleos, hacían un alto para tomar una copa antes de cenar. No le gustaba que Mae estuviese sola detrás del mostrador cuando se llenaba de hombres. Se puso en pie lentamente.

—Señora Nolan —dijo revolviendo su sombrero—, ¿me permite volver de vez en cuando para conversar con usted?

Katie negó con la cabeza.

—Para conversar, nada más —insistió él.

—No, señor McGarrity —le contestó Katie con toda la suavidad que pudo.

Él suspiró y se fue.

A Francie le venía bien estar tan atareada. Le ayudaba a no echar tanto de menos a su padre. Ella y Neeley se levantaban a las seis de la mañana y ayudaban a Katie a hacer la limpieza durante un par de horas antes de prepararse para ir a la escuela. Katie ya no podía trabajar tanto, Francie lustraba los bronces de los tres vestíbulos y limpiaba cada una de las balaustradas con un trapo aceitado. Neeley barría los sótanos y las alfombras de las escaleras. Entre los dos subían de los sótanos los cubos de cenizas. Habían tenido problemas, porque entre los dos apenas si alcanzaban a mover los pesados cubos. Francie tuvo la idea de inclinarlos y volcar las cenizas en el suelo, subir los cubos vacíos y volver a llenarlos transportando las cenizas en baldes. Les resultó bien, aunque significaba hacer más viajes hasta el sótano. A Katie le quedaba sólo fregar el piso de linóleo en los vestíbulos. Tres de las inquilinas se ofrecieron para limpiar su parte de vestíbulo hasta después del parto, benévolo acto que la ayudó mucho.

Al salir de la escuela iban a catequesis, porque se preparaban para recibir la confirmación. Luego trabajaban en casa de McGarrity. Francie hacía las cuatro camas, lavaba los pocos platos del almuerzo y barría las habitaciones. Todo eso en menos de una hora.

En general Neeley tenía el mismo horario, al que se sumaba el reparto de periódicos. A menudo llegaba a cenar a las ocho de la noche. En casa de McGarrity trabajaba en la cocina. Su tarea consistía en descascarar unas cuatro docenas de huevos duros, cortar queso en cubos, pinchar un mondadientes en cada trozo y cortar los encurtidos en delgadas rodajas.

McGarrity esperó unos días hasta que se acostumbrasen a trabajar para él. Luego intentó que conversaran con él como lo había hecho Johnny. Fue a sentarse en la cocina y observó a Neeley mientras trabajaba.

«Es el vivo retrato de su padre», pensó.

Permaneció un rato silencioso para que el muchacho se acostumbrara a su presencia, y luego, componiendo la garganta, le preguntó:

—¿Has fabricado otro portalibros últimamente?

—No... no, señor —tartamudeó Neeley, sorprendido por tan rara pregunta.

McGarrity esperó. ¿Por qué no conversaría el chico? Neeley se afanaba en descascarar huevos con más rapidez. McGarrity lo intentó de nuevo.

—¿Crees que Wilson nos evitará entrar en la guerra?

—No lo sé —contestó Neeley.

McGarrity hizo otra pausa. El muchacho creyó que estaba vigilando su trabajo. Ansiando complacerle, lo hizo con tanta presteza que terminó su tarea mucho antes de la hora. Colocó el último huevo descascarado en el bol y levantó la vista. McGarrity se dijo: «¡Ah! Ahora me va a contar algo».

—¿Desea que haga alguna otra cosa? —preguntó Neeley.

—Eso es todo —contestó McGarrity y siguió a la expectativa.

—En ese caso podré marcharme.

—Bien, muchacho —suspiró el hombre.

Observó a Neeley dirigirse hacia la puerta. «Si por lo menos se volviese para decirme algo… algo de interés personal.»

Pero Neeley no se volvió.

Al día siguiente McGarrity hizo el intento con Francie. Subió al piso y se sentó sin decir nada. Francie se asustó y disimuladamente fue barriendo hacia la puerta.

«Si se me acerca —pensó—, puedo escapar.»

McGarrity se quedó en silencio un largo rato pensando que así ella se acostumbraría a su presencia, sin sospechar el pavor que le estaba infundiendo.

—¿Has sacado algún sobresaliente en redacción últimamente?

—No, señor.

Esperó.

—¿Crees que tomaremos parte en la guerra?

—Yo… no lo sé.

Francie fue acercándose más a la puerta.

—No temas, ya me voy, y puedes cerrar la puerta con llave si lo deseas.

—Sí, señor.

Cuando se hubo retirado, Francie pensó: «Parece que lo único que deseaba era conversar conmigo, pero no tengo nada que decirle».

Otra vez fue Mae quien intentó congraciarse con ella. Francie estaba arrodillada limpiando las cañerías debajo del fregadero. Mae le dijo que se levantara y las olvidara.

—Por el amor de Dios, criatura, no te mates trabajando. El piso seguirá intacto aquí mucho después de que tú y yo estemos muertas y enterradas.

Sacó de la nevera un pudin de gelatina rosada y, tras cortarlo en dos, puso la mitad en otro plato, lo adornó con abundante nata, sacó dos cucharas, se sentó e invitó a Francie a que hiciera lo mismo.

—No tengo apetito —mintió Francie.

—Da igual, come, aunque sólo sea para acompañarme.

Era la primera vez que Francie probaba la gelatina con nata. Le gustó tanto que tuvo que esforzarse para recordar sus buenos modales y no devorarla. Mientras comía pensaba: «La señora McGarrity es muy buena. El señor McGarrity también es muy bueno. Me parece que lo que pasa es que no son buenos el uno para el otro».

Mae y Jim McGarrity se sentaron solos a una mesita redonda en un rincón apartado del salón para cenar, como de costumbre, deprisa y en silencio. Inesperadamente ella puso la mano en el brazo de su marido. Éste tembló ante el inusitado contacto. Con sus ojillos claros miró los ojos color caoba de su esposa y vio que reflejaban piedad.

—No dará resultado —le dijo con suavidad.

Súbitamente conmovido, él pensó: «¡Lo sabe! Ha comprendido... Ha llegado a comprender».

—Hay un dicho —continuó Mae— que reza: «El dinero no lo compra todo».

—Sí, lo sé —dijo él—. Los despediré, entonces.

—Espera hasta un par de semanas después del parto. Dales una oportunidad.

Mae se levantó para dirigirse al bar.

McGarrity permaneció sentado, turbado por sus pensamientos. «Hemos mantenido una conversación. No se ha pronunciado ningún nombre y no se ha dicho nada explícito. Pero ella sabía lo que yo pensaba y comprendí lo que ella pensaba.» Fue tras su mujer. Se apresuró para alcanzarla y prolongar esa complicidad entre ellos. Vio a Mae en un extremo del mostrador. Un carretero la tenía abrazada por la cintura y le susurraba algo al oído. Ella se tapaba la boca con la mano para disimular la risa. Al entrar McGarrity, el carretero soltó avergonzado a Mae y se alejó para unirse a un grupo de hombres. McGarrity pasó detrás del mostrador mirándola fijamente a los ojos. Carecían de expresión y entendimiento. A las facciones de McGarrity iban retornando los rasgos habituales de su lastimera desilusión a medida que iniciaba sus tareas nocturnas.

Mary Rommely estaba envejeciendo. Ya no podía caminar sola por las calles de Brooklyn. Deseaba ardientemente ver a Katie antes del parto y le mandó un mensaje con el cobrador de seguros.

—Cuando una mujer da a luz —le dijo— la muerte la toma de la mano un instante. A veces ésta no afloja. Diga a mi hija menor que desearía verla una vez más antes del acontecimiento.

El cobrador llevó el recado. El domingo siguiente Katie fue a visitar a su madre, acompañada por Francie. Neeley se excusó diciendo que no podía faltar a un partido de béisbol en el solar.

La cocina de Sissy era grande, cálida, soleada y limpia. Mary Rommely estaba sentada cerca de la estufa en una mecedora. Era el único mueble que había llevado de Austria; aquella silla había permanecido junto a la chimenea de sus antepasados durante más de un siglo.

El marido de Sissy estaba sentado frente a la ventana con el bebé en brazos, dándole el biberón. Después de saludar a Mary y a Sissy, se dirigieron a él.

—¡Hola, John! —dijo Katie.

—Hola, Katie.

—¡Hola, tío John!

—Hola, Francie.

Éstas fueron las únicas palabras que pronunció John mientras duró la visita. Francie lo observaba intrigada. La familia le consideraba un pariente provisional, igual que a todos los otros maridos de Sissy. Francie se preguntaba si él tendría esa sensación de provisionalidad. Su verdadero nombre era Steve, pero Sissy le llamaba «mi John», y para referirse a él la familia decía «el John» o «el John de Sissy». Francie también se preguntaba si sus compañeros de la editorial le llamarían John. ¿Habría protestado alguna vez? ¿Alguna vez habría dicho a su mujer: «Escucha, Sissy, mi nombre no es John. Me llamo Steve, y di a tus hermanas que me llamen Steve»?

—Sissy, estás engordando —observó Katie.

—Es lógico que una mujer engorde un poco después de tener un hijo —dijo Sissy impertérrita, y sonriendo a Francie le preguntó—: ¿Te gustaría coger a la niña en brazos?

—¡Oh, sí!

Sin decir palabra, el marido de Sissy, hombre de mucha estatura, se puso en pie, entregó la criatura y el biberón a Francie y, todavía sin abrir la boca, salió de la habitación. Nadie comentó su salida.

Francie se sentó en la silla que él dejó. Nunca había tenido un bebé en los brazos. Acarició la suave mejilla de la criatura con la yema de los dedos. Un agradable estremecimiento le subió de las puntas de los dedos al brazo y después a todo el cuerpo. «Cuando sea mayor —se prometió—, siempre tendré un bebé en casa.»

Mientras tanto escuchaba lo que la abuela y su madre decían, y observaba a Sissy, que estaba haciendo los macarrones para todo el mes. Tomaba una bola de masa amarilla, la aplastaba con el rodillo y la enrollaba. Con un cuchillo afilado cortaba el rollo en tiras, las estiraba y las colgaba en un perchero hecho de varillas delante de la estufa, para que se secasen.

Francie advirtió que Sissy había cambiado. No era la tía Sissy de antes. No porque ahora estuviese menos delgada. La diferencia no era física. Esto intrigaba a Francie.

Mary Rommely quería enterarse de todas las novedades y Katie le dio todos los detalles empezando por el final y siguiendo hacia atrás. Le contó que sus hijos trabajaban en casa de McGarrity y que lo que ganaban los estaba manteniendo. Se remontó al día en que McGarrity estuvo sentado en la cocina, hablándole de Johnny. Terminó diciendo:

—Se lo aseguro, madre: si McGarrity no hubiera venido cuando vino, no sé lo que habría sucedido. Unas noches antes yo estaba tan desesperada que recé pidiéndole a Johnny que nos ayudara. Fue una tontería, ya lo sé.

—Tontería, no. Te oyó y fue en tu auxilio.

—Los fantasmas no pueden auxiliar, madre —observó Sissy.

—Los fantasmas no son únicamente seres que entran a través de puertas cerradas —contestó Mary Rommely—. Katie nos ha contado que su marido acostumbraba conversar con el dueño del bar. En esos años de conversación Yohnny implantó pedacitos de su ser en ese hombre. Cuando Katie imploró a su esposo que la socorriera, esos pedacitos de su ser se reunieron en ese hombre y fue el Yohnny dentro del alma de McGarrity el que oyó la súplica y prestó su ayuda.

Francie daba vueltas y más vueltas a esta idea. «Si es así, el señor McGarrity nos devolvió todo lo que papá había dejado en él durante sus conversaciones. Ahora ya no queda nada de papá dentro de él. Tal vez por eso nosotros no podemos hablarle como él desea.»

Cuando llegó la hora de retirarse, Sissy le regaló a Katie una caja de zapatos llena de macarrones. Su abuela estrechó cariñosamente a Francie y le dijo en su lenguaje:

—Durante el próximo mes, obedece y respeta a tu madre más que nunca. Tendrá gran necesidad de amor y comprensión.

Francie no comprendió ni una palabra de lo que le había dicho, pero contestó:

—Sí, abuela.

Cuando regresaban en el tranvía, Francie sostenía en su regazo la caja que les había dado Sissy, porque a Katie le resultaba difícil a causa del embarazo. Hizo el trayecto sumida en una profunda meditación. «Si la abuela Mary Rommely tiene razón, entonces, en realidad, nadie se muere. Papá se ha ido, pero en cierto modo no deja de estar con nosotros. Está en Neeley, que se la parece tanto, y en mamá, que lo conoció tanto tiempo. Está en su madre, que le dio vida y que vive aún. Tal vez algún día yo tenga un hijo que se le parezca, que tenga todas sus buenas cualidades, pero sin su alcoholismo. Ese hijo a su vez tendrá un hijo. Y ese hijo tendrá otro hijo. Puede ser que realmente no exista la muerte.» Sus pensamientos se desviaron hacia McGarrity. «Nadie creería que llevase dentro una parte de papá.» Recordó a la señora McGarrity y cómo le había allanado el camino para que pudiese aceptar aquella gelatina tan apetitosa. Algo parecido a un rayo de luz cruzó su mente. Comprendió de pronto en qué consistía la diferencia que había notado en Sissy. Preguntó a su madre.

—Mamá, la tía Sissy ya no usa aquel perfume tan fuerte, ¿verdad?

—No. Ahora no lo necesita.

—¿Por qué?

—Porque tiene ya a su hija y un hombre que cuida de ella y de la criatura.

Francie hubiera deseado seguir haciendo preguntas, pero Katie había cerrado los ojos y reclinaba la cabeza en el respaldo del asiento. Estaba muy pálida y cansada y Francie resolvió no importunarla. Tendría que desenredar sola aquella madeja. «Debe de ser —pensó— que el perfume fuerte tiene algo que ver con el ansia de tener un hijo y la esperanza de encontrar un hombre que le dé ese hijo y que luego cuide del niño y de la madre.» Atesoró esa perla de conocimiento junto con tantas otras que continuamente iba recolectando.

Francie empezó a sentir dolor de cabeza. No sabía si atribuirlo a la emoción de haber tenido un bebé en brazos, al traqueteo del tranvía, al nuevo concepto sobre la muerte de su padre o al descubrimiento acerca del perfume de Sissy. También podía deberse a que madrugaba mucho y trabajaba en exceso.

—Bueno —concluyó—, creo que lo que me da dolor de cabeza es la vida, y nada más que la vida.

—No seas tonta —dijo su madre tranquilamente, sin abrir los ojos—. En la cocina de Sissy hacía demasiado calor. A mí también me duele la cabeza.

Francie se sobresaltó. ¿Acaso su madre tenía ahora el poder de penetrar en su mente, aun con los ojos cerrados? Enseguida comprendió que, olvidando que estaba reflexionando, había expresado su último pensamiento sobre la vida en voz alta. Se rió por primera vez desde que su padre había fallecido, y Katie abrió los ojos y sonrió.

XXXIX

Francie y Neeley se confirmaron en el mes de mayo. Francie tenía ya casi quince años y Neeley uno menos. Sissy, experta costurera, confeccionó para Francie un sencillo vestido de muselina blanca. Katie se las ingenió para comprarle un par de zapatos de cabritilla blanca y medias largas de seda blanca. Fueron las primeras medias de seda de Francie. Neeley llevó el traje negro del funeral de su padre.

En aquella época, la gente del barrio creía que si se pedían tres gracias en ese día serían concedidas. La primera de ellas debía ser un imposible; la segunda, algo que dependiese de sí mismo, y la tercera, algo que hubiera de cumplirse cuando se fuese adulto.

El imposible de Francie fue que su lacio cabello castaño se convirtiese en rubio y ondulado como el de Neeley. La segunda gracia, adquirir un tono de voz suave y melodioso, como el de su madre y sus tías. Y la tercera, para cuando fuese mayor, poder viajar por todo el mundo. Neeley eligió llegar a ser rico, conseguir mejores notas y no convertirse en un hombre bebedor como su padre.

En Brooklyn había una costumbre muy arraigada: que los chicos fuesen fotografiados el día de la confirmación por un profesional. Katie no podía afrontar ese gasto. Tuvo que contentarse con que Flossie Gaddis, que tenía una pequeña cámara, les sacara una instantánea. Flossie los hizo posar en el borde de la acera y tomó la fotografía, sin darse cuenta de que en aquel preciso momento pasaba un tranvía. Hizo ampliar y poner en un marco la fotografía y se la dio a Francie como regalo de confirmación.

Sissy estaba presente cuando llegó la foto. Katie la cogió y todos la examinaron por encima de sus hombros. Francie nunca había sido fotografiada. Por primera vez se vio como la veían los demás. Estaba rígida, de pie en el borde de la acera, de espaldas a la alcantarilla, el viento le levantaba el vestido. Neeley, a su lado, era un palmo más alto, tenía aspecto de rico y estaba guapo con su traje negro recién planchado. Un rayo de sol que declinaba ya había alcanzado a Neeley y su rostro aparecía claro y resplandeciente, mientras que el de Francie, que había quedado en sombras, se veía oscuro y parecía enojado. Detrás de ellos, la borrosa figura del tranvía en movimiento.

—Apuesto a que es la única fotografía de confirmación en todo el mundo con un tranvía al fondo —dijo Sissy.

—Es un buen retrato —dijo Katie—. Es más natural así, de pie en la calle, que delante del telón con una ventana de iglesia dibujada que usa el fotógrafo.

Lo colgó sobre la chimenea.

—¿Qué nombre elegiste, Neeley? —preguntó Sissy.

—El de papá. A partir de ahora me llamo Cornelius John Nolan.

—Es un buen nombre para un cirujano —comentó Katie.

—Yo elegí el nombre de mamá —dijo Francie, dándose importancia—. Ahora mi nombre completo es Mary Frances Katherine Nolan.

Francie esperó, pero su madre no dijo que era un buen nombre para una escritora.

—Katie, ¿tienes un retrato de John? —preguntó Sissy.

—No. Sólo el que nos hicieron el día de nuestra boda. ¿Por qué?

—¡Oh! Por nada. Es que el tiempo vuela, ¿no te parece?

—Sí, es una de las pocas cosas de las que podemos estar seguros —suspiró Katie.

Ahora que ya había hecho la confirmación, Francie no tenía que seguir yendo al catecismo. Disponía de otra hora libre al día, y la dedicaba a la novela que estaba escribiendo para probar a la señorita Garnder, su nueva maestra de inglés, que entendía de belleza.

Desde la muerte de su padre había dejado de escribir sobre pájaros, árboles y «Mis impresiones». Añoraba tanto a su padre, que había comenzado a escribir historietas sobre él. Trataba de demostrar que a pesar de sus defectos había sido un buen padre y un hombre cariñoso. Escribió tres cuentos que le valieron calificaciones de suficiente en vez del habitual sobresaliente. Le devolvieron el cuarto con una nota pidiéndole que se quedase en el colegio después de clase.

Todos los alumnos se habían ido a casa. Francie estaba sola con la señorita Garnder en la habitación donde guardaban el voluminoso diccionario. Las últimas cuatro redacciones de Francie yacían sobre el escritorio de la señorita Garnder.

—¿Qué les ha pasado a sus redacciones, Francie?

—No lo sé, señorita.

—Usted era una de mis mejores alumnas. Escribía muy bien. Me deleitaban sus redacciones. Pero estas últimas... —dijo señalándolas con un dejo de desdén.

—Puse especial empeño en la ortografía y en la caligrafía y...

—Me refiero al tema.

—Creí entender que podíamos elegir el tema.

—Pero la pobreza, el hambre y la embriaguez son temas desagradables. Todos admitimos que estas cosas existen, pero no se escribe sobre ellas.

—Entonces, ¿sobre qué se escribe?

Inconscientemente Francie había usado la fraseología de la maestra.

—Hay que sondear la imaginación en busca de belleza. El escritor, como el artista, debe procurar siempre alcanzar la belleza.

—¿Qué es la belleza? —preguntó la niña.

—No puedo sugerir una mejor definición que la de Keats: «Belleza es verdad, verdad es belleza».

Francie respondió:

—Esos cuentos son la verdad.

—¡Qué disparate! —estalló la señorita Garnder. Luego, suavizando su tono, continuó—: Por verdad entendemos cosas como las estrellas que están siempre en el cielo, el esplendor del sol naciente, la nobleza de la humanidad, el amor materno y el amor a nuestra patria —terminó con descendente convicción.

—Ya veo —dijo Francie. Y mientras la señorita Garnder continuaba hablando, Francie le contestaba para sus adentros con amargura.

—En la borrachera no puede haber verdad ni belleza. Es un vicio. Los borrachos deben estar en la cárcel y no en los cuentos. ¿Y la pobreza? No hay excusa para ella. Hay bastante trabajo para todo el que lo busca. La gente es pobre porque es demasiado vaga para trabajar. No hay nada de hermoso en eso.

«¡Decir que mamá es una vaga!»

—En el hambre no hay belleza. Además, es innecesario. Tenemos instituciones de caridad bien organizadas. Nadie tiene por qué pasar hambre.

Francie se mordió los labios, irritada. Su madre detestaba más que nadie la palabra caridad y había inculcado en sus hijos ese mismo odio.

—No soy una esnob —afirmó la señorita Garnder—, no pertenezco a una familia pudiente. Mi padre fue pastor protestante y gozaba de una reducida paga.

«Pero tenía una paga, señorita.»

—Y el único servicio con que contó mi madre fue una sucesión de sirvientas inexpertas, la mayoría de las muchachas recién llegadas del campo.

«Ya veo, señorita Garnder. Usted era pobre, pobre con sirvienta.»

—A menudo nos quedábamos sin sirvienta y mi madre tenía que hacer sola todos los quehaceres de la casa.

«Y mi madre, señorita Garnder, tiene que hacer toda la limpieza de su casa, sí, y además multiplicada por diez.»

—Yo deseaba seguir mis estudios en la universidad, pero no tuvimos medios suficientes para afrontar ese gasto. Mi padre tuvo que resignarse a mandarme a un instituto de una secta religiosa.

«Pero admita que no tuvo problemas para ir al instituto.»

—Y créame, sólo los muy pobres asisten a esa clase de institutos. Yo también sé lo que es pasar hambre. Más de una vez se retrasó la paga de mi padre y no había con qué comprar alimentos. Una vez tuvimos que pasar tres días con té y tostadas.

«Así que usted también sabe lo que es pasar hambre.»

—Pero yo sería una persona muy poco amena si escribiese únicamente sobre pobreza y hambre, ¿no le parece?

Francie no contestó.

—¿No le parece? —repitió la señorita Garnder con énfasis.

—Sí, señorita.

—En cuanto a su obra para la fiesta de fin de curso —sacó del cajón de su escritorio un delgado manuscrito—, tiene partes muy buenas, muy buenas, y otras en las que usted se desmerece. Por ejemplo —dio vuelta a la página—, aquí el Destino dice: «Joven, ¿cuál es vuestra ambición?», y el Niño contesta: «Quiero ser sanador. Tomaría los estropeados cuerpos de los hombres y los remendaría». ¡Ésa es una magnífica idea, Frances! Pero enseguida la destruye usted. El Destino: «Eso queréis, pero mirad, esto es lo que seréis». Unos rayos de luz caen sobre un anciano que está remendando un cubo. El Anciano: «¡Ah! Una vez pensé que compondría los cuerpos de los hombres. Y ahora sólo compongo...».

—La señorita Garnder levantó súbitamente la vista—. No se le habrá ocurrido intercalar esto como un chiste, ¿verdad?

—¡Oh, no, señorita!

—Después de nuestra breve conversación habrá comprendido usted por qué no podemos representar su obra.

—Ya comprendo —dijo Francie con el corazón casi destrozado.

—Ahora bien: Beatrice Williams ha tenido una idea muy bonita. Una hada agita su varita mágica y aparecen niñas y niños vestidos con trajes apropiados, uno para cada fiesta del año, y cada uno debe recitar un poema alusivo a la fiesta que representa. Como idea es excelente, pero, por desgracia, Beatrice no sabe escribir en verso. ¿No quisiera usted valerse de esa idea y escribir los versos? Beatrice no tendría inconveniente. En el programa se pondría una nota aclarando de quién es la idea, lo que me parece justo, ¿verdad?

—Sí, señorita. Pero no quiero utilizar sus ideas. Prefiero desarrollar las mías.

—Es loable, por cierto. Bueno, no insistiré. —Y levantándose agregó—: Le he dedicado todo este tiempo porque, francamente, pienso que usted promete. Ahora que hemos hablado, estoy segura de que no continuará escribiendo esas historias tan sórdidas.

Sórdidas. Francie dio vueltas y más vueltas a la palabra. No formaba parte de su vocabulario.

—¿Qué significa sórdido?

—¿Qué le dije que debía hacer cuando no supiera el significado de una palabra? —canturreó la señorita Garnder con tono jocoso.

—¡Ah! Lo había olvidado.

Francie se acercó al voluminoso diccionario y buscó la palabra. «Sórdido: Sucio, manchado.» Recordaba a su padre con pechera y cuello nuevos todos los días de su vida, lustrándose dos veces al día los gastados zapatos; tan limpio era que hasta tenía su propio tazón en la peluquería. «Impuro, indecente.» Las pasó de largo por no estar muy segura de su completo significado. «Mezquino, avariento.» Recordó mil y un pequeños gestos de ternura y bondad de su padre, cómo todo el mundo le había apreciado.

La cara de Francie se encendió. No pudo ver lo que seguía porque las páginas se tornaron rojas bajo su mirada. Se volvió hacia la señorita Garnder, con las facciones deformadas por la furia.

—¡No se atreva, jamás, a usar esa palabra con respecto a nosotros!

—¿Nosotros? —preguntó la señorita Garnder atónita—. Estábamos hablando de sus redacciones. ¡Pero, Frances! —exclamó escandalizada—. Me sorprende. Una niña de tan buenos modales. ¿Qué diría su madre si supiese que usted ha sido impertinente con su maestra?

Francie se asustó. En Brooklyn la impertinencia con una maestra era casi una ofensa que se castigaba con el reformatorio.

—¡Discúlpeme, discúlpeme! —repetía desesperada—. No he querido faltarle al respeto.

—Comprendo —aceptó la señorita Garnder gentilmente; abrazó a Francie y la guió hasta la puerta—. Veo que nuestra conversación la ha impresionado. La palabra «sórdido» es muy fea y me alegra que usted se resintiera cuando la dije. Demuestra que usted ha comprendido. Quizá he perdido su estima, pero créame: se lo he dicho por su bien. Algún día lo recordará y me lo agradecerá.

Francie deseaba ardientemente que los adultos dejasen de repetirle esa frase. Esa carga de agradecimientos futuros le pesaba demasiado. Calculó que tendría que dedicar los mejores años de su juventud a buscar las personas a quienes debía decirles que tenían razón y expresarles su agradecimiento.

La señorita Garnder le devolvió la obra y las «sórdidas» redacciones diciéndole:

—Cuando llegue a su casa quémelas en la estufa. Usted misma acérqueles el fósforo. Y cuando aparezcan las llamas, repítase: «Estoy quemando miseria, estoy quemando miseria».

En el camino de la escuela a su casa, Francie trató de entender lo sucedido. Sabía que, en el fondo, la señorita Garnder no era mala. Lo que le había dicho era por su bien. Sólo que a Francie no le pareció bien. Empezó a comprender que su vida podría resultarle repulsiva a una persona educada. Se preguntaba si cuando ella consiguiera educarse se avergonzaría de su humilde cuna, si se avergonzaría de los suyos, si se avergonzaría de su apuesto padre, que había sido tan alegre, bueno y comprensivo, si se avergonzaría de su madre, tan valiente y leal, tan orgullosa a su vez de su madre, aunque ésta no supiera leer ni escribir, si se avergonzaría de Neeley, un muchacho tan bueno y honesto. ¡No, no! Si la educación significaba avergonzarse de lo que era, prefería carecer de ese refinamiento.

«Pero yo le voy a probar que tengo imaginación. Claro que voy a demostrárselo.»

Ese mismo día empezó su novela. Su heroína se llamaba Sherry Nola, una niña concebida, nacida y criada en el lujo más desbordante. Se titulaba *Ésta soy yo*, y era la falsa historia de la vida de Francie.

Francie tenía escritas veinte páginas. Hasta allí era una minuciosa descripción del lujoso mobiliario que había en la casa de Sherry. La enumeración de sus trajes era una rapsodia. Relataba, plato por plato, las fabulosas comidas que tomaba la heroína.

Cuando estuviese terminada, Francie pensaba pedir al John de Sissy que la hiciera publicar en la editorial donde él trabajaba. También imaginaba el momento en que se la presentaría a la señorita Garnder. Se había figurado la escena hasta en sus ínfimos detalles. Atacó el diálogo que debía suscitarse.

FRANCIE *(Haciendo entrega del libro a la señorita Garnder)*: Espero que no encuentre nada sórdido en esto. Quisiera que lo tuviera en cuenta como redacción de fin de curso. Espero que no le desagrade que haya sido publicada. *(La señorita Garnder abre la boca asombrada, pero Francie se hace la desentendida.)* Así impreso se lee mejor, ¿no le parece? *(Mientras ella lee, Francie se acerca a la ventana, con aire despreocupado.)*

SEÑORITA GARNDER *(tras leer un poco)*: ¡Pero, Frances, esto es maravilloso!

FRANCIE: ¿Qué? *(como recordando.)* ¡Ah! La novela. La escribí a ratos perdidos. No se tarda mucho en escribir sobre temas de los que no se sabe nada. En cambio, la realidad cuesta mucho más, porque hay que vivirla primero.

(Francie tachó esto porque no deseaba que la señorita Garnder cayera en la cuenta de que había herido sus sentimientos. Lo reemplazó.)

FRANCIE *(como recordando)*: ¡Ah, la novela! Me alegro de que le guste.

SEÑORITA GARNDER *(con timidez)*: Frances... ¿Podría rogarle que me firme este ejemplar?

FRANCIE: Por supuesto.

(La señorita Garnder destapa su estilográfica y, con la pluma apuntan-

do hacia sí, se la presenta a Francie. Ésta escribe: «Saludos de M. Frances K. Nolan».)

SEÑORITA GARNDER *(examinando el autógrafo)*: ¡Qué firma tan distinguida!

FRANCIE: Es solamente mi nombre oficial.

SEÑORITA GARNDER *(con timidez)*: Frances...

FRANCIE: Por favor, considérese con igual libertad que antes para hablarme.

SEÑORITA GARNDER: ¿Podría pedirle que pusiera «A mi amiga Muriel Garnder» encima de su firma?

FRANCIE *(después de una casi imperceptible pausa)*: Sí. ¿Por qué no? *(Con una sonrisa burlona.)* Yo siempre he escrito lo que usted me ordenaba. *(Y escribe la dedicatoria.)*

SEÑORITA GARNDER *(susurrando)*: Gracias.

FRANCIE: Señorita Garnder... Aunque carezca de importancia ahora... ¿quisiera usted calificar este trabajo... como acostumbraba? *(La señorita Garnder coge su lápiz rojo y, con grandes trazos, escribe sobre el libro*: «sobresaliente especial».)

Fue un sueño tan agradable, que Francie empezó el siguiente capítulo excitada de entusiasmo. Escribía y escribía, quería terminarlo rápido para que aquel sueño se convirtiera en realidad. Escribió:

«—Parker —preguntó Sherry Nola a la doncella que tenía a su exclusivo servicio—, ¿qué nos ha preparado la cocinera para la cena de esta noche?

»—Pechuga de faisán con espárragos de invernaderos y champiñones importados, y crema de piña, señorita Sherry.

»—Me parece demasiado insulso —observó Sherry.

»—Sí, señorita Sherry —asintió respetuosamente la doncella.

»—¿Sabes, Parker? Me gustaría satisfacer un antojo.

»—Sus antojos son órdenes en esta casa, señorita Sherry.

»—Me gustaría tener una cantidad de postres sencillos y elegir uno para la cena. Tráeme una docena de *charlotte ruse*, unos pastelitos de fresas y un bote de helado de chocolate, una docena de bizcochos a la vainilla y una caja de bombones.

»—Muy bien, señorita Sherry.»

Cayó una gota de agua en la página. Francie miró al techo. No, no estaba goteando: era que se le hacía la boca agua. Tenía mucha, pero mucha hambre. Fue a la cocina y miró dentro de la olla. Encontró un hueso esquelético, rodeado de agua. En la caja del pan encontró unos mendrugos endurecidos, pero para el hambre no hay pan duro. Cortó una rebanada, se sirvió una taza de café y remojó el pan para ablandarlo. Mientras comía leyó lo que acababa de escribir. Hizo un extraordinario descubrimiento.

«Mira, Francie Nolan —se dijo—, en esta novela estás escribiendo exactamente lo mismo que en las historias que no gustaron a la señorita Garnder. Estás contando que tienes hambre, sólo que lo haces de forma ambigua, dándole rodeos a la verdad de una manera tonta.»

Furiosa con su novela, destrozó el cuaderno y lo arrojó al fuego. Cuando las llamas comenzaron a lamerlo, aumentó su furia y corrió a buscar la caja de manuscritos que guardaba debajo de su cama. Separó cuidadosamente los cuatro que hablaban de su padre y echó los demás en la estufa. Así quemó las preciosas redacciones que habían merecido tan buenas calificaciones. En los papeles lamidos por las lenguas de fuego iban apareciendo una frase tras otra, para luego chamuscarse y convertirse en cenizas. «Un álamo gigantesco, alto y erguido, sereno y lozano, dibujado contra el cielo...» «... por las suaves arcadas del cielo azul...» «Era un esplendoroso día de octubre...» «... malvarrosas como un destilado de puesta de sol y nomeolvides que parecían esencia de la bóveda celeste.»

—Jamás he visto un álamo y sólo he leído en alguna parte eso de las suaves arcadas del cielo, y tampoco he visto esas flores a no ser en un catálogo de semillas. Y me pusieron un sobresaliente por ser una buena mentirosa. —Revolvió los papeles para acelerar su incineración. A medida que se iban convirtiendo en cenizas, canturreaba—: Estoy quemando miseria, estoy quemando miseria.

Cuando, por fin, cesaron las llamas, con dramática entonación le anunció a la caldera de agua caliente:

—Ahí va mi carrera literaria.

De pronto se sintió asustada y sola. Clamó por su padre. No podía ser que hubiese muerto; ¡eso no podía ser! Dentro de un rato oiría sus pasos corriendo escaleras arriba, cantando «Molly Malone». Ella le abriría la puerta, y al entrar la saludaría con su habitual: «¡Hola, Prima Donna!», y ella le diría: «Papá, he tenido un sueño horrible. Soñé que habías muerto». También le repetiría la conversación con la maestra y él encontraría las palabras adecuadas para convencerla de que todo iba bien. Esperó y escuchó. Tal vez fuese un sueño. Pero no, los sueños no se prolongan de esa forma. Era la verdad. Su padre se había ido para siempre.

Con la cabeza apoyada en la mesa lloró amargamente. «Mamá no me quiere tanto como a Neeley. Yo intento hacer que me quiera. Me siento a su lado, y voy a donde ella va, y hago todo lo que me pide, y sin embargo no consigo que me quiera como me quería papá.»

Revivió aquella tarde en que regresaba en el tranvía con su madre. Recordó su aspecto cansado y lo pálida que estaba. Sí, su madre la quería. Claro que sí. Sólo que no tenía el don de demostrárselo igual que su padre. Y su madre era buena. De un momento a otro nacería la criatura que llevaba en sus entrañas, y aun así andaba por ahí trabajando. Y suponiendo que su madre muriese al nacer la criatura… El pensamiento le heló la sangre. ¿Qué sería de Neeley y ella sin su madre? ¿Qué harían? ¿Adónde irían? Evy y Sissy eran demasiado pobres para acogerlos. No tendrían dónde vivir. No tenían en el mundo a nadie más que a su madre.

—¡Dios mío! —suplicó Francie—. No permitas que muera mamá. No castigues a mamá. Ella no ha hecho nada malo. No te la lleves, Dios mío. Si permites que viva, te ofreceré mi vocación de escritora. Nunca más escribiré cuentos ni novelas. Pero déjala vivir. María Santísima, implora a tu hijo Jesús que interceda ante Dios Nuestro Señor para que mi madre no muera.

Se puso histérica de terror pensando en su madre como si ya estuviese muerta. Salió corriendo del piso para buscarla. Katie no estaba limpiando la casa. Fue a la segunda casa y subió como una furia los tres pisos, llamando a gritos:

—¡Mamá, mamá!

Pero tampoco estaba allí. Pasó a la tercera casa. No estaba en el primer piso. No estaba en el segundo piso. Sólo faltaba uno. Si no la encontraba significaría que estaba muerta. Llamó desesperadamente.

—¡Mamá, mamá!

—Aquí estoy —contestó la voz apaciguadora de Katie desde el tercer piso—. No chilles tanto.

Fue tal el alivio de Francie que casi se desmayó. No quiso que su madre se enterase de que había estado llorando. Buscó su pañuelo. Como no lo tenía, se secó los ojos con la enagua y subió despacio el trecho que faltaba.

—Hola, mamá.

—¿Le ha sucedido algo a Neeley?

—No, mamá. —«Siempre piensa primero en Neeley.»

—Bueno, entonces… —dijo Katie sonriendo. Supuso que en la escuela había sucedido algo que apenaba a Francie. Bien, si deseaba contárselo…

—¿Me quieres, mamá?

—Sería una madre muy rara si no quisiera a mis hijos.

—¿Crees que soy tan guapa como Neeley?

Esperó ansiosa la respuesta de su madre, pues sabía que nunca mentía. Katie tardó en contestar.

—Tienes las manos hermosas y una cabellera larga y sedosa.

—Pero ¿crees que soy tan guapa como Neeley? —insistió Francie, deseando que su madre le mintiera.

—Escucha, Francie. Ya sé que con rodeos quieres sacarme algo y estoy demasiado cansada para adivinarlo. Ten un poco de paciencia hasta que nazca la criatura. Te quiero, y quiero a Neeley, para mí, los dos sois guapos. Y ahora no me molestes más, por favor.

Francie se arrepintió de inmediato. Un sentimiento de piedad invadió su corazón al ver a su madre, en vísperas de dar a luz, arrodillada limpiando suelos. Se arrodilló a su lado.

—Levántate, mamá, yo terminaré de fregar este rellano. Tengo tiempo. —Metió la mano en el cubo de agua.

—¡No! —exclamó Katie enérgicamente, sacando la mano de Francie del agua y secándosela con su delantal—. No pongas las manos en el agua: tiene sosa y lejía. Mira cómo me han quedado a mí. —Extendió las manos, bien formadas, pero arruinadas por el trabajo—. No quiero que a ti te pase lo mismo. Quiero que siempre tengas unas manos bonitas. Además, ya termino.

—Ya que no me dejas ayudar, ¿puedo sentarme aquí y hacerte compañía mientras friegas el suelo?

—Sí, si no tienes nada mejor que hacer.

Francie permaneció sentada en la escalera observando a su madre. Era muy agradable estar allí y tener la certeza de que su madre vivía y estaba a su lado. Hasta el ruido que hacía al restregar era placentero. «Suís, suís, suís», decía el cepillo al pasar. El trapo también tenía su idioma. «Glo, glo», exclamaba al absorber el agua. Y cuando Katie los metió en el cubo, el cepillo y el trapo se quejaron en su incomprensible idioma. Luego el cubo también metió cucharada en la conversación cuando Katie lo empujó hacia otro sector del rellano.

—¿No tienes ninguna amiga con quien hablar?

—No. Odio a las mujeres.

—Eso no es normal. Te vendría bien hablar con niñas de tu misma edad.

—Y tú, mamá, ¿tienes amigas?

—No. Odio a las mujeres —contestó Katie.

—¿Ves? Te pasa lo mismo que a mí.

—Sí, pero yo tuve una amiga, y gracias a ella conocí a tu padre. Como ves, la amistad con otra muchacha suele ser provechosa. —Katie hablaba en broma, pero el cepillo, en su ir y venir, parecía traer el eco de aquellas palabras: «Tú, por tu camino, yo, por el mío». Contuvo las lágrimas y continuó—: Sí, necesitas amigas. Nunca hablas con nadie, excepto con Neeley y conmigo, y lees tus libros y escribes tus cuentos.

—He decidido no escribir más.

Katie comprendió que lo que atormentaba a Francie estaba relacionado con sus redacciones.

—¿Has sacado alguna mala nota en redacción?

—No —mintió Francie, y se asombró al comprobar que una vez más su madre daba en el clavo. Se levantó—. Debe de ser hora de ir a casa de McGarrity.

—Espera. —Katie echó el cepillo y el trapo en el cubo—. Por hoy he terminado. —Y alargando los brazos le dijo—: Ayúdame a levantarme.

Francie tomó a su madre de las manos y Katie se levantó apoyándose pesadamente en ellas.

—Acompáñame a casa, Francie.

Francie cogió el cubo. Katie se agarró a la baranda y con el otro brazo apoyó casi todo su peso en los hombros de su hija, y empezó a bajar con lentitud. Francie seguía el paso inseguro de su madre.

—Francie, espero el bebé de un momento a otro y me sentiría más acompañada si tú no te alejaras mucho de mí. Trata de quedarte cerca estos días, y cuando esté trabajando ven de vez en cuando para ver cómo estoy. No puedes imaginarte lo mucho que cuento contigo. No puedo contar con Neeley, porque en estos casos un varón es inútil. Te necesito y me siento más segura cuando sé que estás a mi lado. Así que te ruego que estés siempre cerca.

Una gran ternura por su madre invadió el corazón de Francie.

—No me alejaré nunca de ti, mamá —le dijo.

—¡Con qué placer te oigo, hija mía!

«Tal vez —pensó Francie— no me quiera tanto como a Neeley. Pero me necesita más que a él y quién sabe si ser necesitado no es casi tan bueno como ser querido. Quizá sea mejor.»

XL

Dos días después Francie fue a casa a almorzar y no volvió al colegio por la tarde. Katie estaba en cama. Después de mandar a Neeley de vuelta al colegio, Francie quiso avisar a Sissy y a Evy, pero su madre dijo que aún no era el momento.

Francie se sintió henchida de importancia por la responsabilidad que tenía que afrontar. Limpió el piso, preparó la comida, y cada diez minutos ahuecaba la almohada y le preguntaba a su madre si quería un vaso de agua.

Algo después de las tres, Neeley llegó corriendo. Tiró los libros a un rincón y preguntó si tenía que ir a buscar a alguien. Katie sonrió al verle tan afligido y le dijo que no debían molestar a Evy ni a Sissy antes de lo necesario. Por consiguiente, se fue a casa de McGarrity con la orden de pedirle que le permitiese hacer también el trabajo de Francie, ya que ésta debía quedarse en casa. El señor McGarrity no sólo accedió, sino que, además, ayudó a Neeley, de modo que a las cuatro y media estuvo de regreso. Cenaron temprano. Cuanto antes empezara el reparto de periódicos, más temprano terminaría. Katie no quería tomar más que una taza de té caliente.

Pero cuando Francie se acercó a la cama con la taza de té, ya no la quiso. Y Francie se preocupó al ver que no comía nada. Después de que Neeley se fuera al reparto, le ofreció un poco de estofado y trató de hacerla comer. Katie se enfureció. Le dijo que la dejase en paz, que cuando deseara algo se lo pediría. Francie volvió a verter la comida en la olla, tratando de contener unas lágrimas de resentimiento. Al fin y al cabo sólo deseaba ayudarla. Su madre la volvió a llamar, parecía habérsele pasado el enojo.

—¿Qué hora es? —preguntó.

—Las seis menos cinco.

—¿Estás segura de que el reloj no atrasa?

—Sí, mamá.

—Tal vez adelante, entonces.

Parecía tan preocupada por saber la hora exacta, que Francie se asomó a la ventana para mirar el reloj de la joyería Woronov.

—Tenemos la hora exacta, mamá.

—¿Ha oscurecido ya?

Katie no podía saberlo, porque aun a mediodía apenas si llegaba por el patio interior una luz gris y apagada.

—No, fuera todavía es de día.

—Aquí está oscuro —dijo Katie, enojada.

—Encenderé la lamparilla.

Clavada en la pared había una repisa que sostenía una estatuilla de la Inmaculada Virgen María en su característica actitud de súplica. A los pies de la imagen había un tosco vaso de vidrio rojo lleno de cera amarilla con una mecha plantada en medio. A su lado, un florero con rosas artificiales. Francie encendió la mecha y la llama irradió una luz tenue, de color rubí, a través del vidrio del vaso.

—¿Qué hora es? —volvió a preguntar Katie.

—Las seis y diez.

—¿Estás segura de que el reloj no atrasa ni adelanta?

—Tenemos la hora exacta.

Katie parecía satisfecha, pero cinco minutos después volvió a hacer la misma pregunta. Se diría que temía llegar tarde a una cita muy importante.

A las seis y media Francie volvió a informarla, y agregó que dentro de una hora Neeley estaría de vuelta.

—En cuanto llegue, le mandas a casa de tu tía Evy. Dile que no pierda tiempo en ir a pie, saca un níquel del jarrón y dáselo para que vaya en tranvía a casa de Evy, que está más cerca que la de Sissy.

—Mamá, ¿y si la criatura naciera de repente y yo no supiera qué hacer?

—No tendré esa suerte... ¡Un bebé que nazca de repente! ¿Qué hora es?

—Las siete menos veinticinco.

—¿Estás segura?

—Sí, estoy segura. Mamá, aunque Neeley sea un chico, ¿no hubiera convenido más que se quedase en mi lugar?

—¿Por qué?

—¡Porque él te hace siempre tan buena compañía! —Lo dijo sin malicia ni celos. Era una simple y sincera observación—. Mientras que yo... yo... ni siquiera sé qué decir para aliviarte.

—¿Qué hora es?

—Las siete menos veinticuatro.

Katie permaneció en silencio un momento, y cuando habló fue pronunciando las palabras poco a poco, como hablando consigo misma:

—No, los hombres no deberían estar presentes en esos momentos. Sin embargo, a las mujeres les encanta que se queden a su lado. Quieren que oigan cada gemido, cada suspiro, y que vean cada gota de sangre y cada sufrimiento de la carne. Pero ¿qué insano placer experimentan al hacerlos sufrir con ellas? Parecen querer vengarse de Dios por haberlas hecho mujeres. ¿Qué hora es? —preguntó y sin esperar la respuesta siguió—: Antes de casarse, se morirían de vergüenza si un hombre las viera con los rulos puestos o sin sostén. Pero cuando están pariendo, quieren que ellos las vean en las peores condiciones. No sé por qué. No lo entiendo. Luego el hombre se queda con la imagen de los dolores y de la agonía que la pobre ha sufrido a causa de sus relaciones íntimas, y ya no es lo mismo. Por eso muchos hombres se vuelven infieles después de tener un hijo... —Katie no se daba cuenta de lo que estaba diciendo. La verdad era que echaba mucho de menos a su Johnny y pronunciaba esas palabras para justificar su ausencia—. A fin de cuentas, cuando se ama a alguien, se prefiere sufrir a solas para ahorrarle penas a la persona querida. Por eso intenta que tu marido no esté en casa cuando paras.

—Sí, mamá. Son las siete y cinco.

—Mira si viene Neeley.

Francie fue a mirar y contestó que no se le veía. Katie recordó lo que Francie había dicho con respecto a la compañía de Neeley.

—No, Francie. Tú eres quien me reconforta en este momento. —Suspiró—. Si es niño lo llamaremos Johnny.

—¡Qué bien, mamá, cuando volvamos a ser cuatro!

—Sí, es verdad.

Después Katie permaneció en silencio largo rato. Cuando volvió a preguntar la hora, Francie le dijo que ya eran las siete y cuarto, que pronto regresaría Neeley. Katie le explicó que envolviera una camisa de dormir, el cepillo de dientes, una toalla limpia y un trozo de jabón en un papel de periódico, porque Neeley tendría que pasar la noche en casa de Evy.

Francie hizo dos viajes más a la calle antes de divisar a su hermano. Llegaba corriendo. Salió a su alcance, le entregó el paquete y la moneda y le explicó lo que debía hacer, recomendándole que se diera prisa.

—¿Cómo está mamá?

—Está bien.

—¿Seguro?

—Sí, seguro. Oigo venir un tranvía, mejor que corras si quieres alcanzarlo. —Y Neeley corrió.

Cuando Francie regresó al piso, encontró a su madre con el rostro cubierto de sudor, en el labio tenía una gota de sangre; se lo había mordido.

—¡Oh, mamá, mamá! —Asió la mano de su madre y la apoyó contra su rostro.

—Moja una toalla en agua fría y enjúgame el sudor de la cara —susurró su madre.

Cuando Francie lo hubo hecho, Katie retornó a aquellas ideas, aún incompletas en su mente, que la obsesionaban.

—Por supuesto que eres un consuelo para mí. —Sus pensamientos parecieron desviarse, aunque en realidad no era así—. Yo siempre quise leer tus redacciones, pero nunca tuve tiempo. Ahora tengo un ratito. ¿No querrías leerme una?

—No puedo. Las he quemado todas.

—Las ideaste, las escribiste, te merecieron buenas notas, reflexionaste sobre ellas y luego las quemaste. Y mientras tanto, nunca llegué a leer ni una.

—No tiene importancia, mamá. No valían gran cosa.

—Me pesa en la conciencia.

—No valían gran cosa, mamá. Además, ya sé que no tenías tiempo.

Katie pensó: «Sí, pero para cualquier cosa concerniente a mi hijo supe encontrar tiempo», y siguió pensando en voz alta:

—Sin embargo, Neeley necesita que le alienten, en cambio, a ti te sostiene tu propia fuerza, como a mí.

—No te preocupes, mamá.

—He hecho lo que he podido, de todos modos me pesará siempre en la conciencia. ¿Qué hora es?

—Van a ser las siete y media.

—Trae la toalla otra vez. —La mente de Katie parecía querer aferrarse a algo—. ¿No te queda alguna que pueda leer?

Francie pensó en las cuatro redacciones sobre su padre y en lo que había opinado de ellas la señorita Garnder, y respondió a secas:

—No.

—Entonces léeme algo de Shakespeare.

Francie llevó el libro.

—Léeme eso: «En una noche como ésta», me gustaría ocupar la mente con algo hermoso en los momentos que preceden al nacimiento de mi hijo.

La letra era tan diminuta que Francie tuvo que encender el gas para leerla. Entonces pudo observar bien a su madre: estaba lívida y contorsionada. Su madre no parecía su madre, sino más bien su abuela Rommely cuando estaba enferma. A Katie le incomodó la luz y parpadeó. Francie la apagó inmediatamente.

—Hemos leído tantas veces estas obras que casi me las sé de memoria. Puedo prescindir del libro. Escucha mamá. —Y recitó—: «¡Qué apacible brilla la luna en el firmamento! Una noche como ésta, cuando el céfiro acariciaba amorosamente los árboles silenciosos...».

—¿Qué hora es?

—Las ocho menos veinte.

«... exhalaba Troilo su alma con tiernos suspiros en lo alto de las murallas de Troya hacia las tiendas de los griegos, donde se hallaba su adorada Crésida.»

—¿Sabes quiénes fueron Troilo y Crésida?

—Sí, mamá.

—Algún día me lo contarás, cuando tenga tiempo de escuchar.

—Sí, mamá.

Katie empezaba a quejarse. Francie volvió a secarle el sudor de la cara. Katie extendió los brazos como aquel día en el rellano. Francie la cogió de las manos, apoyando bien los pies. Katie tiró con todas sus fuerzas y Francie tuvo la impresión de que le arrancaría los brazos. Luego Katie aflojó y se dejó caer sobre la almohada.

Y pasó una hora más.

Francie recitó algunos pasajes que sabía de memoria: el discurso de Portia, la oración fúnebre de Marco Antonio, «Mañana y mañana», los fragmentos de Shakespeare más conocidos. De vez en cuando Katie hacía una pregunta o bien se tapaba el rostro con las manos y emitía un quejido. Sin darse cuenta y sin esperar contestación, seguía preguntando la hora. De vez en cuando Francie le secaba la cara, y tres o cuatro veces Katie volvió a extender los brazos para que Francie la ayudara a soportar el dolor.

Cuando Evy llegó a las ocho y media, el alivio de Francie fue tremendo.

—La tía Sissy estará aquí dentro de media hora —dijo al pasar como un torbellino al dormitorio.

Después de echar un vistazo a Katie, quitó la sábana del catre de Francie, sujetó uno de los extremos a los pies de la cama de Katie y le puso el otro en la mano.

—Trata de tirar todo lo que puedas, eso te aliviará.

—¿Qué hora es? —murmuró Katie después de tirar de la sábana hasta que el sudor de la cara empezó a gotear.

—¡Qué te importa! No estás para salir ahora —le respondió Evy con tono burlón.

Los labios de Katie esbozaron una sonrisa, pero un espasmo la borró.

—Podríamos encender la luz—dijo Evy.

—La luz del gas le molesta —contestó Francie.

Evy solucionó esa dificultad con la pantalla de cristal del salón, embadurnada de jabón. Cuando encendió el gas, el foco irradiaba una luz difusa. A pesar de ser una calurosa noche de mayo, Evy encendió la chimenea. Dio órdenes a Francie. Deprisa, Francie llenó la olla de agua y la puso en el fuego. Limpió la palangana, vertió en ella una botella de aceite de oliva y la colocó encima de la cocina. Sacaron la ropa sucia de la canasta, la forraron con una manta vieja pero limpia y la apoyaron sobre dos sillas cerca de la cocina. Evy metió todos los platos en el horno para que se calentasen, y ordenó a Francie que pusiese platos calientes en la canasta, que los sacase cuando empezaran a enfriarse y los sustituyera por otros platos calientes.

—¿Tiene tu madre ropa para la criatura?

—¿Qué clase de gente crees que somos? —preguntó Francie con cierto enfado, a la vez que le mostraba un modesto ajuar, que consistía en cuatro mantillas de franela, cuatro fajas, una docena de pañales repulgados a mano y cuatro camisitas gastadas que habían pertenecido a Francie y a Neeley—. Y todo lo hice yo, excepto las camisitas —dijo Francie con orgullo.

—Hum, hum. Veo que tu madre se prepara para un niño, pero ya veremos —comentó Evy al ver las mantillas adornadas con cintas celestes.

Cuando llegó Sissy, las dos hermanas se encerraron en el dormitorio tras pedir a Francie que esperase fuera. Las oía conversar.

—Ha llegado el momento de ir a buscar a la comadrona. ¿Sabe Francie dónde vive?

—No he hablado con la comadrona —dijo Katie—. No tengo los cinco dólares que cobra.

—Bueno, tal vez entre Sissy y yo podamos reunir esa suma si...

—Mira —dijo Sissy—, yo he tenido diez, no, once hijos, tú, Evy, tres, y Katie, dos: dieciséis entre las tres. Deberíamos saber lo suficiente para atender el parto.

—Bien, haremos de comadronas —respondió Evy resueltamente.

Y cerraron la puerta del dormitorio. Aunque oía las voces, Francie ya no alcanzaba a distinguir las palabras. Le molestaba verse excluida, especialmente porque ella había estado a cargo de todo hasta la llegada de sus tías. Se dedicó a renovar los platos a medida que se iban enfriando. Se sintió sola y desamparada. Le hubiera gustado que Neeley estuviese con ella para recordar tiempos pasados.

Francie despertó sobresaltada. No podía haber estado dormitando, pensó. Era imposible. Tanteó los platos en la canasta. Estaban helados. Los sustituyó rápidamente por otros calientes. La canasta debía estar tibia para recibir a la criatura. Escuchó los ruidos que llegaban del dormitorio. Habían cambiado desde que se había dormido. Ya no se oía el ruido característico de los movimientos pausados, el tedio de la conversación había cesado. Sus tías parecían correr de un lado a otro, deprisa, con pasitos cortos, y sus voces indicaban que pronunciaban frases rápidas. Miró el reloj. Las nueve y media. Evy salió del dormitorio y cerró la puerta tras de sí.

—Aquí tienes cincuenta centavos, Francie. Anda y compra un cuarto de libra de mantequilla, una caja de bizcochos y dos naranjas de ombligo. Di al frutero que deben ser de ombligo, porque son para una señora enferma.

—Pero todas las tiendas están cerradas.

—Ve al barrio judío, allí no cierran.

—Iré cuando amanezca.

—Haz lo que te mandan —dijo Evy con tono severo.

Francie fue de mala gana. Al llegar al último escalón oyó un quejido gutural y desgarrador. Se detuvo indecisa, no sabía si correr hacia la calle o escaleras arriba. Conforme llegó a la puerta oyó otro grito desgarrador. Fue un alivio tener que salir a la calle.

En uno de los pisos el carretero, que parecía un gorila, ordenaba a su tímida esposa que se preparase para ir a la cama, y al oír el primer grito de Katie exclamó:

—¡Cristo Jesús! —Cuando se repitió dijo—: Espero que no me haga pasar la noche en vela.

Su esposa, casi una niña, sollozaba mientras se desvestía.

Flossie Gaddis y su madre estaban sentadas en la cocina. Floss cosía otro traje, uno blanco para su pospuesta boda con Frank. La señora Gaddis tejía un par de calcetines grises para Henny. Éste había fallecido, por supuesto, pero durante toda la vida de su hijo ella le había tejido calcetines y no podía cambiar de costumbre. Al oír el alarido de Katie se sobresaltó y se le escapó el punto.

—Los hombres se llevan el placer y las mujeres el sufrimiento —comentó Flossie.

Su madre no contestó. Se estremeció al siguiente grito de Katie.

—Qué raro resulta coser un traje con dos mangas —dijo Flossie.

—Sí.

—Me pregunto si valen la pena. Me refiero a los hijos.

La señora Gaddis pensó en su hijo muerto y en el brazo estropeado de su hija. No contestó. Inclinó la cabeza sobre su tarea. Había vuelto al lugar donde se le había escapado el punto y puso su atención en recuperarlo.

Las austeras solteronas Tynmore yacían en sus camas virginales. En la oscuridad se buscaban mutuamente las manos.

—¿Has oído, hermana? —dijo la señorita Maggie.

—Le ha llegado el momento —contestó la señorita Lizzie.

—Por eso yo no me casé con Harvey, cuando me cortejó, hace mucho. Me dio miedo eso. ¡Tanto miedo!

—No sé —dijo la señorita Lizzie—. Algunas veces creo que es mejor sufrir amargas desdichas, forcejear y gritar para soportar ese horrible dolor, que... sentirse sola. —Esperó hasta que se aplacó un nuevo quejido—. Por lo menos ella sabe que vive.

La señorita Lizzie no obtuvo respuesta.

El piso frente al de los Nolan estaba desocupado, en el siguiente vivían un estibador polaco, su mujer y sus cuatro hijos. En el momento en que el hombre llenaba un vaso de cerveza oyó el lamento de Katie.

—Las mujeres —rezongó enfáticamente.

—Cállate —le gruñó su esposa.

Y todas las mujeres de la casa se ponían tensas a cada uno de los alaridos de Katie, sufriendo con ella. Era lo único que las mujeres tenían en común: la certeza de los dolores que acompañan al parto.

Francie tuvo que caminar un buen trecho por Manhattan Avenue antes de encontrar una lechería judía. Después tuvo que seguir caminando hasta dar con un almacén, donde compró las galletitas, y luego buscar una frutería, donde adquirió las naranjas. En el camino de regreso miró la hora en el reloj de la farmacia y vio que ya eran las diez y media. A ella no le importaba la hora, excepto porque su madre parecía darle tanta importancia.

Cuando entró en la cocina notó una gran diferencia. Había una nueva quietud y un olor indefinido, distinto y levemente fragante. Sissy estaba de pie, de espaldas al canasto.

—¿Qué te parece? Tienes una hermanita —le anunció.

—¿Y mamá?

—Tu mamá está perfectamente bien.

—Así que por eso me mandasteis de compras.

—Pensamos que sabías demasiado para tener catorce años —contestó Evy saliendo del dormitorio.

—Quisiera saber una sola cosa —dijo Francie con fiereza—. ¿Fue mamá quien me mandó a la calle?

—Sí, Francie, fue ella —respondió Sissy tiernamente—. Dijo algo así como que hay que evitar el dolor a los que se ama.

—¡Ah! Entonces todo va bien —declaró Francie, apaciguada.

—¿No quieres ver al bebé?

Sissy se apartó y Francie levantó la sábana que cubría la cabeza de la criatura. Era hermosa, tenía la piel blanca y suave, el cabello rizado terminado en punta en la frente, como su madre. Abrió los ojitos y Francie vio que eran de un color celeste lechoso. Sissy le explicó que todos los niños recién nacidos tenían ojos azules y que probablemente al crecer se le volverían oscuros como granos de café.

—Se parece a mamá —dijo Francie.

—Nosotras opinamos lo mismo —añadió Sissy.

—¿Está sana?

—Perfecta —le contestó Evy.

—¿No tiene joroba o algo por el estilo?

—Por supuesto que no. ¿De dónde sacas semejantes ideas?

Francie se abstuvo de explicar a Evy su temor de que naciera enferma porque su madre había trabajado tanto, arrodillada, hasta el último momento.

—¿Puedo ir a ver a mamá? —preguntó humildemente, sintiéndose como una extraña en su propia casa.

—Puedes llevarle esta bandeja —dijo Sissy alcanzándole los bizcochos con mantequilla que había preparado para Katie.

—¡Hola, mamá!

—¡Hola, Francie!

Katie había recobrado su aspecto normal, aunque su rostro reflejaba un gran cansancio. No podía levantar la cabeza, así que Francie le arrimaba los bizcochos a la boca para que los comiese. Y cuando hubo terminado, Francie seguía contemplándola. Katie permanecía callada. Francie tuvo la sensación de que ella y su madre volvían a sentirse dos extrañas. El acercamiento reciente había desaparecido.

—Y tú que tenías elegido un nombre de niño, mamá.

—Es verdad, pero no me importa que sea niña.

—Es muy bonita.

—Tendrá el cabello negro y rizado. Y Neeley lo tiene rubio y ondulado. A la pobre Francie le tocó el cabello castaño y lacio.

—A mí me gusta el cabello castaño y lacio —contestó Francie con voz desafiante. Se moría por saber cómo iban a llamar a la criatura, pero su madre le parecía ahora una extraña y no deseaba preguntárselo directamente—. ¿Quieres que escriba los datos para la partida de nacimiento?

—No. El sacerdote se encargará de hacerlo el día del bautizo.

—¡Oh!

Reconociendo en el tono la desilusión de Francie, Katie le dijo:

—Pero trae la tinta y el libro y te dejaré escribir el nombre.

Francie fue en busca de la Biblia que Sissy había llevado hacía quince años. Leyó las cuatro inscripciones de la primera página, las tres primeras en la nítida letra de Johnny.

«1 de enero de 1901. Enlace: Katherine Rommely con John Nolan.

»15 de diciembre de 1901. Nacimiento: Frances Nolan.

»23 de diciembre de 1902. Nacimiento: Cornelius Nolan.»

La cuarta inscripción, con la letra firme, inclinada hacia atrás, de Katie, rezaba: «25 de diciembre de 1915. Fallecimiento: John Nolan, treinta y cuatro años».

Sissy y Evy entraron con Francie en el dormitorio. Ellas también tenían curiosidad por saber el nombre que Katie daría a la recién nacida. ¿Sarah? ¿Eva? ¿Ruth? ¿Elizabeth?

—Escribe. —Katie le dictó—: Veintiocho de mayo de mil novecientos dieciséis. Nacimiento —Francie mojó la pluma—: Annie Laurie Nolan.

—Annie. Qué nombre más vulgar —refunfuñó Sissy.

—¿Por qué, Katie, por qué? —preguntó, fastidiada, Evy.

—Por una canción que cantaba Johnny —explicó Katie.

Y mientras Francie inscribía el nombre oyó los acordes, oyó la voz de su padre que cantaba: «Así fue que Annie Laurie... ¡Papá! ¡Papá!

—Una canción, decía él, que pertenecía a un mundo mejor —agregó

Katie—. A él le hubiera gustado que su hija llevara el nombre de una de sus canciones.

—Laurie es un nombre muy bonito —dijo Francie.

Y Laurie fue el nombre de la chiquilla.

XLI

L aurie era una criatura muy buena. Se pasaba casi todo el día durmiendo tranquilamente. Cuando estaba despierta se quedaba quieta tratando de enfocar los ojos castaños en su minúsculo puñito.

Katie amamantaba a su hijita, no sólo por ser lo más natural, sino porque no alcanzaba el dinero para comprar leche fresca. Como no podía dejar sola a la criatura, Katie empezaba la jornada a las cinco de la mañana, limpiando las dos casas vecinas. Trabajaba hasta cerca de las nueve, hora en que Francie y Neeley salían para la escuela. Después se dedicaba a limpiar la escalera de su casa. Dejaba la puerta del piso abierta para oír a Laurie si lloraba. Katie se acostaba todas las noches en cuanto acababa de cenar, y Francie la veía tan poco que le parecía como si su madre se hubiese ido.

El señor McGarrity no los despidió tras nacer la criatura, como se había propuesto. Realmente necesitaba sus servicios, porque el negocio había prosperado durante aquella primavera de 1916. Tenía el bar continuamente repleto. Se operaban grandes cambios en el país y sus parroquianos, como todos los norteamericanos, sentían la necesidad de reunirse para comentar los acontecimientos. El bar era su único lugar de reunión, el club del hombre pobre.

Mientras limpiaba el piso de arriba, Francie oía a través del delgado suelo de madera fragmentos de conversaciones. A menudo interrumpía su trabajo para escuchar mejor. Sí, el mundo cambiaba rápidamente y comprendió que esta vez era el mundo y no ella. Oía cómo cambiaba el mundo al escuchar aquellas voces.

—Es un hecho. Dejarán de hacer licores y dentro de pocos años el país será abstemio a la fuerza.

—Un hombre que trabaja intensamente tiene derecho a su cerveza.

—Díselo al presidente y veremos hasta dónde llega.

—Este país pertenece al pueblo. Si nosotros no lo queremos seco, no será seco.

—Por cierto, es un país que pertenece al pueblo, pero te van a meter la prohibición en el gañote.

—¡Por Cristo! Entonces elaboraré mi propia bebida. Mi padre lo hacía en Europa. Coges una fanega de uvas...

—Qué dices, hombre. Nunca darán el voto a las mujeres.

—Yo no estaría tan seguro.

—Si eso llega a suceder, mi esposa votará lo mismo que yo, de lo contrario, le retuerzo el pescuezo.

—Mi madre no irá a las urnas a mezclarse con esa sarta de vagos...

—Una mujer presidenta. Podría llegar a verlo.

—Jamás permitirían que una mujer manejara el gobierno.

—Hay una que lo maneja ya.

—¡No seas bárbaro!

—Hoy por hoy, Wilson no puede ni siquiera ir al baño sin el permiso de su esposa, la señora Wilson.

—Porque el mismo Wilson parece una vieja.

—Nos está evitando la guerra.

—¡Ese maestro de escuela!

—Lo que necesitamos en la Casa Blanca es un político experto y no un maestro de escuela.

—... automóviles. Pronto los caballos pertenecerán al pasado. Allí está ese tipo en Detroit haciendo coches baratos que pronto estarán al alcance de cualquier jornalero.

—Un trabajador conduciendo su coche particular. ¡Vivir para ver!

—¡Aeroplanos! Una idea descabellada. Eso no durará.

—El cinematógrafo ha venido para quedarse. Los teatros van cerrando uno tras otro en Brooklyn. En lo que a mí respecta, prefiero mil veces ver una película de Charlie Chaplin que las obras de teatro que ve mi mujer.

—… telégrafo sin hilos. El invento de los inventos. Las palabras te llegan por el aire, sin necesidad de cables. Sólo se necesita una especie de máquina para pescar el sonido y un auricular para poder escuchar…

—Le llaman «sueño crepuscular», es un soporífero con el cual las mujeres no sienten nada al dar a luz. Cuando un amigo se lo contó a mi mujer, ella dijo que ya era hora de que se inventase algo así.

—¡Pero qué dicen ustedes! El gas ya ha pasado de moda. Ahora están instalando electricidad hasta en las viviendas humildes.

—No sé qué les pasa a los jóvenes de ahora. Están locos por el baile. Bailan… bailan… bailan…

—Yo me cambié el nombre. Elegí Scott. En vez de Schultz me puse Scott. El juez me preguntó: «¿Por qué lo hace? Schultz es un buen apellido». Él también es alemán, ¿sabe? «Escuche, amigo», le dije… Juez o no juez, así mismo le hablé: «Yo no quiero saber nada de mi país», le dije. «Después de lo que han hecho con las criaturas belgas», le dije, «no quiero saber nada de Alemania. Ahora soy americano y quiero llevar un apellido americano.»

—Y nos vamos encaminando derechitos a la guerra. Hombre, lo veo venir.

—Lo que tenemos que hacer es reelegir a Wilson en las elecciones de este año. Él sabrá evitar la guerra.

—No hay que hacer apuestas basadas en las promesas electorales. Si se tiene un presidente demócrata, se tiene un presidente partidario de la guerra.

—Lincoln era republicano.

—Pero los del Sur tenían un presidente demócrata y fueron ellos los que iniciaron la guerra.

—Yo me pregunto: ¿cuánto tiempo tendremos que soportarlo? Esos bastardos han hundido otro de nuestros barcos. ¿Cuántos tendrán que hundir antes de que reunamos suficiente coraje para ir a darles la paliza que se merecen?

—Debemos mantenernos al margen. Al país le va muy bien. Hay que dejarlos que hagan ellos sus guerras sin meternos en líos.

—Nosotros no queremos guerra.

—Si declaran la guerra, me presento al ejército al día siguiente.

—Tú no puedes hablar. Has pasado de los cincuenta. No te aceptarían.

—Prefiero ir a la cárcel antes que a la guerra.

—Hay que pelear por una causa que nos parezca justa. Yo iría con gusto.

—Yo no me preocupo. Tengo una doble hernia.

—Esperad a que llegue la guerra. Necesitarán obreros como nosotros para fabricar barcos y armas. Y necesitarán a los agricultores para producir alimentos. Entonces los tendremos bien agarrados por la garganta. Ya no serán ellos los que manden, sino nosotros. ¡Dios, si los haremos sudar! Para mí la guerra nunca llega demasiado pronto.

—Como te lo digo. Todo se hará con las máquinas. Mira el chiste que me contaron hace unos días. Un fulano y su mujer se van de paseo y compran todo lo que necesitan en los distribuidores automáticos: comida, ropa, cualquier cosa. Llegan delante de uno que hace niños, el hombre pone unas monedas y sale un bebé. Entonces él se da la vuelta y le dice a su mujer: «¿Qué te parece si volvemos a los viejos tiempos?».

—¡Los viejos tiempos! Creo que se han ido para siempre.

—¡Jim, llénanos los vasos!

Y Francie, apoyada en su escoba para escuchar, trataba de dar sentido a lo que oía y se esforzaba por entender un mundo que giraba en veloz confusión. Y le parecía que el mundo entero había cambiado entre el día del nacimiento de Laurie y el último día del curso.

XLII

Francie casi no había tenido tiempo de acostumbrarse a la presencia de Laurie cuando llegó la noche en que se festejaba el término de la escuela primaria. Katie no podía asistir a la ceremonia de la escuela de Neeley y a la de Francie, así que resolvió asistir a la de Neeley. Era justo: no había por qué privar de la ceremonia de su escuela a Neeley porque Francie había querido cambiar de escuela. Francie lo comprendía, pero igualmente se sintió un poco herida. Si su padre viviese, la habría acompañado sin titubear. Se convino que iría con Sissy. Laurie quedaría al cuidado de Evy.

En la última noche de junio de 1916 Francie fue por última vez a la escuela que tanto amaba. Sissy, tranquila y cambiada desde que tenía su hijita, caminaba formalmente a su lado. Pasaron junto a ella dos bomberos y ni siquiera los vio. Sin embargo, antes Sissy no podía resistir un uniforme. Francie hubiera preferido menos cambios. Ahora se encontraba más sola. Cogió la mano de Sissy y ésta le correspondió con una leve presión. Francie se sintió reconfortada. En el fondo Sissy seguía siendo Sissy.

Las graduadas se sentaron en las primeras filas y los invitados ocuparon los asientos de atrás. El director pronunció un discurso dirigido a los niños precaviéndolos contra el atribulado mundo en el que tendrían que moverse, y les dijo que tendrían la responsabilidad de moldear un mundo nuevo una vez terminada la guerra que seguramente envolvería a Norteamérica. Los instó para que siguieran la instrucción superior a fin de hallarse mejor capacitados para la estructura de ese mundo nuevo. El discurso impresionó a Francie y se juró cooperar «llevando en alto la antorcha», según expresión del director.

A esto siguió la representación de la obra escrita para la ocasión. A Francie le ardían los ojos de tanto contener las lágrimas. Mientras proseguía el diálogo, pensaba: «Mi obra habría sido mejor. Habría seguido las indicaciones de la maestra si me hubiese brindado la oportunidad de escribirla».

Una vez terminada la representación, desfilaron para recibir los diplomas. Clausuraron el acto con el juramento a la bandera y entonando el himno nacional.

Y ahora Francie tendría que atravesar lo que era para ella el camino del calvario.

Se acostumbraba ofrecer ramos de flores a las graduadas. Como no se permitían los ramos en el salón de actos, los entregaban en las aulas y las maestras los depositaban sobre el pupitre de cada una. Francie tenía que entrar en el aula para recoger de su pupitre la caja de lápices, la tarjeta de calificaciones y el álbum de autógrafos. Se detuvo un instante a la entrada para darse valor, porque sabía que el suyo sería el único lugar sin flores. Estaba segura de ello, no había querido explicarle a su madre ese ritual porque sabía bien que en su casa no tenían dinero para afrontar semejante gasto.

Resolvió salir del trance cuanto antes y caminó apresuradamente hacia el escritorio de la maestra, sin atreverse a mirar el suyo. El ambiente estaba impregnado con el perfume de las flores. Oyó a sus compañeras que charlaban y manifestaban su placer por las ofrendas florales, intercalando triunfales exclamaciones.

Miró sus calificaciones: cuatro sobresalientes y un aprobado justo; esta última era la nota de inglés. Hasta entonces había sido la primera de toda la escuela en redacción, y al terminar pasó un poco justa. De repente se despertó en ella un intenso odio por la escuela y sus maestras, especialmente por la señorita Garnder. Ya no le importó no recibir flores. ¿Por qué había de importarle? En todo caso era una costumbre ridícula. «Iré a mi pupitre a por mis cosas —pensó—, y si me hablan las haré callar. Luego saldré de la escuela para siempre, sin despedirme de nadie.» Levantó la vista. «El pupitre sin flores ha de ser el mío.» Pero ¡oh sorpresa!, no encontró ninguno sin flores. ¡En todos había flores!

Francie se acercó a su pupitre, segura de que alguna otra niña habría colocado allí el ramo mientras abría el escritorio. Decidió coger el ramo con cierto desprecio y preguntar con aire altivo: «¿De quién es esto? Discúlpame, pero necesito abrir mi pupitre».

Levantó el ramo —dos docenas de magníficas rosas rojas en un haz de helechos— imitando el gesto de las otras y por un momento haciéndose la ilusión de que era suyo. Buscó la tarjeta con el nombre de la agraciada. ¡Pero si en la tarjeta estaba su nombre! ¡Su nombre! La inscripción decía: «Para Francie en el día de su graduación. Con cariño de papá».

¡Papá!

Estaba escrita de su puño y letra y con la tinta negra del frasco que había en casa. Entonces había sido todo una pesadilla, una larga pesadilla. Laurie era un sueño, como su trabajo en casa de McGarrity, la obra de fin de curso, su mala nota en inglés. Despertaría dentro de un instante y todo volvería a la realidad. Su padre estaría esperándola en el vestíbulo.

Bajó corriendo, pero sólo encontró a Sissy.

—De modo que es cierto que ha muerto papá.

—Sí, ya hace seis meses.

—¡Pero no puede ser! ¿No ves, tía Sissy, que me ha mandado flores?

—Sí, Francie. Hace más o menos un año me dio esta tarjeta escrita junto con dos dólares, y me dijo: «El día que Francie reciba su diploma, cómprale flores en mi nombre, por si se me olvidara hacerlo».

Francie se echó a llorar. No sólo porque ahora estaba segura de que nada había sido un sueño, sino también porque ahora se relajaba tras el exceso de trabajo y la preocupación por su madre, porque no había llegado a escribir la obra de fin de curso, porque había tenido mala nota en inglés, porque había estado demasiado segura de no recibir flores.

Sissy la llevó al lavabo y la metió en uno de los excusados.

—Llora con toda tu alma y grita si quieres, pero date prisa —le ordenó—. Tu madre se preocupará si nos retrasamos.

Francie se quedó en el excusado, abrazando sus rosas y sollozando. Cada vez que oía las voces de otras colegialas que entraban y salían, hacía correr el agua de la cisterna para que el ruido disimulara su llanto. Pronto se repuso. Cuando salió, Sissy le alargó el pañuelo, empapado en agua helada. Mientras se enjugaba los ojos, Sissy le preguntó si se sentía mejor. Francie dijo que sí y le rogó que le esperase un momento mientras se despedía de sus compañeras.

Se dirigió al despacho del director, quien al darle al mano, le recomendó:

—No se olvide, Frances, de su antigua escuela, venga de vez en cuando a visitarnos.

—Sí, señor, vendré.

Luego fue a despedirse de su maestra.

—La vamos a echar mucho de menos, Frances —le dijo la maestra.

Francie sacó de su pupitre el álbum de autógrafos y corrió a decir adiós a sus compañeras. La rodearon. Una le pasaba el brazo por la cintura, otras la besaban en las mejillas, y todas la despidieron calurosamente.

—Tendrás que venir a casa a visitarme, Frances.

—Escríbeme y cuéntame cómo te va y cómo te las arreglas.

—Frances, ahora tenemos teléfono. Llámame de vez en cuando. Llámame mañana mismo.

—Pon tu autógrafo en mi álbum, ¿quieres, Frances? Así cuando seas célebre podré venderlo.

—Me voy a un campamento de excursión. Te daré mi dirección para que me escribas. ¿Lo harás, Frances?

—En septiembre iré al instituto femenino. ¿Por qué no vienes tú, Frances?

—No, Frances. Ven conmigo al instituto del barrio Este.

—¡Al instituto femenino!

—¡Al instituto del barrio Este!

—El mejor es el instituto Erasmus. Tienes que venir conmigo y seremos amigas siempre; mientras cursemos los años superiores te prometo no tener otra amiga.

—Frances, nunca me pediste que te escribiera algo en el álbum.

—A mí tampoco.

—Dámelo, dámelo.

Y empezaron a escribir en el casi inmaculado álbum de Francie.

«Qué simpáticas son, —pensó Francie—. Pude haber sido amiga de ellas, creí que no querían ser mis amigas. Soy yo quien me equivocaba.»

Escribieron en el álbum. Algunas con apretada y pequeña letra, otras, desgarbada, pero todas con letra infantil.

Te deseo dicha, te deseo alegría.
Te deseo, primero, un niñito,
y cuando le crezca el cabello rizado,
que por una hermanita se vea acompañado.

FLORENCE FITZGERALD

Si llegas a casarte,
cuando el marido riña
sacúdele una piña
y logra divorciarte.

JEANNIE LEIGH

Cuando la noche corra su cortina
de estrellas salpicada,
recuerda que soy siempre tu amiga
aunque estés alejada.

NOREEN O'LEARY

Beatrice Williams dio vuelta al álbum y escribió en la última página:

Aquí al fondo, donde no se ve,
sólo por despecho mi nombre firmé.

Y firmó: «Tu compañera de letras, Beatrice Williams».

Por supuesto que tenía que firmar como «compañera de letras», pensó Francie, todavía celosa por la obra de teatro.

Por fin terminó con los saludos. En el vestíbulo le rogó a Sissy que la esperase un momento más porque le faltaba una despedida.

—¡Pues sí que entretiene eso de graduarse! —protestó cariñosamente tía Sissy.

La señorita Garnder estaba sentada ante su escritorio en el aula profusamente iluminada. Estaba sola. No era popular en la escuela y nadie había ido a despedirse de ella. Cuando entró Francie la recibió encantada.

—¿Así que viene a despedirse de su vieja profesora de inglés?

—Sí, señorita.

La señorita Garnder no pudo dejar las cosas como estaban. Prevaleció en ella su alma de maestra.

—Referente a la calificación, no tuve otra alternativa. No presentó ninguna redacción durante este curso. Debí suspenderla, pero resolví ser indulgente para que pudiera terminar sus estudios junto con sus compañeras. —Esperó. Francie permaneció en silencio—. Y bien, ¿no me lo agradece?

—Muchas gracias, señorita.

—¿Recuerda nuestra charla?

—Sí, señorita.

—¿Por qué se obstinó y dejó de entregar redacciones?

Francie no tenía nada que decirle. No podía explicárselo a la señorita Garnder. Se contentó con alargarle la mano en señal de despedida. Esta actitud sorprendió a la maestra.

—Entonces, adiós —dijo—, con el paso del tiempo llegará a comprender que yo tenía razón. —Y como Francie no le contestó insistió—: ¿No es así?

—Sí, señorita.

Francie salió del aula. Ya no la odiaba. Tampoco le inspiraba simpatía, sino lástima. La señorita Garnder no tenía en el mundo más que su propia seguridad de llevar siempre razón.

En las escaleras de la entrada estaba el señor Jenson despidiéndose de los alumnos. Con ambas manos tomaba la de cada uno y le decía:

—Adiós y que el Señor le bendiga.

Para Francie agregó una frasecita especial:

—Pórtese bien, trabaje con empeño y sea el orgullo de nuestra escuela.

Francie prometió hacerlo.

Camino de casa, Sissy dijo:

—¡Mira! No diremos a tu madre quién mandó las flores. Eso la llevaría a un mar de recuerdos, y apenas si se ha repuesto del nacimiento de Laurie.

Francie consintió en decir que Sissy le había regalado las flores. Sacó la tarjeta del ramo y la guardó en la caja de los lápices.

Cuando le dijeron a Katie la mentira sobre las flores, su comentario fue:

—Sissy, no debiste hacer semejante gasto.

Pero Francie notó que se puso muy contenta.

Admiraron los dos diplomas y todos estuvieron de acuerdo en que el de Francie era más bonito debido a la preciosa caligrafía del señor Jenson.

—Los primeros diplomas de la familia Nolan —dijo Katie.

—Pero no los últimos, espero —añadió Sissy.

—Quiero que todos mis hijos obtengan los tres diplomas: el de la escuela primaria, el del instituto y el de la universidad —dijo Evy.

—Dentro de veinticinco años la familia tendrá una pila de diplomas así. —Y poniéndose de puntillas Sissy levantó la mano todo lo que podía.

Mamá examinó las calificaciones por última vez. Neeley tenía un notable en educación física y un aprobado en todas las demás asignaturas.

—Muy bien, hijo mío —le dijo. Pasó los sobresalientes de Francie y se detuvo en el aprobado bajo que había sacado—. ¡Francie! Me sorprendes. ¿Cómo sucedió esto?

—Mamá, prefiero no hablar del asunto.

—¡Y en lengua, donde siempre te has lucido!

Francie insistió levantando la voz:

—Mamá, prefiero no hablar del asunto.

—Sus redacciones eran las mejores de la escuela —explicó Katie a sus dos hermanas.

—¡Pero, mamá! —Esta vez fue casi un grito.

—¡Cállate, Katie, no insistas! —dijo Sissy con voz cortante.

—Bueno, bueno. —Katie se avergonzó súbitamente al comprender que había estado regañando.

Evy cambió de tema.

—¿Vamos o no vamos a celebrar el acontecimiento?

—Sí, espera que me ponga el sombrero.

Sissy se quedó en casa con Laurie. Katie, Evy y los dos niños fueron al puesto de helados de Scheefly. Estaba repleto de familias que celebraban la graduación de sus hijos. Los niños lucían sus diplomas y las niñas, además, sus ramos de flores. En cada mesa había un padre o una madre o ambos. El grupo Nolan encontró una mesa libre en el fondo del salón.

Confusión completa. Algarabía de los niños, manifestaciones de orgullo de los padres, trajinar de los atareados camareros. La mayoría de los chicos tenían la edad de Francie: catorce años. Había algunos de quince y otros de trece. Muchos de ellos eran compañeros de Neeley y éste se divertía saludando a gritos de una punta a la otra del salón. Francie casi no conocía a las chicas, pero las saludaba como si se tratara de amigas íntimas de muchos años.

Francie estaba orgullosa de su madre. Las otras madres tenían el cabello canoso y casi todas eran tan obesas que sus abultadas caderas rebasaban del borde de sus sillas. Su madre era esbelta y no aparentaba sus casi treinta y tres años. Tenía el cutis suave y liso, y el cabello tan negro y reluciente como siempre. «Si le pusiéramos un vestido blanco —pensó Francie— y un ramo de flores en los brazos, parecería una chiquilla de catorce años, como cualquiera de las que hay aquí. Si no fuera por la línea tan marcada del entrecejo, que se le ha acentuado desde la muerte de papá...»

Llamaron al camarero. Francie retenía en la memoria una lista completa de los refrescos; la seguía en orden descendente para poder decir algún día que había probado todos los refrescos del mundo. Le correspondía ahora el de piña, y ése fue el que pidió. Neeley pidió su favorito, el de chocolate, y Katie y Evy eligieron helados de vainilla.

Evy inventaba historietas sobre la gente que los rodeaba, provocando la risa de los dos chicos. De vez en cuando Francie observaba a su madre. Ésta no festejaba las ocurrencias de Evy. En silencio y con lentitud, comía su helado frunciendo cada vez más el entrecejo. Francie comprendió que estaba pensando en algo.

«Mis hijos —reflexionaba Katie— tienen más instrucción a los trece y catorce años que yo a los treinta y dos. Y no sólo eso. Cuando pienso lo ignorante que era yo a su edad. Sí, y aun casada y con una criatura. Quién lo diría. Yo creía en brujerías: lo que me dijo la partera sobre la mujer de la pescadería. Ellos han empezado muy por encima de mí. Jamás fueron ignorantes a tal extremo.

»Conseguí que obtuviesen su primer diploma. Yo no puedo hacer más por ellos. Todos mis proyectos... Neeley médico... Francie en la universidad... no los puedo realizar yo. Laurie... ¿Tendrán la voluntad y el tesón para llegar solos a ser algo? No lo sé. Shakespeare... la Biblia... Saben tocar el piano, aunque ya no lo practiquen. Les enseñé a ser limpios, a no mentir y a rehusar la caridad. ¿Será eso suficiente?

»Pronto tendrán un jefe a quien satisfacer y entrarán en contacto con extraños. Conocerán distintas costumbres. ¿Buenas? ¿Malas? No pasarán las tardes conmigo si deben trabajar todo el día. Neeley andará con sus amigos. ¿Y Francie? Leerá... irá a la biblioteca... al teatro... a una conferencia de entrada libre o un concierto de la banda. Claro que tendré a la niña... la niña. Ella se iniciará mejor. Cuando obtenga su primer diploma, quizá los otros dos la ayuden a estudiar en el instituto. Debo hacer por Laurie más de lo que hice por ellos. Ellos nunca tuvieron suficiente para comer, nunca fueron bien vestidos. Hice lo que pude, pero no fue bastante. Y ahora tienen que salir a trabajar, siendo niños aún. ¡Ah! Si los pudiera mandar al instituto este otoño. Permítelo, Dios mío. Renunciaré a veinte años de mi vida. Trabajaré noche y día. Pero no puedo, naturalmente. No tengo quien cuide de la niña.»

Un clamor interrumpió las reflexiones de Katie. Alguien comenzó a cantar una popular canción antibélica y el resto de la sala formó un coro improvisado.

Yo no crié a mi hijo para que fuera soldado:
lo crié para mi orgullo y felicidad...

Katie reanudó su meditación: «No tengo a nadie que nos ayude». Se acordó un instante del sargento McShane. Cuando nació Laurie le mandó una gran canasta de frutas. Ella sabía que se jubilaría en septiembre. Era el candidato a diputado provincial por el distrito donde residía. Todos aseguraban que ganaría. Se decía que su esposa estaba gravemente enferma, tanto que quizá no alcanzaría a verle elegido diputado.

«Se casará de nuevo —pensó Katie—. Por supuesto. Con alguna mujer capaz de acompañarle en su vida social... capaz de apoyarle... lo que necesita un político.»

Contempló sus manos, estropeadas por el trabajo, y súbitamente las escondió debajo de la mesa, como si se avergonzara de ellas.

Francie lo notó.

«¿A que está pensando en el sargento McShane? —se dijo, recordando que su madre se había puesto sus guantes aquel día que McShane se fijó en ella—. A McShane le gusta mamá ¿Lo sabe ella? Debe de haberse dado cuenta. Se percata de todo. Apuesto a que podría casarse con él si quisiera. Pero que no se imagine que le voy a llamar padre. Mi padre ha muerto, y si mamá se casara, no importa con quién sea, para mí su marido no pasaría de ser el señor Fulano de Tal.»

En aquel momento terminaba la canción.

... Más guerras no surgieran
si todas las mujeres dijeran:
«Yo no crié a mi hijo para que fuera soldado...».

«Neeley —pensó Katie— tiene trece años. Si la guerra llega a nuestro país, habrá terminado antes de que él tenga edad de ir. ¡A Dios gracias!»

Tía Evy, en voz baja, les parodiaba la canción:

Quién se atrevería a colocarle bigotes en el hombro.

—¡Tía Evy, eres terrible! —dijo Francie estallando en una carcajada.

Abandonando sus preocupaciones, Katie los miró y se sonrió. El camarero llevó la cuenta y todos observaron con seriedad a Katie.

«Me imagino que no será tan tonta para dejarle una propina», pensó Evy.

«¿Sabrá mamá que se acostumbra dejar un níquel de propina? —pensó Neeley—. Espero que sí.»

«Mamá hará lo que corresponde», pensó Francie.

No se acostumbraba dejar propinas en las heladerías, salvo en los casos de celebración de algún acontecimiento, en que se dejaban cinco centavos. Katie vio que el gasto sumaba treinta centavos. Tenía en la cartera una moneda de cincuenta centavos. Pagó con ella. El camarero llevó el cambio en cuatro monedas de cinco centavos, que colocó en hilera sobre la mesa. Se quedó rondando cerca de Katie esperando a que ésta cogiese tres de las monedas. Katie miró los cuatro níqueles, pensando: «Cuatro panes».

Cuatro pares de ojos observaron la mano de Katie. Ni titubeó siquiera cuando puso la mano sobre el dinero y con toda desenvoltura empujó los cuatro níqueles hacia el camarero.

—Quédese con el cambio —dijo con soltura.

Francie tuvo que dominarse para no saltar de la silla y aplaudir. Se repetía: «Mamá tiene mucha clase, pero mucha».

El camarero arrebató las monedas y se alejó presuroso, feliz y contento.

—Dos refrescos que se van —rezongó Neeley.

—Katie, Katie, qué locura —protestó Evy—. Apuesto a que era el único dinero que te quedaba.

—Efectivamente, pero también pueden ser los últimos diplomas.

—McGarrity nos pagará mañana cuatro dólares —dijo Francie en defensa de su madre.

—Y también nos despedirá mañana —agregó Neeley.

—De modo que no entrará más dinero después de esos cuatro dólares, hasta que los chicos encuentren trabajo —observó Evy.

—Qué importa. Por una vez quise que nos sintiésemos millonarios, y si veinte centavos nos dan esa sensación es bien barato el precio.

Evy recordó cómo Katie permitía a Francie volcar el café en el fregadero y no dijo más. Muchas de las actitudes de su hermana le resultaban inexplicables.

Los grupos empezaban a dispersarse. Albie Seedmore, un chico de piernas largas hijo de un tendero rico, se les acercó.

—¿Quieres ir mañana al cine conmigo, Francie? —dijo de un tirón, y agregó—: Yo invito.

(Había un cinematógrafo que ofrecía una sesión aquel sábado por sólo un níquel cada dos entradas para los graduados, siempre que se presentasen provistos del diploma.)

Francie miró a su madre. Ésta asintió con la cabeza.

—Con mucho gusto, Albie.

—Entonces, mañana a las dos. —Y se fue al trote.

—Tu primera cita —dijo Evy—. Pide una gracia. —Evy levantó el meñique y lo dobló. Francie hizo lo mismo y lo enganchó con el de Evy.

—Deseo poder vestir siempre de blanco y llevar rosas rojas y que siempre podamos derrochar dinero como hemos hecho esta noche.

Libro cuarto

XLIII

—Se da cuenta ya de lo que es el trabajo —dijo la capataz a Francie—. Llegará a ser una buena tallera.

Se retiró y dejó a Francie ocupada en sus tareas. La primera hora del primer día del primer empleo de Francie.

Siguiendo las instrucciones de su capataz, tomó con la mano izquierda un trozo de alambre y con la derecha, simultáneamente, una tira estrecha de papel de seda verde oscuro. Presionó un extremo de la tira sobre una esponja humedecida y luego, moviendo el pulgar, el índice y el corazón de cada mano como una máquina enrolladora, enroscó toda la tira en el alambre. Colocó el alambre forrado a un lado. Ahora era un tallo. Como hacía tallos, era la tallera.

El desagradable Mark, mozo de la fábrica, llevaba los tallos a la petalera, quien les agregaba pétalos de rosa de papel. Otra muchacha pegaba los cálices y de allí pasaban a la hojadora, que unía a los tallos una ramita de hojas verdes que extraía de un montón y mandaba las rosas a la terminadora para que les colocase un papel más grueso alrededor del cáliz y el tallo. El tallo, el cáliz, los pétalos y las hojas formaban así un conjunto que parecía haber crecido unido.

A Francie le dolía la espalda y sentía unos pinchazos que le corrían de la cintura al hombro. Había cubierto más de mil tallos, según sus cálculos. Pensaba que ya sería la hora del almuerzo. Grande fue su sorpresa cuando, levantando la vista, vio que apenas había trabajado una hora.

—Cuentaminutos —la apodó una de las obreras, mofándose. Francie la miró sorprendida, pero no contestó.

Consiguió dar cierto ritmo a su trabajo y le pareció hacerlo con más facilidad. Uno, apartaba el tallo terminado. Y medio, tomaba otro alambre y otra tira de papel. Dos, humedecía el papel. Tres-cuatro-cinco-seis-siete-ocho-nueve-diez, el alambre ya estaba envuelto. Pronto aplicaba el ritmo instintivamente, sin tener que contar y ni pensar en lo que hacía. Se sintió aliviada y ya no le dolía la espalda. Tenía la mente libre y comenzó a pensar.

«Esto podría ser toda una vida —pensó—. Trabajar ocho horas al día forrando alambres para ganar dinero con que comer y pagar el sitio donde dormir, para continuar viviendo para volver a forrar más alambres. Hay gente que nace y vive sólo para llegar a esto. Claro que algunas de estas muchachas se casarán con hombres que llevan la misma existencia. ¿Qué ventaja sacan? Tener a alguien con quien conversar durante las contadas horas libres entre la salida de la fábrica y el momento de dormirse.»

Pero ella sabía que esa exigua ganancia no perduraría. Había visto demasiadas parejas en esas condiciones que, después de tener hijos y ver crecer sus gastos, terminaban por no tener otra forma de comunicarse que no fueran los gruñidos amargos.

«Esta gente no tiene escapatoria. Y ¿por qué? Porque —recordó las tan repetidas convicciones de su abuela— no tienen suficiente preparación.»

La invadió el pánico. Quizá jamás pudiese ingresar en la escuela superior. Quizá no llegaría a adquirir más instrucción que la que ya tenía. Tal vez tuviese que pasar toda su existencia envolviendo alambres... envolviendo alambres... y más alambres. Uno... y medio..., dos..., tres-cuatro-cinco-seis-siete-ocho-nueve-diez. Se sintió presa del mismo terror de aquel día cuando, a los once años, había visto al viejo de aquellos horrorosos pies en la panadería Losher. Asustada, aceleró aún más el ritmo para verse obligada a concentrar su atención en el trabajo y evitar los extravíos de su mente.

—Escoba nueva —observó con cinismo la terminadora.

—Tratando de relucir ante la capataz —opinó la petalera.

Pronto el nuevo ritmo se tornó también automático y la mente de

Francie volvió a encontrarse libre. Solapadamente observó a las muchachas que trabajaban a lo largo de una misma mesa. Eran unas doce, polacas e italianas. Las más jóvenes tendrían dieciséis años, y las mayores, treinta. Todas morenas. Por una razón inexplicable, todas vestían trajes negros, sin darse cuenta seguramente de lo poco que armoniza el negro con la tez morena. Francie era la única que llevaba un vestido de percal lavable y se sintió como una cándida chiquilla. Con sus ojos de lince las otras notaron las miradas de Francie y se desquitaron con una broma muy peculiar. La que estaba en la cabecera de la mesa inició el bombardeo.

—Alguien en esta mesa tiene la cara sucia.

—Yo no —contestaron las demás, una por una.

Cuando le llegó el turno a Francie, todas interrumpieron su trabajo y esperaron. Como no sabía qué contestar, Francie guardó silencio.

—La nueva no dice nada —concluyó la cabecilla—, así que es ella quien tiene la cara sucia.

Francie se ruborizó y trabajó más deprisa aún, esperando a que los comentarios cesaran.

—Alguien tiene el cuello sucio —empezaron de nuevo.

—Yo no —contestaron una por una.

Esta vez, cuando le llegó su turno, Francie dijo:

—Yo no.

Pero en vez de apaciguarlas, les dio nuevo tema para comentar.

—La nueva dice que ella no tiene el cuello sucio.

—Ella lo dice.

—¿Cómo lo sabe? ¿Acaso se lo puede ver?

—Y si lo tuviera sucio, ¿lo confesaría?

Esto intrigó a Francie.

«Quieren que yo haga algo, pero ¿qué? ¿Querrán que me enoje y las insulte? ¿Será para que no vuelva a trabajar aquí? ¿O porque desean verme llorar, como aquella vez que me escupió la chica del colegio cuando miré el borrador? Sea lo que sea, no les daré ese gusto.»

Agachó la cabeza sobre su trabajo y sus dedos se movieron con renovado ahínco.

Las bromas pesadas continuaron toda la mañana. Se interrumpían sólo cuando entraba Mark, el mozo. Le daban un respiro a Francie para ocuparse de él.

—Cuidado, nueva, con ese Mark. Le han arrestado dos veces por trata de blancas.

Las acusaciones resultaban cargadas de una triste ironía si se tenía en cuenta el aspecto afeminado de Mark. Francie sintió una gran pena por el pobre muchacho, que se ruborizaba a cada escarnio.

Pasó la mañana. Cuando ya parecía interminable, sonó la campana anunciando la hora del almuerzo. Las obreras interrumpieron su trabajo y sacaron la comida que habían llevado en bolsas de papel. Desdoblaron las bolsas y las usaron a modo de manteles, sobre los que colocaron sus emparedados adornados con cebolla. Empezaron a comer. Francie tenía las manos ardientes y pegajosas. Quiso lavárselas antes de comer y preguntó a su vecina dónde estaba el lavabo.

—No hablo inglés —le contestó ésta en exagerado dialecto de recién llegada.

—No entiendo —dijo en idioma extranjero otra que se había pasado la mañana mofándose de ella en inglés corriente.

—¿Qué quiere decir lavabo? —preguntó una regordeta.

—Donde se hace lavadura —respondió una sabihonda.

Mark andaba recogiendo cajas. Se detuvo en la puerta cargado de cajas, la nuez de la garganta le subía y bajaba agitada. Francie oyó el metal de su voz por primera vez.

—Jesucristo murió crucificado por gente como ustedes —declaró con vehemencia—, y ahora ustedes no son capaces de indicarle a la nueva dónde está el retrete.

Francie le miró asombrada. Sin poder evitarlo —le había parecido tan cómico— lanzó una carcajada. Mark tragó saliva, dio media vuelta y desapareció por el pasillo. Cambio instantáneo. Un murmullo corrió a lo largo de la mesa.

—¡Se ha reído!

—¡Ea! ¡La nueva se ha reído!

—¡Se ha echado a reír!

Una joven italiana la tomó del brazo, diciéndole:

—Ven, nueva, yo te llevaré al retrete.

En el lavabo abrió el grifo, inclinó la bola de jabón líquido y se quedó rondando solícita mientras Francie se lavaba las manos. Cuando intentó secárselas en la toalla limpia, evidentemente sin usar aún, su guía le dio un empujón.

—No uses la toalla, nueva.

—¿Por qué? Parece limpia.

—Es peligroso. Algunas de las que trabajan aquí están contaminadas, y podrías contagiarte a través de la toalla.

—¿Qué hago entonces?

—Sécate con la enagua, como hacemos nosotras.

Francie se secó las manos con la enagua mirando de reojo, horrorizada, la peligrosa toalla.

Cuando regresó a la sala de trabajo encontró que habían abierto su bolsa y colocado los dos emparedados de salchicha que le había preparado su madre sobre el improvisado mantel. Alguien había puesto un rico tomate al lado. Las obreras la recibieron con sonrisas. La que había iniciado las bromas de la mañana tomó un largo trago de una botella de whisky y se la pasó a Francie.

—Toma un trago, nueva. Es difícil tragar emparedados en seco.

Francie se echó atrás y rehusó.

—Bebe un poco. Sólo es té frío.

Francie recordó la toalla del lavabo y contestó enfáticamente:

—¡No!

—¡Ah! Ya sé por qué no quieres beber de mi botella. En el retrete, Anastasia te ha asustado. Oye, nueva: no lo creas. Son invenciones del jefe para que no usemos la toalla, así se ahorra un par de dólares por semana en lavado.

—¿Ah, sí? —observó Anastasia—. No he visto a ninguna de vosotras usar la toalla.

—Porque sólo tenemos media hora para almorzar y nadie quiere perder tiempo en ir a lavarse las manos. Bebe un trago, nueva.

Francie bebió un largo trago de la botella. El té frío le resultó refrescante, dio las gracias a la dueña de la botella y quiso darlas también a la que le había dado el tomate. Inmediatamente, cada una por turno, negó haberlo hecho.

—¿A qué te refieres?

—¿Qué tomate?

—Yo no veo ningún tomate.

—La nueva trae un tomate para almorzar y ni siquiera lo recuerda.

Y así gastaban bromas. Pero ahora las bromas tenían un cariz de amable compañerismo. Francie disfrutó de aquella media hora y le gustó que las otras hubiesen encontrado lo que buscaban en ella. Sólo habían querido verla reír, ¡qué cosa más simple!, pero difícil de averiguar.

El resto del día transcurrió agradablemente. Las compañeras le recomendaron que no se esforzase demasiado. Era un trabajo de temporada y cerrarían el taller en cuanto hubiesen cumplido con los pedidos de otoño. Cuanto antes se cumpliesen los pedidos, antes serían despedidas. Halagada por la confidencia de estas obreras de más edad y experiencia, Francie aminoró de buena gana su producción. Contaron chistes toda la tarde y Francie los celebró todos, ya fuesen graciosos o simplemente obscenos. Y su conciencia apenas le molestó un poquito cuando se unió a las demás para atormentar a Mark, pobre mártir que no sabía que con sólo lanzar una carcajada habría terminado para siempre con sus tormentos.

Un poco después del mediodía del sábado Francie estaba al pie de la estación del ferrocarril elevado, en Flushing Avenue, donde había combinado encontrarse con Neeley. Llevaba su sobre con cinco dólares, su primer sueldo semanal. Neeley también llevaba cinco dólares. Se habían puesto de acuerdo. Llegarían juntos a casa y harían de la entrega del dinero toda una ceremonia.

Neeley trabajaba de botones en una correduría de Nueva York. El marido de Sissy le había conseguido el empleo por un amigo que trabajaba allí. Francie envidiaba a Neeley. Éste atravesaba todos los días el magnífico puente de Williamsburg y se adentraba en la extraña y enorme ciudad, mientras que ella iba a pie a su trabajo en el norte de Brooklyn. Además, él almorzaba en un restaurante. El primer día había llevado su almuerzo como Francie, pero sus compañeros se rieron de él tildándole de campesino de Brooklyn. Entonces su madre resolvió entregarle quince centavos diarios para el almuerzo. Con todo lujo de detalles, Neeley le contaba a Francie cómo almorzaba en un bar donde había máquinas expendedoras, en las que se introducía un níquel en una ranura y salía café con leche, ni de más ni de menos, justamente una taza. Francie hubiera deseado cruzar el puente a diario y comer también allí en vez de llevar emparedados preparados en casa.

Neeley bajó las escaleras de la estación. Traía un envoltorio debajo del brazo. Francie observó cómo posaba los pies en ángulo, de modo que apoyaba todo el pie en cada peldaño en vez del talón solamente. Johnny siempre había bajado las escaleras de esa forma. Neeley no le quiso decir qué contenía el paquete para no malograr la sorpresa. Entraron en el banco, que estaba a punto de cerrar, pidieron al cajero que les cambiase los billetes viejos de un dólar que llevaban por otros nuevos.

—¿Para qué quieren billetes nuevos?

—Es nuestro primer sueldo, y quisiéramos llevarlo a casa en billetes nuevos —explicó Francie.

—El primer sueldo, ¿eh? Eso me hace recordar viejos tiempos. Me acuerdo de cuando fui a casa con mi primer sueldo. Era muchacho en aquel entonces..., trabajaba en una granja de Manhasset, en Long Island. Sí, señor... —Hizo una corta autobiografía mientras la fila de gente se impacientaba—. Cuando entregué mi primer sueldo a mi madre, se le saltaron las lágrimas. Sí, señor, se le saltaron las lágrimas.

Arrancó el papel que envolvía un fajo de billetes nuevos y les hizo el trueque, diciéndoles:

—Y aquí tienen un regalo —entregó a cada uno un cobre recién acuñado, reluciente como el oro, que sacó de la caja—: centavos nuevos del año mil novecientos dieciséis. Los primeros del distrito. No los gasten. Ahórrenlos. —Sacó de su bolsillo dos centavos viejos para reemplazar los nuevos.

Francie le dio las gracias, y al apartarse oyeron decir al que seguía en la fila:

—Recuerdo el día que entregué a mi madre mi primer sueldo.

Caminando hacia la puerta, Francie se preguntó si todos los de la fila contarían eso de su primer sueldo.

—Todo los trabajadores tienen algo en común: el recuerdo de su primer sueldo.

—Es verdad —dijo Neeley.

Recordando al cajero, Francie murmuró:

—Se le saltaron las lágrimas.

Nunca antes había oído aquella expresión, y le gustaba.

—¿Cómo pueden saltársele las lágrimas? —preguntó Neeley—. Las lágrimas no tienen piernas. No pueden saltar.

—No quiso decir eso. Es como cuando se dice: «Ahora guardé cama».

—Pero guardé está mal empleado.

—Efectivamente. Sin embargo, en Brooklyn a menudo se emplea el tiempo pasado del verbo en vez del presente.

—Es cierto. Vamos por Manhattan Avenue en vez de por Graham.

—Neeley, se me ocurre una idea. Hagamos una hucha y guardémosla en tu armario sin que mamá lo sepa. Podríamos empezar a ahorrar con estos dos centavos, y si mamá nos da algún dinero para gastar, ahorraremos diez centavos a la semana. La abriremos para Navidad y compraremos regalos para mamá y Laurie.

—Y también para nosotros —estipuló Neeley.

—¡Bravo! Yo te compro uno y tú compras otro para mí.

Hicieron el convenio. Caminaron deprisa, adelantando a los chicos que regresaban perezosamente después de hacer su negocio con el trapero. En Scholes Street miraron hacia el almacén de Carney y contemplaron la multitud que se agrupaba frente al Baratillo Charlie.

—Críos —exclamó despectivamente Neeley, haciendo sonar las monedas en su bolsillo.

—¿Recuerdas, Neeley cuando íbamos a vender los trastos al trapero?

—Hace mucho tiempo ya de eso.

—Es verdad —asintió Francie.

En realidad hacía sólo dos semanas que habían arrastrado la última carga hasta el almacén de Carney.

Neeley entregó el paquete a su madre.

—Para ti y para Francie —dijo.

Katie abrió el envoltorio. Contenía una pastilla de una libra de chocolate almendrado.

—Y no lo compré con dinero de mi sueldo —explicó Neeley con misterio.

Rogaron a su madre que se fuese al dormitorio un momento. Alinearon sobre la mesa los diez billetes nuevos y la llamaron.

—Para ti, mamá —dijo Francie con gesto dramático.

—¡Por Dios! ¡Casi no puedo creerlo!

—Y eso no es todo —añadió Neeley, sacando del bolsillo ochenta centavos que colocó sobre la mesa—: Éstas son las propinas que he ganado con los recados, las he juntado toda la semana. Tenía más, pero compré el chocolate.

Katie le devolvió las monedas diciéndole:

—Las propinas las puedes guardar para tus gastos personales.

«Igual que papá», pensó Francie.

—¡Zas! —exclamó Neeley—. Bueno, daré a Francie la cuarta parte.

—No. —Katie fue al jarrón rajado y sacó una moneda de cincuenta centavos—. Éste es el dinero para los gastos de Francie: cincuenta centavos semanales.

Francie se quedó muy contenta. No esperaba tanto. Los chicos aturullaron a su madre con su agradecimiento.

Katie contempló el chocolate, los billetes nuevos y luego a sus dos hijos. Se mordió los labios y bruscamente corrió a encerrarse en el dormitorio.

XLIV

Hacía dos semanas que Francie trabajaba en aquella fábrica cuando despidieron al personal. Mientras el jefe les explicaba que sería sólo por unos días, las muchachas se intercambiaban miradas.

—Unos días que durarán seis meses —dijo Anastasia para que Francie lo supiese.

Las obreras se fueron a trabajar a una fábrica de Greenpoint, donde necesitaban empleadas para los pedidos de invierno: estrellas federales y guirnaldas artificiales. Cuando llegase el paro allí, se irían a otra, y así sucesivamente. Eran las obreras emigrantes de Brooklyn, que iban tras del trabajo de temporada, de una parte a otra del distrito.

Rogaron a Francie que las siguiera, pero ella prefirió probar otro trabajo. Pensó que ya que tenía que trabajar, buscaría cierta variedad cambiando siempre que pudiese. Después, como con los refrescos, podría decir que los había probado todos.

Katie vio un anuncio en *The World*, donde se pedía una empleada para el archivo. «Puede ser aprendiza, de dieciséis años, indicar religión.» Francie compró papel y un sobre por un centavo y cuidadosamente hizo una solicitud y la dirigió al apartado de correos mencionado en el anuncio. A pesar de no contar más de catorce años, convinieron con su madre que podía pasar fácilmente por tener dieciséis. Así que informó en la carta que tenía dieciséis.

Dos días después Francie recibió la contestación, en una carta con un membrete interesante: un par de tijeras sobre un periódico doblado, y, al lado, un bote de pegamento. Venía de una agencia de prensa, de Canal Street, Nueva York, y requería la presencia de la señorita Nolan para una entrevista.

Sissy fue de compras con Francie y la ayudó a elegir un vestido de señorita y su primer par de zapatos de tacón alto. Tanto Katie como Sissy aseguraron que con estas prendas aparentaría dieciséis años si no fuera por el peinado. Las trenzas le daban aspecto infantil.

—Mamá, déjame cortarme el cabello y llevar melena.

—Te ha costado catorce años conseguir estas trenzas —dijo su madre—, y no permitiré que te las cortes.

—¡Pero, mamá! ¡Qué atrasada estás!

—¿Por qué quieres llevar el cabello corto como un chico?

—Sería más fácil de cuidar.

—Cuidar su cabello debería ser un placer para las mujeres.

—Pero, Katie —protestó Sissy—, todas las muchachas de hoy se cortan el cabello.

—Son unas tontas, entonces. El cabello es el misterio de las mujeres. De día lo llevan recogido con horquillas. Pero de noche, a solas con su hombre, sin las horquillas, el cabello cae como una lustrosa capa y hace que la mujer sea misteriosa y especial para el hombre.

—Vamos —dijo Sissy con malicia—, de noche todos los gatos son pardos.

—Ahórrate tus comentarios —respondió Katie con acritud.

—Me parecería a Irene Castle si llevara melena —insistió Francie.

—A las judías las obligan a cortarse el cabello cuando se casan, para que no las mire ningún otro hombre. Las monjas se lo cortan como prueba de su renuncia a los hombres. ¿Por qué habría de hacerlo una joven sin que nadie la obligase?

Francie estaba a punto de contestar, cuando su madre le dijo:

—Terminemos esta discusión.

—Bueno —dijo Francie—, pero cuando tenga dieciocho años seré dueña de mí misma y entonces verás.

—Cuando tengas dieciocho años podrás raparte, si te viene en gana. Mientras tanto… —Katie enroscó las pesadas trenzas de Francie alrede-

dor de su cabeza, y las sujetó con dos horquillas que se quitó de su rode-
te—. Ahí tienes. —Dio un paso atrás para contemplar a su hija—. Parece una corona resplandeciente —anunció teatralmente.

—Así representa por lo menos dieciocho —comentó Sissy.

Francie se miró al espejo. Le agradaba aparentar más edad con el
peinado que le había hecho su madre, pero no quiso dar el brazo a torcer.

—Me voy a pasar la vida con dolor de cabeza llevando esta carga.

—Tendrás mucha suerte si eso es lo único que te causa dolores de
cabeza en esta vida —respondió Katie.

A la mañana siguiente Neeley acompañó a su hermana a Nueva
York. Cuando el tren iba llegando al puente de Williamsburg tras salir
de la estación Marcy Avenue, Francie vio que, de común acuerdo, todos
los pasajeros sentados en el vagón se ponían en pie y enseguida volvían a
sentarse.

—Dime, Neeley, ¿por qué hacen eso?

—Al entrar en el puente se ve el gran reloj de la fachada de un banco. La gente se levanta para ver la hora y saber si llegarán tarde o temprano a su trabajo. Apuesto a que un millón de personas mira ese reloj
diariamente —calculó Neeley.

Francie había esperado conmoverse la primera vez que cruzara
aquel puente. Pero le resultó mucho menos conmovedor que vestir traje
de señorita por primera vez en su vida.

La entrevista fue breve. La contrataron a prueba. Horario: de nueve a
cinco y media, con treinta minutos para almorzar. Salario: siete dólares
a la semana, para empezar. Primero el jefe la llevó a recorrer las dependencias de la agencia, The Model Press Clipping Bureau.

Las diez empleadas lectoras estaban sentadas ante largos escritorios
inclinados. Se les repartían los periódicos de todos los estados. Éstos llegaban a la agencia a cada hora del día, de cada ciudad, de cada uno de
los estados de la Unión. Las empleadas marcaban y recuadraban los artículos requeridos y anotaban su total junto con el código de cada uno en
la parte superior de la primera página.

Los periódicos así marcados eran recogidos y llevados a la persona que se encargaba de imprimir que tenía una pequeña impresora, con un aparato fechador y una serie de clichés. Componía la fecha del periódico, agregaba el cliché con el nombre de la ciudad y el estado de procedencia e imprimía tantas tiras de papel como artículos se habían marcado.

Luego las tiras y los periódicos se entregaban a la cortadora, que estaba de pie ante otro escritorio cortando los artículos marcados con un afilado cuchillo corvo. (A pesar del membrete de la carta, en todo el establecimiento no existía un par de tijeras.) A medida que la recortadora iba sacando los artículos marcados, arrojaba los restos de periódicos al suelo y se formaba allí, cada cuarto de hora, una pila que le llegaba a la cintura. Entonces un hombre los recogía y llevaba a embalar.

Los artículos recortados y las tiras de papel pasaban a la engomadora para que los pegara. Finalmente se clasificaban, se colocaban dentro de sobres y se despachaban por correo.

Francie aprendió con facilidad el sistema de archivo. A las dos semanas sabía de memoria los dos mil asuntos que encabezaban los ficheros. La pasaron a que practicase como lectora. Durante otras dos semanas estuvo ocupada revisando las tarjetas individuales de los clientes, que encerraban más detalles que los títulos de los ficheros. Cuando le hicieron un breve examen, comprobaron que Francie recordaba las órdenes de los clientes y le dieron a leer los diarios de Oklahoma. El jefe, antes de pasarlos a la cortadora, revisaba los periódicos que ella había leído y le mostraba sus equivocaciones. Cuando su eficiencia eliminó la necesidad de esa revisión, le agregaron los diarios de Pensilvania. Pronto le dieron los del estado de Nueva York. Debía leer los periódicos de tres estados. A finales de agosto estaba leyendo más periódicos y marcando más artículos que cualquiera de las otras empleadas de la agencia. Hacía poco que trabajaba, se esforzaba por cumplir, tenía buena vista (era la única lectora que no usaba gafas) y desarrolló enseguida una memoria visual muy rápida. De una ojeada se enteraba de los artículos y distinguía si debía marcarlos o no. Leía entre ciento ochenta y doscientos periódicos todos los días. La que le seguía en eficiencia llevaba un término medio de cien a ciento diez.

Sí, Francie era la lectora más rápida de la agencia, y la peor remunerada. Aunque le aumentaron el sueldo a diez dólares semanales, la que le seguía en méritos ganaba veinticinco, y las demás, veinte. Como Francie nunca entabló la suficiente amistad con sus compañeros para que éstos le hicieran confidencias, no tenía modo de saber cuán mezquina era su paga.

Aunque a Francie le gustaba leer los periódicos y estaba orgullosa de sus diez dólares semanales, no era feliz. La había entusiasmado la idea de ir a trabajar a Nueva York. Pero no fue así.

El puente le había proporcionado su primera desilusión. Desde la azotea de su casa le había parecido que cruzarlo la haría sentirse como una hada volando por los aires. Pero cruzar el puente era similar a viajar en el elevado por encima de las calles de Brooklyn. El puente tenía aceras y calzada como las calles de Brooklyn y las vías eran las mismas. No daba una sensación distinta. Nueva York era decepcionante. Los edificios eran más altos y la multitud más densa, sí, pero aparte de eso la diferencia con Brooklyn era escasa. De ahora en adelante ¿sería todo lo nuevo tan decepcionante?, se preguntó Francie.

Muchas veces había consultado el mapa de Estados Unidos y, con su fantasía, había atravesado llanuras, montañas, desiertos y ríos. Ahora se preguntaba si esto también la desilusionaría. Supongamos, pensó, que caminase a través de este inmenso país. Saldría a las siete de la mañana, andando hacia el Oeste. Echaría un pie delante del otro para cubrir distancias y, a medida que avanzara hacia el Oeste, estaría tan preocupada por el movimiento de sus pies y ocupada en darse cuenta de que sus pasos son parte de una cadena iniciada en Brooklyn, que no podría siquiera pensar en las montañas, los ríos, las llanuras y los desiertos que encontrase a su paso. Todo lo que advertiría sería que algunas cosas eran extrañas porque le recordaban Brooklyn y otras eran extrañas por ser tan diferentes de Brooklyn.

«Se me ocurre que no hay nada nuevo en el mundo —terminó por pensar Francie—. Si lo hay, seguramente ya existe en Brooklyn una parte de esta novedad, y debo de estar tan acostumbrada a ello que no lo noto si lo encuentro en otro lado.»

Como Alejandro Magno, Francie se afligía convencida de que no existían mundos nuevos para conquistar.

Se adaptó al agitado ritmo neoyorquino, a sus viajes de ida y vuelta al trabajo. Llegar a la agencia era una prueba de nervios. Si llegaba un minuto antes de las nueve, era una persona libre. Si llegaba un minuto después, se afligía porque, lógicamente, era el blanco de los enfados del jefe si estaba malhumorado ese día. Así que aprendió a ganar preciosas fracciones de segundo. Mucho antes de que el tren frenara hasta detenerse en la estación, se abría paso hacia la puerta para ser de las primeras en salir cuando ésta se abriese. Ya fuera del tren, corría como una gacela, serpenteando entre el gentío para llegar la primera a las escaleras que conducían a la calle. Caminaba por la acera rozando la pared para doblar las esquinas más deprisa, o cruzaba las calles en diagonal para evitarse subir y bajar un par de bordillos. Llegaba al edificio, se abría paso hasta el ascensor aunque el ascensorista le gritase: «¡Completo!». Y todas estas maniobras eran para llegar un minuto antes en vez de un minuto después de las nueve.

En una ocasión salió de su casa diez minutos más temprano para disponer de más tiempo. A pesar de no tener prisa, se apresuró hasta el tren, corrió por las escaleras, economizó los pasos por la calle y se abalanzó al primer ascensor, que estaba ya repleto. Llegó con quince minutos de adelanto. Sus pasos resonaban en la oficina desierta. Estaba desolada y perdida. Cuando entraron las demás empleadas unos segundos antes de las nueve, Francie se sintió una traidora. Al día siguiente durmió diez minutos más y volvió a su horario original.

Ella era la única muchacha de Brooklyn en la agencia. Las demás vivían en Manhattan, Hoboken, el Bronx. Una provenía de Bayonne, en Nueva Jersey. Dos de las más antiguas lectoras, hermanas, eran de Ohio.

El primer día que Francie trabajó en la agencia, una de ellas le dijo:
—Usted tiene acento de Brooklyn.

La observación parecía una sorprendente acusación, así que Francie cuidó su forma de hablar y se empeñó en pronunciar las palabras con esmero para evitar errores corrientes en su ambiente.

Sólo había dos personas en la agencia con quienes podía conversar con soltura: el propietario y gerente, licenciado en Harvard, cuyo lenguaje no era afectado como el de las lectoras, que habían ido al instituto y habían ampliado su vocabulario gracias a los periódicos que leían. La otra persona era la señorita Armstrong, también universitaria.

La señorita Armstrong se dedicaba especialmente a leer las noticias de las grandes ciudades. Su escritorio, separado de los demás, estaba situado en un rincón privilegiado contiguo a la ventana, por donde penetraba luz del norte y del este, la mejor para leer. Ella sólo se ocupaba de los periódicos de Chicago, Boston, Filadelfia y Nueva York. Un mensajero especial le traía cada edición nada más salir de las rotativas. Cuando terminaba no tenía obligación de ayudar a alguna que se retrasara, como debían hacer las demás. Entre una remesa y otra hacía punto o se arreglaba las uñas. Era la que ganaba más: treinta dólares semanales. De carácter bondadoso, se interesó mucho por Francie, trató de darle confianza hablando con ella, pero únicamente con el objeto de que no se sintiese sola.

En la agencia se había impuesto un sistema de clases engendrado por la cortadora, la impresora, la engomadora, el embalador y el mozo. Estos trabajadores, incultos aunque ingeniosos, que nadie sabe por qué razón se autodenominaban el Club, suponían que las mejores lectoras los tenían a menos. Para desquitarse, en cuanto se les presentaba una oportunidad creaban discordia entre las lectoras.

La lealtad de Francie estaba dividida. Por su fondo y educación pertenecía a la clase del Club, pero por su habilidad e inteligencia pertenecía a la de las lectoras. El Club entrevió esta división en Francie y trataba de explotarla como intermediaria. La informaban de los rumores que podían generar líos en la oficina, pero como Francie carecía de confianza suficiente con las demás lectoras para contarles chismes, los rumores se cortaban allí.

De modo que un día, cuando la cortadora le contó que la señorita Armstrong se retiraría en septiembre y que Francie sería ascendida para reemplazarla, ésta supuso que se trataba de un rumor para crear celos entre las lectoras, cada una de las cuales tenía esperanzas de obtener aquel cargo el día que la señorita Armstrong renunciara. Se le ocurrió que sería descabellado que ella, una chica de catorce años, sin más preparación que la de la escuela primaria, fuese considerada apta para hacerse cargo del trabajo de una universitaria de treinta años como la señorita Armstrong.

Faltaba poco para que terminase el mes de agosto, y Francie estaba preocupada porque su madre no hacía mención alguna de su ingreso en el instituto. Deseaba ardientemente volver a la escuela. Haber escuchado durante tantos años a su madre, su abuela y sus tías elogiar la enseñanza superior no sólo la hacía desear obtenerla, sino que le infundía un complejo de inferioridad por carecer de ello.

Recordaba con afecto aquellas compañeras que habían escrito en su libro de autógrafos. Quería volver a ser una de ellas. Provenían de su mismo ambiente, nada las diferenciaba. Lo que le correspondía era ir al instituto con ellas en vez de trabajar en competencia con mujeres mayores.

No le gustaba trabajar en Nueva York. Ese hormiguero humano hacía que se estremeciera. Se sentía impelida hacia una norma de vida para la que no estaba capacitada. Y lo que más temía de su empleo en Nueva York era la multitud que se agolpaba en el tren elevado.

Una mañana sintió la mano de un hombre que la tocaba. Apretada entre toda aquella gente, aunque intentara moverse, no conseguía evitar el contacto con esa mano. Cuando los vagones oscilaban en las curvas, la mano la apretaba aún más. Tampoco podía volver la cabeza para mirar a la cara al desconocido que la estaba palpando, y se quedó quieta e impotente soportando la injuria. Habría podido protestar, pero le daba demasiada vergüenza llamar la atención de los demás pasajeros. Le parecía que esa tortura duraría una eternidad, pero al fin la multitud se dispersó, ella pudo cambiar de lugar y se sintió más cómoda.

Después de ese acontecimiento, los viajes en el tren se convirtieron en una pesadilla.

Un domingo, cuando ella y su madre fueron a visitar a la abuela con la pequeña Laurie, Francie le contó a Sissy el asunto del hombre del tren, esperando que ésta la reconfortara. Sin embargo a su tía le pareció muy chistoso.

—Vaya, ¿así que un hombre te ha tocado en el tren? Yo de ti no me preocuparía demasiado, quiere decir que ya eres toda una mujer, los hombres no pueden resistirse a las formas de una mujer. Creo que ya me he hecho mayor, porque hace años que nadie me da un pellizco en el tren. Antes, cuando me subía a un tren repleto, siempre volvía a casa llena de moratones —dijo Sissy con orgullo.

—¿Y a ti te parece eso motivo de orgullo? —preguntó Katie.

Sissy hizo como si nada y añadió:

—Llegará el día, Francie, en que tengas cuarenta y cinco años, y tu cuerpo se parecerá a un saco de avena atado en el medio. Entonces añorarás los viejos tiempos en que los hombres deseaban darte un buen pellizco.

—Si los añora será porque tú se lo has metido en la cabeza, no porque sea bonito recordarlo —afirmó Katie. Luego, dirigiéndose a Francie, dijo—: Y tú aprende a quedarte de pie sin necesidad de agarrarte a nada. Deja las manos libres, lleva un alfiler en el bolsillo y, si un hombre intenta tocarte, úsalo.

Francie puso en práctica el consejo de su madre. Aprendió a mantenerse bien firme con una mano en el bolsillo donde guardaba el alfiler. Deseaba que alguien intentase tocarla para poderle castigar.

—Es muy típico de la tía Sissy hablar así de las mujeres y los hombres. Yo no quiero que me pellizquen el trasero. Y a los cuarenta y cinco años espero tener recuerdos mucho más agradables. Sissy debería avergonzarse...

«Y a mí ¿qué me pasa? —se decía—. Ahora critico a la tía Sissy, que siempre ha sido tan buena conmigo, estoy descontenta con mi empleo cuando debiera sentirme afortunada con tan interesante trabajo. Vamos... ¡Que me paguen por leer! A mí que tanto me gusta leer. Todo el mundo cree que Nueva York es la ciudad más hermosa del universo, y a mí ni siquiera me gusta. Al parecer soy la persona más descontenta de la tierra. ¡Oh! Cómo desearía volver a ser niña, cuando todo era tan maravilloso.»

Poco antes del día del Trabajo, el jefe llamó a Francie a su despacho privado y la informó de que la señorita Armstrong se retiraba para contraer matrimonio. Se compuso la voz y agregó que la señorita Armstrong iba a casarse con él.

La imagen que Francie se había hecho de las amantes desapareció de repente, dejándola desconcertada. Siempre había creído que los hombres nunca se casaban con sus amantes, que las tiraban como guantes usados. Y ahora la señorita Armstrong se convertiría en una esposa y no en un guante viejo. ¡Qué bien!

—De modo que necesitaremos una lectora para cubrir las noticias de las grandes ciudades —iba diciendo el jefe—. La misma señorita Armstrong ha sugerido que... ¡ah!... que la pongamos a usted a prueba, señorita Nolan.

El corazón de Francie dio un vuelco. ¡Ella! El cargo más codiciado de la agencia. Así que entonces era cierto el rumor del Club. Otro prejuicio suyo que se venía abajo. Siempre había supuesto que todos los rumores eran falsos.

El jefe se proponía ofrecerle quince dólares semanales, calculando que obtendría una lectora tan buena como su futura esposa por la mitad de la paga. Aquella muchacha debería sentirse muy satisfecha, una chiquilla como ella con quince dólares a la semana. Decía tener más de dieciséis años. Parecía de trece. Naturalmente no era asunto suyo eso de la edad. Nadie le podía acusar de emplear a menores si declaraba que ella le había engañado respecto a su edad.

—Junto con el ascenso habrá un pequeño aumento —dijo benignamente. Francie sonrió feliz y él empezó a preguntarse: «¿Me habré precipitado demasiado? Quizá no esperase un aumento», y enmendó su error con presteza—. Un pequeño aumento cuando veamos qué tal se desenvuelve.

—Yo no sé… —empezó Francie, dudando.

«Tiene más de dieciséis —pensó el jefe—, y va a exigirme un buen aumento.»

Para adelantarse a ella dijo:

—Le daremos quince dólares a partir de… —titubeó. No había por qué ser demasiado generoso—. A partir del primero de octubre.

Se apoyó contra el respaldo de la silla, se sentía tan benévolo como el mismo Dios.

—Quiero decir que no creo que me quede aquí mucho más tiempo —dijo Francie.

«Argucias para que le aumente más», pensó él. En voz alta le preguntó:

—¿Por qué?

—Volveré a estudiar después del día del Trabajo, por lo menos así lo creo. Tenía la intención de comunicárselo en cuanto lo hubiese decidido.

—¿Universidad?

—No, instituto.

«Tendré que poner a Pinski en su lugar —pensó él—. Ya gana veinticinco y pedirá treinta, de modo que no sacaré ningún provecho. Y esta Nolan es mejor que la Pinski. Maldita sea Irma. ¿De dónde saca la idea de que una mujer casada no debe trabajar? Podría continuar… retener el dinero en la familia… usarlo para amueblar la casa.» Se dirigió a Francie.

—¡Oh! Lo siento. No porque no esté de acuerdo con la enseñanza superior. Pero considero que la lectura de periódicos es muy instructiva. Es una vibrante y creciente educación contemporánea. Mientras que en el instituto… son sólo libros. Libros muertos —concluyó desdeñosamente.

—Tendré… tendré que consultarlo con mi madre.

—Por supuesto. Dígale lo que le ha dicho su jefe respecto a la educación. Y dígale, además —cerró los ojos y se lanzó resuelto—, que he dicho que le pagaremos veinte dólares a la semana. Desde el primero de noviembre —dijo cercenándole un mes de aumento.

—Eso es mucho dinero —contestó Francie con ingenua honestidad.

—Tenemos por norma pagar bien a nuestros empleados para que se queden aquí. Y… ¡Ah!… Señorita Nolan, le ruego que no mencione su futuro sueldo. Es más de lo que se paga a las demás —insistió él—, y si se enteran… —Extendió las manos en un ademán de impotencia—. ¿Comprende? Nada de chismes en el lavabo.

Francie se sintió generosa al asegurarle que jamás le traicionaría en el lavabo. El jefe empezó a firmar su correspondencia en señal de que la entrevista había terminado.

—Eso es todo, señorita Nolan. Y debe comunicarnos su decisión inmediatamente después del día del Trabajo.

—Sí, señor.

¡Veinte dólares a la semana! Francie estaba estupefacta. Sólo dos meses atrás estaba contenta porque ganaba cinco. El tío Willie sólo ganaba dieciocho a la semana y tenía cuarenta años. El John de Sissy era listo y apenas ganaba veintidós y medio a la semana. Pocos hombres de su barrio ganaban veinte dólares semanales, y tenían familias que mantener.

Francie reflexionó: «Con ese dinero se acabarían nuestras preocupaciones, podríamos pagar el alquiler de un piso de tres habitaciones, mamá no se vería obligada a trabajar fuera de casa y Laurie no se quedaría tanto sola. Me sentiría importante y poderosa si pudiera arreglar las cosas así. *¡Pero yo quiero volver a estudiar!*».

Recordó la insistencia de su familia sobre la educación.

Abuela: Te elevará sobre la faz de la tierra.

Evy: Mis tres hijos obtendrán sus tres diplomas.

Sissy: Cuando Dios se lleve a nuestra madre (y quiera Él que no sea pronto) y la pequeña esté en edad de ir a la guardería, yo iré a trabajar otra vez. Ahorraré mi salario hasta que ella crezca y luego la mandaré al mejor colegio que haya.

Mamá: Y yo no quiero que mis hijos se enfrenten a una vida de rudo trabajo como la mía, la educación hará que sus vidas sean más llevaderas.

«Sin embargo, es un empleo tan bueno... —pensó Francie—. Bueno por ahora. Pero se me estropeará la vista. Todas las empleadas mayores usan gafas. La señorita Armstrong piensa que las lectoras sólo son buenas mientras tienen buena vista. Las otras también leían deprisa al principio. Como yo. En cambio, ahora, sus ojos... Tengo que salvar mi vista... No debo leer fuera de las horas de oficina. Si mamá supiera que me han ofrecido veinte dólares quizá se opondría a que volviese a estudiar, y yo no la censuraría. ¡Hemos pasado tanta pobreza! Mamá es justa, pero el dinero podría hacerle ver las cosas desde otro punto de vista, aunque no sería culpa suya. No le contaré nada sobre el aumento de sueldo hasta que resuelva lo del instituto.»

Francie le mencionó lo del instituto y su madre le contestó que sí, tenían que tocar el tema. Aquella misma noche, después de cenar, hablaron. Katie anunció, sin necesidad —todo el mundo lo sabía—, que los cursos se iniciarían la próxima semana.

—Quiero que vayáis al instituto. Uno podrá ingresar este otoño. Estoy ahorrando hasta el último centavo que puedo de lo que ganáis para que el año que viene vayáis los dos. —Aguardó largo rato. Ninguno de sus hijos contestó—. Y bueno, ¿no queréis ir al instituto?

Francie se puso rígida mientras hablaba. Todo dependía de su madre y deseaba que sus palabras causaran buena impresión.

—Sí, mamá. Yo deseo volver a estudiar más que cualquier otra cosa en mi vida.

—Yo no quiero ir —dijo Neeley—. No me hagas volver a estudiar, mamá. Me gusta trabajar y para Año Nuevo tendré un aumento de dos dólares.

—¿No quieres ser médico?

—No. Quiero ser corredor de Bolsa y ganar mucho dinero, como mis jefes. Llegaré a intervenir en la Bolsa y ganaré un millón de dólares algún día.

—Mi hijo será un gran médico.

—¿Cómo lo sabes? Quizá sería como el doctor Hueller, de Maujer Street, que tiene el consultorio en un sótano, y lleva siempre una camisa sucia, como él. Además, ya sé lo suficiente. No tengo necesidad de volver a estudiar.

—Neeley no desea volver a estudiar —dijo Katie. Casi implorante se dirigió a Francie—: Tú sabes lo que eso significa, Francie.

Francie se mordió los labios. Quedaría mal que llorase. Tenía que mantener la calma. Tenía que seguir pensando con claridad.

—Significa —explicó Katie— que Neeley debe volver a estudiar.

—¡No volveré! —gritó Neeley—. No volveré, a pesar de lo que digas. Estoy trabajando y ganando dinero y quiero seguir así. Ahora los muchachos me tienen en cuenta. Si voy al instituto no seré más que un chiquillo grandullón otra vez. Además, necesitas mi dinero, mamá. No queremos ser pobres otra vez.

—Irás al instituto —anunció Katie con calma—. El dinero que gana Francie nos alcanzará.

—¿Por qué quieres mandarle al instituto contra su voluntad —gritó Francie—, y en cambio a mí, que lo estoy deseando, no me permites ir?

—Eso mismo —agregó Neeley.

—Porque si no le obligo, nunca volverá a estudiar, en cambio, tú lucharás y de alguna forma lograrás hacerlo.

—¿Por qué estás tan segura? —protestó Francie—. Dentro de un año seré demasiado mayor. Neeley sólo tiene trece años. El año que viene todavía tendrá edad.

—¡Qué disparate! En otoño cumplirás quince años.

—Diecisiete —corrigió Francie—, e iré para los dieciocho. Demasiado tarde para empezar.

—¿Qué sarta de tonterías estás diciendo?

—No son tonterías. En el trabajo tengo dieciséis. Debo actuar de acuerdo a los dieciséis en vez de catorce. El año que viene tendré quince años, pero dos más por la vida que llevo. Demasiado tarde para convertirme otra vez en estudiante.

—Neeley irá al instituto la semana próxima —insistió Katie con obstinación—, y Francie lo hará el año próximo.

—Os odio a las dos —gritó Neeley—, y si os empeñáis en que vaya al instituto me iré de casa. ¡Que lo sepáis, me iré! —Y salió dando un portazo.

Katie tenía cara de angustia y Francie se apiadó de ella.

—No te preocupes, mamá. No lo hará. Lo dice para fastidiar.

El inmediato alivio que se dibujó en el rostro de Katie molestó a Francie.

—Pero la que se irá seré yo, y sin tanto comentario. Cuando no necesites lo que yo gano, me iré.

—Pero ¡por Dios!, ¿qué les pasa a mis hijos? Tan sumisos hasta hoy... —exclamó Katie satíricamente.

—Lo que nos pasa son los años, mamá.

Katie la miró intrigada, y Francie dijo:

—No tenemos los permisos de trabajo.

—Es que eran difíciles de conseguir. El cura pedía un dólar por cada certificado de bautismo, y yo hubiera tenido que acompañaros al ayuntamiento. Entonces estaba dando el pecho a Laurie cada dos horas y no podía ir. Todos decidimos que era mejor que los dos fingierais tener dieciséis años para evitarnos todo el lío.

—Eso está bien. Pero al decir que teníamos dieciséis años debimos comportarnos como chicos de dieciséis, y tú nos tratas como si tuviéramos trece.

—Si estuviese tu padre aquí... Te comprendía mucho mejor que yo.

Un dolor hizo mella en el corazón de Francie. Cuando le hubo pasado el pinchazo contó a su madre que su salario sería duplicado en noviembre.

—¡Veinte dólares! —Katie quedó boquiabierta de sorpresa—. ¡Qué cosa! —Ésta era su expresión habitual cuando algo la sorprendía—. ¿Cuándo lo supiste?

—El sábado.

—¿Y no me lo has dicho hasta hoy?

—No.

—Creíste que si lo sabía te obligaría a seguir trabajando.

—Sí.

—Pero no lo sabía cuando he insistido en que Neeley fuera al instituto. Ya ves que he hecho lo que creo correcto sin que me influya el dinero. ¿No es así? —preguntó con tono suplicante.

—No, sólo veo que favoreces a Neeley más que a mí. Te ocupas de todo lo suyo y a mí me dices que ya encontraré el modo de arreglarme. Pero algún día te desengañaré, mamá. Haré lo que me parezca bien a mí y quizá no te parezca bien a ti.

—Eso no me preocupa, porque sé que puedo confiar en mi hija.

Katie había hablado con tan sencilla dignidad que Francie se avergonzó.

—Y también confío en mi hijo. Ahora está furioso porque tendrá que hacer una cosa que no quiere. Pero se le pasará y le irá bien en el instituto. Neeley es un buen muchacho.

—Sí, es un buen muchacho —asintió Francie—, aunque si fuese malo tú no lo notarías. Pero en cuanto a mí... —Su voz se quebró en un sollozo desgarrador.

Katie suspiró. Se sentía herida, pero no dijo nada. Se levantó y empezó a despejar la mesa. Estiró el brazo para coger una taza y, por primera vez en su vida, Francie vio que la mano de su madre vacilaba. Temblaba y no daba con la taza. Francie se la alcanzó y vio que la taza estaba rajada.

«Nuestra familia —pensó Francie— era como una taza fuerte. Entera y firme, sujetaba bien las cosas. Cuando murió papá apareció la primera grieta. Y la discusión de hoy producirá otra grieta. Pronto habrá tantas que la taza se romperá y sólo seremos pedazos, en vez de formar un conjunto homogéneo. No quiero que eso suceda, aunque sé que estoy produciendo una nueva grieta.» Su suspiro de dolor fue como el de Katie.

La madre se acercó a la canasta donde dormía plácidamente la criatura, ajena a la amargura de las palabras que se pronunciaban a su vera.

Francie observó que las manos aún temblorosas de su madre levantaban a la niña dormida. Katie fue a sentarse en su sillón cerca de la ventana, y se meció estrechamente abrazada a la pequeñuela.

Francie casi se desmayó de pena. «No debería ser tan mezquina con ella —pensó—. ¿Qué ha tenido en la vida sino rudo trabajo y penurias? Ahora tiene que buscar consuelo en su pequeñita. Quizá esté pensando que Laurie, a quien tanto ama y quien depende tan absolutamente de ella, crecerá y se rebelará como hago yo ahora.»

Con desacostumbrado ademán acarició la mejilla de su madre.

—No pasa nada, mamá. No hablaba en serio. Tienes razón, haré lo que desees. Neeley debe ir al instituto y entre las dos nos encargaremos de que estudie.

Katie acarició la mano de Francie.

—Mi hija, mi buena hija —dijo.

—No te enfades conmigo, mamá, porque he discutido contigo. Tú misma me enseñaste a pelear por lo que creyera justo… y yo creí que mis deseos eran justos.

—Ya lo sé. Y me alegra saber que tienes voluntad y capacidad para pelear por lo que te corresponde. Siempre saldrás adelante, a pesar de todo. En eso eres como yo.

«Y ésa es la raíz del mal —pensó Francie—. Somos demasiado parecidas para comprendernos mutuamente, ni siquiera nos comprendemos a nosotras mismas. Papá y yo éramos muy diferentes y nos entendíamos. Mamá comprende a Neeley porque es distinto. Ojalá fuera diferente, como Neeley.»

—¿Hacemos las paces, entonces, sin amargura? —preguntó Katie, sonriente.

—Pues claro —contestó Francie con una sonrisa, y la besó en la mejilla.

Pero, en el fondo de sus corazones, cada una sabía que la amargura perduraría y jamás sería extirpada.

XLV

Navidad otra vez. Pero ese año había dinero para regalos y abundante comida en la nevera, y el piso estaba siempre cálido. Cuando Francie llegaba y dejaba atrás el frío de la calle, la tibieza del ambiente le recordaba los brazos de un amante que, enredados en su talle, la invitaran a entrar. Se preguntaba, de paso, cómo sería realmente el abrazo de un amante.

Francie se consoló de no volver a estudiar al ver que el dinero que ganaba les proporcionaba mayor bienestar. Katie había sido muy ecuánime. Cuando a Francie le aumentaron el sueldo a veinte dólares semanales, le adjudicó cinco dólares a la semana para tranvía, almuerzos y ropa. Además, Katie depositaba cinco dólares semanales a nombre de Francie en el banco de Williamsburg, para los futuros estudios. Katie se las arreglaba bien con los restantes diez dólares y uno que aportaba Neeley. No era una fortuna, pero en 1916 la vida era barata y los Nolan lo pasaban bien.

Neeley aceptó con alegría ir al instituto cuando supo que muchos de los de su pandilla ingresarían en el instituto del distrito Este. Recuperó el empleo en casa de McGarrity para después de las clases, y su madre le daba para sus gastos uno de los dos dólares que ganaba. En el instituto era alguien, pues tenía más dinero para gastar que la mayoría de los muchachos, y era el único que se sabía el *Julio César* de Shakespeare de memoria.

Cuando abrieron la hucha encontraron que había cerca de cuatro dólares. Neeley agregó un dólar, y Francie, cinco, de modo que disponían de diez dólares para regalos de Navidad. La víspera de Navidad salieron los tres de compras, y se llevaron a Laurie con ellos.

Primero fueron a comprar un sombrero nuevo para Katie. En la tienda se colocaron detrás de la silla en que Katie, sentada con Laurie en el regazo, se probaba los distintos modelos. Francie quería un sombrero de terciopelo verde jade, pero no había ninguno de ese color en todo Williamsburg. A Katie le parecía que debía comprar un sombrero negro.

—Nosotros compramos el sombrero, no tú —le dijo Francie—, y hemos decidido que basta de sombreros de luto.

—Pruébate este rojo, mamá —propuso Neeley.

—No. Me probaré ese verde oscuro que está en el escaparate.

—Es un tono de verde nuevo —explicó la dueña de la tienda, retirándolo del escaparate—. Lo llamamos verde musgo.

Lo colocó bien horizontal en la cabeza de Katie. Con un ademán impaciente, Katie lo inclinó hacia un ojo.

—¡Eso es! —afirmó Neeley.

—Mamá, estás hermosa —opinó Francie.

—Me gusta —dijo Katie—. ¿Cuánto cuesta? —preguntó a la mujer. La mujer inspiró profundamente y los Nolan se prepararon para regatear.

—Sucede que… —empezó la mujer.

—¿Cuánto cuesta? —repitió Katie.

—Verá, en Nueva York usted pagaría diez dólares por el mismo artículo. Pero…

—Si yo quisiera pagar diez dólares, iría a Nueva York a comprar el sombrero.

—Bueno, no digamos eso. Hay un modelo exactamente igual en la tienda de Wanamaker, a siete con cincuenta. —Se hizo un significativo silencio—. Yo le doy un sombrero idéntico por cinco dólares.

—Tengo exactamente dos dólares para el sombrero.

—¡Largo de aquí! —gritó la mujer teatralmente.

—Muy bien —dijo Katie poniéndose en pie.

—No, no. ¿Por qué tiene que ser tan precipitada? —La mujer hizo que se sentara de nuevo. Metió el sombrero en una bolsa de papel—. Se lo doy por cuatro con cincuenta. Créame cuando le digo que ni mi suegra se lo llevaría por ese precio.

«Lo creo —pensó Katie—, sobre todo si su suegra es como la mía.» Y en voz alta dijo:

—El sombrero es muy bonito, pero no puedo gastar más de dos dólares. Hay muchas otras tiendas y encontraré uno por ese precio, no tan bueno quizá, pero suficiente para protegerme del viento.

—Desearía que me escuchase. —La mujer hablaba con voz profunda y sincera—. Dicen que con los judíos el dinero es lo único que importa. Conmigo es diferente. Cuando tengo un bonito sombrero y le queda bien a una bonita clienta, me sucede algo aquí. —Y se puso la mano sobre el corazón—. Sucede que... no me interesa la ganancia. Lo regalo. —Puso la bolsa en manos de Katie—. Lléveselo por cuatro dólares. Eso es lo que me costó al por mayor. —Suspiró y agregó—: Créame, yo no debería ser comerciante, habría sido mejor que me dedicase a pintar cuadros.

Y continuó el regateo. Cuando el precio bajó hasta dos dólares con cincuenta centavos, Katie supo que había llegado al límite. Hizo una última tentativa simulando irse. Pero esta vez la mujer no hizo ademán de impedirlo. Francie hizo una seña con la cabeza a Neeley y éste entregó a la mujer los dos dólares y medio.

—No le cuenten a nadie lo barato que lo han conseguido —advirtió la mujer.

—No se preocupe —prometió Francie—. Póngalo en una caja.

—Diez centavos más por la caja: precio de fábrica.

—Con la bolsa de papel está bien —dijo Katie.

—Es tu regalo de Navidad —insistió Francie—, e irá en una caja.

Neeley sacó diez centavos. Envuelto en papel de seda, el sombrero fue colocado en una caja.

—Se lo lleva tan barato que volverá cuando necesite otro sombrero. Pero no espere encontrar una ganga como ésta.

Katie rió. Cuando se iban, la mujer le dijo:

—Lúzcalo con buena salud.

—Gracias.

Y al cerrar la puerta tras ellos, la mujer murmuró despectivamente:

—*Goyem.* —Y escupió.

Ya en la calle, Neeley dijo:

—No es de extrañar que mamá espere cinco años para comprarse un sombrero, si supone tanto lío.

—¿Lío? —exclamó Francie—. ¡Bah! Si es divertido.

Fueron a la tienda de Seigler para comprar un trajecito de lana para Laurie. Cuando Seigler vio a Francie, emitió una serie de protestas.

—¡Ah, sí! Por fin viene a mi tienda. ¿Será quizá porque las otras tiendas no tienen? ¿Será que en las otras tiendas las pecheras cuestan un centavo menos, pero están un poco deterioradas? —Y le explicó a Katie—: Durante muchos años esta chica venía aquí a comprar pecheras y cuellos de papel para su papá, pero hace un año que no viene.

—Su padre murió hace un año —explicó Katie.

El señor Seigler se dio una terrible palmada en la frente.

—¡Ay de mí! Tan grande tengo la boca que siempre estoy metiendo la pata —se disculpó.

—No pasa nada —le consoló Katie.

—Lo que ocurre es que nadie me dijo nada y no lo he sabido hasta ahora.

—Suele pasar —contestó Katie.

—Y ahora —dijo con entusiasmo, en su papel de comerciante otra vez— ¿qué puedo mostrarles?

—Un traje de lana para una criatura de siete meses.

—Tengo aquí la medida *exzacta.*

Sacó de una caja un trajecito de lana azul. Pero cuando se lo probaron, el jerséi sólo le llegaba hasta el ombligo, y el pantaloncito hasta las rodillas. Le probaron otros hasta que eligieron uno para una niña de dos años. El señor Seigler estaba extasiado.

—Hace veinte años que me dedico a este negocio, quince en Grant Street y cinco en Graham Avenue, y nunca en mi vida he visto una criatura de siete meses tan grande como ésta.

Los Nolan se sentían orgullosos.

No había posibilidad de regatear, porque en la tienda de Seigler regían precios fijos. Neeley pagó tres dólares. Allí mismo vistieron a Laurie con su nuevo traje. Estaba preciosa con su gorrito de lana, que le cubría las orejas. El fuerte color azul hacía resaltar el rosado de su piel. Se diría que ella lo sabía, tan satisfecha parecía prodigando a diestro y siniestro una sonrisa que dejaba entrever sus dos únicos dientecitos.

—*Ach du Liebschen* —murmuró Seigler, juntando las manos en actitud de plegaria—. ¡Que lo luzca con salud!

Esta vez el deseo no fue anulado con un escupitajo.

Katie volvió a casa con la pequeña y su nuevo sombrero, mientras que Neeley y Francie continuaron con las compras de Navidad. Compraron pequeños regalos para sus primos Flittman y alguna cosita para la niñita de Sissy. Luego llegó el momento de pensar en sus propios regalos.

—Te diré lo que quiero y tú me lo compras —dijo Neeley.

—Muy bien. ¿Qué es?

—Polainas.

—¿Polainas? —preguntó Francie sorprendida.

—De color gris perla —dijo él con firmeza.

—Si eso es lo que deseas… —empezó ella, dudosa.

—Talla mediana.

—¿Cómo sabes la talla?

—Entré a probármelas ayer.

Le entregó a Francie un dólar y medio y ella entró a comprar las polainas. Las hizo envolver y colocar en una caja. Ya en la calle, entregó el paquete a Neeley, mientras se miraban con cara seria.

—Éste es mi regalo para ti. ¡Feliz Navidad! —dijo Francie.

—Gracias —respondió él con toda formalidad—. Y ahora, ¿qué deseas tú?

—Un conjunto de encaje negro que hay en el escaparate de esa tienda cerca de Union Avenue.

—¿Eso es ropa de mujer? —preguntó Neeley, incómodo.

—Sí. Cintura veinticuatro y busto treinta y dos. Dos dólares.

—Cómpralo tú. No me gusta pedir esas cosas.

Así que Francie fue a comprar sola su propio regalo: un conjunto de bragas y sostén confeccionados con diminutas porciones de encaje negro y finas cintas de satén. Neeley no aprobaba esta compra, y cuando ella le dio las gracias contestó de malos modos:

—No hay de qué.

Pasaron por el puesto de venta de árboles de Navidad.

—¿Recuerdas —preguntó Neeley— la vez que nos dejamos tirar el árbol más grande?

—¡Que si lo recuerdo! Siempre que me duele la cabeza, es justamente en el lugar donde me dio el árbol.

—¡Y cómo cantaba papá cuando nos ayudó a subirlo! —recordó Neeley.

Aquel día la memoria de su padre había acudido a su mente varias veces. Francie había sentido un destello de ternura en lugar del dolor punzante de antes. «¿Le estaré olvidando? —pensó—. Con el paso del tiempo, ¿me costará más recordarle? Debe de ser como dice la abuela: "¡Con el tiempo todo pasa!". El primer año era penoso porque podíamos decir que en las últimas elecciones había votado; el día de Acción de Gracias había comido con nosotros. Pero el año que viene ya habrán pasado dos… Y a medida que transcurre el tiempo será cada vez más difícil recordar y llevar la cuenta.»

—Mira —Neeley la cogió del brazo y señaló un arbolillo de unos sesenta centímetros de altura plantado en un cubo.

—Está creciendo —exclamó Francie.

—¿Qué te crees? Todos tienen que crecer al principio.

—Ya lo sé, pero como siempre los veo cortados, me da la impresión de que nacen así. ¿Lo compramos, Neeley?

—Es muy pequeño.

—Sí, pero tiene raíces.

Cuando lo llevaron a casa, Katie lo examinó y frunció el entrecejo, porque estaba pensando algo.

—Sí, después de Navidad lo pondremos en la escalera de incendios para que le dé el sol y el aire, y una vez al mes le pondremos estiércol de caballo.

—No, mamá —protestó Francie—. No nos vengas con eso del estiércol.

Cuando eran pequeños, juntar estiércol les había parecido siempre la tarea más desagradable. La abuela tenía una hilera de geranios rojos en el alféizar de la ventana, que crecían fuertes y de color vivo porque una vez al mes, ya fuera Francie o Neeley, salían a la calle con una caja de cigarros que luego llevaban llena de estiércol. Al hacer la entrega, la abuela les pagaba dos centavos. Francie siempre se había avergonzado de aquella tarea.

En una ocasión que protestó, su abuelo le había contestado:

—¡Ah! La sangre se pudre en esta tercera generación. Allá en Austria mis buenos hermanos cargaban carros enteros de estiércol y eran hombres fuertes y honorables.

Francie pensó: «Indudablemente tenían que serlo para poder trabajar con semejante porquería».

Katie estaba diciendo:

—Ahora que tenemos un árbol debemos cuidarlo para que crezca. Si os da vergüenza, aprovechad la oscuridad de la noche para recoger el estiércol.

—Pero si hoy en día casi no quedan caballos, todo el mundo se desplaza en automóvil. Es difícil de encontrar… —rebatió Neeley.

—Id a alguna calle empedrada, donde no circulan automóviles, y si no hay estiércol esperad a que pase un caballo y lo seguís hasta que haya.

—La gran flauta —protestó Neeley—. Me arrepiento de haber comprado el árbol.

—Pero ¿qué nos sucede? Ahora ya no es como antes —dijo Francie—. Tenemos dinero. Podríamos darle un níquel a algún chiquillo para que lo recoja.

—¡Ah! —suspiró Neeley, aliviado.

—Yo creía que os gustaría cuidar el árbol con vuestras propias manos —dijo su madre.

—La diferencia entre el pobre y el rico —contestó Francie— consiste en que el pobre tiene que hacerlo todo con sus propias manos, y el rico puede alquilar manos para ahorrarse las tareas desagradables. Nosotros ya no somos pobres. Estamos en condiciones de pagar para que nos hagan las cosas.

—En ese caso prefiero seguir siendo pobre, porque me gusta valerme de mis manos —afirmó Katie.

Cada vez que su madre y su hermana discutían, Neeley se aburría. De modo que, para cambiar de tema, exclamó:

—Apuesto a que Laurie es tan alta como el árbol.

Sacaron a la criatura de su cuco para medirla con el árbol.

—*Exzactamente* la misma altura —dijo Francie imitando a Seigler.

—¿Cuál de los dos crecerá más rápido? —comentó Neeley.

—Neeley, nunca hemos tenido un perrito ni un gatito. El árbol podría ser nuestra mascota.

—¿Dónde has visto que alguien tenga un árbol como mascota?

—¿Por qué no? ¿Acaso no vive y respira? Le daremos un nombre. ¡Annie! El árbol Annie y la pequeña Laurie completarán el título de la canción de papá.

—¿Sabes una cosa? —preguntó Neeley.

—No. ¿Qué?

—Que estás loca. Ni más ni menos.

—Lo sé. ¿Y no es maravilloso? Hoy no me siento como la señorita Nolan de diecisiete años, lectora en The Model Press Clipping Bureau. Me siento como en los viejos tiempos, cuando tenía que entregarte el dinero que nos pagaba el trapero. En realidad, me siento como una chiquilla.

—Y eso es lo que eres: una chiquilla que acaba de cumplir los quince años —fue el comentario de Katie.

—¡Ah, ah! No pensarás lo mismo cuando veas el regalo que me ha hecho Neeley para Navidad.

—Dirás el regalo que me has hecho comprar —corrigió Neeley.

—Muéstrale a mamá lo que me has hecho comprar para ti, listillo. Vamos: muéstraselo.

Cuando se lo mostró, su madre preguntó en el mismo tono de sorpresa de Francie:

—¿Polainas?

—Sí, para abrigarme los tobillos —explicó Neeley.

Francie le enseñó su conjunto, que le arrancó el característico: «¡Oh, qué cosa!» de sorpresa.

—¿Crees que las malas mujeres llevan conjuntos así? —preguntó.

—Si los llevan estoy segura de que tienen todas pulmonía. Ahora, veamos, ¿qué hacemos para la cena?

—Entonces, ¿no te opones?

Francie estaba decepcionada porque su madre no le montaba un número.

—No. Todas las mujeres pasan por la época de las bragas de encaje negro. A ti te llega temprano y se te pasará más pronto. Creo que podremos calentar la sopa y comer la carne del puchero, con patatas…

«Mamá cree que lo sabe todo», pensó Francie con resentimiento.

XLVI

Dentro de diez minutos entraremos en el año mil novecientos diecisiete —anunció Francie.

Estaba sentada junto a su hermano, sin zapatos, con los pies metidos en el horno de la cocina. Katie, que les había encargado que la despertaran cinco minutos antes de medianoche, estaba descansando.

—Tengo el presentimiento de que mil novecientos diecisiete —añadió Francie— será más importante que cualquiera de los otros años que hemos vivido.

—Todos los años aseguras lo mismo. Primero, mil novecientos quince tenía que ser el más importante, luego el siguiente, y ahora mil novecientos diecisiete.

—Será importante. Sobre todo porque en mil novecientos diecisiete tendré dieciséis años de verdad, no sólo en la oficina. Y otras cosas importantes ya han comenzado. El dueño de la casa está instalando los hilos. Tendremos luz eléctrica, en vez de gas.

—Eso me gusta.

—Después sacarán las estufas y las reemplazarán por calefacción de vapor.

—¡Ah! Voy a extrañar esta vieja estufa. ¿Recuerdas los viejos tiempos —de ello hacía apenas dos años—, cuando yo me sentaba encima de la estufa?

—Y yo temía que te quemaras.

—Me dan ganas de volver a hacerlo.

—Nadie te lo impide.

Neeley se sentó en la zona más distante del fuego, estaba tibia, pero no caliente.

—¿Recuerdas —continuó Francie— cuando hacíamos los ejercicios de la escuela con tizas en esta piedra de la chimenea, y la vez que papá nos trajo un borrador de verdad, de modo que la piedra era como una pizarra de escuela, excepto que estaba en el suelo?

—Sí. Eso fue hace mucho tiempo. Pero, oye, no puedes decir que mil novecientos diecisiete será más importante porque nosotros tengamos electricidad y calefacción de vapor. En otros pisos existen desde hace años. Eso no tiene importancia.

—Lo importante de este año es que entraremos en la guerra.

—¿Cuándo sucederá eso?

—Pronto, la semana próxima… el mes que viene…

—¿Cómo lo sabes?

—Leo los periódicos todos los días, hermano… Doscientos periódicos.

—¡Zas! Espero que dure hasta que yo tenga edad de alistarme en la Marina.

—¿Quién habla de alistarse en la Marina?

Se sobresaltaron. Era su madre, de pie en la puerta del dormitorio.

—Sólo estamos conversando —explicó Francie.

—Se os ha olvidado despertarme —dijo su madre, reprendiéndolos—; me parece haber oído un silbido. Ya es Año Nuevo.

Francie abrió la ventana. Era una noche helada y sin viento. Quietud completa. A través de los patios, las fachadas traseras de las casas aparecían oscuras y melancólicas. Asomados a la ventana oyeron el jubiloso tañido de la campana de una iglesia. Enseguida el sonido de otras campanas se añadió al primer tañido. Se oyeron silbidos. El estrépito de una sirena. Empezaron a abrirse ventanas hasta aquel momento a oscuras. Los cornetines de hojalata añadieron sus toques a la barahúnda general. Alguien disparó un cartucho sin bala. Griteríos y pitidos.

¡1917!

Los sonidos se desvanecieron y el aire se quedó silencioso y expectante. Alguien empezó a cantar: «Auld Lang Syne».

¿Es posible que olvidemos nuestras viejas amistades
sin siquiera dedicarles un recuerdo?

Los Nolan se unieron al canto. Uno por uno los vecinos fueron juntando sus voces y al poco rato cantaban todos. De pronto sucedió un hecho inquietante: un grupo de alemanes cantaban en ronda y las palabras en alemán se mezclaban con las de los vecinos:

Ja, das ist ein Gartenhaus,
Gartenhaus,
Gartenhaus,
ach, du schönes,
ach, du schönes,
ach, du schönes Gartenhaus.

Hubo quien gritó:
—¡Cállense, alemanes piojosos!
Los alemanes empezaron a cantar con más energía, ahogando «Auld Lang Syne».
Para vengarse, los irlandeses parodiaron la canción desde sus patios oscuros.

Sí, es un canto de porquería,
de porquería,
de porquería,
¡oh, cochinos!,
¡oh, cochinos!,
¡oh, cochinos de porquería!

Se oyó el estrépito de las ventanas que se cerraban al retirarse los judíos y los italianos para dejar que los alemanes siguieran su polémica con los irlandeses. Los alemanes cantaban con más furor, se unieron otras voces que terminaron por acallar la parodia como lo habían hecho con

«Auld Lang Syne». Los alemanes ganaron, terminaron su ronda celebrando ruidosamente su triunfo.

Francie se estremeció.

—No me gustan los alemanes. Son tan... tercos cuando quieren algo, y siempre tienen que salirse con la suya.

De nuevo reinó el silencio en la noche. Francie juntó en un abrazo a su madre y a su hermano.

—¡Ahora los tres juntos! —dijo.

Los tres se asomaron a la ventana y gritaron:

—¡Feliz Año Nuevo para todos!

Se hizo un silencio, luego se oyó una voz que, con acento irlandés, salía de la oscuridad:

—¡Feliz Año Nuevo, a vosotros, Nolan!

—¿Quién podrá ser? —dijo Katie, intrigada.

—¡Feliz Año Nuevo, irlandés cochino! —gritó Neeley en contestación.

Katie le tapó la boca con la mano y lo arrastró hacia dentro, Francie cerró la ventana. Los tres reían locamente.

—¡Mira lo que has hecho! —dijo Francie riendo hasta llorar.

—Sabe quiénes somos y vendrá aquí a pe... pe... pelear. —Katie reía tanto que tuvo que apoyarse en la mesa—. ¿Quién... quién... era?

—El viejo O'Brien. La semana pasada me insultó y me echó de su patio. Es un irlandés cochino.

—¡Calla! —dijo su madre—. ¿No sabes que lo que haces cuando empieza el año lo seguirás haciendo todo el año?

—Y no querrás pasarte el año diciendo: «Irlandés cochino», como un disco rayado, ¿verdad? —preguntó Francie—. Además, tú también eres irlandés.

—Y tú —dijo Neeley.

—Todos somos irlandeses, excepto mamá.

—Yo lo soy por matrimonio.

—Bueno, ¿los irlandeses brindamos o no brindamos por el Año Nuevo? —preguntó Francie.

—Por supuesto. Os voy a preparar una bebida.

McGarrity había mandado a los Nolan una botella de coñac como obsequio de Navidad. Katie sirvió un poco en cada copa, agregó huevo batido y leche, lo revolvió con una cucharada de azúcar. Rayó nuez moscada y la espolvoreó por encima.

Lo hacía con mano firme, aunque consideraba que el momento era decisivo. Se preguntaba constantemente si sus hijos habían heredado el ansia de beber de los Nolan. Había reflexionado sobre qué actitud debía adoptar con respecto a la bebida en casa. Se le ocurría que si ella pregonaba en su contra, los chicos, imprevisibles e individualistas como eran, podrían llegar a considerarla prohibida, y por eso, apetecible. Si, por el contrario, le restaba importancia, quizá considerarían la embriaguez la cosa más natural. Decidió no restarle ni atribuirle importancia, como si tomar una copa con moderación fuese una forma de darse un gusto en las celebraciones. Bueno, el Año Nuevo era una de esas ocasiones. Entregó a cada uno su copa. De sus respectivas reacciones dependían muchas cosas.

—¿Por qué brindamos? —preguntó Francie.

—Por la esperanza —dijo Katie—, para que nuestra familia permanezca tan unida como esta noche.

—Espera —dijo Francie—, traigamos a Laurie para que también esté con nosotros.

Katie llevó a la sufrida criatura, que dormía en su cuna, a la cálida cocina. Laurie abrió los ojos, levantó la cabeza y mostró sus dos dientecitos al sonreír medio dormida. Enseguida apoyó la cabecita en el hombro de Katie y se quedó dormida de nuevo.

—Ahora —dijo Francie levantando su copa—. ¡Que estemos todos reunidos siempre!

Los tres chocaron las copas y bebieron. Neeley saboreó su bebida, frunció el entrecejo y dijo que prefería la leche sola. Volcó su copa en el fregadero y la llenó de leche helada. Katie observó, perturbada, cómo Francie vaciaba el vaso de un solo trago.

—Está rico —dijo Francie—, bastante rico. Pero no tanto como un helado de vainilla.

«¿Por qué debo preocuparme? —cantaba el corazón de Katie—. Después de todo, son tan Rommely como Nolan, y nosotros, los Rommely, no somos gente de beber.»

—Subamos a la azotea, Neeley —invitó Francie impulsivamente—, para ver el aspecto que tiene el mundo entero cuando comienza un año.

—Sí, vamos.

—Primero poneos los zapatos y los abrigos —ordenó su madre.

Subieron por la escalera de madera. Neeley abrió la puerta y salieron a la azotea.

Era una noche helada pero límpida. No corría viento y el aire estaba frío y sereno. Las estrellas brillaban intensamente y parecían haberse acercado a la tierra. Había tantas que su luz daba al cielo un tinte azul cobalto. No había luna, y eran las estrellas las que iluminaban la noche.

De puntillas y con los brazos extendidos, Francie exclamó:

—¡Oh, quisiera abrazar y retener todo esto! Quisiera retener la noche como es: fría y sin viento. Y las estrellas, así cercanas y brillantes. Quisiera abrazarlo todo con fuerza hasta que todo eso me implorase que lo soltara.

—No te acerques tanto al borde —dijo Neeley—, podrías caerte.

«Necesito a alguien —pensó Francie, desesperada—. Necesito a alguien. Necesito a alguien a quien abrazar. Y necesito algo más que abrazar. Necesito a alguien que comprenda cómo me siento en momentos como éste. Y la comprensión debe ser parte del abrazo. Yo amo a mamá y a Neeley y a Laurie. Pero necesito a alguien a quien amar con otra clase de amor. Si le contara esto a mamá, me diría: "¿Ah, sí? Bien. Cuando te sientas así, cuídate de apartarte con algún muchacho a un rincón oscuro". Le preocuparía también que llegase a ser como fue Sissy. Pero a mí no me pasa lo de la tía Sissy, porque necesito la comprensión casi más que los abrazos. Si yo se lo contase a Sissy o a Evy, me hablarían igual que mamá, aunque Sissy ya estaba casada a los catorce y Evy a los dieciséis años. Mamá también era casi una niña cuando se casó. Pero se han olvidado… Y me dirían que soy demasiado joven para pensar en eso. Seré joven, quizá, porque sólo tengo quince años, aunque en muchas cosas soy mayor de quince. Sin embargo, no tengo a quien abrazar, y no hay nadie que me comprenda. Algún día quizá…, algún día…»

Francie rompió el silencio:

—Neeley, si tuvieses que morir, ¿no sería maravilloso morir ahora mismo, creyendo que todo es tan perfecto como esta noche?

—¿Sabes una cosa? —preguntó Neeley.

—No, ¿qué?

—Ese ponche te ha emborrachado.

Se le crisparon los puños y avanzó hacia él.

—¡No digas eso! ¡Jamás digas eso!

Él retrocedió, asustado por la fiereza de Francie.

—Bue… bueno, no es para tanto. Yo me emborraché una vez.

La curiosidad disipó de inmediato su rencor.

—Tú, Neeley. ¿De verdad?

—Sí. Uno de los muchachos consiguió varias botellas de cerveza y las llevamos al sótano para bebérnoslas. Yo me tomé dos y me emborraché.

—¿Y qué sentiste?

—Al principio, el mundo se me puso patas arriba. Después, todo empezó a girar como, ¿recuerdas el juguete aquel, el cono de cartón que compramos por un centavo, en el que se mira por el extremo estrecho mientras se da vuelta a la base y empieza a caer una cascada de papel picado y que nunca caen dos trocitos de la misma forma? Bueno, así. Pero además estaba muy mareado. Después vomité.

—Entonces yo también me he emborrachado —dijo Francie.

—¿Con cerveza?

—No. La primavera pasada, en el parque McCarren, la primera vez que vi un tulipán.

Francie paseó su vista por Brooklyn. La luz estelar revelaba casi menos de lo que escondía. Miró a lo largo de las azoteas planas, de distintos niveles, con algún tejado inclinado aquí y allá, resabio de otros tiempos. Las chimeneas..., y sobre algunas de ellas, la sombra de un palomar... De vez en cuando el arrullo de las palomas medio dormidas... Las agujas gemelas de la iglesia, que parecían en guardia sobre las oscuras viviendas... Y en el extremo de la calle, el gran puente, que como un suspiro se estiraba cruzando el East River para ir a sumirse en la orilla opuesta... Debajo del puente, las turbias aguas del río, y lejos, allí lejos, el nebuloso contorno de los rascacielos de Nueva York, como una ciudad de cartulina recortada.

—En el mundo no hay otro lugar como éste —dijo Francie.

—¿Como cuál?

—Como Brooklyn. Es una ciudad mágica, no es real.

—Es como cualquier otra.

—¡No! Yo voy todos los días a Nueva York y Nueva York no es lo mismo. Fui una vez a Bayonne a visitar a una de mis compañeras de oficina que estaba enferma. Y Bayonne no es lo mismo. Brooklyn encierra misterio. Es como, sí, como un sueño. Las casas y las calles no parecen reales... y la gente tampoco.

—Sí son reales, la forma en que se pelean y se gritan unos a otros, y lo pobres y sucios que son también son reales.

—Pero es como si soñaran que son pobres y pelean. En realidad, no sienten estas cosas. Es como si todo eso sucediese en sueños.

—Brooklyn no es distinto —dijo Neeley con firmeza—. Es tu imaginación que te la muestra distinta. Pero —agregó magnánimo— a mí eso ni me va ni me viene, mientras te haga feliz.

¡Neeley! Tan parecido a su madre, tan parecido a su padre, lo mejor de cada uno de los dos. Amaba a su hermano. Deseaba abrazarle y besarle. Pero era como su madre. Odiaba las manifestaciones de afecto. Si tratase de besarle se enojaría y le daría un empellón. Así, pues, le extendió la mano.

—Feliz Año Nuevo, Neeley.

—Igualmente.

Y se dieron un solemne apretón de manos.

XLVII

En el breve espacio de las fiestas de Navidad, la vida de la familia Nolan había vuelto a ser como en los viejos tiempos. Pero después de Año Nuevo las cosas regresaron a la rutina a que se habían acostumbrado desde la muerte de Johnny.

Ya no tomaban lecciones de piano. Hacía meses que Francie no practicaba. Neeley tocaba de noche en algún café del vecindario. Dominaba la música sincopada y ahora se estaba convirtiendo en un buen músico de jazz. Hacía hablar al piano —según decía la gente— y era muy popular. Tocaba a cambio de algún refresco. Alguna que otra vez, Scheefly le entregaba un dólar por tocar toda la velada del sábado. A Francie no le gustaba, y habló con Katie de ello.

—Yo no se lo permitiría, mamá —le dijo.

—Pero ¿qué hay de malo en ello?

—Supongo que no querrás que se acostumbre a tocar a cambio de bebidas como… —titubeó.

Katie completó la frase.

—¿Como tu padre? No. Neeley jamás será como él. Tu padre nunca cantaba las canciones que le gustaban, como «Annie Laurie» y «La última rosa de estío». Sólo cantaba lo que le pedían los otros. Neeley es diferente. Siempre tocará lo que a él le guste, sin importarle un comino qué piensan los demás.

—Quieres decir, entonces, que papá era sólo un intérprete y que Neeley es un artista.

—Más o menos… sí —admitió Katie, desafiante.

—Me parece que es llevar el amor maternal demasiado lejos.

Como Katie frunció el entrecejo, Francie cambió de tema.

Habían abandonado la lectura de la Biblia y de Shakespeare desde que Neeley había ingresado en el instituto. Neeley dijo que allí estaba estudiando *Julio César* y que el director les leía algo de la Biblia todas las mañanas, y eso le bastaba. Francie se excusó porque tenía la vista cansada de leer todo el día. Katie no insistió, pues creía que eran ya lo bastante mayores para leer lo que les apeteciera.

Las tardes de Francie eran solitarias. Los Nolan se reunían únicamente a la hora de la cena, incluso Laurie se sentaba a la mesa en su trona. Después de cenar, Neeley salía, ya fuera para reunirse con su pandilla, ya para tocar en algún café. Katie leía el periódico, luego ella y Laurie se acostaban a las ocho. (Katie aún se levantaba a las cinco de la mañana, para terminar con la limpieza mientras Francie y Neeley todavía estaban en casa con Laurie.)

Rara vez iba Francie al cine, porque el movimiento de las imágenes en la pantalla le irritaba la vista. No había teatros. La mayoría de las compañías de repertorio fijo habían dejado de existir. Además, había visto a Barrymore en *Justicia*, la obra de Galsworthy, en Broadway, y ahora las otras compañías le resultaban triviales. Ese último otoño había visto una película que le había gustado: *Novias de guerra*, con Nazimova. Habría querido verla otra vez, pero leyó en los periódicos que, debido a la inminencia de la guerra, la exhibición de la película había sido prohibida. Conservaba un maravilloso recuerdo de cuando fue hasta un barrio de Brooklyn desconocido para ver a la eminente Sarah Bernhardt en una obra de un solo acto en un teatro de variedades. La célebre actriz tenía ya más de setenta años, pero en escena no representaba ni la mitad. Aunque no sabía francés, Francie pudo deducir que la trama giraba alrededor de la pierna amputada de la actriz. La Bernhardt representaba el papel de un soldado francés que había perdido una pierna en el campo de batalla. De vez en cuando, Francie oía la palabra *boche*. Jamás olvidaría Francie aquella cabellera color del fuego y la inestimable voz de la Bernhardt. Atesoraba el programa de la función en su álbum de recortes.

Pero aquellas sólo habían sido tres noches durante muchos meses.

La primavera asomó temprano aquel año y las perfumadas y cálidas noches le producían inquietud. Iba y venía por las calles y cruzaba el parque. Y por dondequiera que fuese, veía jóvenes parejas que andaban del brazo, o que se abrazaban en algún banco del parque o de pie y en silencio en algún vestíbulo. Todo el mundo, excepto Francie, tenía un novio o un amigo. Parecía ser la única solitaria de Brooklyn.

Marzo de 1917. En el vecindario no había otro tema que lo inevitable que era la guerra. En su edificio vivía una viuda que tenía sólo un hijo. La mujer temía que su hijo tuviese que ir a la guerra y muriese. Le compró una corneta y le hizo tomar lecciones, pensando que así entraría en la banda del regimiento para tocar en desfiles y revistas y que no llegaría al frente. Un pobre vecino, torturado hasta la desesperación, le dijo a la viuda que él había llegado a saber, por vías confidenciales, que las bandas militares precedían a los soldados en el campo de batalla y que siempre eran sus componentes los primeros en caer. La aterrorizada madre empeñó inmediatamente la corneta y destruyó el recibo. Terminaron así esos horribles ensayos de corneta.

Cada noche, a la hora de la cena, Katie le preguntaba a Francie:

—¿Ha empezado ya la guerra?

—Aún no. Pero llegará cualquier día.

—Pues espero que empiece pronto.

—¿Cómo? ¿Deseas la guerra?

—No. No la deseo. Pero si tiene que venir, cuanto antes mejor. Cuanto antes empiece, antes acabará.

Entonces Sissy armó tal escándalo que el tema de la guerra quedó momentáneamente relegado a un segundo plano.

Sissy, que había terminado con su borrascoso pasado y se suponía que iba asentándose en esa calma que precede a una plácida madurez, causó de repente un tremendo revuelo en la familia. Se enamoró locamente del John con quien estaba casada desde hacía más de cinco años. Y eso no fue todo. Enviudó, se divorció, volvió a casarse y concibió, y todo en diez días escasos.

El diario favorito de Williamsburg, *The Standard Union*, llegó una tarde, como de costumbre, al escritorio de Francie a la hora de salida. También, como de costumbre, lo llevó a casa para que lo leyera Katie después de cenar. A la mañana siguiente lo devolvería a la agencia, lo leería y lo marcaría. Puesto que Francie jamás leía periódicos fuera de la oficina, no podía saber lo que contenía aquella edición.

Después de cenar, Katie se sentó cerca de la ventana para dar un vistazo a las noticias. Un instante después de pasar la tercera página, estalló con un «¡Oh, qué cosa!». Francie y Neeley corrieron, y uno a cada lado leyeron por encima de los hombros de Katie el título que ella señaló: «Un heroico bombero pierde la vida en el incendio del mercado Wallabout». Debajo, en letra algo más pequeña, en un subtítulo, se leía: «Pensaba jubilarse dentro de un mes».

Leyendo el reportaje, Francie supo que el heroico bombero era ni más ni menos que el primer esposo de Sissy. Publicaban una fotografía de Sissy tomada hacía veinte años, en la que aparecía con un prominente peinado al estilo Pompadour y enormes mangas abullonadas. Sissy a los dieciséis años. Debajo de la fotografía, la leyenda: «La viuda del heroico bombero».

—¡Oh, qué cosa! —repitió Katie—. Por lo visto, no volvió a casarse. Debió de guardar esa fotografía de Sissy todo este tiempo, y al fallecer, los que revisaron sus efectos, encontraron ¡a Sissy! Tengo que ir enseguida —dijo quitándose el delantal y yendo a buscar su sombrero, mientras explicaba—: El John de Sissy lee los periódicos. Ella le dijo que estaba divorciada. Cuando sepa la verdad, la matará. O, por lo menos, la echará a la calle. No tendrá adónde ir con su criatura y su madre.

—Parece un buen hombre —dijo Francie—. No creo que haga eso.

—No sabemos qué no haría. No sabemos nada de él. Es un extraño en la familia y siempre lo ha sido. Rogad a Dios que no llegue demasiado tarde.

Francie insistió en ir también, y Neeley consintió en quedarse en casa con Laurie a condición de que luego le contasen hasta el último detalle.

Cuando llegaron a casa de Sissy, la encontraron con el rostro encendido por la conmoción. La abuela se había refugiado con la criatura en la sala y sentada en la oscuridad rezaba para que se resolviera todo de la mejor manera.

El John actual les contó su versión de lo sucedido.

—Estaba trabajando en la editorial cuando vinieron unos hombres aquí para decirle a Sissy: «Su esposo acaba de fallecer en un accidente». Sissy creyó que se referían a mí. —De repente preguntó a Sissy—: ¿Lloraste?

—Se me oía desde la otra manzana —le aseguró ella. Él pareció quedar satisfecho.

—Le preguntaron a Sissy qué deseaba que hicieran con los restos. Sissy les preguntó si había seguro. Bueno, resultó que sí lo había, por quinientos dólares, completamente pagado hacía diez años y todavía a favor de Sissy. ¿Y qué hizo Sissy? Les dijo que lo hicieran velar en la sala de pompas fúnebres de Specht y ordenó un funeral de quinientos dólares.

—Yo tuve que atender esos menesteres —se disculpó Sissy—. Soy su única parienta con vida.

—Y eso no es todo —siguió él—. Ahora vendrán y le concederán una pensión a Sissy. ¡No lo permitiré! —gritó repentinamente—. Cuando me casé con ella —siguió con más calma— me dijo que estaba divorciada. Ahora resulta que no es así.

—Pero si no hay divorcio en la Iglesia católica —insistió Sissy.

—No te casaste por la Iglesia católica.

—Ya lo sé. Así que nunca me consideré casada y no creí necesario obtener el divorcio.

Él hizo un gesto de congoja y se lamentó:

—¡Me doy por vencido! —El grito era tan desesperado como el que había emitido cuando Sissy insistió en que había dado a luz una criatura—. Me casé con ella de buena fe. ¿Ven? ¿Y qué hace ella? —preguntó retóricamente—. Arregla las cosas a su gusto y nos hace vivir en adulterio.

—No digas eso —respondió Sissy con tono cortante—. No estamos viviendo en adulterio. Estamos viviendo en bigamia.

—Y eso tiene que acabar ahora mismo, ¿sabes? Ahora eres viuda de tu primer marido y te vas a divorciar del segundo y luego te casarás conmigo, ¿comprendes?

—Sí, John —dijo ella, sumisa.

—¡Y no me llamo John! —aulló él—. ¡Me llamo Steve! ¡Steve! ¡Steve!

Con cada repetición daba tales puñetazos en la mesa que el azucarero de vidrio azul con las cucharitas suspendidas de sus bordes bailaba y saltaba. Luego apuntó a Francie con el dedo.

—Y para ti, a partir de hoy soy el tío Steve, ¿vale?

Francie miró boquiabierta al hombre tan repentinamente transformado.

—¡Ho… ho… hola, tío Steve!

—Así me gusta —dijo apaciguado.

Cogió su sombrero y se lo encasquetó hasta las orejas.

—¿Adónde vas, John… quiero decir, Steve? —preguntó Katie preocupada.

—¡Mira! Cuando era un chiquillo, mi padre siempre salía a comprar helados para las visitas. Bien. Ésta es mi casa. ¿Sabes? Y tengo visitas. Así que me voy a comprar helados de fresa, ¿vale? —Y se fue.

—¿Verdad que es maravilloso? —suspiró Sissy—. ¡Como para no enamorarse de un hombre como éste!

—Al parecer, por fin hay un hombre en la familia Rommely —dijo Katie secamente.

Francie entró en la sala a oscuras. Bajo la escasa luz de las farolas de la calle que penetraba en la sala, vio a su abuela sentada junto a la ventana, con la criatura de Sissy dormida en el regazo y un rosario de ámbar colgado de sus dedos temblorosos.

—Puede dejar de rezar, abuela —dijo Francie—. Ya se ha arreglado todo. Ha salido a comprar helados, ¿comprende?

—Gloria al Padre, al Hijo y al Espíritu Santo —alabó Mary Rommely.

En nombre de Sissy, Steve escribió a su segundo marido. Anotó en el sobre la última dirección conocida, con instrucciones de que la hicieran llegar al destinatario si ya no vivía allí. Sissy le rogaba que consintiera en divorciarse para poder casarse otra vez. Una semana después llegó un abultado sobre de Wisconsin. Su segundo marido informaba a Sissy de que estaba muy bien, gracias, había obtenido su divorcio en Wisconsin hacía siete años, se había casado nuevamente y vivía allí, donde tenía un buen empleo y era padre de tres hijos. Que era muy feliz, decía, y, subrayándolo con beligerancia, añadía que era su intención seguir siendo feliz. Incluía un recorte de diario como prueba de que a ella se le había anunciado legalmente el divorcio por publicación de edictos. Incluía también una copia de la sentencia (motivo: abandono) y una instantánea de tres hermosas criaturas.

Tanto se alegró Sissy al verse divorciada con esa increíble rapidez, que le mandó una bandejita plateada para encurtidos como tardío regalo de bodas. Se creyó obligada a remitirle también una carta de felicitación. Steve rehusó escribírsela, así que recurrió a Francie.

—Escríbele que deseo que sea muy feliz —decía Sissy.

—Pero, tía Sissy, hace siete años que se casó y ya sabrá si es o no feliz.

—Cuando alguien se entera de que una persona se ha casado, es de buena educación felicitarle. Escríbelo.

—Bien —contestó Francie—. ¿Qué más?

—Algo sobre sus hijos… Qué bonitos son. Algo así como…

Se le atragantaron las palabras. Sabía que él le había remitido la fotografía para demostrarle que sus hijos no habían nacido sin vida por culpa de él. Eso la hirió.

—Escribe que soy madre de una criatura sana y fuerte, y subraya eso de sana y fuerte.

—Pero la carta de Steve decía que ahora estabais preparando la boda. Él pensará que es un poco extraño que tengas una hija tan pronto.

—Escribe lo que te digo —ordenó Sissy—. Y no sólo eso: escribe que espero otra criatura para dentro de una semana.

—¡Tía Sissy! Pero si no es verdad.

—Claro que no, aunque escríbelo igualmente.

Francie lo escribió.

—¿Algo más?

—Dale las gracias por los documentos del divorcio. Luego añade que conseguí mi divorcio un año antes de que él consiguiera el suyo, sólo que lo había olvidado —terminó en pueril disculpa.

—Pero eso es mentira.

—Obtuve mi divorcio antes que él. Lo obtuve mentalmente.

—Bueno, como quieras—dijo Francie, vencida.

—Escribe que soy muy feliz y que es mi intención seguir siéndolo, y subraya esas palabras exactamente como hizo él.

—Válgame Dios, tía Sissy. ¿Siempre debes decir la última palabra?

—Sí. Exactamente como tu madre y como Evy, y como tú también.

Francie no hizo ninguna objeción más.

Steve consiguió una licencia de matrimonio inmediato y volvió a casarse con Sissy. Esta vez los casó un pastor. Era la primera boda de Sissy por la Iglesia; por fin se consideraba casada de verdad y hasta que la muerte los separara. Steve era muy feliz. Amaba a Sissy y siempre había temido perderla. Ella había abandonado a sus otros maridos con naturalidad y sin pesar alguno. Le inquietaba que le dejase a él también y que se llevase la criatura, con la que se había encariñado. Sabía que Sissy creía en la Iglesia... cualquiera que fuese ésta, católica o protestante, que nunca rompería una unión bendecida por la Iglesia. Por primera vez desde que estaban juntos se sentía feliz, seguro y dueño de la situación. Y Sissy descubrió que estaba locamente enamorada de él.

Sissy llegó de visita una noche cuando Katie ya se había acostado. Le rogó que no se levantase; hablarían en el dormitorio. Francie estaba sentada a la mesa de la cocina pegando poemas en sus libretas. En la oficina tenía una hoja de afeitar con la que recortaba poemas y cuentos que le gustaban para sus libretas. Tenía toda una serie. Una de las libretas se titulaba *Colección Nolan de poemas clásicos*. Otra, *Colección Nolan de poesía contemporánea*. Una tercera, *El libro de Annie Laurie*, en el que Francie coleccionaba rimas infantiles y cuentos sobre animales con intención de leérselos a Laurie cuando ésta tuviese suficiente edad para entenderlos.

Las voces que llegaban del dormitorio en penumbra tenían un ritmo apacible.

Mientras blandía el pincel del pegamento, Francie escuchaba la conversación. Sissy estaba diciendo:

—… Steve, tan bueno y decente. Y desde que me di cuenta de ello, abominé de mis andanzas con otros hombres, fuera de mis maridos, se entiende.

—¿No le dijiste nada de esos otros? —preguntó Katie, temerosa.

—¿Acaso crees que soy tonta? Pero desearía de todo corazón que él hubiese sido el primero y el único.

—Cuando una mujer habla así —dijo Katie— significa que está llegando a la edad crítica.

—¿Qué quieres decir?

—Si nunca tuvo amores, al llegar a la edad crítica se angustia por no haber gozado de los placeres que habría tenido y de los que ya no puede disfrutar. Si tuvo muchos amores y amantes, empieza a convencerse de que obró mal y se arrepiente. La certeza de que pronto perderá su fertilidad es la que la lleva a estas conclusiones. Y si puede convencerse de que sus relaciones con los hombres no le aportaron nada bueno desde el principio, puede llegar a sentir consuelo de ese cambio de vida que está a punto de alcanzarla.

—Yo no pienso entrar en ningún período crítico —dijo Sissy—. Para empezar, soy demasiado joven, y además no lo aguantaría.

—Tiene que sobrevenirnos a todas —suspiró Katie.

Se adivinaba el terror en la voz de Sissy. No poder concebir más hijos… Ser mujer a medias… Engordar… Tener vello en la barbilla.

—¡Antes me quito la vida! —exclamó apasionada—. Pero —añadió complacida— me falta mucho para ese cambio de vida, porque estoy así otra vez.

Desde el dormitorio oscuro se percibió un frufrú, y Francie se imaginó a su madre incorporándose en el lecho, apoyada sobre un codo.

—¡No, Sissy! ¡No! No puedes repetirlo de nuevo. Ha sucedido diez veces, diez criaturas nacidas sin vida. Y ahora será peor, porque ya tocas los treinta y siete años.

—No es una edad excesiva para tener un hijo.

—No, pero son demasiados años para sobrellevar con facilidad otra desilusión.

—No te preocupes, Katie. Esta criatura vivirá.

—Es lo que decías siempre.

—Esta vez estoy segura, porque siento que Dios está conmigo —dijo con flemática seguridad. Después de una pausa añadió—: Le conté a Steve cómo conseguí a la pequeña Sissy.

—¿Y qué dijo él?

—Él sabía, naturalmente, que yo no era la madre, pero la forma en que yo aseguraba en que sí lo era le tenía embaucado. Dijo que no tenía importancia, puesto que no era hija mía y de algún otro hombre, y además, habiendo tenido a la criatura desde su nacimiento, la considera hija suya. Y es extraño que la criatura se parezca a él. Tiene los mismos ojos oscuros, la misma barbilla redondeada y las mismas orejas pequeñas bien pegadas a la cabeza.

—Los ojos oscuros los ha heredado de Lucia, y hay millones de personas en el mundo que tienen la barbilla redondeada y las orejas pequeñas. Pero si a Steve le hace feliz que la criatura se le parezca, tanto mejor.

Se produjo un largo silencio antes de que Katie volviese a hablar.

—Sissy, ¿esa familia italiana te dijo alguna vez quién era el padre?

—No.

Sissy también esperó largo rato antes de continuar.

—¿Sabes quién me contó que la muchacha estaba metida en un lío y dónde vivía y todo lo demás?

—No. ¿Quién?

—Steve.

—¡Oh, qué cosa!

Ambas estuvieron calladas un rato. Luego Katie dijo:

—Pura casualidad, claro está.

—Naturalmente —dijo Sissy—. Uno de sus compañeros de trabajo se lo había contado, según él, uno que vivía en la misma manzana que Lucia.

—Naturalmente —repitió Katie—. Tú sabes que aquí en Brooklyn suceden cosas extrañas que carecen de significado. Como cuando a veces voy caminando por la calle y de repente pienso en alguien que no he visto durante años, y al volver la esquina me topo con esa misma persona.

—Sí, ya sé —contestó Sissy—. A veces estoy haciendo algo por primera vez, y de repente me parece que ya lo había hecho antes, quizá en otra existencia…

Su voz disminuyó hasta apagarse. Después de una pausa dijo:

—Steve siempre aseguró que no aceptaría la criatura de otro.

—Todos los hombres dicen eso. La vida es extraña —continuó Katie—. Un par de acontecimientos casuales se tocan y alguien puede darles trascendencia. Supiste el trance de esa muchacha por casualidad. Aquel hombre debió de contárselo a una decena de compañeros. Steve te lo dijo por casualidad. Casualmente conociste a esa familia y también es casualidad que la criatura tenga la barbilla redondeada. Es más que casual. Es…

Katie se detuvo tratando de encontrar la palabra adecuada.

Francie se había interesado de tal forma en la conversación que olvidó que no debía estar escuchando. Cuando advirtió que su madre buscaba una palabra, desde la cocina, y sin darse cuenta, se la sugirió:

—¿Quieres decir coincidencia, mamá?

Escandalizadas, se sumieron en un profundo silencio. Después continuaron la conversación, pero esta vez era sólo un cuchicheo.

XLVIII

En el escritorio de Francie había un periódico. Era un boletín extraordinario que acababa de salir de las rotativas, con la tinta del titular todavía húmeda. Hacía cinco minutos que el periódico estaba allí y todavía no había cogido el lápiz para marcarlo. Contemplaba fijamente la fecha: «6 de abril de 1917».

El titular era una sola palabra de quince centímetros de alto. Los bordes de las seis letras eran borrosos y la palabra «GUERRA» parecía vibrar.

Francie tuvo una visión. Dentro de cincuenta años estaría contándoles a sus nietos cómo había ido a su oficina, se había sentado frente el escritorio y, durante la rutina del trabajo, se había enterado de la declaración de guerra. Sabía, por las veces que lo había oído decir a su abuela, que la vejez se compone de tales recuerdos de juventud.

Pero ella no deseaba recordar sucesos. Deseaba vivirlos, o por lo menos revivirlos más que recordarlos.

Se propuso fijar ese momento en su vida exactamente como era en ese instante. Quizá así podría retenerlo como algo palpitante en vez de permitir que se convirtiera en un simple recuerdo.

Miró con atención la superficie de su escritorio y examinó los dibujos de la madera. Paseó los dedos por las ranuras donde depositaba sus lápices. Cogió uno y, con una hoja de afeitar, cortó el papel que lo recubría en la marca siguiente y desenrolló el trozo del papel que dejaba al descubierto la mina del lápiz. Observó la espiral de papel en la palma de su mano, lo tocó con el índice y palpó su forma. Lo dejó caer en la papelera de metal y contó los segundos que tardó en llegar al fondo. Escuchó intensamente para oír el casi imperceptible impacto del papel contra el fondo. Oprimió con las yemas de los dedos las húmedas letras del titular, se miró los dedos entintados y luego imprimió sus huellas dactilares en una hoja de papel blanca como la nieve.

Sin comprobar si se hablaba de algún cliente en las páginas uno y dos, arrancó la primera hoja del periódico y la dobló cuidadosamente, anotando mentalmente los dobleces a medida que pasaban bajo su pulgar. La colocó dentro de uno de esos sobres fuertes de papel que la agencia usaba para remitir los recortes por correo.

Francie oyó, como si fuera por primera vez, el ruido que hizo el cajón de su escritorio cuando lo abrió para sacar su bolso. Se fijó en el cierre del bolso, en su sonido. Palpó el cuero, grabó en su memoria su olor y las aguas del muaré negro del forro. Leyó las fechas de las monedas que tenía en el monedero. Cogió una nueva, del año 1917, la metió en el sobre. Destapó su lápiz de labios y trazó una línea debajo de sus huellas dactilares. Le gustaron el rojo límpido, la contextura y la fragancia de la pintura. Por turnos examinó el polvo de su polvera, los surcos de su lima de manicura, la flexibilidad de su peine y los hilos de su pañuelo. En el bolso llevaba un viejo recorte, un poema de un periódico de Oklahoma. Lo había escrito un poeta que había vivido en Brooklyn, había asistido a las escuelas de Brooklyn y luego había publicado *El águila de Brooklyn*. Volvió a leerlo por vigésima vez grabando las palabras en su mente.

> *Soy viejo y joven, tengo tanto de necio como de sabio;*
> *indiferente ante mis semejantes, ardo en amor por el prójimo.*
> *Soy maternal y paternal, soy un niño y un hombre,*
> *encarnado en vil barro, de las celestes alturas me embriago.*

El ya manoseado poema fue a parar al sobre. En el espejo de su polvera se miró el pelo trenzado, las trenzas que rodeaban su cabeza. Vio que sus lacias y negras pestañas no eran todas de la misma longitud. Luego inspeccionó sus zapatos. Pasó la mano por una de sus medias y por primera vez le pareció que la seda era áspera en lugar de lisa como antes. La tela de su falda estaba compuesta de delgados cordones. Levantó el doblez y observó que el diseño de la estrecha puntilla de su enagua tenía forma de rombos.

«Si pudiera grabar hasta el último detalle de este momento en mi mente podría retenerlo para siempre», pensó Francie.

Con la hoja de afeitar se cortó un mechón de cabello, lo envolvió en el pedazo de papel con las huellas dactilares y la raya de lápiz de labios, colocó el envoltorio en el sobre y lo cerró. En el sobre escribió: «Frances Nolan, de quince años y cuatro meses de edad. 6 de abril de 1917».

«Si abro este sobre dentro de cincuenta años —pensó—, seré de nuevo como ahora y no habrá vejez para mí. Cincuenta años son muchos años... millones de horas. Pero ya ha pasado una hora desde que estoy sentada aquí... una hora menos de mi vida... una de todas las horas de mi vida que se ha ido.

»Dios amado —suplicó—, permíteme ser algo cada minuto de cada hora de mi vida. Permíteme ser alegre. Permíteme ser triste. Que tenga frío. Que esté abrigada. Que tenga hambre, que tenga demasiado para comer. Permíteme andar andrajosa o bien vestida. Que sea sincera o falsa. Que sea franca o mentirosa. Honorable o pecadora. Pero permíteme ser algo en cada bendito minuto. Y cuando duerma, permíteme soñar todo el tiempo para que no se malgaste la más mínima porción de vida.»

Llegó el repartidor y arrojó sobre su escritorio otro periódico de la ciudad. Éste llevaba un gran titular de dos líneas: «Declaración de guerra». Le pareció que el suelo se tambaleaba y mil colores bailaron ante sus ojos, apoyó la cabeza sobre la húmeda tinta del diario y prorrumpió en llanto. Una de las lectoras, mayor que Francie, que volvía del lavabo, se detuvo ante su escritorio. Observó el titular y la niña que lloraba. Creyó entenderlo todo.

—Ah, la guerra —suspiró—. Usted debe de tener novio o algún hermano, ¿no? —preguntó.

—Sí, tengo un hermano —contestó Francie, con sinceridad.

—Cuánto lo siento, señorita Nolan —dijo la lectora, y se fue a su escritorio.

«Estoy borracha otra vez —pensó Francie—, ahora por el titular de un periódico. Y es una borrachera de las malas, con lloros y lamentos.»

La guerra tocó a la agencia de prensa con el dedo de su armadura y la marchitó. Para empezar, el cliente que era casi el sostén del negocio —el hombre que pagaba miles de dólares al año por los recortes sobre el canal de Panamá y cosas por el estilo— se presentó un día para avisar de que, como su dirección no sería fija durante algún tiempo, vendría personalmente a buscar los recortes.

A los pocos días, dos hombres de gestos pausados y fuertes pisadas fueron a ver al jefe. Uno de ellos paseó la palma de su mano por debajo de las narices del jefe, y lo que éste vio en esa palma le hizo palidecer. Sacó una pila de recortes del cajón destinado al cliente principal. Aquellos hombres de pies pesados los revisaron y se los devolvieron al jefe, que los puso en un sobre que guardó en su escritorio. Los dos hombres entraron en el lavabo del jefe y dejaron la puerta entreabierta. Esperaron allí todo el día. A mediodía enviaron al botones a buscar emparedados y café y almorzaron en el lavabo.

El cliente del canal de Panamá llegó a las cuatro y media. Con movimientos acompasados, el jefe le entregó el sobre. Cuando el cliente iba a guardárselo en el bolsillo, los dos hombres salieron del lavabo. Uno de ellos le tocó el hombro, el cliente suspiró, sacó el sobre del bolsillo y lo entregó. El otro le tocó a su vez el hombro, el cliente juntó los talones en un gesto militar, hizo una reverencia y salió caminando entre los dos. El jefe se fue a su casa con una aguda dispepsia.

Aquella noche Francie contó a su madre y a Neeley que en la oficina habían atrapado a un espía alemán.

Al día siguiente se presentó un hombre de aspecto activo, que llevaba una cartera. El jefe tuvo que contestar una serie de preguntas y el hombre activo anotó las respuestas en formularios que traía al efecto. Y luego vino la parte triste. El jefe tuvo que entregarle un cheque de cuatrocientos dólares, salido de la cuenta involuntariamente cancelada. Cuando el hombre activo se fue, el jefe salió corriendo para pedir dinero prestado a fin de proveer fondos para pagar aquel cheque.

Después todo se vino abajo. El jefe tenía miedo de aceptar cuentas nuevas, por inofensivas que parecieran. La temporada teatral iba terminándose y las cuentas de actores se redujeron. El acostumbrado diluvio de primavera, cuando se publicaban innumerables libros con los consecuentes abonos de autores a cinco dólares y editores a cien dólares cada uno, fue sólo una tenue lluvia. Las editoriales estaban retrasando importantes publicaciones hasta que las cosas se asentaran. Muchos investigadores científicos cancelaron sus cuentas debido a la posibilidad de que los llamaran a filas. Incluso si los negocios hubiesen continuado como siempre, la agencia se habría visto en apuros para atenderlos, debido a que los empleados empezaron a irse.

El gobierno, previendo una escasez de hombres, convocó una serie de exámenes para las mujeres que quisieran ingresar al servicio del Estado. Muchas de las lectoras se presentaron con éxito a esos exámenes y fueron llamadas inmediatamente para prestar servicio. Los obreros, es decir, el Club, se fueron casi en pelotón para trabajar en fábricas de producción para la guerra. No sólo triplicaron sus sueldos, sino que se vieron ensalzados por su desinteresado patriotismo. La esposa del jefe volvió como lectora a la agencia, y todas las lectoras fueron despedidas, a excepción de Francie.

Entre los tres se esforzaron por cumplir todas las tareas en aquel local tan grande y vacío, donde retumbaba el eco. Francie y la jefa leían, anotaban en índices, archivaban y atendían todas las tareas de la oficina. El jefe, impotente, recortaba angustiado los diarios, imprimía nombres borrosos y los pegaba algo torcidos.

A mediados de junio se dio por vencido. Concertó la venta del mobiliario y las máquinas de oficina, canceló el contrato del local y decidió el asunto del reembolso de los abonos de sus clientes con una exclamación:

—¡Que me enjuicien!

Francie telefoneó a la única otra agencia de prensa que conocía en Nueva York preguntando si necesitaban una lectora. Le contestaron que nunca empleaban nuevas lectoras.

—Tratamos muy bien a nuestras lectoras y jamás tenemos que buscar sustitutas.

Francie le dijo que le parecía muy bien y colgó el auricular.

Dedicó su última mañana en la agencia a leer y marcar anuncios de la columna «Se necesita empleada». No le interesaban los empleos de oficina, pues sabía que debería volver a empezar como aprendiz. Y los empleos de oficina no ofrecían perspectiva alguna si no se tenían conocimientos de dactilografía y taquigrafía. Además, prefería el trabajo de fábrica. Le gustaban más las compañeras de fábrica y le gustaba también tener la mente desocupada mientras trabajaba con las manos. Pero, desde luego, su madre no le permitiría trabajar en una fábrica otra vez.

Encontró un anuncio que ofrecía lo que al parecer era una feliz combinación de fábrica y oficina: manejar una máquina en un ambiente de oficina. Una empresa de comunicaciones ofrecía enseñar el manejo del teletipo y pagar doce dólares y medio durante el período de aprendizaje. El horario era desde las cinco de la tarde hasta la una de la madrugada. Por lo menos así tendría algo que hacer por las noches, si conseguía el empleo.

Cuando fue a despedirse del jefe, éste le dijo que le debía el sueldo de la última semana. Tenía su dirección y se lo remitiría. Francie se despidió del jefe, de su esposa y de su última semana de sueldo.

La Compañía de Comunicaciones tenía las oficinas en un rascacielos frente al East River, en el centro de Nueva York. Junto a otra docena de muchachas, Francie completó un formulario de solicitud después de presentar una carta de copiosas recomendaciones escritas por su ex jefe. Acometió su examen de suficiencia contestando preguntas que parecían ridículas; una de ellas era: «¿Qué pesa más: una libra de plomo o una libra de plumas?». Por supuesto, pasó el examen. Le dieron un número y la llave de su taquilla, por la que tuvo que dejar un depósito de veinticinco centavos, y le dijeron que se presentase al día siguiente a las cinco.

Todavía no eran las seis de la tarde cuando Francie llegó a su casa. Katie estaba haciendo limpieza en un rellano y la miró desconcertada cuando subió las escaleras.

—No te preocupes, mamá. No estoy enferma ni nada por el estilo.

—¡Oh! —dijo Katie, aliviada—. Por un momento temí que hubieses perdido tu empleo.

—Sí, lo he perdido.

—¡Oh, qué cosa!

—Y tampoco cobraré mi última semana de sueldo. Pero ya tengo otro empleo… Empiezo mañana… Doce dólares y medio a la semana. Me aumentarán más adelante, supongo.

Katie empezó a hacerle preguntas.

—Mamá, estoy cansada y no quiero hablar de ello. Hablaremos mañana. Y no quiero cenar. Sólo quiero acostarme.

Y se fue escaleras arriba.

Katie, preocupada, se sentó en uno de los peldaños. Desde que había empezado la guerra los precios de la comida y de todo lo demás habían subido como la espuma. En el último mes Katie no había podido ingresar nada en la cuenta de ahorros de Francie. Los diez dólares semanales no le habían alcanzado. Necesitaba un litro de leche fresca al día para Laurie, y ese alimento indispensable era muy caro. Además, tenía que darle zumo de naranja. Ahora, con doce dólares y medio a la semana… Después de deducir los gastos de Francie, le quedaría aún menos. Pronto llegarían las vacaciones escolares. Neeley podría trabajar durante el verano. Pero ¿qué pasaría en otoño? Neeley tenía que volver al instituto. Francie también tenía que ir al instituto aquel otoño. ¿Cómo? ¿Cómo? Preocupada, se quedó allí sentada.

Tras echar un vistazo a la criatura, Francie se desvistió y se metió en la cama. Con las manos entrelazadas detrás de la nuca, contempló el cuadrilátero gris: la ventana del patio interior.

«Aquí estoy —pensó—. Quince años y ya soy una vagabunda. No hace aún un año que empecé a trabajar y ya he tenido tres empleos.

Yo pensaba que sería agradable pasar de un trabajo a otro. Pero ahora tengo miedo. Me han despedido dos veces y no por mi culpa. En cada sitio trabajé lo mejor que pude. Di todo lo que era capaz de dar. Y aquí estoy, obligada a empezar de nuevo en otra parte. Cuando el nuevo jefe me diga que dé un salto, daré dos por temor a ser despedida. Tengo miedo porque dependen de mi dinero. ¿Cómo nos arreglábamos antes de que yo saliese a trabajar? Claro, entonces no estaba Laurie, Neeley y yo éramos más pequeños y necesitábamos cosas y, naturalmente, papá ayudaba un poco. Bueno, ¡adiós instituto! ¡Adiós todos mis proyectos!»

Volvió la cara hacia la pared y cerró los ojos.

Francie estaba sentada delante de una máquina de escribir en una sala grande. El teclado de su máquina tenía encima una especie de tapa para que no pudiese verlo. Había un enorme diagrama del teclado colgado en la pared frente a ella. Francie consultaba el diagrama y buscaba las letras en la máquina a ciegas. Eso fue el primer día. El segundo día le dieron una pila de telegramas viejos para que los copiara. Sus ojos viajaban de la copia al diagrama a medida que sus dedos tentaban las teclas. Al finalizar el segundo día ya había grabado en su mente la ubicación de las letras en el teclado y no necesitaba consultar el diagrama. A la semana le quitaron la tapa del teclado. No le hacía falta: Francie ya era una mecanógrafa al tacto.

Le pareció milagroso que las palabras que escribía ella sentada ante una máquina saliesen reproducidas a cientos de kilómetros de distancia, en Cleveland, Ohio. No menos milagroso era que una muchacha estuviese escribiendo allí en Cleveland e hiciera martillear las palabras en la máquina de Francie.

El trabajo era fácil. Francie transmitía durante una hora y luego recibía durante otra hora. Había dos descansos de quince minutos y media hora para cenar a las nueve. Cuando la pusieron al cargo de una línea, le aumentaron el sueldo a quince dólares la semana. Al fin y al cabo, el empleo no era malo.

La familia se amoldó al nuevo horario de Francie. Ella salía de casa poco después de las cuatro de la tarde y volvía unos minutos antes de las dos de la madrugada. Tocaba el timbre tres veces al entrar en el vestíbulo para que su madre pudiese vigilar que nadie intentase molestar a Francie.

Francie dormía hasta las once. Katie no tenía que levantarse tan temprano porque ahora estaba ella en casa con Laurie. Empezaba con la limpieza de su edificio, así cuando terminaba, Francie ya estaba levantada y podía cuidar de la pequeña. Francie trabajaba los domingos, pero tenía libres los miércoles por la noche.

Le gustaba su nuevo empleo. Llenaba sus solitarias veladas, ayudaba a su madre y le dejaba a ella algunas horas libres para llevar a Laurie al parque. Los cálidos rayos de sol eran buenos para ambas.

En la mente de Katie se iba formando un plan y se lo contó a Francie.

—¿Te dejarían quedarte en el turno de noche? —le preguntó.

—¿Que si me dejarían? Estarían encantados. Ninguna de las muchachas quiere trabajar de noche. Por eso les dan ese turno a las principiantas.

—Se me ocurrió que en otoño podrías seguir trabajando de noche e ir al instituto de día. Sé que será muy duro, pero de algún modo saldrás adelante.

—Mamá, digas lo que digas, no iré al instituto.

—El año pasado luchabas por ir.

—Eso fue el año pasado: era cuando me tocaba ir. Ahora es demasiado tarde.

—No es demasiado tarde, no seas terca.

—Pero ¿qué puedo aprender en el instituto? Al fin y al cabo, he leído ocho horas diarias durante un año y he aprendido mucho. Tengo mis propias ideas sobre la historia, el gobierno, la geografía y la forma de escribir poesía. He leído demasiado sobre la gente, cómo son las personas y cómo viven. He leído sobre crímenes y heroísmos. Mamá, he leído sobre todo. No podría estarme quieta en una clase llena de chiquillas y escuchar a una solterona hablar de esto y aquello. Estoy segura de que saltaría a corregirla. O quizá sería buena, me lo tragaría todo y me odiaría por... por... bueno, por comer papilla en vez de pan. Así que no iré al instituto. Pero algún día iré a la universidad.

—Tienes que graduarte en el instituto para entrar en la universidad.

—Cuatro años de instituto... no, cinco, porque seguramente me retrasaría un poco. Después, cuatro años de universidad. Seré una solterona de veinticinco antes de terminar.

—Quieras o no, llegarás a los veinticinco igualmente, hagas lo que hagas. Bien podrías ir estudiando mientras tanto.

—Te lo digo por última vez, mamá, no iré al instituto.

—Veremos —repuso Katie. En su mentón se dibujó el propósito de salir ganando.

Francie no dijo más. Pero el gesto de su mentón era igual que el de su madre.

De todas formas, la conversación le dio a Francie una idea. Si su madre creía que podía trabajar de noche e ir al instituto de día, ¿por qué no podía asistir a la universidad en vez de al instituto? Se fijó en los anuncios de los periódicos. Una de las más antiguas y reputadas universidades de Brooklyn anunciaba clases de verano para aquellos que quisiesen adelantarse a sus cursos o prepararse para exámenes. También para alumnos del instituto que deseaban adelantarse a los cursos universitarios. Francie creía que podría inscribirse entre estos últimos; no era exactamente una estudiante de instituto, pero podría serlo. Pidió un folleto.

Del folleto eligió tres cursos que se daban por la tarde. Podía seguir levantándose a las once, ir a clase a primera hora de la tarde y luego directamente a trabajar. Eligió francés elemental, química elemental y otro denominado el teatro en la época de la Restauración. Calculó cuánto costarían. Algo más de sesenta dólares, incluidos los derechos al laboratorio. En su cuenta de ahorros tenía ciento cinco dólares. Se fue en busca de Katie.

—Mamá, ¿podría sacar sesenta y cinco dólares de mi cuenta de ahorros para la universidad?

—¿Para qué?

—Para la universidad, por supuesto.

Habló con mucha seguridad, para saborear el efecto que provocaría. La recompensó el tono de sorpresa de su madre al repetir:

—¿Universidad?

—Universidad de verano.

—Pero... pero... —balbució Katie.

—Ya sé. Cómo voy a hacerlo sin ir al instituto, ¿no? Pero quizá me permitan ingresar si les digo que no me interesa el título, sino las clases.

Katie fue a buscar su sombrero verde.

—¿Adónde vas, mamá?

—Al banco a sacar el dinero.

Francie no pudo menos de reír al ver la prisa de Katie.

—Ya es tarde. El banco estará cerrado. Además, no hay prisa. La inscripción es dentro de una semana.

La universidad estaba situada en Brooklyn Heights, otra zona desconocida del gran Brooklyn que Francie podía explorar. Al llenar el formulario de inscripción su pluma se detuvo ante la pregunta sobre estudios previos. Había tres posibles respuestas: escuela, instituto, universidad. Después de pensarlo un momento, tachó las tres y escribió: «enseñanza privada».

«Bien mirado, no es ninguna mentira», se dijo.

Para su gran sorpresa y alivio, nadie puso en duda su respuesta. El cajero cogió el dinero y le extendió el recibo. Le dieron un número, un pase para la biblioteca, el horario de los cursos y una lista de los textos que necesitaría.

Francie siguió a un grupo de alumnos hasta la librería universitaria que había en la misma manzana. Consultando la lista que llevaba, pidió los de francés elemental y química elemental.

—¿Nuevos o usados? —preguntó el vendedor.

—No lo sé. ¿Qué me aconseja usted?

—Nuevos —dijo el vendedor.

Alguien le tocó el hombro. Se volvió y vio a un muchacho elegante y muy guapo, que le dijo:

—Lléveselos de segunda mano. Sirven igual que los nuevos y cuestan la mitad.

—Muchas gracias. —Francie se dirigió al vendedor—: Démelos usados.

Estaba a punto de pedir los dos libros para el curso de teatro cuando notó otro golpecito en el hombro.

—Mmm... —dijo el muchacho, con tono negativo—. Ésos los puede leer en la biblioteca antes y después de clase.

—Gracias otra vez —le dijo Francie.

—No hay de qué —contestó él alejándose.

Los ojos de Francie le siguieron hasta la puerta.

«Caramba. Qué alto y elegante —pensó Francie—. La universidad es una maravilla.»

Sentada en el tren, camino de la oficina, apretujaba los dos libros entre las manos. Las ruedas golpeteaban las vías con un ritmo que parecía decir: uni-ver-sidad, uni-ver-sidad. Francie empezó a marearse. Estaba tan mareada que bajó en la siguiente estación aun sabiendo que llegaría a la oficina con retraso. Se reclinó contra una balanza preguntándose qué le sucedía. No podía ser que la comida le hubiese sentado mal, porque se había olvidado de almorzar. Un pensamiento cruzó como un relámpago su cabeza.

«Mis abuelos nunca supieron leer ni escribir. Sus antepasados tampoco. La hermana de mi madre no sabe leer ni escribir. Mis padres no terminaron la escuela primaria. Yo no he ido al instituto. Sin embargo, yo, M. Frances K. Nolan, estoy en la universidad. ¿Oyes eso, Francie? ¡Estás en la universidad!

»—Pero, ¡caramba!, qué mareo.»

XLIX

Francie salió exaltada de su primera clase de química. En una hora descubrió que todo estaba compuesto de átomos en movimiento continuo. Asimiló la idea de que nunca nada se pierde ni se destruye. Incluso si algo se quemase o se pudriera, no desaparecería de la faz de la tierra, sino que se convertiría en otra cosa: gases, líquidos y polvos. Francie llegó a la conclusión de que, según la química, todo vibraba de vida y no existía la muerte. Le intrigaba el porqué los hombres de ciencia no adoptaban la química como religión.

El teatro en la época de la Restauración, aparte del tiempo que le dedicaba a las lecturas, le resultaba fácil gracias a su conocimiento de Shakespeare. No le preocupaba ese curso ni el de química. Pero en cuanto al de francés elemental, se encontraba perdida. No era realmente elemental. El profesor, suponiendo que sus alumnos lo estaban repitiendo por haberse retrasado o ya lo habían cursado en el instituto, se saltó los preliminares y pasó directamente a la traducción. Francie, no muy segura en gramática inglesa, ortografía y puntuación, tenía pocas probabilidades con el francés. La suspenderían. Lo único que podía hacer era aprender de memoria el vocabulario todos los días para tratar de continuar en esa clase.

Estudiaba en el tren, en sus viajes de ida y vuelta. Estudiaba en los ratos de descanso y comía con el libro abierto sobre la mesa. Escribía los deberes en una de las máquinas de la sala de prácticas del trabajo. Jamás llegaba tarde, tampoco faltaba a las clases, y todo lo que ansiaba era aprobar por lo menos dos de los cursos.

El muchacho que tan amable había sido con ella en la librería se convirtió en su ángel de la guarda. Se llamaba Ben Blake y era la persona más sorprendente que se pueda imaginar. Era un alumno avanzado del instituto Maspeth. Dirigía la revista del instituto, era presidente de la clase, componente del equipo de fútbol y estudiante de honor. Durante los últimos tres veranos se había inscrito en cursos universitarios. Cuando terminase el instituto, ya tendría aprobado más de un año de universidad.

Además de sus tareas escolares, trabajaba por la tarde en un bufete de abogados. Redactaba sumarios, entregaba citaciones, examinaba títulos y registros, y acopiaba precedentes. Conocía a fondo la Constitución y estaba completamente capacitado para defender un pleito en los tribunales. Además de progresar tan satisfactoriamente en el instituto, ganaba veinticuatro dólares semanales. Sus jefes deseaban que empezara a trabajar todo el día cuando terminase el instituto, que practicase y estudiase por libre para abogado, y luego que se examinara. Pero Ben menospreciaba esa clase de abogados que no asistían a la universidad. Se proponía graduarse en el instituto e ingresar en la facultad.

A los diecinueve años ya tenía proyectada su vida por un camino sin desvíos. Una vez recibido su título de abogado, se establecería como tal en una población pequeña. Estaba convencido de que un abogado joven tenía mejores oportunidades en una ciudad pequeña. Hasta tenía un bufete en perspectiva: sería el sucesor de un pariente lejano ya entrado en años que tenía un bien acreditado bufete en cierta población agrícola. Estaba en constante comunicación con su futuro antecesor, de quien recibía semanalmente largas cartas de consejos.

Ben proyectaba hacerse cargo del bufete y esperar su turno para ser nombrado fiscal. (Por convenio, los abogados de aquel partido ejercían la fiscalía por turnos.) Ése sería su primer paso en la política. Trabajaría con ahínco, se daría a conocer y se haría respetar, y con el tiempo sería elegido diputado nacional. Cumpliría con lealtad y sería reelegido. Después regresaría a su estado y trabajaría para ser elegido gobernador. Ése era su plan.

Lo más sorprendente de todo era que los que conocían a Ben Blake estaban seguros de que todo saldría exactamente como él lo había proyectado.

Mientras tanto, en ese verano de 1917, el objeto de sus ambiciones, un vasto estado del Medio Oeste, soñaba bajo el ardiente sol de las praderas, entre los grandes campos de trigo y los interminables viñedos y manzanares, ignorante de que el hombre que proyectaba ocupar su sede del gobierno como el más joven de sus gobernadores era, en aquel momento, un muchacho que residía en Brooklyn.

Eso era Ben Blake: bien vestido, alegre, guapo, brillante, seguro de sí mismo, querido por los muchachos, adorado por todas las muchachas, y de quien Francie Nolan estaba trémulamente enamorada.

Le veía todos los días. Su estilográfica corregía sus deberes de francés; Ben revisaba sus trabajos de química y desvanecía dudas sobre las obras de la Restauración. Le ayudó a planear los cursos para el verano siguiente y, con toda buena voluntad, se esforzó en proyectarle el resto de su vida.

A medida que se acercaba el fin del verano, dos cosas la entristecían. Pronto dejaría de ver a Ben todos los días y no iba a pasar su examen de francés. Confió esta última tristeza a Ben.

—No seas tonta —le dijo alegremente—. Has pagado el curso, has asistido a las clases todo el verano y no eres una lerda. Sí que pasarás.

—No —contestó Francie riendo—, me suspenderán y bien rápido.

—Entonces no queda más remedio que repasar para el examen final. Necesitamos todo un día. ¿Adónde podríamos ir?

—¿A mi casa? —sugirió Francie tímidamente.

—No. Allí habrá gente. —Pensó un momento—. Conozco un buen lugar. Te espero el próximo domingo por la mañana, a las nueve, en la esquina de Gates y Broadway.

La estaba esperando cuando ella bajó del tranvía. Se preguntaba a qué lugar de ese barrio la llevaría. La llevó a la entrada para artistas de un teatro que había en aquella manzana. Empujó la puerta y dijo: «Buenos días, Pop», al hombre de pelo canoso que tomaba el sol sentado en una silla reclinada contra la pared, al lado de la puerta abierta. Entonces Francie descubrió que aquel sorprendente muchacho, los sábados por la noche, trabajaba de acomodador en aquel teatro.

Nunca había estado entre bastidores, y se sentía tan exaltada que le parecía tener fiebre. El escenario era enorme y el techo del teatro parecía perderse, tan lejos estaba. Al cruzar el tablado caminó tiesa y despacio, como lo hacía Harold Clarence en sus recuerdos. Cuando Ben le habló, se volvió lentamente, con intenso dramatismo, y preguntó con una voz que arrancaba desde la garganta:

—Tú —pausa; luego, con ánimo—: ¿me has hablado?

—¿Quieres ver una cosa?

Corrió el telón y ella vio cómo se enrollaba hacia arriba la cortina de seguridad, parecía la sombra de un gigante. Él encendió los focos y Francie avanzó hacia ellos y paseó su mirada por los mil y pico asientos vacíos que esperaban a los espectadores en la oscuridad. Levantó la cabeza y dirigió su voz a la última fila de la galería.

—¡Hola, allí! —exclamó, y su voz pareció amplificarse un centenar de veces en la vacía y expectante oscuridad.

—Dime —preguntó él afablemente—: ¿qué te interesa más: el teatro o tu francés?

—El teatro, por supuesto.

Y era la verdad. En aquel momento y lugar renunció a todas sus demás ambiciones y retornó a su primera vocación: el escenario.

Ben se rió y apagó los focos. Corrió las cortinas y colocó dos sillas, una frente a otra. Quién sabe por qué medios había conseguido dominar los exámenes que habían hecho los alumnos durante los últimos cinco años. Con las preguntas más comunes y las menos usuales de todos ellos había preparado un examen tipo. Casi todo el día enseñó a Francie cómo responder esas preguntas. Luego le hizo aprender de memoria una página de *Le Tartuffe* de Molière y su traducción.

—Sin duda en el examen de mañana habrá alguna pregunta —explicó— que te parecerá hecha en griego. Ni siquiera intentes contestarla. Tienes que hacer esto: confiesa con toda franqueza que no sabes responderla, pero que en su lugar ofreces una página de Molière con su traducción. Luego escribes lo que has aprendido de memoria, y aprobarán tu examen.

—Pero ¿y si entre las preguntas de rigor viniese esa misma página que he aprendido?

—No vendrá. He elegido un fragmento demasiado oscuro.

Y salió del paso, aprobó el examen de francés. Es verdad que pasó con la nota mínima, pero se consoló pensando que pasar, al fin y al cabo, era pasar. Le fue muy bien en los exámenes de química y teatro.

Tal como le había indicado Ben, volvió a la semana para recoger los certificados, y, según lo convenido, se encontraron. La invitó a tomar un refresco en Huyler.

—¿Cuántos años tienes, Francie? —le preguntó mirándola por encima del refresco.

Ella calculó rápidamente. En casa, quince, en el empleo, diecisiete. Ben tenía diecinueve. No volvería a hablarle si le confesaba que sólo tenía quince años. Él notó su indecisión y le dijo:

—Lo que digas podrá usarse como testimonio en tu contra.

Haciendo de tripas corazón, balbució:

—Tengo quince años. —Y bajó la cabeza, avergonzada.

—Me gustas, Francie.

«Y yo te amo», pensó ella.

—Me gustas más que cualquiera de las chicas que he conocido, pero, claro, no tengo tiempo para mujeres.

—¿Ni siquiera una hora, los domingos? —se aventuró a preguntar.

—Mis pocas horas libres pertenecen a mi madre. Soy todo lo que posee en el mundo.

Francie jamás había oído hablar de la señora Blake hasta aquel momento. Pero empezó a odiarla porque se apropiaba de esas horas libres. Alguna de esas horas de vez en cuando habrían bastado para hacerla feliz a ella.

—Pensaré en ti —continuó él—. Te escribiré cuando tenga un momento libre. —Había apenas media hora de viaje entre sus domicilios—. Si alguna vez me necesitas (siempre que no sea por una bagatela, por supuesto), me escribes unas líneas y me las arreglaré para verte.

Le entregó una de las tarjetas del bufete en las que iba impreso, en una esquina, su nombre completo: Benjamin Franklin Blake.

Al salir de la tienda de Huyler, se separaron con un efusivo apretón de manos.

—Te veré el próximo verano —dijo él alejándose.

Francie le siguió con la vista hasta que dobló la esquina. ¡El próximo verano! Era sólo septiembre, y el próximo verano parecía estar a un millón de años de distancia.

Tanto le habían gustado las clases del verano, que deseaba matricularse en la misma universidad para el otoño, pero no tenía cómo conseguir los trescientos y pico dólares necesarios. Una mañana, en la biblioteca de la calle Cuarenta y dos de Nueva York, descubrió que existía una universidad gratis para mujeres residentes en Nueva York.

Provista de sus certificados fue a inscribirse. Le informaron de que no podía matricularse porque carecía de estudios secundarios. Francie explicó que la habían admitido en las clases de verano. ¡Ah!, muy distinto. Esas clases son auxiliares, no otorgan diplomas. Ahora bien: si tuviese más de veinticinco años, quizá se le permitiría entrar como alumna especial sin derecho a diploma. Con todo pesar, Francie declaró que aún no tenía los veinticinco. Sin embargo, había una alternativa: si aprobaba los exámenes de ingreso, se le permitiría ingresar, con o sin educación secundaria.

Se presentó a los exámenes y la suspendieron en todo menos en química.

—Ay, debí imaginarlo —le dijo a su madre—. Si fuese tan fácil ingresar en la universidad, nadie iría al instituto primero. Pero no te preocupes, mamá. Ahora ya sé cómo son los exámenes de ingreso, compraré los libros, estudiaré y me presentaré para esos exámenes el año que viene. Y pasaré el año que viene. Se puede hacer y lo haré. Ya verás.

Aunque hubiese podido inscribirse, no le habría resultado, porque la cambiaron al turno diurno. Era ya una rápida y experta operadora y la necesitaban durante el día, cuando el tráfico era más intenso. Le aseguraron que podría volver al turno anterior en verano, si así lo deseaba. Le concedieron otro aumento: ahora ganaba diecisiete dólares y medio a la semana.

Otra vez las noches solitarias. Francie paseaba por las calles de Brooklyn en aquellas hermosas noches de otoño y recordaba a Ben.

(«Si alguna vez me necesitas, escríbeme y me las arreglaré para verte.»)

Sí. Le necesitaba. Pero estaba segura de que él jamás iría si ella escribía: «Me siento sola. Ven a pasear conmigo y a conversar». En el ya firme esquema de su futuro, Ben no había incluido el capítulo soledad.

Aparentemente el vecindario no había cambiado, sin embargo, había cierta diferencia. Los muchachos todavía se reunían de noche en las esquinas o delante de alguna heladería. Pero ahora, la mayoría de las veces uno de los muchachos vestía de caqui.

Los muchachos entonaban canciones populares. Alguna que otra vez el chico de caqui iniciaba canciones en boga entre los soldados. Al final, cantaran lo que cantasen, siempre terminaban con una de las canciones de Brooklyn, como «Madre Machree», «Cuando los ojos de Irish sonríen», «Deja que te llame cariño» o «La banda sigue tocando».

Y Francie pasaba frente a ellos y se preguntaba por qué serían tan tristes todas las canciones.

L

Sissy esperaba la criatura para finales de noviembre. Katie y Evy daban mil rodeos para evitar hablar de ello con Sissy. Estaban seguras de que sería otro parto estéril, y creían que, cuanto menos se hablase de él, menos tendría que recordar Sissy después. Pero Sissy hizo algo tan revolucionario que forzosamente tuvieron que hablar del asunto. Les anunció que la atendería un médico y que ingresaría en un hospital.

Su madre y sus hermanas quedaron estupefactas. Nunca ninguna Rommely había requerido servicios médicos para dar a luz. No parecía bien. Se llamaba a una matrona, una vecina, o su propia madre, y se ponía en práctica el procedimiento furtivamente, a puerta cerrada y excluyendo a los hombres. El nacimiento de criaturas era cosa de mujeres. Y en cuanto a los hospitales, todo el mundo sabía que uno iba allí sólo para morir.

Sissy les dijo que eran unas atrasadas, que las matronas habían pasado de moda. Además les dijo, orgullosa, que ella nada tenía que ver en la decisión. Su Steve insistía en tener médico y hospital. Y eso no era todo.

¡Sissy tendría un médico judío!

—Pero ¿por qué, Sissy, por qué? —preguntaron sus escandalizadas hermanas.

—Porque los médicos judíos son más considerados en un momento como ése.

—No tengo nada en contra de los judíos —empezó Katie—. Pero…

—Mira. El hecho de que el doctor Aaronstein contemple una estrella en vez de una cruz al rezar, no tiene nada que ver con que sea un buen médico o no.

—Pero yo estaba completamente convencida de que querrías un médico de tu propia religión en el momento de... —Katie estaba a punto de decir «tu muerte», pero alcanzó a corregirse a tiempo—, del nacimiento.

—Oh, querida —exclamó Sissy con desdén.

—Los de la misma religión deberíamos mantenernos unidos. No encontrarás un judío que llame a un médico católico —dijo Evy, considerando haber acertado.

—¿Para qué? —contestó Sissy—. Ellos, y el resto del mundo, saben que los médicos judíos son más expertos.

El parto fue como todos los anteriores. Además de su acostumbrada facilidad, la pericia del médico ayudó a que fuera incluso mejor. Cuando hubo nacido la criatura, ella cerró los ojos con fuerza. Tenía miedo de mirarla. Había estado muy segura de que viviría, pero ahora que había llegado el momento, sentía en su alma que no sería así. Finalmente abrió los ojos. La criatura yacía en una mesa cercana. Estaba quieta y amoratada. Ella volvió la cabeza.

«Otra vez —pensó—. Otra, y otra, y otra. Once veces. ¡Oh, Dios mío! ¿No podías dejarme tener uno? ¿Siquiera uno de los once? En unos cuantos años mi capacidad para fecundar se habrá terminado. Quieres que esta mujer muera sin haber dado nunca a luz. ¡Oh, Dios mío! ¿Por qué me maldices así?»

En aquel instante escuchó una palabra. Una palabra que jamás había oído. Escuchó la palabra «oxígeno».

—Rápido. Oxígeno —decía el médico.

Le observó ocupado con la criatura. Vio un milagro que trascendía los milagros de los santos que le había contado su madre. Vio cómo el amoratado color se convertía en blanco vivo. Vio resollar a una criatura aparentemente sin vida. Por primera vez escuchó el lloriqueo de una criatura de sus entrañas.

—¿Es... es... está vivo? —preguntó, temerosa de creerlo.

—¿Por qué no? —contestó el médico con un elocuente encogimiento de hombros—. Tiene usted el niño más hermoso que haya visto en mi vida.

—¿Está seguro de que vivirá?

—Pero ¿por qué no? —Se encogió de hombros otra vez—. Salvo que usted lo deje caer de un tercer piso.

Sissy le cogió las manos y las cubrió de besos. Y al doctor Aaronstein esa intensa emoción de una madre no le fastidió como habría fastidiado a un médico cristiano.

Y Sissy decidió llamar a su hijo Stephen Aaron.

—Jamás supe que fallara —dijo Katie—. Basta que una mujer sin hijos adopte una criatura, y ¡zas!, al año o dos, seguro que tiene ella uno propio. Es como si Dios reconociera por fin sus buenas intenciones. Me alegro de que Sissy tenga hijos, porque no es bueno criar un niño solo.

—La pequeña Sissy y Steve se llevan dos años de diferencia —dijo Francie—. Casi como Neeley y yo.

—Sí. Se harán compañía.

El hijo con vida de Sissy fue la maravilla de la familia hasta que el tío Willie Flittman le desplazó. Willie trató de enrolarse en el ejército y le rechazaron, entonces abandonó su empleo en la lechería, fue a su casa, se declaró un inútil y se metió en cama. Ni a la mañana siguiente, ni la que siguió después, quiso levantarse. Dijo que se quedaría en cama y jamás se levantaría otra vez. Toda la vida había sido un inútil y ahora iba a morir como un inútil, y añadió:

—Cuanto antes, mejor.

Evy reunió a las hermanas.

Evy, Katie, Sissy y Francie rodearon la cama de bronce en la que el inútil voluntario se había instalado. Willie dio un vistazo al grupo de tenaces mujeres Rommely que le rodeaban.

—Soy un inútil —se lamentó, y se cubrió la cabeza con la manta.

Evy dejó a su esposo en manos de Sissy, y Francie observó cómo ésta acometía el caso. Le abrazó, estrechó contra su pecho al fútil hombrecillo. Sissy le convenció de que no todos los hombres valientes estaban en las trincheras, que había muchos héroes que diariamente exponían sus vidas en las fábricas de municiones. Habló y habló hasta que Willie se entusiasmó tanto con el deseo de ayudar a ganar la guerra, que saltó de la cama y mandó a Evy que le llevase los pantalones y los zapatos.

Steve era entonces capataz de una fábrica de pertrechos de guerra en Morgan Avenue. Le consiguió a Willie un empleo bien pagado y con jornal y medio para las horas extraordinarias.

Era tradición en la familia Rommely que los hombres guardasen cualquier propina o dinero extraordinario que ganaran. Con su primera paga por horas extraordinarias Willie se compró un tambor y un par de platillos. Se pasaba todas las noches (cuando no tenía que hacer horas extras) tocando el tambor y los platillos en la sala. Francie le regaló para Navidad una armónica de un dólar. La fijó en un palo y ató éste a su cinturón, de modo que podía soplar la armónica como un ciclista que monta sin agarrar el manillar. Intentaba tocar la guitarra, la armónica, el tambor y los platillos, todo a la vez. Estaba practicando para convertirse en hombre-orquesta.

Y así pasaba las noches, sentado en la sala. Soplaba la armónica, rasgueaba la guitarra, golpeaba el tambor y chocaba los platillos. Mientras, se lamentaba de que era un inútil.

LI

Cuando las noches fueron demasiado frías para caminar, Francie se apuntó a clases de costura y baile en un instituto nocturno. Aprendió a descifrar patrones de papel y a coser a máquina. Esperaba que con el tiempo sería capaz de confeccionar su propia ropa.

Aprendió bailes de salón, aunque ni ella ni sus compañeros de baile esperaban poner jamás los pies en un salón. Algunas veces le tocaba por compañero uno de esos jóvenes engominados, elegantón y muy apuesto, un buen bailarín que la obligaba a dedicar toda su atención a los pasos de baile. El baile la fascinaba y lo asimilaba instintivamente.

Y el año empezó a tocar a su fin.

—¿Qué libro estás estudiando, Francie?

—El de geometría de Neeley.

—¿Qué es la geometría?

—Una cosa que hay que estudiar para entrar en la universidad, mamá.

—Bueno. No te desveles demasiado.

—¿Qué noticias me trae usted de mi madre y mis hermanas? —preguntó Katie al cobrador de seguros.

—Para empezar, acabo de asegurar a los hijos de su hermana Sissy, Sarah y Stephen.

—Pero si están asegurados desde el día que nacieron, cinco centavos semanales de prima.

—Ahora tienen otra clase de póliza: una póliza dotal.

—¿Y qué quiere decir dotal?

—No tienen que morir para poder cobrar. Cobrarán mil dólares cada uno al cumplir dieciocho años. Es un seguro para gastos de estudio.

—¡Oh, qué cosa! Primero médico y hospital para el parto y ahora seguro para estudios. ¿En qué más pensarán?

—¿Hay cartas, mamá? —preguntó Francie al llegar del trabajo.

—No. Sólo una tarjeta de Evy.

—¿Qué cuenta?

—Nada, excepto que han tenido que trasladarse otra vez por culpa del tambor de Willie.

—¿Y adónde se trasladan ahora?

—Evy ha encontrado una casa en Cypress Hills. ¿En qué parte de Brooklyn está eso?

—Hacia el este, en dirección a Nueva York, más o menos donde Brooklyn linda con Queens. Está cerca de Crescent Street, la última estación del elevado. Mejor dicho, era la última hasta que alargaron la línea hasta Jamaica.

Mary Rommely estaba acostada en su estrecha cama blanca. En la desnuda pared, sobre su cabeza, destacaba un crucifijo. Sus tres hijas y Francie, la mayor de sus nietas, la rodeaban.

—Sí. Tengo ochenta y cinco años y presiento que ésta es mi última enfermedad. Espero la muerte con el valor que adquirí de la vida. Pero no sería sincera si dijera: «No lloréis mi desaparición». He amado a mis hijos y he tratado siempre de ser una buena madre y es justo que me lloren. Pero que vuestra pena sea tierna y breve. Y permitid que la resignación vaya aminorándola. Sabed que seré feliz. Veré cara a cara a todos los santos que veneré durante todos los años de mi vida.

Francie mostró las instantáneas a un grupo de muchachas durante el descanso.

—Ésta es Annie Laurie, mi hermanita. Sólo tiene dieciocho meses, pero ya corre por todas partes. ¡Y cómo habla!

—Es una preciosidad.

—Éste es mi hermano Neeley. Será médico.

—Es hermoso.

—Ésta es mi madre.

—Es muy guapa. Y qué joven parece.

—Y ésta soy yo en la azotea.

—Qué azotea más preciosa.

—Yo soy preciosa —dijo Francie en tono pendenciero.

—Somos todas preciosas. —Las muchachas rieron—. La capataz también… Vieja pesada. Ojalá se atragantara.

Rieron a carcajadas.

—¿De qué estamos riendo? —preguntó Francie.

—De nada. —Y rieron con más ganas aún.

—Manda a Francie. La última vez que le pedí *sauerkraut* me sacó volando del almacén —protestó Neeley.

—Eres un torpe. Ahora hay que pedir «repollo de la libertad».

—No os insultéis —reprobó Katie, pensando en otra cosa.

—¿Sabéis que le cambiaron el nombre a Hamburg Avenue? Ahora es Wilson Avenue —les informó Francie.

—Por culpa de la guerra la gente hace muchas rarezas —suspiró Katie.

—¿Se lo dirás a mamá? —le preguntó Neeley, inquieto.

—No, pero eres demasiado joven para salir con una chica como ésa. Dicen que es una sinvergüenza.

—¿Y a quién le interesa una chica seria?

—A mí me da lo mismo, pero tú no sabes nada de sexo.

—Seguro que sé más que tú. —Se llevó una mano a la cadera y dijo en falsete—: Mamá, mamá, ¿me quedaré embarazada si un hombre me besa? Dime, mamá...

—¡Neeley, nos oíste aquel día!

—Claro. Estaba en el pasillo y oí cada palabra.

—Deberías avergonzarte.

—Tú también lo haces. Muchas veces te he pillado escuchando las conversaciones de mamá, la tía Evy y la tía Sissy, mientras ellas creen que estás dormida.

—Es distinto. Necesito enterarme de las cosas.

—Te he pillado.

—¡Francie! ¡Francie! Son las siete. ¡Levántate!

—¿Para qué?

—Tienes que entrar en la oficina a las ocho y media.

—Cuéntame algo nuevo, mamá.

—Hoy cumples dieciséis años.

—Cuéntame algo nuevo. Hace dos años que tengo dieciséis.

—Tendrás que seguir teniendo dieciséis otro año, entonces.

—Probablemente tendré dieciséis años toda mi vida.

—No me sorprendería.

—No estaba curioseando —dijo Katie, indignada—. Necesitaba un níquel más para pagar al cobrador del gas y creí que no te incomodarías. Tú miras en mi bolso cuando necesitas cambio.

—Eso es diferente —contestó Francie.

Katie tenía en la mano una cajita color violeta llena de cigarrillos aromatizados con boquilla. Sólo faltaba uno.

—Bien, ahora lo sabes —dijo Francie—. Fumé un cigarrillo.

—Tienen buen aroma —observó Katie.

—Vamos, mamá. Empieza el sermón y termínalo de una vez.

—Con tantos soldados que están muriéndose en Francia, el mundo no se va a desmoronar porque tú fumes un cigarrillo de vez en cuando.

—¡Por Dios, mamá! Siempre quitas el placer a todo, como cuando no me reñiste por mi conjunto de encaje negro. Bueno, tira los cigarrillos.

—No. Los esparciré en mi cajón de la cómoda. Perfumarán los camisones.

—Se me ha ocurrido —dijo Katie— que, en vez de comprar regalos de Navidad, podríamos reunir el dinero y comprar un pollo asado, una gran torta, una libra de buen café, y...

—Tenemos dinero suficiente para la comida —rezongó Francie—. No tenemos por qué gastar en eso nuestro dinero para Navidad.

—Yo lo decía para obsequiar a las señoritas Tynmore. Nadie va a sus clases ahora, la gente dice que son unas atrasadas. No tienen suficiente para comer, y la señorita Lizzie fue muy buena con nosotras.

—Bueno, está bien —consintió Francie, no muy entusiasmada.

—Caramba —murmuró Neeley dando una patada a la pata de la mesa.

—No te preocupes, Neeley —le dijo Francie, riendo—. Tendrás regalo de Navidad. Te compraré un par de polainas este año.

—¡Oh! Cállate.

—No os habléis así —reprobó Katie, pensando en otra cosa.

—Quiero pedirte un consejo, mamá. En los cursos de verano conocí a un muchacho. Me dijo que quizá me escribiría, pero no lo ha hecho. Quiero saber si él creerá que es una ligereza que yo le mande una tarjeta de Navidad.

—¿Ligereza? Tonterías. Manda la tarjeta si lo deseas. Me disgusta que las mujeres recurran a esos subterfugios. La vida es demasiado corta. Si alguna vez te enamoras de un hombre, no pierdas el tiempo bajando la mirada y haciendo muecas. Dile con franqueza: «¡Te amo! ¿Por qué no nos casamos?». Es decir —dijo apresuradamente, mirando temerosa a su hija—, cuando tengas suficiente edad para estar segura de ti misma.

—Le enviaré la tarjeta —resolvió Francie.

—Mamá, Neeley y yo hemos decidido que este año preferimos café en vez de ponche.

—Muy bien —dijo Katie, devolviendo la botella de coñac a la alacena.

—Y quisiéramos que lo hicieras bien fuerte y caliente y que llenaras las tazas mitad con café y mitad con leche, y brindaremos por el año mil novecientos dieciocho con *café au lait*.

—*S'il vous plait* —agregó Neeley.

—*Uí, uí, uí* —contestó mamá—. Yo también sé francés.

Katie sostenía con una mano la cafetera y con la otra el cazo donde había hervido la leche y los vertía simultáneamente en las tazas.

—Recuerdo —dijo— la época en que no había leche en casa. Vuestro padre ponía un trozo de mantequilla en el café, cuando teníamos mantequilla. Decía que la mantequilla primero había sido leche y que daba el mismo sabor al café.

¡Papá!

LII

Un día soleado de primavera en que Francie tenía dieciséis años, al salir de la oficina a las cinco de la tarde, vio a Anita, una operadora de una máquina de su misma fila, que estaba en la puerta del edificio con dos soldados. Uno, de baja estatura, regordete y sonriente, tenía del brazo a Anita. El otro, alto y delgado, de maneras campesinas, se notaba que estaba incómodo. Anita se separó de los soldados y apartó a Francie del grupo.

—Francie, tienes que ayudarme. Joey está de permiso por última vez antes de salir con su regimiento hacia Europa y es mi prometido.

—Si ya estáis prometidos me parece que no andas tan mal, y que tampoco necesitas mucha ayuda, que digamos —dijo Francie con tono jocoso.

—Quiero decir, ayúdame con el otro. Joey tuvo que traerle. Al parecer son amigos, y donde va uno, va el otro. Ese muchacho es de un pueblucho de Pensilvania y no conoce un alma en Nueva York, y sé que se nos va a colgar toda la noche y que no conseguiré estar a solas con Joey. Tienes que ayudarme, Francie. Ya me han dicho que no tres chicas.

Francie examinó al muchacho que esperaba a unos tres metros de distancia. No parecía gran cosa. No era de extrañar que las otras tres hubiesen rehusado ayudar a Anita. En aquel momento los ojos del muchacho se encontraron con los de Francie, y él sonrió, fue una sonrisa tímida, evasiva, no era guapo, era más bien agradable. Esa tímida sonrisa la decidió.

—Mira —le dijo a Anita—, si consigo hablar con mi hermano en su trabajo, le enviaré un recado a mi madre. Si ya se ha ido, tendré que regresar a casa, porque mamá se inquietaría mucho si no llegara a la hora de cenar.

—Date prisa entonces. Llámale por teléfono —apremió Anita—. Toma —dijo escarbando en su cartera—, aquí tienes una moneda.

Francie habló desde una cigarrería de la esquina. Sucedió que Neeley aún estaba en el bar de McGarrity. Le dio el mensaje. Cuando regresó se encontró con que Anita y su Joey habían desaparecido. El soldado de la tímida sonrisa estaba solo.

—¿Dónde está Anita? —preguntó ella.

—Presiento que la ha abandonado. Se fue con Joey.

Francie se angustió. Había confiado en que sería un paseo por partida doble. ¿Qué diablos iba a hacer con aquel extraño?

—Yo no los critico por desear estar solos —dijo él—. Yo también estoy comprometido y sé lo que es. La última licencia, la niña de sus sueños...

«Comprometido, ¿eh? —pensó Francie—. Por lo menos no trata de venirme con falsos amoríos.»

—Pero ésa no es razón para que usted cargue conmigo —continuó él—. Si me quiere indicar dónde debo tomar el metro para llegar a la calle Treinta y cuatro (desconozco la ciudad), regresaré al hotel. Siempre puede uno dedicarse a escribir cartas, si no hay otra cosa que hacer.

Volvió a sonreír con aquella sonrisa suya, solitaria y tímida.

—Ya he avisado a mi familia de que no voy a casa. Así que si usted desea...

—¿Deseo? ¡Caramba! Éste es mi día de suerte. Gracias, muchas gracias, señorita...

—Nolan, Frances Nolan.

—Me llamo Lee Rhynor. Mi verdadero nombre es Leo, pero todos me llaman Lee. Encantado de conocerla, señorita Nolan. —Y le tendió la mano.

—El placer es mío, cabo Rhynor.

Se dieron un apretón de manos.

—Así que se ha fijado en mi galón. —Sonrió feliz—. Supongo que tendrá apetito después de trabajar todo el día. ¿Tiene preferencia por algún lugar para cenar?

—No. Ningún lugar especial. ¿Y usted?

—Me gustaría probar un plato del que me han hablado mucho, el chop suey.

—Hay un buen sitio cerca de la calle Cuarenta y dos, y con música.

—Vamos allí.

Camino del metro él preguntó:

—Señorita Nolan, ¿le molestaría que la llamase Frances?

—No, aunque todo el mundo me llama Francie.

—Francie —repitió él—. Otra cosa, Francie: ¿sería un inconveniente si yo simulara que usted es mi prometida, sólo por esta noche?

«¡Zas! —pensó Francie—. Éste va deprisa.»

Él se adelantó con el mismo pensamiento:

—Seguramente pensará que voy deprisa, pero la verdad es que hace casi un año que no salgo de paseo con una chica, y dentro de pocos días me embarcaré rumbo a Francia, y después no sé qué pasará. Así que, por unas horas, si no le importa, lo consideraría un gran favor.

—No me importa.

—Gracias. Toma mi brazo, querida mía.

En el momento de entrar en el metro, él se detuvo y le dijo:

—Llámame Lee.

—Lee —dijo ella.

—Di: «¿Qué tal, Lee? Me alegro de verte otra vez, querido».

—¿Qué tal, Lee? Me alegro de verte otra vez… —repitió ella tímidamente. Él le apretujó el brazo.

El camarero del restaurante Ruby les sirvió dos cuencos de chop suey y colocó entre ellos una ventruda tetera.

—Sírveme el té y así será como en casa —propuso Lee.

—¿Cuánto azúcar?

—Sin azúcar para mí.

—Para mí también.

—¡Oye! Tenemos exactamente los mismos gustos, ¿verdad? —dijo él.

Ambos tenían un apetito feroz y dejaron de conversar para prestar toda su atención a la resbaladiza comida. Cada vez que ella le miraba, él sonreía. Cada vez que él la miraba, ella sonreía felizmente. Cuando el chop suey, el arroz y el té se hubieron terminado, él se recostó contra el respaldo de su silla y sacó un paquete de cigarrillos.

—¿Fumas?

Ella movió negativamente la cabeza.

—Probé una vez y no me entusiasmó.

—Mejor. No me gustan las muchachas que fuman.

Empezó a hablar. Le contó a Francie todo lo que recordaba de sí mismo. Le habló de su niñez en un pueblucho de Pensilvania. (Ella recordaba el nombre del pueblo porque había leído su semanario en la agencia de prensa.) Le explicó cómo eran sus padres y hermanos y hermanas. Habló de su escuela, de las fiestas a las que había asistido, de los empleos que había tenido, dijo que tenía veintidós años, y que se había enrolado en el ejército a los veintiuno. Le contó su vida de cuartel, cómo había ascendido a cabo. Le contó hasta el último detalle. Todo. Todo, excepto sobre la muchacha con quien estaba comprometido, allá en su pueblo.

Y Francie le contó su vida, omitiendo las cosas malas, lo apuesto que había sido su padre, lo sabia que era su madre, qué buen hermano era Neeley y qué preciosa era su hermanita menor. Le contó lo del jarrón de la biblioteca; de la víspera de Año Nuevo que había pasado ella con Neeley en la azotea. No mencionó a Ben Blake, porque éste ni siquiera asomó a sus pensamientos.

Cuando hubo concluido, él dijo:

—Toda la vida me he sentido solo. Me he sentido solo en fiestas concurridas, aun besando a alguna muchacha, y entre cientos de camaradas que me rodeaban en el cuartel. Pero ya no me siento solo. —Y volvió a asomar a sus ojos y a sus labios aquella particularísima sonrisa lenta y tímida.

—A mí me sucedía lo mismo —confesó Francie—, excepto que yo nunca he besado a ningún muchacho. Y ahora, por primera vez, tampoco me siento sola.

El camarero volvió a llenar sus casi llenos vasos de agua. Francie sabía que ésa era una forma indirecta de decirles que se habían quedado demasiado tiempo. Había otros parroquianos que esperaban mesa. Preguntó a Lee la hora. Cerca de las diez. Habían estado charlando casi cuatro horas.

—Debo regresar a casa —dijo, apenada.

—Te acompañaré. ¿Vives cerca del puente de Brooklyn?

—No. Cerca de Williamsburg.

—Hubiese deseado que fuera cerca del puente de Brooklyn. Siempre he pensado que si alguna vez venía a Nueva York me gustaría pasar por él.

—¿Y por qué no? —sugirió Francie—. En el otro lado del puente de Brooklyn puedo coger un tranvía que me llevará por Graham Avenue hasta la esquina de mi casa.

Fueron en el metro hasta el puente, allí bajaron y empezaron a cruzarlo. A mitad de camino se detuvieron para mirar el East River. Estaban bien juntos y él la cogía de la mano. El chico miró el horizonte sobre la costa de Manhattan.

—¡Nueva York! Siempre quise verla y ahora la he visto. Es verdad lo que dicen: es la ciudad más maravillosa del mundo.

—Brooklyn es mejor.

—No hay rascacielos como en Nueva York.

—No. Pero tiene algo especial. ¡Oh, no puedo explicarlo! Hay que vivir en Brooklyn para comprenderlo.

—Viviremos en Brooklyn algún día —dijo él pacíficamente. Y el corazón de Francie se sobresaltó.

Vio que uno de los policías que hacían la ronda del puente iba hacia ellos.

—Mejor que caminemos —dijo un poco inquieta—. Estamos cerca del arsenal de la armada de Brooklyn, y ese barco camuflado que está anclado allí es un transporte. Los policías siempre andan en busca de espías.

Cuando se les acercó el policía, Lee le dijo:

—No queremos hacer volar nada. Sólo estamos mirando el East River.

—Sí, ya lo sé —contestó el policía—. ¿No sabré yo lo que es una hermosa noche de mayo? Yo también fui joven, y no hace mucho tiempo.

Sonrió amablemente. Lee contestó con otra sonrisa; Francie los miraba a los dos, divertida. El policía observó el galón de cabo de Lee.

—Bueno, hasta la vista, mi general —dijo—, y cuando llegue allí hágales morder el polvo de la derrota.

—Lo haré —prometió Lee.

El policía siguió su camino.

—Buen tipo —comentó Lee.

—Todo el mundo es bueno —contestó Francie, feliz.

Cuando llegaron al otro extremo, le dijo que no tenía que acompañarla hasta su casa. Le explicó que muchísimas veces había regresado a su casa a altas horas cuando trabajaba de noche. Él se equivocaría de camino si trataba de regresar a Nueva York desde el barrio de Francie, pues Brooklyn desorientaba. Había que vivir en Brooklyn para conocerlo bien, añadió.

A decir verdad, no quería que él viese dónde vivía. Amaba aquel barrio y no se avergonzaba de él. Pero creía que un extraño, que no lo conocía tanto como ella, podría considerarlo un barrio sórdido y despreciable.

Primero le indicó el lugar donde debía tomar el elevado para regresar a Nueva York. Luego caminaron hacia donde ella debía esperar su tranvía. Pasaron ante la ventana de un taller de tatuajes. Dentro había un joven marinero con la camisa arremangada. El artista de los tatuajes estaba sentado frente a él, en un banquillo, con la vasija de tintas a su alcance. Estaba dibujando en el brazo del chico un corazón atravesado por una flecha. Francie y Lee se detuvieron para mirar. El marinero los saludó con el otro brazo. Ellos respondieron. El artista los miró y les hizo señas para que entrasen. Francie movió negativamente la cabeza.

A medida que se alejaban, Lee dijo maravillado:

—¡Caramba! Ese muchacho se estaba haciendo tatuar.

—Procura que jamás, jamás, jamás te pille haciéndote tatuar —dijo ella con simulada severidad.

—No, mamá —contestó él, cohibido, y ambos rieron.

Se detuvieron en la esquina a esperar el tranvía. Se produjo un silencio incómodo. Estaban algo separados y él encendía un cigarrillo tras otro, que tiraba enseguida. Por fin apareció un tranvía a lo lejos.

—Aquí viene mi tranvía —anunció Francie, tendiéndole la mano. Él arrojó al suelo el cigarrillo que acababa de encender.

—Francie… —dijo con tono interrogativo, abriendo los brazos.

Ella se escurrió entre sus brazos y él la besó.

A la mañana siguiente Francie se puso su traje dominguero, un traje sastre azul marino, con blusa de crespón blanco, y sus zapatos charolados. No había quedado con Lee, no habían hablado de verse otra vez. Pero ella sabía que él estaría esperándola a las cinco. Neeley se levantó en el momento en que ella iba a salir. Francie le rogó que avisara a su madre de que no iría a cenar.

—¡Por fin Francie tiene novio! ¡Por fin Francie tiene novio! —canturreó Neeley.

Fue hacia Laurie, que estaba sentada en su trona junto a la ventana. Sobre la bandeja de la trona había un plato de avena. La niña estaba ocupadísima sacando la avena del plato con una cuchara y arrojándola al suelo. Neeley le acarició la barbilla.

—¡Eh, tontuela! ¡Por fin Francie tiene novio!

Una tenue arruga apareció bajo la ceja derecha de la niña (característica de los Rommely, según Katie), mientras la pequeña trataba de comprender.

—¿Fran-nii? —preguntó intrigada.

—Escucha, Neeley, yo la he levantado y he preparado su avena. Ahora te toca a ti hacer que se la coma. Y no la llames tontuela.

Al salir del vestíbulo a la calle, oyó que la llamaban. Miró hacia arriba. Neeley, con medio cuerpo fuera de la ventana, cantaba a voz en cuello:

Allí se lanza
como en una danza;
alegremente vestida
con su traje dominguero.

—Neeley, ¡eres terrible! ¡Terrible! —le gritó.

Él simuló no haberla entendido.

—¿Me dices que es terrible? ¿Que lleva un bigote enorme y es calvo?

—Mejor que vayas a dar de comer a la niña.

—¿Dices que vas a tener una niña, Francie? ¿Que vas a tener una niña?

Un hombre que pasaba en aquel momento le hizo un guiño a Francie. Dos muchachas que venían del brazo prorrumpieron en risotadas.

—¡Imbécil, maldito! —gritó Francie furiosa.

—Has dicho tacos. Se lo contaré a mamá. Le contaré a mamá que dijiste palabrotas —canturreó Neeley.

Francie oyó que se acercaba su tranvía y tuvo que correr para alcanzarlo.

La estaba esperando cuando ella salió de la oficina. La recibió con aquella sonrisa tan suya.

—Hola, querida —dijo, e hizo que lo cogiera del brazo.

—Hola, Lee. Me alegro de verte otra vez.

—... querido —sopló él.

—Querido —añadió ella.

Cenaron en el Automat, otro sitio que él había querido conocer. Como allí no se permitía fumar, no se quedaron hablando después del postre y el café. Decidieron ir a bailar. Encontraron una sala de baile cerca de Broadway, donde se pagaba diez centavos por canción y cobraban media tarifa a los soldados. Él compró una tira de veinte vales por un dólar y entraron.

Tras sólo media vuelta a la pista Francie descubrió que su compañero, que daba la impresión de ser un poco torpe, era un bailarín suave y experto. Bailaron bien juntos. No había necesidad de hablar.

La orquesta estaba tocando una de las canciones favoritas de Francie: «Algún domingo por la mañana».

Algún domingo por la mañana,
cuando el tiempo se engalana.

Francie murmuraba el estribillo a la par que el cantante:

Y de guinga esté vestida,
¡y qué novia yo sería!

Sintió que el brazo de Lee la estrechaba aún más.

Mis amigas me verán
y todas me envidiarán.

Francie era muy feliz. Otra vuelta a la pista y el cantante cantó el estribillo otra vez, con alguna variación en honor de los soldados allí presentes:

Con tu uniforme estarás,
¡qué apuesto novio serás!

Francie rodeó los hombros de Lee con su brazo y apoyó la mejilla sobre la chaqueta. Pensó, lo mismo que Katie diecisiete años atrás, cuando estaba bailando con Johnny, que aceptaría cualquier sacrificio o pobreza por retener a aquel hombre con ella para toda la vida. E igual que Katie, Francie ni siquiera pensó en los hijos que quizá tendrían que ayudar a soportar la pobreza y los sacrificios.

Un grupo de soldados estaba a punto de abandonar la sala. La orquesta, como de costumbre, se interrumpió y empezó a tocar la canción «Hasta vernos nuevamente». Todo el mundo dejó de bailar y entonó la despedida para los soldados. Francie y Lee se cogieron de la mano y cantaron, aunque ninguno de los dos conocía muy bien la letra.

... Cuando las nubes se despejen
yo volveré a tu lado
bajo el cielo azulado...

Algunos exclamaron:

—¡Adiós, soldado! ¡Que la suerte te acompañe!

—¡Hasta pronto, soldado!

Los soldados se detuvieron y unieron sus voces a la canción. Lee guió a Francie hacia la puerta.

—Vámonos ahora, para que el recuerdo de este momento sea perfecto.

Bajaron la escalera lentamente, seguidos por las últimas estrofas de la canción. Llegaron a la calle y aguardaron hasta oír los últimos acordes:

... Reza por mí continuamente
hasta vernos nuevamente.

—Me gustaría que fuera nuestra canción —murmuró Lee—, y que te acordaras de mí cada vez que la oigas.

Cuando se alejaban empezó a llover y tuvieron que correr para refugiarse en el portal de una tienda cerrada. Allí se quedaron de pie bajo la protección y la oscuridad del portal, cogidos de la mano, observando la lluvia.

«La gente siempre cree que la felicidad es algo que se pierde en la distancia —pensó Francie—, una cosa complicada y difícil de conseguir. Sin embargo, ¡qué pequeñas son las cosas que contribuyen a ella! Un lugar para refugiarse cuando llueve, una taza de café fuerte cuando una está abatida, un cigarrillo que alegre a los hombres, un libro para leer cuando una se encuentra sola, estar con alguien a quien se ama. Ésas son las cosas que hacen la felicidad.»

—Me voy mañana temprano.

—¿A Francia? —preguntó Francie, arrancada de golpe de la felicidad que la embriagaba.

—No. Voy a casa. Mamá quiere que pase unos días con ella antes de...

—¡Oh!

—Te amo, Francie.

—Pero tú estás comprometido. Eso fue lo primero que me dijiste.

—Comprometido —dijo él con amargura—. Todo el mundo está comprometido. En un pueblo todo el mundo está comprometido, o casado, o anda enredado. No hay otra cosa que hacer allí. Uno va al colegio. Empieza por acompañar a alguna chica hasta su casa, quizá por la sola razón de que vive cerca. Uno crece. Ella le invita a fiestas en su casa. Es invitado a otras fiestas familiares y se le dice que vaya con ella. Hay que acompañarla a casa. Pronto sucede que nadie más la saca a pasear. Todo el mundo cree que es la preferida de uno, y entonces... Bueno, si no la invita a salir de paseo, empieza uno a sentirse un sinvergüenza. Y luego, como no hay otra cosa que hacer, uno termina casándose. Y las cosas andan bien si ella es una muchacha decente (y por lo general lo es) y uno tiene por lo menos algo de decencia. No hay lugar para una gran pasión, sino para un bienestar monótono y pálido. Y después vienen los hijos y se les prodiga el gran amor que falta en la pareja. Y son los hijos los que salen ganando a fin de cuentas. Sí, efectivamente, estoy comprometido. Pero entre ella y yo no hay lo mismo que entre nosotros dos.

—Pero ¿te casarás con ella?

Hizo una larga pausa antes de contestar:

—No.

Ella volvió a ser feliz.

—Dilo, Francie —murmuró él—. Dilo.

—Te amo, Lee —dijo ella.

—Francie... —dijo con tono apremiante—, quizá no vuelva del frente y tengo miedo... mucho miedo. No quisiera morir... morir, sin haber tenido nunca nada... nunca... ¿Francie, no podríamos pasar un rato juntos?

—Estamos juntos ahora —respondió inocentemente Francie.

—Quiero decir... en una habitación, a solas... hasta mañana por la mañana...

—Yo, yo... no puedo.

—¿No quieres?

—No es eso...

—Entonces, ¿por qué?

—Sólo tengo dieciséis años —confesó ella—, nunca he estado con nadie. No sabría como...

—Eso no tiene importancia.

—Y tampoco me he quedado nunca a dormir fuera. Mi madre se preocuparía.

—Podrías decirle que te has quedado en casa de una amiga.

—Sabe que no tengo amigas.

—Podrías inventar alguna excusa... mañana.

—No necesitaré inventar excusas, le diré la verdad.

—¿Lo harías? —preguntó sorprendido.

—Te amo, no me avergonzaría de haber estado contigo. Me sentiría orgullosa y feliz, no tendría por qué mentir.

«No podía saberlo, no podía saberlo», susurró para sus adentros.

—Tú no querrías que hiciéramos algo despreciable, ¿verdad?

—Francie, olvídalo, no debería habértelo pedido. No podía suponer...

—¿Suponer qué? —preguntó Francie confundida.

Él la abrazó con fuerza. Francie vio que estaba llorando.

—Francie, tengo miedo... tanto miedo... Tengo miedo de que si me voy te perderé..., de no volver a verte nunca. Dime que no vaya a casa, y me quedaré. Tenemos el día de mañana y el siguiente. Comeremos juntos y pasearemos, o nos sentaremos en el parque, o subiremos a un ómnibus, y charlaremos. Dime que no me vaya.

—Me parece que debes ir. Creo que es justo que veas a tu madre antes de... No sé. Pero me parece lo mejor.

—Francie, ¿prometes casarte conmigo cuando termine la guerra, si es que vuelvo?

—Cuando vuelvas me casaré contigo.

—¿Es verdad, Francie? Dime, ¿es verdad?

—Sí.

—Repítelo.

—Me casaré contigo cuando regreses, Lee.

—Y viviremos en Brooklyn, Francie.

—Viviremos donde tú quieras vivir.

—Entonces viviremos en Brooklyn.

—Sólo si tú quieres.

—¿Y me escribirás a diario? ¿Todos los días?

—Todos los días.

—¿Y me escribirás esta noche cuando llegues a tu casa, diciéndome cuánto me amas, para que tu carta me esté esperando cuando yo llegue a casa? —Ella se lo prometió—. ¿Me prometes que jamás dejarás que nadie te bese? ¿Que no saldrás de paseo con nadie? ¿Me prometes esperarme… no importa cuánto tiempo? ¿Y que si no regreso, jamás desearás casarte con otro?

Ella se lo prometió.

Y él le pidió toda su vida con naturalidad, como si le estuviese pidiendo una cita. Y ella se la prometió con la misma naturalidad con que hubiese extendido la mano para saludar o decir adiós.

Poco después cesó la lluvia y aparecieron las estrellas.

LIII

Francie escribió aquella noche, tal como había prometido, una carta extensa en la que vertió todo su amor y repitió las promesas que había hecho.

Por la mañana salió algo más temprano de su casa para tener tiempo de despachar la carta desde la oficina de correos de la calle Treinta y cuatro. La empleada de la ventanilla le aseguró que llegaría a su destino aquella misma tarde. Era miércoles.

Esperaba recibir la respuesta el jueves por la noche, aunque se esforzó en no confiar demasiado en ello. No habría habido tiempo, salvo que él también hubiese escrito inmediatamente al separarse de ella. Pero, como es natural, él tenía que hacer las maletas y levantarse temprano para coger el tren. (A Francie no se le ocurrió pensar que ella se las había ingeniado para encontrar tiempo para escribir.) El jueves por la noche no llegó ninguna carta.

El viernes tuvo que trabajar dos turnos seguidos —dieciséis horas— debido a la escasez de personal causada por una epidemia de gripe. Cuando llegó a casa, pasadas las dos de la mañana, allí estaba la carta, apoyada contra la azucarera encima de la mesa de la cocina. Ansiosa, rasgó el sobre.

«Estimada señorita Nolan», empezaba.

Ese principio destrozó su dicha. No podía ser de Lee, porque él hubiera escrito: «Querida Francie». Dio vuelta a la página y miró la firma: «Elizabeth Rhynor (señora)». Ah, sería su madre. O alguna cuñada. Quizá estaba enfermo y no podía escribir. Quizá había alguna disposición del ejército que impedía escribir a los soldados a punto de partir. Habría pedido a alguien que escribiera por él. Claro. Tenía que ser eso. Empezó a leer la carta.

> Lee me habló de usted. Quiero agradecerle su agradable amistad durante su estancia en Nueva York. Lee llegó aquí el miércoles por la tarde, pero tuvo que salir la noche siguiente hacia su campamento. Sólo estuvo en casa un día y medio.
>
> Celebramos una boda tranquila, a la que asistieron los familiares y apenas unos cuantos amigos...

Francie dejó de leer. «He trabajado dieciséis horas seguidas —pensó— y estoy cansada. He leído miles de mensajes, por eso ahora las palabras carecen de sentido. Además, en la agencia adquirí la mala costumbre de leer toda una columna de un vistazo y sin asimilar más que una sola palabra. Me lavaré la cara para refrescarme, tomaré café y luego volveré a leer la carta. Esta vez la leeré bien.»

Mientras se calentaba el café, se lavó la cara con agua fría pensando que cuando llegase a aquella parte de la carta que decía «boda» seguiría leyendo y las próximas palabras dirían que «Lee ha sido testigo. Me casé con su hermano, ¿sabe?».

Despierta en su cama, Katie oía los movimientos de Francie en la cocina. Tensa, esperaba, inquieta porque no sabía lo que esperaba.

Francie volvió a leer la carta.

> ... boda tranquila, a la que asistieron los familiares y apenas unos cuantos amigos. Lee me rogó que le escribiese a usted explicándole por qué él no había contestado su carta. Le reitero mi agradecimiento por haberle atendido con tanta gentileza durante su permanencia en esa ciudad.
>
> Sinceramente suya, Elizabeth Rhynor (señora).

Había una posdata.

He leído la carta que usted envió a Lee. Fue muy mezquino al simular estar enamorado de usted, y yo se lo dije. Me encargó que le pidiese mil perdones. E. R.

Francie temblaba violentamente. Sus dientes castañeteaban con golpes breves y secos.

—¡Mamá! —gimió—. ¡Mamá!

Katie la escuchó hasta el final y pensó: «Ha llegado ya la hora en que no puedo evitar el sufrimiento a mis hijos. Cuando no alcanzaba la comida, yo simulaba no tener hambre para que hubiese más para ellos. En las crudas noches de invierno, me levantaba y ponía mi manta sobre sus camitas para que no tuviesen frío. Estaba dispuesta a matar a cualquiera que tratase de hacerles daño. Y ahora, en un brillante día de sol, salen con toda su inocencia y tropiezan con el dolor que una daría su vida por ahorrarles».

Francie le pasó la carta. Ella la leyó lentamente y, a medida que leía, le pareció comprender lo que había sucedido. Él era un hombre de veintidós años que (como diría Sissy) había corrido mundo. Ella era una chiquilla de dieciséis, seis años menor que él. Una chiquilla, a pesar del carmín de los labios y el traje de mujer y muchos conocimientos pescados al azar, aún trémulamente inocente, una muchacha que se había enfrentado cara a cara con algunas de las vilezas de este mundo y con la mayoría de las privaciones, y, con todo, había salido curiosamente ilesa. Sí, Katie podía comprender la atracción de Francie por él.

Pero ¿qué podía decir? ¿Que era un sinvergüenza o, en último caso, de carácter débil, susceptible de ser moldeado por la persona que tenía delante? No, sería demasiado cruel decir eso. Y en todo caso Francie no lo creería.

—Vamos, di algo —exigió Francie—. ¿Por qué no dices nada?

—¿Y qué puedo decir?

—Dime que soy joven, que se me pasará. ¡Vamos, dilo! ¡Vamos, miénteme!

—Ya sé que eso es lo que se acostumbra a decir: «Ya saldrás adelante». Yo lo diría también. Pero sé que no es cierto. ¡Oh! Serás feliz otra vez, no lo dudes. Aunque jamás olvidarás. Cada vez que te enamores será porque el hombre tiene algo que te hace pensar en él.

—Madre…

¡Madre! Katie recordó. Ella siempre había llamado mamá a su propia madre hasta el día en que le anunció que iba a casarse con Johnny. Le había dicho: «Madre, voy a casarme…». Nunca más volvió a llamarla mamá. Se había convertido en mujer el día que dejó de llamar mamá a su madre. Y ahora Francie…

—Madre, me pidió que pasara la noche con él. ¿Habría tenido que aceptar?

Katie miró a su alrededor buscando alguna palabra.

—No me digas mentiras, madre. Dime la verdad.

Katie no encontraba las palabras adecuadas.

—Te prometí que no iría con ningún chico antes de casarme, si es que algún día me caso. Y si en algún momento siento la necesidad de hacerlo, te lo diré. Te lo prometo. Por eso puedes decirme la verdad, sin miedo a que me equivoque, porque así sabré cómo evitarlo.

—Hay dos verdades —empezó Katie—. Como madre te diré que habría sido terrible que te acostaras con un extraño, un hombre que conocías desde hacía sólo dieciocho horas. Te habrían podido pasar cosas horribles. Tu vida entera habría podido destruirse. Como madre, te digo la verdad. Pero, como mujer… te diré que habría sido maravilloso. Porque sólo una vez se quiere de esa manera.

Francie pensó: «Entonces… habría tenido que ir con él. Nunca querré tanto a alguien. Quería ir y no fui. Y ahora no puedo quererle porque le pertenece a ella. Quise hacerlo y no lo hice, y ahora es demasiado tarde».

Apoyó la cabeza en la mesa y se echó a llorar.

Después de un rato, Katie dijo:

—Yo también recibí una carta.

Su carta había llegado hacía días, pero había esperado una oportunidad para contárselo. Decidió que éste era el momento.

—Recibí una carta —repitió.

—¿Quién… quién escribió? —sollozó Francie.

—El señor McShane.

Francie siguió sollozando.

—¿Acaso no te interesa?

Francie hizo un esfuerzo por reprimir el llanto.

—Bueno, ¿y qué dice? —preguntó con indiferencia.

—Nada. Excepto que vendrá a visitarnos la semana que viene. —Esperó. Francie no demostraba interés alguno—. ¿Te gustaría tener al señor McShane por padre?

Francie levantó la cabeza.

—¡Madre! Te escribe un hombre diciendo que viene de visita e inmediatamente haces conjeturas. ¿Qué derecho tienes a pensar siempre que lo sabes todo?

—No lo sé. A decir verdad, no sé nada. Sólo presiento, y cuando el presentimiento es lo bastante fuerte, entonces digo que sé. Pero en realidad no lo sé. Bueno, ¿te gustaría como padre?

—Después de lo que he hecho con mi vida —dijo Francie amargamente (y Katie ni siquiera sonrió)—, soy la menos indicada para dar consejos.

—No te pido ningún consejo. Sólo que me resultaría más fácil decidir si supiese qué piensan de él mis hijos.

Francie sospechó que su madre le hablaba de McShane sólo para distraer sus pensamientos, y se enfadó porque la astucia casi había tenido éxito.

—No lo sé, madre. No sé nada. No quiero hablar de nada más. Vete, por favor. Por favor, vete y déjame sola.

Katie volvió a acostarse.

Bien, una persona puede llorar durante mucho tiempo, pero todo tiene un final. Luego debe ocuparse de cualquier otra cosa. Eran las cinco de la madrugada. No valía la pena acostarse, tendría que levantarse otra vez a las siete. De pronto advirtió que tenía apetito. Desde el mediodía anterior no había comido nada, excepto un emparedado, apresuradamente, entre los dos turnos. Preparó café, tostadas y un par de huevos revueltos. La sorprendió lo bien que le sabía todo. Pero mientras comía sus ojos se fijaron en la carta y las lágrimas empezaron a brotar de nuevo. Colocó la carta en el fregadero y le prendió fuego. Después abrió el grifo y siguió con la mirada las cenizas que desaparecían en el desagüe. Luego continuó con su desayuno.

Cuando terminó fue a buscar su caja de papel y sobres y se sentó a escribir una carta. Empezó:

«Mi querido Ben: me dijiste que si alguna vez te necesitaba te escribiese. Así que ahora te escribo…».

Rasgó la hoja.

—¡No! No quiero necesitar a nadie. Quiero que alguien me necesite a mí… ¡Quiero que alguien me necesite!

Volvió a llorar, pero esta vez el llanto era menos intenso.

LIV

Era la primera vez que Francie veía a McShane sin uniforme. Le pareció impresionante con su traje gris cruzado de impecable confección. Claro que no era tan apuesto como su padre: era más alto y más fornido. Sin embargo, era guapo a su manera, pensó Francie, incluso con el pelo canoso. Pero, ¡diablos!, era terriblemente viejo para su madre. En realidad su madre no era tan joven. Andaba por los treinta y cinco, aunque treinta y cinco eran muchos menos años que cincuenta. De todos modos, ninguna mujer tenía por qué avergonzarse de ser la esposa de McShane. Por más fácil que fuese adivinar lo que era —un hábil político—, su tono de voz era suave al hablar.

Se había servido café y pastel. Francie advirtió con angustia que McShane estaba sentado a la mesa en el sitio de su padre. Katie acababa de relatarle todo lo que había sucedido desde la muerte de Johnny. McShane parecía asombrado por lo que habían progresado. Miró a Francie.

—Así que esta chiquilla consiguió entrar en la universidad de verano.

—Y volverá otra vez este verano —anunció Katie, orgullosa.

—Eso sí que es maravilloso.

—Y al mismo tiempo trabaja y gana veinte dólares semanales.

—Además de todo eso, ¿también tiene buena salud? —preguntó sinceramente asombrado.

—El muchacho ya tiene a medio terminar sus estudios en el colegio.

—¡No me diga!

—Y trabaja en esto o aquello por la tarde y algunas noches. A veces gana hasta cinco dólares semanales.

—Un chico espléndido. Uno de los mejores. ¡Y qué salud! Es admirable.

A francie le llamó la atención tanto comentario sobre la salud, cosa de la que ellos gozaban como de un don concedido.

Pero se acordó de los hijos de McShane, la mayoría de los cuales habían nacido sólo para enfermar y morir cuando eran chicos. No era extraño que considerase la salud algo extraordinario.

—¿Y la pequeña? —preguntó.

—Tráela, Francie —dijo Katie.

Laurie estaba en su cuna en el salón. Se suponía que era el cuarto de Francie, pero todos estaban de acuerdo en que la criatura necesitaba dormir en un lugar ventilado. Francie cogió a la pequeña, que dormía. Ésta abrió los ojos y se dispuso instantáneamente para cualquier cosa.

—¿Done vamo, Fran-nii? ¿Plaza? —preguntó.

—No, preciosa. Sólo te vamos a presentar a un hombre.

—¿Hombe? —dijo Laurie, dudosa.

—Sí. Un hombre grandote.

—Hombe gande —repitió la criatura, feliz.

Francie la llevó a la cocina. Era verdaderamente una niña hermosa. Con su camisón rosa, parecía tener la frescura del rocío. Su cabello era un cúmulo de rizos negros. Sus ojos oscuros eran luminosos y sus mejillas eran del color de las rosas.

—¡Ah, la niñita, la niñita! —canturreó McShane—. Es una flor. Una florecilla silvestre.

«Si papá estuviese aquí —pensó Francie—, empezaría a cantar "Mi silvestre rosa irlandesa".» Oyó que su madre suspiraba y se preguntó si ella también estaría pensando…

McShane tomó a la criatura. Sentada sobre sus rodillas, Laurie ponía la espalda tiesa en un esfuerzo por separarse de él a la vez que le miraba intrigada. Katie esperaba que no llorase.

—Laurie —dijo—. Señor McShane. Di señor McShane.

La criatura agachó la cabeza, miró hacia arriba entre sus pestañas y, sonriendo graciosa, movió la cabeza negativamente.

—No mac-ame —dijo—. ¡Hombe! —exclamó exaltada—. Hombe gande —sonrió a McShane y le dijo zalamera—: ¿Laurie pateo, sí? ¿Plaza? ¿Plaza?

Laurie recostó la mejilla en la americana de McShane y cerró los ojos.

—Arrorró, arrorró —canturreó McShane, y la criatura se durmió en sus brazos.

—Señora Nolan, usted se estará preguntando el motivo de mi visita. Deje que se lo explique. He venido para hacerle una pregunta personal.

Francie y Neeley se levantaron como para salir de la habitación.

—No, hijos, no os vayáis. La pregunta os concierne a vosotros también. —Volvieron a sentarse. Él se aclaró la voz—. Señora Nolan, ya ha pasado tiempo desde que su esposo, Dios conceda paz a su alma…

—Sí. Dos años y medio. Dios conceda paz a su alma.

—Dios conceda paz a su alma —repitieron Francie y Neeley.

—Y mi esposa hace un año que dejó esta vida, Dios conceda paz a su alma.

—Dios conceda paz a su alma —repitieron los Nolan.

—He esperado muchos años y por fin ha llegado el momento en que no faltaré al respeto a los difuntos si hablo. Katherine Nolan, vengo a solicitarle que acepte mi compañía. En fin, una boda para el otoño.

Katie echó una rápida mirada a Francie, y ésta frunció el entrecejo. ¿Qué le pasaba a su madre ahora? Francie ni siquiera tenía intención de reír.

—Estoy en condiciones de hacerme cargo de usted y de los tres niños. Con mi jubilación y mi salario y las rentas de mis propiedades en Woodhaven y Richmond Hill, mis ingresos pasan de diez mil dólares anuales. Tengo seguros, también. Ofrezco sufragar los gastos universitarios del muchacho y de Francie y prometo ser en el futuro un marido fiel como lo fui en el pasado.

—¿Lo ha pensado bien, señor McShane?

—No tengo necesidad. ¿Acaso no me decidí hace ya cinco años, cuando la vi por primera vez en la excursión Mahony? Fue entonces cuando le pregunté a Francie si usted era su madre.

—Yo no soy más que una fregona, sin instrucción. —Lo dijo como quien afirma una verdad y no con tono de disculpa.

—¡Instrucción! ¿Y quién me enseñó a mí a leer y escribir? Nadie. Lo aprendí solo.

—Pero un hombre como usted, que tiene una posición, necesita una esposa hecha al ambiente de sociedad, que sea capaz de recibir a sus amigos influyentes. Yo no soy así.

—Es en mi despacho donde recibo a mis amigos políticos y comerciantes. Mi hogar es donde vivo. No quiero decir con ello que usted no sería una honra para mí, sería una honra para un hombre de más valor que yo. Pero no necesito una mujer que me ayude en mis negocios. Eso lo puedo atender yo, gracias. ¿Acaso tengo que decirle que la amo… —titubeó un segundo antes de llamarla por su nombre de pila—, Katherine? ¿O acaso necesita tiempo para pensarlo?

—No. No necesito tiempo para pensarlo. Me casaré con usted, señor McShane. No por sus ingresos, aunque tampoco voy a ignorarlos. Diez mil dólares anuales es mucho dinero. Pero para gente como nosotros incluso mil dólares es mucho. Hemos tenido poco dinero y estamos acostumbrados a arreglarnos sin él. No es por su promesa de correr con los gastos de universidad, si bien eso ayudará. Pero sin ayuda de nadie sé que también lo haríamos de alguna forma. No es por su elevada posición pública, aunque será muy agradable tener un esposo de quien poder estar orgullosa. Me casaré con usted porque es un hombre bueno y porque me gustaría tenerle por esposo.

Era verdad. Katie había decidido casarse con él —si él se lo proponía— simplemente porque la vida era incompleta sin un hombre que la amase. No tenía nada que ver con su amor por Johnny. Siempre amaría a su Johnny. Sus sentimientos por McShane eran más apacibles. Le admiraba y le respetaba y sabía que ella sería una buena esposa para él.

—Gracias, Katherine. Por cierto que es bien poco lo que yo doy a cambio de una bonita y joven esposa y tres hijos llenos de salud —dijo con sincera humildad. Se dirigió a Francie—: Tú, que eres la mayor, ¿das tu aprobación?

Francie miró a su madre, que parecía estar esperando a que hablase. Miró a su hermano. Éste hizo un gesto de asentimiento con la cabeza.

—Me parece que a mi hermano y a mí nos gustaría tenerle por...

Se le anegaron los ojos de lágrimas al pensar en su padre, y no pudo pronunciar la palabra.

—Bueno, bueno —dijo McShane tiernamente—, no quiero que te aflijas. —Y a Katie—: No pido que los dos mayores me llamen padre. Han tenido padre, y era un hombre excelente, de los mejores que Dios trajo al mundo, siempre cantando alegre.

Francie sintió que se le hacía un nudo en la garganta.

—Y no pediré que adopten mi apellido. Nolan es un apellido excelente. Pero a esta criatura que tengo en brazos, que no conoció a su padre, ¿le dejaría que me llamase padre? ¿Me permitiría adoptarla legalmente y darle el apellido que nosotros dos llevaremos?

Katie miró a Francie y a Neeley. ¿Qué pensarían de que su hermanita se apellidara McShane en vez de Nolan? Francie asintió con la cabeza. Neeley también.

—Le daremos la criatura —dijo Katie.

—No le llamaremos padre —exclamó Neeley de repente—. Pero podríamos llamarle papi.

—Les doy las gracias —respondió McShane escuetamente. Se relajó y les sonrió—. Ahora me gustaría saber si me permiten encender mi pipa.

—Pero si podría haber fumado en cualquier momento sin pedir permiso —contestó Katie, sorprendida.

—No deseaba tomarme privilegios antes de tener derecho a ellos —explicó.

Francie cogió a la criatura dormida para que él pudiese fumar.

—Ayúdame a ponerla en la cuna, Neeley.

—¿Por qué? —preguntó Neeley, que gozaba de aquellos instantes y no quería irse.

—Para estirar las mantas de la cuna. Alguien tiene que hacerlo mientras yo la tengo en brazos.

¿Era posible que Neeley no entendiera nada? ¿No se daba cuenta de que quizá su madre y McShane deseaban estar solos unos minutos por lo menos?

En la oscuridad del salón, Francie le preguntó a su hermano:

—¿Qué te parece?

—Para mamá es una gran cosa. Claro que no es papá…

—No. Y nadie jamás será… papá. Pero, aparte de eso, es un hombre amable.

—Laurie sí que va a tener una vida fácil.

—Annie Laurie McShane. Jamás pasará por las penurias que pasamos nosotros, ¿verdad?

—No. Pero tampoco se divertirá tanto como nosotros.

—¡Caramba! Cómo nos divertíamos. Cierto, Neeley.

—Ya lo creo.

—Pobrecita Laurie —dijo Francie con lástima.

Libro quinto

LV

Francie se sobresaltó cuando alguien le dio un golpecito en el hombro. Enseguida se calmó y sonrió. ¡Claro! Era la una de la madrugada, había terminado y su relevo iba a hacerse cargo de la máquina.

—Déjeme transmitir uno más —rogó.

—Qué entusiasmo tienen algunos por su trabajo —dijo, sonriendo, la chica que la relevaba.

Francie transmitió su último mensaje despacio y con cariño. Se alegraba de que fuese el anuncio de un nacimiento y no la notificación de un fallecimiento. Era su mensaje de despedida. No le había dicho a nadie que se iba. Tenía miedo de verse vencida por las lágrimas si recorría la oficina despidiéndose. Como su madre, rehuía demostrar abiertamente sus sentimientos.

En vez de ir derecha a su ropero hizo un pequeño alto en la sala de recreo, donde algunas de las empleadas aprovechaban el descanso de quince minutos de que gozaban. Estaban agrupadas alrededor de una que tocaba el piano y cantaban «¡Hola, central! Póngame con la tierra de nadie».

Cuando entró, la pianista, inspirada por el nuevo traje gris y los zapatos de gamuza gris de Francie, cambió de canción. Las muchachas cantaron «Hay una cuáquera en el barrio cuáquero». Una de las muchachas rodeó los hombros de Francie con el brazo y la incluyó en el círculo. Francie cantó con ellas:

En el fondo de su corazón, yo sé,
no es tan lerda como pensé...

—Francie, ¿de dónde sacaste la idea de hacerte un traje todo gris?
—¡Oh! No sé, de una actriz que vi cuando era pequeña. No recuerdo su nombre, pero la obra era *La novia del pastor.*
—Es precioso.

Tiene esa mirada seductora...
Mi pequeña cuáquera del barrio cuáquero.

Terminaron el estribillo a coro en un acorde final.

Luego cantaron «Encontrarás el viejo Dixieland en Francia». Francie fue a apoyarse contra la ventana; desde allí podía ver el East River veinte pisos más abajo. Los últimos momentos siempre tienen la aspereza de la muerte. «Esto que veo ahora —pensó— no lo veré más así. ¡Oh! Con qué claridad se ven las cosas por última vez, como si las iluminara una luz resplandeciente. Y luego se aflige porque no supo apreciarlas cuando las veía todos los días.»

¿Qué era lo que había dicho la abuela Rommely? «Hay que mirarlo todo como si fuese la primera o la última vez. Así tu paso por la tierra estará repleto de dicha.»

¡Abuela Mary Rommely!

Había ido consumiéndose durante meses en su última enfermedad. Pero llegó el día en que Steve fue antes del amanecer para anunciarles el fin.

—La voy a añorar —dijo—. Era una gran dama.
—Una gran mujer, querrás decir —contestó Katie.

¿Por qué, se preguntaba Francie, había elegido tío Willie aquel momento para abandonar a su familia? Observó el paso de un pequeño bote bajo el puente antes de reanudar sus pensamientos. ¿Sería porque había una Rommely menos a quien rendir cuentas y eso le hacía sentirse más libre? ¿La muerte de la abuela le habría sugerido la idea de que existía una posible liberación? ¿O sería acaso (como aseguraba Evy) que en su mezquindad era capaz de aprovechar la confusión creada por el funeral para escapar de su familia? Fuese lo que fuese, Willie se había ido.

¡Willie Flittman!

Había practicado con tanto ahínco que llegó a tocar todos sus instrumentos al mismo tiempo. Como hombre-orquesta se presentó al concurso para aficionados que organizaba un salón de variedades. Ganó el primer premio de diez dólares.

Jamás volvió a su casa con el dinero del premio ni los instrumentos, y nadie de la familia volvió a verle.

De vez en cuando tenían noticias indirectas de él.

Al parecer, rondaba las calles de Brooklyn haciendo de hombre-orquesta y vivía de los centavos que le daban. Evy dijo que volvería a casa cuando empezara a nevar, pero Francie lo dudaba.

Evy consiguió un empleo en la fábrica donde había trabajado él. Ganaba treinta dólares a la semana y salía adelante sin demasiados problemas, excepto por la noche, pues, al igual que todas las Rommely, le resultaba difícil vivir sin hombre.

De pie ante la ventana que daba al río, Francie recordaba que tío Willie siempre le había parecido salido de un sueño. Pero también era cierto que muchísimas otras cosas le parecían sueños. Aquel hombre en el vestíbulo de su casa ¡sin duda había sido un sueño! Que McShane esperase a su madre todos aquellos años: un sueño. La muerte de su padre había sido un sueño durante mucho tiempo, pero ahora su padre era como alguien que nunca hubiese existido. Laurie pareció surgir de un sueño: nacida con vida de un padre fallecido cinco meses antes. Brooklyn era un sueño. Todas las cosas que sucedían allí no podían suceder. Todo era efecto de los sueños. ¿O sería todo real y verdadero, y era ella, Francie, la soñadora?

Bueno, ya lo sabría cuando llegase a Michigan. Si persistía esa condición soñadora en Michigan, Francie sabría que la soñadora era ella.

¡Ann Arbor!

La Universidad de Michigan existía. Y dentro de dos días ella estaría en el tren rodando hacia Ann Arbor. Las clases de verano habían terminado. Había cursado con éxito las cuatro asignaturas que había elegido. Tras los últimos repasos con Ben, había aprobado los exámenes de ingreso a las universidades regulares. Esto significaba que ella, una muchacha de dieciséis años y medio, podía ingresar en la universidad con medio año de estudios adelantados.

Ella quería ir a la Universidad de Columbia, en Nueva York, o a la de Adelphi, en Brooklyn, pero Ben le dijo que parte de su educación consistía en adaptarse a un nuevo ambiente. Su madre y McShane estuvieron de acuerdo. Hasta Neeley dijo que le haría bien irse a una universidad distante, quizá perdería el acento de Brooklyn. Pero Francie no deseaba cambiar su forma de hablar, como tampoco deseaba cambiar de nombre. Ello significaba que pertenecía a alguna parte. Era una muchacha de Brooklyn, con un nombre de Brooklyn y la forma de hablar de Brooklyn. No quería convertirse en un mosaico de trocitos de piedra traídos de aquí y de allá.

Ben le había elegido Michigan. Dijo que era una universidad liberal del estado, donde se enseñaba un inglés excelente, y no era muy cara. Francie se preguntaba por qué, si era tan ventajosa, él no se había matriculado allí en vez de escoger aquella universidad de un estado del Medio Oeste. Ben le explicó que con el tiempo tendría su bufete en aquel estado, y participaría en la política de allí, y que así quizá sería condiscípulo de los que serían ciudadanos prominentes del futuro.

Ben tenía ya veinte años. Estaba en el campamento de entrenamiento de oficiales de la reserva, muy apuesto con su uniforme.

¡Ben!

Francie miró el anillo que llevaba en el dedo anular de la mano izquierda. El anillo universitario de Ben. «¡M.H.S. 1918!» En el interior estaba grabado «B. B. a F. N.». Le dijo que si bien él estaba seguro de sí mismo, ella era demasiado joven para estar segura de sí misma. Le dio el anillo para sellar lo que él llamaba «nuestro entendimiento». Por supuesto, dijo, tendrían que pasar cinco años antes de que estuviera en condiciones de casarse. Entonces ella ya tendría edad suficiente para estar segura de sí misma, y, si aún persistía el entendimiento, le rogaría que aceptase otra clase de anillo. Puesto que Francie tenía cinco años por delante, la responsabilidad de tomar una decisión con respecto a Ben no le pesaba gran cosa.

¡Asombroso Ben!

Había terminado los estudios superiores en enero de 1918, ingresó de inmediato en la universidad, se matriculó en un alarmante número de materias preparatorias, y había vuelto a Brooklyn para las clases de verano a fin de ampliar los estudios y, como confesó al final de los cursos, para estar de nuevo cerca de Francie. Y ahora, en septiembre de 1918, volvía a la universidad para iniciar su primer año.

¡Gran muchacho, Ben!

Decente, honorable y brillante. Él estaba seguro de sí mismo. Él jamás pediría a una muchacha que se casase con él y saldría al día siguiente para casarse con otra. Él jamás le rogaría que le escribiese cartas de amor para dejar que otra las leyera. Ben, no… Ben, no. Ben era maravilloso. Estaba orgullosa de tenerle por amigo. Pero pensaba en Lee.

¡Lee!

¿Dónde estaría Lee ahora?

Se había embarcado para Francia en un buque de transporte exactamente igual al que en aquel momento veía salir del puerto —un barco largo—, con los lados pintarrajeados de camuflaje y mil soldados a bordo, que desde donde ella estaba parecían alfileres de cabeza blanca pinchados en un extraño alfiletero.

(«Francie, tengo miedo… tengo miedo… Tengo miedo de que si me voy te perderé… que nunca volveré a verte. Dime que no me vaya…»)

(«Creo que es justo que veas a tu madre antes de… No lo sé…»)

Estaba en la división Arco Iris, la división que en aquel momento pugnaba por entrar en el bosque de Argonne. ¿Yacería ahora mismo en Francia bajo una cruz blanca? ¿Quién le daría la noticia si él llegase a morir? Ciertamente, no sería aquella mujer de Pensilvania.

(«Elizabeth Rhynor, señora.»)

Salió huyendo de la sala. Arrebató de su ropero el sombrero gris y el bolso nuevo y los guantes. Corrió hacia el ascensor.

Miró hacia uno y otro extremo de la calle, estrecha como una quebrada. Estaba oscura y desierta. Había un hombre alto, de uniforme, esperando en la oscuridad de la puerta del edificio siguiente. Salió de la oscuridad y se le acercó con una sonrisa tímida.

Ella cerró los ojos. La abuela decía que las mujeres Rommely tenían poder para ver la aparición de los muertos que habían amado. Francie nunca lo había creído, porque jamás había visto a papá. Pero ahora…, ahora…

—¡Hola, Francie!

Abrió los ojos. No, no era un fantasma.

—Pensé que estarías triste al salir del trabajo por última vez, así que he venido a acompañarte a casa. ¿Estás sorprendida?

—No. Esperaba que vinieses —contestó.

—¿Tienes apetito?

—Estoy hambrienta.

—¿Adónde te gustaría ir? ¿Quieres tomar café con leche en el Automat o un shop suey?

—¡No! ¡No!

—¿Prefieres ir al Child?

—Sí. Vamos al Child a tomar café y pasteles.

Él le cogió la mano y se la hizo pasar por debajo de su brazo.

—Francie, te encuentro algo extraña esta noche. No estás enfadada conmigo, ¿verdad?

—No.

—¿Estás contenta de que haya venido?

—Sí —dijo ella suavemente—. Me alegro de verte, Ben.

LVI

¡Sábado! Era el último sábado que pasaba en su vieja casa. Al día siguiente se celebraría la boda de Katie e irían todos directamente de la iglesia al nuevo hogar. El lunes los encargados de la mudanza llevarían sus pertenencias, dejando la mayoría de los muebles para la nueva portera. Solamente se llevarían sus efectos personales y los muebles de la sala. Francie deseaba llevar la alfombra verde con grandes rosas, las cortinas color crema y el piano. Todo esto sería para la habitación de Francie en la nueva casa.

Katie insistió en trabajar como de costumbre aquel último sábado por la mañana. Todos rieron cuando la vieron salir armada de escoba y balde. McShane le había abierto una cuenta corriente en el banco con un depósito inicial de mil dólares como regalo de bodas. Para los Nolan, Katie era rica y ya no tenía necesidad de levantar un dedo para ganarse la vida. No obstante, ella insistió en trabajar el último día. Francie sospechaba que lo hacía por sentimentalismo, y que quería hacer una concienzuda limpieza de las casas antes de abandonarlas.

Dejando a un lado todo escrúpulo, Francie buscó el talonario en el bolso de su madre y examinó el único talón utilizado en la fabulosa libreta.

> Número: 1
> Fecha: 20 de septiembre de 1918
> A favor de: Eva Flittman
> Concepto: Por ser mi hermana

Total: 1.000,00 $

Imp. este cheque: 200,00 $

Saldo: 800,00 $

Francie se preguntó: ¿por qué esa cantidad? ¿Por qué no cincuenta o quinientos? ¿Por qué doscientos? Entonces lo comprendió. Doscientos dólares era la suma del seguro de tío Willie, lo que Evy hubiera cobrado a su fallecimiento. Sin duda, Katie consideraba a Willie tan muerto como si hubiese fallecido.

No había utilizado cheque alguno para su vestido de boda. Katie explicó que no deseaba gastar ese dinero para ella hasta que estuviera casada con quien se lo había dado. Para comprar el vestido, había cogido el dinero que tenía ahorrado para Francie, prometiéndole reintegrárselo con un cheque inmediatamente después de la ceremonia.

Aquel último sábado por la mañana Francie sentó a Laurie en su cochecito de dos ruedas y la llevó a pasear. Se detuvo largo rato en la esquina observando a los chiquillos arrastrar sus trastos por Manhattan Avenue hacia el almacén de Carney. Tomó esa dirección y entró en el Baratillo Charlie durante un momento de calma en los negocios. Puso cincuenta centavos en el mostrador y anunció que quería todos los números de la tómbola.

—¡Pero, Francie! ¡Oh, Francie! —exclamó Charlie.

—No tengo por qué molestarme en elegir. Deme todo lo que está colgado en el tablero.

—¡Oye! ¡Escúchame!

—De modo que en esa caja no hay ningún número con premio gordo, ¿verdad, Charlie?

—¡Por Dios, Francie! Hay que ganarse la vida, y con lo lento que es en este negocio, a un centavo por número.

—Siempre creí que esos premios eran pura farsa. ¡Debería darle vergüenza, engañar a los chiquillos de esa forma!

—No digas eso. Les doy un centavo de caramelos por cada centavo que gastan aquí. La tómbola es sólo para darle interés.

—En fin, supongo que algo de razón tendrá. Dígame: ¿tiene una muñeca de cincuenta centavos?

El hombre escarbó debajo del mostrador y sacó una muñeca de horribles facciones.

—Sólo tengo una de sesenta y nueve centavos, pero te la dejaré por cincuenta.

—Se la pagaré si la cuelga en el tablero como premio y permite que algún chiquillo la gane.

—Pero, Francie, si algún chiquillo la gana, después todos esperarán sacar premio. ¿No lo ves? Es un mal ejemplo.

—¡Oh, por Dios! —dijo ella, no en tono de blasfemia, sino de plegaria—. ¡Deje que alguien gane algo siquiera una sola vez!

—¡Bueno! ¡Bueno! No te acalores.

—Sólo quiero que un chiquillo consiga algo por nada.

—La colgaré y no retiraré el número de la caja cuando te hayas ido. ¿Conforme?

—Gracias, Charlie.

—Y le diré al ganador que la muñeca se llama Francie, ¿eh?

—¡Oh, no! No con la cara que tiene esa muñeca.

—¿Sabes una cosa, Francie?

—¿Qué?

—Te estás volviendo toda una señorita. ¿Qué edad tienes?

—Cumpliré diecisiete dentro de dos meses.

—Recuerdo que eras una chiquilla flaca, de piernas largas. Me parece que algún día serás una mujer hermosa; bonita no, pero sí interesante.

—Vaya un piropo —dijo Francie riéndose.

—¿Es tu hermanita? —preguntó él señalando a Laurie.

—Sí.

—El día menos pensado andará arrastrando trastos y vendrá aquí con sus centavos. Hoy son criaturas en sus cochecitos y mañana están aquí comprando números de la tómbola. Los chicos crecen deprisa en este barrio.

—Ella jamás arrastrará trastos. Y jamás entrará aquí.

—Es cierto. Me han dicho que os trasladáis.

—Sí. Nos trasladamos.

—Bueno, Francie. Os deseo buena suerte.

Llevó a Laurie al parque. La sacó del cochecito y la dejó corretear sobre el césped. Acertó a pasar por allí un chiquillo que vendía roscas, y le compró una por un centavo. La deshizo en migajas y las esparció sobre el césped. Una bandada de gorriones manchados de hollín apareció de repente disputándose las migajas. Laurie, con sus pasitos inciertos, corría de un lado a otro para atraparlos. Los pájaros le permitían arrimarse hasta apenas unos centímetros de distancia antes de levantar el vuelo. Ella se deshacía de placer cada vez que provocaba el vuelo de un gorrión.

Empujando el cochecito, Francie fue a dar un último vistazo a su antigua escuela. Estaba sólo a dos manzanas del parque que visitaba diariamente, pero quién sabe por qué razón Francie nunca había vuelto desde el día que le habían dado el diploma.

Le sorprendió lo pequeña que le parecía ahora.

—Ésa es la escuela donde iba Francie —informó a Laurie.

—Fran-ni iba escuela.

—Tu papá me trajo un día y cantó una canción.

—¿Papá? —preguntó Laurie, desconcertada.

—Lo había olvidado. Tú nunca viste a tu papá.

—Laurie vio papá. Hombe. Hombe gande. —Creía que Francie se refería a McShane.

—Cierto —contestó Francie.

En aquellos dos años desde la última vez que vio la escuela, Francie se había convertido en una mujer.

Al regresar, pasó por aquella casa cuya dirección había dado como suya. Ahora le parecía pequeña y descuidada, pero aun así le tenía cierto afecto.

Pasó por el bar de McGarrity. Ya no pertenecía, pues el hombre se había trasladado a principios de verano. Le había contado a Neeley que estaba bien informado, y que, por consiguiente, sabía que se aproximaba la prohibición y se estaba preparando. Había comprado una extensa propiedad en un sector de Long Island y estaba almacenando sistemáticamente grandes cantidades de bebidas. En cuanto se decretara la prohibición, abriría lo que él llamaba un club. Incluso había elegido el nombre: Club Mae Marie. Su mujer llevaría trajes de gala y sería la anfitriona, lo que le vendría como anillo al dedo, explicó McGarrity. Francie estaba muy segura de que la señora McGarrity sería feliz en su nuevo papel. Esperaba que McGarrity fuese feliz algún día también.

Después de almorzar fue a la biblioteca para devolver los libros por última vez. La bibliotecaria selló su tarjeta y se la dio sin levantar la vista siquiera, como era su costumbre.

—¿Podría usted recomendar un buen libro para una niña? —preguntó Francie.

—¿De qué edad?

—Tiene once años.

La bibliotecaria sacó de debajo del mostrador un libro. Francie leyó el título: *Si yo fuera rey*.

—En realidad no quiero llevármelo —dijo Francie—, tampoco tengo once años.

La bibliotecaria miró a Francie por primera vez.

—He venido aquí cada día desde que era una chiquilla —explicó Francie—, y usted nunca me había mirado hasta ahora.

—Vienen tantos niños... —contestó la bibliotecaria de mal humor—. No puedo estar mirándolos a todos. ¿Algo más?

—Sólo quisiera decirle que ese florero marrón ha significado mucho para mí... Siempre con alguna flor.

La bibliotecaria miró el jarrón. Aquel día había un ramo de flores silvestres de color rosa. Francie pensó que la bibliotecaria veía el florero por primera vez también.

—¡Oh, eso! El conserje se ocupa de las flores. O alguien lo hace. ¿Algo más? —preguntó, impaciente.

—Voy a devolver mi tarjeta.

Francie le pasó la tarjeta arrugada y despuntada por el uso, cubierta de fechas impresas con el sello. La bibliotecaria la cogió, y estaba a punto de rasgarla en dos cuando Francie la detuvo con un ademán.

—Me parece que voy a guardarla, después de todo —dijo, y volvió a cogerla.

Salió y observó detenidamente aquella pobre y pequeña biblioteca. Sabía que jamás volvería a verla. Todo cambia después de mirar cosas nuevas. Si en el futuro alguna vez volviese por allí lo vería todo distinto de como lo veía en ese momento. Y era justamente así como quería recordarlo.

No, jamás volvería a su antiguo barrio.

Además, dentro de unos años no habría antiguo barrio al cual volver. Después de la guerra, las autoridades iban a derribar las viviendas baratas y la fea escuela donde la directora castigaba con un látigo a los chicos, y edificarían una serie de casas modelo, viviendas que atraparían los rayos de sol y el aire; luego éstos serían medidos, pesados y dosificados a tanto por persona.

Katie arrojó la escoba y el cubo al rincón con un estrépito final que significaba que había terminado con ellos para siempre. Luego levantó la escoba y el cubo y volvió a colocarlos en el rincón casi con ternura.

Mientras se vestía para salir —iba a la modista a probarse por última vez el vestido de terciopelo verde que había elegido para su boda— cavilaba que el tiempo era demasiado bueno para finales de septiembre. Pensaba que quizá haría demasiado calor para llevar un vestido de terciopelo. La enfurecía que el otoño se retrasara tanto aquel año. Discutió con Francie cuando ésta le aseguró que el otoño ya había llegado.

Francie sabía que el otoño había llegado. No importaba que soplara una brisa caliente. No importaba que el ambiente estuviera cargado de emanaciones calurosas. El otoño ha llegado a Brooklyn. Francie lo sabía porque, en cuanto se encendían las farolas de las calles, el vendedor de castañas calientes instalaba su pequeño puesto en la esquina. Tostaba las castañas en la parrilla, sobre brasas de carbón, dentro de una sartén tapada. El hombre sujetaba las castañas sin tostar en una mano, y con la otra les iba haciendo cortes en cruz con un cuchillo chato antes de ponerlas en la sartén agujereada.

Sí, cuando aparecía el vendedor de castañas calientes no cabía duda de que había llegado el otoño, no importaba que el tiempo dijese lo contrario.

Después de acostar a Laurie en su cuna para que durmiera la siesta, Francie empaquetó las últimas cosas en una caja vacía de jabón. Descolgó de encima de la chimenea el crucifijo y la fotografía suya y de Neeley tomada el día de la confirmación, los envolvió en su velo de la primera comunión y los colocó en la caja. Dobló los dos delantales de camarero de su padre y los puso encima. Envolvió el tazón de afeitar con el nombre «John Nolan» impreso en letras de molde doradas en una blusa de crespón blanco que Katie había colocado en la canasta de artículos para dar porque la pechera había quedado destrozada después de lavarla. Era la blusa que llevaba Francie aquella noche lluviosa que se había refugiado con Lee en un zaguán. La muñeca Mary y la bonita caja que un día había contenido diez centavos dorados fueron a hacer compañía a las otras cosas. Su reducida biblioteca también fue a parar dentro de la caja: la Biblia, *Las Obras Completas de William Shakespeare*, un estropeado volumen de *Hojas de hierba*, de W. Whitman, los tres libros de recortes: *Colección Nolan de poesía contemporánea*, *Colección Nolan de poemas clásicos* y *El libro de Annie Laurie*.

Fue al dormitorio y de debajo del colchón sacó una libreta donde había escrito un embrollado diario a los trece años, y un sobre cuadrado de papel.

Arrodillada delante de la caja, abrió el cuaderno y leyó lo que había escrito tres años atrás, el 24 de septiembre:

«Esta noche, al bañarme, he descubierto que estoy haciéndome mujer. ¡Ya era hora!».

Sonrió y guardó el diario en la caja. Leyó la inscripción que había puesto en el sobre:

«Contenido: 1 sobre que deberá abrirse en 1967; 1 diploma; 4 cuentos».

Cuatro cuentos que la señorita Garnder le había ordenado que quemase. ¡En fin! Francie recordó que había prometido a Dios que dejaría de escribir si evitaba que su madre muriese. Había mantenido su promesa. Pero ahora conocía a Dios un poco mejor. Estaba segura de que a Él no le molestaría si ella empezaba a escribir de nuevo. Bueno, quizá algún día se aventuraría otra vez. Metió en el sobre de papel la tarjeta de la biblioteca, lo anotó en el exterior y colocó el sobre en la caja. Había terminado de empaquetar su equipaje personal. Todo lo que poseía, con excepción de la ropa, estaba en aquella pequeña caja.

Neeley subió las escaleras corriendo y silbando una canción popular. Irrumpió en la cocina quitándose la americana.

—Tengo prisa, Francie. ¿Hay alguna camisa limpia?

—Limpia, sí, pero sin planchar. Te la plancharé.

Puso la plancha a calentar mientras rociaba la camisa y colocaba la tabla de planchar sobre dos sillas. Neeley sacó de la alacena el cepillo y el betún y se dedicó a intensificar el brillo de sus ya impecablemente lustrados zapatos.

—¿Vas a algún sitio?

—Sí. Apenas tengo tiempo de llegar a la función. Han conseguido a Van y Schenck y el muchacho. ¡Si sabrá cantar ese Schenck! Se sienta al piano así. —Neeley se sentó a la mesa de la cocina e hizo una demostración—. Se sienta de lado y cruza las piernas, mirando al público. Luego apoya el codo izquierdo en el atril y con la mano derecha se acompaña mientras canta.

Neeley imitó con bastante habilidad a su ídolo, cantando «Cuando estés lejos, bien lejos de tu hogar».

—¡Sí, es colosal! Canta como cantaba papá… Es decir, algo así. ¡Papá!

Francie buscó en la camisa de Neeley el distintivo del sindicato y fue lo primero que planchó.

Los Nolan exigían el distintivo del sindicato en todo lo que compraban. Era su forma de honrar la memoria de Johnny.

Neeley se miró al espejo colgado sobre el fregadero.

—¿Crees que necesito afeitarme?

—Dentro de unos cinco años, sí —contestó Francie.

—¡Oh, cállate!

—No os habléis así —dijo Francie, remedando a su madre.

Neeley sonrió y empezó a enjabonarse con energía la cara, el cuello, los brazos y las manos. Cantaba mientras se lavaba.

Hay algo de Egipto en tus ojos soñadores,
y algo de El Cairo en tu estilo...

Francie planchaba tranquilamente.

Al fin Neeley estuvo listo. Se detuvo delante de Francie, con su traje azul oscuro de americana cruzada, su blanca camisa limpia y su cuello blando con corbata de lazo con lunares. Olía a limpio y su cabello rubio y ondulado resplandecía.

—¿Qué tal estoy, Prima Donna?

Se abrochó la americana airosamente y Francie vio que llevaba puesto el anillo de sello de su padre.

—Neeley, ¿todavía te acuerdas de «Molly Malone»?

Neeley metió una mano en el bolsillo, dio un paso atrás y cantó:

En Dublín, ciudad encantada,
las muchachas son tan bellas...

Papá... ¡Papá!

Neeley tenía la misma voz clara y límpida de su padre. Y qué guapo era. Tan guapo que, aunque todavía no tenía dieciséis años, las mujeres le seguían con miradas y suspiros cuando caminaba por la calle.

Era tan apuesto que a su lado Francie se sentía enjuta y descolorida.

—Neeley, ¿crees que soy guapa?

—¡Oye! ¿Por qué no le rezas una novena a santa Teresita? Creo que con un milagro podría arreglarte.

—Te lo pregunto en serio.

—¿Por qué no te cortas el pelo y te lo rizas como las demás chicas, en vez de llevar esas trenzas enrolladas en la cabeza?

—Debo esperar hasta los dieciocho, por mamá. Pero ¿crees que soy guapa?

—Pregúntamelo otra vez cuando no estés tan flaca.

—Por favor, contéstame.

La examinó cuidadosamente y dijo:

—Puedes pasar.

Ella tuvo que contentarse con eso.

Había dicho que tenía prisa, pero ahora parecía no querer marcharse.

—Francie, McShane... cenará aquí esta noche. Después tengo que trabajar. Mañana será la boda y enseguida la fiesta en la casa nueva. El lunes iré al instituto. Y mientras esté allí tú cogerás el tren para Michigan. No podré decirte adiós a solas. Así que te diré adiós ahora.

—Vendré a casa para Navidad, Neeley.

—Sí, pero no será lo mismo.

—Ya lo sé.

Él esperó. Francie le tendió la mano derecha. Él la abrazó y besó en la mejilla. Francie se le colgó del cuello y empezó a llorar.

Él la apartó.

—Caramba con las mujeres. Cómo me fastidian. Siempre lloriqueando —dijo, pero su voz parecía quebrarse, como si él también estuviese a punto de llorar.

Se fue corriendo. Francie salió al vestíbulo y le observó correr escaleras abajo. Él se detuvo en la oscuridad del vestíbulo, al pie de las escaleras, para mirarla. A pesar de la oscuridad, donde él estaba había luz.

«Tan parecido a papá... Tan parecido a papá», pensó. Pero sus facciones tenían más carácter que las de su padre.

Él la saludó con el brazo y desapareció.

Las cuatro.

Francie decidió vestirse primero y preparar la cena después, para estar lista cuando Ben fuese a buscarla. Su amigo tenía entradas para el teatro, iban a ver a Henry Hull en *El hombre que regresó*. Era su última cita hasta Navidad, porque Ben regresaría a la universidad al día siguiente. Le gustaba Ben. Le gustaba muchísimo. Deseaba poder amarle. Si por lo menos él no estuviese siempre tan seguro de sí mismo. Si vacilara alguna vez, aunque fuera sólo una. Si la necesitara, aunque fuese sólo un poco. En fin, tenía cinco años para decidirse.

Se puso su enagua blanca y se detuvo ante el espejo. Al levantar el brazo por encima de la cabeza para lavarse, recordó cuando se sentaba en la escalera de incendios, una chiquilla entonces, para mirar a través de los patios los pisos donde las muchachas se preparaban para acudir a sus citas.

¿Habría alguien observándola como cuando ella observaba a las otras?

Miró por la ventana. Sí, dos patios más allá vio a una chiquilla sentada en una escalera de incendios, con un libro en el regazo y un paquete de caramelos al alcance de la mano. La chiquilla estaba mirando a Francie desde la barandilla. Y Francie la conocía. Era una niña delgada de unos diez años llamada Florry Wendy.

Francie cepilló su larga cabellera, se hizo las trenzas y se las enroscó en la cabeza. Se puso medias limpias y zapatos blancos de tacón. Antes de ponerse el vestido rosa de hilo espolvoreó un trocito de algodón con polvo perfumado de violeta y se lo colocó dentro del sujetador.

Le pareció oír el carro de Fraber. Se asomó a la ventana y miró. Sí, el carro había entrado. Pero ya no era un carro. Era un pequeño camión de color rojo oscuro con letras doradas a ambos lados, y el hombre que se preparaba para lavarlo no era Frank, el apuesto muchacho de subidos colores en las mejillas, sino un individuo pequeño y encorvado que había sido rechazado por el ejército.

Miró a través del patio y vio que Florry todavía la estaba observando entre los barrotes de la escalera de incendios. La saludó con la mano a la vez que le decía:

—Hola, Francie.

—No me llamo Francie —contestó la chiquilla—. Me llamo Florry, y bien que lo sabes.

—Sí, ya lo sé —dijo Francie.

Observó el patio. Habían cortado el árbol cuyas hojas como sombrillas se enroscaban por encima y por debajo de la escalera de incendios porque las mujeres se quejaban de que la ropa que colgaban a secar se enredaba en las ramas. El propietario del edificio había enviado a dos hombres para que lo derribasen a hachazos.

Pero el árbol no había muerto: subsistía aún...

Un nuevo árbol había nacido del tocón que habían dejado y su tronco se había arrastrado por el suelo hasta llegar a un lugar donde no había cuerdas para colgar ropa. Luego había crecido hacia arriba, buscando el cielo.

Annie, el abeto al que los Nolan habían prodigado sus cuidados, regándolo y fertilizándolo, hacía mucho tiempo que se había secado. Pero aquel árbol del patio que los hombres maltrataban, aquel árbol alrededor del cual habían prendido fogatas para quemar su tocón, aquel árbol aún vivía.

¡Vivía! Y no había nada que pudiese destruirlo.

Una vez más miró a Florry Wendy, que estaba leyendo sobre la escalera de incendios.

—Adiós, Francie —murmuró.

Y cerró la ventana.

Índice

ESTE LIBRO HA SIDO IMPRESO
EN LOS TALLERES DE
LIMPERGRAF. MOGODA, 29
BARBERÀ DEL VALLÈS (BARCELONA)